UN FUEGO ETERNO

UN FUEGO
ETERNO

REBECCA ROSS

LIBRO II DE LOS ELEMENTOS DE CADENCE

TRADUCCIÓN DE ALICIA BOTELLA JUAN

☾ UMBRIEL

Argentina • Chile • Colombia • España
Estados Unidos • México • Perú • Uruguay

Título original: *A Fire Endless*
Editor original: HarperVoyager
Traducción: Alicia Botella Juan

1.ª edición: mayo 2023

Copyright © 2022 Rebecca Ross
All Rights Reserved
Esta novela se publica en virtud de un acuerdo con
New Leaf Literary & Media, Inc., gestionado por International Editors' Co.
© de la traducción 2023 *by* Alicia Botella Juan
© 2023 *by* Ediciones Urano, S.A.U.
Plaza de los Reyes Magos, 8, piso 1.º C y D – 28007 Madrid
www.umbrieleditores.com

ISBN: 978-84-19030-31-3
E-ISBN: 978-84-19497-22-2
Depósito legal: B-4.459-2023

Fotocomposición: Ediciones Urano, S.A.U.
Impreso por: Romanyà Valls, S.A. – Verdaguer, 1 – 08786 Capellades (Barcelona)

Impreso en España – *Printed in Spain*

PARA SUZIE TOWNSEND,
UNA AGENTE EXTRAORDINARIA.
GRACIAS POR TODA LA MAGIA
QUE LE HAS DADO A ESTE LIBRO
(Y A LOS CINCO ANTERIORES).

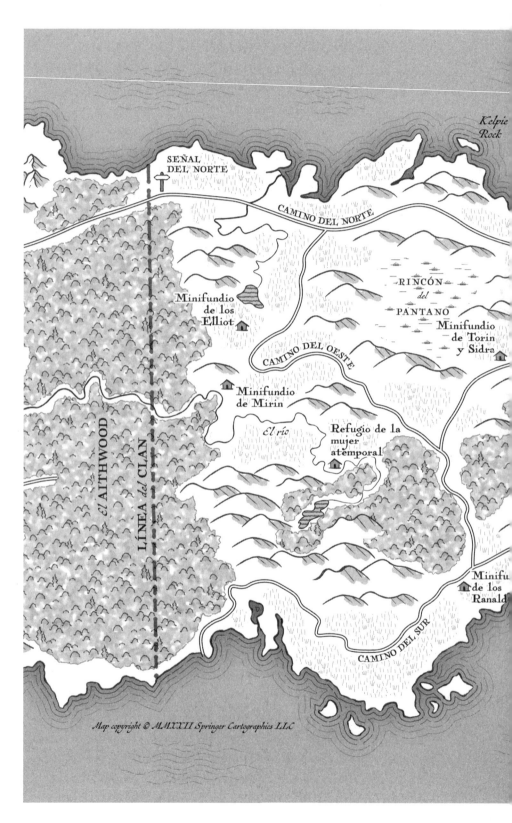

Kelpie
Rock

SEÑAL
DEL NORTE

CAMINO DEL NORTE

RINCÓN
del
PANTANO

Minifundio
de los
Elliot

Minifundio
de Torin
y Sidra

CAMINO DEL OESTE

Minifundio
de Mirin

El río

Refugio de la
mujer
atemporal

El AITHWOOD

LÍNEA del CLAN

Minifu
de los
Ranald

CAMINO DEL SUR

Map copyright © MMXXII Springer Cartographics LLC

Minifundio de los Mitchell

PUERTO DEL NORTE

CIUDAD *de* SLOANE

ÁREA DE CARDOS LUNARES

TILTING THOM

...ifundio ...raeme

CAMINO ALTO

CAMINO DEL ESTE

...EARIE ...STONE

VALLE *de* STONEHAVEN

Minifundio de los Campbell

PUERTO DEL SUR

...cia el ...NTINENTE

Este ^de la^ Isla ^de^ Cadence

PRÓLOGO

En otro tiempo, Kae había sostenido miles de palabras en las manos. Como espíritu del viento, se había deleitado con su poder, acunando aquello que era frágil y cortante a la vez, y siempre había sentido placer al liberarlas, al sentir los timbres y las texturas de tantas voces, desde las más profundas hasta las más ligeras, desde las más melodiosas hasta las más ásperas. En otro tiempo, había dejado que los rumores y las noticias se derritieran entre sus dedos y se difundieran por las colinas de Cadence observando cómo reaccionaba la humanidad cuando captaban las palabras como el granizo o los cardos.

Nunca había dejado de divertirla.

Pero eso había sido cuando era más joven, más insegura de sí misma y cuando estaba más hambrienta. Cuando los espíritus más antiguos se divertían mordiéndole las alas para agrietarlas y debilitarlas, ansiosos por anteponerse a sus rutas. El rey Bane todavía no la había señalado como su mensajera favorita, aun con las alas raídas y las voces mortales como sus compañeras más cercanas. Ahora que brillaba sobre el Este de Cadence, rememorando, Kae había llegado a apreciar esa época más sencilla.

Había llegado un momento en el que las cosas habían empezado a cambiar, un momento que Kae podía señalar en retrospectiva dándose cuenta de que era un punto de inflexión en su existencia.

Lorna Tamerlaine y su música.

Nunca había cantado para los espíritus del aire, aunque Kae a menudo la observaba desde las sombras mientras la barda llamaba al mar o a la tierra. Al principio, Kae se había sentido aliviada porque Lorna no convocara a los vientos, aunque el espíritu acabó deseando a menudo el hecho de saber que las notas de Lorna eran solo para ella, sentir su vibración en los huesos.

En ese momento, Kae había dejado de transportar palabras y entregarlas en otra parte porque sabía lo que le habría hecho Bane a Lorna si hubiera estado al corriente de lo que ella estaba haciendo: tocar para la tierra y para el agua y ganarse la aprobación y la admiración de esos espíritus.

Y Kae, quien había llegado a la existencia por un viento tormentoso del norte, quien se había reído con los chismes y había dejado que sus alas aullaran sobre los minifundios de Cadence, había sentido que se le partía el corazón cuando Lorna había muerto demasiado joven.

Ahora volaba por el lado este de la isla admirando las cumbres y los valles, los rostros brillantes de los lagos y los tortuosos caminos de los ríos. El humo se elevaba desde las chimeneas, los jardines estaban rebosantes de frutos veraniegos y los rebaños de ovejas pastaban en las laderas. Kae estaba acercándose a la línea del clan cuando la presión del aire cambió drásticamente.

Las alas le temblaron en respuesta, su cabello índigo se le enredó alrededor del rostro. Era un acto para hacer que se acobardara y se estremeciera y supo que el rey la estaba convocando. Llegaba tarde a entregarle el informe y él estaba impaciente.

Con un suspiro, Kae voló hacia arriba.

Dejó atrás todo el tapiz de Cadence y atravesó capas de nubes contemplando cómo la luz se desvanecía en la oscuridad infinita. Podía sentir que el tiempo se congelaba a su alrededor, no había día ni hora en el salón del viento. Estaba preservado entre las constelaciones. En otra época, la sensación le había resultado estremecedora a Kae: observar el tiempo fluyendo sin obstáculos entre los humanos de la isla y dejándola atrás como un manto comido por las polillas.

Recuerda tu propósito, pensó Kae con agudeza mientras el último segundo de tiempo mortal se agrietaba y caía de sus alas como el hielo.

Necesitaba prepararse para ese encuentro porque Bane iba a preguntarle por Jack Tamerlaine.

Llegó a los jardines reprimiendo una ráfaga de miedo, una punzada de resistencia. El rey podría notarlo y no podía permitirse sufrir su ira. Se tomó su tiempo respirando y paseándose entre hileras de flores compuestas por nieve y escarcha con las alas plegadas en la espalda. Eran parecidas a las alas de una libélula y su color era único: el tono exacto del atardecer rindiéndose ante la noche, un malva oscuro atravesado por venas plateadas. Captaban el brillo de las estrellas ardiendo en los braseros mientras seguía moviéndose hacia el salón.

La luz titilaba a través de las nubes bajo sus pies. Kae notaba su punzada en las plantas y luchó contra el impulso de esconderse de nuevo. Odiaba que fuera como un reflejo tras años sufriendo la luz y los latigazos de su desaprobación.

Estaba hambriento por haber tenido que esperarla.

Kae se estremeció y se mentalizó mientras pasaba entre los pilares del salón. Toda la corte de cabellos rubios ya se había reunido con las alas plegadas en sumisión. La observaron acercarse. Espíritus más antiguos que una vez le habían enseñado a volar y que también le habían magullado las alas. Espíritus más jóvenes que la miraban tanto con miedo como con admiración esperando ocupar su lugar como mensajeros. El peso de sus miradas y de su silencio hizo que le resultara más difícil respirar mientras se acercaba al rey.

Bane la contempló acercarse con sus ojos como brasas y una expresión tan imperturbable que podría haber sido tallada en piedra caliza. Tenía las alas de color rojo sangre desplegadas, demostrando su autoridad, y una lanza en la mano, iluminada por los rayos.

Kae se arrodilló ante el viento del norte porque no tenía más remedio. Pero se preguntó: *¿Cuándo será la última vez que me arrodille ante ti?*

—Kae —dijo Bane arrastrando su nombre con una paciencia fingida—. ¿Por qué me has hecho esperar?

Consideró varias respuestas, todas ellas basadas en la verdad. *Porque te aborrezco. Porque ya no soy tu sirviente. Porque he dejado de seguir tus órdenes.*

En lugar de eso, dijo:

—Disculpa, mi rey, tendría que haber venido antes.

—¿Qué nuevas hay del bardo? —preguntó y, aunque intentó mostrarse lánguido, Kae oyó el nervio en su voz. Jack Tamerlaine había hecho que el rey estuviera increíblemente paranoico.

Kae se enderezó. La red de plata de su armadura repicó cuando se movió.

—Está languideciente —contestó pensando en cómo había dejado a Jack arrodillado en el jardín de la tejedora contemplando la tierra entre sus dedos.

—¿Y toca? ¿Canta?

Kae sabía que los de su especie no podían mentir. Eso hacía que responderle a Bane fuera todo un reto, pero desde lo de Lorna... Kae había aprendido a evadirlo.

—Su pesar parece asfixiarlo —respondió, lo cual era cierto. Desde que Adaira se había marchado, Jack había pasado a ser una mera sombra de lo que había sido—. No quiere tocar.

Bane se quedó en silencio.

Kae contuvo el aliento mientras los susurros empezaron a recorrer todo el salón. Resistió la tentación de mirar por encima del hombro para observar a los suyos.

—Este bardo parece ser débil, como nos mostró el huerto... —empezó a decir, pero se interrumpió cuando Bane se levantó. Su larga sombra ondeó sobre las escaleras del estrado tocando a Kae con una sacudida helada.

—Dices que parece ser débil —repitió el rey—. Sin embargo, nos ha convocado a todos. Se atreve a tocar al aire libre. ¿Acaso no he sido misericordioso con él? Le he dado tiempo una y otra vez para enmendar su camino y dejar de lado la música. Pero él se niega, con lo cual no me queda más remedio que castigarlo con más dureza.

Kae cerró la boca, sus dientes puntiagudos chocaron entre sí. Lorna había sido una barda inteligente, había aprendido del bardo del Este anterior a ella, quien también había estado al tanto de Bane y del reino de los espíritus y quien había tocado indemne durante décadas. Pero a Jack no se le había dado esa oportunidad, Lorna había fallecido antes de que él volviera a Cadence. A veces, Kae lo observaba, como le habían ordenado hacer últimamente, y deseaba con todas sus fuerzas poder materializarse y decirle...

—Quiero que le envíes un mensaje a Whin de las Flores Silvestres —declaró Bane tomando a Kae por sorpresa.

—¿Qué mensaje, mi rey?

—Que tiene que maldecir el jardín de la tejedora.

Kae exhaló, pero un escalofrío le recorrió la espalda.

—¿El jardín de Mirin Tamerlaine?

—Sí. El que alimenta a este bardo. Whin debe asegurarse de que todos sus cultivos, frutos y sustentos se marchiten y queden dormidos hasta que yo diga que pueden volver a crecer. Y lo mismo se extiende a cualquier otro jardín que intente alimentarlo. Si eso supone todos los jardines del Este, que así sea. Que llegue la hambruna. No les vendría mal a los mortales sufrir a costa del bardo.

Más susurros atravesaron la corte. Comentarios, exclamaciones y palabras de deleite. Kae supuso que la mitad de los espíritus del viento (los que habían conseguido llegar a la corte del rey) estarían a favor de la crueldad de Bane. Pero los que se quedaron en silencio... Kae se preguntó si estarían tan hartos de toda esa situación como ella. De ver a Bane dándoles órdenes a la tierra, al agua y al fuego que eran un absoluto sinsentido. De que hiciera sufrir a la humanidad por puro entretenimiento.

—¿Tienes dudas, Kae? —preguntó Bane interpretando su silencio.

—Mi rey, tan solo me preguntaba si Whin de las Flores Silvestres y sus espíritus encontrarán esta orden inútil y tal vez demasiado trascendental.

El rey sonrió. Kae sabía que se había pasado y aun así se mantuvo firme mientras Bane descendía por las escaleras del estrado. Iba a colocarse cara a cara con ella y Kae se echó a temblar.

—¿Me tienes miedo, Kae?

No podía mentir.

—Sí, rey —confesó.

Bane se detuvo ante ella. Podía oler los rayos de sus alas y se preguntó si iba a golpearla con ellos.

—A Whin sí que le parecerá inútil mi orden —admitió—. Pero dile que, si se niega a hacer que el bardo se muera de hambre en la isla, lo consideraré un desafío a mi reino y extenderé mi maldición. Verá caer a sus doncellas una a una, sus compañeras enfermarán, se pudrirán las piedras, las ramas y las flores. No habrá límites para mi voluntad de devastar la tierra y tendré que recordarles que me *sirven* a mí.

Kae se dio cuenta de que no había un modo fácil de seguir adelante. Aunque Whin decidiera acatar la orden de Bane, los humanos y los espíritus de la tierra seguirían sufriendo. Era evidente para la mayoría del folk que el viento del norte estaba amenazado por los espíritus de la tierra, los segundos más poderosos por detrás de él. Whin a menudo rechazaba las peticiones sin sentido del rey. No le tenía miedo, no se acobardaba cuando su rayo o sus maldiciones atacaban y Kae no podía evitar sentir admiración por ella.

Así que Kae decidió soltar algo estúpido y valiente.

—¿Le temes a lady Whin de las Flores Silvestres, rey?

Bane le dio una bofetada con tanta rapidez que Kae ni siquiera vio la mano acercándose. El golpe la hizo tambalearse, pero consiguió mantenerse en pie con los ojos irritados. Un rugido le llenó los oídos, no sabía si eran sus propios pensamientos o miembros de la corte revoloteando en una avalancha de alas.

—¿Te niegas a transmitir mi mensaje, Kae? —preguntó.

Kae se permitió un momento para imaginarse llevándole el mensaje a Whin. El disgusto que aparecería en el rostro de la dama, el modo en el que le arderían los ojos. Era un mensaje inútil porque Kae *sabía* que Whin no iba a hacer que Jack se muriera de hambre en la isla. Se negaría y no solo para desafiar a Bane, sino porque la música de Jack les proporcionaba un hilo de esperanza y, si él se marchaba de Cadence, sus sueños prohibidos se convertirían en polvo.

—Sí —susurró Kae mirando sus ojos centelleantes—. Búscate a otra.

Le dio la espalda. Su desafío la hizo sentir embriagada, fuerte.

Pero tendría que haberlo sabido.

Un instante estaba de pie y, al siguiente, Bane había abierto un agujero en el suelo, un agujero tan oscuro como la noche que aullaba con su vacío. Sostuvo a Kae suspendida sobre él, no podía moverse, no podía respirar. Solo podía pensar y observar el oscuro círculo por el que estaba a punto de caer.

Aun así, no creyó que fuera a hacerlo.

—Te destierro, Kae del Viento del Norte —declaró Bane—. Ya no eres una mensajera elegida. Eres una vergüenza, una desgracia. Te condeno a la tierra con los mortales a los que tanto amas y, si deseas ascender de nuevo y unirte a mi corte… tendrás que ser astuta, pequeña. No será tarea fácil ascender después de haber caído tan bajo.

Notó un dolor ardiente en la espalda. Kae gritó. Nunca había sentido tal agonía (estaba ardiendo, como si se le hubiera quedado una estrella atrapada entre los omoplatos) y no se dio cuenta de qué la estaba causando hasta que Bane se plantó ante ella con sus dos alas derechas en las manos, rasgadas y flácidas.

Dos de sus alas. El color del atardecer fundiéndose con la noche. El color que había sido suyo y de nadie más. Rotas, robadas. Colgando de las manos del rey del norte.

Él rio al ver la expresión de su rostro.

Notó que la sangre le empezaba a fluir por la espalda, cálida y espesa. Impregnó el aire con una fragancia dulzona mientras seguía bajando por su armadura y por la curva de su pierna, goteándole por los dedos de los pies hacia el vacío. Gotas de oro.

—¡Lárgate, amante de la tierra! —estalló Bane y, la parte de su corte que se había quedado, todos los espíritus de dientes afilados y hambrientos por ver la ruina de Kae, rieron y vitorearon por su exilio.

Ella no tenía fuerzas para luchar contra su agarre, para responder a sus abucheos. El dolor le ardía en la garganta, notaba un nudo de lágrimas y humillación, y de repente cayó por el agujero entre las nubes hacia un cielo nocturno glacial. Aunque sabía que le habían arrebatado las alas derechas, intentó dominar el aire y deslizarse con las izquierdas.

Se balanceó y se tambaleó de los pies a la cabeza como un mortal sin elegancia cayendo de nube en nube.

Al final, Kae pudo atrapar el aire entre los dedos. Tuvo que pegar las alas que le quedaban en la espalda para que no se le desgarraran. Observó cómo el tiempo empezaba a cambiar y a moverse de nuevo. Observó cómo la noche empezaba a difuminarse en el día con prismas iluminados por el sol y un cielo azul intenso. Podía ver la isla de Cadence muy por debajo de ella, zonas de tierra verde rodeadas por un mar gris y espumoso.

Kae intentó transformarse, convertir su cuerpo en aire, pero descubrió que estaba bloqueada en su forma manifestada. Sus extremidades, su cabello, las alas izquierdas que le quedaban, su piel y sus huesos estaban atrapados en el mundo físico. Sabía que ese era otro castigo de Bane. El suelo la mataría, la destrozaría cuando llegara hasta él.

Se preguntó si Whin la encontraría rota entre los helechos.

Sintió que las nubes se derretían contra su rostro y escuchó el siseo del viento pasando entre sus dedos. Cerró los ojos y se rindió por completo a la caída.

PRIMERA PARTE

UNA CANCIÓN PARA LAS CENIZAS

CAPÍTULO 1

Un niño se había ahogado en el mar.

Sidra Tamerlaine estaba arrodillada junto a su cuerpo en la arena húmeda buscándole el pulso. Tenía la piel fría y teñida de azul y los ojos abiertos y vidriosos como si estuviera mirando otro mundo. Tenía algas doradas aferradas a su cabello castaño como una corona deforme y le goteaba agua por las comisuras de la boca brillando con pedazos de caracolas rotas y gotas de sangre.

Había intentado recuperarlo saltando al agua y sacándolo de las mareas. Lo había arrastrado hasta la costa, le había bombeado el pecho y había respirado en su boca. Lo había hecho una y otra vez como si pudiera traer de vuelta primero a su espíritu y luego a sus pulmones y su corazón. Pero pronto había notado el sabor del mar eterno en él (de la sal, las frías profundidades y la espuma iridiscente) y Sidra había tenido que aceptar la verdad.

No importaban las habilidades de curación que tuviera, las muchas heridas que hubiera curado, los muchos huesos rotos que hubiera recolocado y las muchas fiebres y enfermedades que hubiera disipado. No importaba cuántos años le hubiera dedicado a su profesión caminando por la línea entre la vida y la muerte. Sidra había llegado demasiado tarde para salvar a este y cerró los ojos lechosos del muchacho mientras recordaba los peligros del mar.

—Estábamos pescando en la orilla —dijo uno de sus compañeros. Mostraba esperanza en la cadencia de sus palabras mientras aguardaba de pie junto a Sidra. Esperanza porque ella pudiera devolver a su amigo a la vida—. Hamish estaba sobre esa roca, y lo siguiente que sé es que se ha resbalado y ha caído. ¡Le dije que no nadara con las botas, pero se negó a quitárselas!

Sidra permaneció en silencio escuchando el flujo de las mareas. El rugido espumoso del mar que sonaba tan enfadado como tal vez pesaroso, pareciendo decir que no era culpa de los espíritus del agua que el chico se hubiera ahogado.

Pasó la mirada a los pies de Hamish. Llevaba las botas de cuero curtido atadas hasta las rodillas, mientras que sus amigos iban descalzos, tal y como se suponía que debían nadar en el mar todos los niños de la isla. Su abuela le había dicho una vez que muchos curanderos poseían el don de la premonición y que siempre debía hacer caso a sus presentimientos por extraños que parecieran. Ahora era incapaz de explicar por qué se le habían erizado los brazos. Estuvo a punto de tomar los cordones de las botas, pero entonces detuvo la mano y, en lugar de eso, se volvió hacia los muchachos que la rodeaban.

—¿Señora Sidra?

Ojalá hubiera llegado unos instantes antes, pensó.

Aquella tarde el viento soplaba con fuerza desde el este. Sidra estaba paseando por el Camino del Norte que bordeaba la costa con una cesta de tortitas de avena calientes y varios botes de tónicos de hierbas, entrecerrando los ojos por el viento cortante. Los gritos frenéticos de los chicos habían llamado su atención y había corrido a ayudarlos, pero al final había llegado demasiado tarde.

—No puede estar muerto —dijo uno de los muchachos una y otra vez hasta que Sidra se acercó y lo tomó del brazo—. ¡No puede estarlo! Tú eres *curandera*, señora. ¡Puedes salvarlo!

A Sidra se le cerró la garganta tanto que no podía hablar, pero su expresión debió transmitirles lo suficiente a los chicos que la rodeaban e hizo temblar al viento. El aire se volvió más sombrío.

—Id a buscar al padre y a la madre de Hamish —indicó finalmente. Tenía arena bajo las uñas y entre los dedos. Todavía podía sentirla en los dientes—. Yo esperaré aquí con él.

Observó cómo los tres chicos corrían por la orilla hacia el sendero que serpenteaba por una loma cubierta de hierba dejando atrás sus botas, el almuerzo y las redes de pesca con las prisas. Era mediodía y el sol estaba en su cénit, acortando las sombras en la costa. El cielo estaba despejado y descaradamente brillante y Sidra cerró los ojos durante un momento para escuchar.

Era pleno verano en la isla. Las noches eran cálidas y repletas de estrellas, por las tardes había tormentas y los jardines estaban llenos de una tierra suave y oscura por las inminentes cosechas. Crecían bayas en las vides silvestres, los bígaros se arremolinaban en las rocas cuando había marea baja y a menudo se podía ver cervatillos en las colinas siguiendo a sus madres entre los helechos y las altas flores silvestres. Era una estación conocida en el Este de Cadence por su paz y su generosidad. Una estación tanto de trabajo como de reposo y aun así Sidra no se había sentido nunca tan vacía, agotada e insegura.

Ese verano era diferente, como si un nuevo interludio se hubiera colocado entre el solsticio y el equinoccio de otoño. Pero tal vez se sintiera así solo porque las cosas se habían movido ligeramente hacia el lado siniestro y Sidra todavía estaba intentando adaptarse a cómo deberían ser sus días ahora.

Apenas podía creer que hubieran pasado cuatro semanas desde que Adaira se había marchado al Oeste. Algunas mañanas le parecía que solo había pasado un día desde la última vez que la había abrazado, mientras que otras veces le parecía que habían pasado años.

La marea subió y le lamió los tobillos a Sidra como un par de manos heladas con las uñas largas devolviéndola al momento presente. Sobresaltada, abrió los ojos y los entornó hacia el sol. El cabello negro se le había soltado de la trenza y le goteaba agua de mar por los brazos mientras escuchaba a su intuición.

Empezó a desatarle las botas empapadas a Hamish.

Le quitó la izquierda y reveló una pierna pálida y un pie muy grande que había crecido más deprisa que el resto del muchacho. Nada fuera de lo ordinario. Tal vez Sidra estuviera equivocada. Estuvo a punto de detener su investigación, pero entonces llegó otra ola como si quisiera instarla a seguir. Espuma, caracolas rotas y un diente de tiburón se movieron a su alrededor.

Le quitó la bota derecha y el cuero curtido cayó con una salpicadura sobre las aguas poco profundas.

Sidra se quedó helada.

Toda la parte inferior de la pierna de Hamish estaba moteada de púrpura y azul, como un moretón recién hecho. Sus venas destacaban por brillar con un color dorado. La decoloración parecía haberle subido por la pierna casi hasta llegar a la rodilla. Evidentemente, había ocultado su dolencia a sus amigos bajo la bota. Y debía llevar un tiempo escondiéndola, ya que se había esparcido mucho.

Sidra nunca había visto una dolencia tan sobrenatural y pensó en las aflicciones mágicas que había curado en el pasado. Había de dos tipos: aquellas infligidas por dagas mágicas y enfermedades causadas por el uso de la magia. Tejedoras que tejían secretos en tartanes y herreras que martilleaban encantamientos en el acero. Pescadores que ataban sus redes con encantamientos y zapateros que creaban calzados con cuero y sueños. En el Este, usar la magia a través de la habilidad de alguien se cobraba un coste físico y doloroso, y Sidra tenía todo un despliegue de tónicos para tratar los síntomas.

Pero ¿la pierna de Hamish? No tenía ni idea de qué podría haber causado algo así. No había herida, por lo que la decoloración no podía deberse a un corte. Y nunca había visto esos síntomas en ningún otro portador de magia. Ni siquiera en Jack cuando cantaba para los espíritus.

¿Por qué no acudiste a mí? ¿Por qué estabas ocultándolo? Le entraron ganas de llorar ante el niño.

Sidra oyó gritos a la distancia. Se estaba acercando el padre de Hamish. No estaba segura de si Hamish les habría hablado a sus padres sobre su misteriosa condición, pero probablemente no lo hubiera hecho. De haberlo sabido, habrían llevado el niño a Sidra en busca de tratamiento.

Le colocó rápidamente las botas en los pies de nuevo ocultando la piel moteada. Esa era una conversación para más tarde porque ahora el dolor estaba a punto de apoderarse de los corazones de los padres de Hamish y de destrozarles el cálido día de verano.

La marea retrocedió con un suspiro. Empezaron a formarse nubes en el cielo del norte. Los vientos cambiaron y el aire se volvió frío de repente mientras un cuervo graznaba sobre sus cabezas.

Sidra se quedó al lado de Hamish. No estaba segura de qué le había pasado al niño. De qué podía haberle subido por la piel y haberle manchado la sangre hundiéndolo en el agua, haciendo que se ahogara.

Lo único que sabía era que nunca había visto nada igual.

Unos kilómetros en el interior, Torin estaba bajo el mismo sol abrasador y bajo el mismo cielo azul intenso contemplando el huerto del sur. El aire era espeso y estaba cargado de podredumbre. No le quedaba más remedio que aspirar la tierra húmeda, la madera mojada, la fruta marchita. No quería asumir por completo lo que estaba viendo, a pesar de que podía saborearlo.

—¿Cuándo te diste cuenta? —preguntó sin desviar la mirada de los manzanos y del fluido que rezumaba de sus troncos quebrados. Era una savia espesa de un color violeta que brillaba bajo la luz como si contuviera pequeñas esquirlas doradas en su viscosidad.

La minifundista tenía casi ochenta años. Estaba junto a Torin, apenas le llegaba al hombro en altura y tenía el ceño fruncido para protegerse del sol. Al parecer, no le preocupaba lo más mínimo su huerto enfermo. Sin embargo, Torin se fijó en que se envolvió más los hombros con su tartán como si quisiera ocultarse tras su tejido encantado.

—Hace dos semanas, laird —contestó Rodina—. Al principio no le di importancia. Solo era un árbol. Pero entonces empezó a expandirse por el resto de los árboles de la hilera. Temo que pronto alcance todo el huerto y que acabe perdiendo la cosecha.

Torin desvió la mirada al suelo. Había un montón de manzanas todavía verdes esparcidas por todas partes. La fruta había caído pronto de los árboles enfermos y podía ver que la pulpa estaba harinosa. Algunas manzanas ya habían empezado a descomponerse y revelaban sus corazones llenos de gusanos.

Estuvo tentado de darle una patada a una de las manzanas con la punta de la bota, pero se detuvo.

—¿Has tocado la fruta, Rodina? ¿O los árboles?

—Por supuesto que no, laird.

—¿Ha visitado el huerto alguien más?

—El ayudante que tengo contratado —respondió Rodina—. Él fue el primero que vio la plaga.

—¿Y quién es?

—Hamish Brindle.

Torin se quedó en silencio un momento mientras rebuscaba entre sus recuerdos. Nunca se le había dado bien recordar nombres, pero reconocía las caras. Una verdadera maldición para un capitán convertido en laird. Siempre le fascinaba cómo Sidra podía conjurar nombres como por arte de magia. Recientemente, lo había salvado varias veces de grandes vergüenzas. Torin le echaba la culpa al estrés del último mes.

—Un muchacho larguirucho con el cabello castaño y dos orugas por cejas —agregó Rodina sintiendo el dilema interno de Torin—. Tiene catorce años y no habla mucho, pero es muy inteligente. Y también muy trabajador. Nunca se queja cuando le asigno una tarea.

Torin asintió y se dio cuenta de por qué le sonaba ese nombre. Hamish Brindle era el hijo pequeño de James y Trista, un minifundista y una tejedora. El muchacho había mostrado interés recientemente por unirse a la Guardia del Este. Aunque Torin se había visto obligado a renunciar a su título de capitán unas semanas antes para pasárselo a Yvaine, su segunda al mando, no podía evitar involucrarse. Por suerte, Yvaine era muy sufrida y le permitía ir y venir cuando quisiera, desayunar en el cuartel, observar los entrenamientos y evaluar a los nuevos reclutas como si Torin siguiera siendo uno de ellos y no el nuevo laird intentando aprender el papel que Adaira parecía desempeñar con tanta naturalidad.

Pero la verdad era que a él siempre le había costado desprenderse de las cosas. O de las tareas que se le daban bien. O de los lugares que le gustaban. O de las *personas* a las que amaba.

—¿Hamish ha estado aquí esta mañana? —preguntó Torin. No podía ignorar el frío que lo rozaba, suave como un velo sobre sus hombros. Reprimió un escalofrío mientras miraba el huerto.

—Se ha tomado la mañana libre para estar con sus amigos —informó Rodina—. ¿Por qué, laird? ¿Necesitas hablar con él?

—Creo que sí que debería. —Torin guio suavemente a Rodina lejos de los árboles. El olor a podredumbre los siguió por todo el jardín—. Voy a pedirle que acordone el huerto. Mientras tanto, no toques los árboles ni la fruta. No hasta que sepamos algo más sobre esta plaga.

—¿Y qué hay de mis cosechas, laird? —preguntó Rodina deteniéndose ante la puerta oxidada del jardín. Uno de sus gatos (Torin ni siquiera sabía cuántos tenía) escaló el muro de piedra que había tras ella y maulló restregándose en el brazo de su dueña.

Torin vaciló, pero sostuvo la mirada determinada de la mujer. Ella creía que podía rescatar su cosecha, pero Torin tenía la sensación de que había mucho más en juego en el huerto. Desde que Jack había tocado y él y Adaira habían conversado con el folk del agua, la tierra y el viento, Torin había aprendido más cosas de los espíritus de la isla. De su jerarquía, por ejemplo. De sus límites y de sus poderes. Del miedo que albergaban todos hacia su rey, Bane del Viento del Norte. Parecía que no todo andaba bien en el reino de los espíritus. No le sorprendería que todos los árboles sucumbieran a la plaga, una plaga que nunca había visto, reflexionó pasándose la mano por el pelo. Y llevaba casi veintisiete años patrullando el lado este de la isla.

—Intenta no preocuparte por la cosecha —indicó con una sonrisa que no le llegó a los ojos—. Volveré pronto para asegurarme de que las cuerdas estén bien colocadas.

Rodina asintió, pero tenía el ceño fruncido mientras observaba a Torin subiendo a su caballo. Tal vez, al igual que Torin, percibiera el destino sin esperanza de unos árboles que habían vivido mucho más que ellos. Sus raíces se adentraban serpenteantes en las profundidades de Cadence hacia un lugar encantado con el que Torin tan solo podía soñar.

El folk era reservado y caprichoso, solo respondía ante la música de un bardo y, hasta donde Torin sabía, Jack y Adaira eran los únicos Tamerlaine vivientes que habían visto sus formas manifestadas. Aun así, un gran número de Tamerlaine veneraba la tierra, el agua, el viento y el fuego. Torin rara vez lo hacía, en contraste con la devoción de Sidra. Pero, a pesar de sus escasas alabanzas, Torin habían crecido con su tradición. Su padre, Graeme, lo había alimentado con historias de los espíritus cada noche, como si fueran su pan, y Torin conocía el equilibro entre humanos y espíritus en Cadence. Un bando influenciaba al otro.

Sopesó sus opciones mientras viajaba por carretera al minifundio de los Brindle. La habitual tormenta de la tarde estaba a punto de estallar y las sombras ya se habían enfriado cuando Torin vio a una mujer y a una niña recorriendo el camino ante él. Tras una respiración, se dio cuenta de que eran Mirin, la madre de Jack, y Frae, su hija pequeña. Torin detuvo a su caballo.

—Cap... Laird —saludó Mirin acercándose a él.

Torin se había acostumbrado a ese saludo. Su antiguo título cortado por la mitad por el nuevo. Se preguntó si alguna vez el título de «laird» se le adecuaría o si el clan seguiría considerándolo el capitán.

—Mirin, Fraedah —dijo fijándose en que Mirin llevaba un pastel en las manos—. ¿Vais a algún tipo de celebración?

—No es ninguna celebración —respondió la tejedora con voz pesada—. Supongo que no has oído las noticias que llevaba el viento.

A Torin se le encogió el estómago. Normalmente siempre escuchaba al viento por si Sidra o su padre le llamaban. Pero ese día había estado distraído.

—¿Qué ha pasado? —preguntó Torin.

Mirin miró a Frae. Los grandes ojos de la niña reflejaban tristeza cuando bajó la mirada al suelo. Como si no quisiera ver cómo le afectaba a él la noticia.

—¿Qué ha pasado, Mirin? —insistió Torin. Su semental notó sus nervios, dio un paso al lado del camino y aplastó unas margaritas bajo sus grandes pezuñas.

—Un niño se ha ahogado en el mar.

—¿Qué niño?

—El hijo pequeño de Trista —contestó Mirin—. Hamish.

A Torin le llevó un momento asimilar la realidad. Pero, cuando lo hizo, sintió que una daga se le clavaba entre las costillas. Apenas podía hablar e instó a su caballo a avanzar al galope el resto del camino hasta el minifundio de los Brindle.

Cuando el laird llegó a la granja de los Brindle, tenía el cabello rubio enmarañado y las botas altas y el tartán salpicados de barro. Ya se había reunido una multitud. Carretas, caballos y bastones inundaban el camino hasta el jardín. La puerta delantera estaba abierta y dejaba escapar sonidos de duelo.

Torin desmontó y dejó el caballo atado junto a un olmo. No obstante, vaciló bajo las ramas, acribillado por la incertidumbre. Se miró las manos, las palmas callosas cubiertas de cicatrices. Llevaba el anillo de sello de los Tamerlaine en el dedo índice con el emblema de su clan grabado intricadamente en el oro. Un ciervo de doce puntas saltando a través de un anillo de enebro. A veces necesitaba mirarlo, sentir el anillo clavado en la carne cuando flexionaba los dedos para recordarse a sí mismo que todo eso no era una pesadilla.

En un periodo de cinco semanas, el anillo lo habían portado tres lairds diferentes.

Alastair. Adaira. Y ahora, Torin.

Alastair, quien descansaba en su tumba. Adaira, quien ahora vivía con los Breccan. Y Torin, quien nunca había querido la carga del título ni su aterrador poder. Sin embargo, el anillo había encontrado su sitio en su dedo como un juramento.

Torin cerró la mano en un puño y observó el destello del anillo bajo la luz de la tormenta.

No, no se despertaría de esa situación.

Empezaron a caer unas gotas de lluvia y cerró los ojos para tratar de estabilizar su corazón. Había intentado ordenar el lío de pensamientos que tenía: el misterio del huerto enfermo, el muchacho que trabajaba en ese huerto ahogado y los padres del muchacho con el corazón roto. ¿Qué podría decir Torin a esa familia cuando pusiera un pie en su cabaña? ¿Qué podría hacer para enmendar su angustia?

Si la gente pensaba que su cargo de capitán lo había preparado para el título de laird, se equivocaba. Torin se había dado cuenta de que dar órdenes, seguir una estructura y buscar soluciones no lo había preparado para representar a un vasto pueblo en su conjunto, un papel que incluía lidiar con sus sueños, esperanzas, temores, preocupaciones y dolores.

Adi, pensó sintiendo una punzada en el pecho.

No se permitía a menudo pensar en ella esos días porque su mente *siempre* se ponía en lo peor. Se imaginaba a Adaira atada con cadenas en los dominios del Oeste. Se la imaginaba enferma y maltratada. O muerta y enterrada en la tierra del Oeste. O tal vez estuviera feliz con sus padres biológicos y su clan y hubiera olvidado a su otro pueblo, a sus amigos del Este.

¿De verdad, Torin?

Podía visualizarla junto a él con el cabello trenzado, el vestido lleno de barro, los brazos cruzados y la ironía de su voz, dispuesta a luchar contra el pesimismo de él. Era su prima, pero en realidad la consideraba más como la hermana pequeña que siempre había querido pero nunca había tenido. Casi podía sentir su presencia, puesto que había estado a su lado en los buenos y en los malos tiempos, desde que eran dos niños de corazón salvaje compitiendo entre sí, nadando en el mar y explorando cuevas. Y, cuando se habían hecho mayores, se habían acompañado en cada corazón roto, atadura de manos, nacimiento o muerte.

Adaira siempre había estado a su lado. Pero Torin ahora frunció el ceño, regañándose a sí mismo. Tendría que haberse dado cuenta. Todas las mujeres de su vida se desvanecían en recuerdos, como si estuviera condenado a perderlas. Su madre. Su primera esposa, Donella. Maisie durante unos días en verano antes de que la recuperaran del Oeste. Y ahora, Adaira.

«Creo que, si estuviera muerta, lo sabrías», le había dicho ella.

—¿Lo sabría? —replicó Torin amargamente. Las palabras rompieron la imagen de Adaira—. Entonces, ¿por qué no me escribes?

Sopló el viento y le levantó el cabello de la frente. Estaba solo, con nada más que la lluvia susurrando entre las ramas sobre él. Torin abrió los ojos recordando dónde estaba. Qué tenía que hacer.

Cruzó el jardín y atravesó el umbral de la cabaña.

Sus ojos necesitaron un momento para adaptarse a la luz del interior, pero pronto vio a toda la gente reunida en la estancia principal. Vio la comida que le habían llevado a la familia: cestas de *bannocks*, queso, mantequilla, platos de carne asada y patatas, hierbas, miel, bayas y una tetera de té humeante. Junto a una puerta abierta, vio a Hamish tendido en una cama como si estuviera simplemente durmiendo.

—Laird.

James Brindle lo saludó apartándose de la multitud apesadumbrada. Torin levantó la mano, pero luego se lo pensó mejor y abrazó a James.

—Gracias por haber venido —agregó James tras un momento dando un paso atrás para poder mirarlo a la cara. El minifundista tenía los ojos rojos de tanto llorar y la piel pálida. Tenía los hombros hundidos como si estuviera cargando con un gran peso.

—Lo siento mucho —susurró Torin—. Sea lo que fuere lo que necesitéis Trista y tú estos días... hacédmelo saber.

Le costaba creer que el clan hubiera perdido a un niño *otra vez*. Torin tenía la sensación de que acababa de resolver el horrible misterio de las niñas que desaparecían sin dejar rastro: Moray Breccan, el heredero del Oeste de Cadence, había admitido ser el culpable de los secuestros y actualmente cumplía condena en las mazmorras Tamerlaine. Las niñas habían vuelto sanas y salvas con sus familias, pero Torin no tenía modo alguno de devolver a Hamish a sus padres.

James asintió agarrando el brazo de Torin con una fuerza sorprendente.

—Hay algo que tienes que ver, laird. Por aquí, ven conmigo. Sidra... Sidra también está aquí.

La tensión del cuerpo de Torin se relajó al oír su nombre y siguió a James al pequeño dormitorio.

Echó un rápido vistazo a su alrededor: paredes de piedra que olían a humedad, una estrecha ventana con las persianas atascadas que traqueteaban con la tormenta, un conjunto de velas encendidas, cera derretida sobre una mesa de madera. Hamish yacía en la cama con su mejor atuendo y las manos entrelazadas sobre el pecho. Trista estaba junto a él, y también Sidra, con un aura solemne y con la parte baja del vestido llena de arena.

James cerró la puerta quedándose solo los cuatro y el cuerpo del chico en la habitación. Torin miró a Sidra y se le aceleró el corazón cuando ella dijo:

—Tienes que ver algo, Torin.

—Enséñamelo.

Sidra dio un paso hacia la cama. Le murmuró algo a Trista, quien sofocó un sollozo en su tartán mientras se levantaba. James le rodeó los hombros a su mujer con el brazo y se apartaron para que Torin pudiera observar mientras Sidra le quitaba la bota derecha a Hamish.

No sabía qué se esperaba, pero desde luego, no una pierna que le recordara a la plaga del huerto. El mismo color, el mismo brillo dorado hipnotizante.

—No estoy segura de cuál es esta dolencia —dijo Sidra. Habló con voz suave, pero se mordió el labio y Torin supo que eso significaba que estaba preocupada—. James y Trista no estaban al tanto, así que no tenemos modo de saber desde cuándo la sufría Hamish o qué la causó. No hay herida, ninguna rotura en su piel. No tengo ni idea de qué podría ser.

Torin tenía una sospecha. El pánico empezó a burbujearle en el pecho, le subió por la garganta y le hizo castañear los dientes. Pero lo contuvo. Respiró profundamente tres veces. Exhaló entre sus labios separados. *Calma*. Tenía que mantener la calma. Y tenía que estar seguro de sus sospechas antes de que esas noticias volaran con el viento y esparcieran temor y preocupación entre el clan.

—Lamento mucho ver esto —declaró Torin mirando a James y a Trista—. Y lamento que os haya pasado esto a vosotros y a vuestro hijo. Todavía no tengo respuestas, pero espero encontrarlas pronto.

James inclinó la cabeza y Trista siguió llorando en su hombro.

Torin volvió la mirada a Sidra y ella pareció leerle la mente. Le dedicó un suave asentimiento antes de volver a colocarle la bota a Hamish, ocultando la piel moteada.

Desde que Torin había aceptado el título de laird, Sidra había aprendido que, si quería tener un momento a solas con su marido, tenía que ser por la noche en su dormitorio, a menudo susurrando y moviéndose alrededor de su hija, quien se mostraba determinada a dormir entre ellos.

Sidra se sentó en su escritorio para anotar en sus registros de sanación todo lo que había observado durante el día. Su pluma acariciaba el pergamino llenando las páginas con todos los detalles que podía recordar de la pierna de Hamish. El color, el olor, la textura, el peso, la temperatura. No sabía lo útiles que podrían llegar a ser esos detalles, como si todo fuera parte de un examen *post mortem*, y se detuvo, dándose cuenta de que le temblaba la mano.

Había sido un día muy largo y estaba agotada. Oyó a Torin leyéndole un cuento a Maisie en la cama.

Deberían vivir los tres en el castillo. Tendrían que haber ocupado los aposentos del laird con sus espaciosas cámaras, sus paredes cubiertas de tapices y sus ventanas con parteluces que rompían la luz en prismas, con sirvientes que les encendieran la chimenea, les lavaran las sábanas y les limpiaran la casa. Pero ese pequeño minifundio en la colina era su casa y ninguno deseaba marcharse. Ni siquiera cuando el título de laird se aferraba a ellos como telarañas.

Sidra levantó la mirada de su trabajo y captó un destello de Torin y de Maisie en el espejo sucio que colgaba de la pared ante ella. Vio que los párpados de su hija se volvían cada vez más pesados y la niña se sumía gradualmente en el sueño con la profunda voz de su padre.

Maisie acababa de cumplir seis años. Era difícil de creer todo el tiempo que había pasado desde que Sidra la había sostenido por primera vez y a veces pensaba en cómo era su vida antes de conocer a Torin y a Maisie. Sidra era jovial e inquieta por dentro. Una curandera aprendiendo el oficio de su abuela, cuidando las ovejas y el jardín de su padre, a pesar de que anhelaba *algo* más. Algo que la había llevado ahí, a ese momento.

Maisie empezó a roncar y Torin cerró el libro de cuentos.

—¿Debería moverla a la cama? —preguntó con el brazo izquierdo bajo su hija durmiente. Señaló el pequeño catre que había colocado en un rincón de su habitación. Llevaban unos días intentando convencer a Maisie de que durmiera en su propia cama sin resultado alguno. Ella quería encajarse entre ellos y, al principio, a Sidra le había parecido reconfortante tener tanto a Maisie como a Torin con ella por las noches. Pero a menudo descubría a Torin mirándola bajo la luz de la luna sobre la figura despatarrada de Maisie.

Los dos se habían puesto creativos esos días, robando rápidos momentos en rincones y en almacenes polvorientos o incluso sobre la mesa de la cocina cuando Maisie estaba durmiendo.

—No, deja que duerma con nosotros esta noche.

No pudo evitar pensar en James y en Trista y en cómo les dolerían los brazos esa noche. Sidra había sentido un eco de ese dolor hacía poco tiempo y miró a Maisie durante un largo momento antes de cerrar el tintero y dejar la pluma.

Pasaron unos minutos mientras Sidra releía sus registros. De repente, notó que la habitación estaba totalmente en silencio, ni siquiera el viento soplaba más allá de las paredes. Era inquietante, como la calma antes de una tormenta mortífera, y Sidra se dio la vuelta en su silla preguntándose si Torin también se habría quedado dormido. Estaba despierto, contemplando las sombras de la habitación con el ceño fruncido. Parecía estar muy lejos, perdido entre pensamientos turbulentos.

—Antes querías hablar conmigo —comentó Sidra en voz baja para que Maisie no se despertara—. Sobre Hamish.

La atención de Torin se focalizó.

—Sí. No quería que sus padres oyeran lo que tengo que decirte.

Sidra se puso de pie con un escalofrío.

—¿Qué es?

—Primero ven a la cama. Estás demasiado lejos de mí.

A pesar del temor que la aferraba, sonrió. Empezó a apagar las velas una a una hasta que solo quedó una vela de junco iluminando el camino hasta su lado de la cama.

Se deslizó bajo las mantas y se colocó de cara a Torin, con su hija soñando entre ellos.

Torin permaneció en silencio unos instantes. Le acarició el pelo a Maisie como si necesitara sentir algo suave, algo tangible. Pero entonces empezó a hablar de la plaga del huerto. De la savia que rezumaba, brillante. De la fruta verde podrida, caída de árboles que cuidaba Hamish.

Sidra notó el corazón en la garganta. Cuando habló, las palabras le parecieron espesas:

—Contrajo esa enfermedad de los árboles. De los espíritus.

Torin buscó su mirada. Tenía los ojos inyectados en sangre. Había destellos plateados en su barba, en algunos mechones de su cabello. Su alma parecía antigua y triste en ese momento y Sidra le acarició la mano.

—Sí —susurró Torin—. A mí también me lo parece.

—¿Crees que tendrá algo que ver con la música de Jack?

Torin se quedó pensativo. Sidra podía leerle la mente.

Cuando Torin se había convertido en laird, Jack les había confesado a ambos que antiguamente Lorna Tamerlaine tocaba todos los años para los espíritus del mar y de la tierra. Su ofrenda de alabanzas había mantenido la prosperidad del Este y, como actual bardo del clan, Jack haría lo mismo. Era un secreto que solo conocían el laird y el bardo por respeto al folk, pero sería imposible ocultarle tal secreto a Sidra, puesto que ella ya sospechaba de antes que Jack estaba cantando para los espíritus y que eso lo hacía enfermar cada vez.

—Cantó para la tierra y para el mar cuando él y Adaira estuvieron buscando a las niñas el mes pasado —contestó Torin.

—Pero también tocó para el viento, lo que causó una tormenta de varios días.

Torin hizo una mueca.

—Entonces, ¿puede que el viento del norte esté disgustado por algo que hemos hecho?

—Sí, puede ser —admitió Sidra—. Pero me gustaría ver ese huerto.

—¿Crees que encontrarás respuestas allí, Sid?

Sidra separó los labios, pero titubeó. No quería darle esa tranquilidad tan pronto. Cuando sentía que se estaba metiendo en aguas turbulentas.

—No estoy segura, Torin. Pero empiezo a creer que esta plaga es síntoma de algo mucho más preocupante y que solo los espíritus de los árboles infectados conocen la respuesta. Lo que significa…

Torin suspiró y echó la cabeza atrás para mirar al techo.

—Necesitamos que Jack vuelva a cantar para la tierra.

CAPÍTULO 2

—Mierda.

La bota de Jack resbaló sobre una pila de estiércol. Estuvo a punto de perder el equilibrio y balanceó los brazos para estabilizarse, pero no antes de ver cómo su hermana pequeña abría enormemente los ojos. Frae se detuvo en seco como si la palabrota de Jack la hubiera anclado en la tierra del jardín.

—No quería decir eso —se disculpó Jack enseguida. Pero nunca se le había dado bien decir mentiras. Había sido un día de mierda (todo el *mes* había sido una mierda) y él y Frae estaban intentando sacar a la vaca de los vecinos de su patio tratando de preservar al máximo su jardín.

La vaca mugió atrayendo de nuevo la atención de Frae.

—¡Ay, no! —exclamó mientras la vaquilla empezaba a pisotear las judías.

Jack se movió para cambiar la trayectoria de la vaca hacia donde estaba abierta la verja del jardín. El animal se asustó y giró aplastando más tallos. A Jack no le quedó más remedio que volver a pisar los excrementos para intentar impedirle el paso.

—*¡Jack!*

El muchacho miró a su derecha, donde estaba Mirin en el camino de piedras sujetando un tartán entre las manos. No le hizo falta preguntarle qué quería decirle, se estiró y tomó el tejido antes de perseguir a la vaca hacia el jardín trasero.

Tras unos pocos cortes y evasivas más, finalmente Jack pasó el mantón sobre el cuello de la vaca formando una rienda floja. Con un suspiro, evaluó los daños. Frae parecía devastada.

—No pasa nada, hermanita —la tranquilizó dándole un toquecito en la barbilla.

Frae cumpliría pronto nueve años con la llegada del invierno y ya había crecido desde que Jack la había conocido tan solo un mes antes. Había crecido medio palmo de alto y se preguntó si alguna vez llegaría a ser tan alta como él.

Mientras su madre y su hermana empezaban a reparar el jardín, Jack se llevó a la vaca hacia adelante. Se aseguró de cerrar la puerta con pestillo antes de conducir al animal unos kilómetros hacia el norte, donde estaba el minifundio de los Elliot casi oculto entre colinas cubiertas de brezo.

Los Elliot lo habían perdido todo en la última incursión de los Breccan. Su ganado había sido acorralado y se lo habían llevado al otro lado de la línea del clan. Su cabaña y sus construcciones anexas se habían incendiado, pero, lentamente, su granja estaba siendo restaurada. Acababan de erigir una nueva cabaña, un nuevo almacén y un nuevo establo, pero las vallas estaban en la parte inferior de la lista de prioridades y todavía no habían sido restauradas. Su nuevo rebaño de vacas a menudo vagaba hasta la propiedad de Mirin, y Jack, tentado de comprar un perro a estas alturas, devolvía diligentemente los animales cada vez. Pero se estaba cansando. Se sentía como si estuviera viviendo el mismo día una y otra vez.

Notó un doloroso pinchazo en el pecho cuando miró hacia la izquierda, donde el bosque Aithwood, bañado por la luz matutina, crecía espeso y enmarañado. Más allá estaba la línea del clan y, al otro lado, el Oeste. Hubo un tiempo en el que a Jack le había preocupado que Mirin viviera tan cerca del territorio Breccan. Años atrás, cuando él era un niño, el clan del Oeste había hecho una incursión en su casa y les había robado las provisiones para el invierno. El recuerdo de aquella noche seguía muy vívido en su mente, un recuerdo marcado por el miedo y el odio.

Pero la preocupación por la llegada del invierno era simplemente un modo de vida para los Tamerlaine, incluso con la magia de la línea del clan, una frontera que no podía cruzarse sin alertar al otro lado. Los Breccan traspasaban para robar comida y ganado, sobre todo en los meses más fríos y crudos. Tenían que actuar rápido antes de que la Guardia del Este los alcanzara.

Ese era el precio que tenían que pagar los Breccan por el encantamiento de la línea del clan. Aunque podían conjurar la magia con facilidad, la tierra de los Breccan no conseguía cubrir sus necesidades y tenían que recurrir a los robos para sobrevivir. Para los Tamerlaine era justo lo contrario: ejercer la magia los hacía enfermar, pero tenían abundancia de recursos para poder sobrevivir al invierno con comodidad. Ese era el motivo de la violencia de las incursiones y de los ocasionales derramamientos de sangre cuando los clanes se enfrentaban. Jack se preguntó si este patrón cambiaría ahora que Adaira estaba en el Oeste.

Se había entregado a cambio de Moray. Su hermano gemelo permanecería aprisionado en el Este siempre que Adaira se quedara en el Oeste. Un prisionero a cambio de otro, aunque Jack había visto cómo había mirado a Adaira Innes Breccan, la laird del Oeste. Innes no había mirado a Adaira como una ventaja ni tampoco como una enemiga a la que encadenar, sino más bien como una hija a la que había perdido, como alguien a quien quería conocer ahora que la verdad había salido a la luz.

«Me gustaría que hubiera paz en la isla. Si me voy contigo al Oeste, desearía que cesaran las incursiones en las tierras de los Tamerlaine», le había dicho a Adaira cuando habían acordado el intercambio de prisioneros.

Innes no había hecho ninguna promesa, pero Jack sospechaba (sabiendo lo que sabía de su esposa) que Adaira haría todo lo que pudiera para impedir que volvieran a empezar las incursiones, para mantener al menos una paz tentativa en la isla. Su compromiso con Cadence era tal que había elegido el deber por encima del corazón, dejando a Jack atrás cuando se había marchado.

«La música está prohibida en el Oeste».

Adaira le había soltado esa cruz momentos antes de partir. Ella no podía imaginar para Jack una vida sin su primer amor como el músico que era. Pero, cuanto más revivía Jack ese angustioso intercambio, más cuenta se daba de que Adaira también había querido parecer lo menos amenazante posible en el Oeste.

Y Jack era una amenaza en dos sentidos diferentes: como bardo y como el hijo ilegítimo del Breccan que la había entregado a los Tamerlaine décadas atrás.

Jack estaba jadeando ahora. La vaca arrastraba sus pezuñas tras él.

—¿Sabes? Solo me ha escrito dos veces —le dijo a la vaca justo cuando coronaron la colina. Ya podía ver el minifundio de los Elliott a lo lejos—. *Dos* veces en casi cinco semanas, como si estuviera demasiado ocupada para mí haciendo lo que sea que hagan los Breccan.

Le sentó bien pronunciar por fin esas palabras en voz alta. Palabras que se había tragado como piedras. Pero Jack sintió el viento del sur en la espalda agitándole el cabello. Si no se andaba con cuidado, la brisa se llevaría sus palabras entre las alas para que las escucharan otros y Jack ya había sufrido suficiente mortificación.

Aun así, siguió hablándole a la vaca.

—Por supuesto, en la primera me dijo que me echaba de menos. Yo no le respondí enseguida.

La vaquilla le dio en el codo con el hocico.

Jack la miró con el ceño fruncido.

—Vale, sí que le escribí en cuanto llegó la carta. Pero me esperé para enviarla. Cinco días, en realidad.

Habían sido cinco horribles y largos días. Jack tenía sus heridas y su orgullo y Adaira había evidenciado que ni siquiera lo necesitaba a su lado. Al final, se había dado cuenta de que había sido un error esperar tanto para enviar la carta. Porque entonces Adaira dejó pasar más días todavía antes de responderle, como si sintiera el abismo creciente entre ellos. Sin embargo, ambos estaban intentando protegerse de lo que seguramente iba a pasar: su atadura de manos se rompería al pasar el año y el día obligatorios que habían acordado. Jack era incapaz de ver cómo podrían seguir casados viviendo de ese modo.

Se puso la mano en el pecho donde pudo sentir su media moneda oculta bajo la túnica. Se preguntó si Adaira todavía llevaría la suya. La moneda de oro había sido dividida entre ellos durante la atadura de manos y se les había dado una mitad a cada uno. Era el símbolo de sus votos y Jack todavía no se la había quitado del cuello.

La vaquilla mugió.

Jack suspiró.

—Lo cierto es que el último en escribir fui yo. Le escribí hace nueve días. Te sorprenderá saber que todavía no me ha respondido.

El viento sopló.

Jack cerró brevemente los ojos, pero se preguntó qué sucedería si el viento se llevara esas palabras al otro lado de la línea del clan atravesando las sombras del oeste hacia dondequiera que estuviera Adaira. ¿Qué haría ella si oyera su voz en la brisa? ¿Le escribiría? ¿Le diría que acudiera a ella?

Eso era lo que él quería.

Quería que Adaira le pidiera que se uniera a ella en el Oeste. Que lo invitara a estar de nuevo con ella. Porque Jack no podía soportar suplicarle que lo aceptara y temía estar en un lugar en el que no fuera bienvenido. Se negaba a ponerse en tal posición, así que no le quedaba más remedio que aparentar resiliencia mientras esperaba a que ella decidiera qué iba a ser de su relación.

—¿Sabes? No es justo —dijo una voz y Jack se sobresaltó sintiéndose como si alguien le hubiera leído la mente.

No es justo dejar que todo ese peso recaiga en ella cuando sabes que su vida ha sido rota y recompuesta en algo totalmente desconocido para ella.

Jack se protegió los ojos con la mano tragándose el nudo de la garganta. Podía ver a Hendry Elliott subiendo la colina cubierta de césped para reunirse con él con una sonrisa y un rastro de suciedad en el rostro del hombre.

—Después de todo lo que he trabajado para arreglar las vallas, las vacas todavía encuentran un modo de escaparse —comentó Hendry—. Me disculpo una vez más si te he molestado a ti o a tu madre.

—No hace falta que te disculpes —respondió por fin Jack entregándole la vaca problemática—. Espero que os vaya todo bien por allí.

—Bastante bien, gracias —contestó Hendry estudiando a Jack más de cerca—. ¿A ti cómo te va, bardo?

Jack chasqueó los dientes.

—Mejor que nunca.

El hombre se limitó a dedicarle una sonrisa triste y Jack se distrajo acariciándole el costado a la vaca como si hubiera hecho una nueva amiga.

Se despidió alegremente de Hendry y de la vaquilla y se dio la vuelta para regresar por el largo camino hasta el minifundio de su madre. La tierra debió sentir cómo sus pies se arrastraban por el césped y por los helechos y los kilómetros se fundieron mientras las colinas se plegaban. A veces, los espíritus de la tierra eran benevolentes y volver por los páramos era mucho más rápido que hacerlo por los caminos. Otras veces, sus travesuras aparecían como malas hierbas mientras alteraban los árboles, las rocas, el césped y las subidas y bajadas del paisaje. Jack se había perdido varias veces por la isla después de que los espíritus hubieran cambiado el paisaje, una de ellas recientemente, y se sintió agradecido cuando vislumbró de nuevo la cabaña de Mirin.

Salía humo por la chimenea manchando el sol del mediodía. La cabaña estaba construida con piedras y tenía el tejado de paja. Estaba situada en una colina que daba al sinuoso camino de un río traicionero que fluía del Oeste al Este. Un río que lo había cambiado todo.

Jack ignoró el brillo distante de los rápidos y decidió examinar el jardín mientras se acercaba. Su madre y Frae se habían ocupado de las plantas lo mejor que habían podido y Jack estaba pensando en todo lo que tenía que hacer (arreglar el techo antes de las próximas lluvias, ayudar a Frae a hornear otro pastel para los Brindle, recoger más rocas de río para las prácticas de tirachinas) cuando entró en la cabaña.

—¿Tienes listas las bayas para el pastel, Frae? —preguntó Jack mientras las sombras del interior se cernían sobre él. La casa estaba llena de olores familiares: la pelusa de la lana, la esencia de los *bannocks* recién horneados y el aroma salado de la sopa de bígaros. Esperaba levantar la mirada y encontrarse a Mirin tejiendo en su telar y a Frae ayudándola o bien ocupada con sus tareas de la escuela en la mesa. A la última persona a la que se esperaba encontrar como un árbol anclado en la estancia principal de su madre era a Torin Tamerlaine.

Jack se detuvo abruptamente buscando la mirada de Torin. El laird estaba junto a la chimenea, donde la luz del fuego captaba los matices plateados de su jubón de cuero, la empuñadura de su espada envainada, el dorado de su melena y el gris que brillaba como escarcha en su barba, aunque todavía le faltaban unos años para cumplir los treinta. Un broche de rubí relucía en su hombro ensartado en su mantón carmesí.

—Laird —saludó Jack mientras sus preocupaciones se multiplicaban. Torin no podía estar ahí por nada bueno. Nunca había sido de los que iban de visita solo para socializar.

—Jack —respondió Torin con voz cautelosa y Jack supo en ese mismo instante que Torin quería algo de él, algo que probablemente él no quisiera dar.

La mirada de Jack se desvió a su madre, quien estaba apartándose del telar. A Frae, que estaba preparando la masa para el pastel.

—¿Va todo bien? —preguntó fijándose de nuevo en Torin.

—Sí —contestó el laird—. Me gustaría hablar contigo, Jack.

—Estaremos en el jardín —dijo Mirin tomando de la mano a Frae y guiándola hasta la puerta trasera.

Jack observó cómo su hermana pequeña abandonaba la tarta y le dirigía una mirada de preocupación. Él sonrió y asintió esperando tranquilizarla mientras intentaba calmar su propia mente.

Demasiado pronto, con las puertas y las persianas cerradas contra la curiosidad del viento, la cabaña se quedó en silencio. Jack se pasó la mano por el pelo enmarañado con el color del bronce oscuro en los dedos. Le había crecido últimamente. Los cabellos plateados que brillaban en su sien izquierda eran un recordatorio de que se había enfrentado a la ira de Bane y había sobrevivido. Después de haber estado tan cerca de la muerte, no volvería a tocar para los espíritus pronto.

—¿Puedo ofrecerte algo para beber, laird? —preguntó.

Torin apartó la mano de la chimenea, pero su boca seguía apretada en una línea firme y los dedos tensos a su lado.

—Llámame Torin. Y no. Tu madre me ha preparado una taza de té mientras te esperábamos.

Era extraño pensar lo mucho que Jack había deseado ser como Torin en todos los sentidos cuando era pequeño porque era valiente y fuerte, un estimado miembro de la guardia. Ahora era alguien a quien Jack admiraba (y encontraba irritante y cabezota en algunas ocasiones) y, sobre todo, un amigo en el que confiaba.

—Entonces, ¿por qué has venido? —inquirió Jack.

—Necesito que toques para los espíritus.

Jack vaciló. Casi pudo sentir un eco de dolor en las manos y en las sienes solo de *pensar* en cantar para el folk. Pero era parte de su deber como bardo del Este.

—Ya he tocado para el agua y para la tierra.

—Lo sé —respondió Torin—, pero hay problemas y necesito hablar con los espíritus. —Le explicó lo de la plaga del huerto y cómo la peste había pasado a Hamish Brindle.

—¿El chico que se ahogó ayer? —preguntó Jack con las cejas arqueadas.

—Sí —confirmó Torin—. Lo que me lleva a creer que hay cierta inquietud en el reino de los espíritus que ha traspasado al nuestro y no hace más que empeorar debido a nuestra ignorancia. Si pudieras atraer a un espíritu del huerto enfermo, tal vez podría decirnos qué ha pasado y qué podemos hacer para arreglarlo. Entonces sabríamos qué hacer para protegernos y para impedir que se expandiera la enfermedad.

Jack se quedó en silencio preguntándose si podría volver a tocar la balada de Lorna para invocar a las hadas de la tierra o si tendría que componer su propia música. Se sintió como si tuviera una piedra alojada en la garganta cuando intentó imaginarse escribiendo notas suyas. Solo se sentía *vacío*.

Mientras Jack observaba el fuego azulado de la chimenea, sintió un repentino calor en la espalda, como si hubiera alguien detrás de él. Oyó una voz tan familiar que la reconocería en cualquier parte, un susurro en el pelo.

Es tu momento, mi antigua amenaza. Toca para el huerto.

Jack no pudo resistirse: miró por encima del hombro como si fuera a encontrarse a Adaira tras él. Pero lo único que vio fue un rayo de sol colándose por una rendija de la persiana.

Podría haberse sorprendido porque ella se le hubiera aparecido en ese momento, pero sabía por qué era. Porque Adaira lo había llamado para que volviera a Cadence por *eso*, en primer lugar. Le había pedido que cantara para los espíritus desde el mar, que tocara para los espíritus de la tierra y que convocara a los espíritus del viento. Y Jack había hecho lo que le había pedido como si fuera parte de las mareas, de las rocas y de las ráfagas de la isla. Lo había hecho incluso cuando dudaba de sí mismo porque Adaira había creído en sus manos, en su voz y en su música.

—Lo *haría* —respondió Jack volviendo a mirar a Torin—. Pero no tengo arpa. La mía quedó destrozada por el viento del norte cuando toqué para el aire.

—Tienes la de Lorna.

—Sí, su arpa grande, que es para salón. Necesito algo más pequeño. Para tocar para los espíritus tengo que ir adonde ellos estén. Sentarme en sus dominios.

—¿Crees que Lorna tendría una? —inquirió Torin—. Tocó para ellos todos esos años en secreto. Como hiciste tú en verano. Seguro que hay un arpa más pequeña en alguna parte del castillo.

Jack inhaló bruscamente, listo para replicar. Pero las palabras se fundieron en su aliento, sabía que Torin tenía razón. Lorna debía tener algún arpa escondida en alguna parte.

—¿Te da miedo el dolor, Jack? —preguntó Torin suavemente—. Sidra me ha contado que sufres físicamente después de cantar para los espíritus. Me dijo que debo ser consciente de ello. Yo estaré contigo cuando los llames. Como una vez estuvo Adaira.

Jack lo fulminó con la mirada.

—No es eso.

—Entonces, ¿hay algún otro motivo?

La pregunta de Torin puso en tensión a Jack. Dejó que su atención vagara por la estancia. A las tiras de masa en la mesa de la cocina y al tarro de bayas rojas preservadas desde el verano. Al telar de la esquina con un mantón en sus fauces, un patrón tejido con incontables hilos. A la pila de libros escolares sobre el escabel y a su tirachinas descansando sobre una página abierta.

Jack no sabía cómo explicarlo. No sabía cómo darle forma a su pesar, cómo darle nombre, porque el último mes le había ido bien dejando que el dolor hirviera bajo la superficie. Dormía, comía y trabajaba en el minifundio. Y aun así no encontraba alegría en esas ocupaciones. Se limitaba a respirar, era consciente de ello y lo detestaba.

Lo cierto era... que no le *apetecía* tocar. Había dejado que su pasión menguara desde que Adaira se había marchado. No tenía corazón para ella. Pero si Torin y la isla necesitaban que volviera a cantar, Jack convocaría a lo que le quedaba de su música. Aunque fuera peligroso hacer algo así esos días, después de la advertencia del viento del norte para que dejara de tocar.

—De acuerdo —aceptó—. Si encontramos un arpa, tocaré para el huerto.

—Bien —respondió Torin incapaz de ocultar su alivio—. Ahora vamos al castillo. Tengo una llave maestra. No dejaremos habitación sin remover.

Antes de que Jack pudiera parpadear, Torin pasó rápidamente junto a él hacia la puerta principal.

Bueno, el día no está yendo según lo planeado, pensó Jack con una queja interior como si hubiera llenado su horario con tareas importantes. Cosa que no era así, por supuesto. Pero ahora había una posibilidad de que, con Torin determinado a mirar detrás de cada tapiz y a remover cada piedra en busca de un arpa que podría existir o no, Jack se quedara horas y horas atrapado en ese castillo.

Tomó su mantón y siguió a Torin a través del umbral, solo para darse cuenta de que había entrado el estiércol a la casa con las botas.

Se detuvo brevemente imaginándose cómo reaccionaría Mirin cuando lo viera.

Jack suspiró.

—*Mierda.*

CAPÍTULO 3

Uno podría pensar que Torin, quien no solo había sido capitán de la Guardia del Este durante tres años, sino que además era sobrino de Alastair Tamerlaine, conocería cada rincón y cada rendija del castillo. Se sorprendió al descubrir que había muchas puertas ocultas y estancias que no sabía ni que existían. Inevitablemente, se preguntó si Adaira sí que las conocería.

—Por aquí no veo señales del arpa —dijo Jack con un suspiro sacudiéndose el polvo de la ropa.

Torin echó un vistazo a la cámara. En cada rincón había una pila de cajones en los que tanto él como Jack habían rebuscado meticulosamente. Habían descubierto candelabros deslustrados, damascos apolillados, pequeños tapices con ciervos y fases lunares, ollas de bronce, rejillas de hierro, mantas de tartán y aguamaniles de plata. Pero, tras rebuscar durante horas, no habían encontrado ni rastro de la segunda arpa de Lorna.

Habían empezado por la torrecilla de música, aunque Jack había insistido en que no estaba allí. Desde la torre sur, habían recorrido los pasillos sin dejar puerta por abrir. Ambos habían pasado por puertas con motivos de flora y fauna tallados, por puertas entramadas con hierro y plata y por puertas tan pequeñas que tenían que inclinarse para atravesar sus umbrales. Había puertas tímidas ocultas en paredes sombreadas y puertas brillantes y orgullosas que relucían bajo la luz de las antorchas. Torin casi había vuelto a sentirse como un niño atrapado en la creencia de que una de esas puertas iba a abrirse a otro lugar, a otro reino. Como los portales de las hadas de los que su padre le había hablado a menudo de pequeño.

Para su gran decepción, las puertas daban a almacenes y salas de reuniones y a un extraordinario número de dormitorios, algunos de los cuales estaban habitados por los sirvientes.

Ahora, horas después, Torin podía sentir que Jack estaba cansado y ansioso por volver a casa. Pero Torin nunca había sido de los que se rendían tan fácilmente en una pelea o una búsqueda. Apoyándose en uno de los cajones, dijo:

—Hay un grupo de cámaras que todavía no hemos examinado. El ala de Alastair.

Los ojos oscuros de Jack eran inescrutables, pero, con un gesto de mano y una insinuación de exasperación, le señaló a Torin que indicara el camino.

Sí, tendrían que haber examinado primero el ala del laird, tal vez incluso antes que la torrecilla de música, pero Torin no estaba seguro de si debían entrar a esos aposentos. Estaban llenos de recuerdos que anhelaba tanto olvidar como revivir. También eran las habitaciones en las que se suponía que tenían que vivir él, Sidra y Maisie ahora que era laird y no estaba seguro de qué encontraría en ellas.

Torin subió un tramo de escaleras con moqueta y luego siguió un amplio pasillo revestido de tapices. Esta parte del castillo estaba en silencio bajo los últimos rayos de sol de la tarde. Pero, cuando Torin se acercó a la puerta del laird, se detuvo, escuchando. Podía oír voces distantes. Los sirvientes realizando sus tareas. Edna, la chambelán del castillo, regañando a alguien. Carcajadas y ruidos de ollas, puesto que se acercaba la hora de la cena.

—Cuando quieras —apremió Jack.

Torin se sobresaltó. ¿Cuánto tiempo llevaban ahí de pie? Exhaló entre los dientes sonrojándose y deslizó la llave de hierro en la cerradura.

Ni siquiera Adaira había llegado a vivir en esos aposentos. La última vez que Torin se había adentrado en ellos, Alastair estaba en su lecho de muerte intentando tomar aire. Preguntando por su hija, quien estaba ausente en alguna parte de las pendientes de Tilting Thom con Jack mientras él cantaba para las hadas.

Torin dejó que se abrieran las puertas.

Observó las oscuras sombras oliendo un débil rastro de abrillantador, como si Edna hubiera ordenado que pulieran el suelo. Lentamente, atravesó el umbral dejando que su memoria lo guiara hasta la pared del fondo. Una a una, abrió las cortinas revelando ventanas arqueadas. Ríos de luz entraron en la habitación iluminando la enorme cama y su baldaquino rojo, los cuadros y los tapices que amortiguaban los ecos y proporcionaban color a un lugar por lo demás apagado, con los muebles cubiertos con sábanas blancas.

Jack lo siguió. No se mostró muy preocupado por la estancia principal y se dirigió a la puerta de la pared norte que llevaba a un laberinto de cámaras interiores. Estaba abierta y la atravesó con Torin siguiéndolo de cerca. Encontraron varios guardarropas, un salón de baño con el suelo de baldosas y ventanas de vidriera, dos dormitorios más, una sala de estar con una chimenea y una pequeña biblioteca.

Torin se descubrió a sí mismo pensando: *A Maisie le encantaría estar aquí.* Pero cuando intentó imaginarse a Sidra viviendo en esas estancias, solo pudo pensar en lo mucho que tendría que caminar para salir al jardín del castillo. Tendría que atravesar pasillos, bajar tramos de escaleras y pasar bajo incontables dinteles. En esa ala del castillo estaban más cerca de las nubes que de la tierra. Habiendo crecido en un valle cuidando del rebaño de su padre y ocupándose diariamente del jardín junto a su abuela, Sidra notaría la distancia.

—Esta está cerrada —informó Jack. Su afirmación fue seguida por un impaciente traqueteo del picaporte de hierro.

Frunciendo el ceño, Torin se adentró más en el pasillo del ala. Encontró a Jack junto a un tapiz que colgaba de la pared intentando abrir una puerta que Torin nunca había visto.

—¿Cómo has sabido que había una puerta aquí? —preguntó bruscamente.

Jack salió de detrás del tapiz con telarañas en el pelo.

—Adaira y yo teníamos una puerta secreta que conectaba nuestras habitaciones. He supuesto que aquí habría algo similar.

Torin gruñó odiando la duda que serpenteaba en su interior, una duda que lo hacía sentirse como un impostor. Pero, con Jack sujetando el tapiz para que él pudiera llegar a la puerta, se movió hacia adelante con la llave.

La abrió con un suspiro.

Torin no pudo ocultar su estremecimiento, el escalofrío que lo recorrió de los pies a la cabeza cuando entró en la habitación oculta. Tenía una forma hexagonal y estaba llena de estanterías y ventanas con patrones de diamante en los paneles. Colgaban largos lazos de los travesaños del techo, algunos con flores y cardos secos, otros con estrellas hechas a mano. Había una alfombra raída con un unicornio esparcida por el suelo y en el centro había una mesita, una silla de respaldo alto y un arpa pequeña descansando entre los cojines.

—Aquí está —murmuró Torin con la boca seca de repente—. ¿Puedes tocar con esta?

Jack pasó junto a él para acercarse al arpa. Le llevó un minuto, como si tuviera miedo de tocar el instrumento de otra persona. Pero casi parecía que el arpa hubiera estado esperándolo. Finalmente, Jack tomó el instrumento entre las manos y se sentó en la silla para examinarlo más de cerca.

—Sí —respondió—. La han cuidado muy bien tras la muerte de Lorna.

—¿Quién? ¿Alastair? —reflexionó Torin en voz alta fijándose en la tetera plateada y la taza a medio beber de té turbio en la mesita. Al imaginarse a su tío sentado en esa silla tomando té y sujetando el instrumento como si hubiera sido el día anterior, Torin se estremeció de nuevo.

—No —contestó Jack tocando una de las cuerdas. La nota resonó por toda la cámara, un sonido dulce y solitario—. Supongo que Adaira. Me contó que una vez Lorna intentó enseñarle a tocar, pero sus manos nunca lograron encontrar la música. Sin embargo, aprendió a cuidar los instrumentos. Creo que ella los estuvo manteniendo hasta que yo pudiera volver.

Era sabido que la música era voluble en la isla. Poca gente podía tocar instrumentos y, de todos ellos, solo un bardo y un arpa podían convocar a los espíritus. Desde que Torin tenía uso de memoria, el Este siempre había tenido un bardo que cantara la tradición y las baladas históricas, excepto en los años que habían pasado entre la muerte de Lorna y el regreso de Jack. Pero la música había estado entretejida en la vida de la isla desde mucho antes de que se formara incluso la línea del clan.

Torin buscó la mirada de Jack.

Al bardo le brillaban los ojos y tenía la mandíbula apretada. Él fue el primero en romper el contacto visual, desviando la atención para examinar el arpa. Torin aprovechó ese momento para mirar las estanterías y sacó unos cuantos tomos mientras le concedía a Jack la privacidad que necesitaba.

¿Qué otros secretos ocultabas, Adi?, se preguntó Torin mientras echaba un vistazo a las estanterías. Un libro con un pergamino suelto entre las hojas captó su atención. Sacó el volumen y se sorprendió al descubrir que ese papel era el dibujo de un niño. Supo enseguida que era uno de los viejos dibujos de Adaira.

Había representado tres siluetas humanas con palotes, pero Torin las reconoció. Adaira se había dibujado a sí misma entre Alastair y Lorna sujetándolos de las manos. Un caballo acechaba en el cielo sobre ellos, como solo un niño podría imaginar. En una esquina del papel había cardos y, en otra, estrellas. Bajo la ilustración estaba su nombre con la «R» escrita al revés, y Torin sonrió hasta que sintió que se le abría el pecho.

Sucedió todo demasiado rápido, pensó. Cuando había salido a la luz la verdad sobre los orígenes de Adaira, Torin apenas había tenido tiempo para pensar en cómo la afectaba esa noticia, puesto que había estado muy absorto intentando reordenar sus propias emociones. Y luego simplemente había sido más fácil revolcarse en la negación. Había sido más fácil sofocar el recuerdo de sus últimos días en el Este.

Pero ahora se lo imaginó.

Se preguntó qué debió sentir Adaira cuando se dio cuenta de que había crecido bajo una mentira: no era hija de sangre de los padres a los que había amado, como Alastair y Lorna habían hecho creer a todo el mundo, sino la hija de la laird del Oeste, su mayor enemiga. Que había sido robada de bebé de la línea del clan y puesta en secreto en brazos de Lorna Tamerlaine. ¿Qué debió sentir cuando el clan que una vez la había adorado le dio la espalda, aliviados porque hubiera sido intercambiada por Moray?

Torin cerró el libro incapaz de observar el dibujo ni un segundo más. Antes de poder pensárselo mejor, dijo:

—Jack, ¿tú crees que volverá al Este?

—No creo que lo haga. —Jack tocó otra nota triste con el arpa—. No hasta que crea que Moray ha pagado su penitencia en nuestros dominios.

Y eso sería en una década. El hermano gemelo de Adaira había cometido un horrible crimen contra los Tamerlaine robando a sus hijas en un cruel acto de venganza. El hecho de que el Este hubiera mantenido a Adaira apartada de su familia biológica justificaba las acciones de Moray (en la mente de este) mientras secuestraba a niñas Tamerlaine una y otra vez. Lo había hecho con la esperanza de que los raptos incitaran a Alastair a revelar la verdad sobre su hija, una confesión que le concedería a Adaira la oportunidad de volver al Oeste con los suyos.

—¿Adaira te ha dicho algo en sus cartas que haya activado tu sentido de alarma? —preguntó Torin a continuación.

—No —contestó Jack, pero entornó los ojos—. ¿Por qué? ¿Te ha escrito algo que te haya hecho pensar que corre peligro?

Torin trazó con el dedo los brillantes lomos de los libros de la estantería.

—Apenas me ha escrito. Una sola carta, poco después de haberse marchado, para hacerme saber que se había asentado y que todo le iba bien. Lo mismo con Sidra. —Hizo una pausa sacudiéndose el polvo de los dedos—. Pero no me ha respondido a ninguna de las cartas que le he enviado desde entonces. Sidra cree que simplemente es porque está intentando establecer un vínculo con sus padres y necesita distanciarse de nosotros para hacerlo. Pero me pregunto si estarán interceptando las cartas y mis palabras nunca le han llegado.

—Ahora mismo estoy esperando su respuesta —informó Jack levantándose con el arpa debajo del brazo—. Pero no me ha dado motivos para creer que pueda estar en peligro. Creo que Sidra tiene razón y Adaira ha decidido poner distancia entre nosotros. Me cuesta imaginar a Innes Breccan queriendo hacerle daño, sobre todo teniendo en cuenta que su heredero está encerrado en nuestras mazmorras. Pero tampoco me sorprendería que Innes siguiera viéndonos como una amenaza tanto para Moray como para Adaira, así que tal vez la laird encuentre tus cartas perturbadoras. Puede que sienta que no le queda más remedio que interceder, como bien has dicho. Y ¿qué podemos hacer al respecto?

Nada.

No podían hacer absolutamente nada, excepto empezar una guerra con los Breccan, cosa que Torin no deseaba hacer.

—¿Le escribirás otra vez, Jack? —pidió Torin—. ¿Y me avisarás cuando te responda?

Jack se quedó en silencio durante unos instantes, pero su semblante se había vuelto pálido y sus mejillas tenían un aspecto extraño y vacío, como si estuviera conteniendo el aliento. Así que Jack también estaba preocupado por Adaira. Estaba intentando mantener la calma por el bien de Torin.

—Sí, te lo haré saber —prometió el bardo—. Debería irme ya para preparar la canción para el huerto.

Torin asintió con gratitud, pero se quedó unos minutos más en la estancia después de que Jack se hubiera marchado del ala. Al cabo de un rato, Torin volvió a la habitación principal. Observó los muebles cubiertos, la cama en la que había fallecido su tío.

Había una gran diferencia entre alguien que moría y alguien que se marchaba. Alastair estaba muerto, pero Adaira había elegido marcharse. Y, aunque Torin sabía que lo había hecho para mantener la paz en la isla, para prevenir las incursiones del invierno y para permitir que los Tamerlaine encarcelaran a Moray sin causar conflicto, su decisión seguía provocando una mezcla de sentimientos en él. No pudo evitar desenterrar el frío resentimiento que albergaba para su madre. Su propia sangre y carne que lo había abandonado sin mirar atrás cuando era pequeño.

Pero lo cierto era… que estaba enfadado consigo mismo por haber permitido que Adaira hiciera un trato tan horrible con Innes Breccan y se intercambiara con Moray. Por haber dejado que Adaira renunciara a su derecho a gobernar para convertirse en una prisionera del Oeste. Estaba enfadado con el clan Tamerlaine por haberle dado la espalda tan rápido cuando lo único que había hecho Adaira había sido sacrificarse por ellos. Estaba enfadado por no tener ni idea de lo que le estaba pasando al otro lado de la isla.

¿Qué tipo de laird era?

Quitó la colcha de la cama y luego las sábanas y las almohadas. Apartó las mantas que cubrían los muebles hasta que expuso un escritorio con una pila de pergaminos, plumas y una alta botella de whisky que amenazó con volcarse. Torin atrapó la botella con la mano y vio que era del whisky favorito de Alastair. La miró tentado de arrojarla contra la pared y observarla romperse en cientos de fragmentos iridiscentes. Pero, en lugar de eso, suspiró y el hielo despiadado de su interior se derritió en melancolía.

Rindiéndose, Torin se sentó en el suelo. Motas de polvo volaron en el aire a su alrededor. Escuchó sus propias respiraciones jadeantes llenando la habitación con un sonido irregular.

Sabía el tipo de laird que *debería* ser.

Una voz para el clan. Alguien que escuchara las necesidades y los problemas individuales para ayudar a enfrentarse a ellos y a resolverlos. Un líder que se esforzara por mejorar todos los aspectos de la vida, como la educación, las medidas sanitarias, las áreas de los minifundios, las reparaciones de infraestructuras, las leyes, los recursos y la justicia. Alguien que supiera los *nombres* de su gente y que así pudiera saludarlos si se los cruzaba por los caminos. Alguien que se asegurara de que el Este permaneciera en equilibrio con los espíritus y que fuera al mismo tiempo un escudo contra los Breccan y sus incursiones.

Adaira había desempeñado todas esas responsabilidades sin esfuerzo y Torin deseó haber prestado más atención a cómo lo hacían ella y su padre. Incluso ahora, a kilómetros de distancia, Adaira era un escudo para el Este, mientras que él estaba sentado en el suelo intentando aclararse la mente con todo lo que había salido mal.

Alguien golpeó firmemente la puerta entramada.

Torin se estremeció, pero estaba demasiado cansado para hablar, demasiado agotado para ponerse en pie. Observó cómo se abría la madera y apareció Edna.

—¿Laird? He oído ruidos —dijo. Esa mujer arrugada lo había visto todo durante los muchos años que había pasado cuidando de la fortaleza y abrió enormemente los ojos cuando vio a Torin sentado en el suelo—. ¿Va todo bien?

—Perfectamente bien —contestó él levantando la mano para impedir que se acercara—. Simplemente estaba preparando la habitación para Sidra. Nos mudaremos pronto.

—Ah. —A su favor, Edna sonó más contenta que sorprendida—. Es una noticia maravillosa, laird. Esperábamos que ustedes dos y su dulce niña se unieran pronto a nosotros. ¿Debo tenerlo todo listo para alguna fecha en concreto?

Torin se imaginó a Sidra entrando en esa cámara. Era la habitación en la que estaba destinado a dormir junto a ella, una habitación en la que podría sacarle suspiros de la boca y sostenerla contra su piel noche tras noche. Esas eran las parades que los observarían y les darían refugio durante el resto de sus días en la isla.

—La semana que viene —respondió Torin aclarándose la garganta—. Y no te preocupes por este… desastre. Yo lo arreglaré.

—Como quiera, laird. —Edna inclinó la cabeza y se marchó cerrando la puerta tras ella.

Torin gruñó y apoyó la cabeza hacia atrás. Observó las vigas de madera. Estar solo era tanto un alivio como una miseria, pero recordó la botella de whisky que había a su lado.

El cristal atrapó la luz del sol que empezaba a desvanecerse y proyectó una sombra ambarina en la mano de Torin.

Abrió la botella y aspiró el aroma de la madera chamuscada y la miel ahumada. Tomó un sorbo. Luego otro. Bebió hasta que el fuego apagó el dolor de sus heridas.

Sidra llamó a la puerta de Rodina Grime con una cesta colgando bajo el brazo. Sabía que el huerto enfermo estaba detrás de la cabaña fuera de la vista, aunque Sidra podía oler su podredumbre en el aire. Una dulzura fermentada mezclada con un sabor amargo.

Reprimió un escalofrío cuando Rodina abrió la puerta.

—Adelante, Sidra —dijo Rodina indicándole que entrara con una mano nudosa—. Tengo una taza de té esperándote.

Sidra sonrió y siguió a la minifundista a una cocina impecable. Llevaba un pastel en la cesta porque sabía que, aunque Rodina a menudo podía parecer impasible y fría, la anciana estaba afectada por la muerte de

Hamish. Vivía sola con sus gatos, sus ovejas y su huerto desde que su esposo había fallecido años antes. Lo más probable era que necesitara a alguien con quien hablar de lo que había sucedido.

Mientras Sidra cortaba una porción de pastel de bayas para cada una y apartaba un gato de la mesa, Rodina se acomodó en una silla con el respaldo de paja. Era una mujer arisca y reservada a la que no le gustaba mucho hablar. Pero había algo en una muerte repentina que sacudía un corazón hasta las raíces. Sobre todo, cuando la muerte se llevaba a alguien tan joven.

—Un muchacho bueno y honesto —comentó Rodina acomodándose el mantón para cubrirse como si tuviera frío. Aceptó el pastel que le ofrecía Sidra, pero no hizo ningún esfuerzo por servir el té, por lo que también lo sirvió Sidra—. Nunca se quejaba. Siempre llegaba puntual, justo al amanecer, todos los días. Estaba pensando en dejarle a él mi minifundio, puesto que nunca he tenido hijos. Él lo habría cuidado bien, sé que lo habría hecho.

Sidra dejó la tetera. Echó una cucharada de miel y un poco de crema en su té e hizo lo mismo para Rodina cuando esta asintió. Un segundo gato se subió a la mesa y Sidra tomó el cachorro en su regazo mientras ocupaba la silla frente a la de la anciana.

Escuchó a Rodina alabando a Hamish durante un rato más, tomando tarta y bebiendo té con el gatito ronroneando sobre ella. Mientras tanto, la mente de Sidra no dejaba de dar vueltas. No sabía cómo decirle a Rodina que Hamish se había ahogado por culpa de la enfermedad que había contraído en su huerto. No sabía siquiera si *debía* revelarle esa información, pero Sidra necesitaba tantas respuestas como pudiera reunir.

—No puedo ocultártelo ni un minuto más —murmuró de repente Rodina con una mueca revelando sus dientes torcidos—. Ayer le mentí a tu marido cuando vino a mirar el huerto.

—¿Sobre qué le mentiste? —preguntó Sidra en voz baja. El gato en su regazo dejó de ronronear y abrió un ojo sintiendo la tensión en el aire.

—Torin me preguntó si había tocado alguno de los árboles enfermos o de los frutos —empezó Rodina. Titubeó y se recolocó de nuevo el mantón. Esta vez Sidra se fijó en el motivo. La minifundista estaba escondiendo su mano derecha. Por eso no había servido el té y por eso se estaba comiendo el pastel tan lentamente.

Sidra se levantó. El gato saltó, pero aterrizó sobre sus patas delanteras, aunque ella apenas pudo oír su maullido quejumbroso.

—¿Puedo examinarte la mano, Rodina?

—Supongo que no me queda más remedio —respondió Rodina con pesar—. Pero, por favor, ten cuidado, Sidra. Si te contagias por mi culpa, tu marido me cortará la cabeza.

—No hará nada de eso —respondió Sidra rodeando la mesa—. Además, tengo un buen motivo para creer que no podemos contagiarnos la enfermedad los unos a los otros. Solo de árboles y frutos infectados.

Rodina frunció el ceño.

—¿Cómo lo sabes?

Sidra tocó suavemente el hombro de la anciana.

—Porque Hamish también la tenía en la pierna. Compartía a menudo las botas con uno de sus hermanos y dormían en la misma cama. Y su hermano no ha contraído la enfermedad, aunque tengo motivos para creer que Hamish llevaba ya un tiempo enfermo.

A Rodina se le anegaron los ojos en lágrimas. Apartó la mirada antes de que Sidra pudiera verlas caer.

—Me preocupaba que la hubiera contraído. Tendría que haber dicho algo.

—Ya no hay tiempo para lamentaciones, Rodina. No lo sabías, ni Hamish tampoco. Pero ahora que somos conscientes de este problema, necesito encontrar respuestas cuanto antes. Y tú puedes ayudarme con eso.

Sidra esperó. Finalmente, Rodina asintió y le tendió la mano.

Había recogido una de las manzanas hacía cuatro días. Sidra pudo ver dónde había empezado la enfermedad en el talón de su palma como un pequeño e inofensivo moretón. Rodina se había fijado en que cada mañana era más grande. Ahora tenía toda la palma moteada con azul y violeta. En contraste, las líneas de la palma le brillaban con filigranas doradas. Tal vez estaba a solo un sueño de que se extendiera a la parte interior de sus dedos.

Sidra se abstuvo de tocarle la mano a Rodina por precaución, pero la estudió de cerca y anotó todos los síntomas que la mujer le proporcionó.

Le dolía la mano a menudo y tenía los dedos entumecidos. Le entorpecía la movilidad, pero esto también podía ser por sus articulaciones inflamadas. Últimamente, le dolía más la cabeza y llevaba unos días con malestar estomacal.

—¿Crees que puedes curarme, Sidra? —preguntó la minifundista. Su voz era áspera, pero su tono no engañó a Sidra. Estaba recelosa de que le diera falsas esperanzas.

Sidra dejó la pluma.

—Sinceramente, no lo sé, Rodina. Pero voy a hacer todo lo posible para ayudarte, para evitar que se extienda y para aliviar tu malestar. —Metió la mano en la cesta y sacó unos cuantos frascos de tónicos y ungüentos caseros. Estaban destinados a otro paciente, pero Sidra quería que Rodina empezara a tomar algo inmediatamente.

Anotó unas indicaciones y arrancó la página de su libro.

Rodina suspiró ocultando de nuevo la mano infectada bajo el mantón.

—Gracias.

—Vendré a verte mañana por la mañana —prometió Sidra—, pero si me necesitas antes, llámame en el viento.

La minifundista asintió y arqueó la ceja.

—Supongo que querrás ver el huerto tú misma.

—Sí.

—Ya me lo imaginaba. —Rodina señaló la puerta trasera—. Justo al lado del jardín. Pero, por favor… ten cuidado, Sidra.

Sidra se plantó ante el huerto infectado sin más compañía que la de un gato que gimoteaba y la del viento del norte. Estudió los árboles sintiendo que ellos también la observaban. Se fijó en los nudos de los troncos, en las ramas que temblaban bajo la brisa, en la fruta caída, en el lento goteo de la savia contaminada.

Lo primero que se le ocurrió fue que la enfermedad podría estar relacionada con la partida de Adaira. En cuanto el Este la había entregado, había empezado a sufrir. Sidra se preguntó si la presencia de Adaira entre los Tamerlaine habría mantenido la isla en un equilibrio frágil. ¿Se habría torcido todo desde que había atravesado la línea del clan? O tal vez finalmente los Tamerlaine estuvieran siendo castigados por haber robado al otro lado de la isla. Habían tomado a Adaira y la habían criado como si fuera de los suyos sin culpa alguna, casi con la misma facilidad que tenían los Breccan para saquear el Este durante el invierno.

Pero ahora, al contemplarlo, Sidra cayó en la cuenta de que había visto esa plaga anteriormente en otra arboleda. Había un árbol sufriendo (Sidra había sentido la agonía del espíritu mientras sangraba violeta y dorado) y había alargado la mano para tocarlo y consolarlo, pero el propio suelo le había ordenado que no lo hiciera.

Por lo tanto, esta plaga no era algo nuevo. Llevaba en la isla desde mediados del verano (antes de que Adaira se marchara), pero algo había hecho que empeorara recientemente. Podría haber otros lugares sufriendo, otros árboles en el Este que pudieran contagiar la dolencia al clan.

Torin tenía que hacer un anuncio oficial.

Sidra dio un paso atrás preparándose para marcharse. El viento sopló una fuerte y sorprendente ráfaga helada que le puso el pelo ante los ojos y le agitó el tartán. El talón de su bota resbaló sobre algo blando, pero ella recuperó el equilibrio. Frunciendo el ceño hacia el alto césped, levantó el pie y se remangó la falda para mirarlo.

Una de las manzanas podridas brillaba bajo la luz mañanera. Ahora estaba aplastada por el talón de su bota izquierda, y era una masa violeta y dorada con un gusano que se retorcía. Se quedó mirándose el pie insensiblemente, como si se hubiera convertido en piedra. Sidra no podía comprender cómo había llegado hasta allí la manzana podrida, había tenido mucho cuidado al acercarse. No había nada más que césped y el gato a su lado, quien había vuelto ahora al jardín.

Se limpió cuidadosamente el talón y usó el rastrillo que había apartado Rodina para empujar la fruta podrida bajo los árboles, con cuidado de no pasar por debajo de las ramas.

Solo le quedó en la bota un pequeño rastro dorado, pero se dio cuenta de que tendría que volver a casa descalza y quemar inmediatamente los zapatos en una hoguera al aire libre. En un primer momento, ese curso de acción le pareció algo extremo e intentó calmar sus pensamientos.

Ella no había tocado la fruta con la piel desnuda, como sí que había hecho Rodina. Solo había entrado en contacto con ella el talón de su zapato, pero se preguntó si a Hamish le habría sucedido lo mismo. Si la enfermedad se habría colado a través del cuero de su bota.

—No te preocupes —susurró Sidra mientras se quitaba las botas con cuidado de no tocar el talón. Recorrió el camino con los pies descalzos calentados por la tierra bañada por el sol. La cesta se balanceó en su brazo cuando aceleró el paso con las botas colgando de los dedos.

Estarás bien.

CAPÍTULO 4

Adaira estaba en una cabaña azotada por el viento observando un cadáver acurrucado en el suelo.

Había una silla volcada y un pequeño bol con gachas. Los copos de avena del suelo, ahora manchados de sangre, atraían a las moscas a través de las grietas de las paredes hechas con barro y palos. Había hierbas colgando de las vigas bajas del techo arrastrando volutas del polvo sobre el cabello trenzado de Adaira y, durante un largo momento el fuego fue el único sonido en la habitación, crepitando mientras ardía entre la turba de la chimenea. Las persianas estaban cerradas para protegerse de la brisa y la casa estaba llena de sombras incluso a mediodía. Pero el sol rara vez brillaba entre las nubes en el Oeste.

Notó el frío en la médula y se estremeció.

A pesar de la penumbra del interior, pudo ver que el fallecido era un hombre delgado con el cabello blanco y la ropa raída. Tenía los brazos en ángulos retorcidos y el tartán azul encantando que llevaba atado al hombro le había protegido el corazón, pero no el cuello. La sangre que se había derramado desde su garganta rajada se había secado hacía mucho formando un círculo debajo de él del color del vino bajo la luz del invierno.

Adaira anhelaba apartar la mirada. Su corazón le susurraba que mirara a otra parte, pero aun así sus ojos permanecieron fijos en el hombre. Había visto con anterioridad tanto heridas graves como la muerte, pero nunca había estado en una habitación en la que se hubiera cometido un asesinato.

Innes Breccan estaba diciendo algo junto a Adaira con una voz profunda y áspera, como una hoja intentando serrar madera húmeda. La laird del Oeste no era de las que dejaban ver sus emociones (era un enigma frío y calculador), pero tras cuatro semanas viviendo con ella, Adaira pudo descifrar dos cosas en la voz de su madre: Innes estaba exhausta, como si llevara mucho tiempo sin dormir, y no estaba nada sorprendida por haber encontrado a un hombre asesinado en sus tierras.

—¿Fue con un arma encantada, Rab? —preguntó Innes—. Y, de ser así, ¿puedes decirme de qué tipo?

No era la primera pregunta que Adaira se esperaba que su madre planteara. Pero Adaira había crecido en un lugar en el que las armas encantadas escaseaban. Solo unos pocos herreros Tamerlaine estaban dispuestos a sufrir el coste de forjarlas. En el Oeste, prácticamente cada Breccan que tenía la edad suficiente llevaba una.

Rab Pierce se agachó para examinar el cuerpo más de cerca. Su armadura de cuero crujió con su movimiento y el tartán azul se arrugó sobre su pecho cuando alargó la mano. Acababa de cumplir veinticinco y, aunque tenía una complexión musculosa, su rostro todavía estaba redondeado por la juventud. Llevaba el cabello de color pajizo muy corto y siempre parecía quemado por el sol. Adaira supuso que sería por todas las horas que Rab pasaba cabalgando contra el viento y la lluvia, puesto que las nubes colgaban bajas y espesas en el Oeste.

Observó cómo Rab examinaba el cuello del hombre. Finalmente, negó con la cabeza.

—Parece infligida con una hoja ordinaria —informó Rab levantando los ojos para mirar a Innes—. Probablemente, con una daga, laird. También me he fijado en que tanto la cabaña como el almacén están vacíos, al igual que los prados. Este hombre era uno de los pastores de confianza de mi madre.

—¿Estás diciendo que alguien lo mató para robarle la comida y el ganado? —preguntó Adaira. No quería parecer asombrada, pero tampoco podía ignorar la sensación de sospecha que tenía en la nuca.

El minifundio del fallecido no estaba lejos de la línea del clan y se preguntó si sus ovejas habrían sido robadas originalmente a los Tamerlaine. ¿Habría sacado provecho de las incursiones de los Breccan en el pasado llevándose bienes y ganado de los Tamerlaine?

La compasión de Adaira por el hombre asesinado empezó a desvanecerse. Recordó aquellas noches de invierno llenas de preocupación y temor cuando era niña. Recordó haberse despertado con el sonido de pisadas corriendo por los pasillos y de voces colándose por las puertas entreabiertas. Recordó a Alastair y a Lorna dando órdenes y congregando a la guardia para defender y ayudar a los Tamerlaine que hubieran sufrido los saqueos de los Breccan.

Por aquel entonces, Adaira no comprendía del todo por qué existían tales incursiones. Todo lo que sabía provenía de las opiniones que le habían transmitido: que los Breccan eran sus enemigos. Que eran un clan sediento de sangre, cruel, codicioso y desalmado. Atacaban a la gente inocente del Este.

Sin embargo, a medida que Adaira había ido creciendo, había aprendido el poder de los prejuicios y había buscado la verdad. Había buscado hechos que no estuvieran relacionados con un punto de vista concreto que hiciera quedar a un clan mejor que al otro. Había indagado en el folclore de la isla y había descubierto que los Breccan habían llevado a cabo incursiones desde incluso antes de que Cadence fuera dividida mágicamente. Descendientes de gentes fieras y orgullosas, los Breccan nacían con espadas en las manos, con un fuerte temperamento y con vínculos posesivos.

Pero cuando se creó la línea del clan por el matrimonio condenado y las muertes de Joan Tamerlaine y Fingal Breccan, el lado Oeste de Cadence había empezado realmente a tambalearse. ¿De qué servía tener magia en las manos si tu jardín no podía alimentarte durante el invierno? ¿De qué servía tener un suministro sin fin de espadas encantadas y tartanes si tus ovejas no tenían pasto para comer? ¿Si tu agua estaba turbia y el viento soplaba con tanta fuerza desde el norte que tenías que reconstruir tus casas y edificios con puertas que daban al sur?

Adaira no había llegado a comprender cómo era la vida para los Breccan hasta que había vivido en el Oeste y había visto ella misma lo estériles que parecían sus tierras, la falta de sol y la amenaza constante del viento del norte. Vio que racionaban su comida durante el verano esperando que durara para todo el invierno, pero, inevitablemente, no lo hacía. Vio que para ellos era mucho más fácil robar a los Tamerlaine que a su propio clan.

Había pasado junto a muchas tumbas por el valle. Tumbas de niños y de jóvenes.

Le dolió el corazón al preguntarse si habrían muerto de hambre cuando había llegado la nieve.

Los párpados caídos de Rab se desviaron a Adaira como si hubiera oído sus pensamientos. Ella le sostuvo la mirada, impávida.

De Rab Pierce sabía tres cosas.

La primera: era un hijo predilecto de uno de los trece thanes del Oeste. Como tal, iba a heredar una gran franja de tierra y era considerado un noble poderoso.

La segunda: parecía llegar tanto en los momentos más convenientes como en los más inconvenientes, como si a menudo planeara cruzarse con Adaira.

La tercera: su mirada a menudo se desviaba a la media moneda que llevaba colgando del cuello.

—Sí, alguien le robó —declaró finalmente Rab levantándose—. Pero solo porque ha sido un verano escaso y los almacenes andan cortos de suministros. —Volvió su atención a Innes y su mirada se ablandó, implorante—. Laird, me gustaría pedirte tu sabiduría.

Adaira no estaba completamente segura de qué quería decir con eso (parecía tener mayores implicaciones), pero su madre sí. Innes respondió:

—Consideraré tu petición. Si le robaron las ovejas a este hombre, deberías ser capaz de seguir el rastro hasta donde se las llevaron y encontrar al culpable. Mientras tanto, por favor, ocúpate de su entierro.

Rab inclinó la cabeza.

Adaira siguió a Innes desde la cabaña a un lúgubre jardín donde las cosechas crecían delgadas y dispersas, y los frutos eran pequeños por los fuertes vientos y la escasez de la luz solar. Montó al caballo que había dejado esperando junto al corcel de su madre.

Las nubes eran bajas, engullían las cumbres de las colinas y todo sentido del tiempo mientras las dos mujeres recorrían el camino embarrado. Cuando empezó a lloviznar, Adaira aspiró el aire húmedo sintiendo la humedad en el rostro y en los brazos, pero el tartán azul encantado que llevaba la mantuvo seca y calentita. En el Este, había tenido *un* mantón encantado que llevaba casi a todas partes sabiendo cuánto le había costado a Mirin tejerlo. Sin embargo, en el Oeste, a Adaira le habían dado *cinco*, así como también una manta encantada bajo la que dormir por las noches. La prevalencia de los atuendos mágicos entre los Breccan seguía sorprendiéndola.

De repente, la atención de Adaira se vio atraída por algo a su izquierda, donde sabía que crecía el Aithwood espeso y enmarañado. Si hubiera sido un día despejado, habría podido ver el bosque y tal vez distinguir la cabaña a su lado.

El lugar en el que había crecido Jack. El lugar en el que lo había visto por última vez.

—Paremos aquí —dijo de repente Innes desviando a su caballo fuera de la carretera.

Adaira no sabía dónde estaban parando (no podía ver estructuras ni minifundios a través de la neblina), pero siguió a su madre. Parecía que Innes hubiera tomado un camino de vacas desgastado hasta convertirse en barro y se sorprendió cuando ella desmontó.

Innes dejó a su caballo bajo un serbal y pasó por encima de un arroyo desvaneciéndose entre la neblina sin una palabra ni una mirada atrás. Dándose cuenta de que la laird no iba a esperarla, Adaira bajó rápidamente de su silla de montar de piel de oveja. Dejó su caballo junto al de Innes y corrió tras ella pasando por encima del arroyo y siguiendo un sendero desgastado cubierto por helechos de color cobrizo.

Intentó encontrarle sentido a lo que estaba sucediendo, pero era tan solo la cuarta vez que montaba con Innes fuera de los muros del castillo. Adaira entornó los ojos en el ambiente gris, pero no vio ni rastro de su madre. Aceleró el paso con los helechos rozándole las rodillas, pero no sabía si estaba andando en la dirección correcta. No sabía si la laird estaba poniéndola a prueba para ver si la obedecería y la seguiría sin vacilar o tal vez para evaluar cómo la recibiría la tierra. Si las colinas cambiarían y la harían vagar durante días como a un continental, como alguien que no pertenecía a ese lugar.

Adaira todavía no se había aventurado sola por el Oeste para ver si los espíritus intentarían engatusarla. Las pocas veces que había salido del castillo había sido con Innes y el folk parecía saber que no tenía que engañar a una laird como esa. Pero tampoco le sorprendería que los espíritus del Oeste estuvieran demasiado débiles y cansados para hacer travesuras.

Separó los labios, pero resistió el impulso de llamar a su madre.

Agudizó la visión prestando atención al sendero que estaba siguiendo. Aparecía una roca cada nueve zancadas, como un marcador. Tenía las manos heladas pese a que todavía era verano y podía notar el sabor de las nubes al tomar aire, pero ahora que había encontrado su camino a través de los helechos estaba más tranquila.

Entonces lo sintió.

Se acercaba algo enorme. Una estructura, o probablemente una colina, puesto que de repente el aire sabía a tierra. Adaira se fijó en cómo el viento se calmó sobre su rostro y cómo el sonido cambió. Ralentizó el paso mientras la colina se materializaba como una sombra entre la neblina. Innes estaba a los pies, esperándola.

—Quería enseñarte este lugar —informó la laird—. Por si alguna vez necesitas refugio aquí.

—¿Qué es? —preguntó Adaira estudiando la colina con los ojos entornados.

—Acércate para que puedas ver cómo encuentro la puerta.

Adaira se movió hacia adelante mientras Innes tocaba una gran piedra protuberante a un lado de la colina. Una luz azulada se reflejó en la roca parpadeando como un ojo y las piedras del suelo empezaron a vibrar como respuesta. Adaira dio un paso atrás, alarmada, mientras las piedras se levantaban y se reunían en un dintel al lado de la colina. A continuación, apareció una puerta hecha de una madera cálida y suave y Adaira estuvo a punto de echarse a reír, incrédula.

—¿Es un portal espiritual?

—Es una madriguera —contestó Innes—. Un refugio contra el viento hecho con herramientas forjadas con fuego mágico. Hay diez esparcidos por todo el Oeste. La mayoría son fáciles de distinguir con sus puertas encaradas hacia el sur, pero algunos están hechos para ser difíciles de localizar. Este es toda una madriguera. Lo construyó personalmente mi abuela cuando fue laird y, si alguna vez te sorprende una tormenta del norte o si necesitas algún lugar para esconderte, deberías venir aquí.

Adaira se quedó callada. No necesitaban refugios contra el viento en el Este y la idea le pareció extraña e intrigante. Asintió sintiendo que Innes esperaba una reacción física por su parte.

La laird se dio la vuelta y abrió la puerta. Entró en la madriguera, pero Adaira vaciló, tensa y con reservas. ¿Cómo podía saber si Innes no la había llevado a una guarida subterránea para encerrarla allí?

Adaira no podía negar que esperaba ser encarcelada en cuanto llegara al Oeste. Su hermano gemelo estaba encerrado en la fortaleza de los Tamerlaine, por lo que era natural asumir que Innes le haría algo parecido a ella. Al fin y al cabo, Adaira había accedido a ser prisionera de los Breccan y podían hacer con ella lo que quisieran siempre que se mantuviera la paz.

Pero el tiempo que había pasado en el Oeste no se parecía en nada a lo que se esperaba.

Innes le había dado un dormitorio cómodo en el castillo que daba a los «aledaños», un término para las tierras que estaban bajo protección y que nadie podía reclamar. Allí no se podía cazar, construir ni cosechar lo que crecía. Los Breccan que querían atravesar la zona tenían que permanecer en los caminos de los ciervos y en los senderos aprobados. A Adaira le parecía una lista de requerimientos bastante extraña, pero para una tierra a la que le costaba prosperar, tenía sentido que la laird tuviera que aplicar leyes para protegerla.

Durante la primera semana, Adaira apenas había salido de su habitación. Se había quedado delante de sus ventanas observando la neblina descendiendo sobre los aledaños y escuchando la campana que repicaba en la torrecilla del castillo anunciando todas las horas. El Oeste le había parecido bonito en un sentido extraño y triste. Sus líneas eran más ásperas, sus colores más apagados y dominaba una sensación de desesperación. El paisaje le recordó a Adaira a un sueño o un lamento. Era al mismo tiempo conocido y nuevo y le costaba apartar la mirada de él. Se preguntó si eso formaría parte de uno de los pocos pero convincentes encantos de la tierra: su brutal honestidad, así como su aura indómita.

Cuando se había dado cuenta de que Innes no iba a encerrarla en sus aposentos, Adaira había empezado a probar sus nuevos límites.

Había aprendido que podía moverse por el castillo de los Breccan sin guardia. Sin embargo, para ella algunos lugares estaban fuera de los límites. Podía bañarse en la cisterna subterránea siempre que le dijera a Innes cuándo planeaba ir, y Adaira había llegado a adorar las oscuras y cálidas aguas de la enorme caverna. Pero, pese a que era un lugar común, la cisterna siempre estaba desierta cuando ella iba, dándole a entender que Innes no quería que conociera al resto de las gentes del clan. Adaira nadaba sola, excepto por una guardia que la vigilaba. Como si fuera a intentar ahogarse a sí misma.

También podía leer en la biblioteca. Podía visitar los jardines y los establos, pero no podía salir de los dominios del castillo sin Innes o David, el padre de Adaira y laird consorte. No podía pasearse por las alas sur y este de la fortaleza, ni bajar a la bodega, donde mantenían a los prisioneros. Tenía permitido comer en la privacidad de su habitación o con sus padres en la de ellos. Podía escribir cartas, pero tenía que dárselas primero a David, quien también le llevaba las cartas que le llegaban.

Adaira no había tardado mucho en darse cuenta de que los sellos de cera de las cartas de Torin, de Jack y de Sidra habían sido alterados. Su padre leía su correspondencia antes de entregársela, lo que significaba que probablemente también leyera las palabras que ella enviaba al Este. Quería enfadarse por esta revelación y sabía que su furia estaría justificada.

Pero no era ninguna tonta.

Por supuesto que iban a leer sus cartas para asegurarse de que no estuviera tramando sus muertes con su familia del Este. Por supuesto que todavía no confiaban en ella. Para ella sería mejor fingir que no sabía nada sobre la interferencia en su correo y mantener una correspondencia lo más inofensiva posible.

Todas las semanas habían estado repletas de pequeños desafíos, evaluaciones discretas para poner a prueba su vínculo con el Este y su futuro en el Oeste. Innes y David estaban midiendo lo manejable que era como si intentara determinar si era posible que se adaptara completamente a su modo de vida.

Hasta el momento, Adaira había sido extremadamente dócil, pero no podía negar el constante dolor de su cuerpo, como si hubiera envejecido un siglo entero en una sola noche. Se sentía fría y vacía todas las mañanas cuando se despertaba sola en la luz grisácea del Oeste.

—Sígueme —le indicó Innes. Se había adentrado en la oscuridad de la madriguera y la estaba esperando—. Y cierra la puerta detrás de ti.

Adaira exhaló mientras sus pensamientos se rompían en fragmentos. Intentó calmar su corazón porque esta madriguera era simplemente otra prueba. No debía tener miedo, aunque no podía negar la tensión que se le estaba acumulando en el cuerpo, describiendo su elección de huir o luchar.

Y, aun así, ¿a dónde irías si echaras a correr?, le preguntó su corazón. *El Este no puede admitirte de nuevo. ¿Y con qué ibas a luchar? ¿Con tus manos? ¿Con tus dientes? ¿Con tus palabras?*

—Cora —insistió Innes notando su vacilación.

Era el nombre que le habían dado a Adaira cuando nació. Un nombre que había sido entregado a una niña pequeña y enfermiza que Innes había pensado que pertenecía más a los espíritus que al Oeste. Años después, el nombre seguía negándose a aferrarse a ella. Le resbalaba como la lluvia.

Adaira se quedó bajo la luz tenue en el umbral de la madriguera, observando la oscuridad. No podía ver a Innes, pero le parecía que estaba a su derecha. No había modo de discernir el tamaño del espacio cerrado ni lo que ocultaba en su interior.

Dio su primer paso hacia la madriguera. Le temblaba la mano cuando cerró la puerta encerrándose por completo con Innes en las sombras.

—¿Por qué crees que te he traído aquí? —preguntó Innes suavemente.

Adaira permaneció en silencio. El sudor empezó a empaparle las palmas de las manos mientras sopesaba su respuesta.

—Quieres que confíe en ti —contestó finalmente.

—¿Y confías en mí, Cora? ¿O todavía me tienes miedo?

Era extraño lo fácil que era revelar la verdad con la oscuridad como escudo. Adaira pensó que no habría tenido el coraje de pronunciar esas palabras si hubiera estado mirando a Innes a los ojos.

—Quiero confiar en ti, laird. Pero todavía no te conozco.

Innes se quedó callada, pero Adaira podía escuchar su respiración. Sus largas y calmadas respiraciones. De repente, se oyó el susurro de unas botas que reveló el movimiento de Innes cuando le dijo:

—Alarga la mano izquierda. Cuando encuentres la pared, camina junto a ella. Sabrás cuándo parar.

Adaira alargó el brazo buscando en la oscuridad hasta que las yemas de sus dedos rozaron la pared fría de arcilla. Hizo lo que le había indicado Innes caminando por debajo de las raíces hasta que su pie dio con algo sólido.

—Bien —murmuró Innes—. Ahora, agáchate. Hay un pedernal y una daga encantada ante ti. Usa ambas cosas para crear una llama.

Las manos de Adaira tantearon sintiendo los bordes de una roca. Pero era tal y como había dicho Innes: un gran pedernal angular y una daga con la empuñadura de cuerno descansaban sobre la madera. Con un golpe, la punta de la daga se encendió como una vela.

La llama ondeante proyecto un anillo de luz a su alrededor. Adaira asimiló lo que podía ver ahora de la madriguera. No era tan grande como había creído en un primer momento; podía ver el extremo más alejado de la estructura donde había dos catres, uno al lado del otro, con colchones de paja cubiertos de tartanes azules doblados. Había más catres apilados a lo largo de la pared, llenos de jarrones y frascos de cerámica. Había velas en todas las superficies horizontales rodeadas de telarañas. En el centro de la estancia había dos sillas. Innes estaba sentada en una de ellas con las piernas cruzadas y los dedos entrelazados en el regazo mientras contemplaba las observaciones de Adaira.

—Siéntate conmigo —le pidió Innes cuando sus miradas se cruzaron—. Tenemos que hablar.

Adaira caminó hasta el centro de la madriguera y encendió las velas que había en un catre volcado entre las sillas. Se sentó de cara a Innes, aunque la daga encantada que todavía sostenía llamó su atención. En el

Este no tenían filos con habilidades mágicas tales como encender un fuego, aunque forjar una no sobrepasaría las habilidades de un herrero Tamerlaine. No obstante, el coste para su salud de llevar a cabo tal encantamiento sería elevado y no había muchos Tamerlaine dispuestos a pagarlo.

Adaira sopló la vela de la daga y la dejó en el catre junto a las demás. Mirando a Innes, observó la luz del fuego bailando sobre el esbelto rostro de su madre. Los tatuajes de color añil de su cuello se marcaban enormemente sobre su piel pálida.

—Dices que todavía no puedes confiar en mí por completo porque no me conoces —empezó Innes—. Pero eres mi hija y no tienes nada que temer de mí. —Hizo una pausa mirándose las manos. La tinta azul que le cubría el dorso de los dedos—. Tienes este rato para preguntarme cualquier cosa. Te responderé si puedo hacerlo.

A Adaira le sorprendió su oferta. Tenía unas cuantas preguntas dándole vueltas por la cabeza desde que había llegado, pero necesitaba un momento para pensar.

Quería saber por qué estaba prohibida la música en el Oeste; si pudiera entenderlo, tal vez podría invitar a Jack a visitarla con seguridad. Pero antes de poder invitar a Jack, necesitaba saber dónde estaba su padre: el hombre que la había entregado en secreto a los Tamerlaine después de que Innes le ordenara que la abandonara en el bosque Aithwood.

¿Lo habrían ejecutado? ¿Seguiría vivo? Adaira no tenía ni idea y no podía enfrentarse a Jack sin tener una respuesta. Era otro motivo por el que había ralentizado su correspondencia con él: vivía con el temor diario de que le preguntara por su padre en una carta y David, al leerla, se diera cuenta de quién era hijo realmente Jack.

Adaira solo podía esperar que Jack hubiera sido lo bastante astuto para leer entre las líneas que ella le escribía que sus cartas no eran realmente privadas. Esperaba que no se ofendiera por la distancia que ella estaba poniendo entre ambos.

Pero pensar en ello siempre la hacía sentirse mal, como si hubiera tragado bocanadas de agua de mar.

Colocándose un mechón de cabello húmedo tras la oreja, apartó a Jack y a su correspondencia poco natural de sus pensamientos. Entonces se demoró otro momento quitándose una corteza espinosa del tartán. La pregunta le ardía en la lengua: «¿Dónde está el hombre que me llevó al Este?», pero, cuando levantó la mirada y vio a Innes observándola con una ternura que todavía no había visto en el rostro de la laird, las palabras se desvanecieron.

No podía hacerle esa pregunta todavía. Eso abriría una brecha entre ellas y quién sabía cuándo iba a concederle Innes otra oportunidad como esa. Adaira tendría que esperar un poco más.

—¿Alguna vez pensaste en mí? —susurró—. Durante todos los años que viví allí… ¿alguna vez pasé por tu mente, aunque pensaras que estaba muerta?

¿Alguna vez lamentaste tu decisión de entregarme?

—Sí —respondió Innes—. Aunque nunca creí que estuvieras muerta. Creía que te habían llevado los espíritus del aire. Había épocas de mi vida en las que no podía pasar un solo día sin pensar en ti. Recorría el bosque Aithwood escuchando el viento y te imaginaba como un espíritu soplando entre los aledaños. Aunque era un consuelo pequeño y uno que no merecía.

Adaira miró hacia el suelo de tierra. No sabía cómo responder ni qué sentir, pero notó que la respuesta de su madre la atravesaba.

—Tuve otra hija después de ti —continuó Innes—. Tres años después de que nacierais Moray y tú. Llegó al mundo débil y pequeña. Al igual que tú. Pero esta vez, no creí que fuera una niña cambiada por los espíritus y no la entregué al folk.

—¿Cómo se llama? —A Adaira empezó a latirle con fuerza el corazón. No sabía qué expresión mostraría su rostro, pero debió ser de anhelo porque la laird apartó la mirada hacia las sombras.

—Se llamaba Skye.

Llamaba.

—¿Qué le pasó? —preguntó Adaira.

—La envenenó uno de mis thanes —contestó Innes.

—Yo… lo siento.

—Él también, después de que acabara con él.

—¿El thane?

Innes asintió y se metió la mano en el bolsillo interior del jubón. Sacó un pequeño frasco de vidrio y lo sostuvo bajo la luz de las velas estudiando el líquido claro que se movía en su interior.

—¿Por qué crees que te he llevado conmigo hoy a ver el cuerpo del pastor? —inquirió la laird.

Adaira se estremeció. Su ropa húmeda empezaba a sentirse pesada y le irritaba la piel. El giro que había tomado la conversación la había puesto nerviosa y resistió el impulso de crujirse los nudillos.

—Querías que viera que tu gente está lo bastante desesperada y hambrienta como para matarse los unos a los otros por recursos.

—Algo que nunca habías visto en el Este, debo suponer, puesto que los Tamerlaine nunca han conocido lo que es la verdadera hambruna o la necesidad —afirmó Innes—. Nunca has visto cómo esas dos cosas pueden llevarte a hacer algo que nunca habrías considerado.

Era cierto, aunque a un vecino no le fuera bien la cosecha o los Breccan le robaran, el resto del clan Tamerlaine se reuniría y ayudaría a reabastecer lo que se había perdido. Incluso el laird podía distribuir provisiones desde los almacenes del castillo. Nunca había habido necesidad de acumular o robar, aunque aun así sucedía en alguna ocasión.

—En cierto sentido, me alegro —prosiguió Innes—. Me alivia saber que nunca has estado días sin comer, que no has bebido agua que te ha hecho enfermar y que no has tenido que enfrentarte a alguien a quien una vez habías querido para quitarle lo que tiene. Pero eso te ha hecho demasiado blanda, Cora. Y, si quieres prosperar aquí, debes sacar el máximo provecho de estos sitios.

—Lo entiendo —contestó Adaira tal vez demasiado rápido. Pero estaba entusiasmada por encontrar aceptación en su clan de sangre, por alcanzar un punto en el que ya no la miraran con desconfianza ni la vigilaran a dondequiera que fuera ni tuviera que dudar antes de hablar.

En un lugar pequeño y recóndito de su pecho, siempre había temido reconocer que deseaba ganarse el respeto de su madre.

Innes entornó sus ojos azules y cerró los dedos alrededor del frasco para ocultarlo en su puño. Se llevó los nudillos a los labios durante un momento y Adaira notó que el sudor empezaba a humedecerle la columna vertebral. Se preguntó si estaría a punto de enfrentarse a su primer desafío para deshacerse de su blandura.

—Cuando Rab Pierce ha pedido mi «sabiduría» me estaba pidiendo que considerara aprobar una incursión al Este —explicó Innes—. Hacer eso mantiene a raya los delitos y la desesperación entre los míos y ya tengo las mazmorras llenas de delincuentes. Cuando Rab encuentre al culpable del asesinato del pastor, habrá una persona más hambrienta encerrada en la oscuridad.

Adaira permaneció en silencio. Una protesta comenzaba a formársele en la garganta, pero se mordió la lengua y mantuvo las palabras entre los dientes.

—Con tu hermano en tierras Tamerlaine —dijo Innes—, no puedo aprobar una incursión al Este. Pero hay otro modo de apaciguar la creciente hambruna del clan, uno que anunciaré mañana por la noche cuando invite a mis thanes y a sus herederos a un festín en mi salón.

Lanzó el frasco por el aire. Adaira se movió con torpeza porque la tomó desprevenida, pero lo atrapó antes de que el cristal se hiciera añicos en el suelo.

—¿Qué es esto? —preguntó con voz ronca observando cómo se asentaba el líquido.

—Se llama «aethyn» —respondió Innes—. Es lo que mató a tu hermana. Es el único veneno de todo el Oeste para el que no tenemos antídoto. Porque no tiene olor ni sabor, se puede envenenar la bebida de alguien sin temor a que lo detecte.

Adaira notó el cuerpo pesado. Si Innes le hubiera ordenado que se levantara, no habría sido capaz de hacerlo. Pero la sangre corría rápida y caliente por sus venas.

—¿Me estás pidiendo que envenene a uno de tus thanes mañana por la noche?

Innes se quedó callada un instante más largo de lo que a Adaira le habría gustado.

—No. Te estoy pidiendo que vengas a esta cena para que pueda presentarte formalmente a la nobleza de los Breccan como mi hija. Pero no puedes venir y sentarte a la mesa con ellos sin estar preparada.

—Entonces, ¿me estás pidiendo que me envenene a mí misma primero con esto?

—Sí, una dosis pequeña.

—Pero ¿podría matarme?

—No con esa cantidad. Actuará como amortiguador, como protección por si envenenan tu copa con una dosis más mortífera. Sin embargo, sí que notarás algunos efectos secundarios y tendrás que seguir tomando esas dosis para desarrollar tolerancia.

Adaira rio preguntándose si estaría soñando. Pero se mordió el interior de la mejilla cuando vio el semblante frío de Innes.

—¿Y si no quiero envenenarme a mí misma? ¿Entonces qué? —preguntó.

—Te quedarás en tu habitación mañana por la noche. No vendrás al festín y no conocerás oficialmente a mis nobles —contestó Innes levantándose. Empezó a apagar las llamas de las velas con las yemas de los dedos. La madriguera se sumió lentamente de nuevo en la oscuridad—. Pero la decisión es tuya, Cora.

CAPÍTULO 5

Frae estaba tumbada sobre la alfombra ante la chimenea leyendo uno de sus libros cuando de repente se apagó el fuego. Hubo una ráfaga de calor y un chasquido antes de que la madera se deshiciera en cenizas y Frae retrocedió con un jadeo observando cómo las llamas se extinguían entre el humo.

Se quedó tan sorprendida por el extraño comportamiento del fuego (acababa de añadir otro tronco a la hoguera) que le llevó unos instantes saber qué hacer. La casa parecía desequilibrada sin una chimenea encendida. Frae cerró el libro y se levantó cautelosamente. Mirin le había encargado preparar el té para la cena y la tetera que colgaba del gancho de hierro todavía tenía que hervir. Decidió encender un nuevo fuego con astillas y el pedernal, pero, cuando las chispas volaron y se negaron a encenderse, Frae supo que algo iba mal.

Mirin estaba en el jardín recolectando verduras para la cena y Jack estaba en su habitación. Frae había visto el arpa nueva que había llevado a casa el día anterior y necesitó todas sus fuerzas para tragarse las preguntas con las que quería acribillarlo.

«¿De dónde has sacado el arpa? ¿Significa eso que vas a volver a tocar?».

Le preocupaba irritarlo haciéndole demasiadas preguntas o disuadirlo de tocar el arpa nueva, aunque Jack siempre hubiera sido dulce y amable con ella. Y sabía que ahora estaría ocupado con algo importante, puesto que llevaba encerrado en su habitación desde el día anterior.

Aun así, Frae decidió acudir primero a él para contarle su problema.

Se acercó a la puerta y llamó.

—¿Jack?

—Pasa, Frae.

La puerta se abrió y Frae se asomó educadamente. Vio a su hermano mayor sentado en su escritorio ante la ventana. Las persianas estaban abiertas dejando entrar el fresco del crepúsculo de verano y el canto de un búho, y tenía sobre el escritorio un extraño despliegue de musgo, helechos, flores silvestres marchitas, ramitas y hierbas trenzadas.

—¿Qué estás haciendo? —preguntó fijándose en el surtido de elementos hasta que se acercó y vio que había estado escribiendo notas musicales sobre un pergamino.

—Estoy trabajando en una nueva composición —le dijo dejando la pluma para sonreírle. Tenía los dedos manchados de tinta y el pelo enmarañado, pero Frae no le dijo nada. Se había dado cuenta de que Jack no era la más ordenada de las personas y que a menudo dejaba su ropa y su tartán tirados en el suelo.

—¿Podré escucharla? —preguntó.

—Tal vez. Esta canción es para una misión importante, pero puedo tocar otra solo para ti.

—¿Esta noche?

—No estoy seguro —contestó con sinceridad—. Me temo que tengo que terminar esta balada cuanto antes.

—Ah.

—¿Necesitas ayuda con algo, Frae?

Eso le hizo acordarse.

—El fuego se ha apagado —espetó.

Jack frunció el ceño.

—¿Necesitas que vuelva a encenderlo?

—Bueno, lo he intentado —dijo ella—. No se enciende y no sé qué hacer.

Su hermano se levantó de la silla y salió a la penumbra de la estancia principal. Frae lo siguió mordiéndose un padrastro. Observó a Jack buscando madera pequeña en la cesta y apilando leña fresca en la chimenea. La chispa se encendió en su mano, pero el fuego se negó a prenderse. Finalmente, se apartó observando las cenizas.

—¿Crees que será por el arpa? —susurró Frae.

Jack la miró fijamente.

—¿El arpa?

—La nueva que trajiste ayer. A lo mejor el fuego quiere que la toques.

No tuvo tiempo de responder. La puerta principal se abrió cuando Mirin volvió del jardín. Su madre dejó su mantón junto a la puerta y los miró.

—¿Qué le ha pasado al fuego? —preguntó dejando la cesta con las cosechas en la mesa.

—Creo que las astillas y la leña pueden haberse estropeado —respondió Jack enderezándose.

Mirin arqueó una ceja oscura fijándose en la pila de leña amontonada junto a la chimenea. Ella y Frae la habían traído dos días antes del Aithwood. Y no se había negado a encenderse hasta entonces.

—Iré a por leña fresca del bosque —se ofreció Jack.

A Frae se le aceleró el corazón en el pecho. Tiró de la manga de Jack.

—¡Pero es casi de noche! No deberías adentrarte en el Aithwood cuando está oscuro.

—Iré con cuidado —prometió él.

Frae estuvo a punto de ponerle los ojos en blanco. A veces Jack no prestaba mucha atención, sobre todo cuando estaba atrapado en su música y parecía olvidar el reino en el que vivía.

—Tu hermana tiene razón —intervino Mirin—. Déjalo para mañana, Jack. Esta noche podemos cenar sopa fría a la luz de las velas.

Frae observó a Mirin intentando encender las cerillas. El sol ya se había puesto por completo y la oscuridad se estaba apoderando de la cabaña. Pero Frae vio que su madre tenía problemas con el pedernal. Tenía los dedos rígidos por toda la magia que había estado tejiendo últimamente. Ni siquiera los ungüentos de Sidra la ayudaban con la inflamación y Frae se estremeció cuando Mirin se rindió y le entregó el pedernal a Jack.

Pero cuando Jack intentó encender las velas, el fuego no prendió en las mechas. En la penumbra, Frae pudo ver el profundo ceño de su hermano y el brillo de preocupación en sus ojos.

—¿Qué vamos a hacer? —preguntó Frae.

—Venga, ¡sentaos las dos a la mesa! —dijo Jack con una voz inusualmente vivaz dejando el pedernal a un lado.

Cuando Mirin y Frae se quedaron quietas, sorprendidas por su alegre tono, él las tomó de las manos y las guio. Sentó primero a Mirin y después a Frae antes de volver al armario de la cocina y rebuscar en el interior.

—¿Qué estás haciendo, Jack? —preguntó Frae levantándose de la silla. Actuaba como si nada fuera mal y eso la desconcertaba.

—Voy a traeros la cena. Por favor, siéntate, Frae.

—Pero ¿y el fuego?

—Esta noche no lo necesitamos —respondió Jack por encima del hombro. De nuevo, el tono jovial no cuadraba con su personalidad. Pero Frae no podía negar que su alegría la hizo sentir mejor acerca de la situación.

Si Jack no estaba preocupado, ella tampoco debería estarlo.

Frae volvió a sentarse mirando a Mirin. Su madre la estaba observando y parecía triste, hasta que sus miradas se encontraron. Entonces Mirin sonrió intentando tranquilizarla, pero Frae volvió a notar una punzada de preocupación. Su madre había estado tejiendo demasiado últimamente y eso la hacía enfermar por la magia que utilizaba. Frae tenía que ayudarla. Pero si el fuego se negaba a encenderse en la chimenea, no podrían trabajar por las noches…

Frae se distrajo con Jack cuando finalmente puso la cena sobre la mesa.

Les llevó una porción de *bannock*, mantequilla recién batida, un tarro de miel, arenques ahumados y una rueda de queso. Frae apenas podía distinguir lo que había sobre la mesa, pero le rugió el estómago cuando lo olió.

—De todos modos, ¿quién necesita sopa caliente? —comentó Jack sirviéndoles una tacita de leche a cada una, puesto que el té no había llegado a hervir—. Esto es una auténtica cena de taberna, donde nacen las historias y las baladas.

—¿Cena de taberna? —repitió Frae.

—Sí, llénate el plato y empieza a comer y te contaré una historia —le indicó Jack sentándose en su silla—. Una historia que nunca se ha contado en esta isla hasta esta noche.

Frae se sintió intrigada. Se llenó el plato rápidamente y empezó a comer escuchando a Jack mientras las deleitaba con una historia del continente. O, al menos, él *aseguró* que era de allí, aunque Frae se preguntó si se la estaría inventando sobre la marcha.

De todos modos, fue una buena historia y ella no se dio cuenta de lo mucho que había oscurecido hasta que terminó de comer y llenarse.

—Vamos, Frae —dijo Mirin levantándose de la mesa—. Creo que esta noche deberíamos acostarnos pronto. El fuego nos ha dicho que necesitamos descansar. Dale las gracias a tu hermano por la cena y ven conmigo.

Frae se levantó con el plato vacío. Iba a dejarlo en el barril para fregarlo, pero Jack se lo quitó de las manos.

—Yo me encargo —le dijo—. Ve con mamá, hermanita.

Frae lo abrazó y le dio las gracias por la historia. Cuando Mirin la tomó de la mano y la guio a través de la oscuridad a su dormitorio, la siguió.

Frae no podía ver nada mientras se quitaba las botas. Sin embargo, encontró su baúl de roble y sacó su camisón. Cuando por fin consiguió vestirse en la oscuridad, Mirin ya la estaba esperando en la cama.

—¿Por qué no se ha encendido el fuego, mamá? —preguntó Frae acercándose a Mirin.

Su madre subió las mantas hasta cubrirse los hombros.

—No estoy segura, Frae. Pero es algo de lo que nos ocuparemos mañana. Duérmete, cariño.

Frae no pensaba que fuera a ser capaz de dormir esa noche. Se quedó despierta mucho rato con los ojos abiertos a la oscuridad, llena de pensamientos y de preguntas. Sin embargo, al cabo de un rato, se quedó dormida. Y volvió a soñar con el Breccan. El que había pasado por su cabaña hacía unas semanas. El que había sollozado el nombre de Mirin.

El hombre con el cabello rojo. Del mismo tono que el de Frae.

No se había sentido asustada cuando lo había visto, a pesar de que era su enemigo. Notó que él tenía problemas y por eso aparecía en sus sueños. Decía su nombre y se desvanecía antes de que ella pudiera contestar todas las veces.

Pero no sabía quién era ni cómo ayudarlo, ni en el mundo real ni en el de los sueños.

No sabía cómo salvarlo.

Jack limpió la cocina en silencio en la oscuridad. Con Frae y con Mirin ya en la cama, podía bajar finalmente la guardia. Suspiró sentándose en la mesa de la cocina, enterró el rostro entre las manos y se preguntó qué se suponía que tenía que hacer con el fuego.

Sin él, morirían lentamente. No les quedaría más remedio que abandonar la cabaña y el minifundio y sabía que Mirin se negaría a hacerlo por el telar. Era su sustento y no lo abandonaría, pero Jack también sabía que los problemas no los estaban causando la leña, ni las astillas ni el pedernal. Era el propio fuego. Saber que el espíritu del fuego que guardaba la chimenea de su madre se había vuelto malévolo y se negaba a encenderse lo hizo enfadar.

Se levantó de la mesa y volvió a su habitación.

Las persianas seguían abiertas y pudo ver el cielo nocturno más allá de las colinas. Las estrellas se habían reunido como cristales esparcidos sobre lana negra y la luna se alzaba tras un cúmulo de nubes. Jack se plantó ante su escritorio preguntándose si continuar su composición bajo la luz celestial, pero apenas podía ver las notas que había apuntado.

Entonces debería irse a dormir. ¿Qué más podía hacer con esa oscuridad?

Empezó a desatarse las botas y se acercó a la cama. Sintió el arpa de Lorna descansando sobre las mantas. Casi sin darse cuenta, tocó una de las cuerdas. Vibró en respuesta, ansiosa por cantar y Jack sintió que algo se alzaba en su interior, como brasas frías ardiendo bajo un soplido.

Se quedó helado con la mente acelerada. El deseo de tocar y de cantar había permanecido dormido las últimas semanas. Adaira había dicho que la música era su primer amor y ahora volvía a moverse en su interior como una flor abriéndose bajo la escarcha. Era consciente de que iba a regresar a él con el tiempo, pero había predicho que tendría que alcanzar el punto en el que no hacer música se hubiera tornado insoportable antes de rendirse. Entonces no le habría quedado más opción que romper sus propios huesos obstinados para encontrar la música allí, brillando en su médula.

Jack titubeó tan solo un instante antes de entregarse a la música. Envolvió los dedos alrededor del marco de madera del arpa y se la llevó a la puerta trasera.

Encontró el lugar en el que había cantado y tocado por última vez. Un suave terreno con vistas al río y al Aithwood. Se sentó en el césped iluminado por las estrellas con el rostro vuelto hacia el Oeste.

Ahí Jack había tocado el arpa hasta que las uñas se le habían desgarrado y le habían sangrado. Había tocado hasta que se le había crispado la voz y había notado el corazón fundido como oro sobre fuego. Había convocado al río y al bosque y a la flor de Orenna para traer de nuevo a Moray hacia él con Frae en sus brazos. Los espíritus habían respondido y habían aceptado lo que Jack les ofrecía. Había sido un poder embriagador con el que se había deleitado en privado.

Pero no era un poder que anhelara esa noche.

Miró las sombras del bosque mientras se llevaba el arpa de Lorna al pecho pasándose su tira de cuero por el hombro. Se sentía como si estuviera abrazando a una desconocida, pero sabía que el instrumento lo calentaría pronto, al igual que él lo calentaría a cambio. Encontrarían un ritmo y un equilibrio mientras aprendían las peculiaridades, los secretos y las tendencias del otro.

Solo tenía que *tocarla*.

Jack colocó los dedos en las cuerdas, pero no tocó notas. No todavía.

Había vuelto a escribirle, tal y como Torin le había pedido. Le había enviado la carta con un cuervo el día anterior, pero Adaira todavía no le había respondido. Estaba irritado, preocupado, molesto y abrumado por su silencio. Quería creer que lo sabría si algo le hiciera daño a pesar de la distancia que había entre ellos. Era su otra mitad y estaba tan atado a ella como ella lo estaba a él. Pero tal vez Jack hubiera cantado demasiadas baladas de amor eterno y almas predestinadas.

Tal vez el amor volviera a la gente tonta y débil.

Se permitió hundirse en esa debilidad mientras recordaba nadar en el mar con ella. Cantar para los espíritus a su lado. Recordó la cadencia de su voz cuando ella lo llamaba «mi antigua amenaza». Cómo los cardos lunares trenzados en su cabello habían complementado su ya inmensa belleza. Cómo una vez se había arrodillado ante él con una proposición sucinta, aunque entrañable. Cómo le había sonreído durante su atadura de manos.

Recordó el sabor de su boca, la suavidad de su piel, el ritmo de sus respiraciones. La manera en la que sus cuerpos se habían encontrado y alineado al unirse en su cama. Las palabras que él le había dicho, vulnerable y desnudo en la penumbra.

Tocó una cuerda, sonó con tanto brillo como las estrellas que había sobre él. Sintió la nota resonando en su pecho. Tocó otra y la escuchó abrirse camino en el aire abierto. Dulce y cálida, como un rayo de sol en mitad de la noche.

—Si soy débil por quererte, déjame abrazar esa debilidad y convertirla en mi fortaleza —declaró con la mirada fija en el Oeste—. Y si tienes que perseguirme, permíteme perseguirte a cambio.

Jack empezó a tocar. El viento del este sopló en su espalda enredándole el pelo y él cerró los ojos. La música empezó a brotar de sus manos, intrínseca y espontánea. Fue descubriendo la canción mientras la tocaba, permitiéndose la libertad de soltar los miedos, preocupaciones e incertidumbres que llevaba dentro. Soltar y respirar las notas. Derretirse en el fuego de su música.

No cantó para la isla ni para sí mismo. Cantó por lo que había sido y todavía podía ser.

Cantó por Adaira.

CAPÍTULO 6

Adaira entró en el salón de los Breccan con joyas entrelazadas en el pelo y con lo que parecía hielo brillando en las yemas de los dedos. Era el veneno que tenía en la sangre, le hacía tener frío. Apretó las manos en puños hasta que notó las uñas clavándosele como lunas crecientes en la palma de la mano, tranquilizándola porque no estaba hecha de escarcha.

Se había tomado el veneno porque quería asistir a la cena y conocer a la nobleza. Quería escuchar sus conversaciones y demostrar que tenía un lugar en su mesa. Pero Adaira tampoco podía ignorar la punzada de aprensión que sentía cada vez que pensaba en Innes y en una potencial incursión.

Si los Breccan ya tenían hambre en verano y estaban dispuestos a robar y a asesinarse los unos a los otros, su desesperación solo empeoraría en otoño y en invierno. Con el tiempo, Innes podría acabar cediendo y aprobar una incursión. Si lo hacía, el lugar de Adaira en Oeste sería inestable. Una incursión pondría además a Torin en una posición peligrosa obligándolo a elegir si matar a los Breccan que habían traspasado la frontera, si pedir una compensación o si dejarlo pasar. A Adaira le preocupaba que una incursión sumiera a la isla en una guerra.

Pero si estaba en la mesa mirando a Innes a los ojos, Adaira pensaba que la laird podría no sentirse tan inclinada a aprobar una incursión.

El corazón le latía despacio, demasiado despacio. Podía sentir el pulso en la garganta como sal crepitando en sus venas y se preguntó si sus vasos sanguíneos dejarían de bombear en cuanto se sentara a la mesa. Si tomaría su último aliento en esa cena traicionera. El ritmo vacilante de sus pulsaciones la hacía sentir mareada y lánguida. Extrañamente, no había nada de temor en ella, aunque sabía que debería sentir el borde afilado del miedo.

Era su primera vez en el salón que había esperado que fuera una estancia lóbrega de madera ahumada con ventanas estrechas y heno esparcido sobre el suelo embarrado. Se había esperado un lugar indómito, desgastado por los elementos y manchado con sangre antigua.

Sin embargo, lo que la recibió estuvo a punto de sacarle el poco aire que había en sus pulmones.

Los pilares estaban hechos de madera tallada y grabada para que se pareciera a poderosos serbales. Sus ramas formaban una intricada pérgola sobre el punto más alto del techo, del que colgaban cadenas de gemas rojas y candelabros de hierro. Cientos de velas ardían en el techo con la cera derritiéndose y formando estalactitas. El suelo de piedra estaba tan bien pulido que Adaira podía ver su reflejo en él. Las ventanas arqueadas alineadas a lo largo de las paredes estaban hechas de vidrios con parteluces que mimetizaban las flores de Orenna, cuatro pétalos rojos salpicados de dorado. Adaira solo pudo preguntarse qué aspecto tendría la luz del sol brillando con fuerza a través de esos cristales.

Ralentizó el paso desviando la atención al centro de la estancia, donde estaba preparada la larga mesa para el festín. Los thanes y sus herederos ya estaban sentados en las sillas indicadas. El salón vibraba como una colmena con sus conversaciones interrumpidas por el sonido de los cubiertos y las copas.

Adaira se paró entre dos pilares de serbal.

Llegaba tarde.

El festín ya había empezado, a pesar de que Adaira había llegado exactamente cuando Innes le había dicho que lo hiciera. Sabía que en ese momento debería tener el corazón acelerado. Tendría que estar latiéndole con fuerza. En cambio, apenas latía. El hielo se expandió por sus venas mientras el aethyn continuaba abriéndose camino a través de ella. Adaira se quedó en las sombras observando a los Breccan.

Nadie se había dado cuenta de su llegada, excepto los guardias apalancados en las puertas, pero se habían quedado quietos como estatuas mirándola en silencio. Adaira se tomó un momento para permitirse pasar la mirada sobre los nobles, a algunos de los cuales reconoció mientras que a otros no los había visto nunca. Finalmente, encontró a su madre sentada en la cabecera de la mesa.

Adaira casi no la reconoció.

Innes lucía un vestido negro atravesado con lunas doradas. El escote era cuadrado y dejaba a la vista los tatuajes añiles entrelazados que danzaban sobre su pecho. Llevaba una red de joyas azules sobre el cabello rubio platino largo y suelto, cepillado como una cascada por su espalda.

Adaira tomó dos respiraciones completas antes de que Innes pudiera sentir la atracción de su mirada.

Los ojos de la laird parpadearon hacia el umbral, brillaban con la luz del fuego y el aburrimiento como si todos sus thanes estuvieran repletos de historias predecibles. Pero se entornaron cuando vio a Adaira esperando en las sombras.

«Me has decepcionado», quiso decirle Adaira. «Me has hecho quedar como una tonta llegando tarde a una cena para la que me he envenenado a propósito».

Estaba harta de las pruebas, los desafíos y las intromisiones. Estaba harta de hacer todo lo que le pedían Innes y David. Llevaba casi cinco semanas *ilesa* en sus dominios, pero estaba *exhausta*.

Adaira se agarró la gruesa tela azul del vestido entretejida con pequeñas estrellas plateadas y estaba a punto de darle la espalda a Innes y marcharse cuando la laird se levantó. La silla de respaldo alto arañó sonoramente el suelo con su movimiento abrupto, captando la atención de los nobles. Las conversaciones se apagaron a mitad de las frases mientras los thanes miraban a Innes con la boca abierta, ignorando completamente qué había interrumpido su cena hasta que la laird elevó la mano.

—Mi hija, Cora —anunció. Habló con voz profunda y nublada, como si hubiera pronunciado ese nombre cientos de veces. Y tal vez lo hubiera hecho. Tal vez se lo hubiera susurrado al viento, año tras año, esperando que Adaira lo oyera y le respondiera.

De repente, el salón se convirtió en una cacofonía de ruidos mientras los thanes se apresuraban a ponerse de pie. Uno a uno, se alzaron por Adaira, girándose para verla acercarse.

Ella atravesó el salón tomándose su tiempo. No miró a los hombres y las mujeres que había reunidos en la mesa con sus atuendos más elegantes y sus joyas relucientes. Ni siquiera miró a David, quien estaba a la izquierda de la laird.

Adaira mantuvo la mirada fija en Innes. Su madre, con las joyas que le ardían en el pelo, las lunas de su vestido y la mano que levantó hacia su hija. Podía leer la mente de su madre y la expresión salvaje de su rostro: «Esta es mi carne y mi sangre, hecha de mis tejidos, y es mía».

Adaira intentó recordar si Lorna o Alastair la habían mirado alguna vez de ese modo tan protector, como si fueran a sacarle el corazón a cualquiera que osara hacerle daño. Intentó rememorarlo, pero sus recuerdos de ellos eran dulces, entretejidos con calidez, risas y comodidad.

Adaira nunca había temido a sus padres en el Este.

Podía recordar vívidamente sentarse en el regazo de Alastair de pequeña, escucharlo contarle historias del clan por las noches. La había entrenado para empuñar una espada después de que ella le hubiera insistido mucho al respecto y habían pasado incontables horas bajo el sol en el campo de entrenamiento luchando hasta que había aprendido todas las protecciones para defenderse. Recordaba cómo, a medida que había crecido, él la había invitado a su cámara del consejo y le había preguntado su opinión sobre asuntos importantes, y siempre la había escuchado.

Recordaba montar por las colinas con Lorna hasta que sus caballos acababan llenos de espuma y el viento se llevaba sus risas hacia el sur. A menudo se sentaban en el césped y contemplaban el mar comiendo lo que habían llevado en la silla de montar y hablando sobre sus sueños. Recordaba tumbarse en el suelo de la torrecilla de música leyendo y escuchando mientras Lorna practicaba con el arpa entonando notas y cantando baladas que llenaban a Adaira de coraje y nostalgia.

El amor que le extendía Innes no se parecía en nada al de Alastair y Lorna.

Era afilado y angular, como las joyas azules de su cabello. Era feroz y posesivo, construido por el linaje, las tradiciones y una herida que seguía doliendo veintitrés años después. Aun así, Adaira se sintió aliviada de poder contemplarlo por fin y entenderlo, de saber que el afecto relucía dentro de Innes. Era como si la dureza del viento la hubiera convertido en una lanza que podía atacar, pero también defender hasta la muerte. Ser amada por Innes era morar detrás de su escudo en una tierra en la que los thanes envenenaban a niñas.

Adaira de repente se dio cuenta de que tenía mucho más poder allí del que se había atrevido a creer. La insensible laird del Oeste podía estar desesperada por ganarse su amor, insegura de si eso era siquiera una posibilidad tras tanto tiempo y distancia.

También se dio cuenta de que Innes le había pedido que llegara tarde para darle una entrada que incomodaría a los thanes, quienes ahora tenían comida entre los dientes y vino en la sangre. Un movimiento taimado, pero brillante.

Adaira llegó a la silla que la esperaba al lado derecho de Innes.

Se sentó y luego su padre y los nobles la siguieron. Innes fue la última en recuperar el asiento.

Un sirviente dio un paso hacia adelante y llenó el cáliz de Adaira con vino. Observó las fuentes que recorrían la mesa como una espina y que ahora contenían hogazas de pan partidas, cordero asado, patatas y zanahorias espolvoreadas con hierbas aromáticas, trufas y champiñones, ruedas de queso suave y tarros de fruta en escabeche.

—Sírvete, Cora —murmuró Innes.

Adaira no tenía hambre (otro efecto secundario del aethyn), pero se llenó el plato sintiendo el peso de las miradas de los nobles sobre ella. Observaban cada movimiento, y hasta que no tomó el primer bocado tentativo no comprendió por qué algunos de ellos la miraban con perspicacia.

Estaba ocupando la silla que había pertenecido a Moray.

—Siempre es un placer verte, Cora —dijo Rab Pierce levantando su cáliz hacia ella.

Adaira lo vio en la mesa, a tres asientos de ella. Sabía perfectamente qué él estaba ganando un punto por hablar con ella. La mayoría de los nobles que se habían reunido allí todavía no la habían visto ni conocido y Rab quería mostrar su ventaja llamándola por su nombre y dirigiéndose a ella con esa familiaridad.

Su madre, la thane Griselda, estaba sentada a su lado. Llevaba joyas en el cabello castaño y en cada nudillo de los dedos con los que sostenía un cáliz delante del pecho. Tenía una expresión tensa y su piel era pálida como la leche, delatando cuánto tiempo pasaba en el interior. Observó a Adaira comiendo con los ojos caídos, que le brillaban como los de un gato observando a un ratón.

Adaira flexionó la mano por debajo de la mesa notando el hielo que crujía bajo su piel.

—En efecto, Rab —respondió—. Espero que hayas arreglado los problemas que había ayer en tu tierra.

Rab fue rápido y contestó:

—Te alegrará saber que lo he hecho. Tal vez podamos hablar de ello después. —Su mirada bajó al escote de su vestido, donde descansaba la media moneda sobre su piel.

Adaira sabía que los Breccan llevaban anillos para representar los votos matrimoniales. Sabía que no se colgaban medias monedas alrededor del cuello como sí que hacían algunos Tamerlaine, pero también le había dejado claro a Rab que estaba casada y que podía hablar por sí misma. Aun así, los ojos del chico se demoraron como si viera un desafío en el oro partido que ella lucía.

No tuvo oportunidad de responderle. Innes desvió la conversación a otros asuntos y Adaira eligió sentarse y escuchar intentando comprender la dinámica de los nobles. Algunos hablaban a menudo, mientras que otros permanecían pensativos, en silencio. Uno de los silenciosos era David, y Adaira captó su mirada varias veces al otro lado de la mesa.

Su padre la observaba de cerca con el ceño fruncido.

Tal vez le desagradara que ocupara la silla de Moray.

No tenía energía para preocuparse por lo que él pensaba mientras tomaba sorbos de vino. Empezaba a dolerle el estómago. Sus manos habían pasado de heladas a húmedas y se preguntó si el aethyn acabaría por quemarla.

Estuvo a punto de derramar el vino cuando dejó el cáliz sobre la mesa. Chocó con su plato y atrajo la atención de Innes.

—Os he reunido a todos aquí esta noche para hacer un anuncio —declaró de repente la laird alzando la voz sobre los demás mientras toda la mesa se quedaba en silencio—. Ha llegado a mi conocimiento que la delincuencia está aumentando de nuevo a medida que los recursos escasean. La gente que está bajo vuestra vigilancia tiene hambre y todavía faltan semanas para la escarcha del otoño.

—¿Estás aprobando una incursión, laird? —preguntó uno de los thanes—. Si es así, yo la lideraré.

Adaira se tensó. Podía sentir el calor de la mirada de Rab y de la de su madre. Los ojos de los nobles la taladraron, curiosos por saber cómo reaccionaría si su madre convocaba una incursión.

—No habrá ninguna incursión —afirmó Innes—. Pero voy a levantar la restricción para cazar. Solo durante dos días, podréis cazar en los aledaños y en los bosques del Oeste. Cada una de vuestras casas tiene la oportunidad de matar hasta cinco criaturas si son osos o ciervos y hasta veinte aves, ni una más. Tendréis que ser astutos y cuidadosos al decidir cómo se divide el botín y, si surge algún conflicto, lo resolveréis rápidamente.

Los susurros se esparcieron por la mesa. Adaira vio que los thanes y sus herederos estaban sorprendidos con el anuncio de Innes.

—¿Vas a arriesgar la conservación de nuestras tierras en lugar de permitirnos tomarlo libremente del Este? —preguntó otro thane—. No sé si es muy sensato, laird.

—La tierra lleva meses descansando —replicó Innes—. Mientras os adhiráis a las regulaciones que os impongo, los aledaños se recuperarán para la temporada de caza del otoño. —Se levantó poniendo fin al botín—. Podéis marchar y empezar a prepararos. La caza se iniciará mañana al atardecer.

Adaira se levantó con los demás. Hizo un breve contacto visual con Innes y recordó las instrucciones de la laird: «En cuanto haga el anuncio, vuelve a tu habitación». Adaira emprendió el camino de regreso a través del salón.

Estaba pasando bajo la pérgola tallada con ramas de serbal cuando Rab apareció a su lado, lo bastante cerca como para rozarle el brazo.

—¿Vas a unirte a tu madre en la caza de mañana? —le preguntó.

Adaira se apartó de él, pero no le quedó más remedio que ralentizar el paso para contestarle.

—No. No montaré con ella.

—¿Y eso por qué?

—No tengo ningún interés en la caza.

—Pues deberías, ¿no crees?

Adaira suspiró y miró a Rab de mala gana.

—¿Por qué lo dices?

—Ella afirma que es porque los Tamerlaine tienen preso a Moray, pero *tú* eres el verdadero motivo por el que Innes no aprobará una incursión —replicó Rab bajando la voz—. Creo que muchos de nosotros empezamos a preguntarnos si, al fin y al cabo, no eres en parte un espíritu y la has encantado para que haga lo que tú quieres.

Adaira apretó la mandíbula, insegura de cómo responder.

—Monta mañana conmigo —susurró Rab acercándose a ella. Adaira se negó a apartarse, a ceder su terreno, incluso cuando pudo oler su aliento lleno de vino ante su cara—. Demuestra que sí que eres de los nuestros y no un espíritu del viento. Demuestra que tu sangre es del Oeste y que no tienes ninguna intención de dañar al clan.

—No necesito demostrar nada —espetó Adaira entre dientes—. Y no sé por qué sigues persiguiéndome cuando no tengo ningún interés en ti.

—Porque estás sola —contestó él en voz baja sosteniéndole la mirada—. Lo veo en tus ojos. Lo veo en el modo en el que caminas. Necesitas un amigo.

A Adaira se le formó un nudo en el corazón. Odiaba que él tuviera razón. Odiaba que su percepción solo hubiera ahondado en su soledad.

—Y pronto descubrirás, Cora —continuó—, que esta es una tierra llena de noches largas, frías y traicioneras. Tal vez no te sorprenda enterarte de que yo estoy tan solo como tú.

—Estoy casada —declaró finalmente permitiéndose la libertad de apartarse y poner distancia entre ellos—. Como ya te he dicho, no estoy interesada en ti ni en lo que puedas ofrecerme.

Empezó a marcharse.

—Eso dices ahora —contrarrestó Rab—. Pero te prometo que, cuando las estaciones empiecen a pasar y tu marido se niegue a venir aquí contigo, cambiarás de opinión.

Adaira se dio la vuelta y lo taladró con una mirada fría como el hielo.

—No cambiaré de opinión contigo.

—¡*Rab*! —gritó Griselda avergonzada por cómo su hijo jadeaba tras Adaira—. Es hora de irse.

Rab hizo una reverencia educada antes de mezclarse entre la multitud.

Adaira soltó una profunda exhalación esperando mostrar una expresión serena. Se dio cuenta de que algunos de los nobles habían observado su tenso intercambio con Rab y no sabía qué pensar al respecto, si ahora parecería débil y vulnerable ante sus ojos. No había una corte intrigante con la que bailar en el Este y se dijo a sí misma: *Has durado cinco semanas. Puedes soportar muchas más siempre que no pierdas los nervios.*

Pero justo antes de salir del salón, Adaira vio a Innes todavía en la mesa observándolo todo con sus ojos oscuros e inescrutables.

Se dio cuenta media hora después cuando estaba en su dormitorio soltándose las joyas azules del pelo. El último hielo de la dosis de aethyn se derritió y Adaira empezó a temblar. Se acercó al escritorio para estabilizarse. La visión se le nubló a los lados. El sudor le empapó la nuca y el estómago se le agitó una y otra vez como una tormenta marina.

Innes le había advertido que no sería nada agradable cuando se le pasaran los efectos de la primera dosis de veneno. Se iría volviendo más fácil cuantas más tomara, pero solo si lograba retener el contenido.

—*Espíritus* —susurró Adaira agarrándose el abdomen.

Cerró los ojos y tembló con la piel brillando por el sudor. El fuego que ardía en la chimenea estaba emitiendo demasiado calor y se movió a la ventana más cercana. Tenía las manos tan húmedas que necesitó tres intentos para abrir el cristal, pero finalmente pudo abrir y el aire fresco empezó a entrar en la habitación.

Cerró los ojos intentando distraerse del dolor que la destrozaba como si fueran garras.

Pronto la llevó al suelo.

Adaira apretó los dientes y contuvo un grito mientras se encogía sobre la alfombra.

«Creerás que estás muriendo», le había dicho Innes. «Pensarás que te he engañado y te he hecho tomar una dosis letal. Pero el dolor pasará rápidamente si puedes contenerlo y soportar la peor parte».

—No puedo —sollozó Adaira mientras empezó a arrastrarse a su orinal—. No puedo hacer esto.

Los brazos le cedieron antes de que pudiera llegar a la cómoda donde estaba guardado el orinal. Se tumbó boca abajo en el suelo luchando contra el dolor hasta que notó cada fibra de su cuerpo tan estirada que pensó que los músculos y las venas se partirían en su interior. Clavó las uñas en la alfombra, en su pelo. Intentó distraerse de la agonía que le ardía por todo el cuerpo, pero Adaira nunca se había sentido tan débil e indefensa.

Se tocó el cuello y encontró la media moneda. Fue como un ancla, y cerró los dedos alrededor del borde dorado sintiendo que le cortaba la palma. Pensó en Jack hasta que pensar en él fue casi tan insoportable como el dolor y empezó a arrastrarse hacia adelante. Pero entre el rugido de sus latidos y el estruendo de sus recuerdos lo oyó: un débil hilo de música.

Adaira se quedó inmóvil. Tumbada en el suelo, fijó toda su atención en ese sonido. Era un arpa tocando débilmente en la distancia. La música se volvió más fuerte, más potente, transportada por el viento que suspiraba en su habitación.

¿Quién se atrevería a tocar en el Oeste? Se preguntó si estaría alucinando. Se preguntó si estaría muriendo.

Y entonces él empezó a cantar.

—*Jack* —susurró Adaira, al principio tan abrumada por el sonido de su voz que no logró discernir las palabras que él cantaba. Pero su sangre se removió con la música. Bebió de su voz, de las notas que él le entregaba, y pronto la abrumadora tensión de su cuerpo comenzó a relajarse.

Cerró los ojos, se tumbó de espaldas y escuchó a Jack cantando lo que había sido, lo que todavía podía ser. Respiraba cuando lo hacía él. Su pecho subía y bajaba una y otra vez con las notas de Jack hasta que las sintió entretejidas en los pulmones, manteniéndola estable. Lo visualizó sentado en una colina en la oscuridad, iluminado por las constelaciones mirando hacia el Oeste.

Y cuando terminó, cuando su voz y su música se desvanecieron en el silencio, Adaira abrió los ojos.

Los últimos calambres de su cuerpo estaban cediendo.

Miró hacia el techo observando las sombras danzar mientras respiraba lenta y profundamente. Estaba a punto de quedarse dormida cuando un trueno sacudió el castillo. Las piedras rugieron debajo de ella y la jarra y el aguamanil traquetearon al lado de la mesa. Las puertas del armario se abrieron. Los libros y los candeleros vibraron en la repisa de la chimenea.

El fuego casi se había apagado.

Un relámpago brilló cuando el viento empezó a aullar. La temperatura cayó en picado, como si el verano se hubiera convertido en invierno, y Adaira se estremeció en el suelo cuando la lluvia golpeó la ventana. La tormenta que estalló fue tal vez una de las más violentas que había vivido nunca. Fue el temor lo que la hizo levantarse sobre sus piernas inestables y la instó a cerrar la ventana antes de que el viento la arrancara de sus bisagras. Vio que el vendaval había roto el cristal.

Volvieron a oírse truenos, sacudiendo la fortaleza hasta sus cimientos.

Adaira se apartó de la ventana notando el pulso en la garganta mientras los rayos partían la oscuridad como raíces de un árbol, reclamando cada rincón del cielo. Encontró la cama con la parte posterior de las rodillas y se sentó. Parpadeando para quitarse las nubes de la visión, observó cómo la tormenta seguía azotando.

Sus recuerdos la hicieron retroceder en el tiempo.

Solo había estado así de asustada una vez en el saliente de Tilting Thom. Bane se había materializado, enfadado con Jack por haber cantado. La tormenta que había provocado como castigo había sido una experiencia aterradora… pero no había estado sola.

Jack estaba con ella. Había entrelazado los dedos con los suyos.

«Estás sola… Lo veo en tus ojos. Lo veo en el modo en el que caminas».

La voz de Rab era la última que Adaira quería oír, pero sus palabras resonaron a través de ella golpeando sus puntos débiles. Se llevó las rodillas al pecho preguntándose en quién se estaba convirtiendo. Intentó verse a sí misma en un mes, en un año. A través de primaveras, veranos, otoños e inviernos. A través de la lluvia, la sequía, la hambruna, la abundancia. ¿Envejecería allí viviendo sus días como una cáscara vacía de lo que una vez había sido? ¿Cuál sería su verdadero lugar entre los Breccan?

Por mucho que lo intentara, no lograba visualizar el camino que quería forjar.

Pero tal vez fuera porque todavía no sabía cuál era su sitio.

—¿Cora?

Se levantó cautelosamente para responder a la puerta y se encontró a Innes esperando en el pasillo.

Adaira debía tener un aspecto peor de lo que pensaba, porque su madre entró y cerró la puerta con una mirada de preocupación en el rostro.

—No te preocupes —la tranquilizó Adaira con un tono extraño. Una voz que sonaba vieja y derrotada. Una voz que no reconocía—. Lo he soportado.

Innes se quedó en silencio durante un momento, pero luego alargó la mano y acarició las ondas húmedas del cabello de Adaira.

—Ven, siéntate —le indicó la laird.

Agotada, Adaira se sentó en un sillón mullido junto a la chimenea. Se quedó asombrada cuando Innes empezó a quitarle las joyas que le quedaban en el pelo y a guardarlas en la cajita de madera en la que le habían sido entregadas el día anterior. No eran zafiros, pero eran tan bonitos como si lo fueran. Unas gemas pequeñas y feroces que brillaban como el hielo. Adaira se estaba preguntando de dónde salían (si se ocultaban en las minas del Oeste) cuando la laird se puso a desenredarle los nudos del pelo.

Eso le hizo pensar en Lorna y en las noches en las que había hecho lo mismo por ella.

Adaira cerró los ojos con fuerza forzando a las lágrimas a disolverse bajo sus pestañas. Esperó que Innes no se diera cuenta.

—¿Dijiste que las siguientes dosis serían más fáciles? —susurró como distracción.

—Sí. ¿Quieres seguir tomándolas?

Adaira permaneció en silencio mientras Innes continuaba cepillándole el cabello hasta volverlo sedoso. Le pareció que habría sido muy posible que Innes aprobara una incursión si Adaira no hubiera estado presente en la cena. Había muchas facetas de su madre biológica que todavía no comprendía del todo y Adaira suspiró.

—Sí. —Se quedó callada escuchando la tormenta. Entonces preguntó—: ¿Cuántos años tenía mi hermana cuando murió?

Innes hizo una pausa. Cuando volvió a hablar, lo hizo con voz ronca.

—Skye tenía doce años.

Adaira visualizó a su hermana (larga cabellera rubia y brillantes ojos azules, una niña a punto de convertirse en mujer) retorciéndose en el suelo mientras sucumbía a una muerte lenta y dolorosa. Se imaginó a Innes arrodillada observándola impotente y sosteniéndola hasta que llegó el final.

Otro trueno sacudió las paredes.

—¿Los nobles podrán cazar mañana si hay tormenta? —preguntó Adaira.

—Complicará las cosas. —Innes dejó el cepillo—. Y no puede volver a suceder, Cora.

Adaira se tensó.

—¿Lo has oído tocar?

—Sí. Su música ha provocado esta tormenta y no hay modo de saber cuánto durará.

Innes atravesó la estancia, abrió el armario para sacar una camisola limpia y la dejó a los pies de la cama.

—No entiendo por qué sufre el Oeste si Jack estaba tocando en el Este —comentó Adaira—. Ha sido un simple juego del viento lo que ha traído las notas hasta aquí.

—Te diré lo que me dijo una vez mi abuela —contestó Innes—. La música en el Oeste molesta al viento del norte. Los espíritus se ven atraídos por un arpa cuando está en las manos adecuadas y las canciones pueden fortalecerlos o debilitarlos, dependiendo de la intención de la balada del bardo. Un bardo podría cantar para dormirlos o para llamarlos a una guerra entre ellos mismos. Teniendo en cuenta la maldición de la línea del clan, supongo que cantar para los espíritus en el Este supone un coste elevado para un bardo, pero en el Oeste el bardo se vuelve increíblemente poderoso. No hay ningún control sobre el bardo, así que el viento del norte se ha convertido en ese límite, motivado por el miedo a que los espíritus puedan ser controlados por un mortal.

Adaira no dijo nada, pero pensó en todas las veces que Jack había sufrido cantando para el folk. Los dolores y padecimientos que lo afectaban. La sangre que a menudo manaba de su nariz, el modo en el que se le partían las uñas y se le volvía la voz ronca. Solo podía tocar durante una cantidad de tiempo limitada antes de que la magia lo debilitara.

Pero tras escuchar la explicación de Innes, Adaira no pudo resistirse a imaginarse a Jack cantando en el Oeste. A escucharlo tocar para los espíritus sin coste alguno para su cuerpo.

Se estremeció, incapaz de ocultar el calor que la atravesó.

—El clan Breccan ha sobrevivido todo este tiempo bajo la vigilancia constante del viento del norte —prosiguió Innes—, pero solo porque le tememos y le hacemos caso y hemos encerrado toda nuestra música y nuestros instrumentos. Y no he reinado todo este tiempo solo para hacerme la tonta ahora y desafiar a Bane cuando los almacenes están tan vacíos y mi gente está hambrienta. Por eso tu bardo no debe cantar para ti, aunque esté en el Este, ni debe venir aquí con ninguna intención de tocar. ¿Lo entiendes, Cora?

Adaira pensó en la última vez que había visto a Jack. La última vez que había hablado con él.

A veces revivía ese doloroso momento en sus sueños solo para despertarse acurrucada y llorando en la oscuridad.

Lo había amado lo suficiente como para separarse de él. Y, sin embargo, no se sentía más fuerte por ella. No cuando era consciente de que había sido una decisión motivada por el miedo.

A menudo se imaginaba cómo sería su vida si hubiera permitido que Jack la acompañara al Oeste. Le habrían arrebatado la música, le habrían prohibido tocar. Estaría en una tierra repleta de enemigos, primero por lo que era y después por el origen de la sangre que corría por sus venas. Estaría separado de su madre y de su hermana, con quienes se acababa de reunir en el Este.

Y Adaira, quien había sido aplastada por su primer amor y todavía llevaba heridas profundas por él, no había sido capaz de visualizar a Jack siendo feliz con ella. No si el precio a pagar era entregar la esencia de lo que era. Con el tiempo, habría querido marcharse. La habría dejado, tal y como hacía inevitablemente toda la gente a la que amaba.

Pero las palabras que le había cantado esa noche, palabras que habían atravesado una gran y oscura extensión de kilómetros... él la anhelaba, pese a toda la distancia que ella había puesto entre los dos. Incluso con sus temores, sus errores y sus heridas.

Él todavía la deseaba.

—Le escribiré —afirmó Adaira en voz baja.

CAPÍTULO 7

Jack no vio la carta de Adaira hasta el amanecer, cuando estaba caminando por el jardín. El fuego seguía negándose a encenderse en la chimenea por la mañana y estaba agotado por una noche cargada con extraños sueños cuando vio al cuervo posado fuera de su ventana, esperando pacientemente en las persianas. Preguntándose cuánto tiempo llevaría allí el cuervo, Jack se acercó al pájaro. En cuanto recuperó el saquito que llevaba atado al pecho, el ave despegó con un graznido y batiendo sus alas iridiscentes.

Jack abrió la solapa de cuero, que estaba mojada por la lluvia, y sacó una carta arrugada. Reconoció la letra de Adaira en la parte delantera, donde había escrito el nombre del chico con letras grandes y elegantes. Estaba a punto de romper el sello, pero se detuvo cuando se dio cuenta de algo extraño. Había una ligera mancha roja bajo el círculo de cera, casi como si hubiera habido otro sello en la carta que hubieran quitado y reemplazado por ese.

Lo recorrió un escalofrío.

Seguramente no, pensó mientras habría la carta con cuidado. Sí, había un rasguño en el pergamino. Alguien había quitado el primer sello y había intentado replicarlo con un segundo.

Se le aceleró el corazón mientras leía:

Mi antigua amenaza,
Odio ser portadora de malas noticias, pero me temo que la canción
que tocaste anoche para mí fue transportada por el viento y llegó
hasta el Oeste. ¿Puedo decirte cuánto disfruté del sonido de tu

voz? No creo que pueda, así que lee entre líneas esta carta e imagínatelo.

Lamentablemente, debido a la tormenta que provocó tu música, ahora debo pedirte que por favor te abstengas de cantar para mí o de hacerlo de un modo que atraviese la línea del clan. Soy consciente de que esta carta puede parecer alarmante, pero, por favor, no te angusties. Me va bien, estoy encontrando mi lugar aquí a medida que pasan los días. He estado ocupada, como te mencioné en anteriores cartas, y me disculpo de nuevo si mi correspondencia es escasa.

Por supuesto, te echo de menos y sé que es egoísta, pero me alegro de saber que, al menos, tormentas aparte, vuelves a tocar y a cantar.

Dales recuerdos a Mirin y a Frae.

—A.

Jack no podía respirar.

Había oído su música. El viento del este había transportado su voz y sus notas al otro lado de la línea del clan. Levantó la mirada y se fijó en el cielo del Oeste, que parecía oscurecido por una tormenta.

El territorio Breccan era conocido por ser una tierra gris y rodeada de pesadas nubes. Pero ahora a Jack le preocupaba haberle causado problemas a Adaira.

Releyó la carta y estudió de nuevo el extraño sello. Una sospecha se estaba formando en su interior y no era capaz de sacudírsela. Volvió a la cabaña sin fuego y en penumbra, donde estaba Mirin tejiendo en las sombras, esperando pacientemente a que la luz del sol entrara por la ventana e iluminara por completo su telar, y Frae estaba durmiendo. Jack apenas le dirigió un asentimiento a su madre y se metió en su habitación, donde encontró las otras dos cartas de Adaira ocultas entre las hojas de un libro.

Las estudió de cerca y vio similitudes en los tres sellos de cera. No se notaba demasiado en la primera, pero sí en la segunda.

Bastardos.

Los Breccan estaban leyendo sus cartas, lo que significaba que, probablemente, también estuvieran leyendo las que Jack le escribía a ella. Y tal vez no tendría que haberse sorprendido con esa revelación, pero, aun así, lo hizo. Como su marido, había esperado (como mínimo) la cortesía de la privacidad por lo que respectaba a su correspondencia.

Volvió a hojear las tres cartas y esta vez reparó en cosas que no había visto antes. Al indicarle que «leyera entre líneas esa carta» las había hecho más obvias.

—Muy sutil por tu parte, Adaira —murmuró, pero su rostro se ruborizó. Odiaba haber tardado tanto en darse cuenta. Mientras se sentaba ante el escritorio, Jack se preguntó si los dos podrían comunicarse en código.

Dejó a un lado su composición para el huerto y tomó un trozo de pergamino en blanco. Abrió el tintero, encontró su pluma con la punta casi desgastada y escribió:

Querida Adaira,
Anotado.

Y tienes razón (cosa que no me sorprende) al decir que tu carta me ha pescado con la guardia baja, pero deja que te diga una cosa: lo último que quiero es causarte problemas a ti o al Oeste. Mis más sinceras disculpas por no haber considerado esta posibilidad. Pero ahora lo tendré en cuenta. Haré todo lo que pueda desde este momento para rectificar mi error.

También me alegra saber que te va todo bien y espero volver a tener noticias de ti pronto.
—*Tu verdadera A. M.*

P.D.: Sí que me imagino tu reacción al leer entre líneas. Tú puedes imaginarte la mía ahora.

P.P.D.: Se me había olvidado añadir que Mirin y Frae también te envían recuerdos.

Jack buscó su vertedor de cera, pero en ese momento recordó que no tenía fuego con el que calentarla. Se reclinó y se pasó las manos por el pelo con un resoplido de molestia. ¿Quiénes eran sus vecinos más cercanos? Los Elliot, si los espíritus de la colina no jugaban a las travesuras y añadían unos cuantos kilómetros de más.

Jack se imaginó pidiéndoles que «le prestaran una llama» y pensó que sonaba ridículo. Pero entonces se preguntó si alguna otra chimenea del Este se habría apagado la noche anterior.

Recogió la carta con una nueva idea.

Había alguien, además de los Elliot, a quien tenía que visitar.

Sidra estaba triturando una mezcla de hierbas con el mortero y la mano cuando oyó al perro ladrar. Se había aprendido los distintos sonidos que hacía Yirr y este significaba que había alguien en la puerta.

Dejó la mano y caminó en silencio hasta la puerta. La abrió y se encontró a Jack en el camino del jardín mirando cautelosamente a Yirr.

—Calla, Yirr —le dijo Sidra al perro—. No pasa nada. Es un amigo.

El pastor escocés blanco y negro gimió, pero se sentó y permitió que Jack se acercara.

—Has venido pronto —comentó Sidra.

Jack sonrió, pero pareció aturullado.

—Lo siento, tendría que haberlo pensado antes. Espero no haberos despertado a ti ni a Torin, pero necesitaba una llama y enseñaros algo importante.

—¿Una llama? —Sidra se mostró intrigada y animó a Jack a entrar—. Y no, Torin ya se ha ido al castillo. Aunque Maisie está dormida, así que te agradecería que hablaras en voz baja.

Jack asintió y atravesó el umbral. Sidra cerró la puerta y le ofreció un asiento en la cocina, apartando los manojos de hierbas a un lado.

—¿Puedo ofrecerte algo para comer o beber, Jack? Tengo gachas en el fuego y una tetera.

—No, pero gracias, Sidra. Solo una llama y tu sello de cera.

Cuando ella lo miró boquiabierta, él levantó la carta.

—Para Adaira —aclaró.

Sidra cerró la boca y entró en silencio en la habitación para tomar la cera y el sello de su escritorio. Maisie seguía despatarrada en el centro de la cama, durmiendo en un enredo de mantas, y Sidra miró a su hija antes de volver a la estancia principal.

—¿Me atrevo a preguntar qué ha pasado? —inquirió observando a Jack calentando la cera sobre la llama de una vela.

—Sí —respondió él—. Para empezar, el fuego se ha apagado en la chimenea de Mirin.

A Sidra le dio un vuelco el corazón.

—¿Qué?

Escuchó a Jack relatar lo que había sucedido la noche anterior y esa misma mañana. Cómo no se encendía nada, ni las astillas, ni la leña, ni la turba. Ni siquiera las velas.

—Esto es muy preocupante —comentó Sidra, pero su atención se desvió rápidamente a las desastrosas habilidades de Jack para sellar cartas—. Y creo que te estás pasando *un poco* con la cera.

—¡Sí! —exclamó él alegremente—. Y buena suerte al bastardo que la abra primero.

Sidra se sentó en una silla observando a Jack presionando el sello Tamerlaine sobre ese montón de cera.

—¿Están leyendo el correo de Adaira? —preguntó, incrédula.

—Sí —contestó Jack—. Y tendría que haberme dado cuenta antes. Todos tendríamos que haberlo hecho. Dile a Torin que no escriba nada comprometido en sus cartas porque las leen los Breccan.

—¿Cómo lo sabes, Jack?

Jack se lo explicó y le enseñó la mancha de cera en la carta más reciente de Adaira que había traído con él.

—Quitan su sello o el nuestro, leen la carta y la vuelven a sellar.

—Eso es... ¡Ni siquiera se me ocurre una palabra para describirlo!

—¿Despreciable? —propuso Jack.

—*Sí* —siseó Sidra—. Pobre Adi. ¿Crees que...?

—Está bien, pero ahora tiene sentido que haya escrito pocas cartas y muy espaciadas en el tiempo.

La tetera empezó a silbar sobre la chimenea. Sidra fue a levantarse, pero sintió un agudo pinchazo en el pie izquierdo. Fue tan inesperado que estuvo a punto de perder el equilibrio y Jack se levantó rápidamente extendiendo los brazos para sujetada.

—Estoy bien —aseguró ella calmando su preocupación—. ¿Quieres una taza de té antes de marcharte?

—No, pero gracias por la cera y la llama —contestó Jack—. También he venido a pedirte un tónico o dos.

—¿Para qué? —preguntó Sidra sacando la tetera del gancho de hierro.

Jack se quedó en silencio un rato atrayendo su atención. Estaba mirando la carta que tenía en la mano con ese montón de cera como sello, pero cuando volvió a levantar la mirada, había una débil sonrisa en sus labios.

—Voy a cantar para los espíritus de nuevo.

Sidra esperó hasta que Jack se hubo marchado y la cabaña volvió a estar en silencio.

Exhausta, se sentó en la silla que ocupaba Donella cuando el fantasma le hacía visitas ocasionales. Se sirvió una taza de té y observó el vapor elevándose bajo la luz de la mañana.

Estás procrastinando.

Suspiró y se desató la bota, permitiendo que se le deslizara sobre el pie. Buscó su media y se la bajó por la pierna. Podía haber una gran cantidad de motivos por los que podía haber notado un pinchazo en el pie y quería tranquilizarse, amainar sus preocupaciones. No tenía nada cuando se había vestido esa mañana. Lo sabía porque había prestado atención.

Con la media quitada, Sidra se miró el arco del pie y luego parpadeó con la sorpresa enredada como zarzas en su pecho. Había un pequeño punto que casi podía pasar por un moretón, pero que no lo era. Una mancha púrpura y dorada en su talón. La enfermedad estaba filtrándose bajo su piel aceitunada.

Sidra volvió a ponerse la media en el pie.

CAPÍTULO 8

Adaira nunca había visto una biblioteca tan pequeña y deprimente. Se quedó ante los estantes vacíos rebuscando entre la escasa colección de libros maltrechos. Las páginas estaban desgarradas y manchadas, la tinta emborronada y los lomos agrietados, apenas sosteniéndose con los hilos. Hizo una pausa hojeando suavemente uno de los libros, pero no le entraron ganas de leerlo. Todavía le dolían ligeramente las sienes por la dosis de aethyn y seguía teniendo la visión borrosa por los lados.

—Ya me imaginaba que te encontraría aquí.

Se volvió y no la sorprendió ver a su padre ante una de las ventanas cubiertas por la lluvia, una alta silueta contra la luz de la tormenta. Con Innes fuera durante los próximos días para cazar con la nobleza, Adaira se había esperado que David la mantuviera vigilada.

—¿Cómo te encuentras hoy? —le preguntó.

—Estoy bien —contestó. Volvió a dejar el libro en la estantería—. ¿Los Breccan toman prestados libros de esta biblioteca y se los quedan?

—¿Estás decepcionada con nuestra colección?

Adaira se mordió el labio y miró hacia las estanterías medio vacías.

—No logro encontrar lo que estoy buscando.

—Eso es porque estás en la biblioteca vieja.

—¿Hay otra?

Él inclinó la cabeza con una invitación silenciosa antes de marcharse. Adaira lo siguió a través de los pasillos tallados en piedra mirando su largo cabello castaño claro suelto bajo el círculo plateado de su coronilla. Iba vestido con una túnica azul y una armadura, una coraza de cuero con puntadas finas, brazaletes, botas que relucían encantadas con hilos invisibles y los guantes que nunca se quitaba de las manos. Llevaba la espada enfundada a su lado como si hubiera estado de camino a la armería antes de desviarse a la biblioteca.

Se detuvo a la sombra de una puerta hecha de una madera pálida y radiante.

Adaira le dijo:

—Esta puerta está cerrada. Ya lo he intentado.

—Claro que está cerrada —contestó David con una sonrisa burlona, como si lo divirtiera que hubiera intentado a travesarla—. Dame la mano.

Ella vaciló al principio, pero tenía curiosidad.

Adaira le dio la mano.

No se estremeció cuando David sacó la daga. Se mordió la lengua cuando le pinchó la yema del dedo y su sangre brilló roja como un rubí.

—Ahora toca la puerta.

Ella se estremeció, pero apoyó la mano en la madera dejando que saboreara su sangre. Se abrió con un crujido. Adaira observó la cámara, una estancia llena de libros, pergaminos y velas.

Hasta ese momento, no había pensado en los encantamientos forjados por los mortales que podrían esconderse en la fortaleza de los Breccan porque tales cosas no existían en el Este. Ahora percibía que su padre acababa de compartir un secreto con ella, al igual que había hecho Innes en la madriguera. Otra muestra de confianza y libertad, y una que había anhelado mucho: moverse por el castillo y abrir puertas que una vez había creído que estaban cerradas para ella.

—La nueva biblioteca —anunció David pareciendo sentir el intenso torbellino de sus pensamientos.

Adaira lo miró. Él no estaba sonriendo, pero su hija se sorprendió durante un instante al ver que sus ojos de color avellana estaban repletos de alegría, como si hubiera visto un reflejo de sí misma en él. Atravesó el umbral.

La recibió el aroma del pergamino y el cuero viejos. Candelabros de hierro y velas de cera de abeja. Tinta de color vino oscuro y madera de cedro. Esa sala no era tan grande como la otra biblioteca, pero tampoco parecía tan antigua. Adaira recorrió los pasillos fijándose en que los estantes estaban tallados con una madera que tenía un leve brillo.

—¿Una biblioteca encantada? —preguntó.

—En ciertos sentidos —contestó David—. Este castillo fue construido mucho antes de que se formara la línea del clan, cuando la magia empezó a fluir libremente de nuestras manos y nuestros oficios. Pero las estanterías son mucho más recientes, cortadas por un hacha encantada. Pon la mano sobre una y dile qué estás buscando. Si la biblioteca contiene tal libro, te lo mostrará.

Adaira se detuvo ante una estantería, preguntándose si se atrevía a pronunciar lo que quería. Era peligroso exponer tales cosas. Pero desde su conversación con Innes la noche anterior, era lo único en lo que Adaira podía pensar. «Hemos encerrado toda nuestra música y nuestros instrumentos», lo que significaba que no habían sido destruidos, sino que seguían en alguna parte del Oeste. Y eso había hecho creer a Adaira que los Breccan todavía albergaban una pizca de esperanza. Que añoraban esos días del pasado en los que la música llenaba sus salones, en los que no se habían inclinado por miedo al viento.

También había algo más que Innes había compartido con ella, aunque tal vez la laird no lo supiera.

Adaira recorrió la estantería de madera, dejando que sus dedos se demoraran.

—Estoy buscando un libro sobre música —susurró—. Busco registros del último bardo del Oeste.

Solo le respondió el silencio. Dejó caer la mano y se dio la vuelta cuando David se acercó a ella.

—No encontrarás ese tipo de libros aquí —dijo él. No parecía enfadado ni molesto, como Adaira había esperado. Parecía triste y agotado.

—¿Por qué? Los Breccan habrán tenido un bardo en algún momento. Alguien que transmitiera historias y relatos de vuestra gente.

—Sí que lo tuvimos, pero causó una cantidad horrible de problemas al clan —respondió David—. En lugar de tocar para fortalecer a la gente, tocó para ganar más poder para sí mismo. En lugar de tocar para crear armonía entre los espíritus, tocó para dominarlos. El fuego no tardó en debilitarse, las cosechas se estropearon, las mareas provocaron inundaciones y el viento se volvió mucho más severo de lo que debería.

—¿Cuánto tiempo hace de eso? —preguntó Adaira.

—Cuando Joan Tamerlaine cruzó al Este para casarse con Fingal Breccan —informó David—. Fue entonces cuando empezaron todos los problemas. Una leyenda que estoy seguro de que conoces bien.

Adaira la conocía, aunque el relato que le habían contado a ella sería probablemente bastante diferente del que le habrían contado a David. A ella le había llegado la versión del Este, la que describía a Joan como a una mujer altruista que se ató al laird Breccan para asegurar la paz de la isla. Pero Fingal solo la había deseado por su belleza y nunca había tenido intención de acabar con las violentas incursiones al Este. Joan y Fingal se habían acorralado y se habían matado el uno al otro en el centro de Cadence, derramando la sangre del otro mientras morían entrelazados, ambos repletos de odio y resentimiento. Su enemistad había creado la línea del clan, una frontera mágica que separaba el Oeste del Este, y los espíritus de la isla y su magia se habían visto gravemente afectados por ella.

—Sí, conozco la leyenda —confirmó Adaira.

Pensar en Joan le hizo recordar el libro roto que le había dado Maisie. Faltaba la segunda mitad, pero estaba lleno de leyendas e historias manuscritas. El libro había pertenecido a Joan y de repente Adaira se preguntó si la otra mitad estaría allí, en la biblioteca de los Breccan. Tal vez Joan se la dejara cuando intentó volver al Este.

Adaira colocó la mano en la estantería.

—Me gustaría encontrar la segunda mitad del diario de Joan.

De nuevo, las estanterías permanecieron en silencio. Sin susurro de magia o movimiento.

Suspiró.

—¿Seguro que hay un hechizo? No estoy segura de que hayas sido completamente sincero conmigo.

—Es que pides cosas que no tenemos —se excusó David. Y entonces la sorprendió preguntándole de repente—: ¿El laird del Este te enseñó a empuñar una espada?

—Sí, claro que sí —respondió Adaira pensando inevitablemente en Alastair—. ¿Por qué me lo preguntas?

—Me gustaría evaluar tus habilidades —dijo dirigiéndose hacia la puerta—. Para poder ver yo mismo cuán bien te enseñaron.

—¿Bajo la lluvia?

David se detuvo en el umbral con las manos entrelazadas detrás de la espalda.

—Pronto aprenderás que, si detuviéramos nuestras vidas cada vez que hay tormenta, nos quedaría poco tiempo para vivir. Sacamos el máximo provecho de lo que tenemos aquí.

Media hora después, Adaira había elegido una espada larga de la armería y había seguido a David al campo lluvioso. O a lo que ella había asumido que iba a ser un campo lluvioso. Cuando estuvo en el centro, se dio cuenta de que era un estadio al aire libre. Estaban rodeados por tribunas de madera para una vasta audiencia. La arena bajo sus botas estaba plagada de charcos que le llegaban hasta los tobillos y notó que el agua empezaba a traspasar el cuero cuando pisó un montículo.

—¿Qué es este sitio? —preguntó levantando la voz para que David pudiera oírla sobre la lluvia.

—Un lugar en el que voy a poder probar tus habilidades —contestó colocándose en el centro del estadio.

Adaira lo siguió, aunque le costaba verlo bajo la lluvia. Tenía el pelo empapado y notaba la ropa áspera y pesada sobre la piel. No podía explicar el desasosiego que sentía ni qué lo provocaba. Si el estadio vacío y espeluznante, el terreno irregular sobre el que estaba a punto de pelear, la dificultad de ver en la tormenta y los efectos del aethyn que todavía le quedaba en la sangre.

—¿Has cambiado de opinión, Cora? —preguntó David sintiendo su reticencia.

Adaira se detuvo a tres pasos de él.

—No.

—Pues saca la espada.

Encontró la empuñadura con la mano. Mientras sacaba la espada de la vaina empuñando un arma por primera vez desde su llegada al Oeste, Adaira se preguntó si sería otra prueba. No sabía mucho de David. Había conversado con él solo cuando cenaban juntos con Innes en sus aposentos y cuando él le entregaba las cartas. Cartas que leía como si no confiara en ella ni en Jack, Sidra y Torin. Como si solo se hubiera ido a vivir con ellos para conspirar por la caída de los Breccan. Adaira sintió la ira mientras sostenía la espada en media guardia.

—¿Sabe Innes que me has dado un arma? —preguntó con sarcasmo.

—Nunca hago nada sin que Innes lo sepa —respondió David profundamente serio—. Ahora… atácame.

Adaira se inclinó hacia adelante con los dientes apretados. Le dio un duro golpe a David, pero él se movió sin esfuerzo, como si formara parte de la lluvia. La bloqueó con la espada y Adaira se tambaleó con las manos doloridas por el choque.

—Otra vez —indicó.

Adaira parpadeó contra el agua que le caía por la cara. Veía estrellas bailando por los bordes de su visión y todavía le dolía la cabeza, pero no quería parecer débil ante él. Pronto se puso al día con la tormenta y el suelo irregular tirando de recuerdos. Las lecciones que le había dado Alastair. Las observaciones y los consejos de Torin. Los días cálidos y soleados entrenando en el campo en el castillo de Sloane.

David bloqueó sus ataques con facilidad. Una y otra vez, como si le estuviera leyendo la mente, sabiendo cuáles iban a ser sus acciones antes de que las ejecutara.

Se volvió exasperante. Adaira ni siquiera lograba hacerlo retroceder. No podía provocarlo para que la atacara (su combate consistía solo en ella atacando y él bloqueándola) y empezó a golpearlo con más fuerza cavando una zanja alrededor de él en la arena.

—Estás atacándome con ira —observó David finalmente—. ¿Por qué?

Adaira retrocedió. Le ardían los pulmones, le temblaban los brazos. Miró a David a través de la cascada de lluvia e intentó leer su expresión, pero mostraba un semblante pétreo.

Trató de mesurar su ira, pero las raíces de esta se adentraron más en ella. Estaba enfadada porque David hubiera dejado que Innes la entregara. Por sostener a una niña pequeña y débil, hecha de su propia sangre y aliento y creer que estaría mejor en otro reino. Por no haber luchado por ella.

Y, sin embargo, si no la hubiera entregado, Adaira no habría conocido a los Tamerlaine. A Lorna y a Alastair, quienes la habían amado como si fuera su propia hija, pero quienes le habían mentido. A Torin, a Sidra y a Maisie. A Jack, que no hubiera nacido si los Breccan no la hubieran entregado al guardián del Aithwood.

De repente, se le entremezclaron las emociones, notó el pecho pequeño y roto.

Pero las únicas palabras que pudo decirle fueron:

—Has estado leyendo mis cartas.

David permaneció en silencio. Adaira comprendió que lo había tomado desprevenido.

—¿Crees que he hecho mal? —inquirió finalmente.

—¿Como laird consorte? No —le contestó Adaira—. Pero ¿como padre? Sí.

Esta vez, cuando lo atacó con la espada, él se movió. La bloqueó y se abalanzó, obligándola a usar la guardia corta para protegerse. Se sumieron en el baile de la pelea, levantando montones de arena y salpicando por los charcos. Si esto hubiera sucedido una semana antes, Adaira podría haber sentido miedo. Miedo de que David la hubiera llevado al estadio con la intención de probar algo más que sus habilidades. Pero ahora se daba cuenta de que le estaba dando un modo de canalizar su furia y el dolor que se escondía detrás. Estaba dejándola liberar su ira con él como si supiera que no iban a poder pasar página sin este altercado.

Apretó los dientes y lo tomó por sorpresa con una finta a la izquierda. El bloqueo de su padre fue demasiado lento. Se estremeció como si le doliera y Adaira reaccionó sin pensar. Le rozó el costado con la espada. Si hubiera empujado con más fuerza, lo habría atravesado.

David gruñó y giró sobre sí mismo con tal velocidad que Adaira no pudo parar su espada. Le dio en la parte superior del brazo y cortó a través de su manga empapada.

Se tambaleó y dejó caer la espada. El intenso dolor la desorientó y sintió que el mundo se inclinaba. Se agarró el brazo y la sangre manó entre sus dedos.

—Maldita sea —siseó David envainando la espada—. ¿Cora? ¡Cora!

Cayó de rodillas. Se sintió como si se estuviera hundiendo en un lodazal y jadeó en busca de aire, saboreando el agua de lluvia. Notaba la sangre helada, crujía como si fuera escarcha. ¿Estaría encantada la espada de su padre? No había notado ese brillo en el acero, pero tal vez se le hubiera pasado por alto por la tormenta. Cuando apartó la mano de la herida, vio que la sangre había formado gotitas en su piel. Parecían pequeñas joyas escarlatas convirtiéndose lentamente en un azul oscuro a medida que se endurecían. Le brillaban en la mano como cristales de hielo.

—¿Qué es esto? —susurró dejando que las gemas le resbalaran por la mano.

—Cora, mírame.

Había un hombre ante ella formando un fuerte relieve contra la lluvia gris. Era Alastair agachándose para estabilizarla.

—¿*Padre*? —suspiró.

La esperanza le arrebató el aire que le quedaba en los pulmones y la sumió en la oscuridad.

Cuando recuperó el conocimiento, estaba tumbada en un banco mirando hacia un techo sombreado. El aire olía a hierbas machacadas, a ungüentos potentes, a miel y a té negro. Durante un momento, Adaira pensó que estaba en casa de Sidra y se le retorció el corazón en el pecho cuando los recuerdos la inundaron.

Estaba en el Oeste. Había luchado con David bajo la lluvia. Su sangre se había derramado entre sus dedos como gemas.

Adaira giró la cabeza parpadeando a la luz de las velas.

David estaba sentado en un taburete ante una mesa de trabajo desgastada. Había estantes alineados en la pared de piedra que tenía ante él, repletos de tarros de cristal, recipientes de barro, morteros, manos y manojos de hierbas secas. Debió sentir su mirada porque se volvió para contemplarla.

—¿Me he desmayado? —preguntó, mortificada.

—Sí. ¿Quieres sentarte?

Asintió, dejando que él la ayudara a incorporarse. Se le nubló la visión durante un momento, pero parpadeó hasta que se sintió estable.

—No entiendo qué ha pasado —murmuró—. Nunca me había desmayado al ver sangre.

—Tendrías que haberme dicho que todavía estabas sufriendo los efectos del aethyn —la reprendió suavemente.

Adaira se lamió los labios secos. Cuando David le entregó un vaso con agua, vio las pequeñas gemas azules reluciendo sobre la mesa.

—Creía que tu espada estaba encantada —le dijo.

—No. Todavía había veneno en tu sangre. —Tomó una de las piedrecitas entre sus dedos enguantados y la sostuvo ante la luz antes de ponérsela a Adaira en la mano. Ella la estudió dándose cuenta de que era parecida a las gemas que había llevado en el pelo durante la cena de los thanes. Las mismas joyas que llevaba Innes también.

—¿De quién era la sangre que tenía anoche en el pelo? —preguntó en tono vacilante.

—Perteneció al thane que asesinó a tu hermana —respondió David.

—Sigo sin entenderlo.

—El aethyn es una flor que crece aquí —explicó volviéndole a llenar el vaso con agua después de que ella lo hubiera vaciado—. Florece en el más peligroso de los lugares, lo que hace que cosecharla pueda ser mortal. Pero si alguien sobrevive al obtenerla, la verdadera fuerza de la flor se despliega y crea un veneno que se asienta en la sangre como hielo. Ralentiza el corazón, la mente y el alma. En grandes dosis es letal y no hay antídoto para contrarrestarlo. En dosis más pequeñas, uno crea una tolerancia, o se puede usar también para castigar a los enemigos. De cualquier modo, convierte la sangre derramada en gemas azules y muchos de los nobles llevan estas piedras como joyas para demostrar su rudeza.

Adaira siguió contemplando la gema que tenía en la palma de la mano. Era pequeña, no se asemejaba al tamaño de las que había lucido en el pelo, formadas a partir de la sangre del hombre que había matado a Skye.

—¿Debo suponer que, cuanto más alta es la dosis, más grandes son las gemas? —inquirió.

David se tomó una pausa antes de contestar:

—Sí. Cuando has sangrado en el estadio, solo te quedaba un pequeño resto en el cuerpo.

—Cuando me has pinchado antes el dedo para abrir la puerta —empezó Adaira mirando a David a los ojos—, ¿por qué no se ha convertido en joya en ese momento?

—Porque la puerta ha aceptado tu sangre antes de que pudiera hacerlo —respondió simplemente.

Reprimió un escalofrío. Todavía tenía la ropa húmeda por la lluvia y notaba la arena que se le había metido en las botas. Quería darse un baño en la cisterna cálida para lavarse del cuerpo la última hora. Pero cuando dejó el vaso a un lado, notó un doloroso pinchazo en el brazo.

Adaira se subió la manga.

Una herida larga y delgada le recorría la parte superior del brazo, pero tenía puntos que le habían vuelto a unir la piel. Los repasó con el dedo notando los bordes y el dolor que le provocaban.

—Lo siento —se disculpó David con voz ronca—. No quería hacerte daño.

Adaira dejó caer la manga. Casi le daba miedo mirarlo porque comprendía que su disculpa tenía varias capas.

«Lamento haberte dañado la piel. Lamento haber leído tus cartas. Lamento haberte abandonado con los espíritus. Lamento haberte dejado ir sin luchar por ti».

Podía notar sus bordes afilados en el corazón. Todavía podía ver a Alastair inclinándose para levantarla del suelo. De su dolor y de su confusión. Pero no había sido él. No había sido más que un espejismo provocado por el veneno, solo había visto lo que *quería* ver en ese momento.

Se aclaró la garganta y masculló:

—¿Te da miedo lo que pueda hacer Innes cuando descubra que me has hecho daño?

David rio con un sonido tan cálido e intenso que sobresaltó a Adaira, pero al final ella le sonrió, incapaz de resistirse.

—Sí, Innes se enfadará mucho conmigo —contestó él alargando el brazo para tomar un trozo de tela de la mesa—. Lo estaré pagando durante bastante tiempo. Déjame ver ese brazo.

Adaira se arremangó de nuevo y observó cómo David le aplicaba suavemente un ungüento de miel sobre los puntos.

—Eres curandero —comentó.

—Sí. ¿Te sorprende?

Adaira se mordió el labio mirando los guantes de cuero que llevaba, como si no quisiera tocar a los demás.

—Un poco, sí.

Empezó a vendarle el brazo con la tela.

—Así fue como me enamoré de Innes.

—Parece una historia propia de una balada —dijo Adaira.

A David se le inclinó hacia arriba una de las comisuras de la boca, pero reprimió la sonrisa.

—Innes era la tercera hija del laird. La más pequeña. Ella sentía que tenía mucho que demostrar para ser elegida la próxima gobernante del Oeste, por lo que entrenaba constantemente, presionaba su cuerpo para ser más rápida y fuerte que sus hermanos. Combatía a menudo hasta que el arma que eligió empuñar se convirtió en una parte más de ella. —Hizo una pausa para acabar de vendarle el brazo a Adaira.

»Como te puedes imaginar, recibió bastantes heridas a lo largo de los años. Siempre acudía a mí pidiendo que la sanara. Y así lo hacía yo, aunque estaba enfadado por la frecuencia con la que llamaba a mi puerta rota y sangrando, a veces tan magullada que tenía que quedarse a dormir en mi cama para que pudiera vigilarla durante la noche. Yo no estaba enfadado porque me molestara, sino porque temía que un día se presionara demasiado y no lograra presentarse ante mi puerta.

Adaira permaneció en silencio imaginándose esa versión más joven de Innes. La imagen le generó una sensación de ternura y tristeza que hizo que se le inclinaran los hombros hacia adelante.

—Siempre decía que sus heridas la volvían más fuerte, que sus heridas la preparaban para el liderazgo más que unos aposentos elegantes, la ropa cara y los festines abundantes —relató David levantándose de su taburete—. Pero ya es suficiente por hoy. Supongo que querrás ir a la cisterna.

El abrupto cambio de tema la sorprendió, pero Adaira notó que estaba cerrando cualquier puerta que hubiera quedado abierta. Parecía sonrojado, como si se arrepintiera de haber hablado tan abiertamente.

—Sí, eso estaría bien —admitió.

—Pues haré los arreglos necesarios para que vayas —ofreció David—. Mientras tanto, ahora esta espada es tuya. —Señaló la espada envainada que estaba apoyada junto a la puerta. La que Adaira había elegido para su combate. No era una espada encantada, pero seguía siendo un arma en sus manos.

Arqueó una ceja.

—¿Me estás armando oficialmente?

—¿Te parece un error que lo hagamos?

—No, pero parece que te da miedo que tenga malas intenciones para el Oeste.

David se apoyó en el borde de la mesa con los brazos cruzados.

—Hablas de tu correspondencia.

Ella asintió.

—Si le escribo una carta a Moray, ¿la leerá el laird del Este? —empezó—. Asimismo, si Moray me escribiera a mí, cosa que no ha hecho, ¿lo leería el laird del Este antes de enviarlo?

Adaira notó que el calor aumentaba en su piel.

—No creo que sea una comparación justa teniendo en cuenta lo que ha hecho Moray y yo no he hecho.

—Eso es cierto en gran parte, Cora. Pero incluso siendo verdad, no puedes negar que los Breccan y los Tamerlaine tienen una historia larga y sangrienta y, desafortunadamente, tú estás atrapada entre los dos clanes.

—No por decisión propia —replicó ella.

David no dijo nada, pero Adaira supo que había notado el resentimiento en sus palabras.

La muchacha se levantó con un suspiro, agradecida de poder tenerse en pie. Tomó su nueva espada y se la ató a la cintura. Le gustaba su peso y la sensación tranquilizadora que le transmitía.

La sentía como un poder.

—¿Qué le pasó a él? —se atrevió a preguntar.

—¿A quién? —dijo David.

—Al hombre que me llevó al Este.

David se dio la vuelta y empezó a limpiar la mesa de trabajo. Pero había frío ahora entre ellos. Cuando finalmente habló, lo hizo con voz tensa, como si la relación que habían estado construyendo se hubiera desmoronado.

—Me temo que no puedo responder a esa pregunta, Cora.

Dando por terminada la conversación, Adaira se marchó de la estancia que daba a la armería. Finalmente, encontró el camino de vuelta a los pasillos sinuosos.

Adaira caminó lentamente, perdida en sus pensamientos y reflexionando sobre lo que acababa de descubrir. Notó un peso en el corazón hasta que consideró las últimas palabras que le había dicho David antes de marcharse. Si se negaba a responder a su pregunta, lo más probable era que el padre de Jack no hubiera muerto.

Seguía vivo.

CAPÍTULO 9

—¿Estás seguro, Jack? —preguntó Torin por tercera vez paseándose entre el alto césped.

Jack lo miró de reojo pensando que no era el mejor momento para que les entraran las dudas. No con el arma nueva en la mano y el huerto enfermo ante ellos, manchado de sombras. Pero tampoco podía culpar a Torin por mostrarse escéptico. Jack recordaba vívidamente la noche que había cantado por primera vez para los espíritus. Le había costado creer la alocada afirmación de Adaira de que su música era lo bastante poderosa para persuadir al folk de manifestarse.

—Estoy seguro —contestó.

Las sombras azules del anochecer bañaban el huerto, la mitad del cual ya había sucumbido a la enfermedad. Le habían dicho a Rodina que se marchara del minifundio y ahora solo Torin y Jack estaban en el jardín a la luz del crepúsculo. Habían echado incluso a los gatos, lo que no les había resultado nada fácil.

Jack se acercó más a los árboles para estudiar la savia brillosa. Un mes antes, cuando había cantado para la tierra, los alisos que lo rodeaban se habían convertido en doncellas. Las hidrocótilas se habían convertido en muchachos. Las flores silvestres se habían entrelazado para formar a una mujer dominante. Las piedras habían encontrado sus rostros.

Así que, cuando los ojos de Jack se posaron en los manzanos infectados, también sintió que eran las doncellas del reino paralelo, los espíritus que moraban en esos árboles, quienes habían enfermado. Si pudiera convocar y atraer a una de las doncellas de un árbol sano, tal vez ella pudiera proporcionarle respuestas.

—¿Cuándo puedes empezar a tocar? —preguntó Torin.

—Ya estoy preparado —contestó Jack. Se acomodó en el césped con el arma en el regazo y comenzó a calentar los dedos con una escala—. Sea lo que fuere lo que se manifieste, no saques el arma, Torin.

Torin permaneció en silencio, pero por el rabillo del ojo, Jack vio que la mano del laird se movía hacia la empuñadura de su espada envainada.

Jack empezó a tocar la balada que había escrito para la grave situación del huerto. Cantó una invitación para los árboles, cantó adoración a su existencia. Sus notas resonaron en el aire posándose como nieve sobre las ramas, brillando como escarcha sobre la corteza. Sintió la solemnidad de los árboles, sus sombras se alargaron y se retorcieron sobre el césped mientras respondían a su llamada.

Una doncella con flores de manzano blancas sobre el cabello esmeralda daba vueltas sobre sí misma entre las ramas y las hojas. Su rostro, todavía adquiriendo forma, estaba crispado como si sintiera dolor.

Jack estaba tan ensimismado por su transformación que no vio estallar la tormenta. No notó el cambio de temperatura hasta que fue demasiado tarde. El viento del norte sopló entre la arboleda acabando con la última luz del atardecer. Jack levantó la mirada para estudiar los nubarrones negros que se estaban formando sobre su cabeza. Se desató una lluvia intensa.

Conocía ese viento.

—¿Deberías parar? —preguntó Torin sintiendo el peligro que acechaba justo detrás de las nubes.

Jack consideró parar, pero solo durante un instante. Tuvo que preguntarse a sí mismo qué tipo de bardo quería ser. ¿Sería uno que cantara desafiando al viento del norte? ¿O caería presa del miedo y se sometería a lo que Bane deseaba, que no era más que su eterno silencio?

Enfadado, Jack siguió tocando, sus uñas arrancaban música de las cuerdas cada vez más rápido, como si pudiera sobrepasar a la tormenta. Pero un extraño hormigueo se extendió por su piel. Podía notarlo en los dientes. Un zumbido de advertencia.

Ya lo había experimentado con anterioridad. En una cima, con Adaira. Cuando había convocado a los cuatro vientos sin conocer el coste de tan tonta valentía. Cuando había mantenido a Bane cautivo durante un momento hipnotizante y desesperado.

Tocar casi le había costado la vida aquel día.

—¡Déjalo, Jack! —El grito de Torin era casi indiscernible entre los aullidos de la tormenta—. ¡Para ya!

Jack presionó elevando la voz y entremezclándola con el viento. Las nubes se oscurecieron, las ráfagas se volvieron tan fuertes que estuvieron a punto de levantarlo del suelo. La lluvia le empapó el rostro y las manos, pero aun así Jack no paró, no se balanceó, no se doblegó ante el viento del norte.

Tuvo un momento de alivio inesperado, incluso cuando la tormenta rugió aterradoramente cerca. Si Bane estaba allí, significaba que ya no estaba causando estragos en el Oeste. Adaira podía estar bajo un cielo azul, disfrutando de una ventana entre las nubes.

Ese pensamiento animó a Jack mientras seguía cantando para el huerto, pero su voz era pequeña y débil en comparación con el viento del norte. Respiró profundamente llenándose el pecho con un aire tan frío que le recordó al invierno. Siguió tocando, incluso cuando empezaron a debilitársele las uñas.

La magia estaba eclipsando su fuerza. Podía sentir el dolor abriéndose paso a través de él.

Me estoy presionando demasiado, pensó. Pero tenía los tónicos de Sidra preparados en su morral y supo que todavía le quedaba algo para dar.

—¡Jack! *¡Basta!* ¡Para ya! —La orden de Torin se fundió en la tormenta cuando el laird cayó y se vio obligado a arrastrarse sobre el césped.

Jack observó las nubes oscuras dividirse sobre él creando relámpagos. Sintió el aleteo de unas alas invisibles rodeándolo, burlándose de él. Entonces se retiraron, dejándolo solo y vulnerable. Estaba a un verso de ser golpeado. Lo notó, sintió el blanco calor crepitando y acumulándose a su alrededor. Se le erizó el vello de los brazos.

No me doblegaré, no me doblegaré, no me…

Se rindió.

Se doblegó.

Dejó caer el arpa y se arrodilló.

Su última nota pereció en la tormenta. Cerró la boca y se tragó el final de su balada.

El rayo de Bane golpeó el manzano más cercano. Era el espíritu que había empezado a transformarse con la llamada de Jack. El golpe partió a la doncella en dos cortándola por el corazón. El sonido atravesó el aire, la tierra se sacudió y lloró.

El olor a madera quemada inundó la arboleda. El humo se elevó desde el huerto bailando con el viento.

Jack sintió los límites de su mortalidad. Aterrorizado, cayó al suelo con el rostro por delante.

Un nudo de emociones le palpitó en el pecho. Alivio porque Bane no lo hubiera golpeado a él. Temor porque había estado a un solo verso de ser partido en dos, a un verso de que le cortara el corazón. Vergüenza por no haber resistido ante el viento del norte y porque un árbol hubiera pagado el precio de su desafío.

Jack supo entonces qué tipo de bardo era, mientras yacía mareado sobre el barro.

Un bardo débil y tonto.

Adaira estaba en los establos del castillo cepillando a uno de los caballos y escuchando la lluvia que caía por los aleros. Le gustaba ir allí, esconderse en el reconfortante olor de los caballos, del cuero pulido y de los dulces cereales de verano. Era un lugar que le parecía cómodo, un lugar que parecía su hogar. Los mozos de cuadra se habían acostumbrado por fin a sus visitas diarias y le permitían cepillar a algunos de los caballos más dóciles.

Un pájaro entró en el establo y se posó en una esquina. Adaira lo observó sacudirse la lluvia de las alas. Siguió cepillando al caballo, pero se imaginó cómo sería ser un pájaro, tener la libertad de volar de un sitio a otro.

Un momento después, la tormenta se calmó.

Adaira se detuvo y rodeó al caballo para abrir la puerta de su compartimento. Las nubes oscuras se estaban desvaneciendo, el viento del norte se retiraba.

Resonaron gritos por el granero. Los caballos relincharon dando coces con las herraduras. El pájaro salió por la ventana trinando.

Adaira salió del compartimento y siguió a los mozos de cuadra al patio del castillo. Miró hacia el horizonte al oeste, entrecerrando los ojos por la luz. En una tierra de nubes y viento, había llegado la luz, frágil y radiante, transformando al gris Oeste en un mundo de ventanas brillantes y adoquines mojados.

Adaira sonrió mientras contemplaba la puesta de sol.

Torin, dolorido y agotado y con los ojos todavía afectados por los rayos, se tambaleó hasta su casa bajo la lluvia. La canción para el huerto había fracasado y ahora necesitaba otro plan.

No tenía ni idea de qué hacer.

Entró en la cabaña, se quitó el tartán empapado, las botas embarradas, la ira y la indecisión, y lo dejó todo en un montón en la puerta. Solo entonces se dio cuenta de lo silenciosa y serena que estaba la casa.

El fuego ardía a baja altura proyectando tonos rosados en las paredes, sacando sombras monstruosas de las hierbas de Sidra que colgaban en manojos desde las vigas del tejado. Yirr estaba acurrucado en la alfombra con un ojo abierto. El aroma de la cena seguía flotando en el aire: pan caliente, codorniz y patatas asadas, romero y sidra de manzana. El suelo estaba limpio y la lluvia golpeaba las persianas.

Sidra apareció en la puerta de su habitación iluminada por la luz de las velas con el pelo oscuro peinado en ondas sueltas. Llevaba un camisón y medias y tenía los ojos hinchados. La había despertado. ¿Tan tarde era? Parecía haber perdido la noción del tiempo.

—¿Maisie está…?

—Esta noche se queda con tu padre —contestó Sidra. Se quedó mirando a Torin y él temió que le preguntara qué había pasado. Pero ella no lo hizo, sino que se limitó a susurrar—: ¿Has comido? Puedo calentarte algo para cenar.

—Estoy famélico —dijo él, pero la atrapó antes de que pudiera moverse hacia la cocina. Se había sentido despedazado en cientos de direcciones diferentes hasta que la tomó en sus brazos y su suavidad y calidez se encontraron con su cuerpo y lo agudizaron y lo ayudaron a centrarse. Escuchó cómo se le cortaba el aliento a su mujer cuando presionó su boca contra su cuello y empezó a desatarle los lazos del camisón.

—Torin —jadeó ella. Él notó que se tensaba cuando la ropa comenzó a soltarse. Esa respuesta era desconocida, inesperada.

Él se detuvo enseguida.

—¿Sid? ¿Qué te pasa? —Le colocó un mechón detrás de la oreja, ansioso por ver su rostro. Cuando vio que ella seguía con la mirada al suelo, le levantó suavemente la barbilla para mirarla a los ojos—. ¿Estás preocupada por algo?

Pensó que tal vez sería el hecho de que el fuego no se encendiera en la chimenea de Mirin. O el temor a que la enfermedad se expandiera. Cada hora parecía traer una novedad cargante y extraña.

Sidra respiró profundamente y Torin habría jurado que vio una chispa de tristeza en sus ojos. Pero entonces desapareció como un rayo. Le sonrió con una expresión que le hizo olvidar todo lo que no era ella, lo tomó de las manos y lo condujo a su habitación.

Torin volvió a sentirse maravillado por haberse ganado su amor, porque la isla hubiera hecho que sus caminos se cruzaran. Ella despegó los dedos de los suyos y Torin se detuvo para observarla mientras ella se apartaba. Sidra apagó las velas una a una. La oscuridad los envolvió y de repente la habitación le pareció demasiado grande, la distancia entre ellos era casi dolorosa.

A Torin se le aceleró el corazón cuando escuchó que la ropa de ella caía al suelo por alguna parte a su izquierda. Los pies desnudos de Sidra se acercaron de nuevo a él, alargó las manos para encontrarlo, le desató el cinturón y le levantó la túnica empapada.

De algún modo, lograron llegar a la cama. A Torin se le erizó la piel por la confianza de Sidra. Su cabello todavía goteaba por la tormenta, pero la boca de su mujer estaba caliente al estrellarse contra la suya. La tenía memorizada, no necesitaba luz y ella tampoco.

Trazó la curva de su espalda con la yema de los dedos, podía oírla respirar en la oscuridad, profunda y rápidamente, en contraste con las respiraciones de él. Ella se movía como si no hubiera en el mundo nada más aparte de ellos dos y Torin enterró el rostro en su cuello. Había un débil olor a tierra en su piel (a barro, hierbas y flores machacadas) y la besó en la boca, en las clavículas, en el hueco del codo. Saboreó su sudor. Con ella estaba tan perdido como encontrado y, cuando ella gimió, él rápidamente la siguió por el precipicio.

Después de todo, a Torin le llevó unos momentos recordar la tristeza fugaz que había visto en los ojos de Sidra. Ella estaba tumbada sobre él, con el pelo sobre su pecho y la piel húmeda en contacto con la suya.

Él le trazó el contorno del labio esperando a que se le calmara el corazón.

—¿Qué querías decirme, Sid?

—¿Cómo?

—Antes. Cuando he llegado a casa. Has empezado a decir algo…

Ella se apartó. Torin la estrechó con más fuerza y ella rio por su insistencia y le dio un beso en el hombro.

—Quería preguntarte cómo ha ido lo de la canción del huerto. ¿Lo ha logrado Jack? ¿Habéis hablado con alguno de los espíritus sobre la enfermedad?

Torin gruñó cuando el recuerdo volvió a inundarlo.

—No.

Le habló de su debacle, de cómo Jack había desafiado sus órdenes de detener la balada. De cómo un rayo había caído cerca del bardo y de cómo todo había parecido fragmentarse en ese momento: la tierra, el cielo, la lluvia, la luz. Se había fragmentado y se había vuelto a unir con una claridad alarmante.

—No sé qué hacer, Sid —susurró deslizando los dedos en su cabello—. No sé qué hacer y no puedo más que pensar en que no sirvo para ser laird. Esto debe ser un castigo por algo. La isla debe considerarme insuficiente.

—Basta —cortó Sidra con la voz ronca—. Eres un buen laird para nuestro clan.

Él movió la mano buscando su rostro en la oscuridad. Le acarició los labios con el pulgar

—Contigo a mi lado.

—Sí —susurró Sidra, pero le apartó la mano para darle un beso en la palma y después, en la boca—. Ahora duérmete, Torin.

Él no tuvo fuerzas para desobedecerla. Tiró de las mantas para taparse y ella se acomodó contra él.

Estaba casi dormido, la lluvia lo estaba llevando a los inicios de un sueño. Pero entonces se sobresaltó y se le empezaron a arremolinar los pensamientos. A descender.

—¿Sigues despierta, Sid?

—Sí.

Durante un instante no pudo respirar, y ella se movió volviéndose hacia él en la oscuridad como si hubiera notado su preocupación.

—Si alguna vez me vuelvo un hombre frío... con el corazón de piedra, si alguna vez hago algo con lo que no estés de acuerdo, quiero que me lo digas —susurró.

—Siempre —prometió ella.

Habló con voz calmada, tranquilizándolo. Nunca se había sentido más seguro que en ese momento, entre sus brazos en medio de la oscuridad mientras la lluvia aflojaba al otro lado de las ventanas.

Y soñó con días más sencillos, cuando era solo un niño corriendo entre el brezo.

Sidra estaba en la cama, despierta, con los ojos abiertos a la noche. Llevaba horas despierta, con las respiraciones de Torin revolviéndole el cabello y con el agradable peso de su brazo sobre ella.

Se suponía que tenía que habérselo dicho esa noche. Había querido decírselo, pero, cuando había llegado el momento, le habían parecido unas palabras casi imposibles de pronunciar.

Aun así, había estado preparada para eso. Para que las palabras le fallaran. Entonces había planeado enseñárselo. Se lo llevaría a la habitación y se sentarían al borde del colchón. Se quitaría la media y le enseñaría el talón. La mancha se estaba expandiendo más rápido de lo que esperaba. Le estaba llegando a los dedos de los pies y todavía no había encontrado cura, a pesar de la gran cantidad de horas que había trabajado en ello y de las plegarias que había dedicado a los espíritus.

¿Qué puede curar esta maldición?

Temió que los espíritus no fueran capaces de responderle y no quería decirle a Torin que estaba infectada hasta que no tuviera un plan, una cura.

Podría dejarlo un día más viviendo en la ignorancia.

CAPÍTULO 10

Jack no fue al castillo tras el fracaso en el huerto. Sabía que Mirin y Frae estaban allí, refugiadas en una de las habitaciones de invitados para pasar la noche, y se las imaginó durante un momento. Mirin estaría inquieta sin su telar y Frae estaría haciendo sus deberes de la escuela, probablemente leyendo en voz alta para distraer a su madre. Pero estarían cálidas y a salvo, sentadas junto a un fuego crepitante en la chimenea.

Jack le estaba profundamente agradecido a Sidra por haber hecho los arreglos para que su madre y su hermana durmieran en el castillo hasta que las llamas volvieran a la chimenea de Mirin. Era tanto un alivio como un misterio que ninguna otra cabaña hubiera perdido el fuego. Solo la de Mirin.

Jack dio vueltas a esos pensamientos mientras caminaba atravesando las colinas empapadas por la lluvia de camino a su oscura casa, llevando consigo su hambre, su derrota y el arpa de Lorna.

La cabaña parecía vacía sin chimenea, sin su madre y sin su hermana. Jack se quedó en medio de la oscuridad goteando en el suelo. Escuchó los sonidos de la casa como si pudiera encontrar inspiración en sus profundas sombras (el inicio de una canción que todavía no hubiera escuchado en la isla) pero solo oyó el traqueteo de las persianas, el crujido de la puerta al cerrarse y la tormenta amainando gradualmente al otro lado de las paredes mojadas.

Con un suspiro, Jack se quitó la ropa empapada y buscó a tientas en la oscuridad para encontrar el baúl de roble de su dormitorio. Tras ponerse ropa seca, volvió a la estancia principal. Pisó una de las bufandas de Frae y tropezó con el escabel de Mirin. Pero, finalmente, Jack llegó a la chimenea, llena de cenizas frías.

Había estado esperando ese momento. Un momento en el que estar a solas con el travieso espíritu del fuego.

Jack se sentó en el suelo justo delante de la chimenea con el arma y rebuscó en su morral los remedios que Sidra había preparado para él. Ya se había tomado uno en el huerto y ahora se tomó otro para calmar el dolor que le palpitaba detrás de los ojos. Abrió un bote de ungüento que se frotó en las manos. Le dolían los nudillos y notaba las uñas astilladas en la oscuridad, pero pronto la magia de las hierbas de Sidra empezó a fluir por su cuerpo y le calmó el dolor.

Contempló la oscuridad con la mente llena de brillantes preocupaciones.

Los espíritus del fuego eran los únicos con los que todavía no se había enfrentado cara a cara. El último mes había llamado al mar, a la tierra y al aire. Pero no a los espíritus del fuego. Jack había descubierto, al hablar con los otros espíritus, que el fuego era el más bajo en la jerarquía. El fuego estaba por debajo del gran poder del aire, por debajo del sólido peso de la tierra y por debajo de la fuerza del mar. Los espíritus de fuego eran considerados los menores del folk y Jack no sabía por qué algo tan esencial tenía un estatus tan bajo.

Exhaló profundamente y empezó a pensar en las notas que tocaría para los espíritus del fuego y en las palabras que les cantaría. Una balada fue tomando forma en su mente y Jack decidió apoyarse en ella e improvisar como había hecho con la canción de Adaira. Había aprendido que había un gran poder en la música, en dejarse llevar.

Se echó el arpa al hombro, cerró los ojos y empezó a buscar notas. Una escala se elevó para recibirlo y Jack tarareó, buscando palabras con las que acompañar su música.

Lo único que conocía era el frío oscuro. Lo único que quería era el fuego y solo el fuego.

Cantó para los espíritus, para las cenizas muertas que había en su chimenea. Tocó para el fuego y para el recuerdo de las llamas.

Mantuvo los ojos cerrados, pero sintió el calor en las rodillas, en la cara. Podía ver la luz aumentando y abrió los ojos para ver la madera crepitando, brillante y ansiosa. El fuego se expandió en la leña, encendiéndola con un suspiro, y de repente estaba echando llamaradas, libre y salvaje. El fuego bailó a lo alto y a lo ancho. A Jack no le quedó más remedio que apartarse, su calor insoportable casi le chamuscó la piel.

¿Qué he hecho?, se preguntó, pero siguió tocando y cantando, animando al fuego a elevarse más y más. Pronto, escapó de la chimenea. *Quemará toda la casa.*

Cuando pensó que ya no podía tocar más (el arpa le ardía en las manos, las cuerdas echaban chispas bajo sus dedos) el fuego se recogió formando la silueta de un hombre alto. Al principio le costó mirarlo a la cara. Jack entrecerró los ojos y acabó su balada, con su voz apagándose. El calor y la luz se calmaron finalmente y estudió al espíritu del fuego, fascinado.

El espíritu era translúcido, pero su cuerpo manifiesto parecía sólido mientras irradiaba sombras de fuego. Azul y dorado, rojo y ocre. Su rostro era el de un hombre mortal: estrecho, con una frente profunda, la nariz larga, un hoyuelo en la barbilla y la boca apretada en una fina línea. Pero sus ojos brillaban como brasas volviendo a la vida. Tenía el cabello largo y le cambiaba de color constantemente. Sus brazos eran estrechos, malnutridos, pero sus manos parecían fuertes y sus dedos eran como llamas de velas. Sí, tenía un aspecto hambriento, como si supiera que estaba quemando sus últimos recursos y que no había combustible suficiente para mantenerlo en vida.

—Por fin, bardo —dijo el espíritu. Su voz era como un largo siseo, las palabras se le retorcían en la boca y enviaron un escalofrío por el cuerpo de Jack—. Por fin te has decidido a convocarme.

Jack notaba el rostro ardiente, pero no se atrevía a moverse.

—O tal vez me has convocado tú a mí.

El espíritu rio, divertido.

—Hablas de las cenizas heladas. Sí, fue el único modo que se me ocurrió para atraer tu atención.

—¿Por qué necesitas mi atención? ¿Cómo puedo asegurarme de que mi madre y mi hermana tengan fuego en esta chimenea? Eres vida para nosotros. Seguro que lo sabes. —En cuanto Jack pronunció esas palabras, lamentó haberlo hecho. Era una tontería hacer tratos con los espíritus.

—De hecho, sí que hay algo que necesito de ti —dijo el espíritu del fuego.

—¿Y qué es?

El espíritu abrió la boca. Las llamas le bailaron en la lengua, pero solo cenizas cayeron de sus labios. Jack sabía que la voz del espíritu había sido entorpecida por Bane.

—El viento del norte te ha atado —susurró Jack. Todavía notaba el regusto de los rayos en su propia boca. Todavía podía sentir el escozor en la piel.

¿Cómo podía haberse vuelto tan poderoso un espíritu del norte? ¿Quién o qué había coronado a Bane convirtiéndolo en el rey de todos los demás?

El espíritu del fuego se desplomó, agotado.

—Así es, bardo. Estoy aprisionado por el viento del norte. Mi rey. No puedo decir mucho y se me agota el tiempo contigo.

—¿Debería continuar tocando para ti? ¿Eso te daría fuerzas?

—No, no. Esa arpa es... podría oírte y venir para interferir, tal y como ha hecho con el huerto. —El espíritu hizo una pausa, midiendo sus palabras—. He venido a advertirte, Jack de los Tamerlaine, Jack de los Breccan. Mi rey teme que... no puedo decirlo, pero pronto azotará la isla. Tu clan no puede plantarle cara solo, ni tampoco pueden los espíritus de la tierra y del agua. Tendréis que uniros con ellos y con vuestro clan rival. La isla es más fuerte como una sola y tal vez así podréis... derrotarlo... destronarlo... a *él*.

Jack se sentó hacia adelante con los ojos muy abiertos.

—¿Estás diciendo que se unan los Tamerlaine y los Breccan? —Estuvo a punto de echarse a reír, pero pudo contenerse antes de que el sonido se le escapara de la boca—. Y no puedes referirte a mí, no soy capaz de cumplir esa tarea.

Porque es imposible, quiso añadir. Irrealizable. Y, aun así, el espíritu de fuego miró fijamente a Jack, vio el enfoque, los prejuicios, las creencias y el linaje.

Jack era tanto Tamerlaine como Breccan.

Se sonrojó. Se sintió afligido por la inmensa improbabilidad de su petición.

—Eres tú el que tiene que traer la unidad, Jack. Los Tamerlaine necesitarán a los Breccan y los Breccan necesitarán a los Tamerlaine. No te olvides de la tierra, del mar. Están experimentando el dolor de su rebelión, están resistiéndose a la llamada del rey para volverse contra los mortales.

—¿Por eso ha enfermado el huerto?

—Sí... —La voz del espíritu del fuego se estaba apagando, su cuerpo se estaba volviendo diáfano.

Jack sintió que solo le quedaban unos pocos momentos con el espíritu. Su mente dio vueltas a las preguntas que todavía no tenían respuesta. Le costó decidir cuáles pronunciar, cuáles eran las más importantes para preguntarle al fuego antes de que se extinguiera.

—Dime cómo puedo destronar a Bane.

El espíritu siseó, dolorido.

—No puedo... Mi boca tiene prohibido revelar esa información. Tendrás que viajar al Oeste, bardo. Encontrarás respuestas entre los Breccan.

A Jack le tronó el corazón. Viajar al Oeste. Con Adaira.

—¿Cómo podemos detener la plaga?

—No tengo esa información. Debes buscarla entre los espíritus de la tierra.

—¿Me prometes mantener la chimenea encendida?

El espíritu se inclinó. Empezó a salirle humo por los hombros.

—Lo juro, bardo. Siempre que tú te esfuerces por hacer lo que te pido.

Unir a los clanes. Descubrir el modo de destronar al tirano de Bane. *Tareas sencillitas*, pensó Jack casi histérico mientras asimilaba su inverosimilitud.

—Cuida del arpa que posees. Ahora debo marcharme. No vuelvas a convocarme o él lo sabrá.

Aun así, el espíritu se movió para acercarse. Jack resistió la tentación de estremecerse, de huir de la repentina ráfaga de calor que sintió. Con los ojos muy abiertos, observó cómo el espíritu alargaba la mano presionando su pulgar envuelto en llamas contra los labios de Jack.

Esta vez, Jack sí que retrocedió. Fue un dolor agudo, como una ampolla surgiendo de golpe, pero, tras una respiración, se calmó dejándole un ligero entumecimiento en los labios.

Jack observó al espíritu encogiéndose de nuevo en la chimenea, su cuerpo dando lugar a las llamas. No obstante, su rostro seguía ahí, observando a Jack. Pensó en el momento en que ese espíritu había estado observándolo desde la chimenea desde que era pequeño.

—¿Quién eres? —preguntó Jack.

—Soy Ash. El laird del fuego. Sé valiente, no te doblegues hasta que llegue la paz. Te estaré esperando, Jack.

El espíritu se desvaneció, pero el fuego de la chimenea se quedó ardiendo enérgicamente, proyectando luz y calor sobre Jack mientras él seguía sentado en el suelo. Nunca se había sentido tan helado, tan ansioso ni tan mal preparado.

Pero por encima de todo... notaba el sabor de las cenizas en la boca.

CAPÍTULO 11

La luna llena llegó a una noche despejada y cálida en el Este. Un rayo de su luz plateada encontró a Torin sentado en la biblioteca del castillo con un vaso de whisky en la mano. Estaba en el escritorio de Alastair, con papeles, libros de contabilidad y un mapa del Este de Cadence extendido ante él. Había velas encendidas alrededor de la mesa proyectando anillos de luces alrededor de las pilas de pergaminos, pero la oscuridad parecía espesa en esa estancia, reuniéndose en rincones y travesaños.

—¿Laird?

Levantó la mirada y vio a Yvaine entrando en la biblioteca. Era pocos años mayor que él, tenía el pelo negro rizado y una cicatriz en la mandíbula que se había ganado durante una incursión de los Breccan. Llevaba un tartán rojo y marrón atado al hombro y una espada enfundada al lado. Todavía se le estaba curando la palma de la herida encantada que le había infligido Torin unas semanas antes para que quedara atada al territorio del este.

—Capitana —dijo—. Supongo que traes actualizaciones sobre los nuevos reclutas.

—No. —Ella se paró al otro lado del escritorio, fijándose en el whisky que él tenía en la mano—. La enfermedad se ha propagado al huerto de los Ranald.

A Torin se le hundió el corazón, aunque, tristemente, no se sorprendió.

—¿La ha contraído alguien?

—Sí. Su hijo pequeño. He acordonado el huerto y le he dado a la familia órdenes estrictas de mantenerse alejados de los árboles, incluso de los sanos. Pero quería que lo supieras.

—Gracias, Yvaine. —Observó el mapa y los lugares que había marcado en él. Lugares en los que había aparecido la enfermedad. Hasta entonces había tres y temía que aparecieran más. Informaré a Sidra.

Yvaine se quedó callada un largo momento. Su silencio atrajo los ojos inyectados en sangre de Torin.

—¿Qué pasa? —preguntó con voz ronca.

—¿Habéis hablado ya de mudaros al castillo?

—No.

—Empiezo a pensar que voy a tener que poner vigilancia en tu minifundio, Torin.

—No harás tal cosa, Yvaine.

—Pero ¿entiendes por qué lo digo?

Torin no quería mantener esa conversación. Pero sí, lo entendía. Era el laird y estaba viviendo en una cabaña en una colina azotada por el viento. Iba cada mañana al castillo y volvía él solo por la noche, a veces antes del amanecer o después del anochecer.

—¿Y si te pasa algo? —murmuró Yvaine—. ¿Quién es el siguiente en la línea de sucesión? ¿A quién debo acudir si sucede algo porque te niegas tercamente a tener un guardia?

—A Sidra —respondió Torin—. Si me sucede algo, habla con ella. El título pasa primero a ella y después a Maisie.

—¿No a tu padre?

Torin pensó en Graeme. Su padre vivía en un minifundio al lado del suyo, pero se había convertido en un ermitaño desde que su mujer lo había abandonado.

—Mi padre renunció a su derecho a gobernar hace mucho tiempo —contestó.

—¿Y Sidra sabe que es la siguiente en la línea?

Torin se frotó la frente. No, Sidra no lo sabía. Todavía no habían hablado de ello y era solo uno más de la lista de temas importantes que tenía que discutir con ella.

Yvaine suspiró.

—Vete a casa, Torin. Ve a casa con Sidra y *habla* con ella. Ya lleváis los dos bastante carga, pero creo que vivir en el castillo os haría la vida más fácil y segura.

—¿Más fácil? —repitió Torin—. ¿Entiendes que mi mujer le tiene mucho cariño a su minifundio y a su jardín? ¿Que creció en el valle y que necesita su espacio?

—Es algo que muchos comprendemos y también sentimos —replicó Yvaine amablemente—. Pero a veces tenemos que conformarnos con la mano que nos ofrece el destino.

Torin estaba demasiado cansado para discutir. Se limitó a asentirle a la capitana antes de que se marchara y volviera al cuartel a pasar la noche.

Tomó la pluma y marcó el minifundio de los Ranald con una «X» en el mapa. Otro foco de la plaga. Otra persona enferma.

El Este estaba cambiando, mudando en algo que Torin no reconocía.

Le parecía el principio del final.

Se sirvió otro vaso de whisky, que brilló bajo los rayos de la luna. Pronto, se sirvió otro, y luego otro. En poco tiempo, dejó de sentir algo en absoluto. No recordaría haberse quedado dormido con la cara sobre el mapa.

La luna llena llegó a una noche nublada y fría en el Oeste. Adaira abrió las ventanas de su dormitorio y entró el aire dulce de petricor mientras leía la carta de Jack junto al fuego de la chimenea.

Sí que me imagino tu reacción al leer entre líneas. Tú puedes imaginarte la mía ahora.

Ella sonrió. Él lo sabía. *Por fin* sabía que estaban leyendo su correspondencia y no pudo expresar la alegría y el alivio que la invadieron. Se inclinó sobre el pergamino para releer cada palabra, preguntándose si habría ocultado un mensaje para que ella lo descodificara cuando alguien llamó a la puerta.

Adaira dobló la carta rápidamente y la metió en el medio diario de Joan Tamerlaine. Se levantó para abrir, pero sabía quién había ido a verla. Llevaba esperando esa visita desde el final de la caza.

Innes estaba en el medio del pasillo, vestida con su túnica habitual, su armadura de cuero y un tartán azul encantado. Tenía una espada enfundada al lado, como si acabara de volver de los aledaños, pero su cabello plateado estaba atado en húmedas trenzas y tenía la piel limpia de toda la suciedad y el sudor, confirmando que había visitado la cisterna. La diadema dorada que le adornaba la frente reflejó la luz de las antorchas.

—¿Cómo ha ido la caza? —preguntó Adaira.

—Bien —contestó secamente Innes—. David me ha dicho que te hirió el brazo.

—No es nada…

—Déjame verlo.

Adaira reprimió un suspiro y se subió la manga. Innes le quitó la venda suavemente para comprobar los puntos, que habían empezado a escocerle mientras se curaban. Presionó el pulgar sobre ellos y Adaira no supo qué estaba haciendo hasta que la laird asintió y volvió a vendarle la herida.

—No hay fiebre, pero avísame si se te infecta.

Adaira asintió y se fijó en el entramado de cicatrices de los dedos, manos y antebrazos de Innes. Algunas estaban prácticamente escondidas bajo los tatuajes azules, pero otras parecían estar rodeadas por la tinta añil, como si buscara conmemorarlas.

Adaira se preguntó si tendría más cicatrices escondidas debajo de la ropa. Cicatrices que pudieran dar testimonio de las heridas casi mortales que había recibido. Cortes profundos y perforaciones que hubieran durado varias fases lunares y que hubieran necesitado paciencia y oraciones para curarse.

—¿Te ha pasado alguna vez? —preguntó Adaira—. ¿Has sufrido alguna herida que haya estado a punto de matarte?

—¿Qué te hace pensar eso? —replicó Innes, pero lo hizo con voz irónica.

—David me contó cómo os conocisteis —dijo Adaira en voz baja—. Me habló de una noche que dormiste en su cama para que él pudiera vigilarte porque le preocupaba que dejaras de respirar y que él no pudiera soportarlo.

Se formaron arrugas en los rabillos de los ojos de Innes. El inicio de una sonrisa. Adaira nunca había visto esa expresión en el estoico rostro de la laird y esperó para ver esa transformación.

No sucedió. La sonrisa se convirtió en una mueca y luego Innes dijo:

—He sufrido varias heridas y David las conoce todas. Pero no estoy aquí por eso. Quiero que seas testigo de algo esta noche, así que toma tu tartán y ven conmigo.

Adaira sintió curiosidad e hizo lo que Innes le pedía. Tomó el tartán, se lo ató al hombro y siguió a su madre por una intricada extensión de pasillos.

Todavía estaba aprendiendo a moverse por el castillo, pero desde que David le había enseñado a abrir puertas encantadas y le había dado una espada (cosa que estaba casi segura de que había hecho para que pudiera protegerse de tipos como Rab Pierce), Adaira estaba entusiasmada por explorar sola. Por aprender las particularidades y los secretos de la fortaleza Breccan.

Reconoció a dónde la estaba guiando Innes. Era la misma ruta por la que David la había llevado a la armería, pero, en lugar de bajar las escaleras que había al frente, Innes subió un tramo. En la planta siguiente, se acercaron a un conjunto de puertas con lobos y vides llenas de frutas talladas. Crujieron cuando Innes giró los picaportes de hierro, abriéndose a un palco que daba a un estadio.

Adaira se detuvo de golpe y miró hacia abajo. Era el campo en el que había luchado con David bajo la tormenta.

La arena había sido aplanada recientemente y esperaba nuevas pisadas. Adaira no pudo evitar estremecerse cuando recordó haber caído de rodillas y haber visto su sangre convirtiéndose en gemas. Se preguntó si esas piedras se habrían entremezclado en las profundidades de la arena.

Dejó que sus ojos vagaran asimilando lo que la rodeaba. Sin la lluvia, el estadio parecía un lugar que Adaira nunca había visto. Estaba bien iluminado por antorchas con brazos de hierro y las gradas de madera que rodeaban el campo estaban rebosantes de espectadores. Los Breccan se sentaban hombro con hombro sosteniendo vasos de cerveza, copas de vino, y tomando comida fría de sus morrales. El viento azotaba sus cabellos y se rodeaban los hombros con tartanes y mantones para protegerse del frío de la noche. Algunos hablaban, mientras que otros parecían agotados, como si fueran a dormirse en el asiento. Había incluso niños, gimiendo, llorando y durmiendo en brazos de sus padres. Los mayores se entretenían persiguiéndose por debajo de las gradas.

Los Breccan tomaron cuenta rápidamente de su presencia en el palco. Los murmullos aumentaron como una ola y su atención hizo que a Adaira se le erizara la piel.

Los miró mientras ellos la miraban.

Pero Adaira pronto percibió que los Breccan estaban *obligados* a estar presentes. Cuando se acercó al borde del palco, la sorprendió sentir los mismos sentimientos que el día anterior, cuando había seguido a David al estadio. Sensaciones inquietantes y espeluznantes. No le gustaba ese sitio. Incluso con la luz del fuego y toda la gente que la rodeaba, había algo que le parecía siniestro.

—Ven conmigo, Cora.

Innes habló con voz calmada y profunda. Como si sintiera la aversión de Adaira.

Adaira apartó su atención del estadio para estudiar el palco. Estaba iluminado por candelabros y rodeado por cortinas azules. No era un espacio muy grande. Había dos sillas de respaldo alto cerca de la balaustrada de piedra, donde la laird podía sentarse y observar lo que acontecía en el estadio. Y había una mesa pequeña con una botella de vino frío y dos cálices dorados.

Innes ya se había sentado y estaba sirviendo una copa de vino para cada una. Adaira se acercó y le crujió la rodilla izquierda cuando se agachó para sentarse.

—¿Pasa algo esta noche? —preguntó aceptando el cáliz que le tendía Innes.

—Sí.

Adaira esperó a que Innes se explayara, aunque estaba aprendiendo que su madre no era una mujer de muchas palabras. Sus respuestas monosilábicas iban a volver loca a Adaira y estuvo a punto de darle una réplica cortante, pero se mordió la lengua cuando Innes señaló hacia arriba.

—Cada vez que convoco un sacrificio —empezó suavemente la laird—, las nubes se despejan, como si el rey del norte quisiera contemplarlo desde arriba. Es el único motivo por el que creo que a los espíritus les gusta observar nuestras vidas desenvolverse en la isla.

Adaira miró hacia el cielo. Las nubes se habían abierto como costillas largas y pálidas, exponiendo una luna llena iluminada y un puñado de estrellas.

Contempló el cielo nocturno cautivada por su belleza, algo que veía tan a menudo en el Este que había dado por sentado que siempre estaría ahí. La imagen la tranquilizó y la tensión que se le había estado acumulando desde que había visto el estadio se calmó. Pensó en Torin, en Sidra y en Jack; le vinieron imágenes vívidas de ellos a la mente: Torin cabalgando por las colinas, Sidra cosechando flores nocturnas en el jardín y Jack paseando por la costa con el arpa en la mano. Todos levantaban la mirada a la misma luna, las mismas estrellas. Estaba muy cerca y al mismo tiempo muy lejos de ellos.

Ese pensamiento hizo que le doliera el pecho, como si la hubiera atravesado una daga profundamente.

Las visiones bañadas por la luz de la luna se desvanecieron cuando la puerta del estadio se abrió de golpe.

Un hombre alto y con armadura avanzó. Sus botas aplastaban la arena y la luz se reflejaba en su coraza de acero. Tenía tatuajes añiles en el dorso de la mano, en el cuello y en las partes rapadas de la cabeza. Mostraba una expresión severa hasta que sonrió. Cuando levantó los brazos, el clan vitoreó.

Adaira pudo sentir la reverberación del rugido a través de la madera que tenía bajo los pies. Exhaló observando cómo el hombre bajaba los brazos. El clan se quedó en silencio inmediatamente como respuesta y rápidamente el hombre se olvidó de la multitud cuando miró hacia el palco. Adaira notó su mirada escrutándole el rostro cuando se acercó y luego se detuvo en el centro del estadio.

—Laird Innes —dijo el hombre con la voz rasposa como si se hubiera pasado años gritando—. Lady Cora. —Se inclinó ante ambas manteniendo la postura hasta que Innes habló.

—Que empiece el sacrificio Godfrey.

Él se enderezó y las comisuras de la boca se le elevaron en una sonrisa torcida. Se dio la vuelta para dirigirse a la multitud mientras caminaba alrededor del perímetro del campo.

—Las mazmorras se han desbordado esta pasada luna. Todas las celdas están llenas esperando a esta noche. Cada espada ha golpeado una piedra de afilar, cada hacha ha sido afilada hasta que ha brillado. Sin embargo, esta noche está dedicada completamente a lady Cora, quien ha vuelto a casa con nosotros después de muchos largos años.

Adaira se tensó.

—¿Quién es este hombre? —le preguntó a Innes en un susurro.

—El guardián de las mazmorras —contestó Innes.

—¿Y por qué esta noche está dedicada a mí?

La laird no respondió, mantuvo la mirada fija en Godfrey cuando él se detuvo en el estadio. Adaira iba a preguntar otra vez, ahora con más insistencia, cuando el guardián continuó:

—Durante esta luna llena, os traigo a alguien que habéis visto antes. Lo conocéis bien, aunque tanto su nombre como su honor le han sido arrebatados. ¡Os traigo a Rompejuramentos!

Brotaron siseos de disidencia entre la multitud. Adaira frunció el ceño inclinándose hacia adelante mientras escoltaban a un hombre alto en el estadio. Llevaba una túnica andrajosa y botas y tenía las rodillas y los antebrazos llenos de mugre. Tenía puesta una coraza de cuero salpicada de sangre seca. Un yelmo le cubría el rostro y tenía las muñecas atadas detrás de la espalda. Lo hicieron detenerse a la izquierda de Godfrey. Uno de los guardias desató al prisionero liberándolo del hierro y le pusieron en las manos lo que parecía una espada desafilada y mundana.

Adaira miró a aquel al que llamaban Rompejuramentos, sorprendida por lo quieto y callado que estaba, como una montaña sobre la arena. No había modo de saber qué edad tenía ni de captar un destello de su expresión. Pero parecía tallado en piedra y tuvo la sensación de que la estaba mirando entre las rendijas de su yelmo.

—Siguiente —continuó Godfrey con voz retumbante—. Os traigo a alguien que nunca había puesto un pie en este estadio. Un joven que tenía días de grandes propósitos ante él hasta que cometió un pecado irrevocable.

Adaira se quedó anclada a su silla mientras acercaban al segundo prisionero. También llevaba una túnica andrajosa, botas de cuero suave y una coraza también de cuero que parecía que alguien hubiera muerto con ella encima. Pero no llevaba yelmo en la cabeza para poder mostrar su rostro al público.

Era joven. Unos años menor que ella. Su rostro mugriento estaba atravesado por el miedo y parecía buscar frenéticamente a alguien entre la multitud.

—Os traigo a William Dun —anunció Godfrey—, quien asesinó a un pastor para robarle sus recursos y su rebaño. ¡Y ya sabemos lo que les hacemos a los que matan y se llevan lo que no les pertenece!

La multitud siseó y abucheó.

—Por favor, laird —suplicó William cayendo de rodillas—. ¡Tenga piedad! No fue mi...

Godfrey asintió a uno de los guardias, quien rápidamente amordazó a William con un trozo de tartán sucio. Adaira se estremeció mientras los observaba. La voz del joven se apagó, no podía oír su agonía sobre el rugido de los espectadores y el tejido de la mordaza. Uno de los guardias le deslizó un yelmo abollado sobre la cabeza.

—¿No tiene permitido hablar? —le preguntó Adaira a Innes, alarmada.

Innes tomó un sorbo de vino. Mantuvo la mirada fija en el estadio, pero le dijo:

—¿Recuerdas el otro día, cuando tú y yo estuvimos en el minifundio del pastor contemplando a un hombre asesinado? Le pedí a Rab que siguiera el rastro que había dejado el rebaño para encontrar al culpable.

—Sí, me acuerdo —contestó Adaira, pero notó frío al oír el nombre de Rab.

—Todas las pruebas llevaban al minifundio de este chico. Su madre afirmó que había vuelto a casa con sangre en las botas y que lo había visto esconder las ovejas robadas entre su propio rebaño.

—¿Y has decidido que no haya juicio para él? —murmuró Adaira incapaz de ocultar su disgusto—. ¿Por la información que te dio Rab?

—No sé cómo son los juicios en el Este, Cora —replicó Innes fulminándola con la mirada—. Pero aquí dejamos que la espada hable por nosotros. Tal y como vivimos por ella, también morimos. No hay mayor honor. Y el sacrificio les concede a los delincuentes la posibilidad de redimirse con una muerte valiente o de demostrar que merecen ser perdonados y tener una oportunidad de volver al clan.

—¿Eso es todo? —desafió Adaira.

Pero Innes permaneció en silencio, negándose a discutir. Volvía a tener la atención puesta en el estadio.

A Adaira le dio vueltas la cabeza. En el Este, se llevaban a cabo peleas para imitar los combates reales, pero se celebraban audiencias cuando se cometía algún crimen. Los culpables tenían permitido defenderse a sí mismos y solo entonces el laird pronunciaba un juicio justo.

Adaira dejó el vino, incapaz de bebérselo. Vio a Godfrey retroceder. El sonido de un cuerno de carnero señaló el inicio del enfrentamiento.

La multitud rugió. Adaira sintió el sonido reverberando a través de ella. Se sentó, tensa y con los nudillos blancos mientras Rompejuramentos atacaba a William Dun. La espada estuvo a punto de rozar al joven cuando se tambaleó hacia atrás moviendo su arma torpemente en un intento por luchar.

Rompejuramentos tenía ventaja en este combate, tanto en fuerza como en tamaño y habilidad. No se contuvo. Persiguió a William, quien corría por el estadio. La multitud empezó a cansarse de mirar el combate unilateral hasta que por fin Rompejuramentos le quitó la espada de las manos a William. Desarmado, el muchacho echó a correr con su rapidez como única defensa.

—Innes —suspiró Adaira—. Innes, *por favor*…

—*Cora*.

Su nombre fue un punzante latigazo contra su alma, pero también una advertencia. Algunos Breccan observaban el combate, pero otros miraban al palco para evaluar su reacción.

Adaira mantuvo sus súplicas, pero se le heló la sangre cuando se obligó a sí misma a contemplar el sacrificio. Se sintió como si hubiera tomado otra dosis de aethyn. Se le formó un nudo en el estómago y el sudor empezó a acumulársele en las palmas de las manos como telarañas bañadas por la lluvia. Se las secó en el tartán, pero sintió que el sudor le empapaba la túnica y las botas, como si ardiera de fiebre.

Observó a William finalmente tambalearse y caer desparramado sobre la arena. La misma arena sobre la que ella había sangrado y se había desmayado. El lugar en el que su padre la había levantado bajo la lluvia.

Rompejuramentos se plantó sobre el chico, pero algo en su actitud y en su postura mostraba cansancio. Como si hubiera vivido cien años y hubiera visto demasiado. Como si no quisiera poner fin a ese combate.

Vaciló solo un instante antes de hundir la espada en la garganta de William.

Se oyó el crujido de un hueso y salió un ávido chorro de sangre.

Adaira cerró los ojos.

Se concentró en su respiración, en cómo silbaba entre sus dientes.

Que acabe ya esto. Que me despierte en el Este.

Pero no había modo de despertar de esa pesadilla. No podía despertarse en sus aposentos en Sloane con sus paredes de paneles pintados, sus estanterías llenas de libros y el sol entrando a raudales por las ventanas. No había Jack, ni Torin, ni Sidra.

Adaira abrió los ojos y vio a un chico muerto sobre la arena, con su sangre formando un charco carmesí debajo de él.

Miró a Innes.

Su madre estaba sentada con la espalda apoyada en el respaldo de la silla y las manos descansando sobre las rodillas. Su expresión era tan serena y neutral que podría haber estado hecha de caliza. No parecía despiadada, pero tampoco conmocionada, y su perfil se veía agudo bajo la luz del fuego. Observó el estadio sin parpadear, con sus ojos azules como un lago helado a mitad del invierno.

Adaira no sabía si Innes había convertido el título de laird en esa figura o si el título la había moldeado hasta ser lo que era. Pero *esta* era la mujer de la que provenía Adaira. Hueso, aliento y sangre. Una mujer que aprobaba incursiones y convocaba sacrificios para vaciar sus mazmorras de delincuentes. Una mujer que escondía cicatrices y que nunca aparentaba debilidad delante de las personas en las que no confiaba. Una mujer que había entregado a su heredero y único hijo solo para llevarse a Adaira a su casa.

Adaira empezó a levantarse. No quería seguir siendo parte de eso ni un momento más, pero la voz de Innes la detuvo.

—Si te marchas ahora, no recibirás respuesta a tu pregunta.

Adaira volvió lentamente a su asiento.

—¿Qué pregunta?

Innes solo señaló el estadio.

Adaira volvió la atención hacia el campo. Rompejuramentos se había colocado delante del palco, solemne y manchado de sangre.

Adaira se preguntó si, habiendo salido victorioso del encuentro, le concederían la libertad. ¿Sería absuelto de sus delitos puesto que la espada había demostrado que merecía vivir?

—A las mazmorras.

Rompejuramentos se quedó de pie un momento más y Adaira se preguntó si habría oído el veredicto de su madre. Pero entonces inclinó la cabeza y se quitó el yelmo, revelando su rostro.

Vio que era mayor, un hombre de mediana edad. Tenía el pelo y la barba desaliñados, con algunos cabellos plateados, pero ni siquiera las condiciones de las mazmorras habían logrado ocultar su feroz brillo castaño. Era un castaño cobrizo que llamaba la atención y a Adaira se le aceleró el pulso. Le resultaba familiar y se preguntó... ¿lo había visto antes?

¿Qué juramento habrá roto?

Pero al ver la tristeza en las comisuras vueltas hacia abajo de su boca y en el brillo de sus ojos mientras seguía mirándola, Adaira lo supo.

Él dejó caer la espada en derrota.

—Le preguntaste a David qué le había pasado —comentó Innes observando la reacción de Adaira—. El hombre que te llevó al Este.

Adaira se quedó sin aliento cuando Rompejuramentos se dio la vuelta mientras su armadura manchada de sangre iba dibujando constelaciones rojas en la arena. Notó el corazón en la garganta y, durante un momento, no pudo respirar. Solo pudo observarlo a través de las lágrimas que le anegaban los ojos. Lágrimas que se negaba a dejar caer. No en ese sitio. No con cientos de miradas puestas en ella.

Observó al padre de Jack desaparecer entre las puertas y volver a las oscuras fauces de las mazmorras.

CAPÍTULO 12

—Me marcho —dijo Jack en cuanto puso un pie en la biblioteca del castillo. Estaba tan ansioso por hacer su anuncio que le llevó un momento darse cuenta de que Torin estaba haciendo una mueca desplomado sobre el escritorio y protegiéndose los ojos de la luz que entraba a raudales por la ventana.

—¿Cómo dices? —gruñó Torin mientras metía meticulosamente la pluma en el tintero. Parecía que estuviera intentando escribir en el libro de cuentas y que no lo estaba consiguiendo demasiado. Las líneas estaban torcidas y había borrones en una de cada dos palabras.

Jack cerró la puerta tras él y miró más de cerca a Torin y a la cantidad de whisky que quedaba en la botella que tenía junto al codo.

—¿Una noche larga?

—Algo así —suspiró Torin sacudiendo la pluma—. Has dicho que te marchabas. ¿A dónde?

Jack titubeó. Las palabras todavía le sabían extrañas en la boca. Pensaba que sabía cuál era el modo adecuado de transmitirle la noticia a Torin (quien poseía el poder para negarle el permiso para partir) y, aun así, su argumento atentamente elaborado se desmoronó en ese momento.

Torin encogió el ceño.

—No me digas que vas a volver al continente.

—No —contestó Jack casi riendo—. Claro que no.

—¿A dónde, entonces? Este suspense me está matando, Jack.

—Me voy al Oeste —declaró—. Para estar con Adaira.

Torin se quedó mirándolo fijamente durante lo que le pareció una hora entera. Una mirada oscura y enfadada que hizo que Jack se encrespara.

—¿Eso es que te ha invitado a unirte a ella?

Jack respiró profundamente.

—No.

Torin rio y se recostó en la silla. Jack frunció el ceño preguntándose si Torin todavía seguiría ebrio. ¿Estaría la conversación condenada desde el principio?

—Te necesito aquí, Jack.

—¿Para qué? He demostrado ser bastante inútil. Pregúntaselo al huerto si necesitas más pruebas.

—Al contrario. Eres la esperanza del clan.

Jack hizo una mueca, pero estaba preparado para esa afirmación. Tal vez fuera un egoísta por pensar primero en él y en Adaira, en la isla en segundo lugar y en el clan en tercero. Pero nunca olvidaría lo rápido que el clan le había dado la espalda a Adaira. Nunca olvidaría sus dudas, sus juicios mordaces, los comentarios sarcásticos cuando se habían enterado de que tenía sangre Breccan. Lo mucho que la había afectado a ella su traición, aunque se esforzara por ocultar su dolor.

No, Jack nunca lo olvidaría. Recordaría nombres y rostros y quién había dicho qué. Tardaría mucho en querer cantar y tocar para esa gente. Al menos, hasta que se disculparan con Adaira.

Y perderla ahora sería peor que ahogarse. Peor que quemarse. Si era él el que tenía que tocar por la unidad (si le habían pedido a él hundir al tiránico rey de los espíritus), necesitaba a Adaira a su lado para poder cumplir esa tarea imposible.

—Hablé con un espíritu de fuego —informó Jack. No había planeado confesárselo todo a Torin sobre cuando se había arrastrado en su oscura cabaña para cantar a las cenizas. Pero a Jack no se le ocurría otro modo de convencer al laird. Torin lo escuchó con los ojos entornados, pero pareció asimilar cada palabra que Jack pronunciaba e incluso las que callaba. Las implicaciones de lo que Jack le estaba contando.

Torin se inclinó hacia adelante apoyando los codos en el escritorio. El anillo de sello relució en su dedo índice mientras se cubría el rostro durante un momento, como si quisiera despertarse de un sueño. Pero cuando dejó caer las manos, Jack vio la resignación en sus ojos somnolientos.

—En ese caso, ¿quién soy yo para retenerte? —comentó Torin con una voz profunda bañada por la tristeza—. Si un espíritu te ha señalado para que fueras, deberías ir, Jack. Ve a estar con Adaira una vez más. Cántale a la isla por la unidad. Nosotros debemos permanecer aquí, esperando a que regreses si el destino así lo dicta.

Jack se quedó un momento en silencio, abrumado.

Una sonrisa se dibujó en el rostro de Torin.

—¿Esperabas que me opusiera?

—Sí —confesó Jack—. Sé que parece que estoy abandonado al clan y mis deberes.

—No te preocupes por lo que vayan a pensar los demás. Pero supongo que debería preguntarte cuándo y cómo tienes planeado marcharte.

—Iré por el río —contestó Jack—. Lo más pronto que pueda.

—¿Quieres decir hoy?

—Lo más probable.

—Estás ansioso, ¿verdad? —le dijo Torin.

—Creo que ya he estado lejos de ella el tiempo suficiente —afirmó Jack.

Torin le sostuvo la mirada durante unos instantes, pero asintió.

—Me parece que no puedo decir nada para retenerte. Ni siquiera que es una tontería cruzar sin avisar primero a Adaira.

—Nuestra correspondencia está vigilada de cerca. Nada de lo que le escribo es privado.

—Sí, me lo dijo Sidra —contestó Torin—. ¿Y aun así crees que es sensato tomar a Adi por sorpresa con tu llegada?

—Le he escrito una carta en clave —replicó Jack—. Creo que podrá leer entre líneas y saber que voy hacia ella.

—¿Así que lo dejas todo librado a esa posibilidad? —Torin se cruzó de brazos—. ¿Y si Adaira no recibe tu carta o si tu «clave» es tan sutil que no se da cuenta de que te refieres a que vas a ir hacia ella *físicamente*? ¿Entonces qué?

—Pues se sorprenderá al verme —respondió Jack y, antes de que Torin pudiera replicar, agregó—: Y me gustaría que me escribieras una carta de intenciones. La llevaré encima por si me meto en problemas.

Torin frunció el ceño, pero tomó un trozo de pergamino del escritorio y empezó a garabatear un mensaje (lamentablemente) torcido. Dejó que Jack lo leyera. Era una carta breve, pero práctica, declarando que Jack cruzaba al Oeste para reunirse con su esposa, Adaira, y que no albergaba malas intenciones hacia el clan Breccan.

—Bien —dijo Jack—. ¿Puedes sellarla por mí?

Torin pareció algo molesto, pero obedeció la petición de Jack, sellando la carta con cera, con su anillo.

—¿Puedo hacer algo más por ti, bardo? —espetó Torin.

Jack negó con la cabeza, pero luego se lo pensó mejor.

—¿Puedes echarles un ojo a mi madre y a mi hermana mientras esté fuera? Se las han arreglado sin mí durante los últimos ocho años, pero, de todos modos, estaré preocupado por ellas. No sé cuánto tiempo voy a estar fuera.

El humor de Torin se volvió más sombrío.

—No te preocupes. Mirin y Frae estarán bien cuidadas. Y quiero que me escribas en cuanto te reúnas con Adaira en el Oeste para que ninguno de nosotros se preocupe por ti. —Hizo una pausa como si quisiera decir algo más.

—Te escribiré. —Torin se quedó callado, pensativo—. ¿Qué pasa? —inquirió Jack. Estaba empezando a agotársele la paciencia.

—Sabes que no solo necesitas *mi* permiso para marcharte —declaró Torin.

Sí, Jack lo sabía. Suspiró.

Todavía tenía que hablar con Mirin.

Encontró a su madre en casa. El minifundio había vuelto a ser habitable cuando el fuego había regresado a la chimenea. Mirin estaba en su telar, tejiendo. La cabaña estaba en silencio, el aire estaba lleno de motas de polvo que giraban y de los dulces aromas de las gachas y la miel caliente. Frae se había ido a la escuela en Sloane.

—No me digas que se ha metido otra vaca en el jardín —dijo Mirin sin dejar de prestar atención a su trabajo.

—No —contestó Jack—. He venido a preguntarte por mi padre.

A Mirin se le congelaron los dedos, pero atravesó la habitación con la mirada para encontrarse con la suya. Jack pensó que tal vez evadiría sus preguntas, lo había hecho durante años cuando era pequeño, cuando estaba desesperado por saber quién era su padre y por qué estaba ausente. Pero Mirin debió sentir la determinación en esta ocasión y su mirada distante, como si ya tuviera un pie en el Oeste.

Rara vez se apartaba de su trabajo, pero ahora dejó el telar.

—Siéntate, Jack —le indicó mientras preparaba una tetera para seguir teniendo las manos ocupadas.

Jack se sentó a la mesa observándola pacientemente. Ella sirvió una taza de té para cada uno antes de ocupar la silla frente a la de él y Jack se fijó en que parecía pálida y exhausta. Era por todos los tartanes encantados que tejía, y el chico resistió la tentación de echar un vistazo al telar.

—¿Qué quieres saber? —preguntó Mirin.

—Cómo se llama, para empezar.

Ella vaciló, pero cuando habló, lo hizo con voz clara.

—Niall. Niall Breccan. Tomó el apellido del clan cuando lo designaron guardián del Aithwood, como señal de fidelidad.

Jack lo pensó durante un momento, dándole vueltas al nombre de su padre. *Niall Breccan.*

—¿Y dices que vive río arriba, no muy lejos de aquí?

—Sí. Tiene una cabaña en el bosque, junto a la ribera. —Mirin trazó el borde de la taza con las yemas de los dedos.

—¿Y vive allí solo?

—Por lo que sé, sí. ¿Por qué? ¿Por qué me preguntas todo esto, Jack?

—Porque me voy al Oeste con Adaira y me gustaría encontrarlo.

Mirin apenas reaccionó. En ese momento, Jack se dio cuenta de que su madre había estado esperando ese momento. Había estado esperando que hiciera el equipaje y cruzara al otro lado de la isla desde que la verdad había salido a la luz y Adaira se había marchado. El mes que él había esperado antes de emprender el camino, al parecer solo era un periodo más largo de lo que Mirin había esperado.

—Tengo que decirte algo, Jack —susurró y el corazón del chico se encogió de miedo—. Vi a tu padre hace unas semanas. La noche que vinieron los Breccan exigiendo hablar con Adaira. La noche que todo cambió. —Mirin hizo una pausa. Se apoyó la mano en la garganta como si le doliera. Jack solo pudo contener el aliento y esperar—. Como sabes, tu padre le reveló el secreto del río a Moray Breccan. Supongo que entonces Niall debió hacer un trato que le permitiera verme por última vez antes de ser castigado por el delito de haber entregado a Adaira al Este. Así que me lo trajeron a mí. Frae y yo… Estábamos ahí, en esa esquina, preparándonos para una incursión y los Breccan metieron a tu padre en casa atado como a un prisionero.

Jack se preguntó por qué Mirin no le había mencionado antes ese encuentro, pero entonces la vio limpiándose las lágrimas.

—Lo llamaron Rompejuramentos y lo despojaron de su título y de su nombre —continuó ella—. Apenas pude tomar aire, estaba conmocionada por haberlo visto de nuevo. Y no dije *nada* mientras se lo llevaban a rastras.

Jack rodeó la mesa para poder sentarse al lado de Mirin. Le tomó la mano, notó que la tenía fría y delgada. La mano que tejía innumerables secretos en tartanes. Se la sostuvo mientras ella lloraba. Llevaba reprimiendo esas lágrimas semanas, *años*, y ahora habían llegado rápidas y enojadas, el sonido de un corazón roto. Jack observó en silencio el dolor de su madre, los sacrificios que había hecho, la carga que llevaba, sola, como mujer que amaba a un hombre que nunca podría reclamar.

—Lo siento, mamá —murmuró Jack estrechándole la mano.

Mirin se limpió las lágrimas que le quedaban.

—Te cuento todo esto, Jack, porque no sé si tu padre sigue con vida. Puede que lo hayan ejecutado por sus delitos.

La idea se le había pasado por la mente a Jack, pero oír la posibilidad en la voz de Mirin de repente la volvió mucho más real. Notó que le pesaba el corazón mientras seguía sosteniéndole la mano.

—Sabía que este día llegaría —continuó Mirin volviendo sus ojos oscuros hacia él. Unos ojos tan oscuros como el océano de noche—. Sabía que cruzarías la línea del clan para estar con Adaira y encontrar las respuestas que siempre has anhelado. Sé que quieres irte ahora para no perder ni un minuto más. Pero, si puedo pedirte algo, Jack, quédate un día más con nosotras. Pasa una noche más con Frae y conmigo. Comparte un último desayuno con nosotras.

Estuvo a punto de hacer una mueca ante la petición porque estaba muy determinado. Le había enviado la carta a Adaira y quería ir a su encuentro inmediatamente. Quería poner un pie en el Oeste antes de que cayera el sol.

Mirin continuó:

—Jack, tengo la sensación de que, una vez que cruces al Oeste, no volverás nunca. No volverás al Este.

Esa revelación apaciguó su impaciencia. Se le calmó la mente y pareció que se le vaciaba el corazón. Solo existían sus respiraciones entrando y saliendo y sus latidos resonándole en los oídos.

Asintió porque no podía discutir con la validez de su petición. Se dijo a sí mismo que podía pasar alegremente otra noche allí con ella y con Frae. Una noche más, podría comer en esa mesa, sentarse junto a la chimenea y disfrutar de las historias de su madre. Podría cantar una balada para su hermana pequeña, quien todavía estaba entusiasmada por escuchar canciones Tamerlaine. Podría despertarse una vez más para ver el sol saliendo en el Este.

—De acuerdo —susurró—. Me marcharé mañana por la mañana.

Mirin resopló, aliviada.

—Gracias, Jack.

Él le dedicó una ligera sonrisa. Sin embargo, en su interior estaba triste y, debajo de ese pesar, estaba furioso. Odiaba que su vida estuviera dividida y las personas a las que amaba separadas las unas de las otras. Le preocupaba la idea de no volver a ver nunca a Mirin y a Frae, y aun así no podía soportar estar lejos de Adaira y de su desconocido padre.

Uniré las dos partes, pensó, aunque le parecía tan imposible que podría haberse echado a reír. *Tocaré por la paz en el Oeste y veré a mi familia reunida.*

—Prométeme una cosa, Jack —pidió Mirin rompiendo sus ensoñaciones y sosteniéndole el rostro con ambas manos.

—Lo que sea —respondió él, expectante.

—No les digas que eres hijo de Niall.

Él asintió, pero su esperanza empezó a marchitarse. Su entusiasmo se atenuó. Tendría que seguir sin reclamar una vez más. Tendría que actuar como si no tuviera raíces en el Oeste. La petición de su madre lo hizo sentir mayor y agotado.

—Mantén tus vínculos de sangre en secreto —susurró Mirin con urgencia.

—No te preocupes, mamá. Nunca lo sabrán —aseguró Jack.

CAPÍTULO 13

—Cómete las verduras, Maisie —dijo Sidra observando a su hija desde el otro lado de la mesa.

—Papá no me obliga a comer —replicó Maisie contemplando los vegetales de su plato.

Sidra resistió la tentación de mirar la silla vacía de Torin y su plato lleno con una cena ya fría.

—Te obligaría a comer si estuviera aquí. Cómete las verduras, por favor.

—Pero saben a arena.

—Saben a la *tierra* —dijo Sidra con un tono amable. Por todos los espíritus, estaba muy cansada. Le palpitaba la cabeza, le dolía el pie…—. Saben a vida, a sol brillante y a los secretos que se esconden en la tierra. Secretos que te vuelven fuerte e inteligente cuando te los comes.

Maisie suavizó su expresión. Removió las verduras con un interés cuidadoso, pero en cuanto se las metió en la boca, escupió sobre la mesa.

—*¡Puaj!*

—Maisie Tamerlaine —advirtió Sidra bruscamente—. Ya es suficiente. Siempre te has comido las verduras.

Maisie frunció el ceño y negó con la cabeza.

—No quiero comérmelas.

Sidra cerró los ojos y se frotó las sienes doloridas. Se le estaba agotando la paciencia y no recordaba cuándo había sido la última vez que se había sentido tan cansada, tan exhausta.

Intentó autoconvencerse de que el agotamiento era por lo duro que había trabajado durante todo el día para encontrar un remedio. Había molido sus hierbas y había probado combinaciones nuevas. Las había usado para preparar tés fuertes y las había convertido en ungüentos. Había apoyado el tobillo en un taburete acolchado. También había ejercitado el pie atravesando las colinas para visitar a sus pacientes. Se lo había envuelto en una venda caliente y luego lo había metido en el río helado hasta que se le había adormecido.

Sidra estaba intentando todo lo que se le ocurría esperando detener y revertir la dolencia que se le estaba expandiendo en el talón. Pero temía que solo el tiempo podría decir si sus métodos funcionaban, y el tiempo no estaba de su lado. A juzgar por lo rápido que se había infectado la mano de Rodina, predecía una semana antes de que las manchas le cubrieran el pie entero.

Rodina también le había dicho que últimamente le dolía más la cabeza y tenía molestias estomacales que ahora Sidra estaba experimentando. Notaba todo el cuerpo agotado y no tenía nada de apetito. Lo único que quería hacer era tumbarse y dormir.

Estás cansada porque hoy has trabajado mucho. No dormiste muy bien anoche. Está cambiando el tiempo…

Intentó convencerse a sí misma de que había otros motivos para su fatiga, de que su cansancio lacerante, su dolor de cabeza y su malhumor no eran por culpa de la enfermedad que le subía gradualmente por el arco del pie.

—¿Qué pasa?

La voz de Maisie devolvió a Sidra a la realidad. ¿Cuánto tiempo llevaba ahí sentada con los ojos cerrados apoyándose en la mano? Lo suficiente para que una niña cabezota de seis años se preocupara. Sidra intentó sonreírle a su hija, tranquilizarle, aunque se sentía como si fuera a estallar en un mar de lágrimas.

—Creo que solo estoy cansada, Maisie.

—Pues cómete las verduras, mami.

Sidra parpadeó dándose cuenta de que no había probado apenas la cena. Tenía el estómago revuelto.

Tenía que contárselo a Torin esa noche. Tenía que contarle que se había contagiado. Si era que volvía a casa, claro. La noche anterior no había vuelto y su ausencia la había preocupado más de lo que le gustaría. Le había recordado a todas las noches que dormía sola cuando él hacía el turno de noche.

De repente, Sidra se sintió dividida. Quería verlo y esperaba con ganas escuchar el sonido de sus botas en el escalón delantero. Estaba esperando a que se abriera la puerta. A sentir su mirada sobre ella y, poco después, también sus manos. Hasta que se imaginó su rostro cuando se enterara de la verdad.

¿Cómo se lo digo?

—¿Estás malita, mami? —insistió Maisie frunciendo el ceño con preocupación.

—Solo me duele un poco la cabeza, tesoro.

Sidra había tenido mucho cuidado ese día. Cuando Maisie había estado en casa con ella, no se había quitado en ningún momento las medias y las botas para esconder todo rastro de la infección. Solo cuando Maisie se había ido a ver al padre de Torin, Graeme Tamerlaine, en el minifundio de al lado, Sidra había sudado tratando de descubrir un antídoto.

Pero los niños tienen una percepción muy aguda. Sidra se obligó a bajar las manos de la frente y a comerse las verduras.

Parecía que Torin no iba a acompañarlas en la cena.

Sidra se levantó y vació el plato de su marido para dárselo al perro. ¿Por qué se molestaba en cocinar para él? ¿Por qué no podía él enviarle una nota con un cuervo si tenía intenciones de quedarse en el castillo?

Cuando Sidra decidió acostar a Maisie pronto, los quejidos de la niña se intensificaron. Quería que uno de los gatos durmiera con ella, algo que Torin le permitía algunos días. Sidra decidió dejar que se metieran dos gatos en la cama. Entonces Maisie quiso que le contara un cuento, pero no uno del libro de folclore de Sidra. Solo le valía uno nuevo. Sidra tenía los ojos tan cansados que apenas podía distinguir las palabras que había en la página, mucho menos crear una historia espontáneamente. Pero buscó una leyenda sobre lady Whin de las Flores Silvestres, agregando que cultivaba el mejor de los jardines y que se comía obedientemente las verduras todas las noches.

—Quiero un cuento diferente —dijo Maisie.

—Mañana, si te portas bien, te contaré otro cuento —contestó Sidra apagando las velas—. Ahora vete a la cama, Maisie.

Sidra cerró la puerta del dormitorio y se apoyó en ella mirando a la mesa. Seguía llena de comida y platos sucios. Consideró dejarlo todo como estaba. Tal vez Torin lo limpiara cuando decidiera volver a casa.

Sidra resopló. Considerándolo bien, llevó unos cuantos platos al barril para lavarlos. Una de las tazas de té se rompió cuando empezó a frotarla. Se detuvo, sorprendida, cuando se dio cuenta de que se había hecho un corte en el dedo. Observó cómo su sangre dejaba un pequeño rastro en el agua.

Sidra seguía mirando con aire ausente el barril cuando por fin llegó Torin.

Se quitó las botas y colgó el tartán. Tenía el rostro demacrado y los ojos inyectados en sangre cuando miró a Sidra. Entonces bajó la mirada a la mesa, que seguía hecha un desastre.

A Sidra se le suavizó el corazón cuando notó lo cansado que estaba.

Pero entonces él preguntó abruptamente:

—¿Dónde está mi cena?

Necesitó todo su coraje para no estampar y romper todos los platos del barril.

—Se la he dado al perro. —Continuó fregando. El corte del dedo le palpitaba.

—Claro que lo has hecho —murmuró Torin y, de nuevo, Sidra pensó que iba a perder los estribos. Pero se mordió la lengua mientras su temperamento hervía justo bajo el rubor de su piel. Observó a Torin suspirar y sentarse en la silla de Maisie. Empezó a comerse la cena fría de su hija hasta que se fijó en la verdura medio masticada que había en la mesa al lado del tenedor—. No importa. Tendría que haberme quedado en el castillo.

Sidra se dio la vuelta y esta vez rompió intencionadamente un plato contra el armario. Torin siempre había sabido que ella era un alma dulce, por lo que lo que vio en ese momento en su mirada le hizo detenerse mientras los fragmentos de cerámica se esparcían por el suelo.

—Si supiera cuándo vas a venir a casa, tendría la cena preparada para ti.

—Si *yo* supiera cuándo podré venir a casa, te lo diría. —Se levantó de la mesa haciendo traquetear los platos—. Pero la mayoría de las veces no lo sé, Sidra. Mi vida sería mucho más fácil si nos mudáramos al castillo.

Ella se quedó quieta, sabía que ese momento llegaría. El pánico repentino que le presionó las costillas la hizo sentir como un pájaro atrapado en una jaula de hierro. Pensó en todas las escaleras del castillo que tendría que subir y bajar. El pie le respondió con un doloroso pinchazo.

—Tu vida sería más fácil, pero la mía no, Torin.

—¿En qué sentido, Sidra?

—Porque yo trabajo aquí —respondió entre dientes—. Todas mis hierbas crecen en este jardín. Necesito estar cerca de ellas para encontrar el remedio para la plaga.

—¡Pues cultívalas en el jardín del castillo! —replicó él agitando la mano.

—Si para ti es más fácil vivir en el castillo —empezó Sidra—, vete a vivir allí. Ya lo has hecho anteriormente. Maisie y yo estaremos bien aquí.

Fue un golpe bajo.

Lo vio en la expresión de Torin, como si le hubiera hecho una profunda herida.

La distancia aumentó entre ellos. Fue como si el suelo se hubiera agrietado bajo sus pies.

La ira de Sidra empezó a enfriarse reemplazada por la miseria mientras miraba a Torin dirigiéndose hacia la puerta. Mostraba un semblante pálido y cauteloso. Pareció no sentir nada mientras se ponía las botas y recogía su tartán.

Detenlo. No dejes que se vaya.

Pero Sidra se quedó quieta, atrapada por el orgullo y el miedo. Observó a Torin marcharse y cerrar la puerta tras él. Las persianas traquetearon y el fuego se inclinó en la chimenea. Escuchó cómo se desvanecían sus pisadas mientras él se adentraba en la noche.

Oyó a Yirr emitiendo unos cuantos ladridos en el jardín, notas agudas de advertencia. O tal vez le estaba suplicando a Torin que volviera.

Entonces todo quedó en silencio.

Sidra se deslizó sobre el suelo entre los fragmentos del plato que había roto. Se llevó las rodillas al pecho y miró imperturbablemente hacia las sombras.

Torin no fue al castillo y tampoco se quedó en los caminos. Se desvió hacia los páramos iluminados por la luna y vagó hasta que se agotó y las botas le hicieron ampollas en los talones. Deseaba una copa. Quería algo para hundirse en el olvido y le temblaban las manos. En ese momento decidió parar. Las estrellas lo observaron mientras se envolvía a sí mismo en su tartán y se tumbaba sobre el césped, esperando que la duermevela lo distrajera de su sed.

Pero el sueño se le escapó y sus pensamientos se desviaron a lugares oscuros.

Sidra lo había echado.

No podía y creerlo y se sintió enfadado hasta que pensó en la noche anterior. Había tomado tanto whisky que se había quedado dormido en la biblioteca del castillo. No había vuelto a casa y ni siquiera le había avisado. Debía estar preocupada en medio de la oscuridad preguntándose dónde estaba.

Inevitablemente, pensó en los aposentos del laird, ahora redecorados y preparados para que él los habitara. Torin había sabido que sería un paso complicado para Sidra. Había sido consciente de ello y aun así se las había arreglado para destrozar la conversación planteándoselo con tanta impaciencia e insensibilidad que no podía culparla por decirle que se marchara.

Gruñó mientras su ira se derretía bajo la luz de las estrellas. Se estremeció al recordar la otra noche, cuando Sidra se había acercado a él en la oscuridad, apasionada. ¿Y el destello de tristeza que había visto en sus ojos? Algo le preocupaba, y darse cuenta de que ella no se sentía lo bastante cómoda para contárselo lo hizo sentir como si tuviera una piedra alojada en el estómago.

¿Y por qué debería decírtelo? Eres irritable, corto de vista y nunca vuelves a casa a tiempo. Bebes demasiado y estás anclado en el pasado.

Se quedó sentando en el césped un rato más, recordando. Hacía tan solo unas semanas, un filo encantado lo había cortado y le había robado la voz. Las palabras que no había sido capaz de decir ardían en su interior como ascuas. Había anhelado con todas sus fuerzas decirle a Sidra lo que le había estado ocultando.

No quería perder más tiempo, un tiempo que nunca podría recuperar. ¿Todavía no había aprendido la lección tras esas duras maneras? «¡Despierta!», parecía que quisiera decirle la isla. «Abre los ojos, Torin. Mira en quién te estás convirtiendo».

Torin se levantó sacudiéndose el rocío del tartán. No quería estar lejos de Sidra ni un momento más. No quería dejar que nada se interpusiera entre ellos.

Cuando empezó a caminar enérgicamente hacia su casa, vio una luz parpadeando por el rabillo del ojo que captó su atención. Parecía la luz del fuego en alguna puerta abierta a la distancia.

Torin se detuvo. No había habido ninguna casa a la vista cuando se había adentrado en el valle. Pero no podía negar que ahora veía una puerta cautivadora interrumpiendo la oscuridad de las colinas. Lo animaba a acercarse.

Se aproximó cautelosamente con la mano en la empuñadura de la daga.

Había una puerta arqueada tallada en la ladera de la colina, con largas marañas de hierba colgando sobre el dintel. Torin se plantó ante ella, embelesado. Entornó lo ojos para observar más allá de la puerta intentando discernir a dónde llevaría, pero el sendero giraba adentrándose en las profundidades de la tierra. A un lugar que Torin no podía ver.

Era un portal de espíritus.

Había soñado con encontrar uno de pequeño. Tras devorar los cuentos que su padre le cantaba, había empezado a buscar portales por toda la isla, aunque estuvieran ocultos a los ojos mortales. Se escondían entre rocas, cascadas y árboles. Entre césped, mareas y jardines. Las puertas solo se presentaban a aquellos a quienes los espíritus tenían en alta estima.

Torin ahora estaba ante una puerta abierta que lo llevaba hacia lo desconocido y se sintió presa del miedo.

¿A dónde llevas? ¿Por qué te has abierto ante mí?

La luz empezó a atenuarse. La puerta estaba a punto de cerrarse, por lo que Torin tuvo que sopesar rápidamente los riesgos y las ventajas de atravesarla.

Si pasaba por la puerta, tendría la oportunidad de hablar con los espíritus cara a cara. Sabía que esa invitación le había sido extendida por la plaga porque estaba desesperado por encontrar respuestas. Si la declinaba y la puerta se cerraba, podría no volver a tener nunca la oportunidad de descubrir a qué se estaban enfrentando en el huerto. La maldición continuaría extendiéndose de árboles a humanos hasta tal vez haberlos reclamado a todos.

Pero si entraba... no había modo de decir durante cuánto tiempo estaría fuera. Lo más probable era que fueran solo un día o dos, pero Sidra no sabría dónde estaría. La idea de que se preocupara atravesó a Torin como una lanza. Se imaginó lo que supondría su ausencia para ella.

Y, aun así, había una verdad de la que estaba seguro sin duda alguna: ella era lo bastante fuerte como para vivir sin él. Tendría que seguir adelante, aunque él no estuviera. Tendría que asegurarse de que no hubiera ningún problema con el clan hasta que él volviera.

—Sidra —susurró al viento.

Sabía qué decisión tomaría Sidra si fuera ella la que estuviera delante de la puerta.

Torin dudó solo un momento más y atravesó el umbral.

CAPÍTULO 14

Jack estaba de pie mirando río arriba.

Era media mañana y había retrasado su partida todo lo que había podido desayunando con Mirin y con Frae y completando tareas de último minuto en el minifundio. Ahora era hora de marcharse.

Llevaba poco equipaje: unas cuantas túnicas de repuesto en el morral, la carta de Torin y el arpa.

«Encontrarás respuestas entre los Breccan».

La voz de Ash resonó en su interior cuando Jack dio un paso hacia adelante.

El agua le lamió los tobillos colándose dentro de sus botas. La ulmaria crecía en racimos blancos y espumosos a lo largo de la ribera. El Aithwood, repleto de pinos, píceas, cicutas y serbales, se volvió más nudoso a medida que subía la corriente. Cuajaleches y violetas en flor salpicaban el suelo del bosque y las sombras proyectadas por el dosel arbóreo bailaban sobre los hombros de Jack, protegiéndolo del sol. Unas pocas hojas cayeron al agua mientras sacaba lentamente su daga de la vaina que llevaba en el cinturón.

Esperó a estar en la línea del clan, el límite entre ambos reinos. Pensó en su padre llevando a Adaira a través de ese río veintitrés años antes, cuando era una bebé pequeña y enfermiza. La sangre de Niall Breccan en el agua había ocultado su cruce de la línea del clan una y otra vez para ir a visitar la cabaña de Mirin en la colina. Moray también se había aprovechado de este defecto secreto de la frontera mágica, así como del poder de la flor de Orenna para secuestrar a niñas pequeñas y vagar por el Este sin temor.

Jack no era el primero en usar el río, en dejar que su sangre goteara en los rápidos antes de cruzar de un lado de la línea al otro. No era el primero, pero esperaba ser el último. Tal vez su música fuera lo bastante fuerte para curar esa herida en la isla.

Se cortó la palma con la daga.

El dolor fue intenso, pero solo por un momento. En cuanto brotó la sangre y empezó a gotearle entre los dedos entremezclándose con el agua, dio un paso hacia adelante.

Cruzó la frontera hacia el Oeste.

Adaira estaba ante la puerta encantada de la biblioteca nueva con la espada atada a la cintura y un morral lleno de pergaminos colgando del hombro. No sabía qué encontraría más allá de la madera radiante, pero esperaba que fuera una sala tranquila llena solo de libros y pergaminos. Había evitado tanto a Innes como a David desde el sacrificio, negándose a cenar en sus aposentos o a unirse a ellos en sus paseos por los aledaños. Sabía que no podría evitarlos mucho más tiempo, pero cuando volviera a estar ante ellos, quería haber reunido todo el conocimiento que hubiera sido capaz.

Quería presentar sus argumentos.

Adaira se pinchó el dedo y apoyó la mano en la madera. La madera aceptó su sangre y abrió la cerradura encantada.

Atravesó el umbral con resignación escrutando la estancia con la mirada. Pero, tal y como esperaba, era la única visitante. Dejó el morral en un pupitre que había frente a un trío de ventanas con parteluces. Era pronto por la mañana y la luz grisácea seguía siendo demasiado tenue para escribir y leer cómodamente, así que se tomó su tiempo encendiendo velas por toda la estancia.

Adaira respiró profundamente saboreando años de papeles y tinta.

Se aproximó a la estantería más cercana y la tocó.

—Por favor, muéstrame todos los libros y registros que tengas del sacrificio —susurró. No se atrevió a esperar una respuesta, no hasta que oyó ruidos y vio que dos pergaminos se habían movido hacia adelante y estaban casi colgando de la estantería.

Tomó ambos suavemente y los llevó a la mesa, donde se sentó y empezó a leer.

Pronto le quedó clara una cosa: el sacrificio llevaba sucediendo desde que se había creado la línea del clan, hacía casi doscientos años, cuando la magia del folk se había dividido y desequilibrado por Joan y Fingal. De repente el Oeste tuvo una oleada de artesanía hecha con magia en las manos, aunque también tuvo jardines en mal estado y escasez de recursos en consecuencia. Pronto el pueblo estuvo hambriento y desesperado, así que los delitos empezaron a aparecer en los minifundios y en las ciudades, como malas hierbas.

Adaira se sintió extrañamente aliviada al saber que Innes no había iniciado el sacrificio, sino que había heredado la práctica cuando se había convertido en laird.

Siguió leyendo y finalmente dio con la información que más deseaba encontrar: no había modo de liberar a un prisionero de las mazmorras sin que luchara en un sacrificio. Los combates no solo les concedían a los delincuentes la oportunidad de morir con honor, como había mencionado Innes, sino que también podían redimir su culpa demostrando que merecían otra oportunidad. Otro propósito importante del sacrificio era ayudar a disuadir los delitos futuros haciendo que el clan fuera testigo.

Adaira empezó a anotar lo que iba descubriendo, llenando página tras página de pensamientos y preguntas que habían quedado sin resolver. Se saltó el desayuno, pero cuando comenzó a rugirle el estómago, dejó de anotar. Se reclinó en la silla contemplando la información que había recopilado.

—¿Cómo te libero? —susurró visualizando de nuevo al padre de Jack.

Según las reglas del sacrificio, tendría que haber quedado libre tras haber matado a William. Pero Innes se había negado a perdonarlo y Adaira solo podía pensar que su madre quería hacerlo sufrir por lo que había hecho. ¿Cuántas veces había combatido en el estadio? ¿A cuántos compañeros prisioneros tendría que matar antes de quedar redimido a ojos de Innes?

Adaira pensó que tenía que haber otro modo de absolverlo mientras cargaba los pergaminos en las manos. Los devolvió a las estanterías y consideró durante un momento qué debería pedir a continuación.

Apoyó la mano en la estantería y dijo:

—Por favor, muéstrame todos los libros y pergaminos que describen las leyes y tradiciones Breccan.

Fue como si la mitad de los libros y pergaminos de la biblioteca dieran un paso adelante para destacarse, y Adaira suspiró, abrumada de repente. Tendría que haber acotado mejor la búsqueda, pero seleccionó los más cercanos y los llevó a la mesa.

Se puso a leer anotando elementos que le parecían fascinantes, o bien podían resultarle de ayuda en su apelación por la libertad de su suegro. Pero parecía que, a pesar de los vacíos legales y las extrañas tradiciones del pasado, había una ley que no era posible esquivar.

El laird del clan siempre tenía la última palabra y podía ignorar leyes en circunstancias especiales. En la mayoría de las ocasiones, los lairds habían usado ese poder cuando se cometía una ofensa personal contra ellos, como cuando un hombre de confianza del clan le entrega la hija de la laird al enemigo.

¿Por qué no le cuentas la verdad a Innes?

Adaira se mordió el labio preguntándose si el hecho de contarle a Innes que el hombre que la había entregado al Este era el padre de Jack empeoraría o mejoraría la situación. Inicialmente, cuando Adaira todavía no estaba segura de lo enfadados y vengativos que se sentían Innes y David respecto de lo que había sucedido en el pasado, le había parecido más seguro ocultar ese hecho para proteger a Jack, a Mirin y a Frae. Le preocupaba que Innes pudiera imponer un juicio más severo sobre el padre de Jack, como aniquilar a toda su familia, por ejemplo, o castigarlo todavía más por haber tenido hijos con el enemigo.

Se preguntó si el hecho de estar relacionado con Adaira por el matrimonio sería lo bastante persuasivo como para convencer a Innes de liberarlo. Pero entonces Adaira recordó que la mera *pregunta* por el paradero de Rompejuramentos había hecho que David se pusiera frío con ella y rompiera la relación que habían construido. Y luego Innes había invitado a Adaira a verlo pelear en un duelo a muerte, como si su vida fuera insignificante.

Adaira sintió que necesitaba algo más. No un modo de sorprender a Innes con la guardia baja, sino un modo de llamar su atención. Necesitaba averiguar cómo parecer astuta en lugar de blanda en cuanto a la liberación del padre de Jack.

Volvió sobre sus notas.

Había una pequeña tradición que le había parecido fascinante. Era la «envoltura del tartán», o concederle protección a alguien bajo tu nombre y tu coraje. En el pasado, a esa protección la extendían los thanes o el laird, aquellos que tenían poder e influencia en el Oeste y, como tales, podían servir como un escudo formidable para quienes tenían menos influencia. Pero incluso en esos casos, había estipulaciones que cumplir.

La vida del protegido tenía que estar en peligro. El thane o el laird tenía que quitarse su propio tartán y envolverlo alrededor del individuo al que estaba protegiendo mientras pronunciaba unas palabras concretas. Sobre todo, la envoltura del tartán tenía que hacerse en público para que todo el clan fuera consciente de las ramificaciones que supondría dañar a aquel que estaba siendo protegido.

Adaira se preguntó si podría abrazar esa tradición sin ofender al clan. Sin *ofender* a Innes. ¿Podría envolver a su suegro con su tartán siguiendo esta vieja tradición? Si lo hacía, nadie podría dañarlo sin, esencialmente, dañarla a ella.

Estaba dándole vueltas a esa posibilidad, intentando predecir todos los modos en los que podría torcerse y cómo Innes podría oponerse cuando un inesperado rayo de sol bañó la mesa.

Adaira levantó la mirada hacia la ventana.

Las nubes se habían separado por un motivo: algo las había atravesado.

Al principio, pensó que lo que estaba cayendo por el aire era un pájaro enorme. Una criatura herida. Pero entonces distinguió un destello plateado, como la luz de una estrella. Brazos y piernas intentando aferrarse al viento. Un brillo iridiscente detrás de esa persona como una vela rota.

Electrificada, Adaira se levantó inclinándose hacia el cristal. Vio a un espíritu con el cabello índigo y las alas rotas precipitándose hacia la tierra.

SEGUNDA PARTE

UNA CANCIÓN PARA LAS BRASAS

CAPÍTULO 15

Sidra no se dio cuenta de que Torin había desaparecido. No hasta que la recién designada capitana de la Guardia del Este llamó a su puerta hacia el mediodía.

—¿Yvaine? —preguntó Sidra desde el umbral asumiendo que la capitana había acudido por alguna dolencia—. ¿En qué puedo ayudarte?

—Hola, Sidra. —La voz de Yvaine sonaba inusualmente grave—. ¿Torin está en casa?

Era la última pregunta que Sidra esperaba escuchar. Durante un instante, solo pudo parpadear porque le parecía una pregunta ridícula. Torin *nunca* estaba en casa durante el día. Yvaine debería saberlo más que nadie.

También le hizo recordar vívidamente la noche anterior. Todavía podía ver la expresión del rostro de Torin cuando lo había echado, el dolor y la sorpresa que se reflejaban en él. Todavía podía saborear el aire cálido que se había hinchado a su alrededor cuando había abierto la puerta y se había marchado.

Su arrepentimiento esa mañana fue como un moretón tierno en el brazo.

—No, no está —respondió con el estómago encogido—. ¿Por qué?

—Esperaba encontrarlo aquí.

—¿No está en el castillo? Había asumido que estaría con la guardia durante los entrenamientos del mediodía.

—Hoy no lo he visto —contestó Yvaine—. Teníamos programada una reunión con el consejo esta mañana para debatir sobre la plaga. No ha aparecido y, como tú y yo sabemos, eso no es nada propio de él.

—Anoche discutimos —confesó Sidra bruscamente—. Se marchó de aquí enfadado. Asumí que habría ido a dormir al castillo.

—Si así fue, no lo vio nadie.

—Entonces debió sucederle algo después de marcharse. Yo...

Sidra ni siquiera podía hablar de lo que podría haber pasado. Las palabras le parecieron afiladas como cristales rotos en la boca, amenazando con cortarla en tiras si decía algo. Pero vio todas las posibilidades en su imaginación. Torin saliendo furioso en medio de la oscuridad. Atravesando las colinas. Cayendo en un pantano. Rompiéndose la pierna en una zona traicionera. Engatusado por colinas, lagos y valles cambiantes.

—¡Mami! —Maisie le tiró de la falda—. ¿Puedo tomarme una tortita de avena?

Sidra alejó esos pensamientos, pero el miedo siguió apresándola. Inhaló bruscamente y miró a su hija con las mejillas sonrosadas y sonriéndole, esperanzada.

—Sí, solo una —respondió Sidra.

Maisie se escabulló a la mesa de la cocina y Sidra volvió a centrar la atención en Yvaine. La capitana mostraba una expresión precavida, pero de sus ojos oscuros emanaba el brillo del temor. El mismo temor que sentía Sidra, como si estuvieran a bordo de un barco que se estuviera hundiendo, perdiendo un tiempo precioso mientras el agua fría iba subiendo.

—¿A dónde pudo haber ido? —murmuró Yvaine—. Puedo empezar a rastrear las colinas, pero la búsqueda será más rápida si puedes decirme un lugar significativo para él. ¿O tal vez para ti?

Sidra lo consideró durante un momento. Sus recuerdos brillaron como el sol sobre un lago, difíciles de agarrar, pero uno se mostró por encima de los demás. Pensó en su antigua casa, donde Torin y ella habían cruzado sus caminos por primera vez. Un lugar en el que ambos habían decidido convertirse en uno, a pesar de que el mundo parecía estar desmoronándose a su alrededor.

—El valle de Stonehaven, tal vez —respondió Sidra. Era un lugar pacífico de la isla, lleno de un césped exuberante y de ovejas que se paseaban, un lugar en el que el tiempo parecía ralentizarse. Al imaginárselo mentalmente, a Sidra de repente le pareció difícil que Torin hubiera sufrido algún daño allí—. Sinceramente, no se me ocurre ningún otro sitio —agregó—, pero deja que lleve a Maisie con Graeme. Dame un momento y me marcharé contigo.

Yvaine asintió y volvió con su caballo junto a la verja.

Sidra dejó la puerta abierta y retrocedió. Notó que le pesaban los pies a medida que sus preocupaciones empezaban a multiplicarse a un ritmo alarmante. Miró al último lugar en el que había visto a Torin con una tormenta gestándose al otro lado del umbral. Pronto se largó a llover y el viento levantó las hojas muertas. Su jardín se inclinó ante la tormenta, sus hierbas se doblaron, los vegetales se llenaron de barro.

Solo entonces, cuando sintió la niebla veraniega en el rostro, la mente de Sidra empezó a darle instrucciones claras. Encontraría a Torin, pero primero tenía que llevar a Maisie con Graeme.

Se ató el tartán verde al hombro y se trenzó el pelo, preparándose para un largo trayecto bajo la lluvia. A continuación, le puso los zapatos de cuero a Maisie, la rodeó con un pesado mantón y subieron juntas la colina hacia la casa del padre de Torin.

Graeme se sorprendió al verlas en su escalón salpicado por la lluvia, pero también se alegró.

—¡Ah, Sidra, Maisie, pasad, pasad!

Maisie corrió al interior, y se distrajo al instante con un cuenco de recuerdos del continente que Graeme tenía sobre un taburete. Su casa estaba hecha un desastre, desorganizada y llena de tesoros. A Sidra no le importaba el desorden, pero Torin apenas lo soportaba. Intentó calmar sus latidos mientras cerraba la puerta tras ella.

—¿Puedo hablar contigo?

—Claro —respondió Graeme—. Siéntate a la mesa, deja que te sirva una taza de té.

Sidra se quedó donde estaba con el corazón tan acelerado que podía sentirlo en las muñecas y en el cuello. Notó que se le revolvía el estómago y luchó contra la tentación de taparse la nariz. No sabía si era su ansiedad o el extraño olor de la cabaña, pero le estaba costando mantener el desayuno en el estómago.

—No puedo quedarme —logró decir y su tono tenso finalmente captó la atención de Graeme.

—Ah. —Su suegro dejó la tetera con las cejas arqueadas—. ¿Puedes sentarte un momento al menos? ¿Concederle un instante a la tormenta para calmarse?

—Yvaine me está esperando junto al camino —informó Sidra, pero empezó a temblar. No pudo ocultarlo y Graeme se movió rápidamente hacia adelante tomándola suavemente del brazo.

—Ven, siéntate un momento, muchacha —susurró—. Estás pálida como un espectro.

—Yo… —suspiró Sidra y sintió que el pecho se le partía por la presión del miedo. Dejó que Graeme la guiara hasta la mesa.

—Dime qué piensas, Sidra —dijo Graeme sirviéndole el té.

Sidra se sentó en el banco y aceptó la taza, aunque sentía que el tiempo la apremiaba. Tenía que volver con Yvaine. Tenía que peinar las colinas en busca de Torin. Estaba malgastando un tiempo precioso sentada con una taza de té caliente entre las manos.

Pero Graeme conocía a Torin casi tan bien como Sidra, tal vez él tuviera alguna idea que a ella se le hubiera pasado por alto sobre dónde podía haber ido su hijo.

Se aseguró de que Maisie estuviera distraída (lo estaba, puesto que había encontrado al gato acurrucado junto al fuego) y susurró:

—Torin ha desaparecido.

Graeme se sentó en la silla que había frente a ella al otro lado de la mesa y escuchó mientras Sidra le relataba la noche anterior. Tenía la voz ronca cuando terminó y le preguntó:

—¿Tienes alguna idea de a dónde podría haber ido? Para comenzar a buscar por ahí.

Graeme soltó una bocanada de aire, como si la revelación de Sidra le hubiera golpeado el estómago. Se rascó la barba gris, un gesto que hizo que Sidra pensara instantáneamente en Torin. Parpadeó para limpiarse las lágrimas, esperando.

—Tu suposición es tan buena como la mía, Sidra —dijo él finalmente con voz triste—. Pero anoche lo oí llamándote.

—¿Qué? —exclamó levantándose del banco—. ¿Dijo algo más? ¿Estaba en apuros?

—No parecía estar en ningún apuro, no —se apresuró a agregar Graeme también poniéndose de pie. Señaló a Maisie con la cabeza, quien los estaba mirando ahora preocupada y con los ojos muy abiertos—. Pronunció tu nombre con cariño, pero parecía estar suspirando con resignación. Como una despedida.

Sidra no sabía qué hacer con esa información, la recibió como una puñalada en el estómago mientras se lo imaginaba exhalando su último aliento. Torin la llamó y ella no pudo oírlo.

—Tengo que irme —anunció apartándose de la mesa. Apenas sentía el suelo bajo las botas. Volvía a tener el estómago encogido—. Si puedes cuidar de Maisie… volveré pronto.

—¿Sidra? Sidra, *espera* —dijo Graeme, pero ella ya estaba saliendo por la puerta.

Yvaine estaba esperándola con otros seis guardias en el camino, montados en caballos salpicados de barro. Todavía llovía, pero las tormentas de verano eran imprevisibles y siempre era mejor seguir adelante como de costumbre en lugar de esperar a que se despejara el cielo.

Sidra se acercó al caballo que la capitana había preparado para ella y montó en la silla.

Notó un pinchazo en el pie y apretó fuerte los dientes. Había olvidado su aflicción y odiaba que esa preocupación hirviera a fuego lento en las profundidades de su mente cuando estaba tan empeñada con encontrar a Torin. No podía manejar a la vez todas las dudas, los miedos y los temores.

Respira, se dijo a sí misma aspirando el aire que olía a nubes. *Vas a encontrar a Torin. Y después te encargarás de la plaga.*

Yvaine esperó para asegurarse de que Sidra estuviera sentada con las riendas en la mano antes de ordenar a los guardias que se separaran por parejas. Cada uno buscaría por una sección del Este y volverían al castillo a la puesta de sol para informar. Pero, sobre todo, tenían que buscar con discreción. Ni Yvaine ni Sidra querían que el clan supiera que Torin había desaparecido.

Los guardias galoparon a través de la lluvia a sus destinos designados. Sidra los observó desaparecer antes de mirar de reojo a Yvaine.

—¿Por dónde vamos a buscar? —preguntó.

—Por el valle, como has sugerido tú —contestó la capitana—. Pero tengo que pedirte una cosa, Sidra. —La yegua dio un paso al lado bajo ella, sintiendo la tensión en el aire—. Quédate en mi campo de visión en todo momento. ¿Puedes hacerlo?

—Por supuesto —respondió Sidra, sorprendida. Pero se estremeció por el modo en el que la estaba mirando Yvaine, como si Sidra corriera el riesgo de ser la siguiente en desaparecer.

Atravesaron los últimos coletazos de la tormenta para llegar al valle, donde el cielo estaba despejado y el sol brillaba, sofocante. Los helechos relucían con los restos de la lluvia y los pequeños arroyos habían proliferado formando caminos serpenteantes por el suelo del valle.

No había señales de Torin.

Desde allí, Yvaine y Sidra continuaron hacia el norte, comprobando las cuevas, los matorrales y la costa.

—No creo que haya venido hasta aquí —comentó Sidra conteniendo las náuseas que volvían a afectarla. Había bebido unos sorbos de la botella de Yvaine y se había tomado una porción de comida de su alforja cuando ambas habían descansado brevemente por el bien de los caballos. Pero lo cierto era que ya llevaban horas cabalgando y que el sol estaba empezando a hundirse por el Oeste.

—¿A dónde quieres ir ahora? —preguntó Yvaine.

Sidra la guio hacia el rincón del pantano. Le preocupaba que Torin hubiera caído, aunque era una posibilidad remota, puesto que Torin se conocía el Este como la palma de la mano. Nunca se perdía, ni siquiera cuando las colinas se movían. Incluso en la oscuridad, el pantano no debería haberlo tomado por sorpresa.

Pero, aun así, Sidra quería verlo con sus propios ojos. Cuando llegaron, observó la calmada presencia del pantano. Los pájaros bajaban en picado sobre sus cabezas y revoloteaban libélulas sobre la superficie de las aguas. Manojos de arrayán de los pantanos y tallos de asfódelo con flores como estrellas doradas bailaban con la brisa.

Sidra recordó que Graeme había descrito la llamada de Torin como «un suspiro de resignación», lo que a Sidra le costaba imaginar. Torin no era un hombre que se rindiera con facilidad y, por primera vez desde que Yvaine había llamado a su puerta y le había soltado la noticia, Sidra empezó a considerar que tal vez Torin hubiera ido a otra parte. Que tal vez no estuviera herido y tirado en una zanja. Que tal vez estuviera vivo e ileso y simplemente se hubiera… marchado.

Esa idea la atravesó como una astilla. Sidra intentó sacársela. Echarla a un lado. Pero su resistencia solo hizo que se clavara todavía más.

Había otro reino paralelo al suyo y estaba comenzando a sangrar en su mundo a través de la plaga. Sidra tenía que ser realista. Había bastantes posibilidades de que los espíritus hubieran mandado a Torin a otra parte, ya fuera a una cañada cambiante o a una colina que ella no podía ver. Si era así, Sidra no podía hacer nada por encontrarlo.

—Sidra —dijo Yvaine interrumpiendo sus pensamientos—. Creo que es hora de que te acompañe de vuelta con Graeme. El sol está poniéndose y parece que se está gestando otra tormenta para esta noche.

—Puedo seguir buscando —protestó Sidra, pero lo hizo con voz débil. Le daba vueltas la cabeza de nuevo y le dolía la espalda.

—No —respondió firmemente la capitana—. Necesito que comas bien y que descanses esta noche a salvo en casa de Graeme. Vendré a por ti a primera hora de la mañana y lo discutiremos todo con más detalle.

—¿Discutir el qué? —espetó Sidra, pero su ira fue como una chispa con poca vida. Miró a Yvaine a los ojos y vio la misma verdad en el rostro de la capitana.

Torin no estaba muerto ni desaparecido. Se había ido a otra parte… a un sitio que no podían localizar.

Sidra suspiró.

Cabalgó con Yvaine de vuelta al minifundio de Graeme mientras una tormenta se formaba en el cielo. Le dio las gracias a Yvaine y al caballo que la había llevado toda la tarde y luego observó a la capitana alejándose hacia Sloane.

Sidra caminó fatigosamente por el jardín hasta la puerta de Graeme. Tenía las piernas doloridas por haber estado tantas horas montando y no supo si estaba muerta de hambre o si eran náuseas lo que sentía hasta que puso un pie en la cabaña.

Maisie estaba sentada a la mesa a punto de cenar. Graeme tenía algo chisporroteando en la sartén y levantó la mirada, aliviado de verla.

—Aquí estás —saludó a Sidra—. Justo a tiempo para cenar. Toma, te he preparado un plato…

El aroma de la comida la golpeó como un puño y le provocó arcadas al instante.

Sidra se cubrió la boca y se dio la vuelta. Salió al jardín tambaleándose e intentó llegar hasta la verja, pero no pudo. Se arrodilló y devolvió entre las hileras de vegetales hundiendo los dedos en la tierra mojada. Vomitó una y otra vez hasta que quedó totalmente vacía y la lluvia empezó a caer como susurros en las hojas a su alrededor.

Temblando y con las pestañas bañadas en lágrimas, se secó la boca y cerró los ojos. *Respira*, se dijo a sí misma mientras los truenos rugían sobre ella y el viento se detenía.

Notó una mano cálida y firme en el hombro. Sabía que era Graeme y se sentó sobre sus talones.

—Lo siento —empezó a decir, pero él apretó su agarre deteniendo su disculpa sin decir nada.

—Entiendo que no lo habéis encontrado —comentó él con tristeza.

Sidra miró hacia la distancia, observando la noche oscureciéndose.

—No. No hay rastro de él.

—¿Crees que el folk se lo habrá llevado? —Sidra asintió—. Entonces debes saber que no se habría marchado si no hubiera visto que era el único camino posible —añadió Graeme—. Sobre todo, sabiendo tu condición.

Sidra se quedó helada. ¿Cómo sabía Graeme que había contraído la enfermedad? No había modo posible de saberlo y ella lo miró con sus ojos oscuros y brillantes.

—¿Cómo lo sabes? —preguntó con voz ronca—. No se lo he dicho a nadie. Ni siquiera a Torin.

—Bueno, es fácil. Verás, a mi mujer le pasó lo mismo —dijo Graeme adquiriendo un tono tan melancólico que Sidra lo miró boquiabierta—. Cuando llevaba a Torin. Hubo un tiempo en el que le encantaba la morcilla. Y luego, de repente, no soportaba tener nada que ver con ella. No pude comer morcilla durante años, incluso después del nacimiento de Torin porque Emma no soportaba el olor...

—Yo... —A Sidra se le quebró la voz. Empezó a repasar sus síntomas.

Su agotamiento. Sus dolores de cabeza. Su irritación. Sus oleadas de náuseas.

Había estado tan ocupada intentando resolver lo de la enfermedad (a la que había culpado de todos sus síntomas) que no había hecho el seguimiento de su ciclo lunar. En ese momento, se dio cuenta de que tenía un retraso.

Sidra se apoyó la mano en el vientre. Pensó en la frecuencia con la que había estado con Torin recientemente. Desde que iba a casa por las noches y dormía a su lado. Habían hablado de aumentar la familia. Tanto ella como Torin querían otro hijo, un niño al que criarían juntos, y habían decidido dejar de tomar sus anticonceptivos para intentarlo. Aun así, Sidra no había creído que sucedería tan pronto. Ciertamente, no había anticipado enterarse de esa noticia sin Torin, pero considerándolo ahora, supo que era cierto.

Dejó que la alegría la inundara hasta que se movió y notó una incómoda rigidez en el pie izquierdo, un recordatorio de que la enfermedad se estaba expandiendo bajo su piel y subiéndole por los huesos. Pronto la devoraría por completo y ¿entonces qué? ¿Podría sobrevivir? ¿Y su bebé?

—Sidra —continuó Graeme—, si es cierto que a Torin se lo han llevado los espíritus, debes prepararte para que esté fuera durante un tiempo.

—¿Qué? —jadeó ella con la mente muy lejos.

—Puede que esté semanas fuera. Meses. No quiero ser yo quien te diga esto, pero podrían ser años.

Sidra parpadeó mirando a Graeme. Le costó asimilar lo que le estaba diciendo, pero luego le partió el corazón como un hacha.

—No, seguramente no lo retendrán tanto tiempo —replicó ella—. La tierra… los espíritus no me harían algo así.

Graeme se quedó callado durante unos instantes, pero a continuación agregó:

—Leí un poema en el diario de Joan. Mencionaba una balada que afirmaba que el tiempo se movía mucho más despacio en el reino de los espíritus. Un día en su mundo pueden ser cientos en el nuestro.

Sidra abrió la boca para protestar, pero las palabras se desvanecieron. Sabía que Graeme tenía razón.

Visualizó a Torin en su mente volviendo al mundo mortal con el mismo aspecto de la noche que se había marchado. Joven y apuesto y en plena fuerza. Se lo imaginó entrando en su casa y encontrándola vacía, llena de telarañas. Descubriendo su tumba en el cementerio, al lado de la de Donella. Enterándose de que Maisie había crecido y tenía ya el cabello canoso, y de que su otro hijo (el niño o la niña cuya existencia desconocía) también había vivido toda una vida. Dándose cuenta de que se lo había perdido todo.

—¿Qué intentas decirme, Graeme? —susurró Sidra enroscando los dedos en el barro. Tomó un puñado de tierra y lo aferró intentando estabilizarse.

—Renuncié a mi derecho a gobernar hace mucho —respondió él estrechándole el hombro de nuevo—. Sabes que, desde que se marchó Emma, no he sido capaz de salir de mi minifundio. Pero incluso antes de eso, nunca tuve deseos de gobernar y Alastair lo sabía. Adaira también. Cuando ella le pasó el título a Torin, estaba siguiendo la línea de sucesión correcta. Y con Torin incapaz de estar presente, el Este recae en ti, Sidra.

—Yo no quiero gobernar —respondió instintivamente. El mismo temor que había sentido cuando Torin le había dicho que tenían que mudarse al castillo (el miedo al cambio irrevocable y a lo desconocido) empezó a latir de nuevo entre sus costillas—. No puedo hacerlo.

—Debes hacerlo, Sidra. Tienes que mantener al Este unido. Debes levantarte y liderar a este clan.

—*No* puedo.

—¿Por qué dices eso?

Se mordió el labio hasta que el dolor le llegó a toda la boca.

—¡Porque ya tengo suficiente! No puedo soportar nada más. Me aplastará, Graeme.

—Entonces dinos cómo ayudarte. Danos tus cargas a nosotros, las tareas que te agobian. Para empezar, no deberías llevarlo todo tú sola.

No sabía qué decir. Esa noción de dividir sus responsabilidades en porciones y entregarlas era demasiado en lo que pensar.

—El otro día —comentó Graeme—, estaba pensando en todos los caminos diferentes que siguen nuestras vidas, en cómo pequeñas decisiones nos llevan a lugares inesperados. En cómo incluso las peores experiencias nos convierten en lo que tenemos que ser, aunque preferiríamos evitar el dolor. Pero nos volvemos más fuertes, más agudos y, antes de darnos cuenta, echamos la vista atrás y vemos quiénes éramos y en quiénes nos hemos convertido, y por eso los espíritus nos observan y se maravillan.

Sidra permaneció en silencio, todavía aferrando la tierra del jardín en el puño.

—¡Mamá! —La voz de Maisie atravesó la noche—. ¿Por qué estás en el suelo?

—Iba a entrar ahora a servirte la cena —contestó Graeme alegremente antes de que Sidra pudiera esbozar una sonrisa falsa—. Vuelve dentro antes de que se te ensucien los pies, pequeña. Ya mismo voy yo.

Sidra pudo oír a Maisie alejándose. Suspiró sintiéndose tan cansada que no sabía ni cómo iba a levantarse.

La mano de Graeme se deslizó por su hombro cuando él se levantó.

—Tómate otro momento —le dijo amablemente—. Luego entra y siéntate junto al fuego. Voy a tirar la morcilla, a airear la cabaña y a buscar otra cosa que pueda apetecerte. ¿Tal vez algo más sencillo como unas gachas y crema?

—Eso servirá —murmuró Sidra—. Gracias.

Graeme volvió a la casa dejando la puerta abierta. Abrió las persianas, tal y como había prometido, y dejó que se escapara el olor. Sidra cerró los ojos escuchando los truenos y la lluvia. Los latidos de su corazón.

Luchó contra su miedo hasta que soltó la tierra y se miró la mano embarrada. Casi podía oír la voz de Torin susurrándole entre su pelo:

«Levántate, amor mío. Levántate».

CAPÍTULO 16

Jack encontró la cabaña en la ribera, tal y como Mirin se la había descrito. Se quedó de pie en los rápidos helados con el corte de la mano coagulándose y contempló la casa que pertenecía a su padre.

Rodeada por los altos y antiguos árboles del Aithwood, era una cabaña pintoresca. Paredes de piedra y argamasa, ventanas con persianas, un techo de paja moteado de liquen. Un constante hilo de humo salía por la chimenea y había un sendero que iba desde el río hasta la verja del jardín. Parecía una invitación muda para aquellos que llegaban por el río.

Solo el jardín traicionaba la idílica imagen. Los vegetales eran pequeños y estaban doblegados hacia el sur, como si el viento del norte hubiera soplado con fuerza sobre ellos. Y aunque no había tormenta, la luz era tenue.

Jack salió del río y se movió por el muro de piedra hacia la cabaña. Todavía necesitaba ver un destello de vida, aparte de las aves del gallinero, mientras esperaba al lado norte de la casa intentando verlo. Pero no salía ningún sonido del interior. Cautelosamente, recorrió el sendero hasta la parte delantera y llamó a la puerta.

No sabía qué esperar (Mirin había dejado caer que su padre podía estar muerto), así que, cuando una mujer mayor respondió, Jack se limitó a mirarla boquiabierto.

La mujer abrió mucho los ojos, también sorprendida por verlo a él. Su mirada se desvió por detrás del chico, como si esperara que hubiera una compañía de hombres a su sombra.

—Estoy solo —dijo suavemente—. Yo...

—No hables aún —lo advirtió ella. Sintió una ligera brisa rozándole el pelo. Era el viento del Oeste, aquel en el que Jack más confiaba, aunque todavía sentía un rastro de miedo al recordar las formas manifestadas de esos espíritus—. Pasa, muchacho.

Jack entró en la cabaña y pasó la mirada por toda la estancia. La casa de su padre era una morada sencilla con una chimenea en la estancia principal con las piedras oscurecidas por el hollín. Había una colección de cráneos de animales y candeleros apoyados sobre una repisa de ramas entretejidas. Había un escritorio alienado con la pared, lleno con una pila desordenada de libros de cuero, pergaminos y tinteros. Una gran cesta contenía toda una familia de bastones junto a la puerta trasera. Cacerolas de hierro y hierbas colgaban desde las vigas de la cocina.

Jack intentó imaginarse a su padre viviendo en ese sitio, pero no logró evocar la imagen.

Finalmente, miró a la mujer y le dijo:

—¿Dónde está el guardián del Aithwood?

—Mi hijo no está aquí —respondió ella.

De algún modo, Jack logró mantener la compostura, aunque el corazón le latió con asombro y alegría al darse cuenta de que estaba contemplando a su abuela. Alguien a quien nunca había imaginado que conocería. Ahí había otro hilo, otra raíz para atarlo al Oeste.

No pudo evitar observar atentamente a su abuela.

Tenía el cabello gris en una corona trenzada. Tenía el rostro pecoso y estriado por haberse enfrentado durante años a los embates del viento. Era menuda y fibrosa, llevaba un delantal de tartán Breccan atado sobre un sencillo vestido hecho en casa. Tenía los hombros hundidos, como si hubiera soportado una pesada carga durante toda su vida, y unos ojos tan azules como el cielo del Este después de una tormenta.

—¿Me ha salido otra nariz en la cara? —preguntó con un tono ligero, tanteándolo.

Jack parpadeó, ruborizado.

—Disculpa. Yo…

—¿Tienes hambre? Siéntate junto a la chimenea y te preparé algo.

Él se quedó de pie, abrumado por su confianza y hospitalidad. Pero entonces se dio cuenta de que ella también se estaba fijando en sus detalles. En su largo cabello castaño con un mechón plateado, en su complexión alta y esbelta, en sus manos elegantes y en sus ojos como la luna nueva, y pensó: Tal *vez vea un rastro de su hijo en mí. Tal vez sepa lo que soy para ella.*

—Vamos —lo apremió, y él pensó que sería una tontería enfadarse con esa mujer.

Jack no pudo evitar sonreír mientras se deslizaba el morral de cuero por la espalda. Se sentó en la silla que había junto a la chimenea, donde ardía un fuego bajo, y observó a su abuela rebuscar por la mesa de la cocina, donde descansaba una especie de tarta junto a un manojo de hierbas.

No tenía nada de hambre, pero cuando su abuela le ofreció una porción, él la aceptó.

—Eres el hijo de Niall —afirmó.

Jack se quedó paralizado con la tarta a mitad de camino hacia su boca. Ahí estaba, rompiendo la promesa que le había hecho a Mirin con la primera Breccan con la que se encontraba.

Su temor debió ser evidente porque su abuela agregó:

—No te preocupes. Guardaré este secreto al igual que he guardado muchos otros a lo largo de los años. Te ha delatado tu sonrisa.

—¿Mi sonrisa?

—Sí. Debes darle las gracias a tu madre en muchos aspectos, pero tienes la sonrisa de mi hijo. La reconocería en cualquier parte.

Ese comentario estuvo a punto de hacer que se le llenaran los ojos de lágrimas. No se había dado cuenta de cuánto anhelaba una conexión, una familia, hasta ese momento. Se obligó a comerse la tarta a modo de distracción, esperando que eso llenara los vacíos que sentía. Ella preparó dos tazas de té y se sentó frente a él en la chimenea. El silencio se volvió incómodo, como si ninguno de los dos quisiera romperlo.

—¿Tienes nombre? —preguntó finalmente ella con dulzura.

—Me llamo John, pero siempre me llaman Jack.

Su abuela arrugó la frente. Estaba frunciendo el ceño y, al principio, a Jack le pareció que estaba disgustada, pero entonces habló con la voz temblando de emoción:

—John era el nombre de mi marido.

Durante todo ese tiempo, Jack había odiado el nombre que le había puesto Mirin al nacer. Se había negado a responder ante él. Ahora veía ese nombre como otro hilo que lo cosía a la familia que siempre había deseado.

—Yo soy Elspeth —dijo ella aclarándose la garganta—. Pero puedes llamarme como quieras.

¿Significaba eso que podía llamarla «abuela»?

Jack tomó un sorbo de té. Tenía poco sabor, como si hubiera hervido las hierbas varias veces, pero estaba más dulce que los brebajes de Mirin y lo saboreó.

—¿Y por qué has venido al Oeste, Jack? —preguntó Elspeth.

Él le volvió a sonreír porque las respuestas sonaban imposibles y extrañas, como si estuviera en un sueño. Pero ahí estaba, sentado frente a su abuela en la casa de su padre en el Oeste, una situación que nunca había pensado que experimentaría.

—He venido para estar con mi mujer.

—¿Estás casado con una Breccan?

Él asintió y estuvo a punto de pronunciar el nombre de Adaira antes de corregirse.

—Con lady Cora.

Elspeth abrió mucho los ojos. Tomó un sorbo de té como si quisiera tragarse lo que realmente quería decir. Ese gesto puso nervioso a Jack y empezó a darle vueltas mentalmente.

—¿Le va bien aquí? —se atrevió a preguntar—. Esperaba que el clan fuera cordial y acogedor con ella.

—Sí, sí. Lady Cora parece haber hallado su sitio entre nosotros, aunque yo fui desterrada a esta cabaña en cuanto la verdad salió a la luz. Y a veces el viento se niega a traer noticias a las profundidades del bosque.

—¿Entonces has ocupado el lugar de mi padre en el Aithwood?

—No exactamente —respondió Elspeth inclinando la cabeza a un lado mientras seguía mirando a Jack—. ¿Qué sabes, muchacho?

—¿Acerca de mi padre? Poca cosa —confesó Jack—. Esperaba encontrarlo aquí.

—Lamento decirte que no volverá a este bosque.

A Jack se le aceleró el pulso mientras esperaba a que continuara. Cuando el silencio se estiró lo suficiente entre ellos, susurró:

—¿Mi padre ha sido ejecutado?

Elspeth suspiró.

—No. Vive, pero está encarcelado en la torre del castillo, avergonzado y despojado de su nombre, y probablemente permanecerá allí hasta el fin de sus días.

Un prisionero sin esperanzas de perdón. Era un pensamiento horrible, pero, aun así, a Jack se le avivó la esperanza solo por saber que su padre seguía vivo.

—Háblame más de ti, Jack —le pidió Elspeth volviendo su atención al momento presente—. ¿Cómo era tu vida en el Este?

Él titubeó, preguntándose cuánto debería contarle. Pero entonces se dio cuenta de que tal vez no volviera a tener nunca esa oportunidad, así que le dijo:

—Soy bardo. Estuve diez años en la universidad del continente antes de volver a casa a tocar para los Tamerlaine.

Elspeth se quedó helada, con la taza de té en el aire.

—¿*Un bardo*?

Él asintió. Empezaron a sudarle las palmas de las manos. Esperaba no haberse equivocado al confesarle quién era realmente, aunque no podía negar que confiaba instintivamente en ella. Al mismo tiempo, se dio cuenta de que ella había desviado la mirada al morral que tenía a los pies antes de dirigirse a las ventanas, que cerró para mantener los zarcillos del viento a raya.

—Sé que la música está prohibida en el Oeste, pero yo…

—Eso es —respondió firmemente su abuela—. Y por una buena razón.

—¿Podrías decirme por qué?

Elspeth dejó a un lado la taza de té y entrelazó sus nudosos dedos sobre su regazo.

—La leyenda afirma que la turbulenta historia de la música en el Oeste se inició poco después de la creación de la línea del clan. Estoy segura de que conoces la historia de Joan y Fingal y de cómo su condenado matrimonio y sus muertes dividieron la isla.

Jack asintió.

—La conozco demasiado bien.

—Tal y como pensaba, teniendo en cuenta que eres bardo —dijo Elspeth—. Pero antes de que la isla fuera dividida, el Oeste era conocido por su música. No era extraño que hubiera varios bardos por todo el territorio recitando baladas al viento en cada estación. El salón estaba a rebosar noche tras noche.

»Había un bardo en particular llamado Iagan que era más dotado que los demás, cuya música era venerada y apreciada entre las familias del Oeste. Pronto aborreció el hecho de que hubiera competencia entre los suyos y pensó que lo mejor para el clan sería tener a un bardo designado. Rápidamente esa mentalidad caló y los músicos del Oeste empezaron a dejar de lado sus instrumentos hasta que solo quedó uno, Iagan, y tocó incondicionalmente para los Breccan.

»Sin embargo, poco después de eso, llegó la separación. La isla cambió, el Oeste comenzó a decaer ante la maldición. Nuestros espíritus se debilitaron con la falta de unión y pronto la música de Iagan trajo más problemas que bendiciones.

—¿Cómo fue eso? —preguntó Jake inmerso en el relato.

—No había final —contestó Elspeth—. No había límites, ningún modo de contener su música. Cuando Iagan tocaba, un inmenso poder fluía a través de él y la tierra sufría todavía más porque atraía a los espíritus para que lo sirvieran dirigiendo la magia hacia su persona en lugar de a la tierra, el mar, el aire y el fuego. Pronto, el clan se asustó y se enfadó. La música que una vez habían bailado en el salón era ahora la causante de que las cosechas se marchitaran en sus jardines, de que sus arroyos se secaran en los pastos, de que las hogueras de sus chimeneas se apagaran, de que el viento soplara fuerte e implacable contra sus cabañas. Le suplicaron a Iagan que dejara de tocar, que abandonara el arpa y encontrara otro modo de servir al clan. Pero Iagan, quien había sido devoto de la música desde niño, no podía imaginarse renunciando a algo que amaba más que a su propia vida.

»Le prohibieron la entrada al castillo, lo mandaron a vivir solo a los aledaños. Pero siguió tocando, perturbando el ya precario equilibrio de los espíritus. Para que lo entiendas, muchos habitantes del Oeste tenían la capacidad de convocar magia con su habilidad tejiendo tartanes como el acero o forjando armas encantadas; sin embargo, cuando Iagan tocaba, momentáneamente les robaba incluso esa magia para sí mismo hasta que todos los Breccan tuvieron las manos vacías y los estómagos hambrientos.

»Al final, su música le costó la vida. Un grupo de Breccan decidieron que no les quedaba más remedio que matarlo. Se reunieron alrededor de su cabaña con los dientes desnudos y las espadas desenvainadas, dispuestos a derramar su sangre sobre la tierra. Pero cuando se trata de finales… bueno, pueden adoptar muchas formas diferentes, ¿verdad?

»Algunas leyendas afirman que el grupo le cortó las manos y la lengua, abandonándolo a una muerte lenta e insonora. Otras leyendas aseguran que Iagan se rindió ante sus compañeros y juró que no volvería a tocar otra nota si lo dejaban con vida. Y otras versiones cuentan que nunca se encontró el cuerpo, que Iagan se ahogó con su arpa en el lago que había cerca de su casa.

»Cualquiera de estos finales podría ser cierto, pero lo que sí que sabemos es que aquel día hubo una gran tormenta, fría, oscura y despiadada, llena de rayos y truenos. Se especula con que la causó el grupo ese de Breccan o bien Iagan, pero la oscuridad no se ha desvanecido desde ese día. El Oeste se convirtió en una tierra gris y silenciosa.

Jack permaneció callado unos instantes, asimilando la historia. Había sospechado que tocar para los espíritus en el Oeste sería muy diferente de tocar para ellos en el Este. Se imaginó brevemente lo que debió sentir Iagan: la embriaguez de crear tal magia sin coste, de atraer todos los encantamientos de la isla a uno mismo. La adoración, las alabanzas. El poder.

Jack tuvo que romper la imagen en su cabeza antes de que lo sedujera más.

—Así que ahora debo preguntarte, Jack —empezó Elspeth mirando de nuevo hacia su morral—, si llevas algún instrumento encima y qué pretendes hacer con él.

—Sí que he traído mi arpa —respondió observando cómo ella esbozaba una mueca de disgusto—. Me han ordenado traerla. Pero seré consciente y cuidadoso.

—Deberías dejar el arpa atrás —espetó bruscamente su abuela—. Enterrarla en algún lugar bien profundo o entregársela al río y no decirle a nadie que eres bardo. De lo contrario, temo verte asesinado, Jack. Los Breccan todavía temen el poder de las canciones, y si supieran que te has atrevido a traer un instrumento contigo... —Negó con la cabeza como si no pudiera soportar imaginarse lo que podría suceder a continuación.

Sus palabras lo dejaron helado haciéndole dudar sobre la conversación que había mantenido con Ash unas noches atrás. *¿Fue todo cosa de mi imaginación? ¿Estaré perdiendo la cordura?*

Volver a pensar en ese encuentro hizo que de repente le pareciera un sueño febril. Tal vez Jack echara tanto de menos a Adaira que solo hubiera escuchado lo que *quería* oír, una excusa para atravesar la línea del clan. Tras oír la historia de Elspeth, Jack sintió que había cometido un error tonto y peligroso por haberse adentrado en el Oeste con un arpa.

El fuego de la chimenea emitió un sonoro crujido y una chispa atravesó el tenue espacio aterrizando en la bota de Jack. Elspeth no se dio cuenta, pero Jack sintió que Ash estaba hablándole de nuevo, tal vez alargando la mano para tocarle el pie a Jack y tranquilizarlo. El muchacho se relajó en la silla y tomó un sorbo de té.

—Gracias por haberme contado esta historia —le dijo—. No la había oído nunca y la tendré en cuenta.

Elspeth todavía parecía incómoda, pero asintió rindiéndose. Pareció reconocer que no habría modo de persuadirlo de renunciar al arpa. Entonces agregó:

—Veo el brillo de tu mirada, muchacho. Como si hubiera una pregunta ardiendo en tu interior.

Jack vació el té hasta que solo quedaron los posos y miró a Elspeth a los ojos, notando su respiración débil y superficial. Tenía el corazón acelerado, como si llevara horas corriendo.

—De hecho... ¿podrías decirme dónde encontrar a Cora?

CAPÍTULO 17

Torin atravesó el pasillo de barro con la postura encorvada mientras las vides le acariciaban el pelo como si fueran dedos. El pasaje se curvó, iluminado por los extraños zarzales ensartados en las paredes. *No es fuego de verdad*, pensó Torin frunciendo el ceño cada vez que pasaba por delante de una antorcha. La luz era pálida, azul en el centro. No desprendía calor, solo secretos. Temía que las llamas le hicieran olvidar quién era si las miraba durante demasiado tiempo.

Al cabo de un rato, llegó a una puerta.

Estaba bastante seguro de que era el mismo umbral por el que había entrado y vaciló. Cuando había atravesado esa puerta unos instantes antes, había quedado anonadado. Había creído que ese pasaje lo llevaría a otra parte. A una puerta diferente.

¿Por qué devolverlo al inicio?

Suspiró dándose cuenta de que ese pasaje de barro no era más que un círculo gigantesco cavado en la tierra como una madriguera. ¿Qué sentido tenía hacer tal cosa?

Decepcionado, Torin abrió la puerta y salió de nuevo al mundo.

Al principio lo sorprendió lo silenciosa y reverente que estaba la tierra. Parecía un cuadro anclado en el tiempo. Entonces se fijó en que era el crepúsculo, el momento en el que el día y la noche están igualados. Las colinas estaban cubiertas de brillos y sombras y a Torin se le aceleró el pulso.

Era principios de la noche cuando había atravesado el umbral encantado. ¿Y ahora estaba anocheciendo?

Torin miró hacia el cielo buscando el rastro del sol poniente para poder determinar en qué dirección se encontraba el sur. Pero no había puesta de sol. Todo el cielo era una mezcla de lavanda, cerúleo y dorado, como si el sol se estuviera poniendo en todos los horizontes. Se sintió mareado e intentó encontrarle el sentido. Unas pocas estrellas brillaban esparcidas alrededor de la luna.

—Hola, laird mortal.

Una voz profunda y alegre sobresaltó a Torin. Se dio la vuelta y se sorprendió al ver a un hombre cerca de él.

No, no era un hombre. Era un espíritu.

Era alto y de pecho ancho y su piel brillaba con un resplandor verdoso. Su rostro de mandíbula cuadrada estaba perfectamente esculpido y atravesado por una sonrisa con hoyuelos, y sus ojos eran oscuros como el barro de verano, envueltos por largas pestañas. Tenía las orejas puntiagudas y su cabello fluía libre y salvaje, casi parecía césped, y entre los enredos crecían florecitas amarillas y hojas con forma de corazón. Iba descalzo (también le salían flores de los dedos de las manos y de los pies) y solo llevaba un par de pantalones que parecían estar hechos de corteza y musgo.

Por fin, pensó Torin, pero no podía moverse mientras contemplaba maravillado al espíritu. Nunca había visto a ninguno manifestado. Nunca había oído a ninguno hablar tan claramente.

—¿Te sorprende que te hayamos hecho venir aquí, Torin de Tamerlaine? —comentó el espíritu.

Sí. La palabra resonó en la mente de Torin, pero no logró encontrar el camino hasta su boca. Continuó allí de pie, embobado.

—No deberías estarlo —prosiguió el espíritu y, cuando movió las manos, le cayeron pétalos de los dedos revoloteando como si fueran copos de nieve—. Vamos, estamos reunidos esperando a que te unas a nosotros. —Se dio la vuelta para liderar el camino entre los páramos y Torin finalmente pudo alzar la voz.

—Primero debo ir con mi esposa. Estará preocupada por mí. He estado fuera más tiempo del que pensaba.

El espíritu hizo una pausa y miró a Torin con una luz extraña, casi peligrosa en los ojos.

—En efecto, Sidra se está preguntando dónde estás —contestó el espíritu de las colinas y a Torin le dio un vuelco el corazón al escuchar su

nombre pronunciado con la profunda voz del espíritu. Como si la conociera—. La verás pronto, pero, de momento, debo pedirte que te des prisa y
te unas a la asamblea. Se nos está acabando el tiempo.

Torin cedió y siguió al espíritu, pero tuvo cuidado de dónde ponía el
pie. De repente, podía ver a los muchachos en las hidrocótilas, las fauces
hambrientas en los charcos de barro, los rostros dormidos de las rocas y las
pequeñas criaturas hechas de césped entretejido.

Estuvo a punto de pisar una que dejó escapar un siseo.

—Ah, ten cuidado, laird mortal —dijo el espíritu de la colina, aunque
parecía divertido—. Los ferlies pueden picar si se enfadan. Sigue mis pasos.

Torin le hizo caso imitando las largas zancadas del espíritu. Parecía
que, con cada respiración, adelantaba kilómetros.

—Nunca me había fijado en estas cosas.

—¿Cosas?

—Espíritus —se corrigió Torin con una mueca.

—No podías vernos porque tenías los ojos cerrados a nosotros. Ahora
estás caminando en nuestro reino. Vamos, sigue avanzando.

Aceleraron el paso. De nuevo, Torin tuvo la sensación de que cada
paso que daba eran varios acres y se sintió mareado. La luz tampoco cambiaba nunca. Estaba atrapado en el atardecer y pensó en Sidra. *Sidra, ya*
voy, ya voy…

El espíritu de la colina lo guio a un lugar que reconoció. La colina sagrada de Earie Stone.

Había una gran compañía reunida allí. Gráciles doncellas con hojas en
sus largos tirabuzones, muchachos jóvenes con los brazos y las piernas como
astillas. Ancianos moldeados con madera, con nudos rojizos por narices, y
ancianas tejidas con vides de hojas plateadas. En el centro de todos, estaba
lady Whin de las Flores Silvestres, la gobernante de los espíritus de la tierra
del Este, con su largo cabello oscuro, sus ojos dorados y una corona de tojo
amarillo. Su piel era del color del brezo (un púrpura suave) y, al igual que el
espíritu de la colina, tenía flores saliendo de las yemas de los dedos. Le tendió la mano y la colina se acercó a ella y entrelazó los dedos con los suyos. Él
le susurró algo al oído mientras revoloteaban flores a su alrededor.

Torin se detuvo, embelesado por Whin mientras ella lo miraba.

Empezó a sudar al notar el picor de tantos ojos sobre él. Todos los espíritus congregados lo estaban observando y él no sabía qué decir ni a dónde mirar. ¿Sería de mala educación mirarlos a los ojos? ¿Sería una locura hablar el primero?

Esperó y, finalmente, el espíritu de la colina se apartó de Whin.

—Te traigo a Torin de los Tamerlaine —dijo con su profunda y suave voz con la cadencia de las cumbres y los valles—. El laird mortal del Este.

Los espíritus no dijeron nada, pero inclinaron la cabeza hacia él en señal de respeto.

—Bienvenido, laird —saludó Whin—. Ha pasado mucho tiempo, por cuenta mortal, desde la última vez que invitamos a uno de los tuyos a nuestro reino.

Torin hizo una reverencia, inseguro.

—Es un honor estar aquí, lady Whin. —*Ahora dime por qué me has convocado. Dime qué quieres.*

Whin sonrió como si pudiera leerle el pensamiento.

—¿Te preguntas por qué te hemos invitado?

—En efecto. Aunque tengo la sospecha de que puede tener algo que ver con la plaga.

De repente el aire se enfrió y las sombras se alargaron. Los espíritus estaban visiblemente descorazonados, asustados. Torin podía sentir su preocupación palpitando débilmente bajo el suelo.

—Nuestras hermanas del huerto han sido golpeadas —anunció Whin y sus palabras empezaron a espesarse como miel sobre su lengua. Como si estuviera luchando contra una resistencia mientras hablaba—. No... no hemos obedecido... las órdenes del rey, por lo tanto, hemos sufrido su ira. Ha empezado con el huerto, pero pronto volverá a atacar.

Las preguntas se arremolinaron en la mente de Torin. Quería exigir respuestas, pero en lugar de eso, respiró profundamente.

—Lamento oír eso. La plaga también ha afectado a algunos mortales de mi clan. Estoy perdido y espero que podáis guiarme. Decidme cómo arreglar este horrible dilema.

Whin miró al espíritu de las colinas, quien estaba a su lado observando a Torin con ojos inescrutables.

—Ah, pero justo por eso te hemos invitado a venir, Torin Tamerlaine —comentó Whin—. Porque necesitamos tu ayuda.

—¿La mía? ¿Qué puedo hacer yo?

—Tú eres el único que puede resolver el enigma de la plaga —explicó—. Nosotros somos impotentes contra ella, pero tú… tú eres capaz de curarnos.

Torin los miró boquiabierto. Sintió que la sangre abandonaba su rostro y que se le formaba un nudo en el estómago.

—Discúlpame, lady, pero yo no tengo ninguna información, ningún conocimiento. No tengo ni idea de cómo ayudaros.

—Pues tendrás que prestar más atención —dijo el espíritu de la colina—. El rey dejó un acertijo y, si lo resuelves, la maldición terminará.

Por todos los espíritus, debo estar sufriendo una pesadilla, pensó Torin.

Se pasó la mano por la barba y cambió el peso de un pie al otro. No tenía tiempo ni energía para hacer eso. Pero entonces, se le ocurrió una idea y dijo:

—Dejadme volver al mundo mortal. Os traeré a un bardo que podrá resolver el enigma por vosotros.

Se oyeron susurros entre los espíritus. La mención de Jack había removido sus emociones; algunos se sentían esperanzados, otros dudosos.

El agradable rostro de Whin se endureció.

—Tu bardo no debe venir aquí.

—Pero él es muy astuto, se le dan bien los enigmas —replicó Torin, aunque sabía que a esas alturas Jack ya estaría en el Oeste.

—No, laird mortal. Estuvimos a punto de acogerlo en nuestro reino cuando cantó para atraparnos —declaró Whin, pero entonces se detuvo, incapaz de dar más explicaciones. Tembló al recordarlo.

—Tendríamos que haberlo reclamado entonces —intervino uno de los ancianos de nariz nudosa.

El espíritu de las colinas le dirigió una mirada afilada.

—Pero el bardo no habría entrado voluntariamente en nuestros dominios. Debe venir por voluntad propia. Habríamos pagado un coste muy elevado si lo hubiéramos reclamado sin su consentimiento.

—Y ahora no podemos reclamarlo. Ash —agregó Whin con el labio curvado mientras pronunciaba su nombre— lo ha visto.

—Si Ash pudiera moverse más rápido, acabaría todo —murmuró alguien.

—Ash ha sido casi extinguido. ¿Cómo podemos confiar en él?

—No debemos confiar en el fuego —agregó una de las mujeres de vid—. ¡No hay que confiar nunca en el fuego!

—No lo entiendo —comentó Torin rogándole a Whin—. ¿Por qué no invitar al bardo? ¿Por qué no traéis a alguien más capaz que yo para ayudar?

Los espíritus apenas lo miraron.

—Por favor —continuó Torin levantando las manos—. Por favor, mi gente no está bien. Me necesitan. No puedo estar más tiempo alejado de ellos. Tenéis que elegir a otra persona para que os ayude en este reino y yo haré todo lo que pueda en el mío.

Más silencio. Y miradas largas y penetrantes.

Torin se sonrojó. Se sentía extrañamente vulnerable por algún motivo que no lograba entender. Una de las doncellas de aliso dijo:

—Díselo, lady Whin. Si lo supiera, se esforzaría por ayudarlos. Háblale de su…

—Silencio —ordenó Whin y la doncella se marchitó.

Torin examinó a la muchacha de aliso y vio que sus ojos eran como gotas de rocío. Volvió a mirar a Whin y le preguntó:

—¿De qué habla?

Whin ya no podía sostenerle la mirada. Giró la cabeza a otro lado y Torin sintió una punzada de temor.

—¿Decirme *qué*?

—No nos corresponde a nosotros decírtelo. Puedes encontrar el enigma en el huerto —indicó—. Cuanto más pronto lo resuelvas, más pronto nos curaremos y más pronto podrás regresar a tu reino. Pero no antes, laird mortal.

Estupefacto, observó cómo los espíritus empezaban a marcharse. Lo estaban abandonando allí, en la colina sagrada.

Torin se dio la vuelta y se atrevió a tomar del brazo al espíritu de la colina.

—*Por favor* —suplicó—. Necesito volver a casa. Me habías dicho que podría ver a Sidra después de la asamblea.

El espíritu de la colina suspiró. De repente, pareció viejo y cansado, como si se estuviera marchitando.

—Sí. Ve a verla, laird mortal.

Torin esperó, pero no pasó nada. El espíritu de la colina se liberó de él y partió junto con Whin, soltando flores a su paso.

Muy bien, entonces. Torin encontrarían su propio portal para volver a casa.

Ahora sabía dónde estaba, y caminó a grandes zancadas por los páramos pisando matas de ferlies que siseaban y pateando piedras con el ceño fruncido. Pronto, el terreno se elevó para recibirlo y Torin corrió por su camino sinuoso, con la luz y la oscuridad todavía en suspensión en la misma cantidad. No era de día ni de noche, pero tenía la horrible sensación de que el tiempo había fluido rápidamente en el reino mortal.

Vio el minifundio que compartía con Sidra a lo lejos y le subió el ánimo. No sabía qué iba a decirle, pero una disculpa aguardaba en sus labios cuando llegó a la puerta de la verja del jardín. Su mano la atravesó.

Torin se detuvo, desconcertado.

Volvió a intentarlo, pero la mano (que parecía tan sólida como debía ser) atravesó los barrotes de hierro una vez más como si fueran etéreos.

Se movió cautelosamente hacia adelante cruzando la verja. No sintió dolor, tan solo una angustia en aumento.

—¿Sidra? —la llamó. Su voz resonó en el crepúsculo siempre presente—. ¿Sid?

Alargó el brazo hacia la puerta, pero su mano traspasó la madera. La miró fijamente y vio que su mano seguía completa y volvía a ser visible cuando la atrajo de nuevo hacia sí.

Sintió la sólida limitación de su carne y la cadencia de su corazón. Notó que el aire se hinchaba en sus pulmones. Y aun así no podía sentir la verja, la madera.

Inquieto, atravesó la puerta y se encontró en una estancia a oscuras. No ardía el fuego en la chimenea. No había velas encendidas. No había cena sobre la mesa.

—¡Sidra! ¿Maisie? —las llamó pasando a través de la mesa y las paredes. Buscó por toda la cabaña con el temor en aumento, pero su esposa y su hija no estaban ahí.

Torin volvió a la estancia principal con la respiración acelerada intentando calmarse a sí mismo. Debía tranquilizar la mente, resolver el misterio.

Empezó a fijarse en otras cosas. Las hierbas de Sidra habían desaparecido. Tampoco estaba su ropa ni la de Maisie. Sus pertenencias ya no estaban allí. Se habían trasladado. Trasladado...

Recordó una de las últimas cosas que le había dicho.

«Mi vida sería mucho más fácil si nos mudáramos al castillo».

Tragándose el nudo que tenía en la garganta, Torin volvió a cruzar la puerta principal. Recorrió el camino hacia la ciudad de Sloane. La vía estaba a rebosar, como solía estar siempre a mediodía. Vibraba de vida, y Torin llamó a uno de sus guardias, posicionado en la puerta.

—¿Andrew? Andrew, ¿has visto a Sidra?

Andrew no oyó a Torin y tampoco lo vio. Ni siquiera cuando Torin se colocó justo delante de él, casi nariz con nariz.

—¿Me oyes? ¡*Andrew!*

El guardia permaneció totalmente ajeno a él.

A Torin no le quedó más remedio que separarse de Andrew. Empezó a recorrer la calle. Esperaba hacer contacto visual con alguien. Esperaba que uno de los suyos lo llamara y lo saludara, como hacían siempre que lo veían.

Nadie lo vio.

Cuando un niño lo atravesó corriendo, Torin se detuvo y observó al muchacho siguiendo su camino, ignorando por completo que acababa de pasar *a través* de otra persona.

Torin mantuvo el pánico a raya y entró al castillo, siguiendo el rastro de conversaciones animadas hacia las escaleras del ala del laird. Oyó la voz de Sidra. Ese sonido tan apreciado le causó una oleada de dolor, como si llevara años sin oírla hablar. Las puertas estaban abiertas y Torin se detuvo en el umbral, buscándola con la mirada.

Sidra estaba en el centro de la habitación de cara a él. La luz debía estar entrando a raudales por la ventana que había justo detrás de ella, porque se la veía dorada. Iluminada.

—Estamos muy emocionados de tenerla aquí, lady Sidra —dijo una sirvienta—. ¿Debo traer otra cama pequeña para la niña?

Sidra sonrió.

—No, pero gracias, Lilith. Maisie dormirá conmigo de momento.

—¿Hasta que vuelva el laird?

—Sí.

—Muy bien, señora. Ah, aquí tiene el té de la tarde.

Torin fue vagamente consciente de que el aire se removía a su alrededor. Otra sirvienta lo atravesó. Se quedó mirando fijamente a Sidra, desesperado por que ella moviera los ojos, por que lo viera en el umbral.

Sidra.

Pero ella miró hacia abajo cuando la sirvienta dejó una bandeja en una mesa redonda junto a la ventana. Había una tetera plateada emitiendo un fragante vapor en el aire. Y un pastel de carne recién sacado del horno.

—Gracias, Rosie —le dijo Sidra a la muchacha que le había traído la bebida, pero su voz sonó cansada.

Rosie hizo una reverencia y se marchó atravesando de nuevo a Torin. Lilith se quedó para servir a Sidra. La empleada estaba hablando de algo mientras cortaba la tarta cuando Sidra se cubrió la boca de repente.

—¿Dónde está el orinal?

Lilith dejó el cuchillo con los ojos muy abiertos mientras Sidra abría las puertas de la cómoda en busca del orinal. La sirvienta corrió para ayudarla, pero Sidra ya estaba en el suelo arrojando en el recipiente.

—Tranquila, señora, no pasa nada —dijo en tono maternal sujetándole el pelo mientras Sidra seguía vomitando—. Todo va bien.

Torin se quedó anclado en el arco del dintel, helado. *¿Qué es esto?*, se preguntó, frenético. *¿Estará enferma?*

—¿Ha sido por la tarta, señora? —preguntó Lilith llevándose el orinal cuando Sidra hubo terminado.

—Eso creo —respondió ella débilmente, todavía arrodillada en el suelo—. Tampoco soporto el olor de la morcilla.

¿Desde cuándo detestas la morcilla, Sid?, se preguntó Torin, preocupado.

—Ah. De acuerdo, tendremos cuidado de evitar estas comidas por ahora. Deje que la ayude a levantarse. —Lilith ayudó a Sidra a ponerse en pie—. A mí me pasó lo mismo con mi primer retoño. No podía soportar el olor de las verduras hirviendo en la olla. Lo que fue bastante desafortunado. Tuve náuseas durante meses.

¿Retoño?

Sidra se limpió la boca, desolada.

—Pero eso no significa que no vaya a pasársele más rápido a usted, señora —se corrigió rápidamente Lilith—. El primer trimestre es complicado, pero estoy segura de que volverá pronto a la normalidad.

Sidra estaba callada, perdida en sus pensamientos.

Torin había dejado de respirar.

—¿De cuánto está? —preguntó amablemente Lilith.

—Ayer cumplí siete semanas. —Sidra se pasó los dedos por el pelo con el rostro pálido—. Y me gustaría pedirte que lo mantuvieras en secreto de momento, Lilith. No quiero que el clan lo sepa todavía.

—No diré ni una palabra, señora —la tranquilizó la sirvienta—. Pero me alegra saberlo, así podré ayudarla, por ejemplo, avisando en cocina de que dejen de prepararle pasteles de carne. —Empezó a recoger la bandeja—. ¿Hay algo que le apetezca ahora mismo? ¿Tal vez tortitas de avena?

—No —contestó Sidra con una sonrisa lastimera—. Creo que ahora me vendría bien descansar.

Lilith asintió y se marchó hacia la puerta. Pero se detuvo y volvió a mirar a Sidra con aire orgulloso—. ¿Lo sabe el laird, señora?

Sidra cerró brevemente los ojos.

—No, todavía no. Yo… tengo intención de decírselo cuando regrese de su viaje al continente.

—Muy bien, señora Sidra. Llámeme si necesita cualquier cosa.

Lilith atravesó a Torin. Las puertas se cerraron, madera y hierro alineándose con sus pulmones. Lentamente, dio un paso hacia adelante entrando por completo en el nuevo dormitorio de Sidra.

No se había dado cuenta de lo desesperado que estaba por que ella lo viera, por que lo oyera. No hasta que estuvo cerca de ella con el corazón latiéndole salvajemente y descubrió que no podía acercarse más.

Sidra se levantó respirando lenta y profundamente con una mano sobre el pecho.

A Torin lo inundó la alegría, le emborronó la visión. Estaba abrumado, quería ahogarse en ese deleite con ella. Él y Sidra habían hecho un bebé. Olvidó que era un espíritu. Olvidó que estaba hecho de sombras y aire y cerró la distancia que los separaba.

—Sidra —susurró ardientemente. Alargó el brazo para acariciarle el pelo, pero no pudo sentirlo. Sus dedos pasaron a través de ella como si fuera un sueño.

Ella no lo oyó. Se cubrió el rostro con las manos reprimiendo un sollozo.

La alegría de Torin se desvaneció cuando ella dejó caer los brazos, cuando vio sus ojos llorosos.

Su rostro no expresó nada. No hizo ninguna señal de reconocimiento. No lo vio mientras observaba la pared con aire ausente.

—Sid —la llamó él—, ¿me ves? ¿Me oyes?

Ella suspiró y caminó hacia él. Un estremecimiento le revolvió el espíritu. Notó escarcha en los huesos. Nunca había sentido tanto frío en toda su vida.

Torin se volvió y observó cómo Sidra se dirigía a la ventana, se peleaba con ella un instante y, finalmente, conseguía abrirla. Ella descansó con el soplo de aire fresco y enérgico.

Pensó en lo que había oído decirle a Lilith. Que estaba en un viaje al continente. Sidra había cubierto su ausencia con una mentira para mantener el orden y la normalidad. Pensó que había sido muy sensata, aunque odiaba que hubiera tenido que mentir por él. Y se había trasladado al castillo aparentando que todo iba bien.

—Estoy aquí contigo, Sidra —susurró Torin, desolado.

Ella levantó la cabeza. La brisa le levantó el pelo de los hombros.

Torin aguardó, esperanzado. ¿Lo habría oído? Una pequeña parte de él creía que sí. Que su alma había notado que él estaba cerca.

Sidra levantó las manos hacia las cortinas y las cerró de golpe. La luz dorada que la iluminaba se desvaneció, pero la visión de Torin permaneció igual. Pudo ver claramente cómo se acercaba a la cama y se sentaba en el borde. Las manos de su mujer vacilaron mientras las acercaba a sus botas con la frente marcada por la preocupación. Pero entonces el momento pasó, eclipsado por su agotamiento. Se sacó las botas, se acurrucó en la cama sin quitarse el vestido y las medias y se tapó con las mantas hasta los hombros.

Sidra descansó, tranquila, quieta.

Torin esperó hasta que oyó que sus respiraciones se profundizaban y supo que estaba dormida.

Se sintió desarraigado, perdido, hasta que recordó el enigma del huerto. Estaría atrapado en el reino de los espíritus hasta que resolviera lo de la plaga.

Dejó que aumentara su ira, que se incendiara.

Atravesó puertas, paredes y mortales. Cruzó las subidas y bajadas de la tierra hasta llegar al huerto.

CAPÍTULO 18

Jack se enfrentaría a una decisión que podría cambiarle la vida potencialmente cuando emergiera del Aithwood. Adaira residía en la ciudad de los Breccan, en las profundidades de las tierras del Oeste y él podría llegar hasta ella por dos caminos: por el Camino del Norte o por el del Sur.

—Ambos te llevarán alrededor de las montañas hasta Kirstron —le dijo Elspeth mientras empaquetaba provisiones para él, para su largo camino—. Y ambos presentarán diferentes peligros. Si tomas el Camino del Norte, tendrás que pasar por las tierras del thane Pierce y tendrás que atravesar el valle de Spindle, una ruta muy transitada conocida por los engaños. Deberás tener mucho cuidado vayas por el camino que vayas.

—¿El thane Pierce? —repitió Jack.

—Una familia noble a la que le gustan los problemas —murmuró su abuela con desdén—. Aunque tomes el Camino del Sur para evitar pasar por sus dominios, deberías estar preparado por si te encuentras con Rab Pierce. Él y sus hombres son conocidos por su itinerancia y últimamente han estado patrullando los caminos y autoproclamándose «guardia del Oeste». Este verano hay más delincuencia de lo habitual, y a un hijo de thane como Rab le gusta sentirse importante repartiendo «justicia».

A Jack no le cayó nada bien Rab. Al final, decidió tomar el Camino del Sur a través del valle para evitar los dominios de los Pierce. Si iba a buen ritmo, tardaría dos días en llegar a la ciudad a pie. Esos dos días estaban destinados a parecer dos años, teniendo en cuenta que Adaira estaría en el horizonte, y Jack sintió la tentación de encaminarse hacia las colinas para ver si la tierra se plegaba y acortaba la distancia para él.

—No te desvíes demasiado del camino —advirtió Elspeth leyéndole la mente—. Como ya te he dicho, el valle es conocido por los engaños. La niebla es espesa y es fácil perderse sin el sol o la luna como guía. Pero, si por algún motivo debes apartarte del camino, sigue el rastro de los ciervos. Los animales son sabios en cuanto a qué lugares ir y qué lugares evitar.

Jack asintió y aceptó las provisiones con gratitud.

—¿Y qué hay de la ciudad y el castillo? ¿Hay algo que deba saber al respecto?

—Sí —confirmó Elspeth—. Entrar a la ciudad no te supondrá ningún problema. Se extiende alrededor del castillo, así que tendrás que pasar por sus calles, llegues desde el norte o desde el sur. El castillo en sí es prácticamente impenetrable. Está rodeado por un foso y construido sobre una colina. Solo hay un modo de acceder a la fortaleza: por el puente. Está muy vigilado, así que tendrás que pensar algún motivo para cruzar. Tal vez puedas hacerte pasar por comerciante o mercader.

—Lo haré —dijo Jack—. Gracias, Elspeth.

Su abuela, con las manos en las caderas, inclinó la cabeza y lo miró fijamente.

—¿No tienes miedo, Jack? Acabo de decirte que el camino que piensas tomar va a estar plagado de obstáculos y peligros y pareces tan contento como un niño que ha salido de clase antes de lo pensado.

Estuvo a punto de echarse a reír.

—Sé que debería estar asustado. Pero estoy donde debo estar. Y me sentiría un desgraciado si renunciara a mi destino para permanecer «a salvo».

Elspeth se limitó a resoplar, pero Jack notó que estaba emocionada por sus palabras. Le puso la mano en la mejilla y le dijo:

—Pues ve, Jack.

Se despidió de su abuela en el jardín. Ella se quedó en la verja observándolo seguir río arriba. Jack se preguntó si tendría la posibilidad de volver a visitarla en algún momento o si ese sería todo el tiempo que lograría pasar con ella.

Pronto, el Aithwood empezó a espesarse a su alrededor. Una luz grisácea brilló entre el dosel arbóreo como barras de acero mientras Jack se acercaba a la linde del bosque. Ralentizó el paso cuando vio un destello dorado entre las sombras. Cuando olió una podredumbre conocida.

Jack se acercó cautelosamente a un serbal enfermo. No sabía si debía sorprenderse porque la plaga también estuviera presente en el Oeste o si debía habérselo esperado. Se tomó un momento para examinar los árboles que lo rodeaban y vio otro que parecía haberse contagiado recientemente. Jack se preguntó si los Breccan habrían hecho algo para contener la plaga o si todavía no habían descubierto que la destrucción se estaba adentrando en su territorio.

Hablaría del tema con Adaira para ver si ella tenía alguna información de la que él careciera. Pero entonces Jack pensó en Innes Breccan. ¿Quería que ella se enterara de que el Este estaba sufriendo con la plaga? ¿Debería mantener esa información oculta al Oeste?

Jack hizo una mueca, inseguro. Se encargaría de eso más tarde, tras haberse reunido con Adaira.

Siguió su camino cautelosamente a través del resto del bosque y llegó al límite, al lugar en el que los árboles terminaban y la tierra se desplegaba.

Contempló por primera vez el Oeste por completo.

Las colinas salpicadas con helechos dorados y pastos con los extremos amarillentos, todo rodeado por una cadena montañosa cuyos picos estaban coronados por nubes bajas. El río fluía por un espacio entre dos cumbres, claro y borboteando sobre grandes y suaves rocas. El aire olía a turba quemada, a musgo húmedo y a salmuera del mar lejano.

Jack giró hacia la izquierda y anduvo a paso ligero. Determinado a mantenerse centrado en el viaje y a no dejar que su mente vagara, se fijaba en cada árbol retorcido bajo el que pasaba y en cada pájaro que volaba junto a él. Escuchó al viento, los sonidos que este transportaba. Pasó a través de pequeñas zonas de brezo y subió por rocas suavizadas por el musgo.

Jack pronto llegó al primer minifundio, una granja grande con vallas de piedra, un jardín embarrado y una cabaña que parecía inclinada por el viento. Tenía un aspecto oscuro y abandonado. Intranquilo, Jack siguió adelante en busca del Camino del Sur.

Pasó por otros minifundios y finalmente encontró rastros de vida. Ovejas que balaban, niños que se llamaban los unos a los otros mientras realizaban sus tareas de la tarde. Salía humo de las chimeneas y las mujeres se ocupaban de sus jardines. La ansiedad de Jack aumentó cuando empezó a cruzarse a gente por el camino.

Mantuvo la cabeza gacha y el paso firme, luchando contra el impulso de desviarse de su ruta. La niebla era tanto una ventaja como un desafío: lo ocultaba, pero también le complicaba discernir lo que tenía delante.

Cuando llegó el crepúsculo, Jack no tenía ni idea de cuántos kilómetros había recorrido y tenía los pies llenos de ampollas. Decidió buscar un lugar en el que acampar para pasar la noche. Elspeth le había preparado una comida sencilla, pero copiosa, junto con una botella de cerveza, y Jack pensó en la historia que le había contado sobre Iagan mientras seguía un sendero de ciervos que se apartaba del camino. Al cabo de un rato, encontró un matojo de helechos sobre los que acostarse.

Soplaba el viento del este, silbando a través del valle. Hacía frío para ser una noche de verano y Jack se estremeció echando de menos su tartán mientras se comía una tarta de queso. No oyó a los jinetes hasta que tuvo al grupo encima y entonces ya era demasiado tarde para esconderse tras las rocas.

Se quedó paralizado sobre los helechos observando cómo se acercaban seis jinetes bajo la luz del crepúsculo. Eran jóvenes montados en caballos, vestidos con armaduras de cuero y tartanes de caza. Iban bien armados con espadas, arcos largos, flechas y hachas. Todos tenían el pecho salpicado de sangre.

Pasad de largo, rezó Jack. *No os fijéis en mí. Soy insignificante, no merezco vuestra atención…*

—¿Y tú quién eres? —preguntó uno de los jinetes, un hombre con el cabello rubio pajizo y con el rostro colorado, mientras rodeaba a Jack con su semental.

Jack se levantó esperando que su morral quedara escondido entre los frondosos helechos. Permaneció callado durante un momento, sufriendo su escrutinio con toda la dignidad que fue capaz de reunir. Se fijaron en todo: en la falta de tatuajes sobre su piel, en la ausencia de tartán, en sus ropas sencillas pero duraderas y en el modo en el que llevaba las botas de cuero atadas hasta las rodillas. En las trenzas de su cabello.

—Me llamo John —le dijo.

—¿John qué más? —preguntó un segundo hombre con la sospecha en sus diminutos ojos.

—No tengo apellido —respondió Jack—. Reclamo en el que me dio mi laird.

—¿A dónde viajas, John Breccan? —preguntó el caballero rubio deteniendo finalmente a su semental. Sus cinco compañeros imitaron su movimiento formando un anillo alrededor de Jack.

—Al castillo Kirstron.

—¿Qué te espera allí?

—Mi esposa.

—Ah, pues debe estar ansiosa por verte. Únete a nuestro grupo. No es muy sensato viajar por el valle solo por las noches. Podemos compartir el fuego.

La mente de Jack funcionó a toda prisa en busca de una excusa adecuada. Pero no pudo encontrar un modo de librarse de la situación, así que asintió y permitió que la partida de caza lo guiara a una pequeña cañada. Cuando se dio cuenta de que uno de los jinetes levantaba su morral de entre los helechos, el miedo de Jack se encendió quemándole los pulmones, el corazón y el estómago.

Rápidamente, establecieron un campamento. Encendieron una hoguera en un anillo de piedras y colocaron pinchos de conejo y patatas sobre las llamas. Atendieron y ataron a los caballos y tendieron petates sobre el césped. Se pasaron botellas de cerveza y Jack fingió beber esperando ganarse su confianza.

—¿No tienes tartán? —preguntó el tipo rubio.

Jack, quien claramente se había fijado en los tartanes que llevaban los seis hombres, negó con la cabeza. Sin duda, los tejidos estarían encantados, aunque Jack no podía estar seguro de ello si no tocaba uno.

—Ahora mismo, lo tiene una tejedora. —Se atrevió a escrutar sus rasgos. El efecto de la luz de la hoguera sobre sus labios y narices les confería un aspecto demacrado—. Todavía no me habéis dicho cómo os llamáis.

El rubio (quien al parecer era el líder) tomó un trago de su botella.

—Yo soy Rab Pierce y estos son mis hombres.

Maravilloso, pensó Jack irónicamente. *Elijo el Camino del Sur para evitar los dominios de Pierce y aun así me las arreglo para que Rab se tope conmigo.*

—No te había visto nunca —comentó Rab—. ¿Dónde vives?

—En un minifundio pequeño, no muy lejos de aquí.

—Ajá. —Rab no pareció muy convencido, pero no presionó a Jack pidiéndole más respuestas—. ¿Y sueles hacer muchos paseos nocturnos?

Jack asintió, pero el sudor empezó a empaparle la túnica. El hombre de los ojos pequeños y brillantes con una cadena de tatuajes alrededor del cuello le tendió un *bannock* y entonces sucedió: un instante, la mano de Jack estaba tendida en un gesto de aceptación y, al siguiente, la tenía retorcida detrás de la espalda y le habían aplastado bruscamente la cara contra el suelo. Resistió el impulso desesperado de agitarse, de pelear.

Se quedó tumbado y respiró entre los dientes mientras uno de los jinetes le quitaba la daga que llevaba atada en el cinturón, su única arma.

—Atadle las muñecas y los tobillos —ordenó Rab.

—¿Por qué me estáis atando? —Jack levantó la cabeza de la tierra—. No soy ninguna amenaza para vosotros. —Sintió que Ojos Pequeños empezaba a atarle las muñecas juntas dolorosamente fuerte, y luego los tobillos. Finalmente, le dieron la vuelta a Jack como si fuera una marioneta y vio a Rab rebuscando entre sus provisiones, repartiendo el escaso botín entre sus hombres. Entonces sacó el arpa.

Jack pudo oír la advertencia de Elspeth resonando a través de él: «Deberías dejar el arpa atrás. Enterrarla en algún lugar bien profundo o entregársela al río y no decirle a nadie que eres bardo». Vio a Rab sacando el arpa de la funda. El instrumento brilló bajo la luz del fuego, las tallas simples del marco parecían moverse y respirar.

—¿Por qué llevas un arpa? —preguntó Rab mirando a Jack a los ojos.

—Me la dieron.

—¿Y quién te la dio, John Breccan?

Jack no respondió. Apenas podía respirar y notaba el viento revolviéndole el cabello con sus dedos helados.

—¿Reconoces esto, Malcolm? —le preguntó Rab a Ojos Pequeños.

—Sí, parece una de las arpas de Iagan.

—Justo lo que pensaba. —La sonrisa de Rab se ensanchó—. La robaste del lago Ivorra.

Jack frunció el ceño.

—No he estado nunca en el lago Ivorra. Y no he robado el arpa.

Rab la volvió a meter meticulosamente en la funda, pero la dejó tras él sobre el césped.

—Sé lo que eres, John.

—Si es así —respondió Jack aumentando la cadencia y delatando su agitación—, deberías entender por qué llevo un arpa que me fue entregada.

Rab se inclinó hacia adelante.

—Eres un mentiroso y un ladrón. No me creo nada de lo que me has dicho y no te irás a ninguna parte hasta que nos cuentes la verdad. Toda la verdad.

Jack le sostuvo la mirada a Rab. El corazón le martilleaba contra las costillas y se le estaban entumeciendo las manos. No era así como se había imaginado que sería su tiempo en el Oeste. No era así como tenía que desarrollarse su viaje, y su esperanza empezó a desvanecerse.

—Soy un mensajero de la paz —afirmó, lo que provocó un coro de risas entre los hombres de Pierce.

—Claro que lo eres —respondió Rab bromeando.

—Llevo una daga de la verdad, la cual me habéis quitado, y no llevo tartán —continuó Jack—. Soy un bardo y esta arpa me la dio el laird Torin Tamerlaine, quien escribió la carta que descansa a tus pies confirmando mi historia. Léela tú mismo.

Sus valientes afirmaciones acabaron con la diversión de los hombres. El campamento se sumió en un silencio mortal. Solo se oían los crujidos del fuego y el aullido distante del viento al pasar sobre la cañada.

—No llevas más arma que una daga de la verdad —repitió finalmente Rab ignorando la provocación de la carta de Torin—. Pero eso también es mentira. Tal vez tu arpa sea más peligrosa que cualquier acero encantado.

—No supone ningún peligro a menos que la toque —replicó Jack—. Y deberíais dejarme marchar antes de que mi esposa se entere de esto.

—¿Debo suponer que tu esposa es lady Cora? —se burló Rab y sus compañeros se rieron.

—Sí —confirmó Jack. Los hombres se quedaron de piedra—. Mi esposa es lady Cora —repitió Jack calmadamente—. Se llamaba Adaira cuando estaba en el Este, cuando nos casamos. Ahora viajo para encontrarme con ella y apreciaría que me dejarais marchar sin causar más problemas...

Rab fue rápido. Le dio un fuerte golpe en la cara a Jack para silenciarlo. Jack se quedó momentáneamente mareado por el impacto. Notó el sabor de la sangre en la boca y escupió en el césped con los ojos vidriosos mirando a Rab y a su furia apenas contenida.

—No eres ningún bardo —dijo Rab—. Solo finges serlo.

—Si dudas de mí —espetó Jack—, ponme el arpa en las manos y te lo demostraré.

—Antes te corto las manos que dejar que roces el arpa. —Rab deslizó el afilado borde de su daga por debajo del cuello de la túnica de Jack. Al principio, Jack pensó que iba a rajarle la garganta, pero Jack encontró la cadena dorada que se escondía bajo la ropa de Jack. Su media moneda.

Con un rápido movimiento, el colgante se rompió con un sonido metálico.

Jack no se había quitado la moneda desde que Alastair se la había pasado por el cuello el día de su atadura de manos con Adaira. Notó un horrible dolor en el pecho. Miró a Rab mientras este se metía la media moneda de oro en el bolsillo.

—Solo eres un ladrón y un charlatán —masculló Rab con un resoplido—. Y en el Oeste no apreciamos ninguna de esas cosas.

—¿Entonces me tienes miedo? —inquirió Jack con la voz cargada de ira. Tiró de sus ataduras—. ¿Eres...?

Rab agarró a Jack por el pelo empujándolo hacia adelante y hacia abajo. Sostuvo el rostro de Jack sobre el fuego, peligrosamente cerca. El calor se estaba volviendo cada vez más insoportable.

—Dinos la verdad, ladrón —provocó Rab forzando a Jack todavía más hacia abajo—. Dinos quién eres y por qué robaste el arpa del lago Ivorra, y entonces tal vez te dejaremos y podrás fantasear con estar casado con la hija de una laird.

Jack cerró los ojos sintiendo el calor del fuego quemándole el rostro.

—Te he dicho... la verdad. Si dudas de mí, puedes usar mi daga de la verdad.

Rab le agachó aún más el rostro. Jack mantuvo los ojos cerrados esperando sentir el lametazo de las llamas en cualquier momento. Pero no llegó y, de repente, el calor y la luz se desvanecieron.

Se oyó una serie de maldiciones.

Los dedos de Rab se aferraron con más fuerza al pelo de Jack.

Temblando, Jack abrió los ojos.

El fuego se había ido, había quedado reducido a cenizas. Solo quedaba un hilo de humo danzando elusivamente.

—Lo habrá apagado el viento —dijo uno de los hombres, aunque parecía receloso.

Jack jadeó de alivio, el sudor le goteaba por la nariz. Sabía que no había sido el viento y observó las cenizas en busca de una palabra, de un rostro. Pero se le emborronó la visión cuando Jack tiró de él y lo arrojó al suelo.

—Deberíais soltarme —indicó Jack—. Deberías dejarme marchar antes de interferir con algo que desconocéis y con lo que probablemente no querréis tener nada que ver.

—Ah, te soltaré —respondió Rab inclinándose sobre él—. Pero no todavía, *ladrón*.

Jack intentó prepararse para el golpe, pero estaba indefenso. La bota de Rab le dio de lleno en la sien. Jack vio un estallido de estrellas y oyó carcajadas.

Estaba mirando el arpa, la carta sellada de Torin cuando el pie de Rab lo golpeó de nuevo.

Jack se sumió en la oscuridad.

CAPÍTULO 19

Adaira había llegado a dominar el arte de escabullirse del castillo de Sloane en el Este. Se dijo a sí misma que no debería ser diferente en el Oeste en el castillo de Kirstron, aunque la fortaleza de los Breccan estuviera diseñada para mantener a la gente *fuera* y todavía hubiera muchos pasajes por los que no tenía permiso para deambular. Pero había tres cosas que la hacían sentir optimista:

Podía abrir puertas encantadas con su sangre.

Tenía una espada que podía llevarse a cualquier parte.

Había cabalgado bastantes veces por los aledaños con Innes para haberse hecho una idea general de los terrenos.

Adaira llevaba una túnica de manga larga y un jubón de cuero. Su pelo era del mismo tono que el de Innes y la delataría rápidamente, por lo que se lo cubrió con su tartán azul. Se ató la espada al cinturón y llenó su morral de cuero con todos los suministros que le había dejado David para sus puntos: vendas limpias de lino y un tarrito de ungüento curativo. También empaquetó una botella de vino y un *bannock* que le había quedado del desayuno.

Atravesando pasillos, finalmente salió al patio.

Nadie le prestó atención.

Adaira se detuvo sobre los adoquines, deliberando. Había intentado estimar a qué distancia habría caído el espíritu. Era fuera de las murallas de la ciudad, en una parte de los aledaños, a kilómetros de distancia. Se imaginó al espíritu roto y expuesto en una ladera. A Adaira se le aceleró el corazón cuando miró de soslayo los establos ajetreados.

Tenía que llegar al espíritu antes de que lo hiciera cualquier otro. Y lo encontraría antes si cabalgaba, pero pedirle un caballo a un mozo alertaría a sus padres.

Adaira titubeó. No le habían dado permiso para aventurarse ella sola y sabía que se arriesgaba a provocar la ira de Innes al hacerlo.

Sopló una ráfaga de viento y resonó la campana de la hora.

Tendría que ir a pie. Adaira se volvió hacia el rastrillo y se aproximó cautelosamente al puente.

Le quedaba otra entrada fuertemente vigilada y, puesto que se parecía a cualquier otra mujer Breccan que salía de la fortaleza a la ciudad, Adaira pudo atravesar la puerta que había más al oeste. Esperaba oír hablar del espíritu caído, pero lo único que preocupaba a la gente en los mercados y las calles era su rutina diaria.

¿Fui la única que la vio caer?, se preguntó Adaira mientras salía por fin de la ciudad. Los aledaños se ondulaban ante ella y empezó a trazar su recorrido. Pero era mucho más difícil de lo que había anticipado. Las colinas eran un lugar hechizante y engañoso, llenas de valles, bruma y rocas. Adaira coronaba un pico creyendo que había llegado al lugar en el que había caído el espíritu y acababa descubriendo otra colina a la distancia.

Pasó por una cañada y un bosquecillo, sobresaltando a un grupo de ciervos y a un par de palomas. Cuando los árboles perdieron espesor, Adaira vio un lago, un pequeño círculo de agua oscura rodeado por las colinas. En el centro del lago había una pequeña isla en la que había una cabaña con las paredes de piedra casi en ruinas conquistadas por enredaderas y líquenes y cardos increíblemente altos.

Adaira la miró fijamente, estremeciéndose. La cabaña estaba abandonada y se preguntó quién habría vivido allí mientras seguía adelante.

Pronto vio una señal prometedora. Había un olmo solitario con unas cuantas ramas rotas, como si el árbol hubiera intentado recoger a un espíritu caído.

Adaira fue directamente hacia él. Trazó el tronco del árbol, observó la trayectoria de la ruptura. En efecto, algo había caído entre esas ramas. Había un cuervo posado entre los daños mirándola con sus ojos curiosos, pequeños y brillantes. Y entonces se fijó en algo pegajoso y húmedo en sus propios dedos.

Lentamente, retiró la mano.

Examinó la sustancia melosa que relucía en las yemas de sus dedos. Era dorada y emitía un aroma dulce como el néctar.

Se limpió la sangre del espíritu en el tartán y examinó el suelo hasta que vio un sendero minúsculo atravesando el césped. Lo recorrió cautelosamente con la mirada. El sendero lo habían trazado unos pies estrechos que se arrastraban, evidentemente por una herida. Había gemas de esa sangre de olor dulzón salpicadas sobre el césped cada pocos pasos, reflejando la luz del sol como si fuera rocío. El rastro de sangre llevó a Adaira a un valle y luego a un desalentador saliente de rocas escarpadas, cuyas numerosas facetas imitaban a una multitud de rostros con el ceño fruncido.

Observando el sendero que necesitaba seguir para llegar a la cima, Adaira respiró en sus manos para calentarlas. Había pasado mucho tiempo desde la última vez que había recorrido las colinas ella sola. Desde que se había adentrado en cuevas y había nadado en el mar. Adaira sintió un espasmo de nostalgia, pero lo desestimó antes de que le pusiera las garras encima. Empezó a escalar.

Llegó a un pequeño saliente, donde la sangre se acumulaba en gruesas gotas. El rastro parecía acabar ahí y Adaira rebuscó en las rocas que había a su alrededor ansiosa por encontrar otra pista. Pero pronto se dio cuenta de que ahí se acababa. El sendero se enfrió. Se agachó junto a las gotas de sangre dorada, confundida, hasta que sintió el viento suspirando entre su cabello.

—Por supuesto —murmuró Adaira incapaz de ocultar su decepción.

¿Por qué he supuesto que podría encontrarte? ¿Que necesitarías mi ayuda?

Se levantó e intentó convencerse a sí misma para volver a descender por las rocas. Entonces notó un ligero temblor debajo de ella. Una débil vibración, como la risa en el pecho de alguien. Y luego percibió el húmedo olor de una cueva, una bienvenida susurrante.

Adaira pivotó, atónita al ver una rendija abriéndose en la roca. Estaba segura de que no estaba ahí antes, pero sintió que la roca la estaba invitando a adentrarse en su boca, si es que era lo bastante valiente. Entró con reverencia, preocupada por si necesitaba una antorcha, pero pronto se dio cuenta de que ardía un misterioso fuego a lo largo de los muros de la cueva. El fuego lucía como marañas de zarzas y las llamas eran blancas. Era fuego, pero no era fuego. Frunciendo el ceño, Adaira se inclinó para estudiarlo...

Oyó un movimiento de pies. El suave tintineo de las campanas de viento, seguido de un siseo.

Adaira miró a su derecha. El espíritu caído estaba a dos pasos de ella, con las manos en alto, ordenándole silenciosamente a Adaira que no se acercara más.

Adaira se limitó a mirarla atentamente. El espíritu en su forma manifestada era ligeramente más alto que ella y más esbelto, con elegantes líneas y curvas. Tenía el cabello largo de un índigo intenso bajo la luz mágica. Sus orejas eran de forma cónica y tenía el rostro lleno de arañazos, al igual que los antebrazos. Las uñas de sus manos y de sus pies estaban limadas en punta y su piel era de un pálido color azul, excepto en algunos lugares: su hombro derecho, su clavícula izquierda y una gran parte de sus piernas estaban cubiertas de un dorado brillante, como si la hubieran iluminado con pintura. Llevaba una armadura plateada que sonaba como cascabeles cada vez que se movía y tenía una herida profunda en un muslo. La sangre ambarina seguía goteándole lentamente por la pierna.

Solo le quedaban las dos alas izquierdas, una más grande que la otra y ambas de un color malva manchado. Eran iridiscentes bajo la extraña luz de la cueva, ensartadas con filamentos intricados como las alas de una libélula. Ambas colgaban flácidas y andrajosas tras ella, descansando en el suelo de la cueva.

—He venido para ayudarte —afirmó Adaira—. Te vi caer de las nubes —agregó mientras empezaba a dar un paso hacia adelante.

De nuevo, el espíritu le indicó que se quedara atrás con un destello de advertencia en la mirada.

—No quiero hacerte daño —susurró Adaira, dolida por la frialdad del espíritu—. Por favor, déjame ayudarte.

La expresión del espíritu se suavizó.

Me reconoce, pensó Adaira. Siguió estudiando al espíritu y se dio cuenta de que debía haber estado presente el día que Jack había convocado a los cuatro vientos. El día que Adaira se había visto cara a cara con Bane y él se había mofado de ella.

El espíritu separó los labios para hablar, pero no salió ningún sonido. Se dibujó la devastación en su rostro lacerado. Se llevó la mano a la garganta, como si hubiera un gancho escondido, anclándole la voz.

—¿No puedes hablar? —conjeturó Adaira con tristeza.

El espíritu asintió. La pérdida de su voz parecía tan reciente como la herida que tenía en el muslo.

—¿Me permites ayudarte? —Adaira sacó sus suministros, pero esperó pacientemente y se sorprendió cuando el espíritu asintió y se acercó a ella. No había miedo en sus andares, no había vacilación. Entonces, ¿por qué primero había querido mantenerse lejos de Adaira?

El espíritu debió leerle los pensamientos. Señaló al extraño fuego y después a Adaira. Le hizo advertencias urgentes.

No mires directamente esta luz.

—Lo entiendo —dijo Adaira. Estaban entre reinos. Un lugar peligroso e inseguro, ni mortal ni espiritual.

El espíritu se relajó, se apartó de la luz encantada y Adaira se arrodilló a su lado. Abrió el morral y sacó sus suministros, deseando haber aprendido más de Sidra cuando tuvo la oportunidad.

Suavemente, le tocó la rodilla al espíritu. En cuanto sus pieles se rozaron (una cálida y otra fría) la mente de Adaira se inundó con una vertiginosa ráfaga de imágenes.

Había un salón en las nubes, con altos pilares que se fundían con cielo nocturno. Estrellas ardiendo en braseros. Aleteos de cientos de alas. Y Bane… sentado en un trono con su lanza hecha de rayos.

«*Kae… ¿por qué me has hecho esperar?*».

Adaira se estremeció ante el sonido de la voz del rey del norte. Apartó la mano y, en cuanto el contacto se rompió, las imágenes se fundieron en su mente. Se le cortó la respiración cuando miró al espíritu a los ojos, contemplando el mismo asombro en ella.

—Estaba viendo tus recuerdos, ¿verdad? —susurró Adaira—. Te llamas Kae.

El espíritu asintió. Parecía perturbada y aliviada al mismo tiempo. El rey le había arrancado las alas y le había robado la voz, pero no se le había ocurrido restringir sus recuerdos.

Kae le tendió la mano de uñas puntiagudas.

Adaira se la tomó, alineando las palmas de las manos. Cerró los ojos y se sumergió de nuevo en sus recuerdos, sintiendo hilos de emoción. Desafío, pesar, anhelo, ira, tristeza. Comprendió que eran las emociones de Kae. Cuando llegó al momento en el que le cortaban las alas y empezaba a caer, a Adaira le latía tan fuerte el corazón que tuvo que romper el contacto entre ellas.

Se tomó un momento para estabilizarse y volvió a mirar a Kae a los ojos.

—Bane estaba preguntando por Jack —empezó a decir Adaira tragándose el temor que estaba formándose en ella—. ¿Está mi...? ¿Tiene problemas?

Kae movió las manos, pero Adaira no captó el significado de sus elegantes movimientos.

—¿Puedes mostrarme la última vez que lo viste? —inquirió Adaira con la voz ronca esperando que no fuera pedir demasiado.

Kae adquirió un aire pensativo, rebuscando entre sus recuerdos. Pero le tendió la mano de nuevo y Adaira se la tomó.

Cayó en un torbellino desorientador de recuerdos. Estaban bañados en dorado y Adaira se dio cuenta de que estaba volando, flotando sobre la isla.

Vio a Jack arrodillado en el jardín de Mirin, mirando a la distancia. Su rostro estaba surcado por la desesperación (una expresión que Adaira no le había visto nunca) y se le desgarró el corazón. *Le he hecho daño, mucho más del que creía*, pensó con una llamarada de culpa. Se quedó allí arrodillado un rato, inmóvil, hasta que oyó a Mirin llamándolo y empezó a arrancar zanahorias del suelo.

Acompañó a Frae a la escuela, agarrándola de la mano y escuchándola hablar.

Se sentó en la ladera bajo la oscuridad, tocando su canción para Adaira. Las cuerdas del arpa brillaban bajo la luz de las estrellas mientras él les sacaba notas de dulzura.

Adaira deseó quedarse allí con él durante cien años más. Se empapó de su imagen con la sangre acelerada, pero la visión cambió rápidamente. La conciencia de Adaira se tambaleó como respuesta, pero se aferró a la mano de Kae, recordando que esos eran recuerdos del espíritu. Kae había dejado a Jack en la ladera para perseguir a un espíritu del Este. Un hada de cabello dorado con alas como garras que transportaba las notas de Jack en sus zarpas.

No cruces le línea del clan con esas notas, le siseó Kae.

El espíritu del Este solo se rio y aceleró el ritmo en su camino.

Kae atrapó brevemente al espíritu, mordiéndole el borde del ala derecha con los dientes. El espíritu ralentizó durante un momento, pero logró liberarse y seguir adelante. El Aithwood gimió bajo el vendaval que ambas estaban provocando (una persiguiendo y la otra esquivando) pero pronto llegaron al Oeste. Kae soltó al hada del Este con sus alas magulladas y su cruel diversión.

Frenética, Kae echó a volar hacia el norte, pero Bane ya había oído la música y había sentido los hilos de la magia antigua.

Jack se sentó entonces ante un huerto, tocando y cantando para los árboles. Adaira intentó comprender sus intenciones. ¿Estaba cantando para la tierra? ¿Para el huerto? Pero entonces las percepciones de Kae se estrecharon, dirigiendo la atención de Adaira.

Las emociones del espíritu se entrelazaron, una mezcla de miedo, preocupación e irritación. Las alas de Kae estaban batiendo el aire helado, soplando en la cara de Jack.

¡Deja de tocar! Te ha oído. ¡Está viniendo!

Jack permaneció ajeno a la presencia de Kae mientras cantaba. El espíritu se cubrió cuando estalló la tormenta. Se retiró, pero siguió vigilando desde la distancia. Vio el momento en el que el rayo de Bane estuvo a punto de golpear a Jack.

Kae se quedó el tiempo suficiente para que pasara la tormenta. El tiempo suficiente para asegurarse de que Jack era capaz de levantarse y evaluar el huerto humeante. El chico se levantó y recogió el arpa. Cuando Kae pasó junto a él, el aire de sus alas le sopló suavemente el cabello de la frente.

Una advertencia, una reprimenda, un consuelo, un apoyo.

Kae le soltó la mano a Adaira.

Adaira necesitó un momento para reorientarse, helada por los recuerdos de Kae. Parpadeó hasta que la imagen de Jack se desvaneció por completo. Solo entonces miró a Kae sagazmente, estudiando su elegante estatura, la agudeza de sus rasgos y las manchas doradas de su hombro, su clavícula y sus espinillas.

—Estabas protegiéndolo —murmuró Adaira estremeciéndose de asombro y gratitud—. ¿Por qué? ¿Por qué arriesgarte de ese modo?

Kae volvió a tenderle la mano.

Adaira la aceptó lentamente, con un latido de aprehensión en la garganta. No sabía qué más podía enseñarle Kae y se mentalizó para volver a ver a Jack. Se mentalizó para volver a ver a Bane y a sus rayos despiadados.

No apareció ninguno de ellos.

Era un tramo tranquilo de la costa del Este por la noche. La marea estaba suspendida y la espuma agitaba los espíritus del océano. Estaba presente lady Ream, la gobernante del folk del mar, sentada junto a una mujer con un arpa. Una mujer que Adaira reconoció con una punzada de dolor. Inhaló bruscamente como si le acabaran de atravesar el corazón.

Era Lorna.

Era joven. Su rostro era pálido y suave y sus ojos brillaban bajo la luz de la luna. Llevaba el largo cabello oscuro suelto, agitado por un suave viento del oeste. *Es extraño ver a tu madre con tu edad*, pensó Adaira tan animada como entristecida por la imagen.

Lorna hablaba con Ream como si fueran viejas amigas y Adaira quería saber lo que estaban diciendo. Intentó acercarse, recordando después que estaba atada al cuerpo y al recuerdo de Kae. Kae estaba lo bastante lejos como para que Lorna, Ream y los demás espíritus del mar no se fijaran en ella, pero lo bastante cerca como para dirigir los vientos y mantener alejadas a las hadas del Este, del Sur y del Norte.

Pero Kae confiaba en el viento del oeste. Adaira pudo notarlo en el pecho de Kae, como si se hubiera encendido una llama, y observó cómo soplaba suavemente sobre la arena con sus cabellos del color de la medianoche y sus alas de polillas.

Kae pareció relajarse durante un momento. Su guardia cayó mientras seguía mirando a Lorna.

Llegó un espíritu del norte. Uno de los suyos, con dientes afilados, una sonrisa despiadada, cabello rubio ondulado y alas carmesíes. Kae lo atrapó antes de que pudiera robar las palabras de Lorna. Le mordió el brazo y le cortó los bordes de las alas.

Él luchó contra ella arrastrando sus uñas afiladas por la clavícula de Kae, sacando su sangre intensa y dorada. Pero no era rival para ella y el espíritu lo sabía.

Se sometió con las alas dobladas hacia abajo y se desvaneció en dirección al norte plagado de estrellas.

Kae se quedó donde estaba, en el borde, observando, hasta que Lorna, con la nariz sangrante y estremeciéndose de dolor, se reunió con Alastair en las colinas bañadas por la luz de la luna.

«¿Por qué has tocado sin mí, Lorna?» le preguntaba él, preocupado, mientras le envolvía los hombros con su tartán. «Se supone que tengo que estar contigo siempre».

A Adaira se le anegaron los ojos de lágrimas mientras observaba a sus padres. No sabía cuánto de las emociones que estaba sintiendo era suyo y cuánto era de Kae. Parecía que sus emociones se habían entrelazado mientras el recuerdo se desvanecía.

Separaron las manos.

Adaira se secó las lágrimas con el corazón dolorido. Le llevó un momento aplastar el sollozo que quería partirle el pecho y derribarla en el suelo de la cueva. No obstante, se mantuvo erguida, determinada a procesar lo que estaba sintiendo.

No se había dado cuenta de cuánto le pesaba el duelo hasta que había visto a sus padres sanos y vivos en un recuerdo. No era consciente de lo mucho que había anhelado su compañía y lamentado su ausencia. No se había percatado de lo mucho que los echaba de menos, pero tampoco de lo *enfadada* que estaba con ellos por haberla criado como a una Tamerlaine y no haberle dicho nunca que era realmente una Breccan.

Pero esa ira solo serviría para consumirla desde el interior, reduciéndola a cenizas ardientes, porque lo cierto era que tanto Lorna como Alastair se habían ido y estaban enterrados bajo la tierra del Este. Estar furiosa por sus engaños no les hacía nada a ellos, pero la afectaba a ella y la ira la desgastaría hasta convertirla en polvo. Adaira quería evitar ese destino. No quería que algo que había sido bueno en su vida adquiriera un regusto amargo.

Pronto sintió que Kae la observaba como si intentara leer las emociones que pasaban por el rostro de Adaira. La muchacha miró al espíritu a los ojos. Kae parecía agotada y brillaba sudorosa, como si compartir sus recuerdos fuera una tarea ardua. Pero Adaira oyó las palabras que Kae quería pronunciar en ese momento.

Todas las veces que Lorna había tocado para el folk, Kae había estado allí, aunque la barda no hubiera sido consciente de su presencia. Kae la vigilaba para asegurarse de que Lorna tuviera el espacio y la seguridad suficientes para cantar. Había atacado a otros espíritus, tanto infligiendo como recibiendo heridas.

Kae también había estado presente todas las veces que Jack había tocado para el folk, haciendo todo lo que podía para protegerlo de Bane y de los otros espíritus que querían dañarlo o provocarlo.

Ojalá lo hubiera sabido, pensó Adaira posando la mirada en las alas maltrechas de Kae. Las mortíferas puntas de sus uñas. El brillo azul pálido de su piel, salpicada de dorado. Las heridas y laceraciones que habían sangrado en el suelo de la cueva.

Adaira siempre había respetado a los espíritus y había tenido fe en ellos cuando había sido necesario. A menudo los consideraba caprichosos por naturaleza, volátiles como una tormenta de verano en la isla, ni buenos ni malos, sino algo intermedio. Nunca había pensado que algo tan feroz, despiadado, frío e infinito como el viento del norte pudiera llegar a amar a algo suave, amable y mortal.

Adaira se dio cuenta en ese momento. Las manchas doradas de las piernas, los hombros y la clavícula de Kae no eran algo natural de su piel, tal y como había pensado en un primer momento.

Eran testimonios de conflictos y batallas. De heridas que había sufrido. Eran cicatrices.

Adaira bajó por la pared de roca. Cuando estuvo estable en el suelo, se volvió para observar a Kae descendiendo, observando las alas desgarradas que le quedaban.

Las heridas de Kae ya estaban empezando a suturar por sí solas, nuevos inicios de cicatrices doradas. Adaira las había limpiado con su ungüento, insegura de si esos remedios terrenales serían de ayuda para un espíritu del aire, pero su administración había parecido reconfortar a Kae.

Adaira le había quitado unas cuantas hojas del cabello índigo y le había limpiado la suciedad de los cortes.

—No puedes quedarte aquí —le había dicho Adaira mirando la cueva fría y encantada—. Pero hay un lugar cercano, una cabaña en la que podrás descansar y curarte y a la que acudiré a visitarte.

Kae se había mostrado dudosa, como si temiera caminar bajo la amplia extensión del cielo nublado, pero la siguió sin oponer resistencia. No podía quedarse en la cueva, no si Adaira quería volver a encontrarla fácilmente. Y no había modo de saber cuánto tiempo estaría Kae desterrada de su casa.

Adaira esperó hasta que los largos pies descalzos de Kae tocaron el suelo. Juntas, subieron unas colinas y bajaron otras hasta que Adaira se topó con los árboles que ocultaban el lago y la cabaña abandonada.

—Creo que no vive nadie, pero voy a comprobarlo primero —dijo Adaira—. Espérame aquí, bajo la cubierta de los árboles. Te haré una señal cuando sea seguro venir.

Kae asintió, pero tenía los ojos muy abiertos y el rostro marcado por la preocupación. Adaira se preguntó si ella sabría qué era ese sitio o quién había vivido allí anteriormente. Como espíritu del viento del norte inmortal y poderoso, Adaira se imaginó que Kae conocería casi todos los secretos que ocultaba Cadence.

Esa comprensión hizo que se le erizara la piel mientras Adaira seguía adelante ella sola, atravesando el estrecho puente de tierra hasta la pequeña isla. Tuvo que abrirse camino ente cardos y arbustos frondosos, que daban a un pequeño jardín antes de la cabaña. Arrancó capas de vides rojas de la puerta y descubrió un leve resplandor en la madera. La puerta estaba cerrada por un encantamiento.

Hizo una pausa, estudiándola. Lo que hubiera detrás del umbral sería valioso, o bien peligroso. Y probablemente, una gota de sangre de Adaira le daría acceso.

Desenvainó la espada que llevaba a su costado lo suficiente para poder ver un destello de su propio reflejo. Tocó el borde con el dedo hasta que notó que le cortaba la piel.

Adaira apoyó la mano sobre la puerta. Se desbloqueó en cuanto la madera absorbió su sangre y ella abrió la puerta cautelosamente. Dio un paso tentativo hacia adentro, barriendo el entorno con la mirada. La única estancia tenía suelos de tierra apisonada y vigas de madera en lo alto. Los muebles de un pasado lejano estaban cubiertos de polvo y llenos de telarañas. Había una chimenea, una cocina con ollas de hierro oxidadas, una cama pequeña en una esquina cubierta de mantas comidas por las polillas y una mesa repleta de libros antiguos. Había un cuenco en el borde de la mesa, rodeado por pergaminos esparcidos, como si hubieran interrumpido durante el desayuno a la última persona que había vivido allí.

Había un extraño silencio en el lugar, casi como el sonido del agua contenida bajo la superficie. O tal vez fuera el silencio del viento al otro lado de las paredes, como si esa pequeña isla en el lago estuviera congelada en el tiempo. Notaba el aire pesado y demasiado quieto.

Adaira se detuvo junto a la mesa y observó los pergaminos esparcidos. Contenían una composición musical. Durante un momento, no pudo más que contemplar las marcas de tinta con incredulidad y con el pulso acelerado.

Innes había dicho que el Oeste había encerrado su música y sus instrumentos. Adaira acababa de encontrar una parte.

Se adentró más en las sombras. A través de la luz crepuscular, vio la pared del fondo. Brillaba como si estuviera respirando.

La mano de Adaira encontró la empuñadura de su espada. Se atrevió a dar un paso más con el ceño fruncido. Y entonces la imagen de lo que había colgado en la pared la golpeó como un puño y se paró en seco, mirando a todo un conjunto de arpas con los ojos muy abiertos.

Algunas todavía tenían cuerdas y colgaban de la pared. La mayoría estaban partidas por el peso de no haber sido tocadas durante años y yacían a pedazos en el suelo. Pero había algo más en la pared, brillando con la luz.

Mientras Adaira observaba los segmentos, se le heló la sangre.

Huesos.

Había un esqueleto colgando de la pared.

CAPÍTULO 20

Sidra se sentó en una silla ante la celda de Moray Breccan. Las mazmorras estaban frías y la luz era tenue. El agua goteaba del techo y el aire transportaba todas las esencias esperables: piedra mojada, madera quemada, colchones de paja rancios y desechos humanos.

Estuvo a punto de vomitar, pero lo contuvo todo por pura voluntad.

Moray se sentó al borde de su catre observándola atentamente entre los barrotes de hierro. Al principio, había estado encadenado a la pared. Con el tiempo, Torin había ordenado que le liberaran las muñecas y los tobillos, pero seguía confinado en esa pequeña celda. Había hecho falta algo más de tiempo, pero finalmente Torin había accedido a que Moray pidiera libros de la biblioteca y a que se le diera una manta adecuada para mantenerlo en calor y un tartán, desprovisto de todo encantamiento, con el que envolverse los hombros.

Por supuesto, el tartán era rojo y verde, los colores preferidos de los Tamerlaine. Moray había necesitado varios días en las heladas entrañas del castillo para ceder finalmente y empezar a usarlo.

—¿Has sabido algo de Cora? —preguntó Moray con voz rasposa.

Sidra siguió mirándolo fijamente. Nunca olvidaría que le había dado una patada en el pecho y que la había golpeado en medio del brezo. Que había raptado a su hija provocándole a Sidra la peor angustia que había conocido nunca.

—¿Has sabido algo de mi hermana? —insistió Moray.

—Adaira está bien —respondió Sidra secamente—. ¿Por qué has solicitado hablar conmigo?

—¿Puedo escribirle una carta?

—No.

—Y, si yo dicto las palabras, ¿podrías escribirlas por mí?

—No —repitió Sidra.

La mirada de Moray pareció oscurecerse como la noche descendiendo sobre un lago. Pero Sidra le sostuvo la mirada sin estremecerse.

—¿Dónde está el laird? —preguntó finalmente con un tono prepotente—. Hace tiempo que no veo a tu marido. ¿Cómo le va?

—Le diré que has preguntado por él —contestó Sidra empezando a levantarse.

Moray entró en pánico y se puso de pie tendiendo una mano llena de mugre.

—¡Espera, señora! Me gustaría pedirte una cosa.

Sidra volvió a sentarse, pero solo porque le dolía el pie.

—Si quieres más libros, ya tienes muchos. Si es otra manta, lo consideraré. Si quieres escribirles a tus padres, mi respuesta es no.

—¿Cuánto tiempo más? —preguntó Moray volviendo a sentarse lentamente en su colchón. Se envolvió más los hombros con el tartán Tamerlaine—. ¿Cuánto tiempo más voy a estar aquí? ¿Hay algún modo de demostrar mi honor? Tal vez puedas elegir a tu guerrero más fuerte y dejarnos luchar a muerte para ver cuál de los dos prevalece.

A Sidra la sorprendió esa sugerencia y él debió verlo en su expresión.

—Dejar que la espada decida si merezco vivir o morir —explicó.

—No.

No se lo dijo, pero el consejo ya había decidido mantenerlo prisionero durante una década. Diez años completos. Para entonces, la ira que sentían los Tamerlaine por los pecados de Moray se habría debilitado y podrían devolverlo al Oeste con una larga lista de condiciones. Y lo más importante de todo: Adaira podría volver a casa por fin si así lo deseaba.

Diez años.

Adaira tendría treinta y tres.

Moray se removió. Su irritación empezaba a ser visible, pero la sorprendió más aún cuando preguntó:

—¿Tú tienes hermanos, lady Sidra?

No quería responder a preguntas personales. No quería darle a ese hombre información sobre ella o su pasado.

Permaneció en silencio, pero él sonrió.

—Me lo tomaré como un «sí» —dijo Moray—. Yo tengo una gemela, como ya sabes. Pero también tenía una hermana pequeña. Se llamaba Skye.

Sidra no dijo nada. Odió que le hubiera picado el interés.

—Skye no era como la mayoría de nosotros —continuó—. No la atraían las espadas, los combates ni los desafíos. Prefería los libros y el arte y era tan dulce con los animales que se negaba a comer su carne. Mis padres la adoraban, pese a que parecía ser una criatura extraña entre los nuestros. Y cuando se expandieron los rumores de que estaba destinada a ser mejor gobernante que yo, no pude encontrar celos en mi corazón. Era la luz en nuestra oscuridad. Una constelación que brillaba a través de las nubes.

Sidra escuchó, estremeciéndose bajo la calidez de su tartán.

—¿Y qué le pasó a Skye?

Moray miró hacia el suelo.

—Cada mes, mis padres celebran un festín en el castillo para sus thanes y sus herederos. Es una noche impredecible y peligrosa porque siempre hay un thane o dos conspirando para apoderarse del gobierno. Como yo soy el heredero, mis padres me daban dosis de veneno y me vestían con ropa encantada y tenía órdenes de llevar siempre una daga encima. Como puedes ver, estaban paranoicos. Habían perdido a Cora en el «viento» y no podían soportar perder a otro hijo. Siempre me preguntaré por qué no tomaron las mismas medidas con Skye, pero tal vez pensaron que todo el clan la adoraba.

»Dos semanas después de que Skye cumpliera los doce, se celebró un festín. Estábamos los dos presentes, como de costumbre, y ella estaba sentada a mi derecha. Recuerdo que llevaba flores en el pelo. Estaba radiante, riéndose por algo que había dicho una de las hijas de los thanes. Y entonces sucedió. Fue todo muy rápido. —Se quedó callado, perdido en sus recuerdos.

—¿Qué pasó? —espetó Sidra.

Moray volvió a dirigir la mirada hacia ella.

—Skye empezó a toser, así que bebió un trago de vino. Entonces me fijé en que no dejaba de flexionar las manos y en que parecía floja. Pronto, su respiración se volvió dificultosa y superficial, como si el corazón le latiera cada vez más lento. Alargué el brazo para tocarla. Estaba helada, como si tuviera hielo bajo la piel. Entonces lo supe. Había sentido esos efectos anteriormente en mi propio cuerpo mucho tiempo atrás, cuando había empezado a tomar las dosis seguras de aethyn. Pero solo había un modo de tener certeza. Me saqué la daga del cinturón y le corté la palma de la mano.

—¿Por qué? —preguntó Sidra—. ¿Creías que el veneno escaparía de ese modo?

—No hay contraveneno, ningún antídoto contra el aethyn —explicó Moray—. Pero convierte en gemas la sangre derramada. Observé la sangre de mi hermana goteándole por la mano. Vi cómo se transformaba en gemas frías, tan brillantes que parecía que contuvieran fuego en su interior, y supe solo por el tamaño que moriría en menos de una hora. Nunca olvidaré el miedo en sus ojos cuando me miró ni el sonido que emitió mi madre cuando vio la sangre de Skye brillando como joyas sobre la mesa.

Sidra se quedó en silencio un largo momento.

—Lo lamento.

—No quiero tus disculpas ni tu piedad —replicó Moray en voz baja—. Lo que quiero saber es cuánto tiempo voy a estar aquí encerrado. Quiero saber cuánto tiempo planeáis mantenerme apartado de la última hermana que me queda. Mi *gemela*.

Sidra se levantó ignorando el pinchazo de dolor en el pie. Le sostuvo la mirada durante un momento largo e inquietante.

Hubo un tiempo en el que una historia así la habría conmovido, incluso saliendo de la boca de un enemigo. Habría afectado tanto a su empatía que se habría sentido obligada a actuar, a ponerse al servicio. Pero desde que Torin se había marchado… desde que había sentido la enfermedad subiéndole por la piel, convirtiéndole las venas en oro… no le había quedado más opción que endurecerse. Que convertir su alma en algo fuerte e inflexible como una roca.

—Los días pueden parecer años, ¿verdad? —le dijo—. Recuerdo haber sentido eso exactamente cuando me arrebataron a mi hija. Cómo cada día me parecía una década mientras me preguntaba dónde estaba y me preocupaba por ella. Perderme horas con ella que nunca volvería a recuperar. Y para mi hija, saber que el miedo de ese momento quedará grabado para siempre en su memoria.

Le seguridad de la expresión de Moray se desvaneció. Su postura decayó y sus respiraciones sisearon entre dientes. Sidra sabía que el chico tenía mucha labia. Lo había oído contando una historia anteriormente y sabía que podía entretejer las palabras como si fueran hechizos. Tal vez en otra vida hubiera sido bardo y hubiera dado un buen uso a sus habilidades en lugar de empuñarlas para sus propios propósitos egoístas.

—Tal vez tendrías que haber pensado en las consecuencias, Moray —replicó Sidra dándose la vuelta. Su voz resonó por toda la prisión, atravesando tanto sombras como luz de antorchas—. Tu sentencia es de diez años.

Torin llegó al huerto hambriento y nada entusiasmado con tener que resolver el enigma de los espíritus. El mundo a su alrededor seguía avanzando en ese paisaje crepuscular: el sol poniéndose, la luna alzándose y las estrellas brillando como diamantes aplastados. Había solo un fragmento de cielo azul atravesado por nubes, pero Torin se fijó en que el horizonte del norte parecía oscuro y tormentoso. Podía ver rayos bailando en las nubes lejanas.

—Por fin llega —masculló una voz conocida y Torin se giró para volver a ver al espíritu de la colina a una distancia segura del huerto.

—¿Dónde está el enigma? —preguntó Torin.

El espíritu de la colina, con vides y flores enredadas en su largo cabello, sonrió por su brusquedad.

—¿Recuerdas el manzano que fue golpeado por un rayo cuando el bardo tocó para el huerto? —inquirió el espíritu.

—¿Cómo podría olvidar esa noche?

—El acertijo del rey está escrito en la madera partida. Vamos, lo leeré para ti. Pero ten cuidado en el huerto, si tocas la enfermedad, tú también caerás preso de ella.

Torin asintió y siguió cautelosamente al espíritu de la colina mientras se acercaban al huerto de Rodina.

Torin ya había hecho un escrutinio de los árboles desde su lado del reino y ahora pudo ver a los espíritus afligidos. Esa imagen lo hizo detenerse, afectado. Las doncellas del huerto estaban sentadas a los pies de sus árboles con su larga cabellera seca y retorcida como césped quemado en verano, con los rostros demacrados y salpicados de salvia ambarina. Las flores de manzano que les adornaban el pelo y les salían de los dedos estaban malditas y tenían la piel moteada por la plaga, con zonas moradas y venas doradas. Una doncella que había sentada junto a un árbol gravemente enfermo parecía ser la más afectada de todas.

Él se detuvo cerca de ella y, aunque sabía que no podía acercarse más, sintió un gran peso de tristeza en el corazón.

—Esa es Mottie —explicó el espíritu de la colina—. Es la señora de este huerto. Fue la primera en enfermar.

—¿Qué hizo? —preguntó Torin en voz baja, pero se arrepintió inmediatamente de haberlo preguntado cuando el espíritu le dirigió una mirada afilada.

—Se negó a obedecer una orden del rey, una orden que habría sumido a tu reino en la hambruna.

—Vuestro rey… —titubeó Torin.

—Aquí puedes pronunciar su nombre, pero debes hacerlo con cautela —le advirtió el espíritu de la colina.

—Bane.

—El mismo.

Torin se pasó la mano por el pelo, en guerra consigo mismo.

—No parece un rey muy digno.

—Debo reprimirme para no añadir mi propio comentario a esa afirmación, laird mortal.

—¿Cuánto tiempo lleva reinando? ¿Puede ser… derrotado? ¿Acaso no podéis gobernaros a vosotros mismos?

La boca del espíritu de la colina se plegó en una trágica sonrisa.

—Siempre debe haber un gobernante en nuestro reino. Lo mismo sucede con el vuestro. Bane lleva casi dos siglos reinando. Es mucho tiempo en términos mortales. El coste de derrotarlo sería demasiado elevado y la mayoría no están dispuestos a pagarlo.

Queriendo preguntar más, Torin tomó aliento y empezó a clasificar sus preguntas, pero el espíritu de la colina, quien parecía cansado, lo dirigió rápidamente al manzano partido, justo en el mismo sitio en el que Jack había tocado bajo la tormenta.

—Ven, laird moral. Aquí está el enigma.

Torin recordó a Mottie y le dirigió un asentimiento, para la señora del huerto apenas respondió. Lo observó con los ojos vidriosos acercándose al árbol partido, cuyo tronco yacía en pedazos sobre la hierba.

—Este árbol fue una vez Starna, pero ahora la hemos perdido. Cuando el rey atacó y la rompió como respuesta a la música del bardo, dejó estas palabras grabadas a fuego en el corazón de Starna. ¿Puedes leerlas, mortal?

Torin se plantó ante el árbol entornando los ojos. No vio más que espirales de madera roja y castaña y la vena en la que había caído el rayo. Un golpe seco y despiadado.

—No veo nada.

—Mira más de cerca.

Torin reprimió un suspiro y se agachó para estudiar las líneas del árbol. Le llevó un momento, pero finalmente vio las palabras.

—No está en mi idioma, no puedo leerlo.

—Tal y como sospechaba —dijo el espíritu de la colina—. Por eso estoy aquí contigo.

—Léemelas tú, pues —sugirió Torin. Cuando el silencio se prolongó demasiado entre ellos, agregó—: Por favor.

—El enigma dice así: «Hielo y fuego unidos como uno solo. Hermanas divididas y reunidas de nuevo. Bañado con sal y cargado con sangre, todo junto pagará la deuda».

Torin siguió de cuclillas, escuchando. Pero así terminaba y ahora estaba todavía más confundido y frustrado que antes.

—¿Qué significa esto, espíritu de la colina?

—Aunque lo supiera, no podría decírtelo.

—Léelo otra vez.

El espíritu así lo hizo, con voz calmada y firme, y Torin rumió las palabras. Pero no tenían ningún sentido para él y se levantó con un gruñido.

—Esto es imposible —espetó lanzando las manos en el aire—. ¿Cómo voy a resolver algo así?

—Si no fueras digno de este desafío, no te habríamos elegido —contestó el espíritu de la colina—. ¿Nos hemos equivocado, Torin de los Tamerlaine?

Torin miró la madera, los suaves bordes de un idioma que no podía leer. Un misterio que no tenía ni idea de cómo resolver. «Hielo y fuego, hermanas divididas, sal y sangre».

—Mi esposa lo sabría —respondió él encontrándose con la mirada determinada del espíritu—. Si me permites hablar con ella, si le permites verme… Ella podría ayudarme en esto.

—Me temo que eso no se puede hacer —señaló el espíritu, pero no parecía lamentarlo lo más mínimo—. Cuando dejes nuestro reino, no podrás volver aquí como lo hiciste una vez.

—Quiero hablar con ella —insistió Torin. Lo atormentaba el recuerdo de Sidra vomitando en un orinal, abandonada en una habitación en el castillo en el que no quería vivir. Sola, con una enorme carga y pensando que él la había abandonado con el bebé que crecía en su interior—. No progresaré en la resolución del enigma hasta que me concedas esa pequeña misericordia.

—Puedes verla cuando desees, laird mortal.

—Pero ella no puede verme *a mí*. No sabe dónde estoy.

—Sí que sabe dónde estás —repuso el espíritu de la colina y Torin se tensó—. Lo sabe, entiende el motivo y lo que debes hacer.

—Te comportas como si hubieras hablado con ella —farfulló Torin entre dientes.

El espíritu solo le sonrió.

Torin empezó a acumular ira. Flexionó los dedos al costado como un puño.

—No podemos decirte cómo resolver este acertijo —dijo el espíritu—, pero si prestas atención, podemos ayudarte y guiarte.

—Pues guiadme —suplicó Torin, exasperado.

El espíritu inclinó la cabeza como si lamentara haber elegido esa ayuda humana. Pero entonces se volvió etéreo, un instante estaba ante él y el siguiente era todo hierba, colinas y flores, toda la belleza silvestre que florecía bajo su cuidado.

Torin estaba atrapado en una red de enojo. Miró hacia el camino por el que había venido, el camino que lo guiaría de vuelta al castillo, a Sidra y a su hija. Estaba nostálgico y anhelaba estar con ellas.

No logró ver el rastro de flores silvestres que había sobre la hierba.

Frae volvió a casa de la escuela con un grupo de niños, ya que Jack no estaba para acompañarla y recogerla de la ciudad. Los niños y niñas con los que iba vivían en minifundios esparcidos por la columna del Este de Cadence. Frae era la que más lejos vivía de Sloane, así que recorría el último tramo del camino sola. Pero entonces solo le quedaban dos kilómetros y la cabaña de Mirin estaba casi a la vista. Su madre le había prometido estar esperándola en la puerta para recibirla aquella tarde.

Todos los alumnos de la escuela tenían reglas nuevas que seguir. A Frae le gustaba repetirlas mentalmente porque no quería romper alguna por accidente.

La primera regla era que tenían que volver a casa juntos sin dejar atrás a los más pequeños.

La segunda era que tenían que quedarse en los caminos para evitar que los encantamientos los engañaran.

Y si por casualidad rompían la segunda regla, por encima de todo tenían que evitar cualquier árbol que mostrara síntomas de la plaga o que estuviera acordonado por la guardia. Ya habían enfermado tres niños, sin incluir a Hamish, y a Frae le preocupaba mucho contraerla ella también. Se sentía aliviada porque no hubiera muchos árboles en las tierras de su madre, excepto el Aithwood. Y Frae raramente se adentraba en el bosque.

Entrecerró los ojos para protegerse del último sol de la tarde mientras avanzaba por el camino. Todavía la consideraban una de las pequeñas y, como tal, iba detrás de los mayores. Pero avanzaba a buen ritmo, incluso con el morral lleno de libros que llevaba colgado del hombro. Llevaba la espada de madera que usaba para entrenar en el cinturón y sostenía el cuenco que había hecho en clase de cerámica con las manos porque no quería meterlo en la bolsa por si se rompía. Estaba pensando en cómo podría hacer un cuenco más grande y mejor la próxima vez cuando algo la golpeó en el pecho.

Le dio justo encima del corazón y, a pesar de que iba envuelta con su tartán encantando, el impacto la hizo tambalearse. Le fallaron los brazos y vio cómo el cuenco caía al suelo y se rompía en mil pedazos a sus pies.

Durante un momento, Frae quedó tan sorprendida que solo pudo quedarse mirando los fragmentos. El cuenco en el que había trabajado tanto para darle forma y color, el cuenco que había esperado tan pacientemente para meter en el horno acababa de *romperse*. Tan fácilmente, como si esas horas no hubieran significado *nada*. Pero entonces le lanzaron algo más. Se inclinó mientras pasaba junto a ella, a punto de darle en la cara.

Alguien le estaba lanzando bolas de barro. La que le había dado en el pecho seguía pegada a su tartán y olía a agua de pantano apestosa.

Levantó la mirada. No estaba segura de quién se la había lanzado ni por qué. ¿Tal vez hubiera sido un accidente?

—Mi madre dice que su padre es un Breccan —dijo uno de los chicos mayores a los otros delante de ella en el camino. Miró hacia atrás para observarla con desdén y se rio al ver el barro en su tartán.

—Una hija de los Breccan —siseó otro chico.

—No debería llevar ese tartán.

—Qué asco.

Una tercera bola de barro volaba hacia ella y Frae estaba tan enfadada que se quedó paralizada, incapaz de moverse. Esperó a que le diera, a que la golpeara y la rompiera en pedazos como había sucedido con el cuenco, pero el impacto no llegó. Observó, atónita, cómo una de las chicas mayores la interceptaba levantando un libro para detener la bola a mitad de camino.

232 • REBECCA ROSS

Impactó contra la cubierta del libro. La muchacha la lanzó a un lado del camino, como si hiciera eso todos los días, y luego frotó el libro con su túnica para limpiar los residuos. Se volvió y les dirigió una mirada helada a los chicos, quienes se detuvieron y la observaron con la boca entreabierta.

La chica no dijo ni una palabra. No fue necesario, porque los chicos se dieron la vuelta y siguieron adelante.

—Lo lamento mucho, Frae —dijo la muchacha, y Frae no estaba segura de qué la sorprendía más, si el hecho de que esa estudiante mayor supiera su nombre o que hubiera recibido una bola de barro por su parte—. ¿Estás bien? —La chica se arrodilló y empezó a recoger los fragmentos de cerámica.

—Yo... —tartamudeó Frae. Se tragó las palabras temiendo echarse a llorar.

Ojalá Jack estuviera aquí, pensó limpiándose una lágrima que le estaba cayendo. *Si estuviera aquí, esto no habría sucedido.*

—Tu cuenco era muy bonito —dijo la chica admirando los grabados con los que lo había decorado Frae—. Te ha quedado mucho más bonito que el mío.

Levantó la mirada y le sonrió. Tenía dos hoyuelos, pecas por toda la nariz y el largo cabello castaño recogido en una larga y gruesa trenza.

Frae parpadeó, todavía sorprendida porque esa chica le estuviera hablando.

—Me llamo Ella, por cierto. Venga, caminemos juntas.

Antes de que Frae pudiera formular una respuesta, Ella le había quitado el barro que todavía tenía pegado en el tartán y echó a andar hacia adelante.

—No tienes por qué caminar conmigo —susurró finalmente Frae.

—Pero me gustaría hacerlo —contestó Ella—. Si no te molesta mi compañía.

Frae negó con la cabeza, pero estaba demasiado nerviosa para mirar a Ella o para pensar otra cosa que decir.

Caminaron juntas observando cómo los muchachos que había delante de ellas empezaban a apartarse del camino uno a uno a medida que llegaban a sus minifundios. Frae sabía que Ella ya habría pasado de largo por su casa, porque pronto quedaron solo las dos y se pudo ver la cabaña de Mirin.

—Mi madre está justo ahí, esperándome —dijo Frae señalando.

—Ah, pues dile que le mando saludos —comentó Ella entregándole cuidadosamente los fragmentos del cuenco de cerámica—. ¿Quieres que nos acompañemos mañana otra vez?

Frae estaba avergonzada porque Ella hubiera llevado el cuenco roto todo el tiempo. *¡Tendrías que habérselo dicho para no molestarla!* Pero había sido demasiado tímida para elevar la voz. Todavía tenía la mente ralentizada, así que simplemente asintió.

—Vale, pues nos vemos, Frae. —Ella le sonrió y empezó a regresar por el camino con su larga trenza balanceándose mientras caminaba.

Frae se volvió para tomar el camino que la llevaría a casa.

Se detuvo mirando de nuevo los fragmentos. No quería que su madre viera el cuenco roto, así que ocultó los pedazos en el césped alto. Entonces entró en pánico porque tampoco quería que su madre supiera lo que le habían dicho aquellos niños, pero tenía el tartán manchado. Rápidamente, se quitó la lana de cuadros rojos y verdes, le dio la vuelta y se la volvió a poner en la cabeza. Eso era. Mirin nunca lo sabría.

Frae suspiró y siguió andando por el camino. Se le animó el corazón cuando vio a Mirin esperándola en la verja del jardín.

—¿Frae? ¿Qué es esto?

Frae estaba leyendo junto al fuego ya casi de noche, pero se tensó al oír la voz de Mirin. Sin levantar la mirada siquiera de la página supo a qué se estaba refiriendo su madre.

Lentamente, alzó la vista.

Mirin sostenía el tartán manchado de barro que Frae había intentado ocultar metiéndolo tras su baúl de roble.

—¿Por qué tienes el tartán sucio, cariño?

—Me he resbalado al venir a casa —murmuró Frae apartando la mirada. Notaba el rostro encendido y odiaba mentir. Lo *detestaba*, pero no podía soportar decirle la verdad a Mirin.

Su padre era un Breccan.

Frae sintió vergüenza de esas palabras. No sabía qué hacer, pero le parecía muchísimo más aterrador pronunciarle esas palabras a su madre en voz alta. Porque... ¿y si era cierto?

—Tendrías que habérmelo dicho antes, Frae —la reprendió Mirin amablemente—. Así podría haberlo lavado antes de que se pusiera el sol. Mañana tendrás que ponerte el tartán viejo.

Frae asintió, aliviada, cuando su madre dejó el tartán manchado de barro a un lado.

Mientras Mirin tejía en el telar, Frae continuó leyendo. O al menos intentó hacerlo. Las palabras nadaban sobre la página y Frae notaba el corazón triste y apesadumbrado. Echaba de menos a Jack y solo llevaba fuera un día. La cabaña parecía muy diferente sin él, como si se hubiera derrumbado una pared y estuviera entrando el aire.

—¿Mamá? —preguntó Frae, esperanzada—. ¿Has sabido algo de Jack?

Mirin bajó la lanzadera.

—No, pero ¿recuerdas lo que dijo antes de marcharse? Que tardaría unos días en llegar hasta Adaira. Y luego nos escribiría.

—¿Me avisarás cuando llegue la carta? —preguntó Frae, preocupada por si se lo perdía.

Mirin le sonrió.

—Sí. La leeremos juntas. ¿Qué te parece?

—Me parece muy bien —contestó Frae devolviendo su atención al libro, pero las palabras parecían apelotonarse. No podía centrarse en ellas y suspiró—. ¿Mamá?

—¿Sí, Frae?

—¿Qué crees que estará haciendo Jack ahora mismo?

Mirin calló durante una respiración.

—Supongo que estará durmiendo bajo las estrellas del Oeste en algún valle.

—¿Durmiendo?

—Sí. Si está viajando y está oscuro, lo mejor que puede hacer es acampar y descansar.

—¿No está con Adaira?

—No, todavía no. He oído que el Oeste es muy grande. Hay muchas colinas cubiertas de helechos, glasto, flores silvestres y bruma.

Frae se espabiló.

—¿Y eso cómo lo sabes, mamá?

—Me lo dijo alguien una vez, cariño.

—¿Quién?

Mirin se quedó callada durante unos instantes y a Frae le pareció que presionaba los labios en una fina línea. Pero debió imaginárselo, porque Mirin siguió tejiendo sin interrupciones.

—Me lo dijo un amigo. Oye, Frae, ¿por qué no me lees un poco en voz alta? Me encantaría escuchar otra historia de alguno de tus libros.

Frae echó un vistazo a la página abierta. Reflexionó un instante mordiéndose una uña. Se preguntó: *Si mi padre es un Breccan, ¿significa eso que Jack también lo es?*

Por algún motivo que no pudo explicar, esa idea la reconfortó.

La tranquilizó que Jack fuera a estar seguro en el Oeste.

Frae empezó a leer en voz alta para Mirin.

CAPÍTULO 21

Jack se despertó con un intenso dolor de cabeza y con la mejilla presionada contra la piedra fría. No sabía dónde estaba y el corazón empezó a latirle con fuerza.

No te muevas todavía. No entres en pánico.

Desde donde estaba desparramado en el suelo, echó un vistazo a su alrededor.

Paredes ásperas de roca, un contante sonido de goteo, heno mohoso como cama, un cubo para desechos en un rincón y una oscuridad abrumadora, interrumpida por una única fuente de luz: una antorcha que ardía en un candelero al otro lado de una puerta de barrotes de hierro.

Estaba en una cárcel.

Intentó tragarse el miedo, pero se le quedó atascado en la garganta. Tenía la boca seca, como si llevara horas sin beber nada. Se sintió congelado en el suelo mientras seguía ahí tumbado, inmóvil.

Pero su mente ardía, corría, daba vueltas. Durante un momento no logró recordar nada, los recuerdos se le escurrían entre los dedos como agua. Como viento.

No entres en pánico, se dijo a sí mismo de nuevo. *Relájate y recuerda lo que ha pasado. ¿Qué te ha traído aquí y cómo saldrás de esta?*

Se le quedó la lengua pegada a los dientes mientras controlaba sus respiraciones, profundas entradas y salidas de aire. La tensión empezó a aflojar sus garras sobre sus pulmones y su corazón y Jack instó a su mente a recordar lo que había sucedido.

Había una colina, un área llena de helechos. Rab Pierce y sus hombres a caballo. Una hoguera, una amabilidad fingida. Jack recordó que le habían quitado el arpa y la media moneda de oro. Recordó haber pensado que Rab iba a rajarle la garganta. Que cuando había aplastado su rostro contra el fuego para quemarlo, las llamas se habían convertido en humo espontáneamente.

Jack se estremeció preguntándose cuánto tiempo llevaría tumbado en ese suelo. Sus pensamientos entonces giraron a cómo iba a liberarse.

Empezó a moverse probando sus brazos. Los notaba débiles cuando se incorporó.

—Ah, por fin se despierta Ladrón Loco —comentó una voz con una extraña cadencia. Una voz tan cercana que Jack podría alargar el brazo y tocar a su dueño.

Había alguien en la celda con él.

El miedo le perforó el pecho como si fuera una flecha mientras giraba lentamente la cabeza hacia la izquierda.

Había otro prisionero sentado contra la pared, con las piernas extendidas hacia delante y cruzadas a la altura de los tobillos. Era joven, pálido y tenía un aura vacía. Una cicatriz le surcaba la mejilla, dibujándole una mueca permanente en la cara desde la comisura de la boca. Sus ojos de párpados caídos parecían atrapar la luz de la antorcha cuando miró a Jack.

—¿Dónde estoy? —preguntó Jack con la voz ronca. Intentó volver a tragar saliva.

—Qué curioso que no sepas dónde estás. Aunque ya dijeron que no eras muy avispado.

Jack se limitó a observar a su compañero de celda.

—Estás en las mazmorras del castillo de Kirstron, Ladrón Loco —dijo el hombre con un suspiro.

—¿Por qué me llamas así?

—Es lo que hacemos aquí. Nos llamamos por nuestros delitos. Imagínate que es una piedra que te corta con su filo cada vez que lo oyes.

Jack apretó los labios. Estaba lleno de réplicas, preguntas y emociones y deseaba que todas se desvanecieran de su ser como si fueran vapor. Pero estaba atrapado en una red y entrar en pánico solo atraería a la araña hacia él antes.

—Entonces, ¿cómo debo llamarte a ti?

Su compañero de celda inclinó la cabeza hacia un lado, el flequillo de pelo rubio y sucio le cubrió uno de los ojos.

—Yo también soy Ladrón. Como la mayoría de los que estamos aquí.

—¿Tú no estás loco como yo?

—No. Deberías sentirte honrado por haberte ganado ese título. ¿Qué robaste?

Jack apartó la mirada sentándose y acomodándose en la medida de lo posible. Le dolían las costillas y se las tocó con cuidado haciendo una mueca. Lo habrían arrojado sobre el caballo de Rab y habría quedado magullado por el galope hasta Kirstron.

—No robé nada —contestó finalmente.

—Ah, eres uno de *esos* —musitó su compañero.

—¿De cuáles?

—De los que lo niegan cuando vienen. Puede que pasen unos días o semanas, depende de lo cabezota que seas. Pero pronto admitirás tu delito, aunque solo sea por ver la luna y las estrellas una última vez. Para contemplar al rostro que amas entre la multitud, aunque sea desde la distancia.

Jack focalizó su atención mientras intentaba encontrar el sentido a las palabras del hombre.

—¿Hay algún modo de que una persona inocente salga de aquí? ¿Un juicio o procedimiento?

El hombre soltó una risita.

—Ah, sí que hay un modo. Me sorprende que no lo hayas oído nunca.

—No soy de por aquí. Ilumíname, pues, Ladrón.

El hombre sonrió y la cicatriz se le hundió en la mejilla.

—Hay muchos modos de entrar en estas prisiones, Ladrón Loco, pero tan solo hay dos modos de salir. ¿El primero? Morir por el frío y la humedad. Y el segundo, enfrentarte en el sacrificio.

Si algo se le daba realmente mal a Jack, era el combate cuerpo a cuerpo con espadas. Podía arrojar piedras con una puntería impresionante con su tirachinas y se le daba bien ir a escondidas de un lugar a otro. Incluso podía disparar una flecha con un arco decentemente. Pero nunca se le habían dado bien los combates cuando estudiaba en Sloane e iba a clases con los otros niños de la isla. Esas horas de prácticas en los campos del castillo habían sido complicadas y, a menudo, humillantes para él. Lo que era bastante gracioso considerando que la gran aspiración de Jack era entrar en la Guardia del Este.

Se sentó contra la pared de su celda y reflexionó sobre todos los detalles que le había dado Ladrón sobre el sacrificio. Le parecía algo irreal, y al principio Jack se había preguntado si su compañero de celda estaba intentando burlarse de él y le estaba tomando el pelo por su falta de información. Pero Jack había tenido que recordarse a sí mismo que estaba en el Oeste y en los dominios del clan Breccan. No debería sorprenderle que murieran bajo las espadas puesto que vivían con ellas, y una muerte honorable era importante para ellos, incluso para los delincuentes.

Según el Ladrón, el sacrificio se celebraba en un estadio y la mayoría del clan acudía para ser testigo. Luchar por tu propia vida ante centenares de ojos era algo aterrador de imaginar, pero también era el único rayo de esperanza al que Jack podía aferrarse en ese momento. Si el clan asistía al evento, había muchas posibilidades de que Adaira estuviera presente. Al menos, la laird estaría allí e Innes lo reconocería.

Así que Jack debía ser elegido para el siguiente desafío. Era el único modo que veía de escapar de ese sitio. Eso si el frío y la humedad no lo mataban antes. Estaba tan desesperado por ser libre que la idea de ser asesinado en el estadio no le parecía tan horrible. *Todavía*.

—¿Y cómo puedes ser elegido para este sacrificio? —preguntó.

—Depende —contestó el Ladrón—. A veces eligen al prisionero de más antigüedad. Otras seleccionan a alguien al azar. Pero por eso te han puesto en la celda conmigo, yo he sido elegido para combatir mañana.

Jack tuvo que morderse la lengua para contener su entusiasmo. Tomó aire una, dos veces, antes de decir con calma:

—¿Estarías dispuesto a cambiarte por mí?

—¿Entonces quieres morir mañana? —replicó Ladrón.

—Puedo defenderme con la espada —mintió Jack.

—No es por ti. Es por aquel al que te enfrentarás mañana si ocupas mi puesto.

—Creía que habías dicho que los prisioneros que ganaban los combates eran perdonados y acogidos de nuevo en el clan.

—Rompejuramentos, no.

A Jack se le erizó el vello de los brazos. Se echó a temblar y apretó la mandíbula para evitar que le castañearan los dientes. Pero ese nombre le sonaba de algo y activó un recuerdo con la voz de Mirin: «Lo llamaron Rompejuramentos y lo despojaron de su título y de su nombre».

Su padre estaba ahí, en alguna parte de las mazmorras. Sentado solo en la oscuridad, respirando el mismo aire que Jack. Estaba *ahí* y había tenido que luchar una y otra vez en el sacrificio. Tendrían que haberlo perdonado muchas veces, pero algo o alguien lo seguía reteniendo, esperando a que finalmente lo asesinaran.

—Supongo que habrás oído hablar del viejo y trágico Rompejuramentos —comentó Ladrón—, puesto que no me estás acribillando a preguntas.

—¿Cuántas veces ha luchado en el sacrificio? ¿Por qué no lo han liberado?

—Más de las que puedo contar. Y porque la laird no lo desea. Tan simple como eso.

—Qué típico de ella.

—Ten cuidado, Ladrón Loco. No olvides dónde estás. No hables mal de nuestra laird.

Jack se quedó callado apretando las muelas mientras se imaginaba a su padre combatiendo, matando, encadenado, sin perdón. Una y otra vez. Jack ni siquiera sabía qué aspecto tenía (no había visto nunca a Niall Breccan) pero ¿su padre sabría que se trataba de él si se encontraran en el estadio? ¿Vería Niall rasgos de Mirin en el rostro de Jack?

Jack se pasó los dedos por el pelo, consternado. Era un gran riesgo y notaba el sabor de la sangre en la boca. Sería una estupidez que Jack se enfrentara a su propio padre. Un hombre tan fuerte y enfadado que no había podido ser derrotado en el sacrificio. Un hombre que lo había visto y lo había sostenido entre sus brazos cuando Jack era tan solo un bebé.

—¿Quieres intercambiarme el sitio? —volvió a preguntar.

—Puede ser —respondió Ladrón con un bostezo—. Pero tal vez esté demasiado cansado de estar en esta celda. Tal vez quiera probar suerte mañana en el estadio. —Se acostó sobre el heno—. Solo sé una cosa: no me despiertes mientras duermo, Ladrón Loco, o te mataré yo mismo.

El tiempo parecía derretirse en las mazmorras.

Jack no sabía si era por la mañana, a mediodía o por la noche. Se paseaba por la celda para mantener el calor. Pensó en la carta que le había enviado a Adaira. Ya tendría que haberle llegado y se preguntó si ella podría leer entre líneas, si se daría cuenta de que estaba ahí, en el Oeste, y si lo buscaría.

Nunca se le ocurriría mirar en las mazmorras. ¿O tal vez sí?

Un ruido metálico resonó por el pasillo de piedra.

Jack se detuvo mirando hacia la puerta de hierro.

—Hora de comer —explicó Ladrón. Apenas se había movido de su sitio sobre el heno, pero se inclinó hacia adelante poniéndose en cuclillas.

Jack se acercó a la puerta intentando ver todo lo que pudiera del pasillo. Un guardia empujaba un carrito desvencijado lleno de bandejas de comida y se detenía delante de cada celda para pasarlas por debajo de la puerta. Cuando el hombre llegó a la celda de Jack, se detuvo.

—Apártate —ladró impacientemente.

Jack se sobresaltó por su agresividad, pero se alejó de la puerta.

—¿Podría hablar con lady Cora?

—Ya nos ha dicho Pierce que lo pedirías. No. No puedes hablar con ella. —Deslizó bruscamente la bandeja con la cena por debajo de la puerta.

Parecía una rebanada de pan con la corteza quemada, un cuenco de sopa aguada, una manzana harinosa y un trozo de queso. Ladrón saltó sobre la bandeja y se la llevó a su rincón. Empezó a meterse el pan en la boca, pero observó a Jack, divertido.

—*Por favor* —le suplicó Jack al guardia incapaz de controlar su desesperación—. Cora querrá verme. Lo prometo.

El guardia lo ignoró y pasó a la celda siguiente.

Jack se apoyó contra la pared, exhausto. Lentamente, se deslizó hasta el suelo y miró hacia adelante con aire ausente. Estaba tan lejos en ese momento que casi se olvidó de Ladrón, incluso mientras su compañero sorbía el cuenco de sopa entero.

—¿Qué es lady Cora para ti? —preguntó finalmente Ladrón.

Jack quería ignorarlo. Pero necesitaba mantenerse en buenos términos con Ladrón si quería tener alguna posibilidad de intercambiarse por él.

—Es mi esposa.

Se hizo un silencio sepulcral.

Cuando Jack miró de reojo a Ladrón, vio que su compañero tenía la boca abierta. Entonces llegó la carcajada, tal y como Jack sabía que sucedería. La sufrió sin mediar palabra, estoico y cabizbajo, hasta que Ladrón se limpió las lágrimas de los ojos.

—Casado con Cora. Esa todavía no la había oído. —Se rio mientras le lanzaba a Jack la manzana harinosa. La única parte de la cena que iba a compartir con él.

Jack suspiró. Le dio un mordisco a la manzana y notó que el jugo le bajaba por la barbilla.

Ladrón comentó:

—Ahora entiendo por qué te llaman Loco.

Jack estaba durmiendo profundamente cuando los guardias entraron finalmente a por Ladrón.

Abrieron la puerta con un golpe y Jack se despertó de repente.

—¡Arriba, Ladrón! —exclamó uno de los guardias—. Es la hora de demostrar tu honor en el estadio.

Jack observó mientras Ladrón se levantaba lentamente sacudiéndose los restos de heno de la túnica. Dio un paso hacia adelante, pero luego se detuvo y miró a Jack.

—A Ladrón Loco le gustaría ocupar mi lugar en el combate de esta noche —informó—. Lo he aceptado.

A Jack se le aceleró el corazón. Empezó a latirle con tanta fuerza y rapidez que vio estrellas bailando al borde de su campo de visión. Se puso de pie.

—¿Es eso cierto? —preguntó bruscamente el guardia—. ¿Quieres luchar esta noche?

—Sí —susurró Jack. Odiaba lo pequeño y débil que sonaba.

—Este es el ladrón que trajo Pierce —dijo uno de los guardias al resto del grupo—. Quiere estar presente cuando este muera.

—Bueno, pues ve y pregúntale si esta noche le va bien. Ya está aquí, en el estadio.

Un guardia se marchó corriendo con una antorcha mientras los otros salían de la celda y la cerraban con llave mientras esperaban la respuesta de Rab. Por supuesto, llegó, tal y como Jack sabía que sucedería. Sabía que Rab Pierce estaba ansioso por ver su sangre derramada.

Cuando Jack dio un paso hacia adelante permitiendo a los guardias atarle las manos detrás de la espalda, miró por última vez a Ladrón, quien estaba sentado en el suelo y apoyado contra la pared, en el mismo sitio en el que Jack lo había visto por primera vez.

—Buena suerte, Ladrón Loco —dijo inclinando la cabeza mientras se llevaban a Jack—. Me temo que vas a necesitarla toda para enfrentarte a Rompejuramentos.

CAPÍTULO 22

Querida Adaira,

Te sorprenderá esta carta. Te sorprenderá que te esté escribiendo tan poco tiempo después de mi anterior carta, sobre todo teniendo en cuenta el historial de respuestas que te he escrito anteriormente. Sé que dejé pasar una cantidad vergonzosa de días entre mis contestaciones y solo puedo culpar a mi terquedad y a mi orgullo.

Sin embargo, espero poder pagarte mi penitencia del modo que desees.

Puedes esperar que te escriba otra carta ~~hoy~~ mañana, en realidad. Tal vez tarde unos días en llegar hasta ti… cuando la tengas en tus manos… espero que te gires hacia el Este y me visualices atravesando las colinas y pensando en ti.

Y si hay otro espacio de tiempo entre mis cartas… puedes estar tranquila de que es por una buena razón.

—Tu Antigua Amenaza

Adaira leyó la carta de Jack dos veces tratando de encajar las piezas. Al principio sonrió por su extraño humor, pero luego sus pensamientos se vieron superados por una persistente sospecha.

Él sabía que leían su correspondencia, así que ¿qué estaría intentando transmitirle? Tenía que haber otro significado oculto bajo esa extraña elección de frases, los manchurrones de tinta deliberados y las palabras entrelazadas. Jack era el tipo de persona que escribiría la misma carta cuatro veces antes de enviarla para asegurarse de que el tono y la apariencia fueran perfectos.

Se llevó la carta a su escritorio apartando su cena a medio comer y las notas que había tomado en la biblioteca mientras se sentaba. Se inclinó sobre el pergamino arrugado y lo estudió a la luz de las velas prestando atención a las palabras que él había escrito y probándolas con la lengua.

Lo que más la intrigaba era el «~~hoy~~ mañana». Cuando él escribió eso, iba a suceder algo al día siguiente, que probablemente fuera el día anterior para ella o tal vez incluso dos días antes. Adaira no estaba segura de cuánto tiempo retenía David las cartas antes de entregárselas. Había pensado varias veces que su padre podía ocultarlas un tiempo antes de dárselas.

Esa noción la puso nerviosa porque lo que fuera que Jack quisiera transmitirle en esa carta parecía bastante urgente.

«Tal vez tarde unos días en llegar hasta ti». Se suponía que estaba hablando de otra carta, pero ¿y si se refería a otra cosa que fuera a llegar hasta ella?

Un golpe en la puerta de su dormitorio la sobresaltó y la sacó de sus pensamientos. Adaira se había aprendido las diferentes maneras de llamar. Sabía que esa era Innes y se estremeció mientras se levantaba para responder. Había estado evitando a su madre desde el sacrificio y desde que se había fugado y vuelto al castillo. Pero sabiendo que no podía posponerlo más, abrió la puerta.

Innes permaneció en silencio unos instantes, mirándola con una expresión fría y carente de emociones. Llevaba el cabello rubio platino trenzado y una túnica azul bordada con un grueso hilo dorado. Se había quitado los brazaletes y había dejado a plena vista los tatuajes de sus brazos. Los patrones entrelazados que danzaban alrededor de historias y cicatrices.

—¿Te gustaría pasar? —preguntó Adaira amablemente.

—No, tengo que ir a otro sitio esta noche —contestó Innes—. Pero no te he visto mucho últimamente y quería asegurarme de que estuvieras bien y de que no necesitaras nada.

—Ah. —Adaira no pudo ocultar la sorpresa en su voz—. Estoy bastante bien y no necesito nada por ahora, pero gracias por preguntar.

Innes asintió, pero vaciló. Quería decir algo más y Adaira se mentalizó para ello.

—La próxima vez que salgas de Kirstron, por favor, dime dónde vas a ir —dijo finalmente Innes.

Adaira se mordió el interior de la mejilla. Qué tonta había sido por pensar que, por el simple hecho de haber salido y vuelto a entrar en el castillo sin ningún problema, Innes no se habría enterado. Su madre parecía tener ojos en todas partes.

—Y llévate un caballo de los establos —agregó bruscamente—. Le he dicho a la jefa del establo que elija uno para ti. La próxima vez, pídele el caballo a ella en lugar de marcharte a pie.

—Así lo haré —aceptó Adaira—. Gracias, Innes.

—Cuando te presenté como mi hija ante los thanes la otra noche, estaba haciendo una declaración. Si alguien intenta hacerte daño, me estará haciendo daño a mí y tengo la libertad de tomar las medidas que quiera a cambio. —Innes hizo una pausa, pero su semblante se había suavizado, como si la máscara que llevaba se hubiera roto—. No obstante, justamente *porque* te reconocí públicamente, puede que alguien del clan te vea como un objetivo. Una amenaza. Un modo de atacarme. Así que te voy a pedir tres cosas: que me avises cuando te marches del castillo, que lleves la espada y que te lleves a un caballo. ¿Entendido?

—Sí —contestó Adaira.

—Bien. Aquí tienes la próxima dosis. Te veo mañana.

Asombrada, Adaira aceptó el frasco de aethyn y observó a su madre marcharse por el pasillo. Se metió el veneno en el bolsillo y cerró la puerta, maravillada por la nueva libertad que le acababa de otorgar. Fue hacia su dormitorio, pero se detuvo ante el fuego, pensando en Kae y en la cabaña del bardo en el lago. Adaira tenía que volver a visitarla al día siguiente y sería mucho más fácil con un caballo.

Se estremeció, sorprendida por lo fría que parecía la habitación. El fuego seguía crepitando en la chimenea, pero no emanaba ningún calor. El aire transportaba un rastro de invierno y Adaira tomó su tartán y se envolvió con la lana encantada para mantener el calor en los hombros mientras volvía a su escritorio.

Leyó otra vez las palabras llenas de manchurrones de Jack. Unos minutos después, comprendió una idea aterradora que la dejó sin aliento.

Jack no iba a enviarle una segunda carta.

Iba a ir *él* al Oeste.

Los guardias lo escoltaron a una lúgubre sala de espera. Una armadura maltrecha colgaba de un estante de hierro y una espada relucía en la pared. Jack solo tuvo un instante para asimilarlo antes de ver a Rab Pierce de pie en el centro de la estancia. Estaba colorado y sonriente, y llevaba el cabello rubio cepillado, engrasado y adornado con gemas azules.

—Vamos a prepararte para el combate —dijo Rab con un tono agradable acercándose al estante—. Aunque eres bastante delgado. Tal vez habrá que ponerte una armadura de niño.

Jack recibió el insulto en silencio mientras seguía con la mirada todos los movimientos de Rab. Todavía tenía las manos atadas detrás de la espalda y cuatro guardias a su lado, pero en ese momento estaban solo Jack y Rab en la antecámara. Un bardo y el hijo mimado de una thane respirando el mismo aire. Compartiendo el mismo espacio.

—Ah, aquí esta —anunció Rab sosteniendo una coraza manchada de sangre con una profunda gubia dividiendo en dos la parte delantera—. Creo que esta te quedará bien.

—¿Por qué me tienes tanto miedo? —preguntó Jack.

Rab hizo una pausa, incapaz de ocultar su asombro ante el comentario de Jack. Pero entonces resopló y miró a Jack con ojos lánguidos.

—No te tengo miedo, Ladrón Loco. De hecho, eres lo último que creo que me aterraría.

—¿Entonces por qué has mentido? —replicó Jack con la voz calmada, aunque su pulso lo traicionaba acelerándose a medida que pasaban los minutos. A medida que el momento de salir al estadio se volvía inminente—. ¿Por qué me trataste con tanto desprecio? ¿Por qué me has encarcelado y atado injustamente? ¿Por qué has dejado que todo el mundo creyera que estoy loco cuando en realidad soy todo lo que afirmo ser?

Rab empezó a cerrar la distancia entre ellos. Miró por encima de Jack y asintió a los guardias, quienes le liberaron las manos.

—Levanta los brazos —ordenó Rab.

Jack podía oír la condescendencia en su voz, un tonito que quería arrancarle. Pero no le quedó más remedio que hacer lo que Rab le decía y permitir que le pasara la coraza por la cabeza. La armadura se asentó en los hombros de Jack comprimiéndole el pecho en un abrazo desconocido. Mientras Rab le ataba las hebillas de cuero a los lados, Jack lo miró fijamente. La barba incipiente y rubia que le crecía pobremente en la barbilla. El tatuaje que le rodeaba el cuello como si fuera un rígido collar antiguo. Los vasos sanguíneos rotos que le enmarcaban la nariz.

—Creo que el último delincuente que llevó esta armadura murió con ella puesta —comentó Rab con un suspiro dando un paso atrás para mirar bien a Jack. Los guardias volvieron a atarle diligentemente las manos detrás de la espalda—. Espero que tengas mejor suerte, John Breccan.

—Y yo debo darte las gracias, Rab Pierce —replicó Jack—. Crees que has hecho algo grande, algo astuto. Estás bastante orgulloso de ti mismo en ese momento, pero debes saber algo: esta noche no es mi momento para morir. Hay fuerzas en juego que no puedes ni imaginar con tu diminuta mente y una de ellas podría afirmar que he estado destinado desde siempre a este momento. Tú tan solo has sido un peón de los espíritus para traerme aquí.

Rab se rascó la mandíbula mientras lo escuchaba. Entornó los ojos, pero logró esbozar una sonrisa de dientes afilados y dijo:

—¿Algo más, Ladrón Loco?

Jack le devolvió la sonrisa mordaz.

—Sí. Cuando me acueste junto a mi esposa esta noche, cuando se entere de todo lo que has hecho para reunirnos, estoy seguro de que querrá darte las gracias personalmente.

—Ah, sí —masculló Rab acercándose a él tanto que Jack pudo oler el ajo en su aliento—. *Cora.*

A Jack se le formó un nudo en el estómago al oír el modo en el que Rab pronunciaba su nombre del Oeste. La manera en la que lo escupió hizo que Jack deseara llenarle la boca de tierra. Cortarle la lengua como la de las serpientes. Partir cada diente de sus encías y ver cómo se tragaba los fragmentos.

—Tal vez los espíritus sean misericordiosos y te permitan sangrar sin dolor esta noche —murmuró Rab—. Tal vez encuentres el descanso eterno sabiendo que yo mantendré la calidez de su cama. Que estaré arrancándole mi nombre de los labios en la oscuridad. Porque ella nunca sabrá que has estado aquí.

Jack gruñó perdiendo finalmente el control. Arremetió contra Rab con los dientes desnudos, pero un guardia lo amordazó bruscamente con una tira de tartán. La lana sabía a humo y sal.

—Ponle el yelmo de luna —espetó Rab secamente—. Compruébalo dos veces para asegurarte de que esté cerrado. Su rostro debe permanecer oculto esta noche, ¿entendido?

Jack se resistió contra la mordaza con la ira ardiendo a través de él como fuego. No asimiló las palabras de Rab hasta que le colocaron un yelmo dentado sobre la cabeza. Jack sintió la correa de la barbilla de metal apretándole con fuerza la mandíbula y un clic inconfundible de bloqueo. Estaba atrapado, perdido dentro del pesado yelmo que solo le dejaba dos rendijas para ver el mundo. Su respiración se aceleró cuando mordió la mordaza, pero estaba atada con fuerza.

Entre los agujeros de los ojos, vio a Rab cruzando los brazos y sonriendo con superioridad.

—Cobarde —empezó a decir Jack, pero la lana amortiguó sus palabras. Alzó la vos y volvió a gritar tan claro como pudo—: *¡Cobarde!*

Rab lo oyó y se estremeció, pero a Jack se le había acabado su tiempo en las mazmorras.

Los guardias lo empujaron hacia adelante a través de una puerta que daba al hueco de una escalera. Subieron atravesando sombras frías mientras sus pisadas resonaban contra las paredes. Jack tenía demasiado tiempo para pensar, para permitir que el temor se apoderara de él y lo controlara. Para anticiparse a lo peor, por muy seguro que hubiera sonado ante Rab. Subiendo las escaleras, acercándose a su destino, pudo sentir cómo el aire cambiaba abandonando la humedad del subsuelo.

¡Céntrate!, le gritó su mente frenéticamente. *Te has quedado casi sin tiempo. Piensa un nuevo plan.*

Con la mordaza y el yelmo en la cabeza, el plan inicial de Jack de revelar quién era en el estadio se había esfumado. Pero en lugar de concentrarse en pensar una nueva solución, Jack pensó inevitablemente en Rab en la cama de Adaira y volvió a arderle la sangre. Rab había hecho ese comentario solo para herir a Jack, pero el hijo de la thane había olvidado la ferocidad con la que luchan las criaturas heridas.

Jack canalizó esa furia mientras llegaba al final de las escaleras. Lo mantuvo erguido mientras los guardias lo escoltaban por un largo pasillo y a través de una gruesa puerta de madera. Pero ni siquiera su ira podía hacerle ignorar el terror de un estadio hecho para derramar sangre.

Se tambaleó sobre la arena y entornó los ojos ante el resplandor de las antorchas.

Podía oírse a sí mismo respirar, sonidos alargados e irregulares que llenaban su yelmo calentando el metal que entraba en contacto con su rostro. Su corazón vacilaba derritiéndose como si fuera de cera bajo sus costillas. Levantó la mirada hacia la multitud y buscó a Adaira. Había muchos tartanes azules, era todo un enorme borrón. Pero entonces Jack vio el palco y detuvo la mirada. Los latidos martillearon en sus oídos mientras forzaba la vista para ver… sí, era una mujer con el cabello rubio como la luna y rasgos afilados sentada en el palco con una clara vista del estadio.

Estuvo a punto de echar a correr, pero entonces se dio cuenta de que era Innes.

La laird estaba sola, observando el estadio con un semblante inexpresivo. Observándolo a él caminando sobre la arena.

La última esperanza de Jack se desvaneció cuando los guardias lo hicieron detenerse.

No tenía ningún plan. Ningún modo de escapar de esa situación. Se quedó totalmente entumecido mientras le soltaban las muñecas. Se sentía como si hubiera estado enterrado bajo la nieve y el frío lo estuviera reclamando finalmente. Devorándolo vivo, hueso a hueso.

Alguien le puso una espada en las manos. Estuvo a punto de dejarla caer, tuvo que obligarse a cerrar los dedos alrededor de la empuñadura rayada. Habló un hombre con la voz atronadora y la multitud vitoreó y lo abucheó.

Jack estaba intentando comprender ese sonido cuando vio una sombra moviéndose en la arena y sintió una presencia detrás de él. Giró la cabeza y vio a su padre, a tres pasos de distancia.

Niall Breccan era alto, tal y como Jack se imaginaba que sería. Era delgado, como el propio Jack. Tenía la piel pálida, tatuada y mugrienta por haber pasado semanas en las mazmorras. Llevaba una túnica raída, suaves botas de cuero y una coraza también de cuero salpicada de sangre seca. Un yelmo completo le cubría el rostro y el cabello y sujetaba una espada con la mano derecha.

Jack siguió estudiando a ese desconocido que era su padre.

Niall estaba de pie totalmente quieto, esperando pacientemente a que empezara el combate. No notó la mirada de Jack o, si lo hizo, la ignoró. Ni siquiera parecía estar respirando, como si ya estuviera muerto.

La multitud volvió a rugir. Jack pudo sentir el ruido resonando a través de su cuerpo y parpadeó cuando el sudor empezó a hacer que le escocieran los ojos.

De repente, Niall se volvió hacia él. Levantó la espada y dio un paso preparándose para atacar a Jack. El combate había empezado y Jack respondió retrocediendo, intentando mantener una distancia segura entre ellos.

—¡Soy tu hijo! —le gritó a Niall, pero entre la mordaza y el rugido de los espectadores, su voz se vio sobrepasada. Lo intentó de nuevo, chillando—: ¡*Soy tu hijo!*

Dejó caer la espada y se tocó el pecho. Señaló a Niall antes de llevarse el puño al corazón.

Niall negó con la cabeza y dio otro paso hacia él.

—Recoge tu espada y *lucha*. No me obligues a perseguirte por el estadio como a un cobarde.

Las palabras lo atravesaron como púas, pero no se movió para recuperar la espada. Se plantó de cara a su padre esperando que sucediera lo imposible.

—Recoge tu espada —repitió Niall en voz baja con un gruñido bajo su yelmo.

Jack levantó las manos. No iba a luchar. Si lo hacía, Niall lo mataría todavía más rápido.

Su padre atacó con agresividad. La punta de acero reflejó la luz del fuego, las estrellas que ardían en lo alto, mientras rozaba la parte delantera de la coraza de Jack. Se tambaleó hacia atrás provocando risas y diversión entre la multitud.

Niall lo presionó atacando de nuevo. Jack esquivó su espada. No le quedó más remedio que correr al otro lado del estadio.

—¡Mirin! —gritó mientras Niall empezaba a perseguirlo. Empuñó el nombre de su madre como un escudo, dejó que lo atravesara—. ¡Mirin!

Niall no lo estaba escuchando. Intentó golpear de nuevo a Jack y él tuvo que esquivar y correr otra vez, pero sus pensamientos y sus respiraciones se acompasaron.

Mirin.

Frae.

Mirin.

Frae.

Mirin.

Frae.

Si así era como Jack iba a morir, esperaba que su madre y su hermana nunca se enteraran.

Podía oír a Niall persiguiéndolo y Jack siguió corriendo. Correría alrededor del estadio hasta que ya no pudiera más. Se negaba a recoger la espada que había abandonado donde todavía yacía, brillando sobre la arena.

Dieron cinco vueltas más, la multitud ahora abucheaba con más entusiasmo, hasta que Niall agarró a Jack por la manga. Tiró con tanta fuerza que el muchacho perdió el equilibrio. Se derrumbó en el suelo, con los pulmones vacíos de aire. Notaba el pecho pesado y se dio cuenta de que era porque Niall estaba inmovilizándolo con la bota, sosteniéndolo sobre la arena.

A Jack no le quedaba aliento que respirar, ni voz para un último intento de comunicarse. Temblaba de miedo, un miedo que tenía un regusto amargo en la boca. Pero los nombres de sus seres amados, los nombres que lo habían ayudado a aguantar tanto, lo inundaron una vez más calmando su corazón.

Mirin.

Frae.

Adaira.

Niall se quitó el yelmo y lo arrojó a un lado, exponiendo su rostro. Tenía el cabello rojo como el cobre. Sus ojos eran azules como el pleno verano.

Frae. Se parecía mucho a Frae. Niall levantó la espada apuntando al cuello de Jack. Una muerte rápida y limpia.

Y Jack no quería mirar. No quería ver el hielo en los ojos de Niall, las profundas líneas que le surcaban la frente. La ira, la crudeza y la agonía.

Jack exhaló.

El corazón le latía con fuerza en el pecho.

Cerró los ojos.

Querido Jack

Adaira hizo una pausa mirando su nombre en el pergamino dibujado con su letra. La cabeza le daba vueltas intentando autoconvencerse de que estaba leyendo demasiado entre líneas. Que Jack no sería tan imprudente como para cruzar la línea del clan por capricho sin comunicárselo adecuadamente antes.

Pero si ya estaba viajando hacia ella, esa carta era totalmente inútil. No le llegaría a él en el Este.

La dejó a un lado y buscó una hoja nueva. Esta vez, escribió: «Querido Torin».

Aun así, las palabras seguían enredadas en su interior. Miró el nombre de Torin. ¿Cómo iba a escribirle entre líneas a su primo? ¿Cómo explicarle que necesitaba confirmación del paradero de Jack sin alertar a David? O tal vez Adaira debería dejar de preocuparse por eso. Si Jack estaba ahí, sus padres se darían cuenta pronto. De hecho, debería informar a Innes y ver si su madre podía…

El fuego de la habitación se apagó. Las llamas que danzaban en la chimenea y ardían en los candeleros parpadearon y se apagaron con un jadeo ahogado. Adaira quedó sumida en la oscuridad y se paralizó, con los ojos muy abiertos por el asombro. Dejó la pluma y se levantó atándose el tartán al hombro para protegerse. Se movió a tientas en la oscuridad en busca de su espada apoyándose contra la pared y se la ató a la cintura antes de dirigirse hacia la puerta.

Las antorchas del pasillo seguían encendidas, pero Adaira se fijó en que había una parpadeando como si estuviera a punto de apagarse. Se acercó hasta allí con el ceño fruncido, incapaz de sacudirse el frío que se aferraba a ella.

Algo no iba bien.

Otra antorcha hacia el final del pasillo empezó a parpadear frenéticamente atrayendo su atención. Adaira caminó hacia ella. Cuando luego lo hizo otra, se dio cuenta de que el fuego quería guiarla a alguna parte.

Siguió una antorcha parpadeante tras otra sin cruzarse a nadie en los sinuosos pasillos. De hecho, el castillo parecía extrañamente desierto y eso hizo que se le acelerara el pulso ante la alarma. Adaira se detuvo de repente cuando oyó un rugido lejano.

—¿Qué es eso? —susurró agarrando la empuñadura de su costado. Pero era un sonido que había oído anteriormente. El estadio. El sacrificio. Jadeó cuando se dio cuenta de a dónde la estaba guiando el fuego.

Adaira echó a correr.

Voló por los pasillos que ya había memorizado a través de las sombras frías y las antorchas parpadeantes. Tenía el pelo enmarañado ante la cara cuando dobló una esquina y se presionó para correr más y más rápido hasta que sintió que se le iba a encender el cuerpo. Estuvo a punto de tropezar al subir las escaleras de dos en dos mientras sus respiraciones le cortaban los pulmones como una espada, cuando vio por fin las puertas del palco que daba al estadio. Solo podía pensar que había llegado demasiado tarde. Que esa sería la noche en la que su suegro moriría asesinado y que ella había llegado demasiado tarde para salvarlo.

Abrió las puertas de golpe. Golpearon la pared con fuerza, sobresaltando a Innes en su asiento.

—¿Cora?

Adaira ignoró a Innes. Notaba el corazón en la garganta y su mirada se desvió al estadio mientras corría hacia la balaustrada para observar el combate.

Está vivo. Rompejuramentos seguía vivo y Adaira estuvo a punto de caer de rodillas de puro alivio. Apoyó las manos congeladas en la barandilla de piedra para levantarse mientras observaba a su suegro arrojando a su oponente al suelo e inmovilizándolo sobre la arena. Sostenía la espada en equilibrio, preparado para hundir el filo en el cuello del hombre derrotado. Adaira solo pudo pensar: *suficiente.* Ya había visto al padre de Jack matando a otro hombre. No podía soportar verle acumular más sangre en las manos.

—Apártate, Rompejuramentos —le ordenó—. Deja caer la espada.

Un siseo recorrió todo el estadio. Adaira pudo sentir cientos de miradas puestas sobre ella, pero no desvió los ojos de Rompejuramentos. La había oído y cumplió su orden. Lentamente, dio un paso para apartarse, liberando a su oponente derrotado.

Su suegro se volvió para mirarla dejando caer la espada, pero los ojos de Adaira se vieron atraídos por el hombre que yacía sobre la arena. Un hombre alto y delgado que se estaba levantando y la observaba a través de su yelmo dentado, un hombre que de repente corría hacia ella con seguridad.

Ella lo miró fijamente, observando cómo se acercaba al palco. Entonces se le heló el corazón como si hubiera caído en un cepo antes de notar que la sangre volvía a correr a través de su cuerpo. Rápida y caliente bajo su piel, como si hubiera estado durmiendo todo ese tiempo y solo ahora abriera los ojos, despertándose.

Observó al hombre arrodillarse ante ella. Lo observó ponerse una mano sobre el pecho, sobre el corazón. Una mano pálida y elegante. Adaira aspiró bruscamente.

Reconocería esas manos, esa postura y ese cuerpo en cualquier parte. Todas las veces que lo había visto tocar el arpa. Todas las horas que había pasado caminando hombro con hombro con ella. Cuando había yacido con ella, piel con piel, en la oscuridad.

Jack.

Adaira se preguntó qué le había impedido hablar y por qué se negaba a quitarse el yelmo.

—Lady Cora —dijo una voz atravesando la tensión del aire—. ¿Puedo preguntar por qué ha interrumpido el sacrificio?

Desvió la mirada de Jack para posarla en Godfrey, el jefe de las mazmorras que supervisaba los combates. Estaba caminando a través del estadio con los brazos extendidos y una sonrisa de perplejidad en el rostro. Intentaba mostrarse respetuoso con ella, pero Adaira sabía que estaba enfadado porque hubiera detenido el sacrificio.

Ah, estaba más que preparada para hablar con Jack. Sus dedos se curvaron en la balaustrada arañando la piedra con las uñas. Pero, antes de poder hablar, Adaira miró por encima del hombro esperando un desafío. Innes estaba cerca de ella, observándola con los ojos inescrutables. Pero tenía las cejas arqueadas por el asombro, como si estuviera tan sorprendida como el resto de los Breccan por la interrupción del sacrificio.

Innes le dirigió un ligero asentimiento, como si le dijera «adelante».

—Godfrey —lo recibió Adaira alegremente—. ¿Cuál es el nombre de este hombre que se está enfrentando a Rompejuramentos?

El jefe de las mazmorras se detuvo junto a Jack.

—Este es John Breccan.

—¿Y cuál es su delito?

—Es un ladrón.

—¿Qué robó?

Godfrey titubeó, pero se rio. Miró hacia atrás de Adaira y ella supo que estaba mirando a Innes.

—No mires a mi madre —ordenó Adaira—. Mírame *a mí*. Yo soy la que te está hablando.

Godfrey parpadeó sorprendido por sus palabras. Finalmente, abandonó su pretensión y la miró.

—Robó un arpa, lady Cora. Es una grave ofensa en el Oeste.

—Sin duda, un delito que no puede ser demostrado. ¿Y quién lo llevó a las mazmorras?

—Me temo que no puedo responder a eso, señora, y ahora que ha…

—¿Por qué no se ha quitado el yelmo? —preguntó.

Godfrey miró a Jack.

—Porque lo lleva atado a la barbilla.

—¿Atado? ¿Quieres decir que él no puede abrirlo?

—Sí.

—Desátaselo. Inmediatamente. Quiero verle la cara.

Godfrey suspiró, claramente molesto, pero hizo lo que ella ordenaba. Se sacó el llavero que llevaba atado al cinturón y abrió el yelmo.

Adaira contuvo el aliento mientras Jack ponía las manos sobre el yelmo. El muchacho levantó el acero y el pelo le cayó sobre la cara. Tiró de la mordaza que le rodeaba la boca y la lanzó a un lado.

Ella se lo bebió. Esos ojos del color del océano oscuro, la irónica inclinación de sus labios, el hambre en su semblante al levantar la mirada hacia ella, todavía de rodillas. El estadio, los Breccan, las estrellas, la luna y la noche se fundieron mientras su pecho subía y bajaba, mientras la sangre le vibraba por su cercanía.

Emitió un sonidito que estuvo a punto de hacerle perder la compostura. Se enderezó, se obligó a sí misma a contenerse. Podría liberar sus emociones más adelante, a puerta cerrada.

Se desató el tartán del hombro.

Le dolió todo el cuerpo de ganas de envolver a Jack con sus extremidades, pero saltar del palco a la arena que había debajo le rompería las piernas. Podía tomar el camino interior hasta las puertas del estadio, pero no se atrevía a perder de vista a Jack. No hasta que lo hubiera reclamado.

—Godfrey —lo llamó—. Toma mi tartán y envuelve con él a mi marido.

—¿Tu marido, lady Cora?

—Sí. Acércate.

Godfrey estaba pálido como un espectro, como si le hubieran drenado la sangre. Finalmente, se había dado cuenta de quién había estado a punto de morir en el estadio bajo su vigilancia y levantó la mano dócilmente para recoger el tartán que ella le lanzaba.

Adaira lo observó sacudirle las arrugas y envolver los hombros de Jack con ese tejido a cuadros morados y violetas.

Se puso la mano en el pecho donde el corazón le latía como si fueran truenos y pronunció las antiguas palabras sobre él.

—Yo te reclamo, Jack Tamerlaine. Desde este momento, tendrás refugio en mi casa, beberás de mi copa y encontrarás descanso bajo mi guardia. Si alguien levanta una espada contra ti, la estará levantando contra mí. Tal desafío no quedará sin consecuencias. Eres mío y te defenderé hasta que la isla reclame tus huesos o tú desees lo contrario. Levántate y renueva tu corazón.

Jack se puso en pie.

Empezaron a extenderse murmullos entre la multitud. Los Breccan estaban anclados en el sitio, embelesados por la envoltura, así que, cuando alguien empezó a moverse entre el gentío, Adaira apartó la mirada de Jack.

Vio a Rab Pierce abandonando las tribunas del estadio a toda prisa.

Adaira lo supo todo en ese instante. Supo quién había encontrado a Jack mientras viajaba y quién lo había metido injustamente en las mazmorras. Quién lo había amordazado, le había cerrado el yelmo y lo había arrojado al estadio para que luchara contra su propio padre.

Miró fijamente a Rab con una expresión fría y dura como la piedra, aunque tenía la mente dividida en mil pensamientos. Él debió sentir cómo la ira de Adaira lo golpeaba. Se atrevió a mirar por encima del hombro y sus ojos se encontraron. Tropezó, perdió el equilibrio y corrió todavía más rápido.

—¿Innes? —dijo Adaira dando un paso hacia detrás. Siguió vigilando a Rab, prediciendo por qué puerta iba a escabullirse, qué ruta iba a seguir mientras volaba hacia los establos—. ¿Puedes asegurarte personalmente de que Jack sea escoltado con seguridad hasta mis aposentos y de que le preparen un baño caliente y una buena cena?

Innes la agarró del brazo.

—¿A dónde vas?

Adaira miró a Innes a los ojos. Su voz transmitía calma, pero sus dientes relucieron bajo la luz de las antorchas cuando susurró:

—Nadie lastima a aquellos que amo. *Nadie*.

No sabía si su madre había comprendido las implicaciones de sus palabras. Si Innes había sido consciente de la presencia de Jack en el estadio. Pero las sospechas de Adaira empezaban a sacar sus garras y a rasgar los frágiles lazos que había forjado con su madre.

Las fosas nasales de Innes se ensancharon. Sí, había comprendido la amenaza implícita. Pero tendrían que discutirlo más tarde.

—Cumpliré tus peticiones, Cora. Pero no mates a Rab. No a menos que quieras empezar una guerra.

—No voy a matarlo.

Innes no dijo nada, pero buscó los ojos de Adaira con los suyos. Debió haber visto lo que quería, debió haber visto la pasión en la sangre de su hija que tal vez hubiera heredado de su madre, una pasión que había permanecido dormida en el Este.

Innes le soltó el brazo a Adaira.

Adaira sabía que Jack la estaba mirando, pero no tenía tiempo para tranquilizarlo. Rab se había esfumado del estadio y Adaira se había dado la vuelta y había salido por las puertas dejando que golpearan las paredes.

Salió a toda prisa del castillo, persiguiéndolo.

CAPÍTULO 23

Jack observó cómo Adaira se marchaba del palco sin dirigirle una segunda mirada. Pero había visto qué había atraído su atención. Había visto a Rab saliendo a toda prisa del estadio y a Jack se le hundió el pecho bajo la armadura. Sus pulmones se llenaron con el aire fresco de la noche, con la luz del fuego, la justicia y un gran asombro por Adaira.

¡Que tengas suerte, Rab!

Pero entonces la emoción se desvaneció y Jack se estremeció volviendo al momento presente.

Estaba en el estadio en el que casi había visto su sangre derramada ante cientos de Breccan. Completos desconocidos que seguían mirándolo como si fuera una anomalía. Se sentía desnudo, aunque estaba envuelto en el calor del tartán de Adaira, que olía débilmente a ella, como a lavanda y miel. Estaba de pie sobre la arena que había llenado de pisadas de botas cuando había estado huyendo de su padre. Su *padre*, cuya existencia había olvidado completamente al oír la voz de Adaira.

Jack se estremeció de nuevo envolviéndose todavía más con el tartán de Adaira. Pudo ver movimiento por el rabillo del ojo. Alguien se estaba acercando y lo miraba fijamente. Jack luchó contra la tentación de devolverle la mirada mientras el miedo lo azotaba como una ola.

—¿Jack?

Era una voz profunda y amable, ronca por la sorpresa. Sonaba totalmente diferente a la de hacía unos instantes, a través del acero del yelmo y el humo de la supervivencia.

Jack miró a su padre.

Niall estaba pálido mientras veía en él rasgos que eran únicamente de Jack y otros que le habían sido otorgados por Mirin. Sus ojos, su color. La inclinación orgullosa de sus hombros. Todo eso era de su madre y Jack esperó mientras Niall distinguía todos esos rasgos de Mirin. Mientras buscaba rasgos de sí mismo.

—*Jack* —repitió Niall alargando el brazo. El espacio entre ellos de repente le pareció enorme, infranqueable.

Jack no sabía qué pensar, qué decir. Se le congelaron las palabras y lo único que pudo hacer fue quedarse quieto y respirar.

Niall dio otro paso hacia él, pero debió sentir la división que había entre ellos. Debió sentir el peso de veintidós años. Cayó de rodillas mientras la verdad le atravesaba el corazón.

Niall Breccan, Rompejuramentos, derrotado, tirado en la arena, devastado.

Jack se estremeció incapaz de soportar esa imagen, los sonidos de la desolación de su padre. Empezó a moverse hacia él lentamente, como si el aire fuera espeso. Iba a cruzar el abismo, pero Godfrey se interpuso entre ellos.

El guardián de las mazmorras lo agarró del brazo con una mano fuerte como el hierro y comenzó a conducirlo fuera del estadio.

—Vamos, Jack Tamerlaine. La laird ha solicitado tu presencia.

Jack apenas oyó a Godfrey cuando sus nervios empezaron a cantar de nuevo. Caminó obedientemente hacia una puerta que había en la pared, pero volvió a mirar hacia su padre, rodeado de guardias.

Una protesta floreció en el pecho de Jack.

Tuvo que reprimirla, aunque le dolía de ganas de ser expresada. Tuvo que apartar la mirada de Niall y permitir que Godfrey lo guiara al castillo.

No sabía qué se había esperado, pero los pasillos eran parecidos a los de Sloane en el Este. El aire era fragante, perfumado por las ramas de enebro, y la luz de las antorchas era generosa, los suelos pulidos. Colgaban tapices de las paredes y la condensación empañaba las ventanas.

Estaba junto a Godfrey esperando la llegada de Innes. A Jack le pareció que pasaba todo un año antes de oír pasos acercándose.

—Hemos terminado por esta noche, Godfrey —dijo Innes cuando apareció por una esquina sin apartar la mirada de Jack.

El guardián de las mazmorras se inclinó y volvió al estadio, dejando a Jack solo con la laird. Se habían visto el uno al otro tres veces anteriormente. La primera, cuando Innes les había llevado compensaciones por la incursión a la línea del clan. La había vuelto a ver cuando Adaira había cerrado un trato con su madre en casa de Mirin. Y, finalmente, el día que Adaira había abandonado al clan Tamerlaine. Innes había mirado a Jack tal y como lo estaba haciendo ahora, como si no hubiera pasado el tiempo y él fuera un grave problema con el que ella tenía que lidiar.

—Me disculpo por este... desafortunado malentendido —dijo Innes—. Desconocía que estuvieras en el castillo y espero que puedas perdonar este descuido.

—Por supuesto, laird —respondió Jack con la voz crispada.

—Ven. Mi hija me ha pedido que te escoltase a sus aposentos.

Jack siguió a la laird en silencio a través de un desconcertante laberinto de pasillos. Intentó recordar las veces que giraban, cuántos tramos de escaleras subían, pero notaba la mente nublada, solo podía concentrarse en una cosa: estaba a punto de reunirse con Adaira.

Innes se detuvo de repente ante la puerta grabada.

—Eres un invitado bienvenido aquí, Jack Tamerlaine —le dijo Innes—. Y puedes quedarte todo el tiempo que desees. Pero debo pedirte una cosa.

Jack la miró, pero supo cuáles iban a ser sus palabras antes de que ella las pronunciara.

—Por favor, abstente de tocar música mientras estés en mis tierras. —Innes esperó a que él reconociera su petición antes de abrir la puerta de Adaira.

Había dos sirvientas presentes, corriendo para terminar sus tareas. Una estaba vertiendo el último cubo de agua caliente en una bañera redonda y la otra estaba preparando una bandeja con la cena en una mesa ante la chimenea. Ambas se sobresaltaron al oír la puerta abriéndose y aumentaron el ritmo hasta terminar, inclinándose ante Jack y la laird mientras salían al pasillo.

—Mi hija se reunirá pronto contigo —aseguró Innes, pero Jack pudo notar el tono de preocupación en su voz. Incluso ella desconocía el paradero de Adaira y Jack no sabía si eso debería ponerlo nervioso.

Entró en la habitación y oyó cómo se cerraba la puerta tras él.

Por fin solo, Jack exhaló.

La habitación de Adaira era espaciosa y rebosante de color. La chimenea de piedra estaba delante de una pared pintada que mostraba un conjunto de brillante flora, fauna y lunas en diferentes fases. Otra pared estaba destinada a ventanas con parteluces y un sillón acolchado. Había un escritorio allí, como si a Adaira le gustara sentarse a escribir delante del cristal. Tenía un armario, estanterías, un tapiz con una quimera bordada y una cama con dosel cubierta con una colcha azul.

¿Habría sido siempre esa su habitación si sus padres hubieran decidido quedársela aquella fatídica noche? ¿O esta era una diferente? ¿Tal vez una habitación de invitados que habían preparado ahora expresamente para ella? Jack vio que era una habitación acogedora, pero no logró captar la presencia de Adaira en ella.

Se detuvo ante su escritorio, donde estaba su carta sobre la madera. Alargó la mano para acariciar sus palabras y en ese momento se dio cuenta de lo sucias que tenía las manos. Sus uñas estaban negras por la mugre y tenía los brazos manchados. Su túnica estaba asquerosa y empapada de sudor.

Jack dejó el tartán de Adaira sobre el respaldo de la silla más cercana y se quitó la coraza. Arrojó su atuendo al fuego para que ardiera.

Se acercó a la bañera que emanaba vapor y se quedó mirándola, parpadeando.

—¿Es algún tipo de broma? —preguntó. Era diminuta, como el barril de un establo. Y no estaba seguro de si él cabría dentro. De algún modo, pudo flexionar sus largas piernas y meterse en la tina. Mantuvo un ojo en la puerta mientras se frotaba rápidamente con un cepillo y jabón, lavándose la suciedad de la piel y el pelo.

En parte, esperaba que Adaira llegara justo cuando él saliera del agua ennegrecida en busca de la toalla seca. No lo hizo, pero a Jack le duró poco el alivio: descubrió que la toalla era también muy pequeña, casi ridícula. Jack se apresuró a secarse con ella y resopló cuando se plantó delante del calor de la chimenea. En ese momento, se dio cuenta de que su túnica era ahora un montón de cenizas y de que no tenía ropa que ponerse.

No le quedó más remedio que abrir el armario de Adaira y buscar algo de ella para cubrirse. Sus manos pasaron por una interminable colección de atuendos hasta que encontraron una túnica oscura forrada.

—Tendrás que ser tú —murmuró irónicamente sabiendo que Adaira era tan alta y delgada como él. Jack sacó la túnica de la percha y se la puso. Se la ató firmemente en la cintura y se miró los pies descalzos. La túnica le llegaba hasta la mitad de las espinillas.

Volvió a la chimenea y se sentó junto a la bandeja con la cena. Estaba hambriento, pero tenía el estómago revuelto. No quería comer sin ella, así que decidió esperar.

Podría estar esperándola toda la noche, pensó con un quejido apoyando la cabeza en la silla. Se quedó así sentado un rato, con los ojos cerrados y el corazón latiéndole con fuerza, con el cabello húmedo goteándole en los hombros. Finalmente, decidió servirse una copa de vino, pensando que eso lo calmaría.

Estaba sujetando la botella cuando alguien llamó a la puerta.

Jack se quedó congelado, incapaz de decir nada, y recorrió la puerta con los ojos mientras se abría lentamente. Adaira cruzó el umbral. Sostenía lo que parecía ser una pila de ropa doblada en las manos y al principio evitó mirarlo. Cerró la puerta y se apoyó contra ella, un gesto tan familiar y querido para Jack que se sintió como si los hubieran hecho retroceder en el tiempo hasta la noche de su atadura de manos.

Se dio cuenta de que ella estaba tan nerviosa como él por encontrarse cara a cara después de haber sido separados. Jack no dijo nada. No hasta que Adaira levantó la mirada y buscó sus ojos al otro lado de la habitación.

—Tienes sangre en la cara —dijo Jack.

Adaira levantó la mano para limpiarse las gotas de sangre de la mejilla. Cuando Jack vio que tenía más sangre en el antebrazo, se le aceleró el corazón.

—Llevas una túnica mía —dijo ella.

Jack bajó la mirada hacia la prenda, asegurándose de que no lo hubiera traicionado abriéndose por completo.

—He pensado que preferirías esto a la alternativa.

Adaira empezó a atravesar la distancia que había entre ellos. Jack la observó intentando medir las emociones de su esposa para saber cómo lidiar con las suyas propias. Había cierto brillo en sus ojos (no sabía si eran lágrimas o alegría), pero entonces ella le sonrió y el aliento se le quedó atrapado en el pecho.

—Creo que la túnica te queda mejor a ti que a mí —afirmó ella contemplándolo de arriba abajo.

—Lo dudo mucho —replicó él levantándose mientras ella se acercaba. Todavía tenía la botella de vino en la mano, rodeándole el cuello con los dedos—. Aunque debería verte con ella puesta antes de poder confirmarlo.

—Ajá. —Ella se detuvo a un brazo de distancia. La luz del fuego le bañaba el rostro y su larga melena suelta. Se reflejaba en la empuñadura de la espada que llevaba a la cintura y en la media moneda de oro que le colgaba del cuello.

Jack podría quedarse mirándola toda la noche.

La sonrisa de Adaira se desdibujó, pero la calidez permaneció en su mirada.

—No quería hacerte esperar tanto, pero estaba buscándote algo de ropa y haciéndome cargo de ciertos asuntos importantes. —Le tendió la ropa doblada a Jack—. Deberían devolverte el arpa mañana. Así como cualquier otra cosa que te haya robado Rab.

Jack dejó la botella. Aceptó la ropa, aliviado de ver su propia media moneda sobre la pila.

—La cadena se ha roto, pero haré que un joyero la arregle —informó Adaira.

—Gracias. —Jack titubeó y dejó la ropa a un lado. Miró a Adaira atentamente con unas dolorosas ganas de tocarla. Había infinidad de palabras sin pronunciar entre ellos y podía sentirlas gestándose como una tormenta.

—Adaira —susurró—. *Adaira*, yo…

El sonido de su nombre hizo que Adaira perdiera la compostura. Jack no comprendió hasta un momento después que no habría oído su nombre desde hacía semanas, que allí respondía al nombre de Cora.

Fue como una roca partiendo el hielo sobre un lago.

Ella dio un paso hacia adelante hasta que la distancia entre ellos se desvaneció y Jack pudo verle las pecas de la nariz. El muchacho respiró hondo porque vio fuego en sus ojos y quedó cautivado por él, así como ligeramente temeroso de tanto calor. Sobre todo, cuando ella levantó el puño hacia él.

—Maldito bardo tonto... —lo empujó una vez con las manos—, insufrible... —volvió a empujarlo justo encima del corazón— y *exasperante*. —Lo empujó una tercera vez obligándolo a dar un paso atrás.

Jack se dio cuenta de que su furia salía del temor cuando vio que tenía los ojos llenos de lágrimas. La dejaría darle puñetazos alegremente en el pecho si eso era lo que ella necesitaba. Podía llamarlo todo lo que quisiera porque estaba con ella y eso era lo único que le importaba. Estaban respirando el mismo aire, viviendo el mismo momento juntos.

Jack esperó a que volviera a empujarlo, animándola a hacerlo con los ojos y las manos, con las palmas extendidas a los lados.

Sí, suéltalo todo, Adaira, pensó esperando. *Desahógate conmigo.*

—¡He estado a punto de verte *morir*! —le gritó ella y, esta vez, se golpeó a sí misma en el pecho. Una, dos, tres veces. Como si necesitara ordenarle a su corazón que siguiera latiendo—. Y yo...

Se le quebró la voz. Le dio la espalda de golpe abriendo finalmente el puño. Le cayeron joyas azules de la mano, brillando bajo la luz mientras se derramaban por el suelo. Pero Jack apenas prestó atención a esa extrañeza. Observó a Adaira inclinándose, como si se hubiera partido por la mitad. Un sollozo interrumpió la respiración de la muchacha. Se agachó y lloró sobre sus manos.

Jack nunca la había visto llorar. Nunca había oído un sonido tan espeluznante arrancado de su pecho y se le erizó todo el cuerpo al escucharla. Se le congeló hasta la médula mientras sentía su dolor, su pesar. En ese momento, supo que ella llevaba reteniéndolo todo días, *semanas*. Era las emociones que habían quedado silenciosamente enterradas en un castillo

lleno de desconocidos. En una tierra en la que todavía la miraban con sospecha. En un lugar que debería haber sido su hogar, pero que no lo era.

Las lágrimas asomaron en sus propios ojos cuando se acercó a ella. Las
gemas azules del suelo le cortaron los pies descalzos, pero él apenas las
sintió. Atrajo a Adaira a sus brazos y la llevó a la silla. Ella se sentó en su
regazo y presionó el rostro contra su pelo, aferrándose a él. Siguió llorando
y Jack le acarició los hombros, bajando por su columna y sus costillas. La
sintió temblar con sus respiraciones irregulares y se la acercó todavía más,
pasándole su calor. Finalmente, no pudo retener sus propias lágrimas y
lloró con ella.

Podría haber pasado una hora. El tiempo pareció derretirse y Adaira
finalmente se inclinó hacia atrás para mirar a Jack, para quitarle las lágrimas con los pulgares.

—Mi antigua amenaza —murmuró—. Te he echado de menos.

Jack sonrió y al reírse hizo que le resbalaran por las mejillas todavía
más lágrimas. Resopló mientras la nariz le moqueaba inconvenientemente.

—Veo que recibiste mi carta —comentó con la voz entumecida.

—Sí. Casi demasiado tarde, Jack.

—¿Han sido mis palabras lo que te ha atraído al estadio, heredera?

Notó que ella se tensaba. «Heredera» era su antiguo apodo para ella,
un título que ella había poseído una vez entre los Tamerlaine. Jack se arrepintió de haberlo dicho al instante, aunque su lengua lo había pronunciado de manera tan natural.

—No —dijo ella apartando la mirada—. Ha sido de lo más extraño.

Notó que Adaira se alejaba de él. Jack fortaleció el agarre de su cintura,
desesperado por volver a sentir su mirada sobre él.

—¿Y qué ha sido?

—El fuego —susurró Adaira mirando a la chimenea—. Las llamas se
apagaron. El fuego me guio hasta ti.

Jack quería sorprenderse, pero solo podía pensar en Ash surgiendo de
la chimenea de Mirin. En Ash animándolo a aventurarse al Oeste.

—Tengo que contarte algo, Adaira —le dijo.

Ella fijó su atención en él con tanta intensidad que Jack estuvo a punto
de perder el hilo de sus pensamientos. Adaira lo escuchó mientras él le

hablaba de cómo se había apagado el fuego de la chimenea de Mirin, de cómo había tocado a los espíritus. De Ash diciéndole que tenía que ir a buscar las respuestas en el Oeste.

—Entiendo —murmuró Adaira, pero Jack pudo sentir su distanciamiento—. ¿Estás aquí porque Ash te lo ordenó?

—Sí —respondió Jack—. Pero, francamente, solo estaba esperando un motivo para cruzar la línea del clan. Estaba esperando cualquier motivo para venir hasta ti, ya fuera con tu invitación o por los deseos de alguien más.

Ella se quedó callada.

Jack detestó no poder leer su expresión, sus pensamientos. Pero la luz pareció atenuarse en ella, como si estuviera reprimiendo de nuevo sus emociones. Jack no quería nada de eso. No quería que ocultara cómo se sentía, y estaba a punto de levantar la mano para acariciarle el rostro cuando su estómago emitió un rugido fuerte y quejumbroso.

—¿Cuándo fue la última vez que comiste, bardo? —inquirió Adaira.

Jack suspiró.

—No hace mucho.

—No mientas. Estás famélico, ¿verdad? ¿Por qué no comes mientras yo me cambio y me limpio la sangre? —Se levantó de su regazo y la mano de Jack se deslizó reticente de su cintura.

—¿No quieres compartir la cena conmigo? —preguntó algo irritado.

Ella le sonrió, se desató el cinturón y apoyó la espada contra la pared.

—Ya he cenado. Pero puedes servirme una copa de gra. La compartiré contigo.

Jack miró la botella verde. Había asumido que era vino, pero en ese momento recordó que los Breccan preparaban su propia bebida especial, la que solo consumían con aquellos en quienes confiaban.

Sirvió una copa para cada uno mientras Adaira se acercaba a su cántaro y su aguamanil para limpiarse la sangre de las manos, el rostro y algunos mechones de cabello.

Por todos los espíritus, ¿qué le ha hecho a Rab?, se preguntó Jack. ¿Lo habría matado? Pero era incapaz de imaginarse a Adaira tomando una medida como esa. O... tal vez sí que pudiera. Podía ver a la Adaira a la que tanto conocía, la que había estado junto a él en la oscuridad mientras cantaba. Aquella a la que le encantaba tomarle el pelo, así como desafiarlo. Pero también estaba viendo nuevas facetas de ella. Como si no hubiera tenido más remedio que remodelarse entre los Breccan.

—Tengo curiosidad por cómo ha sido tu tiempo en el Oeste, Jack —dijo alcanzando el tartán para secarse—. Lamento que no haya sido la más acogedora de las bienvenidas, pero la próxima vez, avísame *días* antes de venir.

—¿La próxima vez? —repitió Jack sorprendido por lo mucho que eso había hecho que le hirviera la sangre. ¿Pensaba que iba a marcharse pronto?

Ella no le contestó mientras se acercaba a su guardarropa. Jack la observó moverse por la habitación, abriendo puertas de madera y rebuscando entre su ropa. Mantuvo el rostro apartado de él mientras empezó a desvestirse, arrojando la túnica a un lado.

Jack vio un destello de su cabello alborotado, sus pálidos hombros, la curvatura de su espalda.

Se le cortó la respiración. Apartó la mirada y la centró en la bandeja que tenía ante él con la cena. Pero podía notar el calor en el rostro mientras la oía cambiándose.

—Dices que Ash te ha enviado aquí —señaló Adaira—. ¿Y si te vuelve a mandar al Este? ¿Y si Mirin y Frae te necesitan? ¿O Torin y Sidra? ¿O el clan Tamerlaine? —Calló, pero sus pies descalzos se pasearon por la habitación. Tan solo cuando se sentó en la silla que quedaba justo enfrente de la de él, Jack osó mirarla de nuevo.

Se había puesto un camisón blanco de manga larga. No se había atado el lazo del cuello y parecía que la tela fuera a deslizársele por el hombro en cualquier momento. La mirada de Jack recorrió la media moneda y luego la subió por su cuello para posarla en sus ojos. Había tristeza en ella. Tristeza y resignación. Jack se pasó la mano por el cabello húmedo.

—No eres un pájaro cantor que pueda ser enjaulado —repuso ella—. Por mucho que quiera mantenerte a mi lado, la misma *razón* por la que estás aquí me recuerda que hay otros que pueden reclamarte. ¿Y cómo voy a competir con algo como el fuego? No estaría bien que te apartara de tus responsabilidades.

—Me parece que podemos estar mirando esto desde un ángulo equivocado —dijo Jack, aunque sabía que Adaira había crecido con un deber en el corazón. Al primer atisbo de vulnerabilidad, se sentiría tentada de volver a lo que le habían enseñado como hija del laird con la misma facilidad con la que Jack se refugiaría en su música. Pero él no iba a permitir que se retiraran a sus antiguos lugares seguros. Al menos, no antes de pronunciar las palabras que flotaban calladas entre ellos—. Estás asumiendo que Ash me envió aquí por la misión y por nada más que por la misión. Pero tal vez él supiera que te necesitaba más de lo que necesito el aire, el calor o la luz. Que si seguía viviendo como lo hacía en el Este sin ti, pronto acabaría reducido a nada más que polvo.

—Jack —susurró Adaira. Apartó la mirada, pero Jack la miró atentamente y vio el miedo que ella intentaba sofocar. El miedo que no quería que él viera.

—Adaira —murmuró Jack acercándose a ella—. Adaira, mírame.

Ella devolvió la mirada hacia él.

Jack pensó en cómo había cambiado drásticamente la vida de Adaira durante el último mes. Los padres que había considerado suyos, las mentiras con las que había crecido. Pensó en cómo debió haberse sentido cuando el clan al que había servido y amado dejó de quererla. Cuando todas las verdades en las que había creído se desmoronaron a su alrededor.

Él conocía ese helado sentimiento de autopreservación, el instinto de arrancarte algo bueno por miedo a que te hiera más tarde. Sabía lo que era no tener más remedio que protegerse a uno mismo cuando se está solo.

—¿Recuerdas la última vez que nos vimos? —empezó él—. Cuando estuvimos en el almacén de mi madre.

Adaira entornó los ojos.

—Sí, por supuesto. ¿Creías que iba a olvidarlo, antigua amenaza?

—No. Pero permíteme retroceder en el tiempo durante un momento —replicó Jack—. Yo estaba dolido por tu decisión de dejarme atrás. Al principio no podía entenderlo porque lo único que podía sentir eran mis sentimientos, que estaban enredados a tu alrededor y en torno a las esperanzas que tenía para nosotros. Pero sabía que, por encima de todo, querías mantenerme a salvo. No me querías en el Oeste porque temías por mi propia vida. Y pude entenderlo, a pesar de que mis días en el Este eran una desgracia sin ti. No estaba viviendo, simplemente tomaba aire y ocupaba espacio. Y al estar separado de ti, vi algo con mucha claridad.

Hizo una pausa para tomar las copas de gra, le tendió una a Adaira y ella la aceptó.

—¿Qué viste con tanta claridad, Jack? —le preguntó.

—Que este año y un día sigue siendo nuestro —contestó él—. Todavía nos quedan el otoño, el invierno y la primavera. Y nada, ningún espíritu, mentira, conspiración o sacrificio, podrá interponerse entre nosotros. Primero soy tuyo, y tú eres mía. Antes que de cualquier otro. Pero si vamos a hacer que esto funcione, tenemos que estar juntos. Podemos tomarnos nuestro tiempo para convertirnos en lo que queremos ser. Podemos hacerlo día a día, si quieres que me quede a tu lado.

—¿Es eso lo que quieres, Jack? —inquirió—. ¿Quieres quedarte aquí conmigo?

—Sí —afirmó él—. Pero también quiero saber que es lo mismo que quieres tú. Y debería ser una decisión que tomases por ti misma, sin tener en cuenta mis sentimientos.

Adaira permaneció en silencio tanto tiempo que, cuando levantó la copa para brindar con la suya, a Jack le latía con fuerza el corazón.

—Pues vivamos nuestro año y nuestro día —anunció—. Quiero que te quedes conmigo, Jack. Todo el otoño, el invierno, la primavera y también después si así lo deseamos.

Bebieron por el otro. El gra sabía dulce y agradable, como bruma de las montañas, como el rocío de la mañana sobre el brezo. Jack sintió que el fuego le bajaba por la garganta y buscó la mirada de Adaira.

—Lo siento —espetó ella de repente—. Lamento el daño que te he hecho. Perdón por haberte dejado atrás. No pensé que fuera a hacerte tanto daño, pero tendría que haberlo considerado. Tendría que haber manejado mejor la situación aquel día.

—No hay nada que perdonar, Adaira —repuso él—. Hiciste lo que pensaste que era lo mejor y no deberías disculparte por ello.

Ella asintió, pero dijo:

—Nunca quise hacerte daño, no era mi intención. Espero que lo sepas.

—Lo sé —susurró él.

Su estómago volvió a rugir estropeando el momento.

Adaira lo instó a comer, pero tenía demasiados nudos en el estómago para comer como es debido, así que tomó poca cosa. Adaira se dio cuenta.

—Vamos a la cama —le dijo levantándose—. Tienes una túnica de dormir en la pila que te he traído.

Mientras Adaira apartaba las mantas, Jack rebuscó entre su ropa con los ojos llorosos. Encontró la túnica y se la puso rápidamente, suspirando por su suavidad mientras se metía en la cama. Se hundió en el colchón de plumas.

Adaira sopló las velas. Solo quedó el fuego que ardía a poca potencia en la chimenea para iluminarla mientras se metía en la cama a su lado. Jack se volvió para mirarla.

Ella subió las mantas hasta su barbilla, pero también se tumbó de cara a él, contemplándolo mientras él la contemplaba a ella, con la luz del fuego bañándolos de dorado.

—Me estás mirando fijamente, Jack —susurró.

Él se movió por la cama hacia ella.

—No puedo apartar los ojos de ti.

Ella sonrió mientras él se inclinaba sobre ella, lo bastante cerca como para sentir el calor que irradiaba su piel, pero sin llegar a tocarse. Jack le rozó los labios, vio cómo se separaban bajo su pulgar y cómo se le cerraban los ojos.

La besó suavemente. Empezó por su boca, su mandíbula y su cuello. Besó los latidos salvajes de su corazón, el hueco de su garganta. Le dolió cuando ella suspiró, cuando le pasó los dedos por la espalda. Encontró el borde de su camisón y lo levantó mientras se deslizaba hacia abajo por su cuerpo.

—He pensado en esto todas las noches desde que te marchaste —susurró besándole las rodillas, el calor interno de sus muslos.

Adaira jadeó cuando él la saboreó.

Ese sonido atravesó al chico como un rayo y Jack saboreó el momento. Eran tan solo él y ella en la oscuridad. No había nada más al otro lado de la puerta y las paredes, no había nada que no fuera ella, el fuego que le recorría la sangre y los antiguos votos que habían pronunciado junto a los cardos bajo un cielo tormentoso. La decisión que habían tomado de atarse. No había nada más que su nombre pronunciado por los labios de ella, como una plegaria y una súplica, y él le respondió sin decir ni una sola palabra.

—*Jack.* —Adaira tiró de su túnica hasta que él volvió a encontrar su boca y cubrió todo el cuerpo de su esposa con el suyo.

Se unieron. Él la miró mientras ella lo miraba y se sintió totalmente consumido por ella. Por el modo en el que se movía y lo tocaba. Por el tono rosado de sus mejillas y la oscura posesión de sus ojos.

Enterró el rostro en su pelo. La respiró mientras se rendía a su abrazo.

Se quedaron tumbados así largo rato, entrelazados, mientras Adaira le acariciaba los hombros. Estaba casi dormido cuando oyó su voz, el susurro que lo siguió a sus sueños.

—*Antigua amenaza.*

CAPÍTULO 24

Torin perseguía a Sidra.

Cuando ella estaba en el campo observando a la guardia con sus ejercicios de entrenamiento, estaba a su lado. Cuando paseaba por los pasillos del castillo, él la seguía. Cuando visitaba a sus pacientes, estaba con ella fijándose atentamente en cómo limpiaba heridas y quemaduras. En qué hierbas y plantas reunía y aplastaba con la mano y el mortero y en qué mezclaba para crear sus tónicos y ungüentos curativos. Cuando acostaba a Maisie por las noches y le contaba historias asombrosas sobre los espíritus, Torin la escuchaba.

Anhelaba más que nada en el mundo que ella lo viera. Hablar con ella. Poder alargar la mano y acariciarle la piel.

Estaba con ella cuando se encontraba mal, cuando vomitaba en el orinal tras las puertas cerradas. Cuando se tocaba el vientre con la mano, donde su bebé era una chispa en la oscuridad. Se fijó en que apenas podía soportar la comida, que comía muy poco. Y vio que, a pesar de su agotamiento y de las innumerables preocupaciones que tenía, trabajaba más duro que nunca para encontrar una cura para la plaga.

Habían enfermado más miembros del clan. Torin sabía que debía estar esforzándose por resolver el enigma por ellos, pero estaba perdido. Solo se le ocurría aprender de Sidra observándola, suponiendo que era más probable que ella tuviera la respuesta en las manos. Pero el tiempo pasaba. Pese a que parecía estar inmóvil en el reino de los espíritus en un crepúsculo perpetuo, Torin sentía que los días pasaban en el mundo mortal.

Hielo y fuego unidos como uno solo. Hermanas divididas y reunidas de nuevo. Bañado con sal y cargado con sangre, todo junto pagará la deuda.

No sabía por dónde empezar a descifrar el acertijo.

Una noche observó atentamente mientras Sidra acostaba a Maisie en la cama que compartían.

—Cuéntame un cuento —pidió Maisie arropándose con las mantas.

Sidra se apoyó en la esquina del colchón.

—¿Qué cuento quieres oír esta noche?

—La historia de las hermanas.

—¿Qué hermanas, Maisie?

—¿Recuerdas el libro? ¿El que me regaló el abuelo? Las hermanas de las flores.

A Torin de repente le picó el interés. El enigma resonó a través de él mientras se acercaba a la luz del fuego.

—¿Te refieres a Orenna y a Whin? —preguntó Sidra.

Maisie asintió.

—Ese no me lo sé tan bien —contestó Sidra—, pero intentaré recordarlo lo mejor que pueda. —Mientras empezaba a contar la historia, Torin se empapó de sus palabras. Sidra habló de Orenna, quien se había atrevido a hacer crecer sus flores rojas como la sangre en lugares poco habituales, enfadando a los otros espíritus con sus escuchas a escondidas. A lady Whin de las Flores Silvestres no le había quedado más remedio que pedirle a su hermana que floreciera solo allí donde la invitaban. Orenna, por supuesto, ignoró la petición y siguió haciendo crecer sus flores donde le apetecía, recopilando secretos del fuego, el agua y el viento. Con el tiempo, la Earie Stone la castigó desterrándola a los suelos descorazonados, el único sitio en el que tenía permitido crecer. Orenna tenía que pincharse el dedo y dejar que su sangre dorada cayera al suelo para crear sus flores, y si un mortal recogía y se tragaba esos pétalos, sería recompensado con el conocimiento y los secretos de la propia Orenna.

Cuando la historia terminó, el corazón de Torin latía con fuerza. Los pensamientos se le arremolinaban en la mente con ideas y preguntas. Si estaba en el reino de los espíritus, ¿podría cruzar la línea del clan sin obstáculos? ¿Podría encontrar el cementerio en el que crecía Orenna en el Oeste? ¿Serían las hermanas del acertijo Orenna y Whin?

—Buenas noches, amor —susurró Sidra inclinándose para darle un beso en la frente a Maisie. Su hija se había quedado dormida con los brazos en cruz. Sidra se quedó un largo momento sentada a su lado con los ojos cerrados, como si finalmente pudiera quitarse la máscara que llevaba durante el día.

Parecía agotada. Estaba mortalmente pálida y tenía ojeras debajo de los ojos. Torin dio otro paso hacia ella, desesperado por acariciarle el pelo, por susurrar contra su piel.

—Deberías descansar, Sidra —le dijo.

Sidra suspiró.

Finalmente, se levantó y empezó a desabrocharse el corpiño. Ese era el momento en el que Torin siempre se marchaba. Cada noche, antes de que ella se desvistiera, atravesaba la puerta y se paseaba por los jardines del castillo en busca de respuestas. Estaba dándose la vuelta para irse cuando un jadeo escapó entre los labios de Sidra. Él se giró frunciendo el ceño y la vio cojeando hasta la chimenea.

Sidra se sentó en una silla mordiéndose el labio, como si quisiera reprimir otro gemido de dolor.

Torin se acercó a ella como si hubiera una cuerda atándolos. Se detuvo a uno pasos, reconcomido por la preocupación mientras ella se frotaba el tobillo izquierdo a través de la bota. La había estado siguiendo la mayor parte del día y no recordaba que se hubiera hecho daño.

Sidra dejó escapar una exhalación temblorosa mirando hacia donde él se encontraba. Torin no pudo respirar al sentir sus ojos sobre él.

—¿Sidra? —susurró con la voz suavizada por la esperanza—. ¿*Sid*?

Ella no respondió. Enseguida se dio cuenta de que estaba mirando *a través* de él, como ya debería saber a esas alturas. Ella tenía la mirada fija en Maisie, quien seguía durmiendo. Torin se tragó el nudo que tenía en la garganta observando mientras Sidra empezaba a desatarse con cuidado las botas altas hasta las rodillas.

Llevaba una tobillera. Torin frunció el ceño al verla, no se había dado cuenta de que estaba herida, aunque ahora que lo pensaba, siempre acudía a ella por las mañanas, cuando se había preparado para el día. No había visto una sola vez la tobillera, que quedaba oculta bajo la bota y la falda.

Dio un paso hacia ella. ¿Cuándo se lo había hecho?

Ella se quitó la tobillera. La dejó con cuidado en el suelo antes de bajarse las medias. Tenía todo el pie magullado, como si le hubiera pasado un carro por encima.

El aliento de Torin siseó entre sus dientes mientras corría hacia ella y se arrodillaba a su lado.

—¿Qué ha pasado? ¿*Cuándo* ha pasado esto? ¡He estado contigo todo el tiempo!

Sidra hizo una mueca mientras se frotaba el pie. Él se dio cuenta entonces y fue como si una flecha le atravesara el pecho. Miró más de cerca y vio los hilos dorados brillando bajo su piel.

Torin se tambaleó y se pasó los dedos por el pelo.

—*Sidra.*

Su espíritu se fracturó. Se sintió como un panel de cristal lleno de grietas. Como si estuviera a punto de romperse en mil fragmentos.

Tenía los ojos anegados en lágrimas mientras la observaba poniéndose de nuevo la media lentamente.

No sabía cómo curarse a sí misma. No sabía cómo derrotar a la plaga, a pesar de todas las horas que le había dedicado.

Torin nunca había sentido tanto miedo. Era una garra que lo atravesaba en los lugares más profundos, que llegaba a todos sus órganos y a todos los secretos que ocultaba. Poseía el poder de anclarlo a ese sitio en su habitación, incapaz de moverse o pensar. Podía convertirlo en humo y recuerdos. Se hundió en el miedo, en un miedo que le susurraba: «Vas a perderla en la tumba». Ya estaban en reinos separados, pero la muerte era un lugar en el que ni los espíritus de la isla podían vagar.

Sidra se levantó.

Se preparó para acostarse y Torin se quedó con los ojos llorosos contemplando el fuego que danzaba en la chimenea. Cuando Sidra caminó a través de él, lloró finalmente. Sus lágrimas eran espesas como la miel. Sus sollozos subían y bajaban como olas, pero nadie podía oírlo. Nadie podría soportar ser testigo de su dolor y su terror.

Finalmente, el fuego emitió un sonoro crujido en la chimenea. Una brasa voló a través de la penumbra y aterrizó en el pie de Torin. Ardió a través de él, a través de la niebla que lo rodeaba, y el la miró asombrado por poder sentir por fin algo diferente a sus propias emociones.

—*Adaira* —siseó la brasa justo antes de apagarse.

Torin dio un paso atrás y observó las cenizas deshacerse en su pie. Sus pensamientos se reordenaron, todavía atados por hilos de miedo, pero encontró una rama de lógica a la que aferrarse. Pensó en todo lo que había oído y observado en los últimos días.

Torin empezó a moverse. Miró a Sidra y a Maisie, ambas dormidas en la cama, antes de cruzar la puerta.

Salió al patio alargando sus zancadas y atravesó la ciudad en cuestión de respiraciones. Cuando llegó a las colinas, se detuvo.

—Señaladme el Oeste —pidió incapaz de saber hacia qué dirección miraba—. Llevadme con Adaira.

Hubo un revoloteo bajo sus pies. Torin observó cómo emergía el espíritu de la colina, saliendo del barro.

—Puedo guiarte hasta la línea del clan —señaló el espíritu con voz débil—. Pero no puedo traspasarla.

Torin lo miró fijamente.

—¿Estás enfermo?

—Estoy exhausto.

—¿Por la maldición?

—Por muchas cosas, laird mortal.

Torin pensó que entendía una parte de ese cansancio y le dijo:

—¿Cómo te llamas? No me lo dijiste.

Eso dibujó una sonrisa en el espíritu.

—No me lo preguntaste. Pero puedes llamarme Hap.

—Hap —repitió Torin saboreando el nombre. Le evocaba imágenes de colinas veraniegas, cubiertas de una hierba espesa y brezo. De un tiempo en el que la tierra estaba cálida por el sol y suave por la lluvia—. ¿Me guiarás hasta la línea del clan?

Hap se volvió.

—Sí. Quédate a mi sombra, Torin.

Cuando Hap echó a andar, Torin lo siguió. Pisaba en cada lugar en el que lo hacía el espíritu. Los lagos se plegaron para ellos, garantizándoles un paso rápido por sus tierras arenosas. Las rocas se hundían y solo volvían a salir después de su paso. Las colinas fueron amables y no les exigieron esfuerzos para ascenderlas. Incluso una cascada contuvo el aliento para que pudieran estar en suelo seco mientras subían a la cumbre desde la que caía.

Cuando llegaron al Aithwood, los árboles susurraron y gimieron, apartando sus ramas y enroscando sus raíces. Se forjó un sendero despejado, cubierto de musgo, y a Torin empezó a latirle de nuevo el corazón con fuerza. Nunca se había adentrado en el Oeste y no sabía lo que iba a encontrar.

Hap se detuvo a una distancia segura de la línea del clan.

Torin vaciló sintiendo el hormigueo de la magia en la tierra. También era un repelente para él y el sudor le perló la frente.

—¿Los espíritus del Oeste serán amables conmigo o debo prepararme para un enfrentamiento?

—Me temo que no puedo responder a eso —dijo Hap. Una flor le cayó del pelo y descansó en el suelo entre sus pies desnudos—. Ha pasado mucho tiempo desde la última vez que pisé el Oeste. No sé cómo les ha ido a mis hermanos en el otro lado, pero, a juzgar por los rumores, no demasiado bien. Así que ten cuidado por dónde pisas.

Torin no se había sentido tan nervioso en mucho tiempo y su primer reflejo fue llevarse las manos al costado en busca de su espada. No había ninguna, por supuesto. Sus filos no habían sobrevivido a la travesía entre reinos. Solo tenía sus manos, que estaban vacías, y sus pies, que tenía que mover con cautela.

Miró a la distancia bajo la luz crepuscular, donde esperaba la mitad oeste del bosque que parecía observarlo con curiosidad. Cuando dio el primer paso cauteloso al Oeste, estaba pensando en Maisie. Estaba pensando en la plaga, en el enigma y en las venas doradas bajo la piel de Sidra.

TERCERA PARTE

UNA CANCIÓN PARA EL FUEGO

CAPÍTULO 25

Sidra estaba saliendo del minifundio de Rodina con la cesta de curación en el hueco del brazo cuando vio a cinco guardias que pasaban junto a ella galopando por el camino. Se protegió los ojos del sol mientras los observaba marchar con sus caballos levantando una nube de polvo cobrizo. Casi parecía que tuvieran alas, tan rápido como marchaban en dirección al Oeste. Sidra sintió un atisbo de preocupación, pero intentó sacudírselo mientras se acercaba a la valla.

Blair, el guardia que le habían asignado, estaba esperándola con dos de sus caballos. Era uno de los antiguos miembros de la Guardia del Este, un hombre que no se había casado ni había tenidos hijos y había dedicado toda su vida a servir al Este. Era callado, pero extremadamente atento; tenía la barba plateada, los ojos oscuros y su largo cabello castaño empezaba a volverse gris en las sienes. También tenía complexión de toro y podía moverse sin hacer ni un ruido.

La propia Yvaine había elegido a Blair para que acompañara a Sidra cuando visitaba a sus pacientes. Al principio, a Sidra no le había hecho mucha gracia tener a alguien persiguiéndola a todas partes. Pero entonces se dio cuenta de que cada vez le costaba más subir al caballo, acomodarse en la silla y bajar al suelo varias veces al día. El pie le dolía constantemente, pero no podía mitigar el dolor con hierbas porque había renunciado a todas desde que se había dado cuenta de que estaba embarazada.

Blair había demostrado pronto que era útil. Era lo bastante alto y fuerte para subirla a la silla de montar y ayudarla a bajar, por lo que el pie apenas le dolía cuando tocaba el suelo. A veces, Sidra se preguntaba si él sospecharía que estaba infectada, si se habría dado cuenta de que le dolía el pie, a pesar de que lo escondía lo mejor que podía bajo el escudo de sus faldas y la tobillera debajo de la bota. Pero si lo pensaba, no se lo había dicho, y eso hizo que ella confiara en él.

Lo miró mientras él también se fijaba en los guardias que cabalgaban a toda prisa.

—¿Qué piensas? —le preguntó saliendo por la puerta.

Blair frunció el ceño.

—No estoy seguro, señora.

Sidra inhaló profundamente, preguntándose cuántos problemas más podría gestionar. Podía ser algo tan sencillo como un rebaño de ovejas que se hubiera alejado demasiado, o un toro que se hubiera escapado de su redil, o incluso las colinas moviéndose y causándole problemas a algún minifundista. No había modo de saberlo.

Blair la había tomado por la cintura y estaba a punto de subirla a la silla cuando ambos oyeron el golpeteo rítmico de los cascos. Un jinete se acercaba. Sidra rodeó los caballos y Blair la siguió. Ambos observaron cómo Yvaine se aproximaba y detenía a su semental en el césped.

En cuanto Sidra miró a los ojos a la capitana, supo que traía malas noticias. Se preparó mentalmente preguntándose quién habría enfermado, quién habría muerto, qué parte de la isla se habría infectado ahora.

—Ven, señora —le dijo Yvaine desmontando a toda prisa—. Al almacén, fuera del alcance del viento.

Sidra la siguió y Blair se quedó con los caballos. El almacén de Rodina estaba en la parte trasera de la propiedad y desde allí se veía el huerto, que ya había sucumbido por completo a la plaga. Era un edificio redondo y pequeño con el tejado de paja cubierto de musgo. Dentro había frío y humedad y las estanterías estaban llenas de provisiones para el invierno.

Sofocando un estornudo, Sidra se apoyó en la pared para quitarle peso al pie.

—Dime, Yvaine. ¿Qué ha pasado?

Yvaine permaneció callada. Ese silencio convirtió el miedo de Sidra en hielo y se estremeció a pesar del caluroso día y del sudor que le empapaba el vestido.

—No puedo creer que vaya a decirte esto, Sidra —empezó pasándose las manos por la cara, respirando en sus palmas. Era la primera señal de angustia que Sidra le veía a Yvaine, pero era extrañamente reconfortante saber que la capitana se sentía lo bastante cómoda con ella como para bajar la guardia por completo. Aunque fuera solo por un momento.

Sidra también estuvo a punto de quitarse la máscara. Estuvo a punto de decirle a Yvaine en ese mismo momento que ella también había contraído la enfermedad, que no sabía cuánto tiempo tenía y que ya no podía tratarse a sí misma porque, sí, estaba embarazada del bebé de Torin, quien seguía en paradero desconocido, aunque ambas creían que estaba vagando por el reino de los espíritus. Pero era demasiado, esos últimos días podrían haber servido de inspiración para una horrible balada. En lugar de eso, Sidra se mordió el interior de la mejilla y esperó.

Yvaine bajó las manos. Sus cuerdas vocales se movieron cuando miró a Sidra a los ojos.

La capitana tenía razón. No había modo de que Sidra se hubiera preparado para esa noticia. Los ojos de Yvaine brillaron por la conmoción cuando finalmente habló:

—Moray Breccan ha escapado de las mazmorras.

Cuando Sidra era pequeña y vivía en la cuna del valle, a menudo se adentraba en las profundidades de las colinas cuando estaba enfadada o perturbada. Se llevaba su vara, a veces guiando al rebaño de ovejas, pero la mayoría del tiempo iba sola. Caminaba, caminaba y *caminaba*. Caminaba hasta que encontraba una señal, que podía ser cualquier cosa: una roca con una forma extraña, una pequeña cascada, un prado de flores silvestres, una nube en el cielo que proyectaba una forma distintiva en el césped… Entonces se detenía y se sentaba a su lado. Por lo general, a esas alturas ya estaba tan cansada de caminar que sus problemas habían perdido la peor parte y empezaba a ver una solución para librarse de ellos.

Ahora, más que nada, quería adentrarse en las colinas.

—Necesito hacer otra parada —le dijo a Blair cuando la subió a la silla.

Yvaine hacía rato que se había marchado para unirse a la búsqueda con sus guardias, dejando a Blair y a Sidra atrás en el minifundio de Rodina. Blair ni siquiera se había estremecido cuando la capitana le había susurrado al oído la noticia de la fuga de Moray, pero sus ojos eran rápidos y se fijaban en cada destello de sombra como si el prisionero pudiera salir corriendo en cualquier momento.

—Te sigo —le dijo a Sidra y ella asintió mientras esperaba a que subiera a su caballo.

Cabalgaron lado a lado a un trote suave, pasaron junto a pamplinas blancas y violetas en flor a los lados del camino. El viento cálido soplaba desde el sur desplegando nubes por todo el cielo mientras el sol continuaba su ascenso matutino. Un ciervo y su cría moteada saltaron por encima de un matorral y se detuvieron a mitad de una ladera de brezo para observar a Sidra con curiosidad.

No podía caminar por las colinas, así que cabalgó hasta casa. La cabaña ahora estaba silenciosa, vacía y llena de sombras y las malas hierbas empezaban a apoderarse lentamente del jardín.

Blair la ayudó a bajar. Esta vez hizo una mueca cuando apoyó el pie en el suelo y él se dio cuenta. *Sí*, pensó Sidra tan cansada que podía desplomarse justo ahí sobre el césped. Él debió darse cuenta de que algo no iba bien, pero solo se aseguró de que pudiera sostenerse en pie antes de que se metiera en la cabaña. Estaba despejada, tal y como Sidra sabía que estaría, y Blair esperó fuera mientras ella se sentaba en su antigua mesa de la cocina, intentando decidir qué hacer. Cómo resolver una situación que no quería manejar.

Cerró los ojos, pero notaba la casa vacía y extraña. Sidra podía oír el viento azotando las persianas, soplando sobre cenizas viejas en la chimenea.

Allí no encontraría respuestas, aunque una vez Moray había estado en esa misma cabaña. Se estremeció al recordar aquella noche.

Sidra apretó los dientes.

Se apoyó en la mesa para levantarse y volvió al jardín soleado. Como imaginaba, Blair estaba esperándola junto a la valla. Sidra se detuvo a tomar un manojo de hierbas y algo de maleza. Había dedicado varias horas cada día a encontrar una cura para la enfermedad, pero nada ralentizaba su avance. Solo podía tratar síntomas menores en los pacientes que también la sufrían. Suspiró mientras se guardaba la cosecha en la cesta.

Su mirada se movió ausentemente hacia la colina. El lugar en el que una vez había apuñalado a Moray.

—Voy a visitar un momento a mi suegro —le dijo a Blair.

Él tomó los caballos y caminó junto a ella colina arriba hacia la cabaña de Graeme. Cuando Sidra hizo una pausa a mitad de camino, Blair le ofreció el brazo.

Sidra titubeó pero lo aceptó, tragándose la vergüenza mientras se apoyaba en él. Si Blair iba a ser su sombra las próximas semanas o meses o hasta que volviera Torin, acabaría descubriendo la verdad sobre su pie. También se enteraría de que llevaba un bebé. La mente de Sidra empezó a dar vueltas mientras se preguntaba si debería pasar página y anunciar al clan sus dos condiciones.

No, no puedo. Todavía no.

A veces no podía dormir por las noches y durante esas horas de silencio se preocupaba por su bebé. No sabía si la maldición también afectaría al hijo o hija que crecía en su interior. Teniendo en cuenta su poder de expansión, podía llegar al bebé con el tiempo. Pero, aunque la enfermedad no le afectara, no sabía si las hierbas que había tomado previamente lo habían hecho. Era demasiado en lo que pensar cuando estaba tumbada en la oscuridad en las noches de insomnio, con los ojos abiertos, sola y angustiada.

Suspiró con alivio cuando llegó a la valla de la casa de Graeme y deslizó la mano del brazo de Blair.

—Te espero aquí —dijo él.

Sidra le dio las gracias y encontró a Graeme en el interior de la cabaña leyendo un grueso libro del continente junto a la chimenea.

—¿Sidra? —la saludó él, sorprendido. Se levantó y se quitó las lentes—. ¿Necesitas que vigile a Maisie?

—No, hoy está con la cuidadora del castillo —dijo Sidra—. Necesito tu consejo. Se ha perdido otro hombre bajo mi guardia y no sé qué hacer.

—Eso requiere un poco de té, pues. Y unas tortitas con mermelada. Venga, siéntate un poco.

Graeme siempre intentaba alimentarla. Sidra solo soportaba ciertas comidas, pero, por suerte, una de ellas eran las tortitas. Dejó que Graeme las preparara junto con el té, aunque no tenía nada de hambre.

—Y bien, ¿qué hombre se ha perdido? —preguntó él sentándose a la mesa frente a ella.

—Moray Breccan.

Graeme tardó tres segundos enteros en responder.

—De acuerdo —murmuró con un tono ligeramente mareado—. ¿Cómo ha podido escapar de las mazmorras?

—El otro día quería hablar conmigo —explicó Sidra mirando su té—. Lo visité en las mazmorras. Preguntó si podía escribirle una carta a Adaira. Le dije que no. Cuando llegó el cambio de turno por la noche, le pidió a uno de los guardias tinta, pluma y pergamino para escribir una carta. El guardia le proporcionó los materiales sin darse cuenta de que yo había denegado su petición. Moray usó la pluma como arma y lo apuñaló en el cuello. Así consiguió las llaves y mató a cuatro guardias más con la daga que robó. Yvaine cree que se disfrazó él mismo de guardia y salió de Sloane porque cuando el turno siguiente encontró los cuerpos de los guardias, uno de ellos estaba desnudo. En ese momento avisaron a Yvaine de su fuga.

Graeme se frotó la barbilla.

—Entiendo que ahora mismo deben estar buscándolo.

—Sí, Yvaine y los guardias están peinando las colinas y registrando almacenes, cuevas y minifundios. Desafortunadamente, se conoce bien el Este por todas las veces que vino anteriormente. Pero yo... —Sidra hizo una pausa y cerró brevemente los ojos—. Me preocupa que vaya a hacer algo horrible. A atacarme en cualquier momento. A hacerle daño al clan.

—¿Crees que intentará dañar a alguien inocente?

—Sí que lo creo. Ya lo hecho otras veces.

—¿Y qué consejo puedo darte yo, Sidra?

—¿Y si no lo recupero nunca? —inquirió ella—. ¿Qué hago si lo encuentran? ¿Cómo lo castigo por haber *matado* a cinco de mis guardias? ¿Vuelvo a encadenarlo y alargo su sentencia? ¿Una sentencia que afecta también a Adaira en el Oeste y que la mantendrá alejada de nosotros todavía más tiempo? ¿Hago que lo ejecuten? ¿Le escribo a Innes Breccan y le pregunto que preferiría para su heredero? Todos me miran esperando sabiduría y un plan de acción y yo estoy completa y totalmente perdida.

—Sidra —dijo Graeme suavemente.

Ella calló, pero el corazón le latía con fuerza. Tomó un sorbo de té para enmascarar el regusto amargo que notaba en la boca.

—¿Has dicho que quería escribirle una carta a Adaira?

—Sí.

—Pues creo que ya tienes tu respuesta.

—Creo que no tienes que preocuparte por qué hacer *tú* con Moray Breccan cuando lo encontréis —contestó Graeme—, por el simple hecho de que no está en el Este. Ya se debe haber ido hace mucho.

Sidra no quería considerar esa posibilidad. El Este no podía permitirse perder a Moray. Pero cuanto más miraba a Graeme y la sabia luz de sus ojos, más se convencía de que él estaba en lo cierto.

Sin embargo, fue Graeme el que lo dijo porque Sidra no soportaba ni pensarlo.

—Creo que Moray se ha ido a casa para estar con su hermana.

CAPÍTULO 26

Adaira se despertó entrelazada con Jack. El muchacho la envolvía con el brazo y sus respiraciones seguían el pesado ritmo de los sueños. Adaira tenía una pierna atrapada entre las suyas y, durante un momento, se limitó a descansar sobre su sólido calor, permitiéndose un lento despertar.

Observó cómo el amanecer empezaba a bañar las ventanas con un resplandor grisáceo. Pensó en lo sola que se había sentido despertándose cada mañana en una cama demasiado grande para ella. En cómo pensaba en Jack y se permitía anhelarlo.

Todavía no creía que él estuviera ahí.

Tembló, pero no de frío.

Adaira salió de la cama con cuidado de no despertar a Jack. Abrió la puerta en silencio para pedirle a un sirviente que les subiera una bandeja con el desayuno y se calentó con el fuego de la chimenea. Estaba admirando el baile de las llamas cuando pisó algo duro y frío.

Frunciendo el ceño, bajó la mirada y vio una pequeña gema azul.

Se había olvidado por completo de la sangre envenenada de Rab y los cristales que había llevado en la mano la noche anterior. Se arrodilló y recogió las gemas esparcidas, las llevó hasta su cómoda y las dejó en un cuenco vacío. Entonces se puso a asearse, pero no dejaba de ver a Rab en sus pensamientos.

Lo había alcanzado en los establos preparándose para montar a su caballo y marcharse a su casa. Pero cuando lo había llamado, él se había detenido porque no quería quedar como un cobarde ante ella y los mozos de cuadra que se habían acercado a presenciar el altercado.

Adaira había encontrado la media moneda de Jack en el bolsillo de Rab, la confirmación que necesitaba. Le puso la dosis de aethyn que era para ella en las manos y le obligó a bebérsela. Entonces esperó a que hiciera efecto sin saber lo mucho que lo afectaría y si él ya había tomado dosis anteriormente.

Como pensaba, no lo afectó demasiado. Lo más probable era que, como hijo de una thane, llevara años tomando el veneno. Adaira le quitó la daga del cinturón para no tener que desenvainar su propia espada y le pasó la hoja afilada por la mejilla, haciéndole un corte. Lo observó estremecerse y sisear de dolor.

—Que esta cicatriz te recuerde lo idiota que has sido —afirmó Adaira mientras la sangre le manaba del rostro y salpicaba el heno transformándose en gemas azules—. Que esta cicatriz te recuerde que no debes volver a tocar nunca a mis seres queridos o mi próximo castigo no será tan misericordioso. ¿Entendido, Rab?

—Entendido, Cora —repitió él con voz ronca.

Aun así, no era suficiente. Cuando le había cortado la cara, había sentido que la sangre del chico le salpicaba las mejillas y le manchaba los nudillos. Solo entonces lo dejó marchar, pero no antes de ordenarle que devolviera todo lo que le había robado a Jack.

Lo observó alejarse a medio galope hacia la noche mientras los mozos de cuadra, admirados, o tal vez sorprendidos, susurraban a su alrededor. Había sido una presencia tímida que no había llamado la atención en los establos hasta ese momento. Se agachó para recoger las gemas que había creado.

Ahora Adaira se quedó parada bajo la luz de la mañana mirándose las manos llenas de agua.

No sabía qué pensarían Innes y David de su «advertencia» a Rab. Ni siquiera ella sabía de dónde había salido, pero le parecía una respuesta natural. Una que había salido de una faceta suya que llevaba tanto tiempo reprimida que ni siquiera había sido consciente de su existencia.

Alguien llamó a la puerta rompiendo el momento. Se secó las manos y cruzó la habitación, viendo que Jack estaba moviéndose.

292 • REBECCA ROSS

—Quédate en la cama, antigua amenaza —le dijo mientras él se sentaba con el cabello enmarañado.

Jack la miró con el ceño fruncido y con los ojos todavía hinchados de dormir. Adaira abrió la puerta y le dio las gracias al sirviente que les trajo el desayuno. Tomó la bandeja y se la llevó a la cama, dejándola suavemente sobre el colchón.

—¿Y esto qué es? —preguntó Jack con la voz ronca por los sueños—. ¿Desayuno en la cama?

Adaira sonrió de oreja a oreja y se subió al colchón.

—Ayer tuviste un día duro. Es lo menos que puedo hacer.

Jack le devolvió la sonrisa y tomó la tetera humeante. Sirvió dos copas y, cuando Adaira alargó el brazo para tomar una, él la detuvo, como si la bandeja fuera solo para él.

—¿Dónde está tu desayuno? —bromeó.

Adaira se quedó boquiabierta, pero disfrutó de su canturreo.

—¿Así que debo suplicarte que me alimentes?

—Ah, nada me gustaría más que alimentarte —respondió Jack fijándose en su pelo alborotado y en su camisón arrugado. Adaira encogió los dedos de los pies bajo las mantas, pero antes de poder pensar una buena réplica, él continuó—: ¿Con qué te apetece empezar? ¿Con el té o con las gachas?

—Con el té —dijo ella tomando la taza que él por fin le tendió.

Agregó algo de miel y de crema y se sentaron apoyados en el cabecero, disfrutando del té en un amigable silencio. Finalmente, Adaira miró a Jack de soslayo, llena de preguntas.

—¿Cómo están Mirin y Frae? —indagó.

—Están las dos bien. Frae quería que te diera un abrazo de su parte.

—Me alegra oír eso. Las echo de menos —comentó Adaira acariciando el borde de su taza con el dedo—. ¿Y Sidra y Torin?

Jack hizo una pausa y Adaira sintió una punzada de pánico.

—¿Qué ocurre? —insistió—. ¿Están bien? ¿Ha pasado algo?

—Están bien —se apresuró a tranquilizarla Jack—. Pero ha pasado algo que tengo que contarte.

Adaira lo escuchó mientras él le explicaba lo de la plaga. Se quedó paralizada debido a la conmoción por lo que Jack le estaba contando, olvidando el té que sostenía entre las manos. Él le habló de cómo la enfermedad se había transmitido a los humanos y de cómo había intentado tocar para el huerto en busca de respuestas. De cómo Bane lo había interrumpido atacando a un árbol (el fragmento del recuerdo de Kae que había visto Adaira) y de cómo Torin ya no sabía qué más hacer.

—No puedo creer que esto esté pasando —murmuró Adaira cuando Jack terminó—. Debería escribirle. Y también a Sidra.

—Bueno, eso me lleva al siguiente punto —prosiguió Jack con un suspiro—. Torin está intentando contener la noticia de la plaga en el Este, pero me he fijado en que también está en el Oeste.

Adaira frunció el ceño.

—¿Dónde?

—En el Aithwood. Pasé por un árbol enfermo al atravesarlo.

—Mis padres no me han mencionado nada de esto —repuso ella—. Ni nadie.

Jack la miró con gravedad.

—Entonces cabe la posibilidad de que acabe de traspasar al Oeste. O puede que tus padres sepan lo de la plaga y también lo estén manteniendo en secreto.

La segunda posibilidad le parecía la más probable. Mientras Jack servía un cuenco de gachas para cada uno, Adaira pensó en cómo debía encarar esa conversación con Innes. ¿Estaría ella abierta a discutir un asunto tan delicado con su hija?

—¿Entonces Torin no quiere que los Breccan sepan lo de la enfermedad del Este? —preguntó Adaira tomando el cuenco que Jack le tendía. Él le había servido una gran variedad de bayas y le había puesto crema por encima, así que ella tomó la cuchara y lo mezcló todo.

—Sí —respondió Jack—. Pero eso fue *antes* de saber que el Oeste también la sufría, algo que Torin todavía desconoce. Creo que esto lo hará cambiar de opinión.

—Hum… —Adaira se inclinó hacia adelante para volver a llenarse la taza de té. El camisón se le deslizó por el hombro hasta el codo.

—¿Qué es eso? —preguntó Jack con voz aguda.

—¿Qué? ¿Querías todo el té para ti? —replicó ella insegura de a qué se refería Jack, hasta que vio que miraba fijamente su brazo y la línea de puntos que le cubrían la herida—. Ah. *Eso*. No es nada.

Pero Jack se la estaba rozando con la yema del dedo, con los ojos oscuros y brillantes mientras estudiaba los puntos.

—A mí no me parece *nada* —replicó—. ¿Quién te hizo esto?

—Fue un accidente.

—¿Bajo la mano de quién?

—De David —contestó Adaira—. Estábamos entrenando bajo la lluvia.

Lamentó haber dicho esas palabras en cuanto las pronunció. Evocaron imágenes de Jack y su padre en el estadio. Adaira pudo ver la misma idea en la mente del chico mientras adquiría una expresión cerrada, como si estuviera intentando controlar sus emociones.

Adaira dejó sus gachas a un lado.

—Quiero liberarlo —afirmó—. Se supone que debería ser libre.

—Innes no quiere volver a aceptarlo en el clan —dijo Jack en un tono cauteloso—. Entiendo sus motivos, teniendo en cuenta lo que hizo Niall.

—Hablaré con ella —prometió Adaira.

Se terminaron el desayuno en un tenso silencio. Finalmente, a Adaira no se le ocurrió un mejor modo de romper el humor sombrío que un paseo por los aledaños.

—El día se nos está escapando —comentó acercándose a su guardarropa. Dejó que el camisón cayera al suelo y sintió la mirada de Jack sobre su piel. Atisbando por encima del hombro, ella encontró su mirada audaz.

—Vístete, Jack. Quiero que conozcas a alguien.

Todo el Oeste parecía un cementerio lleno de espíritus hambrientos y languidecientes. Torin avanzó con cautela, pero aun así atrajo demasiada atención. Los ferlies del césped lo seguían relamiéndose los labios. El brezo se estremecía cuando pasaba y las rocas se negaban a abrirle el paso. Los espíritus de la tierra sospechaban de él y Torin no sabía qué hacer aparte de andarse con cuidado y mantener los ojos bien abiertos por si veía a Adaira o la flor de Orenna.

Al cabo de un rato, llegó a un río (se preguntó si sería el mismo río que fluía por el centro del Aithwood hacia el Este) y estaba a punto de cruzarlo cuando un espíritu se levantó del agua con un gruñido.

Torin volvió a poner el pie en la ribera, a punto de perder el equilibrio. Parpadeó sorprendido mientras el espíritu se manifestaba en forma de anciana con la piel azulada, el cabello lacio y blanco y ojos saltones y lechosos. Ella primero resopló y después le sonrió revelando una horripilante dentadura afilada. Tenía los dedos largos como garras y branquias en el cuello fibroso.

—¿Te atreves a cruzar mis dominios, hombre mortal? —preguntó.

A Torin se le erizó el vello de los brazos, pero logró mantener el volumen de su voz.

—Sí. Disculpa si te he ofendido, espíritu del río.

Ella soltó una carcajada. Era un sonido de pesadilla y el sudor empezó a mojarle la espalda a Torin.

—¿Por qué estás en nuestro reino? —inquirió acercándose a la orilla con el agua cayendo por sus rodillas nudosas. Torin se preguntó si podría salir del río; si no, la ribera era la única esperanza que tenía de no acabar devorado por ella—. Ha pasado mucho tiempo desde la última vez que uno de los tuyos estuvo aquí.

Torin vaciló. No había tenido la previsión de preguntarle a Hap si debería revelar su propósito al resto del folk. Podía ser peligroso dejar que tal chisme fluyera entre los espíritus del agua, pero el Oeste parecía ser una tierra que anhelaba angustiosamente la esperanza.

Exhaló y señaló:

—He sido convocado para ayudar a curar la isla.

El espíritu del río inclinó la cabeza.

—¿Para curarnos? —preguntó mirando hacia el norte, demostrando que sabía a qué se refería—. ¿Sabe él que estás aquí?

—No.

El silencio se volvió espeso entre ellos. En unas respiraciones más, Torin descubriría si iba a morir ahí bajo las manos de Bane o bajo las palabras resbalosas de esa arpía de río.

Torin la miró fijamente, inseguro de cómo responder.

—¿Quién soy yo, pues?

—Una vez fuiste capitán de la Guardia del Este, y ahora, el laird del Este.

Torin se estremeció y supo que debía ser el mismo condenado río que iba hasta el Este, puesto que ese espíritu parecía saber demasiado.

—No hace mucho —prosiguió ella—, caminaste sobre mi cabello con la palma ensangrentada cuando pronunciaste tus votos a la Guardia del Este. Desde entonces, he soportado a tus hombres pisoteándome como si yo no fuera nada cuando vigilan el bosque.

—Lo siento —se disculpó Torin con sinceridad—. Entonces no tenía los ojos abiertos para ti. Como tampoco los tienen ahora mis hombres.

Ella siseó y Torin no supo si acababa de ofenderla todavía más o si estaba aceptando sus disculpas.

Pero entonces se dio cuenta de que ese espíritu había estado en el Este, así que le dijo:

—Tienes la capacidad de atravesar la línea del clan. Ves tanto a los del Oeste como a los del Este. Los otros espíritus no son tan poderosos como tú.

Su sonrisa se ensanchó y sus dientes parecieron multiplicarse.

—*Sí*, sí. Soy diferente a los demás porque el rey me ha otorgado ese poder.

Torin notó que se le caía el estómago a los pies. Debía ser una de las marionetas de Bane y tuvo la horrible corazonada de que iba a convocar al rey.

—Te ha sido otorgada una habilidad como esa, pero aun así estás hambrienta, ¿verdad? Al igual que el resto del Oeste, incluso aunque tú fluyes hasta el Este. Ansías volver a sentirte completa, a dejar de tener esa maldición en tus rápidos.

La alegría del espíritu del río se desvaneció de repente. Sus ojos lechosos se oscurecieron y Torin vio que sus palabras habían golpeado en la verdad.

—Tienes hambre —continuó buscando una roca en la ribera. Una roca con un borde dentado—. Pero conozco tu secreto. Sé lo que necesitas y, si te alimento, me dejarás pasar a través de tus rápidos sin ser detectado ni herido. Porque he venido a restaurar la isla y, al fin y al cabo, deseas curarte y dejar de estar partida en dos, dividida en tu propio ser. Eso solo podrá suceder si me dejas pasar.

Ella se quedó en silencio, considerándolo. Las branquias se le movieron en el cuello y la corriente se ralentizó a la altura de sus rodillas.

Torin se atrevió a cortarse la palma con la roca, la misma mano que poseía su antigua cicatriz encantada. Sintió un destello de dolor y empezó a manar la sangre, brillante como rubíes bajo la tenue luz grisácea. Dio un paso hacia el río hasta que notó el corazón acelerado y las botas sumergidas. El agua estaba fría y la sintió como cientos de manos diminutas tirando de él.

Reprimió un escalofrío y levantó la mano sangrante hacia el espíritu.

Una expresión de tristeza atravesó el rostro de la anciana, tirando de su frente. Pero entonces dio un paso adelante para recibirlo y bebió de la sangre que él ofrecía. Sentir su sangre succionada por una boca inmortal era una sensación extraña. Tuvo un momento de pánico, ¿le drenaría todo el contenido? Pero, cuando finalmente apartó la mano, ella lo soltó.

Saciada y llena, el espíritu del río suspiró.

Ya no parecía tan vieja y demacrada y, sin una palabra más, se fundió en el agua. Torin simplemente abrió la boca mientras reordenaba sus pensamientos y permitía que se le calmaran los latidos. Pero entonces ella lo sorprendió todavía más: como si se hubiera recogido el cabello, detuvo el flujo del río permitiéndole pasar por un terreno seco.

—Gracias —susurró él pisando las rocas del lecho del río, la suave arena y la otra ribera. Cuando volvió a estar de pie sobre el musgo, echó la mirada atrás y vio al río continuando con su curso.

Desde ese momento, su viaje para encontrar a Adaira no fue tan terrible.

Tal vez los otros espíritus fueran más acogedores porque habían oído su intercambio con el río. O tal vez la propia confianza de Torin había aumentado y empezaba a pensar que podía resolver el enigma más rápido de lo que había creído en un primer momento.

Localizó un camino y recién se había puesto a seguirlo cuando oyó cascos de caballos a lo lejos. Permaneció quieto esperando a que coronaran la cima de la colina. Cuando lo hicieron, se quedó sin aliento.

Había dos caballos uno al lado del otro. Torin no pudo distinguir a uno de los jinetes desde esa distancia. Pero ¿a la mujer? La reconocería en cualquier parte.

—*Adaira* —murmuró echando a correr.

Sus zancadas volvían a ser largas y enérgicas pisando la tierra bajo sus pies. Llegó hasta Adaira y el otro jinete, quien vio rápidamente que era Jack. Los siguió por el camino hasta una zona de páramos peligrosos.

—¿A dónde vais vosotros dos? —preguntó Torin fijándose en todos los rostros ceñudos de las rocas por las que pasaban y en los ferlies hambrientos del suelo. El viento del este soplaba con tantas alas que le provocó a Torin más escalofríos que el río. Pero continuó siguiendo a Adaira y a Jack, aliviado de verlos juntos como deberían estar, y recordó cómo la brasa del fuego le había susurrado el nombre de su prima.

Torin no estaba seguro de *por qué* tenía que encontrar a Adaira. Se preguntó si ella desempeñaría algún papel en la respuesta al enigma, pero empezaba a pensar que no, que tal vez su nombre era el único modo que había tenido la brasa de obligarlo a aventurarse en el Oeste. A Torin le preocupaba estar malgastando el tiempo persiguiendo a su prima hasta que ella y Jack se detuvieron en una arboleda.

Ataron sus caballos y entraron en las sombras del bosque, con Torin siguiéndolos de cerca. Era una sensación muy extraña la de ser invisible y tuvo que luchar contra la tentación de abrazar a Adaira, de gritarle que lo mirara a los ojos.

Pronto, se dijo Torin. Esta palabra lo mantenía erguido y avanzando. *Pronto ella volverá a verte. Pronto estarás en casa.*

Torin siguió a Jack y a Adaira a un lago de aguas oscuras. Se detuvo para contemplar ese extraño lugar. Había una cabaña destartalada en una pequeña isla en el medio del agua, pero lo más extraño era el aire, que parecía frío y vacío. Enseguida se dio cuenta de que allí no soplaba el viento. Adaira y Jack parecían haberse adentrado en un pliegue temporal, un lugar en el que todavía ardía el pasado.

—¿Este es el lago Ivorra? —preguntó Jack.

Adaira se volvió hacia él.

—¿Qué es el lago Ivorra?

—Es donde vivió el último bardo del Oeste antes de que la música cayera en desgracia —explicó Jack.

Una expresión incrédula pero alegre se dibujó en el semblante de Adaira.

—¿Cómo lo sabes, antigua amenaza?

—Rab —respondió Jack simplemente—. Creía que había robado el arpa de aquí.

Adaira no dijo nada, sino que presionó los labios. Guio a Jack por el estrecho puente de tierra hasta la cabaña, con Torin siguiéndolos de cerca. Al laird no le gustaba cómo lo hacía sentir ese sitio y miró hacia abajo a las aguas tranquilas y silenciosas del lago. No había señales de su espíritu correspondiente, pero Torin podía sentir su presencia. Un ser antiguo y peligroso que acechaba en las profundidades.

—¿Debería preocuparme por lo que vas a enseñarme, Adaira? —preguntó Jack mientras se acercaban a la puerta de la cabaña. El jardín era un desastre. Cardos doblegados afilando sus agujas y maleza extendiendo sus zarcillos empapados de polen como si quisiera capturar a Adaira y a Jack. Torin los siguió rápidamente frunciéndoles el ceño a los espíritus hasta que se retiraban obedientemente.

—No —contestó Adaira, pero entonces deslizó el dedo por la punta de su espada.

—¿Qué estás haciendo? —siseó Jack mientras ella levantaba la mano sangrante y la apoyaba en la puerta.

Se oyó el inconfundible crujido de la puerta abriéndose.

—Una puerta encantada —explicó al tiempo que la empujaba.

Ella atravesó el umbral primero. Jack la siguió.

Torin entró con ellos en la cabaña, impresionado por la cerradura de la puerta. Se fijó en que el aire olía a podredumbre. Una podredumbre dulce, como a miel y papel enmohecido cubriendo una tumba. Pero pronto se olvidó del olor cuando vio lo que había entre las paredes.

Había un espíritu del viento sentado al borde de un jergón con la melena índigo cayéndole en cascada por los hombros. Era delgada y esbelta y su piel era del color del cielo primaveral. Iba vestida con una armadura plateada y se levantó lentamente con las alas magulladas arrastrándose por el suelo tras ella.

Torin apenas la miró, abrumado por la preocupación. No se dio cuenta de que Adaira y Jack también podían ver al espíritu hasta que su prima dijo:

—¿Jack? Esta es mi amiga Kae.

Jack soltó un largo y profundo suspiro. Estaba tan sorprendido y maravillado como Torin por encontrar a un espíritu en carne y hueso allí, y la mente de Torin se aceleró. Ansiaba saber qué había pasado para que ese espíritu del viento se manifestara en el reino natural. ¿Era algo que sucedía comúnmente?

Y entonces ocurrió lo más extraordinario. La atención del espíritu pasó por encima de Jack y de Adaira a la sombra en la que estaba Torin. Aguardó esperando sentir su mirada atravesándolo, como sucedía con la de Sidra o la de Maisie. Se estaba acostumbrando a esa sensación, como si siempre hubiera sido un fantasma. Pero entonces los ojos del espíritu recorrieron su silueta. Los contornos de su rostro.

Se le cortó la respiración cuando la mirada del espíritu se encontró con la suya.

CAPÍTULO 27

Jack estaba sentado enfrente de Kae en la estropeada mesa de la cocina observando cómo Adaira preparaba un pequeño despliegue de comida. Pan marrón oscuro, cebollas encurtidas, una rueda de queso suave y bayas silvestres. Estaba sirviendo un poco de gra para cada uno cuando Jack se fijó en la composición musical que había esparcida en el otro extremo de la mesa. Los pergaminos arrugados eran del color de la miel, tenían los bordes desgastados y las notas estaban borrosas y desvaneciéndose.

Permitió que su mirada vagara al esqueleto de la pared, a las arpas que seguían enteras colgadas de clavos y las que estaban rotas y esparcidas por el suelo. Los retazos silenciosos de la vida de un ermitaño o, probablemente, de un bardo exiliado. Había una tetera agrietada en una estantería, una extraña colección de tazas, una lata abollada con hojas de té y tarros de conservas que se habían vuelto blanquecinos por el tiempo. La cama llena de bultos en la esquina, las persianas bloqueadas por todas las vidas, y las hierbas cuyas hojas se habían convertido en polvo y cuyos tallos seguían colgando de las vigas como dedos largos y sobrenaturales.

Le gustaba y le asqueaba ese sitio.

Pensó que sería una buena vivienda para un bardo, un sitio donde componer baladas rodeado por el agua en los aledaños. Nadie te molestaría allí ni interrumpiría tu trabajo. Aun así, ese lugar tenía un aire triste y extraño. Era casi como un sueño siniestro del que quieres despertar, pero no lo consigues.

Jack reprimió un escalofrío al darse cuenta de que Kae lo observaba.

Le devolvió la mirada, lleno de preguntas que no sabía si debería plantear. ¿Qué le había pasado a ella y a sus alas? ¿Por qué estaba atrapada en su forma manifestada? ¿Por qué lo miraba con esa cálida luz en los ojos como si fueran viejos amigos?

—Bane hirió a Kae y la desterró de su corte —explicó Adaira sentándose junto a él—. La vi caer desde el cielo y tuve la suerte suficiente para poder rastrearla por los aledaños.

—¿Puedo preguntar qué sucedió, Kae? —inquirió Jack—. ¿Por qué te desterró?

Kae permaneció en silencio.

—También le robó la voz —contestó Adaira—. Pero hemos encontrado un modo de comunicarnos.

—¿Cómo?

Adaira intercambió una mirada con Kae.

—¿Crees que podrías mostrarle lo que me enseñaste a mí?

Kae asintió. Le tendió la mano a Jack. Sus uñas largas y azuladas eran translúcidas bajo la luz. Él se la quedó mirando un momento, confundido, hasta que Adaira le indicó que le tomara la mano.

Él lo hizo, incapaz de ocultar su recelo, que brillaba como el acero. En cuanto su palma rozó la de Kae, cuando su calidez mortal se encontró con su hielo eterno, se le inundó la mente de colores e imágenes abrumadores. Tomó aire entre dientes, intentando reorientarse.

Vio la corte de Bane y el destierro de Kae. Su caída a través de las nubes. Se vio a sí mismo sentado en una colina en la oscuridad tocando el arpa y se sobresaltó. Era raro verse a uno mismo a través de los ojos de otro. Mareado, saltó de un recuerdo a otro, hasta que todas las piezas encajaron y apenas podía respirar, apenas podía pensar. Casi no sabía ni dónde estaba y…

Kae lo soltó.

Jack continuó conmocionado, con los ojos cerrados con fuerza inclinándose hacia adelante sobre la mesa. Notó la mano de Adaira tocándole el pelo. Cuando su corazón recuperó su latido estable una vez más, abrió los ojos y miró a Kae, asombrado.

Ella ya lo estaba observando, con gotas de sudor dorado reluciendo sobre su piel. Se la veía desafiante y ansiosa, como si no supiera qué iba a pensar él.

—¿Has estado protegiéndome, protegiendo mi música, todo este tiempo? —preguntó.

Kae asintió.

Jack quería saber por qué. ¿Por qué había sufrido cicatrices por él? ¿Qué significaba su música para ella?

Pero reprimió todas esas preguntas. Ya llegaría el momento de descubrir las respuestas. Ahora simplemente susurró:

—*Gracias.*

Comieron juntos. Jack escuchó mientras Adaira le contaba a Kae lo del sacrificio y cómo había llegado al estadio justo a tiempo de salvarle la vida.

—Si no hubiera sido por el fuego… —comentó mirando de reojo a Jack.

Él ya estaba mirándola. Solo entonces, con la mención de las llamas muriendo en la chimenea, Jack volvió a pensar en Ash y lo recordó surgiendo de las cenizas de Mirin.

«Las respuestas están ahí si las buscas», le había dicho Ash.

Miró a Kae, quien estaba observando a Adaira con una ternura que Jack nunca habría creído posible en el rostro de un espíritu. Esa imagen lo hizo pensar en la inmortalidad. Pensó cómo sería no envejecer ni morir nunca. ¿Cómo podía algo eterno enamorarse de algo sujeto al paso del tiempo?

—¿Qué sabes del laird Ash, Kae? —preguntó Jack.

Kae volvió la atención a él, con una de las cejas arqueadas. Jack no supo distinguir si sus sentimientos hacia Ash eran benevolentes o no y se preguntó si habría errado al mencionarle al debilitado laird del fuego. Pero entonces recordó la sensación y el punto de vista de los recuerdos de Kae y cómo ella había usado sus habilidades para protegerlo una y otra vez.

Jack no le tenía miedo, a diferencia de a la mayoría de los espíritus para los que había cantado y se había encontrado cara a cara.

Kae alargó ambas manos por encima de la mesa, una para Adaira y otra para él.

Jack la aceptó, al igual que Adaira. En cuanto los tres estuvieron conectados, Kae convocó a sus recuerdos.

Estaba sobrevolando la isla.

Jack no reconoció la tierra que había debajo de su mirada. Las colinas estaban exuberantes de helechos, acedera roja y tojo. Crecían bayas silvestres en matorrales y flores blancas entre las grietas de las rocas. Un río brotaba, claro y helado, desde algún lugar entre dos montañas. De repente, Jack se dio cuenta de lo que estaba viendo.

El Oeste antes de que se formara la línea del clan. Había sido un lugar precioso.

Kae descendió más agitando con las alas la bruma matutina que se arremolinaba en lugares bajos. Transportaba rumores en sus manos, dispuesta a liberarlos en un minifundio que había debajo cuando el débil rasgueo de la música captó su atención.

Hizo una pausa, dejó que las palabras se le resbalaran de los dedos y se dio la vuelta.

Encontró al bardo en un valle, sentado bajo las ramas de un serbal. Sus emociones entraron en conflicto en cuanto lo vio. Se sintió enfadada y repugnada, pero también irresistiblemente atraída hacia él y la música que sacaba de su arpa. Y ni siquiera estaba cantando para el aire. Cantaba para el fuego.

Kae se ocultó en una sombra, observando a Iagan tocar.

Tenía el cabello largo y tan rubio que atraía la mirada cuando reflejaba el brillo del sol. Su rostro mostraba unos rasgos afilados y tenía la piel pálida enrojecida por el calor veraniego. Sus largas uñas sacaban notas de un arpa que brillaba bajo su abrazo, y su voz era oscura y resonante al cantar.

Ash se manifestó lentamente, como si estuviera cansado. Se alzó entre una ráfaga de chispas hasta alcanzar una silueta alta e imponente. No obstante, cuando se plantó ante Iagan, no había asombro en su expresión ni admiración en sus ojos. Fulminó al bardo con la mirada y siseó:

—¿Por qué me convocas otra vez? ¿Qué quieres?

Iagan dejó de tocar. Se quedó sentado donde estaba, bajo las ramas del árbol, y contestó:

—Ya sabes lo que quiero.

—Y yo me niego a dártelo.

—Lo único que te pido es que me des una porción de tu poder para no morir nunca —insistió el bardo—. Para poder ser reconocido entre mi clan y entre tu gente. Si lo haces, cantaré tus proezas eternamente.

Ash lo miró fijamente y le mostró sus dientes afilados.

—*No.* No eres digno.

A Iagan se le encendió el rostro, pero cuando habló, lo hizo con voz fría:

—¿Cómo voy a ser indigno? ¿Acaso no canto para ti? ¿Acaso no toco para ti? ¿Mi música no es lo bastante buena para tus ojos?

—Puedo ver tu corazón cuando tocas —dijo Ash—. Veo tu esencia y lo hambriento que estás. Y tocas solo para ti mismo y para tus deseos. No das nada. Solo quieres consumir. Por ese motivo, no puedo otorgarte lo que deseas. No te iría bien.

Los ojos de Iagan relucieron de ira.

—No volveré a pedírtelo, Ash. La próxima vez, simplemente lo *tomaré.*

—Puedes intentarlo, bardo —repuso el espíritu, arrogante, antes de desvanecerse bajo su capa de chispas y brasas.

Iagan se levantó, pero su ira era palpable. Arrojó el arpa y la mandó a los helechos. Desenvainó la espada que llevaba atada al costado y empezó a golpear con ella el serbal, cortando hojas, ramas y manojos de bayas rojas. Los pájaros echaron a volar huyendo desde las ramas. Un conejo se escabulló de sus raíces. Incluso las sombras del suelo temblaron.

Kae se estremeció.

Habiendo visto suficiente, se fundió con el viento.

Su recuerdo siguiente no era tan intenso. Estaba borroso por los bordes y Jack tuvo que esforzarse para verlo por completo, para captar todos los detalles. El Oeste ahora parecía más disperso, las nubes eran como un escudo gris en el cielo. Jack se dio cuenta de que ese recuerdo era posterior a la formación de la línea del clan. Vio a Iagan recorriendo el camino con el arpa debajo del brazo. Parecía mayor, más duro. Había reflejos plateados en su cabello rubio y tenía los ojos llenos de orgullo, brillantes como gemas azules bajo la luz plomiza.

—¡Iagan! —llamó una voz marcada por la furia.

Iagan se detuvo y se dio la vuelta, observando mientras tres hombres Breccan se acercaban a él por el camino.

—Sabemos que estás tocando y tienes que *parar* —dijo uno de ellos—. No podemos empuñar nuestra magia cuando tú lo haces y nuestras familias están hambrientas.

—¿Así que os da miedo una pequeña balada? —replicó Iagan con una carcajada—. Una vez me pediste que tocara en la boda de tu hija, Aaron. Recuerdo vívidamente cómo cantaste y bailaste hasta que estuviste demasiado borracho para tenerte en pie.

—Eso fue *antes* —replicó Aaron—. Ya no vivimos en esos días. Y tu música no es inofensiva. Está causando problemas y se te ha ordenado que dejases de tocar.

—Todo esto no es culpa mía —espetó Iagan señalando los helechos empobrecidos, el brezo marchito y el cielo nublado—. Es obra de Joan y de Fingal.

El recuerdo empezó a ondularse. Jack se aferró a él intentando escuchar lo que estaban diciendo esos hombres. Iagan parecía desafiante mientras seguían discutiendo. Pero Jack conocía parte del dilema de Iagan. Sabía que la música estaba en la sangre de un bardo, hirviendo y latiendo por cada vena. Sabía que se asentaba en los huesos y en los órganos y dolía por ser liberada del único modo que podía: a través de canciones, cuerdas y voz.

Cuando los Breccan comenzaron a golpear a Iagan, Jack sintió que algo frío y resbaladizo se abría camino a través de él. Lo golpearon una y otra vez hasta que se derrumbó a un lado del camino, sangrando sobre el césped con el arpa rota a su lado.

Iagan yació allí durante un largo rato. Estalló una tormenta, el viento aulló sobre él revolviéndole el pelo. La lluvia pareció despertarlo por fin y se arrastró hacia su casa. Sin embargo, no fue su amor por la música lo que lo impulsó, sino su ira, una hoja afilada en su corazón.

El recuerdo se rompió.

Jack se estremeció mientras su mente y sus sentidos se ajustaban. Pero abrió los ojos cuando oyó a Adaira hablar.

—¿Kae?

El espíritu parecía debilitado por haber compartido una parte de su pasado y se dejó caer en su silla. Adaira se levantó rápidamente para atenderla y le secó amablemente el sudor de la frente.

—Toma, bébete esto si puedes. —Llevó la copa de gra a los labios de Kae.

Ella suspiró, pero bebió. El color volvió a su piel gradualmente y miró a Jack, curiosa por saber qué pensaba del bardo que había visto en sus recuerdos.

Jack estaba perturbado. Frunció el ceño mientras se levantaba, inclinando ansiosamente el cuello hasta que crujió. Examinó el esqueleto de la pared preguntándose si sería Iagan. Elspeth había dicho que nadie conocía el verdadero final del Iagan, pero teniendo en cuenta la hostilidad de los Breccan hacia él que Jack había visto en los recuerdos de Kae, había muchas probabilidades de que el bardo hubiera encontrado una muerte dolorosa.

Pensó durante un rato en lo que le había dicho Elspeth sobre Iagan.

«Algunas leyendas afirman que el grupo le cortó las manos y la lengua, abandonándolo a una muerte lenta e insonora. Otras leyendas aseguran que Iagan se rindió ante sus compañeros y juró que no volvería a tocar otra nota si lo dejaban con vida. Y otras versiones cuentan que nunca se encontró el cuerpo, que Iagan se ahogó con su arpa en el lago que había cerca de su casa».

Jack empezó a rebuscar en la música que había sobre la mesa. Echando un vistazo a las notas, la preocupación lo atravesó como una puñalada al leer lo que había. Era una música siniestra, retorcida por el rencor, el hambre y la furia. Jack se acercó más para leer más partes de la composición, aunque lo hacía sentir incómodo.

Era una balada sobre el fuego. Sobre Ash.

Jack recogió las páginas. Tenía que estudiarlas después, separar la música. Al revisar la pared de huesos y arpas rotas, encontró un estante que contenía libros y pergaminos mohosos. Se puso a rebuscar entre ellos y encontró más música. Páginas sueltas y diarios encuadernados, todo repleto con la letra torcida de Iagan.

Jack estaba echando un vistazo a una balada a medio componer cuando un libro cayó del estante y aterrizó junto a su bota. Se detuvo para mirarlo y se sorprendió al ver que la letra era ligeramente diferente de la de Iagan. Se agachó para recoger el libro. Le faltaba la primera mitad y el resto del lomo estaba peligrosamente suelto. Jack hojeó suavemente sus delicadas páginas.

He aquí más historias que he recopilado del Oeste...

No se dio cuenta de que Adaira estaba detrás de él hasta que notó su barbilla en el hombro y sus brazos rodeándole la cintura. Leyó al mismo tiempo que él y, en unos instantes, se estremeció.

—Por todos los espíritus —susurró.

—¿Qué pasa, Adaira?

Ella dejó caer las manos. Y Jack se dio la vuelta para mirarla por completo.

Adaira observaba las palabras de la página manchada con un brillo de emoción en los ojos.

—Tengo la otra mitad de este libro.

Torin había reconocido el libro roto en cuanto había caído del estante y había aterrizado como una ofrenda a los pies de Jack. Graeme le había dado originalmente su homólogo a Torin, pensando que esas historias lo ayudarían a resolver el misterio de las niñas desaparecidas. Torin, obstinado en que el folclore de los espíritus no era más que cuentos para niños, les había dado el libro a Sidra y a Maisie, quien finalmente se lo había regalado a Adaira justo antes de que se marchara del Este.

Fue una lección de humildad pensar en todas las manos por las que había pasado ese libro roto. Torin sabía quién lo había escrito mucho tiempo atrás. Joan Tamerlaine, una laird que había soñado con establecer la paz entre los clanes.

No sabía por qué el libro había acabado partido en dos ni cómo se habían separado las mitades, pero ahora Jack y Adaira poseían ambas partes.

Oyó un ruido proveniente de la mesa.

Kae seguía sentada en la silla con el respaldo de paja, pero lo estaba observando, con mayor sospecha, ahora que Adaira y Jack se habían apartado.

Torin se volvió hacia ella.

—¿Puedes verme, aunque estés en el reino mortal?

Ella le dirigió un corto asentimiento.

Decidió confiar en ella porque Adaira lo hacía. Torin se acercó a la mesa y tomó asiento. En parte, esperaba que la silla se negara a sostenerlo, que su cuerpo la atravesara. Pero la madera era firme y le proporcionó un lugar para descansar.

—Gracias —le murmuró. Ruborizado, se preguntó si realmente acababa de darle las gracias a una *silla*. Entrelazó los dedos y miró a Kae—. Intento resolver un acertijo y creo que tú podrías ayudarme.

Kae inclinó la cabeza a un lado, esperando.

Torin lo compartió con ella, palabra por palabra. Un enigma que había quedado grabado en el corazón de un árbol por la ira de Bane. La enrevesada respuesta a la plaga.

El semblante de Kae se ensombreció mientras escuchaba. Así que sabía qué mano había escrito las palabras que Torin había pronunciado. Negó con la cabeza levantando las manos. Torin no tuvo problema en descifrar lo que pretendía decirle:

«Lo siento, pero no tengo la respuesta».

Quería sentirse machacado. No debería haber permitido que una esperanza tan embriagadora se formara en su interior. Pero entonces Torin decidió que la información de Kae era mucho más amplia y profunda que la suya y que todavía había una posibilidad de que pudiera ayudarlo.

—Creo que las hermanas del acertijo son Whin y Orenna —empezó observando de cerca la expresión de Kae. Ella parpadeó, sorprendida, pero le indicó que continuara—. Supongo que, cuando estabas con tus compañeros, soplando del este al oeste y del norte al sur, viste incontables cosas en la isla. Debiste presenciar el día en que Orenna quedó desterrada a una tierra seca y sin alma y luego cómo la creación de la línea del clan mantuvo a Whin separada de su hermana.

Kae pareció titubear, pero le tendió la mano. Una elegante invitación para que echara un vistazo a su mente y su pasado.

Torin le tomó la mano. El contacto lo sorprendió (no le atravesó los dedos) y se dio cuenta de que él parecía estar mucho más frío que ella. Cerró los ojos esperando ver imágenes llenándole la mente, tal y como había sucedido con Jack y con Adaira. Pero cuando sus pensamientos siguieron siendo solo los suyos, en blanco por la expectación, volvió a mirar a Kae.

Estaba negando con la cabeza.

No iba a funcionar con él, aunque pudiera verlo y sostenerle la mano, ella estaba en un reino y él en otro.

La mano de Torin se deslizó de la suya. Quería sentirse derrotado, darle un puñetazo a la mesa, pero se negó a permitir que su ira y su impaciencia se apoderaran de la mayor parte de él.

—Por casualidad, ¿sabes dónde reside ahora Orenna? —preguntó—. Si pudieras guiarme por el cementerio hasta donde florece, te estaría muy agradecido.

Kae asintió, levantándose de la mesa.

Guio a Torin fuera de la cabaña, moviéndose lentamente. Pensó que tal vez las heridas le dolieran y que no tendría que haberle pedido que lo guiara. Pero entonces se fijó en que iba con cautela, que prestaba atención a qué viento estaba soplando y a qué camino tomaba a través de las colinas. A veces se agachaba detrás de una roca y le indicaba a Torin que hiciera lo mismo. Él obedecía, repleto de preguntas que sostenía entre los dientes. No lo entendió hasta que se fijó en los caminos dorados sobre ellos, delatando las rutas que tomaba el viento.

Kae quería evitar atraer la atención del norte.

Cuando era seguro, avanzaban a buen ritmo. Torin prestó atención a donde Kae lo guiaba, la siguió subiendo por una colina y bajando a un amplio valle helado, lleno de bruma y con una sensación de vacío. Poco a poco, el césped, el musgo y los helechos dejaron de crecer bajo sus botas e incluso las rocas se redujeron. Cuando llegaron a una parcela de tierra cubierta solo por arena y guijarros, Torin supo que estaban cerca.

Subieron una pendiente pronunciada. Podía oír las olas estrellándose contra las rocas. Podía oler la sal en el aire. Estaban casi en la costa del norte.

Torin finalmente vio las lápidas. Al principio, no supo lo que estaba mirando porque las flores de Orenna crecían sobre los postes y a través de las tumbas, dejando apenas espacios que pisar que no estuvieran cubiertos de gruesos pétalos carmesíes. La imagen hizo que Torin se detuviera. Miró a las flores más brillantes que la sangre en el suelo seco y agrietado.

Lentamente, se arrodilló.

No sabía dónde estaba el espíritu, pero sintió su presencia, como si se ocultara detrás de las flores.

—¿Puedo llevarme algunas de tus flores, Orenna? —preguntó Torin.

El silencio se prolongó un largo momento. La soledad era tangible en el acantilado que daba a un mar revuelto y lleno de espuma. No sabía cuándo tiempo podría tolerar él estar en ese sitio y sintió que podía ser volteado por el fuerte viento en cualquier momento.

—Eres el primero que lo pregunta —respondió Orenna. Torin no podía verla, pero su voz profunda sonaba cerca—. Llévate lo que puedas sostener.

Torin alargó la mano y empezó a recolectar las flores. Pronto le llenaron las manos, suaves y relucientes con venas de oro. Estaba guardándoselas en los bolsillos cuando, por el rabillo del ojo, vio a Kae corriendo para esconderse detrás de un afloramiento rocoso.

Torin miró al lugar en el que se había desvanecido con el corazón latiéndole a toda prisa.

—¿Qué pasa, Kae?

El espíritu, oculto de su vista, no contestó. Pero sobre el aullido del viento y el rugido de la marea de debajo, Torin oyó unos pasos detrás de él. Alguien más buscaba Orenna y había acudido al lugar desolado en el que florecía.

Lentamente, Torin se dio la vuelta.

Para su inmensa sorpresa, se encontró cara a cara con la última persona a la que esperaba ver ahí.

Moray Breccan.

CAPÍTULO 28

Por supuesto, Moray no podía verlo.

Por una vez, Torin se alegró de su invisibilidad mientras se quedaba de pie, asombrado. Observó a Moray arrodillarse y empezar a arrancar un puñado de flores. Tenía las manos mugrientas por las mazmorras y el cabello rubio trigo apelmazado. Tenía gotas de sangre en las manos y en la barba, pero tal vez lo peor de todo fuera que llevaba el uniforme de un guardia del Este.

—¿Qué estás haciendo? —le gritó Torin y luego se lo pensó mejor y gruñó—: ¿Qué estás haciendo *aquí*? ¡Se supone que debías estar encerrado!

Su voz no se escuchó. Lo único que podía hacer Torin era observar, congelado por el miedo, mientras Moray se metía tres flores de Orenna en la boca y se las tragaba por completo.

El heredero del Oeste suspiró. La tensión de sus hombros se liberó y cerró los ojos, todavía de rodillas. Esperó a que la magia fluyera a través de él.

A Torin se le aceleró el corazón. ¿Qué habría pasado en el Este durante su ausencia? ¿Por qué Moray estaría libre? Algo horrible habría ocurrido y él estaba allí, atrapado al otro lado del reino, en el Oeste, perdido en un acertijo enrevesado.

Se le erizó la nuca en advertencia y se movió a un lado justo cuando Moray abrió los ojos con las pupilas dilatadas. Torin nunca había comido flor de Orenna, pero sabía que concedía una gran fuerza y velocidad. Permitía echar un vistazo al mundo de los espíritus, a cosas que no deberían saberse.

Torin se agachó hundiendo los dedos en la tierra para estabilizarse con los músculos tensos preparados para combatir. Al principio, pensó que Moray lo había visto, pero entonces Moray se guardó rápidamente el resto de las flores en los bolsillos de la túnica, se levantó y echó a correr por el borde rocoso del acantilado. Torin se enderezó, perplejo.

Un sollozo atrajo de nuevo su atención al campo de flores.

Orenna había aparecido.

Estaba inclinada sobre el lugar en el que había estado Moray hacía un momento, presionando el suelo con los dedos enroscados y con la melena pelirroja cayéndole en cascada sobre el rostro. Otro sollozo sacudió su cuerpo como si estuviera viviendo una agonía, y Torin vaciló sin saber qué hacer. Estaba a punto de arrodillarse ante ella, de alargar el brazo y rozarle suavemente la mano, cuando apareció su cabeza.

Tenía el pelo separado en una cortina, revelando un rostro delgado y angular, con lágrimas brillando como rocío. Tenía las mejillas sonrojadas del color de la puesta de sol y ojos enormes, luminosos y violetas puestos en Torin. Sus labios separados revelaban unos dientes espinosos.

—Ha estado robándome —declaró—. Una y otra vez, se ha *llevado* sin preguntar, sin dar las gracias. Ha usado mi conocimiento por malicia y, si no estuviera maldita, si pudiera salir de este cementerio, lo perseguiría y le desgarraría la garganta.

Torin no sabía qué decir. Pero pensó en todas las veces que él mismo había dado por sentados la magia y los recursos de la isla. Hasta ese momento en el que tenía los ojos abiertos a los espíritus y había aprendido a pararse y a preguntar. A dar gracias a los espíritus por sus regalos.

Asombrado, vio lo que podía haber sido: se dio cuenta de lo fácilmente que podría haberse convertido en un hombre como Moray Breccan.

—Entonces ha sido injusto con ambos —afirmó Torin levantándose—. Yo seré tu venganza.

Se dio la vuelta y echó a correr detrás de Moray. El heredero del Oeste ya era una simple sombra en la distancia, corriendo por el borde de la costa del norte con una velocidad sorprendente. Pero Torin podía sacar fuerza del folk y rápidamente se acercó a Moray.

La costa del norte era un acantilado largo y empinado. No había una costa más amable debajo, solo la marea estrellándose contra el muro de rocas. Una caída desde esa altura mataría a cualquier persona y Torin se sintió confundido por la decisión de Moray de correr por ese borde escarpado de nuevo hacia el Este. Solo tenía sentido si planeaba volver a los Tamerlaine y causar serios problemas.

La sangre de Torin empezó a latirle con fuerza, ardiente y rápida.

Pensó en Sidra. En Maisie.

Estaba a punto de alcanzar a Moray. Estaba a punto de alargar la mano y ver si podía agarrarlo y, si podía, Torin iba a matarlo. Iba a rajarle la garganta. Iba a estamparle la cabeza contra la roca más cercana...

Moray se detuvo, deslizándose.

Torin pasó a través de él como bruma.

Mientras frenaba, deteniéndose sobre el césped con un resoplido, sabía que no debía sentirse sorprendido y decepcionado porque ahora ya lo sabía. No podía tocar lo mortal. Torin apretó los dientes y se volvió para ver qué había hecho que Moray se detuviera tan abruptamente.

Moray estaba agachado en la postura de un animal que se siente acorralado. Rebuscó con la mirada entre los ojos a través de la niebla y escuchó el aullido del viento.

—¿Quién anda ahí? —preguntó con tensión.

Torin dio un paso al lado. Moray, al sentir los movimientos de Torin, giró el rostro.

—¿Quién eres? —espetó Moray entornando los ojos—. ¿Qué quieres?

Torin se sintió tentado de responderle, pero se mordió la lengua. Era mejor que Moray siguiera sin saber quién lo estaba persiguiendo. Torin dio otro paso a la izquierda. Moray lo notó, pero Torin se tranquilizó al comprender que, aunque Moray podía captar destellos de sus movimientos, no podía distinguirlo por completo.

Torin retrocedió hasta que las sospechas de Moray se calmaron. Entonces volvió a acercarse, asombrado, cuando vio que Moray se ponía de rodillas y se deslizaba por el borde del acantilado. La cabeza rubia de Moray pronto se perdió de vista. Torin caminó hasta el borde y observó la caída rocosa.

Moray estaba bajando por el acantilado, usando todo el poder de Orenna para cambiar su agarre de un dedo a otro. Era un hito impresionante y uno que supondría la muerte para cualquiera que intentara hacerlo solo con su propia fuerza.

Torin arqueó una ceja preguntándose a dónde estaría descendiendo Moray. Pensó que sería más seguro esperar a que Moray estuviera sobre un terreno plano y seguro, pero entonces cambió de opinión. Su curiosidad era demasiado fuerte para permitirle simplemente quedarse ahí. Con cautela, Torin se deslizó por el borde sabiendo que iba a odiar cada momento que pasara ahí. Examinó la longitud del acantilado, la superficie resbaladiza que revelaba bolsillos dorados en la roca, un rastro de grietas que podía usar con los dedos de las manos y de los pies para encontrar apoyo durante el largo y arduo descenso.

Moray ya estaba lejos, era tan solo un borrón mientras se acercaba cada vez más a la bruma que se alzaba de las olas.

Torin suspiró y empezó a seguirlo.

A mitad de camino del acantilado, vio finalmente lo que estaba buscando Moray. Una enredadera crecía por la roca, parecía alzarse desde la espuma de las mareas. Estaba cubierta por pequeñas flores blancas y Moray las estaba arrancando una a una; tomó todas las que pudo sin perder el equilibrio. Se metió las flores en los bolsillos como si fueran más valiosas que el oro.

Frunciendo el ceño, Torin finalmente llegó a otra parte de la enredadera y miró más de cerca las flores relucientes. Cuando tocó una, lo sorprendió lo fría que estaba. Los pétalos estaban cubiertos de hielo en mitad del verano. No había visto nunca nada como eso y se preguntó qué flor sería. ¿Y por qué la querría Moray?

—¿Puedo llevarme algunas de tus flores? —le susurró Torin a la enredadera. Al principio no pasó nada. Sobre el rugido de las olas y la aguda picadura del viento, Torin esperó a que llegara la respuesta de la enredadera. No dijo nada, pero, al observar atentamente, vio que el hielo se agrietaba y se desprendía de tres flores.

Rápidamente, las arrancó las tres de la enredadera justo cuando Moray llegaba hasta él.

Volvió a pasar a través de Torin, de sus brazos, de su pecho y de sus piernas. Moray estaba casi tan helado como las flores que tenía en la mano, como si la escarcha se hubiera extendido sobre su piel.

—¿Todavía me persigues? —soltó Moray—. Veamos si puedes seguirme el ritmo, pues. —Empezó a subir por las rocas a una velocidad alarmante y a Torin le costó mantener su ritmo imprudente. Estuvo a punto de resbalarse de un punto de apoyo poco profundo.

Se sintió aliviado al volver a tierra firme y le habría encantado quedarse tumbado un momento en el césped, recuperando el aliento y calmando sus latidos, pero un grupo de ferlies le siseó urgiéndolo a seguir avanzando.

—Prometiste venganza —le recordaron con impaciencia—. ¿Acaso las palabras mortales no son más que mentiras?

Torin enrojeció de ira. ¿Cómo podía castigar a Moray si no podía aferrarlo? ¿Si no podía arrancarle la garganta para vengar a Orenna? Ese siempre había sido el método de Torin en el pasado, ¿verdad? Cortar cuellos y atravesar corazones con espadas. Para él sería fácil volver a sus viejos métodos, pero ahora tenía que tomarse un momento para desentrañar sus emociones. Su deseo de derramar sangre y su anhelo por ser diferente de lo que había sido. Por ser alguien que curaba en lugar de alguien que cercenaba.

Entornó los ojos buscando a Moray en la distancia. Torin lo distinguió girando hacia el sur, adentrándose en la aurora del territorio Breccan.

Torin decidió continuar su persecución. Sus piernas devoraron un kilómetro tras otro y cuando llegó hasta Moray, lo siguió a una distancia prudencial. No obstante, la ansiedad de Torin aumentó cuando se dio cuenta de a dónde se dirigía Moray.

La fortaleza de los Breccan, construida en una colina y rodeada por un foso, era fea pero práctica y el único puente era accesible solo desde la ciudad. Esparcida por el valle, la ciudad era una red de edificios con tejados cubiertos de liquen, conectados por calles de tierra y con una forja en cada esquina.

Debía estar anocheciendo, porque había antorchas encendidas en ganchos de hierro. Moray robó un tartán para cubrirse la cabeza y se adentró en la ciudad fácilmente sin ser detectado. Se movió de sombra en sombra mirando por encima del hombro de vez en cuando para ver si Torin lo estaba siguiendo. Cuando sonreía con superioridad, Torin sabía que Moray todavía podía verlo y se preguntó qué aspecto tendría ante sus ojos. ¿Sería una mancha dorada o su mortalidad proyectaría una débil iluminación que lo delataba?

—No te rezagues, bastardo —dijo Moray justo antes de meterse en una taberna. Torin puso los ojos en blanco mientras atravesaba la pared de piedra.

Moray se había escapado de las mazmorras, había viajado del Este al Oeste, se había comido un puñado de flores, había robado más flores de un acantilado y ahora se retiraba a un bar. Torin apenas podía creer que estuviera sucediendo de verdad.

La taberna estaba vacía excepto por un joven sentando en una esquina con un aire sombrío que bebía una botella de vino. Las sillas y mesas que había a su alrededor no combinaban. El suelo de baldosas estaba cubierto de paja y un fuego triste ardía en la chimenea.

Torin vio cómo Moray se acercaba al hombre. Su rostro rubicundo estaba marcado por una herida que parecía haber sido cosida recientemente y estaba tomando un trago directamente de la botella cuando Moray se acercó a él.

—¿Rab? —siseó Moray—. Rab, soy yo.

Rab tosió. Se limpió una gota de vino rojo sangre de la boca y lo miró boquiabierto.

—*¿Moray?* ¿Qué estás...?

—Necesito que me cueles en el castillo. *Ya.*

Rab se enderezó, pero pasó la mirada por toda la taberna.

—¿Cómo has logrado salir?

—Es una historia muy larga y no tengo tiempo para contártela ahora —contestó Moray—. ¿Qué te ha pasado en la cara?

Rab pareció hundirse un poco más.

—Otra historia larga. Y si quieres que te cuele en el castillo, tendrás que pagarme con algo que no pueda rechazar. Porque si tu madre se entera de que te he ayudado...

Moray se metió la mano en el bolsillo. Sacó un puñado de flores blancas y las dejó con fuerza en la mano fornida de Rab.

Rab parpadeó mirándolas y moviendo los dedos mientras contaba las flores heladas.

—Has ido lejos, ¿no?

—Donde la marea se junta con las rocas —respondió Moray. Cuando vio que Rab seguía dudando, agregó—: Una vez cabalgaste a mi lado atravesando noches, tormentas, e incursiones. Una vez fuiste un escudo y un amigo para mí, Rab. Un hermano. Alguien en quien confiaba. En quien todavía confío, o no habría acudido hoy a ti.

Rab suspiró, pero se metió las flores blancas en el bolsillo.

—De acuerdo. Puedo colarte en alguna entrega de vino. Pero tendremos que darnos prisa. El rastrillo se cierra con la próxima campanada.

Moray levantó las manos.

—Vamos.

Torin siguió el carro de Rab por el puente. Moray estaba acurrucado en un compartimento oculto, lo que hizo que Torin pensara que Rab metía en el castillo demasiadas cosas que no debería. También debía ser alguien importante, puesto que los guardias del castillo lo dejaron pasar sin hacer preguntas.

Rab condujo el carro a través del patio de adoquines cubiertos de musgo y por un camino sinuoso hasta un patio interior. Detuvo la entrega cuando llegó a un pasadizo arqueado. Por el aspecto y por el olor, la ruta debía dar a los almacenes del castillo.

Rab movió unas cuantas botellas de vino para abrir el compartimento de Moray.

—¿Qué piensas hacer, Moray? —inquirió Rab en voz baja.

Eso, se preguntó Torin.

Moray no pareció oírlo. Con el poder de Orenna todavía en el cuerpo, seguía teniendo las pupilas dilatadas y las manos le temblaban a los lados, como si estuviera ansioso o emocionado. Inclinó la cabeza a un lado, escuchando los débiles ecos del castillo.

Dejó a Rab en el pasadizo, totalmente olvidado.

Torin lo siguió.

Serpentearon por pasillos y tramos de escaleras, deteniéndose en las sombras cuando había guardias o sirvientes cerca. En un punto, Moray tomó un cántaro y un aguamanil lleno de agua y siguió su camino hasta llegar a una puerta con celosía de hierro.

Se metió en el interior, buscó a tientas una daga encantada en la oscuridad sobre la repisa de la chimenea y golpeó con ella para hacer una llama, encendiendo una cadena de velas. Torin podía verlo todo a la perfección, ya que sus ojos no se veían afectados por la noche, y se dio cuenta de que esos debían ser los aposentos de Moray. Había una cama con un dosel azul, tapices de tonos enjoyados en las paredes, un guardarropa lleno de prendas y botas, un estante con armas en un rincón y una piel de lobo sobre una silla.

Torin observó mientras Moray se lavaba la mugre de la prisión de la cara y las manos. Se peinó el pelo enmarañado, se arrancó la ropa Tamerlaine robada y se puso una túnica azul oscuro con bordados hechos con un hilo morado brillante. Se ató las botas limpias hasta las rodillas, se ciñó una daga a la cintura y se colocó una diadema de plata entrelazada en la frente.

Transformado, Moray suspiró y echó la cabeza hacia atrás cerrando los ojos.

A Torin no le gustó nada la expresión del rostro de Moray. La calma, la confianza. No le gustó tampoco el modo en el que sus manos rodeaban la empuñadura de la daga ni la forma en la que la plata brillaba sobre su frente cuando se movía.

—Si has venido a hacerle daño… —empezó Torin, que tenía el pecho lleno de brasas. Un calor sofocante que hacía que le doliera la garganta. No pudo terminar la amenaza, pero vio que su voz sorprendía a Moray.

Él abrió los ojos y se volvió hacia Torin, entornándolos.

—Ah, me había olvidado de ti.

Moray empezó a acercarse a él y Torin se quedó en su sitio. Pero su corazón estaba frenético. Podía sentir tanto el temor como la furia en su interior.

—¿Crees que le haría daño a mi hermana? —preguntó Moray con voz lánguida—. Después de todo lo que he hecho para traerla a casa.

Torin sabía que Moray lo estaba provocando. Lo *sabía* y aun así se picó. Pero las palabras eran tan afiladas como el acero. Y esa noche se convirtieron en espada en sus manos.

—Es más una hermana para mí de lo que lo será nunca para ti —espetó.

El rostro de Moray palideció de rabia. Una vena se le hinchó en la sien y torció los labios revelando sus dientes apretados. Pero entonces suavizó su expresión a una de neutralidad.

—Hola, laird —comentó con una pizca de diversión—. Desde que Sidra vino a visitarme, me había estado preguntando qué te habría pasado.

Oír a Moray pronunciando el nombre de Sidra fue como un puñetazo para el espíritu de Torin. Hizo una mueca y cerró las manos en puños. Moray estaba provocándolo de nuevo y esta vez tuvo que ser Torin el que tragó. El que enterró sus preocupaciones y sus emociones y las dejó hundirse en la oscuridad. Tenía que volver a su misión.

También tenía que abrir un agujero en la confianza de Moray.

—El poder que le has robado a Orenna se está desvaneciendo —señaló Torin suavemente—. Sea cual fuere tu plan, deberías darte prisa.

Sus palabras consiguieron su propósito.

Moray salió de sus aposentos y recorrió otra serie de pasillos serpenteantes iluminados por las antorchas. Estuvo a punto de tropezar dos veces con sirvientes que llevaban bandejas con la cena. Eso era lo que Torin esperaba que sucediera, que los planes de Moray se truncaran por volverse descuidado y fuera descubierto. Pero entonces llegó a su destino y se detuvo ante una puerta tallada.

Moray alargó el brazo para tocar el picaporte de hierro con los ojos entornados, como si esperara encontrárselo cerrado con llave. La puerta se abrió y Moray entró.

Torin pasó a través de la pared.

Sabía que era la habitación de Adaira. Lo sabía porque, aunque ella no estuviera allí, Jack sí que estaba, sentado en el escritorio mientras escribía en un pergamino.

Moray se detuvo de golpe. Se sorprendió al ver a Jack, pero sacó la daga de su vaina.

—¡Jack! —gritó Torin—. ¡*Jack*, detrás de ti!

Jack no pudo oírlo. Cautivado por las palabras que estaba escribiendo, ni siquiera el ruido de la puerta abriéndose y cerrándose atrajo su atención. Pero entonces dijo:

—¿Qué tal ha ido la charla con tus padres?

El silencio ante su pregunta lo hizo levantar la cabeza mientras Jack sentía la sombra que había caído en la habitación. El corazón acelerado de Torin. El fuego ardiendo débilmente en la chimenea. La presencia fría y grasienta de Moray.

Jack dejó caer la pluma y se levantó de golpe, tirando la silla al suelo. Pero Moray ya había atravesado la distancia que los separaba con la daga en la mano y los dientes relucientes en una amplia sonrisa.

—Hola de nuevo, bardo.

CAPÍTULO 29

Adaira tomó la copa de gra que le ofrecía Innes. Estaban sentadas ante la chimenea en el ala de la laird, una sorprendente y acogedora colmena de habitaciones. Colgaban ramilletes de enebro de las vigas, emitiendo una suave fragancia en la habitación. Había cientos de velas encendidas en repisas y estantes y parpadeando en candelabros de hierro. La suave luz respiraba sobre los tapices y dibujaba paneles en las paredes y Adaira se tomó un momento para admirar las historias que relataban. Unicornios cazando lunas caídas. Flores creciendo en huellas de lobos. Un monstruo marino alzándose entre la marea.

—Quieres preguntarme algo —dijo Innes.

Adaira desvió su atención de las paredes. Se hundió en la suave piel de oveja que había en el respaldo de su sillón. Sí, tenía unas cuantas cosas que decirle a Innes y no estaba completamente segura de cómo abordar esa conversación. Desde el sacrificio, había notado un cambio entre ellas y sabía que Innes también lo había sentido. Adaira tomó un sorbo de gra antes de hablar.

—Sí.

—Di lo que tengas que decir, Cora.

Adaira miró a la habitación adyacente. La puerta estaba abierta y podía ver a David sentado en su mesa de trabajo, clasificando hierbas secas.

—Puedo decirle que se vaya, si quieres —ofreció Innes.

—No, no pasa nada. Pero ¿nos oye?

—Os oigo —respondió David.

—Bien. Porque hay ciertas cosas que no quiero tener que decir dos veces —dijo Adaira. Tomó otro sorbo de la copa e intentó reunir el coraje.

—Quieres saber si era consciente de que era Jack el que estaba en el estadio —murmuró Innes en tono cauteloso.

Adaira tragó saliva.

—Sí.

—No tenía ni idea, Cora. Lo trajeron de las mazmorras totalmente cubierto y lo presentaron como «John Breccan». No dijeron nada más aparte de que había robado un arpa.

—¿Y eso no te preocupa? —espetó Adaira—. ¿Qué se mate a miembros de tu clan por delitos que desconoces? ¿Que haya gente inocente muriendo bajo mordazas y yelmos cerrados?

Innes permaneció en silencio. Ni siquiera parecía estar respirando. Por el rabillo del ojo, Adaira vio que David también se había quedado quieto en su mesa de trabajo, dándoles la espalda.

—¿Dónde está el honor en esa muerte si es injusta? —insistió Adaira.

—Tu marido debió haber informado que estaba en el Oeste —replicó Innes con un tono brusco—. Vino por el río. Pasó a mis tierras. Si hubiera sabido que vendría, no habría acabado en las mazmorras.

—No negaré que habría sido más útil que informara de antemano —dijo Adaira—, pero sí que me escribió y me dijo que vendría. Hemos estado escribiéndonos con un código porque seguís leyendo mi correspondencia como si fuera… —se interrumpió de golpe.

—¿Como si fueras una prisionera? —completó Innes con un tono cada vez más frío—. ¿Así es como te he tratado?

—No, pero…

—La cuestión es que tu marido es del clan enemigo. Y también ha traído un arpa con él —agregó Innes—. Eso viola las leyes de estas tierras.

—Un arpa que no ha *tocado* —puntualizó Adaira.

—Pero ¿planea hacerlo?

Adaira no dijo nada. Si Jack quisiera tocar, no se lo negaría.

Innes vació lo que le quedaba de gra y dejó la copa a un lado.

—Como pensaba. Jack es bienvenido aquí, Cora, pero debe cumplir las leyes. No puedo arriesgarme a que cause otra tormenta.

—Lo sé.

324 • REBECCA ROSS

Una pausa se interpuso entre ellas. Adaira quería preguntarle por Niall, pero, tras oír la tensión en la voz de Innes, no le pareció un buen momento. Titubeó pensando en el poco tiempo que le quedaba para redimir al padre de Jack. Pero también sentía que estaba al borde de una franja, tenía que encontrar un apoyo mejor antes de sacar un tema que seguro que reabriría antiguas heridas.

Su insinuación de que Innes había sido cómplice de la casi muerte de Jack no había ayudado.

—¿Algo más? —espetó Innes.

Adaira decidió pasar al último tema de su lista. La plaga.

Empezó a contarle a Innes lo que Jack había compartido con ella. Que los huertos del Este estaban enfermos y los espíritus languidecían. Que algunos Tamerlaine también estaba contrayendo la enfermedad.

Cuando acabó de hablar, David se había acercado atraído por sus palabras y estaba en el umbral. Innes, sin embargo, mostró una expresión impasible que rápidamente suscitó las sospechas de Adaira porque ya se estaba aprendiendo las muchas máscaras de su madre.

—Es una lástima para el Este —comentó Innes—. Pero no veo cómo podemos ayudarlos con este asunto, Cora.

—Aunque ya sabéis que la plaga también ha llegado aquí al Oeste, ¿verdad? —inquirió Adaira—. ¿Desde hace cuánto? ¿Cuándo os disteis cuenta?

—Hace seis semanas —respondió David suavemente—. Apareció por primera vez en una arboleda a varios kilómetros al sur de aquí.

—¿Cuántos Breccan hay enfermos?

—No estamos del todo seguros —contestó David.

Adaira no sabía si tomar esa declaración como verdadera o si concluir que sus padres querían mantenerle oculto el número de gente afectada. No se permitió tiempo para ofenderse y dijo:

—Me gustaría escribirle a Sidra al respecto. Con vuestro permiso, por supuesto. Es una curandera reconocida en el Este y si ellos también se están enfrentando a la plaga, puede que tenga las respuestas que necesitamos.

—No —dijo Innes rápidamente.

—¿Por qué no? —preguntó Adaira—. Esto no es cuestión de que un lado parezca más débil o vulnerable que el otro. No cuando es algo que nos afecta a todos.

Hizo una pausa preguntándose cuánto debía insistir en el tema. Innes apartó la mirada y se fijó en el fuego, dándole a Adaira la impresión de que su madre se sentía incómoda. Pero la esperanza de Adaira era que, si el Este y el Oeste podían trabajar juntos para resolver la plaga, podrían ser posibles otros tipos de colaboraciones. Como el comercio que Adaira había tenido intenciones de establecer anteriormente, una iniciativa que, por desgracia, había fracasado cuando se habían descubierto los secuestros de Moray. Las últimas semanas había pensado que ese sueño estaba muerto, pero podía sentirlo regresando a la vida con ella, ansioso por volver a arder.

Establecer un comercio entre los clanes eliminaría las incursiones. Si los Breccan podían obtener justamente lo que necesitaban de los Tamerlaine, la paz se convertiría en un futuro sostenible para la isla.

—¿Y si invitara a Sidra de visita? —continuó Adaira—. Eso me daría la oportunidad de volver a verla y de construir una relación entre los clanes. También podría estar dispuesta a colaborar con David para encontrar una cura potencial.

David no dijo nada, pero no pareció adverso a la idea. Aunque observaba a Innes de cerca, como si pudiera leer los temores y los pensamientos corriendo por la mente de su esposa.

—No lo sé, Cora —contestó finalmente Innes—. Sidra es la esposa del laird del Este, ¿verdad? Si le pasara algo aquí, en mis tierras, daría comienzo una guerra que no deseo.

—Entonces déjame invitar también a Torin —propuso Adaira sabiendo que sonaba poco probable. Apenas podía visualizarlo ella misma. Torin y Sidra, los dos en el Oeste. Tener la oportunidad de verlos, de abrazarlos. De hablar con ellos cara a cara.

El simple anhelo estuvo a punto de aplastarla.

—Así que no solo tendría a un bardo en mis tierras, sino que también tendría al laird del Este y a su esposa bajo mi techo —comentó Innes con ironía.

Adaira sonrió de oreja a oreja.

—¿Qué podría salir mal?

Innes suspiró, pero estuvo a punto de devolverle la sonrisa.

—Muchas cosas.

—Pero ¿lo considerarás?

Innes estaba abriendo la boca para contestar, pero la interrumpió un estruendo en el pasillo. Adaira se volvió para ver la puerta abriéndose de golpe. Lo primero que vio fue a Jack, su cabello castaño con el mechón plateado, su rostro blanco y sus ojos que se encontraron con los de ella al instante con un brillo de advertencia. Vio la daga que tenía sujeta ante la garganta, controlando sus movimientos. Una daga que sostenía alguien rubio, un hombre de mirada salvaje al que no reconoció en un primer instante.

Adaira se levantó de golpe con el corazón latiendo fuego en su sangre. No podía apartar la mirada del filo que brillaba junto a la garganta de Jack.

—Suéltalo, Moray —ordenó Innes con voz calmada y fría.

Moray.

El nombre fue como un profundo corte para Adaira y levantó la mirada. Su hermano ya estaba mirándola, esperando a que ella se fijara en él. En cuanto sus ojos se encontraron, apartó la daga del cuello de Jack y le dio un ligero empujón hacia adelante.

—No me mires así, Cora —dijo Moray—. No iba a hacerle daño.

Adaira atravesó la sala antes de poder reordenar sus pensamientos. Agarró a Jack del brazo y lo puso tras ella en un gesto protector. Pero su alivio no la suavizó. Había relámpagos en su sangre y estaba a una respiración de abalanzarse sobre Moray con sus palabras, con sus manos, con cualquier cosa que pudiera agarrar y levantar contra él cuando Innes se interpuso entre ellos.

—¿Qué estás haciendo aquí?

—¿Así es cómo recibes a tu *heredero*? ¿A tu único hijo? —preguntó Moray. Todavía tenía la daga en las manos y la movía despreocupadamente—. Pensaba que al menos te alegrarías de verme, Innes. He recorrido un largo camino.

Innes apretó la mandíbula.

—Actualmente estás bajo la mano de los Tamerlaine. Si estás aquí, tienen permiso para venir y perseguirte.

Moray rio.

—No son capaces de tal hazaña, te lo aseguro.

—No creo que comprendas todas las implicaciones de lo que has hecho, Moray —dijo Innes—, y las ramificaciones que esto puede tener.

Moray se quedó callado, pero no pareció arrepentido o preocupado. Volvió a mirar más allá de Innes, buscando a Adaira con los ojos.

—Te lo preguntaré de nuevo —dijo Innes dando un paso al lado para bloquear la visión de Moray—. ¿Qué estás haciendo aquí?

—¿Te interpones entre mi hermana y yo? —preguntó Moray—. ¡Si no fuera por mí, seguiría pensando que era parte del viento! Estarías engañándote a ti misma creyendo que se pasaba las alas por el pelo cuando cabalgabas por los aledaños. No estarías aquí *con* ella, llenándola con todo el veneno que preparas, entrelazándole esas gemas azules en pelo y…

Innes le dio una bofetada.

—Basta —declaró—. Cometiste crímenes y ahora has huido de tu castigo. No hay mayor vergüenza y no me queda más remedio que encerrarte hasta que el laird Tamerlaine sea informado de tu ubicación.

Moray se tocó el labio. Estaba sangrándole, cortado por el borde del brazalete de su madre, pero se echó a reír.

—¿Lucharías por quedártela a ella, pero no por mí?

Innes permaneció en silencio un largo momento. Adaira encogió los dedos a los lados mientras escuchaba la respiración lenta y calmada de su madre.

—Ella no me avergüenza como tú —afirmó finalmente Innes.

Moray se lanzó hacia adelante con una velocidad sorprendente.

Innes se esperaba su asalto, pero aun así fue demasiado lenta. Alargó la mano para atraparle el brazo y doblárselo en la espalda en un ángulo doloroso, pero él le cortó la mano primero. Le manó la sangre, brillante como una rosa, mientras tumbaba a su hijo en el suelo.

Moray pateó y volcó una mesa. La botella de gra y un cuenco de gemas azules (joyas que probablemente fueran de la sangre envenenada de algún enemigo de Innes) se rompieron y las joyas se esparcieron por el suelo. De repente, el aire olía a brezo húmedo por la bruma, como un viento del norte helado, mientras el gra empapaba la alfombra.

Adaira tuvo que retroceder. Sintió a Jack, sólido y cálido tras ella, agarrándole la cintura y apartándola todavía más. Pero estaba conmocionada viendo a Innes y a Moray, luchando, golpeándose e hiriéndose el uno al otro. No había pensado mucho en la naturaleza de la relación de su madre con su hermano, pero nunca se habría imaginado *esto*. Una laird que no confiaba ni respetaba a su heredero. Una madre que no tenía más remedio que retorcerle el brazo a su único hijo varón hasta inmovilizarlo boca abajo en el suelo.

Moray finalmente se quedó quieto, incapaz de liberarse. Su mirada volvió a cruzarse con la de Adaira, pero esta vez no había desafío en sus ojos, solo tristeza.

—Te lo preguntaré una vez más, Moray —dijo Innes presionándole la espalda con la rodilla—. ¿Por qué estás aquí?

—No pienso desperdiciar *diez* años en las mazmorras de los Tamerlaine —espetó con voz ronca—. No me desvaneceré en el polvo encadenado por ellos mientras tú y David vivís felices y coméis perdices con Cora.

—Es tu castigo.

—Quiero *justicia*. Permite que luche en el estadio. Que la espada hable por mí.

Los escalofríos recorrieron a Adaira. Su hermano quería luchar en el sacrificio y no estaba segura de cómo se sentía al respecto. ¿Sería mejor que Moray tuviera la oportunidad de luchar y morir potencialmente? ¿O debería volver a las mazmorras de los Tamerlaine y vivir diez años más en la oscuridad?

Innes también parecía insegura. Su expresión vaciló durante un instante justo cuando llegaron los guardias y los rodearon.

—Si te vas sin oponer resistencia a las mazmorras, consideraré tu petición —le dijo Innes.

Moray asintió.

Lo liberó y los guardias ocuparon su sitio, colocándole los grilletes alrededor de las muñecas y levantándolo del suelo. Adaira no podía verle el rostro, pero captó un atisbo de su pelo mientras se lo llevaban.

La habitación se sumió en un doloroso silencio.

David empezó a recoger las gemas azules del suelo. Innes flexionó la mano, con la sangre goteándole por los dedos.

—Déjanos, por favor, Cora —murmuró dándole la espalda a Adaira.

Parecía que había demasiado que decir, pero aun así Adaira no pudo encontrar una sola palabra que pronunciar.

Tomó a Jack de la mano y lo guio fuera de allí.

Torin se quedó en el ala de la laird. No sabía qué se esperaba que sucediera cuando había seguido a Moray y a Jack, pero desde luego no era un tenso altercado entre la laird del Oeste y su hijo.

No se había esperado sentir una pizca de respeto por Innes, pero se había asombrado cuando había inmovilizado a Moray. Lo había sostenido en el suelo sin dagas, solo con sus manos desnudas, y una de ellas estaba sangrando.

Observó mientras David recogía las gemas que se habían formado en el suelo por la sangre derramada de Innes. Torin se quedó tan fascinado al verlas (¿qué era esa magia de sus venas?) que casi se perdió las palabras de Innes.

—¿Qué voy a hacer con Moray? —preguntó en un tono exhausto—. ¿Dónde me he equivocado con él?

—Tenemos toda la noche para pensar en nuestras opciones —le dijo suavemente David—, pero ahora, siéntate y deja que te atienda.

Innes se sentó en una silla sosteniéndose la mano herida. Esperó con los ojos vidriosos perdidos en pensamientos lejanos mientras David se metía en la habitación adyacente. Volvió un momento después con un rollo de vendas y un cuenco de arcilla repleto de ungüento. Se arrodilló ante ella.

—Quítatelos —susurró Innes bruscamente.

David se detuvo, pero dejó sus materiales. Empezó a quitarse los guantes dedo a dedo, hasta que cayeron al suelo con un susurro.

A Torin se le cortó la respiración.

David tenía toda la mano izquierda afectada por la plaga. Su piel estaba moteada con tonos azules y violetas, como si tuviera un moretón horrible. Sus venas relucían de color dorado.

Innes miró la mano de su marido con el rostro crispado por el miedo y la angustia. Parecía tan expuesta en ese momento que Torin sintió que debería apartar la mirada mientras ella rozaba los dedos de David, mientras le subía la mano por el brazo y le acariciaba el rostro. Se inclinó hacia adelante y presionó su frente contra la de él y respiraron el mismo aire, las mismas preocupaciones.

—Tú me has curado una y otra vez —murmuró Innes—. Y aun así no puedo hacer nada por ti. Es un destino cruel que mueras antes que yo.

David no dijo nada, pero se apartó para poder mirarla a los ojos.

—Hay algo que podemos hacer.

Innes cerró los ojos.

—Hablas de la sugerencia de Cora.

—Nuestra hija, sí. —David empezó a ocuparse de la mano herida de Innes. Le limpió la sangre y le untó el ungüento por el corte. Se la vendó—. ¿Innes? Innes, abre los ojos, mírame.

Innes exhaló, pero abrió los ojos. David le rozó los tatuajes del cuello con el pulgar, como si conociera su historia de tinta azul. Como si esos patrones entrelazados estuvieran inspirados por lo que ambos habían logrado juntos.

—Deja que le escriba a Sidra.

Torin se sobresaltó. Esta vez, el nombre de Sidra fue como una llama fundiéndose entre reinos. Ya había visto suficiente en el Oeste. Era momento de volver a casa y resolver el acertijo. El castigo de Moray tendría que recaer en otra persona y Torin se deshizo de ese antiguo y amargo deseo de venganza.

Se volvió, dejando a David y a Innes atrás.

Pero el nombre de Sidra siguió resonando por todo su ser mientras atravesaba las colinas del Oeste. Cantaba en su sangre mientras corría hacia el Este.

CAPÍTULO 30

Las sombras eran largas y frías en el dormitorio de Adaira cuando sonó la campanada de medianoche. Jack estaba ante la cómoda, vertiendo agua en una palangana a la luz de las velas. Resonaban los truenos al otro lado de los muros del castillo y la lluvia empezó a golpear las ventanas con un ritmo frenético que reflejaba las pulsaciones de Jack.

Se sentía agitado por los eventos de la noche.

Tenía la piel sudada y respiraba superficialmente. Todavía podía notar el borde afilado de la daga de Moray en la garganta. Jack intentó reprimir ese recuerdo mientras metía las manos ahuecadas en el agua. Se lavó el sudor del rostro, pero no podía dejar de ver a Moray en la puerta. Venciéndolo con tanta facilidad.

—Es la *segunda* vez que veo un filo tan cerca de tu garganta, Jack. —Adaira habló con voz ronca, triste—. Lo siento.

El muchacho tomó el tartán que había a su lado y se secó el agua de los ojos mientras ella le rodeaba la cintura con los brazos y apoyaba la mejilla en su hombro.

—Ha sido puro espectáculo —murmuró Jack—. No me ha hecho daño, Adaira. Y no es culpa tuya.

Ella exhaló en su túnica. Jack pudo sentir el calor de su aliento en su piel y cerró los ojos.

—¿Estás cansado? —susurró.

—No.

—Si te cuento una historia, ¿te ayudará a dormir, antigua amenaza?

Él no pudo evitar sonreír.

—Tal vez.

—Pues ven a la cama.

Jack la siguió a la cama deslizándose bajo las mantas. Se colocó boca arriba con los ojos cerrados y escuchó mientras Adaira se ubicaba junto a él. El silencio se alargó tanto que Jack abrió un ojo para mirarla. Estaba sentada apoyada en el cabecero, estudiándose las uñas.

—¿Y esa historia?

—Estoy intentando pensar una. Ya sabes, es difícil encontrar una historia lo bastante buena para un bardo, una que no vaya a aburrirlo.

Jack se rio.

Se dio la vuelta para mirarla y le puso la mano en sus piernas desnudas.

—Entonces, tal vez debería ser yo quien te contara una.

A Adaira se le cortó la respiración justo cuando algo llamó a la puerta, interrumpiéndolos.

Ella maldijo y salió a regañadientes de la cama mientras los dedos de Jack se deslizaban de sus muslos. Él se sentó, primero molesto y después preocupado, pensando que un visitante a esas horas no podía suponer nada bueno.

Era Innes.

La laird entró en su habitación. Casi parecía que todo el altercado con Moray no hubiera tenido lugar hasta que Jack miró a Innes a los ojos. Vio algo oscuro y perturbado en su interior.

Se levantó rápidamente de la cama.

—A tu padre le gustaría hablar contigo, Cora —anunció Innes—. Te está esperando en mis aposentos.

Adaira abrió mucho los ojos.

—¿Algo va mal?

—No —contestó Innes mirando a Jack—. Pero a mí también me gustaría hablar con tu marido a solas.

Adaira se quedó callada un instante, pero alcanzó su túnica y se la puso sobre el camisón.

—Muy bien.

Jack la observó salir de la habitación con el corazón retumbándole en el pecho. Sintió la mirada silenciosa de Innes y la recibió con la suya.

—¿Cómo puedo ayudarte, laird?

—Tenemos que hablar de tu padre —contestó Innes.

Esas palabras dejaron a Jack sin aliento.

—¿Te lo ha dicho Adaira?

—No. Descubrí tu conexión con Niall cuando cabalgué hasta la cabaña de tu madre hace unas semanas. Cuando vi lo cerca que vivía Mirin de la línea del clan. Cuando vi a tu hermana con su cabello cobrizo. —Hizo una pausa, apartando la mirada de Jack—. No debería haberme sorprendido tras haber descubierto lo que le había pasado realmente a Cora. Cómo Niall la había entregado. No debería haberme sorprendido cuando me di cuenta de que había llegado a amar a una mujer Tamerlaine y había tenido hijos con ella.

Jack sostuvo su expresión neutra. No sabía a dónde quería llegar Innes con esa conversación. No sabía si necesitaba permanecer indiferente o si sería mejor mostrar un destello de emoción. A pesar de la incertidumbre que yacía en su sangre, sintió que la vida de Niall estaba colgando de un hilo. Una constelación que podía brillar con fuerza o extinguirse.

—Así que sabías que Niall estaba emparentado con Adaira por matrimonio —empezó Jack con un tono cauteloso—. ¿Y aun así seguiste permitiendo que luchara en el sacrificio una y otra vez? ¿Con qué fin? ¿Hasta que alguien finalmente lo asesinara?

—No espero que comprendas mis decisiones o mis motivos —replicó Innes—. Y no he venido a hablar contigo por eso. No obstante, esto es lo que necesito: Moray es prisionero del Este y, aun así, está aquí, bajo mi guardia. Ha pedido luchar en el sacrificio y quiero darle una oportunidad.

—¿Quieres darle una oportunidad de ser absuelto? —espetó Jack, incapaz de ocultar su ira—. ¿De salir libre tras haber pasado tan solo un mes en las mazmorras?

—No —contestó Innes—. Quiero que muera con honor. Si lo devuelvo a los Tamerlaine, lo ejecutarán. Sus huesos se pudrirán con la vergüenza de lo que ha hecho.

Jack estaba tan sorprendido que solo pudo mirarla fijamente, pero la mente le iba a toda velocidad.

334 • REBECCA ROSS

—Necesito que se enfrente a un oponente más fuerte que él —continuó Innes—. Nadie ha derrotado a Niall.

—¿Y si es él el que mata a mi padre? —inquirió Jack—. ¿Moray quedaría libre?

—No. Se quedará en las mazmorras y luchará hasta que alguien pueda derrotarlo.

Jack lo consideró durante un momento.

—De acuerdo. ¿Qué necesitas de mí?

—Necesito que seas representante del clan Tamerlaine —contestó Innes—. Que contemples el sacrificio a mi lado. Que te quedes para ser testigo de la muerte de Moray para que tu laird sepa que nos hemos encargado de él con justicia en el Oeste por sus fechorías. ¿Puedes hacer eso?

Le estaba pidiendo que observara el combate de su padre y tal vez su muerte, si Moray tenía suerte. Abrumado por todas las emociones que se apoderaban de él cada vez que pensaba en Niall, Jack quiso estremecerse, plegarse sobre sí mismo. Pero le sostuvo la mirada a Innes dándose cuenta de que ese era el momento que había estado esperando.

—Haré esto por ti, laird —aceptó—. Pero tengo condiciones.

—¿Cuáles son tus términos?

—¿El primero? Me gustaría cenar con mi padre unas horas antes del sacrificio. Una buena comida en una de las cámaras privadas del castillo.

—Muy bien. Puedo encargarme de que así sea —dijo Innes—. ¿Qué más?

Jack titubeó, pero cuando habló, lo hizo con voz clara. Decidido.

—Si mi padre derrota a tu hijo, Niall quedará libre. Le devolverás su nombre, su título, sus tierras y su honor. Dejará de ser prisionero.

Innes tardó en contestar, pero le tendió la mano.

—Acepto tus términos, Jack.

Él le dio un apretón de manos, el agarre de Innes era tan firme que podía aplastarle los dedos. Sellaron el trato.

Jack quería disfrutar de la esperanza y la confianza, pero todavía sentía el borde afilado de la daga de Moray en la garganta. Todavía sentía el frío amargo de las mazmorras calándole los huesos. Todavía podía oír el modo en el que Niall había pronunciado su nombre en el estadio, como si se hubiera roto una parte de él.

Jack empezó a prepararse para lo peor.

Adaira encontró a David en los aposentos de la laird. Estaba esperándola en su escritorio, donde había dispuesto un pergamino, una pluma recién cortada y un tintero. Una hilera de velas ardía proyectando anillos de luz mientras su cera goteaba y se acumulaba sobre la madera.

—Innes ha dicho que querías verme —dijo Adaira.

—Sí —respondió David acercando la silla al escritorio—. Me gustaría que le escribieras una carta a Sidra.

Adaira se sorprendió tanto que se quedó paralizada, parpadeando mientras lo miraba.

—Dijiste que era curandera y que tal vez podría colaborar conmigo para encontrar un remedio para la plaga, ¿verdad? —preguntó David.

—Sí. —Adaira dio un paso hacia adelante. Se sentó en la silla y tomó la pluma—. ¿Qué te gustaría que le dijera?

—Extiéndele una invitación. A Innes y a mí nos gustaría que viniera. Dile que puede traer hasta cuatro personas en su séquito. Guardias, doncellas o incluso a su marido, si él quiere acompañarla. Pídele también que traiga todos los registros que tenga, tónicos o hierbas que haya descubierto que son útiles, para que pueda ver el trabajo que ya ha hecho y así compararlo con el mío.

Adaira empezó a escribir con entusiasmo. Mientras la plumilla se deslizaba sobre el pergamino, pensó que su padre leería por encima de su hombro, pero le sorprendió que David se diera la vuelta y se pusiera a reorganizar los libros de su estantería. Adaira se dio cuenta de que le estaba concediendo privacidad y se le calentó el corazón de agradecimiento.

Escribió una carta y firmó con su nombre, pero vaciló.

—¿Quieres leerla antes de que la selle? —preguntó.

—No —respondió David—. Confío en ti. Adelante, séllala, Cora.

Adaira calentó la cera sobre la llama de una vela. Selló la carta con el emblema de los Breccan y le tendió el pergamino a David, esperando a que lo aceptara.

—Ven conmigo —dijo dándose la vuelta.

Lo acompañó hasta la pajarera, donde se encontraban los cuervos en jaulas de hierro. Metió la carta en un saquito de cuero y la ató a uno de los pájaros. Adaira se quedó junto a su padre observando cómo el cuervo alzaba el vuelo hacia la tormenta, en dirección al Este, a Sidra. La lluvia y el viento formaban una bruma que le cubría el rostro y le humedecía el cabello. Cerró los ojos y la aspiró.

—Sé que piensas a menudo en tus padres —empezó David suavemente—. Sé que los echas de menos. Supongo que nos comparas a Innes y a mí con ellos y no puedo culparte. Pero espero que sepas lo mucho que deseamos estar en tu vida, no solo como laird y consorte.

Adaira abrió los ojos. Se le aceleraron los latidos con las palabras de David, invocando recuerdos dolorosos. Recuerdos de Alastair y de Lorna en el Este. Giró la cabeza para mirarlo. Él le acarició la mejilla con sus dedos enguantados, tocando la bruma que le cubría la piel. Sinceramente, Adaira no sabía qué decir. Tenía un nudo en la garganta y los ojos anegados en lágrimas.

«Sí, lo entiendo», quería decir, pero su mandíbula permaneció cerrada.

David simplemente le dirigió una sonrisa triste y apartó la mano.

La dejó allí, con los pájaros, contemplando la tormenta.

Sidra estaba en el jardín del castillo cuando la encontró Yvaine al amanecer con dos cartas salpicadas por la lluvia en la mano. El sol se estaba elevando tras una franja de nubes y prometía ser un día abrasador. La niebla del valle ya se había fundido y las abejas y las libélulas revoloteaban en patrones lánguidos. Solo quedaba algo de rocío en las plantas que Sidra cortó y metió en su cesta.

—Una para ti y una para Torin —informó la capitana—. Ambas del Oeste.

Sidra se limpió la tierra de los dedos y se metió las cizallas en el bolsillo del delantal, aceptando el pergamino. La carta que iba dirigida a ella estaba escrita con la familiar letra de Adaira. La carta que iba dirigida a Torin mostraba la caligrafía elegante de Jack.

Las miró sabiendo que lo que contuvieran esas cartas iba a cambiarlo todo. Podía sentirlo, al igual que podía sentir la tormenta en el aire cuando todavía faltaban horas para que estallara. Como una descarga de electricidad, como si pasara las manos por lana recién hilada y luego tocara la empuñadura de una espada.

Sabía que la respuesta sobre Moray se encontraba en esas cartas. Su búsqueda había sido infructuosa y la predicción de Graeme de que se había marchado al Oeste parecía ser correcta, puesto que no había señales de él en el Este. Sidra ahora estaba a la espera. Estaba conteniendo el aliento aguardando a que los Breccan hicieran un movimiento noble o uno deshonesto. Que refugiaran a Moray o que volvieran a entregarlo.

—¿Has comido ya? —le preguntó Sidra a Yvaine mientras recorrían el jardín de vuelta al castillo.

—Sí, pero me tomaría una taza de té —contestó Yvaine.

Las mujeres se retiraron a la biblioteca y se sentaron en una pequeña mesa redonda. Edna les llevó una bandeja con bizcochitos de mantequilla, bayas trituradas y un cuenco de crema, y Sidra se permitió sentirse cómoda con la agradable rutina de la preparación del té.

—¿Cuál debería abrir primero? —inquirió.

—La carta de Torin —contestó Yvaine.

Sidra rompió el sello y desdobló el pergamino. Leyó las palabras de Jack, que le resultaron tan esperadas como desconcertantes.

—¿Qué pasa? —preguntó Yvaine con urgencia leyendo las líneas del rostro de Sidra.

—Moray está en el Oeste, tal y como pensábamos. —Sidra le tendió la carta a la capitana—. Pero ofrecen una extraña solución para él.

Se tomó todo el té mientras Yvaine leía, pero pronto empezó a tamborilear con los dedos sobre la mesa, ansiosa, esperando saber qué opinaba la capitana.

Yvaine dejó la carta y se recostó en la silla, entrelazando las manos detrás de la nuca.

—Bueno. Esto no es para nada lo que pensaba que iba a suceder.

—¿Aceptamos la posibilidad de que lo maten en el estadio? —preguntó Sidra—. ¿O exigimos que no los devuelvan de inmediato?

—Si exigimos que nos lo devuelvan —empezó Yvaine—, tendrás que matarlo aquí, Sidra. Asesinó a *cinco* de mis guardias y eso no puede quedar impune. Sus delitos no han hecho más que multiplicarse desde que lo encarcelamos y, a estas alturas, no creo que los Tamerlaine se contenten con algo que no sea el derramamiento de su sangre.

—Estoy de acuerdo contigo —admitió Sidra, aunque un escalofrío le recorrió todo el cuerpo. Tendría que ser ella la que decapitara a Moray y nunca había matado a un hombre—. Pero si lo ejecutamos por sus crímenes, ¿daremos comienzo a una guerra con el Oeste?

—Con los Breccan nunca se sabe, pero creo que podría ocurrir, sí. Por eso creo que deberías dejar que se encargaran ellos de su muerte. Que sean ellos los que se manchen las manos con sangre.

Sidra se quedó en silencio mirando la carta fijamente.

—Pero ¿eso será suficiente para los Tamerlaine? —preguntó finalmente—. ¿No ser testigos de su muerte?

—Tanto Adaira como Jack estarán presentes —replicó Yvaine—. Jack puede escribir una balada y cantar la muerte de Moray al clan.

Sidra asintió, pero había algo que todavía no le parecía del todo correcto. Se llevó los dedos a los labios, oliendo la tierra bajo sus uñas.

—¿Por qué Innes Breccan aprueba esto? ¿Está de acuerdo con perder a su heredero?

—Tengo unas cuantas teorías —comentó Yvaine sentándose hacia adelante para llenarse de nuevo la taza de té—. Pero lee primero la carta de Adaira.

Sidra tomó el pergamino con el corazón apesadumbrado por la preocupación. Por segunda vez esa mañana, se sorprendió enormemente. Mientras leía las palabras de Adaira, el puño de hierro que le estaba apretando las entrañas comenzó a soltarse.

Tomó aire una, dos veces.

Yvaine la miraba fijamente, expectante.

Sidra dejó la carta boca arriba sobre la mesa.

—Ellos también sufren la plaga y quieren que vaya de visita para colaborar en una cura.

—No, laird. —La respuesta de Yvaine fue rápida y cortante—. No puedo dejar que abandones mi guardia.

—Yo no soy la laird —empezó a decir con las mejillas ardiendo—. Y yo…

—*No, laird* —repitió la capitana aún con más brusquedad—. Si algo te sucediera en el Oeste… no quiero ni imaginarlo. No podemos perderte.

—Y aun así podría pasarme algo en el Este —contraatacó Sidra. Fue extraño el modo en el que la paz se asentó en ella. Se sintió calmada, segura. No le quedó ninguna duda en la mente, así que declaró—: Estoy enferma, Yvaine.

La capitana no dijo nada, pero su ceño fruncido se convirtió en una expresión de asombro.

—Tengo la plaga —aclaró Sidra—. Llevo al bebé de Torin y no sé cuánto tiempo me queda. He agotado todo mi conocimiento y mis recursos aquí en el Este intentando encontrar una cura y aun así… no puedo evitar preguntármelo. Recuerdo la flor de Orenna, una flor que crece en el Oeste pero no aquí en el Este, y eso hace que me pregunte si las plantas que necesito para la cura estarán al otro lado de la línea del clan. No me sorprendería, como si la isla anhelara volver a estar unida.

Yvaine suspiró, pero su anterior determinación empezaba a suavizarse.

—Sospechaba que estabas embarazada, Sidra. Pero no sabía lo de la enfermedad. —Hizo una pausa sosteniéndole la mirada—. Lo lamento. Si pudiera contraerla para quitártela a ti, lo haría.

Sidra parpadeó intentando retener las lágrimas, pero se le acumularon en los rabillos de los ojos, reluciendo como estrellas.

—Nunca lo permitiría.

—Por supuesto que no —comentó Yvaine con ironía, pero sus ojos también brillaban por la emoción—. Y por eso mataré a cualquiera que pretenda herirte en el Oeste.

—Eso no me preocupa —afirmó Sidra—. Me llevaría a Blair y a otros tres guardias. Me llevaré mis hierbas, que en mis manos son más poderosas que cualquier daga. Y estaré con Adaira, en quien confío plenamente.

Yvaine tensó la mandíbula. Todavía quería protestar.

—Sabes que quiero ir contigo.

—No, capitana —dijo Sidra.

—Pero, Sidra, yo...

—*No*. Te necesito aquí.

Yvaine suspiró y se pasó las manos por el cabello negro.

—De acuerdo. ¿Cuándo piensas marcharte?

Sidra se levantó de la mesa. El pie le dolía constantemente esos días, pero se había acostumbrado al dolor. Había aprendido a moverse con él y la asombraba que le costara incluso recordar cómo era su pie antes de infectarse.

Ahora, por primera vez en semanas, sentía una pizca de esperanza de poder encontrar una cura. Una invitación al Oeste le ofrecía la posibilidad de ver la tierra, de tener entre sus manos sus hierbas, flores y vides.

De repente, se sentía como si pudiera escalar una montaña.

—Tan pronto como sea posible, me parece —respondió Sidra—. Le escribiré a Jack y le daré mi bendición para el sacrificio. Y le escribiré a Adaira para avisarle que iré pronto. Creo que podría salir pasado mañana para darles tiempo a prepararse para mi visita.

—Como desees, laird —dijo Yvaine vaciando su taza de té antes de ponerse en pie—. Hablaré con Blair y organizaré tu séquito.

—Gracias, capitana.

Yvaine se marchó sin decir nada más y Sidra siguió los rayos de sol hacia las ventanas. Se quedó en silencio bajo el calor, permitiendo que la luz entrara en ella, y pensó en dónde estaba hacía tan solo unas semanas. Entonces, sus pensamientos volvieron a donde se encontraba en ese momento.

Sidra se estremeció bajo el sol.

CAPÍTULO 31

Hap estaba esperando a Torin en las sombras del Aithwood.

—Veo que has sobrevivido indemne al Oeste —comentó alegremente el espíritu de la colina cuando Torin cruzó la línea del clan.

Torin resopló, pero no estaba de humor para chistes. Tenía la mente abarrotada con todo lo que había visto y oído y su preocupación por Sidra se había multiplicado.

—¿Dónde está Whin? ¿Puedes llevarme con ella?

Hap frunció el ceño, aunque parecía haberse acostumbrado a la sequedad de Torin. Lo guio a través de los árboles hacia las colinas nubladas y se detuvo en uno de los valles.

—¿Por qué necesitas a Whin? —preguntó Hap.

—Creo que es una de las hermanas del enigma —contestó Torin arrodillándose sobre el césped. Empezó a preparar el terreno para trabajar, sacando inspiración de todas las veces que había observado a Sidra preparando ungüentos y tónicos. Pidió ayuda a dos rocas cercanas, una para usar como mortero y la otra como mano y entonces dispuso su ofrenda. Las flores de Orenna, brillantes como sangre sobre la hierba, y las flores que había tomado del acantilado, blancas como la nieve.

Dos hermanas, reunidas. Hielo y fuego. Sal y sangre.

—¿Hablaste con ella?

Torin se dio la vuelta y vio a Whin tras él, con la mirada fija en las flores de su hermana.

—Durante un momento, sí —afirmó Torin. Titubeó al ver la angustia en el rostro de Whin—. Si me permites unas flores de tu corona… creo que es uno de los últimos elementos que me faltan para resolver el enigma.

Whin levantó la mano para arrancar unas flores de tojo de su corona y se las dio a Torin. Entonces se desvaneció, como si no soportara ver a Torin trabajar.

Solo Hap se quedó junto a él y unos pocos ferlies que se habían reunido sobre el césped.

—¿Cuánto, cuánto? —susurró Torin para sí mismo mientras colocaba las flores sobre la piedra. El enigma no le había proporcionado instrucciones sobre las cantidades. Torin decidió colocar una flor de cada clase y se limpió las manos en el pecho.

Creía que la flor blanca era el hielo, puesto que recordaba lo fría que estaba en la vid, pero todavía necesitaba sal y fuego.

Se acercó al minifundio más cercano, que resultó ser el de Mirin. Torin atravesó la pared del sur y se encontró a Mirin en su telar.

—Me disculpo por esto —murmuró, a pesar de que los oídos de Mirin estaban cerrados a su voz. Torin tomó un cubo de madera de la cocina y uno de los candeleros que había sobre la repisa de la chimenea. También se llevó el sílex de Mirin antes de volver al valle, donde lo esperaban Hap y los ferlies con los ojos muy abiertos por la expectación y la esperanza.

Dejó la vela y el sílex sobre la roca. Temblaba violentamente, como le había pasado la primera vez que había matado a un hombre. Pero ahora los temblores eran solo por la adrenalina que lo recorría, acelerándole la respiración y agudizando todavía más su visión. Tomando el cubo, corrió hacia la costa rebuscando en cada sombra, en cada secreto de la tierra a lo largo del camino.

Torin se arrodilló sobre la arena observando el flujo de la marea.

—¿Puedo tomar una porción de ti? —le preguntó al mar.

El océano respondió con una ola que le hizo perder el equilibrio. El agua lo empapó entero y le envió un escalofrío por la sangre. No sabía si Ream estaba concediéndole permiso o denegándoselo, pero estaba desesperado. Torin levantó el cubo lleno de agua salada y miró en el interior para asegurarse de que no hubiera ningún espíritu del agua allí dentro. El agua estaba clara, sin hilos dorados, aletas u ojos, y la llevó hasta el valle.

Ahora se habían acercado también unas pocas rocas con sus ceños fruncidos y un trío de doncellas de aliso que retorcían sus largos dedos como raíces en anticipación.

Torin oyó sus murmullos mientras volvía a arrodillarse. Le goteaba el sudor por la barba y, mientras contemplaba todo lo que había reunido, repitió internamente el acertijo: *Hielo y fuego unidos como uno solo. Hermanas divididas y reunidas de nuevo. Bañado con sal y cargado con sangre, todo junto pagará la deuda.*

Sin duda alguna, eso era todo.

Tomó el mortero y empezó a aplastar las flores en la piedra. Mientras se acercaban más espíritus para observar, las flores se convirtieron en una mezcla fragante. Torin sentía las miradas de los espíritus clavadas en él y deseó decirles que se marcharan. No quería tener público y aun así no le parecía justo negarles ese momento.

Hizo una pausa en su trabajo mirando la mezcla de pétalos machacados. ¿Qué iba a continuación? ¿La sal o el fuego? ¿O tal vez tendría que cortarse primero la mano y derramar su sangre?

Torin decidió empezar por el fuego, después el agua y, por último, la sangre. Tomó el sílex para encender la llama y mientras estaba prendiendo la vela, oyó que los espíritus jadeaban a su alrededor. Levantó la mirada y los vio retroceder, con muecas en el rostro.

—¿Qué pasa? —preguntó bruscamente.

Solo Hap se quedó cerca, aunque incluso el espíritu de la colina parecía inquieto por la llama.

—¿Estás seguro, Torin?

—Hielo y *fuego* —replicó Torin—. Sí, estoy seguro. ¿Por qué dudas de mí?

—Yo… —Lo que fuera a decir Hap se desvaneció mientras enroscaba la lengua. El espíritu de la colina se limitó a asentir con la cabeza, con las flores cayéndole por el pelo, y dio un paso atrás.

Torin estaba demasiado frustrado, ansioso y agotado para considerar que podía haber malinterpretado el enigma. Prendió fuego a las flores y observó cómo se encendían las llamas. Estaba ahuecando las manos para recoger agua salada cuando resonó un golpe y una onda expansiva lo hizo volar por los aires.

Mareado, Torin se sentó. Tenía la túnica empapada por el agua derramada y por su propio sudor y observó el humo elevándose desde la roca.

—No —susurró frenéticamente arrastrándose hasta ella—. *¡No!*

Uno a uno, los espíritus de la tierra se retiraron con las cabezas gachas y los semblantes entristecidos. Se marcharon todos menos Hap, quien se quedó a observar cómo Torin llegaba hasta la roca.

No había quedado más que una marca chamuscada. Torin la recorrió con los dedos dándose cuenta de que todo lo que había reunido (las flores, la esperanza y su confianza) había desaparecido.

Jack estaba atándose los cordones de las botas hasta las rodillas cuando el fuego se extinguió en la chimenea de Adaira. Miró hacia las cenizas y vio el humo elevándose en una danza empalagosa. Incluso las velas se habían apagado con sus mechas brillando de color rojo bajo la luz grisácea de la mañana.

Adaira suspiró atándose el extremo de la trenza con una tira de tartán azul.

—¿Qué intenta decirnos?

Jack puso un pie en el suelo. No estaba seguro de lo que quería expresar Ash, pero él mismo tenía la mente distraída con los asuntos mortales. En unas horas, cenaría con su padre. Ni siquiera estaba seguro de qué quería decirle a Niall ni de cómo prepararse para lo que seguro que iba a ser un encuentro incómodo. Entonces, unas horas después de eso, daría comienzo el sacrificio entre Niall y Moray y Jack sería testigo de la redención de su padre, o bien de su muerte.

En la mente de Jack no había más espacio para pensar en por qué lo habían enviado al Oeste en primer lugar. Pero puesto que el espíritu del fuego había recurrido a extinguir las llamas de nuevo, Jack se preguntó si se le estaría acabando el tiempo. Ash necesitaba su atención y ahora Jack se acordó del recuerdo que le había compartido Kae sobre un altercado entre el laird del fuego e Iagan.

La mirada de Jack se desvió hasta el escritorio de Adaira. La composición de Iagan seguía esperando allí en una pila.

—Creo que hoy necesito quedarme aquí —informó Jack. Se levantó y miró a Adaira, quien estaba atándose el tartán al hombro—. Necesito algo de tiempo para estudiar la música que me llevé del lago Ivorra.

Adaira permaneció en silencio y torció la boca a un lado.

—Como desees. Me aseguraré de que te suban la comida para que no tengas que salir. Pero ten mi espada a mano. —Buscó la hoja envainada y se la tendió.

Jack la aceptó, pero solo para pasar su cinturón alrededor del talle de Adaira. Se la ató firmemente junto al ombligo.

—Te queda mejor a ti —comentó admirando cómo la complementaba. Siempre había sido alta, esbelta y pálida como la luna, incluso de pequeña. Una niña a la que antiguamente le encantaba odiar. Le quedaba bien tener una espada brillando a su lado—. Y me preocuparía más que cabalgaras por los aledaños sin mí y sin tu espada.

Adaira lo miró fijamente con los ojos entornados.

—Necesito armarte, antigua amenaza.

—Me traje una daga del Este —contestó él—. Mi daga de la verdad. Creo que todavía la tiene Rab. Y mi arpa.

—Cierto, me encargaré de eso. —Hizo ademán de marcharse, pero Jack volvió a tomarla por la cintura y se inclinó para rozarle los labios con los suyos.

—Ten cuidado, Adaira —susurró.

Ella entrelazó los dedos en el pelo del chico y lo besó, una suave tentación que revolvió la sangre de su marido. Pero Jack pudo ver lo distraída que estaba. Pudo sentir en el cuerpo de Adaira la misma tensión que se acumulaba en el suyo.

En unas horas, ella comería en privado con Moray. En unas horas, vería a su hermano sangrando en el estadio o asesinando al padre de Jack.

El día ya estaba marcado con el dolor y las emociones encontradas y solo era media mañana.

—Volveré pronto —dijo Adaira apartando los dedos de su pelo. Jack finalmente la liberó—. Cierra la puerta con llave cuando me vaya, bardo.

Él la miró de arriba abajo.

—Saluda a Kae de mi parte.

—Lo haré —prometió Adaira mientras atravesaba el umbral. No miró atrás mientras se alejaba por el pasillo, pero ella nunca había sido de las que detenían el impulso por echar la vista atrás.

Jack la miró hasta que desapareció por una esquina. Cerró la puerta y se sentó ante el escritorio.

¿Por dónde empezar?

Tomó el libro roto de Joan, curioso por saber qué contenía cada parte. Hojeando la primera mitad, reconoció parte del folclore en él. No obstante, cuando hojeó la segunda, encontró historias sobre los espíritus que nunca le habían contado. Historias y canciones que tenían sus raíces en el Oeste.

Y entonces, lo más raro de todo, fue que encontró una nota en mitad de una historia.

Iagan me asusta.

Ya no puedo confiar en su música y en sus palabras.

Algo terrible y sin nombre se refleja en su mirada cuando toca y canta.

Jack hizo una pausa mirando las palabras de Joan. ¿Era ese el motivo por el que habían partido el libro por la mitad? ¿Alguien tenía miedo de que las preocupaciones internas de Joan llegaran a otra gente?

Inquieto, dejó con cuidado las dos mitades del libro a un lado y se puso a leer la composición de Iagan. Cuanto más se aventuraba en las baladas, con más fuerza ardía el fuego en la chimenea y en las velas, como si Ash estuviera entusiasmado por la atención de Jack.

Un suave golpe en la puerta interrumpió sus estudios. Era casi la hora de comer, las horas se habían escapado de las manos de Jack como si fueran de agua. Dos sirvientes esperaban en el pasillo, uno con una bandeja con pan y sopa y el otro con un bulto deforme que contenía el arpa y la daga de la verdad de Jack.

Jack suspiró al reunirse con su instrumento y su arma. Se tomó un largo momento para inspeccionar ambas cosas, acariciando la empuñadura y las cuerdas con las yemas de los dedos. Tanto el arpa como la daga estaban en buenas condiciones, a pesar de sus temores. Le preocupaba que Rab hubiera hecho pedazos el arpa y hubiera destruido la daga. Habrían sido grandes pérdidas.

Jack se obligó a dar unos mordiscos a la comida antes de volver a sus estudios.

Encontró baladas para los cuatro elementos. La canción para Ash era la peor, las notas y palabras estaban retorcidas formando grilletes y tenían la intención de restarle potencia al fuego. La canción exigía partes de la corona de Ash, la capa de su poder, el brillo de su cetro. Entonces llegaron las baladas para el mar, la tierra y el aire. Esas canciones no eran tan duras como la que había creado para los espíritus del fuego, pero estaban construidas sobre restricciones y limitaciones, palabras entrelazadas con el control y las medidas, al igual que las notas musicales.

Las baladas de Iagan eran como jaulas. Como una cárcel.

Jack se quedó sin aliento cuando vio todo el conjunto de notas, cómo se construían unas sobre otras. Las cuatro baladas encajaban para crear una jerarquía en el reino de los espíritus.

Hasta ese momento, Jack había pensado que la jerarquía la había creado Bane tan solo para mantener a los otros espíritus por debajo de él. Para sellarles los labios y silenciar sus voces. Para controlar lo que podían hacer y decir y cuánto poder detentaban.

Pero no había sido inspirada por Bane.

La jerarquía había sido creada por la música de Iagan.

Torin hizo un segundo intento.

Todavía tenía un puñado de flores de Orenna y dos flores blancas, así como una cadena de la corona de Whin. Había machacado otra tanda en la roca, pero su mayor obstáculo ahora era intentar descubrir qué «fuego» requería el acertijo. Si no eran llamas, ¿qué era?

—Supongo que no tienes ningún consejo que ofrecerme. —Le comentó a Hap irónicamente mientras los dos recorrían las colinas, Torin sin rumbo fijo y Hap deliberadamente, como si el espíritu temiera que su única ayuda mortal pudiera caer en un pantano si no lo guiaba.

—No hay mucho que pueda salir de mi boca —susurró Hap como si un gran poder le estuviera poniendo trabas—. Pero tal vez te ayude pensarlo de este modo: las cosas necesitan un equilibrio en el mundo mortal, ¿verdad? Aquí, en nuestro reino, podría decirse lo mismo. O... tal vez no equilibrio, sino complementos y... *contrastes*.

Torin frunció el ceño. No tenía ni idea de qué intentaba expresar Hap. Y deambular por las colinas tampoco servía de mucha ayuda.

Decidió ir a Sloane, un lugar que había estado evitando por miedo a ver a Sidra. Torin temía perder la cabeza si se encontraba con ella. Podría resultarle imposible apartarse de su lado, imposible reflexionar sobre el enigma. Y, aun así, necesitaba de nuevo los conocimientos de Sidra para seguir adelante.

—¿Habríais elegido a mi mujer para ayudaros si no hubiera estado infectada? —le preguntó Torin a Hap, quien permanecía a su lado adentrándose en las sinuosas calles de la ciudad.

Hap se mordió el labio antes de responder.

—Sí.

—Lo sabía —resopló Torin.

—Sidra tiene una profunda fe en nosotros. Ella nos da fuerza y nosotros le damos la nuestra.

—Y también vuestra plaga. Eso también se lo habéis dado.

Hap se detuvo en seco. Torin dio unos pasos más antes de sentirse avergonzado y con el cuello enrojecido. Hizo una pausa mirando al espíritu de la colina, quien de repente parecía como si fuera a desmoronarse.

—El viento —señaló Hap devastado junto a su pelo—. Eso ha sido el *viento*. Él sopló la fruta hasta ella. La puso en su camino y yo... no pude hacer nada al respecto.

Torin abrió la boca, pero Hap se había ido, volviendo al musgo que descansaba entre los adoquines.

Solo y lleno de amargura, Torin siguió hacia el castillo.

Cuando se aproximó a los aposentos de Sidra, vaciló. Anhelaba verla y sabía que esos anhelos lo estaban deshaciendo lentamente, respiración a respiración. Y aun así no podría soportar ver la enfermedad abriéndose camino por su piel.

Atreviéndose a atravesar la puerta, Torin se sintió aliviado al encontrar la habitación vacía. Se acercó a su escritorio, donde estaban los registros de sus curas. Necesitó unos intentos para que el libro le permitiera tocar las páginas, pero pronto Torin estuvo hojeándolo, examinando las entradas de Sidra, así como las notas que había dejado su abuela antes que ella.

Si tres de los ingredientes eran plantas, ¿debería haber una cuarta? ¿Un número par como los cuatro puntos de una brújula? ¿Los cuatro poderes del viento? ¿Los cuatro elementos de los espíritus? Pensando que tal vez la sangre, la sal o el fuego del enigma podían venir de otra flor, Torin rebuscó entre las páginas.

Equilibrio, complementos, contraste.

Reflexionó sobre las crípticas palabras de Hap, pero aun así no pudo encontrarles ningún significado.

Suspirando, Torin guardó en la estantería ese volumen y sacó otro. Este era de registros más recientes, todos anotados con la limpia caligrafía de Sidra, y se le nubló la visión cuando uno en concreto captó su atención.

«Tratamiento de Torin por una herida encantada de silencio», había anotado Sidra. Lo que seguían eran recetas y recetas que no habían logrado curarlo hasta que Sidra había probado el euforbio de fuego.

Se le cortó la respiración. Cerró el libro y trazó abstraídamente el contorno de la cicatriz que tenía en el antebrazo con los dedos. Ahora lo recordaba. La herida encantada que le había robado la voz había estado fría. Ahora recordaba cómo el euforbio de fuego había ardido durante la descarga, haciendo que se recuperara de manera lenta, pero estable.

Corrió por el castillo, corrió por las calles abarrotadas. Llegó de nuevo a las colinas y gritó:

—¿Hap? *¡Hap!*

El espíritu no respondió. Torin se hundió en su profunda soledad. Pero le hervía la sangre y empezó a peinar las colinas buscando euforbio de fuego. Sidra lo había descrito en su libro, lo había encontrado en una cañada cambiante y crecía en las grietas de las rocas.

Torin buscó en vano. Al cabo de un tiempo, apareció Whin viéndolo arrastrarse sobre sus manos y rodillas.

—¿Qué buscas, laird mortal? —preguntó, pero su voz se había vuelto fría, como escarcha sobre el césped.

Torin se sentó sobre sus talones, mirándola.

—Me disculpo por mis descuidadas palabras. No culpo a la tierra por lo que ha sucedido, por la enfermedad de Sidra. Le hablé a Hap presa de la ira.

Whin suspiró y repitió:

—¿Qué buscas?

—Euforbio de fuego —respondió Torin—. Crece en una de las cañadas cambiantes. ¿Podrías guiarme hasta ella?

Whin lo miró fijamente durante un momento largo e intenso. Él ya creía que no iba a responderle, pero entonces se volvió y echó a andar hacia una colina del sur, dejando flores silvestres en sus pisadas. Torin la siguió. Llegaron hasta un valle lleno de bruma. Whin se detuvo lentamente al inicio de la cañada, metida en el valle como una herida.

Torin nunca la habría podido hallar por sí solo.

Le dio las gracias a Whin, pero ella no le dijo nada mientras lo observaba adentrándose en la cañada. Los muros de piedra, húmedos por la bruma, se alzaban a gran altura a ambos lados. Su aliento resonaba y se estremeció mirando las rocas que lo rodeaban. Las flores rojas del euforbio de fuego ardían a través de la niebla atrayendo la mirada a una grieta.

Torin empezó a escalar al instante. Estaba perdido en pensamientos sobre su hogar cuando rozó la planta con los dedos. Notó un estallido de dolor intenso y repentino que le bajó por el brazo hasta el hombro. Apartó la mano mirando la rojez que le había dejado y las ampollas que empezaban a formarse.

Eso era lo que Sidra había sentido por él. Ese era el dolor que ella había soportado para curarlo, y a Torin le tembló la mano cuando volvió a intentarlo, apretando los dientes contra las oleadas de agonía. Arrancó el euforbio sintiéndose como si las llamas le estuvieran consumiendo la mano. Rápidamente, arrancó otro euforbio con la otra mano. El dolor era tan abrumador que le costó volver a bajar al suelo.

Lo logró de algún modo y posó los pies en tierra firme.

Por fin, tenía el acertijo del fuego.

Volvió al lugar que había dispuesto para trabajar, donde esperaba la anterior roca chamuscada con las flores machacadas. Torin se arrodilló esparciendo el euforbio de fuego sobre el césped. Decidió que solo añadiría uno a la mezcla y se guardaría el otro por si había algún nuevo percance.

Whin estaba cerca, era la única testigo. Torin se preguntó dónde estaría Hap. ¿Podría ser que el espíritu de la colina los estuviera observando desde abajo? Pero no podía preocuparse por su ausencia. Torin tenía que centrarse por completo en lo que estaba haciendo. Tenía que agitar el euforbio con las manos llenas de ampollas y vaciló un momento, anticipando el dolor.

Torin se estremeció al tomar su mortero improvisado y aplastó el euforbio lo mejor que pudo. Las ampollas que tenía en el talón de la mano amenazaron con estallar. Fue una completa agonía y gritó su dolor a la bruma.

Sangre y sal, sangre y sal, repitió para sí mismo concediéndoles a sus manos unos instantes para recuperarse antes de hundirlas en el cubo lleno de agua de mar. Las ampollas le ardieron todavía más y se apresuró a derramar el océano sobre su mezcla de flores.

Hubo un estruendo debajo de él. La piedra chamuscada pareció rugir antes de partirse en dos y Torin acabó lanzado hacia atrás una vez más. Aterrizó en una zona de helechos, parpadeando para quitarse el polvo de los ojos y mirando hacia las estrellas, el sol y la luna.

Con las manos ardiendo, rio, incrédulo. No le hacía falta mirar hacia la piedra para saber que todo su trabajo se había desvanecido.

Había vuelto a fracasar.

CAPÍTULO 32

Adaira siguió a un guardia a través de los pasillos del castillo. Se le había secado el barro de las botas y le colgaban cardos del vestido. Tenía el tartán arrugado por llevarlo atado al hombro todo el día y sus respiraciones eran superficiales. Llegaba tarde a su cena con Moray y solo podía culparse a sí misma.

Se había perdido por los aledaños de vuelta a casa tras haber visitado a Kae en el lago Ivorra. Las colinas y los valles habían cambiado y Adaira había cabalgado, hora tras hora, observando la luz apagarse y buscando desesperadamente una señal conocida. Pero sin el sol para guiarla, había acabado totalmente perdida.

Había sido la primera vez que saboreaba el miedo en mucho tiempo. La bilis le había subido hasta la garganta y se la había tragado hasta que había empezado a notar el estómago revuelto. Una flecha de hielo le había atravesado el pecho cuando había intentado mantener la calma cabalgando a la siguiente colina y luego a la siguiente, esperando que los espíritus la dejaran escapar de su juego. Entonces había llegado la bruma y a Adaira no le había quedado más remedio que bajar del caballo.

Intentó pensar en lo que habría sucedido si no hubiera encontrado el camino a casa. Las colinas habrían acabado reclamándola como suya, con la hierba entretejiéndose por su cabello y las flores silvestres creciendo entre sus costillas. Se imaginó a Jack esperando su regreso día tras día. A Innes cabalgando por los aledaños en una búsqueda infructuosa.

Adaira atravesó la tierra a pie con su caballo siguiéndola de cerca. Caminó hasta que se hizo casi de noche y solo entonces se desvaneció la bruma, permitiéndole contemplar la reluciente ciudad en la distancia.

Ese recuerdo le arrancó un escalofrío en el momento presente mientras seguía serpenteando por los pasillos del castillo.

Estás en casa, estás a salvo, seguía diciéndose a sí misma, pero no podía ignorar el peso de su miedo.

—La espada —dijo el guardia cuando llegaron a una puerta que Adaira no había visto nunca.

—Por supuesto. —Había olvidado que la tenía ahí, atada a su costado. Se la tendió e intentó sacudirse los cardos de la ropa. Supuso que al final carecía de importancia. Probablemente fuera la última vez que hablara con Moray.

El guardia abrió la puerta.

Adaira se tomó un último segundo para recomponerse. Entonces entró en una habitación pequeña iluminada por el fuego. Había una mesa preparada con dos platos de comida que se había enfriado. Moray estaba encadenado a una silla en un extremo de la mesa, esperándola con un brillo impaciente en los ojos.

Se mordió la lengua hasta que el guardia cerró la puerta y se quedaron solos.

—¿Perdida por los aledaños, hermanita? —preguntó.

Adaira resistió la tentación de tocarse la trenza despeinada por el viento.

—Todavía estoy conociendo estos terrenos. No tendrías que haberme esperado.

—Si pierdo el combate esta noche porque la comida se ha enfriado ya sabré a quién culpar —espetó él.

Adaira apretó los labios, pero esa declaración le provocó escalofríos. Se sentó en la silla enfrente de la suya y examinó el faisán con peras cortadas que tenía en el plato. No tenía nada de hambre.

Las cadenas resonaron en las muñecas de Moray cuando él empezó a comer.

—Dime dónde has ido —demandó entre bocados.

Ella no vio sentido alguno a mentir. Lo miró a los ojos y dijo:

—He ido al lago Ivorra.

Él no se lo esperaba. Arqueó las cejas, pero rápidamente ocultó su sorpresa.

—Entiendo que solo lo has disfrutado desde la distancia, puesto que está prohibido. Cerrado por un encantamiento.

—Sé cómo abrir la puerta.

—Ah. ¿Y quién te lo ha enseñado? ¿David o Innes?

—David —respondió ella.

—Lo que significa que fue *Innes*, ya que él no hace nada sin su permiso. —Adaira permaneció en silencio—. ¿Qué piensas de ella? —inquirió Moray.

—¿De quién?

—De Innes.

—¿No la llamas «madre» o «mamá»?

—No —contestó Moray—. Nunca ha querido que la llamara así.

Adaira no le creyó. Y no le gustaba nada la dirección que estaba tomando la conversación. Hablar de Innes hizo que le sudaran las manos y se le erizó la nuca en advertencia. Pero sonrió como si los comentarios de Moray le parecieran divertidos.

—¿Crees que es una buena laird? —la presionó él.

Adaira se encogió de hombros.

—Sí, teniendo en cuenta lo que he visto hasta el momento.

Moray la observó fijamente, pensativo.

—¿Crees que podrías gobernar mejor que ella?

—¿*Mejor* que ella? —repitió Adaira—. Sinceramente, no he pensado mucho en ello, Moray.

—Pero ¿querrías hacerlo, Cora?

—¿Gobernar el Oeste? No.

—El Oeste no, el Este.

Eso la tomó por sorpresa. Lo miró fríamente.

—Hubo un tiempo en el que sí, pero ahora ya no. Me lo arrebataste.

—¿Y si te ayudo a recuperarlo? —sugirió él.

—¿A qué precio?

Él sonrió, como si le alegrara que ella supiera que iba a ser una trampa.

—Puedes ayudarme a derrocar a Innes y yo te ayudaré a recuperar el Este. Podemos gobernar la isla, lado a lado.

Adaira necesitó reunir todo su coraje para no levantarse y largarse. En lugar de eso, mantuvo una expresión suave y calmada y los ojos pesados, como si estuviera aburrida.

—¿Sí? ¿Y cómo haríamos para derrocar a Innes?

—Bueno, el envenenamiento con aethyn no es una opción. Lleva mucho tiempo tomando dosis, y probablemente por eso sea tan fría. —Moray siguió comiendo tomándose su tiempo para explicar lo que tenía en mente, algo que Adaira se dio cuenta de que tenía planeado—. Creo que solo hay un modo de derrocarla.

—¿Y es…?

Moray levantó la mirada con una media sonrisa.

—Una daga en las profundidades de su costado. Un apuñalamiento en sus órganos vitales. Un modo lento y doloroso de marcharse.

Adaira se lo imaginó brevemente. El acero cortando a Innes por la cintura, justo por debajo del tartán. El sonido que ella emitiría al caer de rodillas. Su sangre manchando el suelo. La imagen la atravesó como hielo oscuro. Se sorprendió por lo rápido que se encendió su ira, zumbando como una colmena golpeada, pero no podía permitir que su hermano se diera cuenta.

—Me parece arriesgado, Moray —contestó con cautela—. Teniendo en cuenta que Innes pudo inmovilizarte en el suelo sin ningún arma.

Morin soltó una risita y se recostó en su silla.

—Se lo permití yo. Pero tienes parte de razón, hermana. Innes no confía en mí. Lleva años sin hacerlo y sé que no tiene intención de dejar que recupere mi honor y salga libre esta noche. Sé que espera que me maten, pero ¿y si no? Me mantendrá encerrado y luchando como a Rompejuramentos hasta que finalmente alguien me venza. Y no pienso quedarme sentado pudriéndome. No voy a dejar que alguien me arrebate mi derecho por nacimiento.

Adaira se estremeció. Su hermano había bajado la voz y se le había vuelto más ronca, pero tenía un brillo febril en los ojos, como si estuviera ardiendo.

—Por eso te necesito *a ti*, Cora —susurró—. Necesito que seas tú la que apuñale a Innes en el costado. No se lo esperaría nunca de ti, lo cual es bastante irónico, teniendo en cuenta que te criaron para odiarnos. Pero he visto cómo te mira. Eres su debilidad. El agujero de su armadura. Ve un reflejo de ella misma en ti, al igual que un rastro de Skye. No dejes que ese amor te engañe. Se convertirá en una jaula, en un modo de controlarte. De convencerte de hacer solo lo que ella quiere.

Adaira no respondió, pero le sostuvo la mirada a su hermano. No sabía qué decir, las palabras de Moray la habían agobiado.

—Pero si vamos a hacerlo... tiene que ser esta noche, Cora —continuó Moray, esperanzado por su silencio. Si estás conmigo, tienes que darme una señal de que tienes el coraje que hace falta para traicionar a Innes. Cuando me lleven al estadio, necesito que te quites una flor del pelo y me la lances. Para todos los que nos estén observando, parecerá un simple gesto para desearme suerte, pero yo sabré que significa que estás preparada para sublevarte. Cuando yo mate a Rompejuramentos, quiero que hundas tu daga entre las costillas de Innes. Y que después la empujes por encima del palco.

—Quieres que mate a la laird en un espectáculo público —señaló Adaira.

—El clan te respetará por ello. Y también provocará el caos, lo que me permitirá escapar —explicó Moray.

—Y sus guardias me matarán al instante.

—No, no lo harán. Como mucho, te herirán. Lo más probable es que te aten y te encierren. Pero para entonces mis hombres se habrán reunido y podremos liberarte.

Adaira cerró los ojos y suspiró entre las palmas de las manos. Esa conversación era lo último que se había esperado.

—¿Cora? —la llamó Moray trayéndola de nuevo al presente.

Lentamente, ella dejó caer las manos, abrió los ojos y lo miró fijamente.

—¿Estás conmigo? —preguntó él.

Ella ya sabía lo que iba a responder. No había tenido ni un instante de duda, no había creído necesario considerar qué camino tomar ni por un momento. Pero no quería que Moray lo supiera. Al menos, no todavía.

—Concédeme esta tarde para pensármelo —contestó ella—. Tendrás mi respuesta esta noche, cuando te vea en el estadio.

En la fría ala norte del castillo, Jack esperaba a su padre en una cámara pequeña y sin ventanas. La sencilla habitación tenía una chimenea acristalada, un tapiz raído en una pared y una mesa con dos sillas con respaldos de paja. Ya les habían servido la cena en platos de madera. Faisán asado, patatas aromatizadas con hierbas, peras especiadas, zanahorias con mantequilla dorada y un *bannock* todavía caliente recién salido del horno. Jack observó el vapor que emanaba de él intentando calmar sus expectativas.

Niall llegaría en cualquier momento. Jack todavía no estaba seguro de qué quería decirle a su padre. Lo único que sabía era que Innes les había concedido una hora y que el sacrificio tendría lugar alrededor de la medianoche.

El fuego de la chimenea hacía que la habitación estuviera cálida, y sobre su danza crepitante, Jack podía oír pisadas lejanas que se acercaban. Pasos en el pasillo, el traqueteo de los grilletes.

Niall estaba casi ahí.

Jack se puso de pie mirando hacia la puerta. Madera pálida arqueada, un picaporte de hierro en forma de hoja. Cuando finalmente se abrió, vio a un guardia. Y entonces apareció Niall, de pie bajo el umbral, con toda la mugre de las mazmorras.

Los guardias le quitaron los grilletes de las manos, pero le dejaron los de los pies, lo que le impediría salir corriendo si sucedía algo nefasto, como un intento de fuga. Niall dio un paso vacilante hacia la habitación y los guardias cerraron la puerta tras él.

Jack miró a su padre con el corazón latiéndole con fuerza. Esperaba contacto visual, un sonido de reconocimiento. Cualquier cosa, menos que Niall mirara solemnemente hacia el suelo. Su rostro delgado y demacrado era como la piedra. Su cabello cobrizo brillante y enredado, su piel pálida tras haber pasado semanas sin ver el sol. Era pecoso, lleno de cicatrices y cubierto con tatuajes de color añil.

Era extraño estar en la misma habitación que él. Casi le parecía un sueño que se negaba a romperse. Ese era el hombre al que su madre había amado en secreto. El hombre que había desafiado a su propia laird llevando a Adaira al Este. El hombre al que le debía la vida. Estaban conectados por lazos invisibles forjados por la sangre y Jack casi podía sentirlos tirándole de los pulmones con cada respiración.

¿Pensará quedarse ahí la hora entera?, se preguntó de pronto Jack con una punzada de irritación mientras el silencio incómodo se alargaba. *¿Por qué se niega a mirarme?*

Pero Jack se dio cuenta al ver a su padre frotándose las muñecas. Niall estaba ansioso, avergonzado. La última vez que se habían visto había sido en el estadio.

—¿Quieres sentarte? —preguntó Jack señalando la mesa.

Niall finalmente levantó la mirada y examinó la cena que tenía delante.

—No tenías que molestarte tanto por mí.

—No es ninguna molestia —respondió Jack apaciguando sus emociones antes de que le hicieran gorjear la voz—. Quería verte otra vez.

Quería hablar contigo a solas. Quería darte de comer. Quería asegurarme de que tuvieras la confianza necesaria para ganar esta noche.

Jack se sentó primero, esperando que, al centrarse en la comida, Niall se sintiera lo bastante cómodo para unirse a él en la mesa. Lentamente, lo hizo. Jack podía verlo por el rabillo del ojo acercándose a la mesa, titubeante. El traqueteo de las cadenas, su larga sombra atravesando el suelo.

Finalmente, Niall llegó a su silla y se sentó.

—Dame tu plato —dijo Jack sin mirar directamente a su padre. Había visto a Mirin haciendo eso mismo incontables veces, preparando un plato para alguien. Manteniendo la mirada totalmente fija en su tarea.

Niall obedeció. Tomó su plato de madera y se lo tendió a Jack.

Jack lo tomó y empezó a llenárselo con comida. No sabía cómo estaban alimentando a Niall en las mazmorras y lo último que quería era hacerlo enfermar justo antes de luchar. Jack recordó el tiempo que había pasado él mismo en la celda con Ladrón. La comida que les habían entregado era mejor que la que ofrecían en la mayoría de las prisiones, aunque Ladrón solo le había dejado una pequeña porción.

Toma esta comida y fortalece tu cuerpo, pensó Jack. *Que te nutra el alma, que le recuerde a tu corazón todo lo bueno que todavía te espera en la vida.*

—Ten —dijo entregándole el plato a Niall. Continuó evitando el contacto visual porque parecía hacer que su padre se congelara.

Niall aceptó el plato.

—Gracias —murmuró.

Jack tomó el jarrón de agua. Todavía estaba fría por la primavera y sirvió un vaso para cada uno.

¿Qué iba a hacer ahora? ¿Debería decir algo? ¿O era mejor quedarse callado?

Jack tomó el tenedor y empezó a comer y Niall lo imitó. Pero Jack quería mirar a su padre. Quería mirarlo de cerca, examinar su rostro, buscar rasgos de sí mismo en él. Quería hacerle preguntas, aunque solo fuera por oír la cadencia de su voz, por llenar sus vacíos de información, pero parecía un momento tan endeble como el frío en primavera.

Tendría que moverse más lentamente, con cuidado. No tenía que comportarse como si esa noche fuera a ser la última vez que pudieran verse y hablar, aunque tal vez podría serlo. Jack tenía que estar seguro de que se sentaría a la mesa con Niall una y otra vez, quizás en el Oeste o quizás en el Este. Tal vez en una pequeña cabaña en una colina, en la mesa de Mirin. Rodeado por sus seres más queridos.

Esa imagen hizo que le picaran los ojos y que le doliera el pecho, como si se le hubiera partido una costilla.

Jack comentó:

—¿Sabías que la comida del continente está muy sosa?

Casi se sintió ridículo por soltar esas palabras sin venir a cuento, pero entonces se dio cuenta de que la comida era el tema más seguro sobre el que charlar. Una piedra angular para ellos, puesto que la estaban compartiendo.

—Yo… no —contestó Niall elevando su profunda voz por la sorpresa—. Nunca he probado la comida del continente.

—Yo la estuve comiendo varios años cuando estuve en la universidad.

Así empezó una de las mejores actuaciones de Jack, ofreciéndole a su padre un relato sobre toda la comida que había probado en el continente. Nunca había divagado así y su subconsciente quería estallar, mortificado. Pero entonces lo apaciguó y encontró un modo de pasar la conversación de la comida a la música. Le habló a Niall de todos los instrumentos que había tocado y de cómo había sentido que estaba destinado al arpa. Le habló de la música que había compuesto, de su progreso de alumno reacio a alumno dedicado, y de profesor gruñón e inseguro a profesor gruñón y estricto.

Poco después notó la mirada de Niall sobre su rostro. Su padre estaba mirándolo, escuchándolo. Aun así, Jack se resistió a devolverle la mirada. Siguió hablando de su música, de su arpa y de sus alumnos mientras devoraba la última patata que le quedaba en el plato. Entonces, su relato llegó al momento en el que había cambiado todo. Cuando había llegado una carta convocándolo para volver a casa.

Niall estaba atrapado por la historia. Finalmente, preguntó:

—¿Qué te trajo de vuelta a la isla?

Jack sonrió, y levantó por fin la mirada para encontrarse con la de su padre.

—Adaira.

No sabía lo que haría su nombre cuando lo pronunciara, si volvería a sumir a Niall en el pasado y haría que otra vez se retirase emocionalmente.

—Estás casado con ella —murmuró Niall sorprendiendo a Jack.

—Sí.

—Entonces supongo que hice algo bien, si ambos encontrasteis la felicidad en el otro. —Niall se levantó de repente, empujando la mesa.

Jack lo observó, asombrado, cuando se dio cuenta de que Niall estaba marchándose. Estaba acortando la cena y Jack entró en pánico. No quería que su tiempo juntos acabara así. Todavía necesitaba decirle muchas cosas, *quería* decirle muchas cosas, y se levantó a toda prisa.

—*Padre* —suspiró. La palabra le salió con la misma facilidad que el aire—. Padre, espera.

Niall se tensó, pero se dio la vuelta para mirar a Jack. Había una arruga más profunda en su ceño y líneas de tensión en las comisuras de la boca. Su mirada mostraba dolor.

—¿Por qué querías volver a verme? —preguntó secamente Niall—. ¿Qué podrías querer de mí después de todo lo que he hecho?

Jack parpadeó, sorprendido por la brusquedad de Niall. Una chispa de ira le calentó la sangre y estuvo a punto de responderle con la misma rudeza. Pero logró apartar las brasas de su furia.

—Desde que era pequeño, he anhelado conocerte —empezó Jack—. He deseado verte, pronunciar tu nombre. Y ahora que por fin tengo la oportunidad de hacerlo, ¿vas y me preguntas por qué?

Niall hizo una mueca y cerró los ojos.

—Lo siento, Jack. Pero, como pronto descubrirás, no soy un buen hombre.

—No tienes que ser un *buen* hombre —repuso Jack—. Tan solo uno honesto.

Su padre lo miró de nuevo. Tenía los ojos azules inyectados en sangre, como el cielo en un atardecer veraniego, y llenos de remordimientos.

—Muy bien —aceptó Niall—. Pues deja que te hable con honestidad. He robado. He mentido. He matado. Soy un cobarde. Dejé a tu madre sola criándote a ti y a tu hermana. La dejé escapar. Te dejé escapar. Dejé escapar a Frae. Soy indigno de tus esperanzas conmigo porque nunca luché por tu madre, por tu hermana ni por ti cuando tendría que haberlo hecho.

—¡Pues lucha por nosotros ahora! —replicó Jack bruscamente. Se golpeó el pecho con el puño, sintiendo el movimiento a través de todo su cuerpo—. Deja que nuestros nombres sean la espada en tu mano. Deja que seamos tu escudo y tu armadura. Lucha por *nosotros* esta noche, porque al otro lado de la línea del clan, a las sombras del Aithwood, mi madre sigue esperándote, tejiendo vuestra historia en su telar. Mi hermana te anhela tanto como lo hice yo, se pregunta dónde estás y espera que algún día llames a la puerta y la reclames con orgullo. Y a mí nada me gustaría más que aburrirte con historias del continente día tras y día y cantarte hasta que mudes tu culpa como piel vieja y elijas la vida que deseas, no la que crees que mereces.

Niall no dijo nada, pero se le habían acumulado lágrimas en los ojos.

—Es demasiado tarde para eso —susurró con voz ronca.

—¿Lo es? —replicó Jack—. Porque ahora estoy aquí.

Niall le sostuvo la mirada un instante más antes de darse la vuelta.

Jack no pudo moverse (no pudo respirar) mientras veía a Niall abrir la puerta y pedir educadamente a los guardias que lo llevaran de nuevo a las mazmorras.

Volvieron a colocarle los grilletes alrededor de las muñecas mientras se cerraba la puerta.

Solo, Jack jadeó y bajó la guardia, doblegándose de dolor. Dejó que su mente cavara un hoyo para que sus pensamientos deambularan en él.

¿He dicho demasiado? ¿No he dicho lo suficiente?

Tendría que esperar a la campanada de la medianoche para saberlo con certeza.

En su camino de regreso a casa, Frae finalmente había reunido el coraje suficiente para hacerle a Ella una pregunta que había estado atormentándola como una sombra.

—¿Y si mi padre fuera un Breccan? —Frae pateó una piedrecita del camino y mantuvo la mirada en el suelo—. ¿Todavía querrías acompañarme a casa?

Ella permaneció en silencio durante un instante, pero solo porque la pregunta la había tomado por sorpresa.

Frae le echó un vistazo. Los últimos días, Ella la había estado acompañando a casa desde la escuela y esos chicos no habían vuelto a molestarla. Pero seguía habiendo susurros y miradas crueles. Había veces que en clase nadie quería sentarse con ella.

—Si tu padre fuera un Breccan —empezó Ella—, sí, seguiría acompañándote a casa y seguiría siendo tu amiga, Frae. ¿Quieres saber por qué?

Frae asintió, pero notó que se le ruborizaban los mofletes y sintió cierto alivio entremezclado con la vergüenza de haber tenido que hacer esa pregunta cuando ningún otro niño tenía que planteárselo.

—Porque tu corazón es bueno, valiente y amable —respondió Ella—. Eres atenta e inteligente. Y yo quiero ser amiga de ese tipo de gente, no de los que piensan que están por encima de todos los demás. Los que miran mal, juzgan aquello que no entienden y lanzan barro tienen corazones cobardes.

Frae se empapó de las palabras de Ella, tan cálidas y suaves como un tartán, y de repente pudo caminar más rápido y con la barbilla más alta.

—Y... —agregó Ella con una sonrisa traviesa— porque preparas las mejores tartas de bayas.

Frae rio.

—Puedes venir mañana después de clase. Te enseñaré cómo se hacen.

—Me encantaría.

Hablaron de otras cosas y Frae se asombró de lo pronto que habían llegado a la cabaña de Mirin. Parecía que no le había llevado nada de tiempo llegar a casa. Se despidió de Ella y recorrió el sendero rodeado de césped alto, manojos de flores silvestres y mirto de pantano.

Mirin estaba esperándola en la puerta, como de costumbre. Pero esta vez tenía una carta en la mano.

—Tu hermano nos ha escrito —anunció tocándole el pelo a Frae para saludarla—. Ven, vamos a leerla juntas.

Frae entró en casa y dejó caer el morral con los libros. Saltó en el diván y se sentó con las rodillas hacia el pecho mientras esperaba a que Mirin se uniera a ella.

—Las botas fuera de los cojines, Frae —la reprendió suavemente Mirin, y Frae bajó enseguida los pies al suelo—. ¿Te gustaría leerla o la leo yo?

Frae se lo pensó durante un momento.

—Puedes leerla tú, mamá.

Mirin sonrió y se sentó a su lado. Frae observó mordiéndose una uña mientras su madre rompía el sello del pergamino y desdoblaba la carta revelando la letra de Jack.

—«Queridas mamá y Frae» —empezó a leer aclarándose la garganta—. «He llegado sano y salvo al Oeste, aunque tuve algunos problemillas. Pero no os preocupéis. Estoy con Adaira y...» —Mirin hizo una pausa para toser. Fue un sonido profundo y húmedo y volvió a toser cubriéndose la boca con la mano.

Frae se puso rígida. Se había dado cuenta de que últimamente su madre tosía más. También se había fijado en que Mirin tejía más lentamente, como

364 • REBECCA ROSS

resultado, tenía que trabajar más tiempo para completar un tartán. No había mucha gente haciéndole encargos, aunque los que lo hacían iban por la noche, como si no quisieran que nadie los viera llamando a su puerta.

—Tal vez puedas leérmela tú, Frae —susurró Mirin.

Frae asintió y tomó la carta, pero vio a su madre limpiándose discretamente la sangre de los dedos. Se había puesto pálida, como si algo se hubiera roto en su interior.

Frae fingió no darse cuenta porque Mirin no quería que lo supiera. Pero la ansiedad se apoderó de ella y la hizo tartamudear las palabras de la carta de Jack.

Ven a casa, Jack, quiso suplicarle Frae cuando llegó al final. *Vuelve a casa, por favor.*

CAPÍTULO 33

Jack fue el primero en volver al dormitorio. Adaira seguía con Moray y la habitación estaba en silencio, bañada con la luz azulada del anochecer. Jack se quedó atontado ante la chimenea, observando la luz desvaneciéndose mientras el sol se ponía.

Revivió su conversación con Niall una y otra vez hasta que se sintió magullado.

Estaba casi a oscuras cuando se movió para arrojar más turba al fuego y encender las velas esparcidas por la estancia. Miró las llamas danzantes hasta que se le nubló la visión y cerró los ojos, consciente de que quedaban pocas horas hasta el sacrificio.

Necesitaba una distracción.

Sentado ante el escritorio de Adaira, volvió a mirar la composición de Iagan. Leer esa música le dio ganas de escribir la suya propia, de convertir esas siniestras notas de cenizas frías en fuego. Abrió un cajón buscando pergaminos nuevos. Encontró una carta dirigida a él.

Frunciendo el ceño, Jack la sacó de las sombras. Reconoció la letra de Adaira y le dio un vuelco el corazón en respuesta, como parecía suceder con todo lo que tenía relación con ella. Estudiando el pergamino, se dio cuenta de que le había escrito una carta que nunca había llegado a enviar.

Abrió el sello y la desplegó. El corazón acelerado se le quedó completamente quieto mientras leía sus palabras.

Mi antigua amenaza,
Esta noche voy a expresar lo que tengo en la mente y en el corazón
en esta carta porque sé que nunca la enviaré. Estoy aprendiendo

que hay un poder embriagador en ello. En escribir sin restricciones. En escribir lo que realmente sientes. En hacer inmortal un recuerdo. En la tinta, el papel y la inclinación de la mano.

Esta noche te he oído cantar para mí. Te he oído tocar para mí.

Y no sabrás nunca lo mucho que necesitaba tu música.

Lo desesperada que estaba por oír tu voz atravesando kilómetros de bruma, rocas, helechos y aridez. No lo sabrás nunca porque no soporto decírtelo, así que tendré que contárselo a este papel.

Anoche tomé veneno y me ha convertido en hielo y escarcha. Bebí veneno y al principio me sentí como si estuviera hecha de hierro y confianza y de todo lo más afilado del reino, hasta que dejé de sentirlo. Me retorcí en el suelo de mi habitación con gemas azules hechas de sangre en el pelo. Me retorcí y lloré, nunca había sentido tanto dolor: el dolor de la soledad, del vacío, del duelo. El dolor de un veneno que no tendría que haber tomado.

Pesaba tanto en mí que apenas podía moverme. Pero, entonces, tu música me encontró en el suelo. Tus palabras me encontraron en mi momento de mayor debilidad y oscuridad. Me recordaste cómo respirar: cómo inhalar y exhalar. Me recordaste todos los momentos felices que hemos compartido, aunque haya sido solo durante una temporada. Me recordaste lo que todavía puedo ser si tengo el valor suficiente para levantarme y reclamarlo.

Y te diría que cantaras a cien tormentas solo por oír tal belleza y verdad de nuevo. Por sentirla asentándose en mis huesos y calentándome la sangre. Por saber que es mía y que solo yo puedo reclamarla.

Te quiero, más de lo que estas humildes palabras y esta tinta eterna pueden expresar. Te amo, Jack.

—A.

Las palabras empezaron a nadar por la página. Jack parpadeó quitándose las lágrimas, pero un sonido escapó de su interior. Un sonido de asombro y de alivio abrumador al ver esas palabras y sentirlas desplegándose en su pecho como alas.

Se levantó con la carta todavía entre los dedos.

A través de la neblina de sus ojos, miró al suelo y se la imaginó retorciéndose de dolor. ¿Por qué había tomado veneno?

La sola imagen lo hizo caer de rodillas.

Se arrastró hacia la chimenea y se tumbó. Se colocó boca arriba, abrumado por todo lo bueno y por todo lo inseguro. Por todo lo que esa noche prometía traer.

Jack miró al techo.

Revivió las palabras de Adaira mil veces.

Cuando Adaira volvió al dormitorio, lo último que se esperaba ver era a Jack tumbado en el suelo. La atravesó una oleada de pánico haciendo que olvidara a Moray y a su complot para asesinar a Innes, hasta que Jack levantó la cabeza y le dijo:

—Estoy bien. Ven y túmbate conmigo. La vista desde aquí es preciosa.

Adaira cerró la puerta y arqueó una ceja.

—¿Y qué vista es esa, bardo?

—Tienes que acercarte para verla, Adaira.

Ella lo hizo, agachándose junto a él sobre la alfombra. Entonces vio la carta en el suelo y sus palabras escritas con tinta oscura en el pergamino. La punzada de preocupación que sintió fue sobrepasada rápidamente por el alivio.

Se tumbó por completo en el suelo a su lado, observando las vigas.

—Ya veo que lees mi correspondencia.

—Era una carta dirigida *a mí* —replicó enseguida Jack.

—Hum…

Se hizo el silencio entre ellos. No era incómodo, pero Adaira solo podía preguntarse por los pensamientos de Jack, sobre lo que sus palabras habrían encendido en él. A veces todavía le costaba leer al chico.

Él se colocó de lado para mirarla, acercando las manos a su estómago.

—¿Por qué tomaste el veneno? —preguntó suavemente.

Adaira suspiró.

—En ese momento pensé que lo tomaba porque necesitaba una silla en la mesa de los nobles. Quería impedir otra incursión porque creía que podía hacer estallar una guerra entre los dos clanes. Pero ahora creo que me lo tomé porque estaba desesperada por demostrarle a mi madre que tengo un lugar aquí. Que soy lo bastante fuerte para prosperar entre los Breccan, aunque sea envenenada.

Jack estaba callado, escuchándola, mientras ella empezaba a contárselo todo. Lo de Skye, lo del efecto de las gemas que se produce en la sangre contaminada por aethyn, lo de la preocupación de Innes porque Adaira estuviera destinada a sufrir la misma muerte dolorosa que su hermana pequeña.

—Es bastante probable que Innes me vuelva a pedir que tome otra dosis pronto —indicó Adaira—. Puede que incluso te lo pida a ti, Jack.

Él no dijo nada, pero movió la mano por las costillas de Adaira y la dejó descansando sobre su corazón.

—Yo no podré tomármelo.

—¿Por qué?

—Porque debo ser capaz de tocar el arpa y cantar en cualquier momento. Sería un idiota si ingiriera algo que me impidiera hacerlo.

—¿Tienes pensado tocar a pesar de que mi madre lo prohíbe?

La mano de Jack se movió de su corazón de nuevo a sus costillas, como si estuviera midiendo las respiraciones de Adaira.

—Sí, cuando llegue el momento. Podría ser en una hora, un día o un mes. —Hizo una pausa, mirándola—. ¿Quieres volver a tomarte el veneno?

—No lo sé —contestó ella con sinceridad. Le preocupaba que él la presionara acerca del tema y estaba a punto de preguntarle cómo le había ido la cena con Niall cuando él volvió a hablar.

—Tú y yo nos hemos enfrentado a muchas cosas solos —murmuró Jack—. Entre el continente y la isla, entre el Este y el Oeste, hemos cargado con nuestros problemas en soledad. Como si fuera una debilidad compartir las cargas con otra persona. Pero ahora estoy contigo. Soy *tuyo* y quiero que compartas tus cargas conmigo, Adaira.

Ella apenas podía respirar mientras escuchaba sus palabras. Se dio la vuelta para mirarlo a la cara y él la rodeó con el brazo, fuerte y posesivo. Adaira saboreó su calidez mientras Jack la abrazaba con fuerza contra él.

Adaira recordó haber estado perdida ese mismo día, deambulando por los aledaños. Si no hubiera vuelto a casa, si la tierra la hubiera devorado entera y le hubiera arrebatado ese momento, habría fallecido de pesar. Se habría desmoronado pensando en todo lo que quería decir y hacer y todavía no había podido por razones que parecían entrelazadas como vides en su corazón. Pero sintió que su resistencia provenía de su orgullo de acero y del deber que la habían criado para cumplir. Le habían enseñado atentamente a protegerse y a parecer invencible, como laird que tendría que ser sí o sí.

—No necesito otoño, invierno ni primavera —murmuró Adaira dejando que las palabras florecieran—. Te quiero a ti eternamente. ¿Tomarás el voto de sangre conmigo, Jack?

Él permaneció en silencio, pero sus ojos brillaban bajo la luz del fuego. Adaira notó el pulso en la garganta cuando él bajó la mano para desenvainar la daga que llevaba en el cinturón, su vieja daga de la verdad. Adaira todavía tenía esa tenue cicatriz en la palma de la mano y se estremeció cuando Jack se sentó hacia adelante, atrayéndola hacia él.

—Creía que nunca me lo pedirías, Adaira.

Ella le respondió con una aguda sonrisa.

—¿Eso es un «sí», bardo?

—*Sí*.

Adaira se puso de rodillas dándose cuenta de que tendría que haber preparado ese momento con más atención. No tenían tira de tartán para atar sus palmas ensangrentadas. No había nadie para que fuera testigo de sus votos. Solo estaban ellos, el fuego que ardía en la chimenea y la daga de la verdad de Jack. Y aun así le parecía lo correcto. Como si siempre hubiera tenido que ser así, ellos de rodillas, uno enfrente del otro, solos excepto por las llamas.

Empezó Jack, pasando la daga sobre su palma.

—Hueso de mi hueso —declaró mientras su sangre manaba—. Carne de mi carne. Sangre de mi sangre.

Adaira tomó la empuñadura de la daga cuando él se la ofreció e hizo lo mismo. El filo reflejó la luz del fuego (y una imagen fugaz de su rostro) mientras se cortaba la mano, repitiéndole las palabras.

—Hueso de mi hueso. Carne de mi carne. Sangre de mi sangre. —Apoyó su mano herida sobre la de él y entrelazaron los dedos.

Se quedaron así unos momentos, de rodillas, con las manos atadas y su sangre entremezclada goteando en el suelo. Adaira podía sentir el dolor encantado de la herida, lo rápido que empezaba a sanar. Dejaría el frío rastro de una cicatriz, lo que ella agradecía. Quería recordar esa noche. Sentir su rugosidad en la palma. Recordar lo simple y verdadero que había sido. El modo en el que Jack la miraba. Nunca había visto esa hambre en sus ojos e hizo que la sangre le cantara.

—Quiero sentir tu piel contra la mía —susurró—. No quiero que haya nada entre nosotros.

—Pues desvísteme, heredera —dijo él.

Adaira separó los dedos de los de Jack. Le desató el cinturón, le quitó la túnica y le desabrochó las botas. Lo tumbó desnudo sobre el suelo y se estremeció cuando sintió que las manos de Jack empezaban a aflojarle los cordones del vestido, cuando él le quitó la ropa hasta que lo único que le cubrió la piel fue la luz del fuego.

Hacía tan solo unos días había yacido en ese suelo, sola, envenenada y retorciéndose, llorando en sus manos. Hacía tan solo unos días había estado insegura, callada y abrumada por las dudas.

En ese momento no sabía cuál era su sitio. Pero ahora lo grabaría en piedra. Lo encontraría en las estrellas cuando se marcharan las nubes. Lo rozaría en las líneas de las palmas de Jack. En el frío eco de su cicatriz. En el sabor de la boca del chico.

Adaira suspiró mientras recibía a Jack en su interior. Se movió, respiró y cerró los ojos sintiendo sus manos en la cintura, el suelo rozándole las rodillas. Nunca se había sentido tan viva y quería perseguir ese fuego.

—*Adaira* —susurró Jack.

Abrió los ojos y vio que él estaba observándola como si quisiera memorizarla brillando, jadeando. Cuando él respiraba, ella exhalaba, como si estuvieran pasándose el mismo aire. Jack se movía con ella, sus uñas se le clavaban en la piel como si quisiera reclamarla, marcarla. Mostraba una expresión de desespero en el rostro y Adaira supo que estaba totalmente expuesto. Estaba contemplándolo al completo, hasta el mismísimo corazón.

Dejó que él viera lo mismo en ella. El hambre, el anhelo, las cicatrices. Las palabras que había escrito, pero nunca le había enviado. La forma de su alma que no parecía encajar en ninguna parte. Por una vez, no temió entregar esas piezas de sí misma, dejar que se entrelazaran con Jack.

Las mostró porque él era su casa, su refugio. Su fuego eterno, ardiendo en la oscuridad.

CAPÍTULO 34

Cuando le noche llegó a su cúspide, el clan Breccan se reunió tranquilamente en las gradas del estadio. Adaira estaba en el palco observando cómo llegaban todos bajo la luz de las antorchas. Tenía un tartán alrededor de los hombros para protegerse del frío y llevaba un cardo metido en su corona trenzada. Pasó los ojos por la arena recién rastrillada y por la bruma que flotaba en el aire.

Sintió a Jack tocándole la parte baja de la espalda.

Unas horas antes se habían tumbado entrelazados en el suelo, cubiertos por una manta y compartiendo información sobre cómo habían ido sus cenas. Jack se había mostrado conmocionado por lo que había sucedido entre Moray y ella y Adaira se había entristecido al enterarse de cómo había ido el breve tiempo que había compartido con su padre. No sabía que le diría a Jack si Niall era derrotado. Intentó imaginárselo, prepararse para ese resultado, pero eso la hizo sentir agotada, como si hubieran pasado años en una sola noche.

¿Qué puedo decir? ¿Qué puedo hacer?

Esas preguntas resonaban en su interior. Su incapacidad para interferir en caso de que el sacrificio fuera por mal camino encendió su ansiedad. Por Niall y también por Jack. Pero, en el fondo, albergaba una chispa de esperanza. Esperaba que las historias que Jack le había contado a Niall, las palabras que él le había dicho, ayudaran a su padre a ganar otro combate.

Justo antes de que la campana cantara la medianoche, Innes se unió a ellos en el palco.

La laird se sentó en una de las sillas y cruzó las piernas, entrelazando los dedos sobre su regazo. Llevaba su diadema, su tartán y su espada y parecía calmada y serena cuando Adaira la miró por encima del hombro. Como si esa fuera cualquier otra noche y no la noche que iba a partirle el corazón fuera cual fuere el resultado. O bien perdería a Moray y le entregaría el perdón y el honor al hombre que le había robado a su hija, o se vería obligada a mantener a su hijo encerrado en las mazmorras.

Cuando Innes la miró a los ojos, las palabras de Moray volvieron a sonar en la mente de Adaira. «Eres su debilidad. El agujero de su armadura».

No sabía si podía creer a su hermano. Si eso fuera así, ¿no se desharía Innes de tal debilidad? Como laird, hacía incursiones, combatía, tomaba veneno y solo se relajaba en presencia de aquellos en quienes más confiaba, un número de gente que se podía contar con una mano. Se había mantenido en el gobierno año tras año solo con su destreza y nadie parecía ser lo bastante fuerte para derrocarla. Nadie excepto Adaira, si clavaba una daga en el costado de su madre.

Moray tenía razón en una cosa: Innes nunca sospecharía de tal traición. No la vería venir y, aun así, cada vez que Adaira se imaginaba cómo sería infligirle a su madre una herida mortal, ver cómo se apagaba la luz de sus ojos mientras se desangraba, sentía un abismo en el pecho que devoraba toda la calidez de su interior.

Volvió su atención al campo.

Si Moray fallaba esa noche, ¿quién heredaría el Oeste cuando Innes no estuviera? El clan parecía ansioso por responder a esa cuestión y el estadio apenas podía contenerlos a todos. Estaban amontonados en el fondo, en las escaleras y en todos los bancos. Había incluso niños presentes, sentados en los regazos de sus padres, parpadeando y muertos de sueño.

El viento empezó a soplar desde el Este arremolinando la bruma. Las nubes se separaron en el cielo revelando un cúmulo de constelaciones que ardían como gemas en el manto de la noche. Fue justo como había dicho una vez Innes: las nubes siempre se separaban para el sacrificio y un rayo de curiosa luz de luna bañaba el estadio de plateado.

Apareció Godfrey dando la bienvenida al clan con su voz atronadora y su gran energía. No obstante, Adaira no estaba escuchando su presentación, porque tenía los ojos fijos en las puertas del estadio. Las que se abrían al pasillo de las mazmorras.

Buscó la mano de Jack. El chico tenía los dedos fríos como el pleno invierno. Ninguno de los dos podría sentarse durante ese combate y se quedaron de pie en la balaustrada, lado a lado, con la bruma brillando en su pelo. Esperando.

Las puertas de hierro se abrieron.

Niall llegó primero, con los hombros hundidos y arrastrando los pies sobre la arena. Llevaba una túnica, una coraza llena de arañazos y unas botas maltrechas. Miraba al suelo como si tuviera miedo de levantar la vista, de mirar hacia arriba y ver a Jack en el palco. Los guardias lo hicieron detenerse en el centro del campo, donde le liberaron las muñecas y los tobillos. Solo cuando le entregaron un yelmo abollado y una espada, miró hacia arriba.

Miró directamente a su hijo.

Adaira notó que los dedos de Jack aferraban los suyos. Sabía que tenía el corazón acelerado, que le costaba respirar a través de toda la preocupación y el miedo. Entonces Niall inclinó la cabeza. Adaira no sabía qué significaba eso. ¿Una señal de resignación o un voto para luchar? No creía que Jack lo supiera tampoco porque sintió que lo atravesaban los escalofríos.

Niall se colocó el yelmo. Su semblante apesadumbrando y su cabello castaño quedaron ocultos mientras esperaba a su oponente con la espada en la mano. Adaira se preguntó si esa sería la última vez que vería su rostro vivo y sano. Sus ojos brillantes llenos de vida.

Las puertas se abrieron de nuevo.

Empujaron a Moray al estadio. Llegó con la barbilla levantada con orgullo, con una sonrisa torcida en el rostro y con el cabello rubio trenzado para apartárselo de los ojos. Llevaba una coraza totalmente nueva (el cuero no tenía ni un arañazo) y sus botas también parecían acabadas de lustrar. Los guardias lo escoltaron hasta el centro del campo, a unos pasos a la izquierda de Niall, y lo desataron. Le dieron a Moray un yelmo pulido y una espada cuyo filo brillaba intensamente, como si recién hubiera salido de la forja.

Adaira sintió una sombra cerniéndose sobre ella.

Parecía que el guardián de las mazmorras y los guardias tenían preferencia por Moray. Le habían dado las mejores armas que podían ofrecerle, mientras que a Niall le habían entregado todo lo más maltrecho y magullado.

No parecía un combate justo y Adaira apretó los dientes preguntándose si debería decir algo.

Jack debió leerle la mente porque le estrechó la mano atrayendo su atención.

No, le dijeron sus ojos.

Adaira suspiró, pero sabía lo que él había deducido. Ese combate, cuyas raíces estaban enterradas y entrelazadas muy por debajo de Jack y de Adaira, estaba destinado. Habían tenido oportunidades durante sus cenas de influir o de hacer las paces, pero ahora el resultado dependía de las espadas y de los hombres que las empuñaban.

Notó que alguien la miraba.

Adaira volvió la atención al campo.

Moray estaba observándola atentamente, esperando su señal. Tenía el yelmo en el brazo y la espada en la mano derecha. Godfrey seguía parloteando, hablando de delitos, castigos, honor y derramamiento de sangre. Pero en ese momento solo estaban Adaira y Moray.

Era el instante que podía cambiarlo todo. Una fractura en el tiempo que descansaba como un filo en manos de Adaira. Una arruga en un tapiz, esperando un tirón para desplegarla.

Se mordió el interior del labio. La mente le daba vueltas, anticipando todos los modos en los que podía desarrollarse la noche. Pero nunca se había cuestionado qué iba a hacer y observó impasible a su hermano. El cardo permaneció intacto en su cabello.

Lo observó mientras él lo comprendía.

No iba a darle la espalda a Innes. No iba a bailar en los ardides de su hermano.

Una horrenda expresión retorció el pálido rostro de Moray justo antes de colocarse el yelmo.

Moray dio el primer golpe, tal y como Jack sabía que haría. Niall lo blo-queó, pero no pareció muy entusiasmado por contraatacar. No, su padre siguió a la defensiva, dejando que Moray atacara y diera golpes y vueltas a su alrededor, buscando su lado débil.

Niall no había luchado así contra Jack en el estadio, se había mostrado feroz desde el principio, como un contrincante que sabía exactamente lo que quería y cómo conseguirlo. Había ansiado la victoria, al igual que Moray ahora. El heredero luchaba como si lo único que le importara fuera ganar. Poder salir de ese estadio.

Jack empezó a sentirse increíblemente nervioso.

Observó a su padre, cuyos movimientos eran suaves y sumisos. Niall tan solo estaba reaccionando y Jack se preguntó por qué. *¿Por qué no lo atacas? ¿Por qué no lo contrarrestas?*

Pensó que tal vez Niall dudara a la hora de matar al heredero de la laird, sobre todo teniendo en cuenta su historial con Innes. Jack hizo una mueca. Tendría que haber mencionado en la cena que Innes *quería* que Moray muriera.

Niall tropezó.

Jack se quedó paralizado por el terror mientras su padre caía sobre la arena.

Se había acabado. No había contraatacado. Se había limitado a esperar su momento, permitiendo que Moray mostrara sus habilidades.

Jack cerró los ojos. No soportaba ver eso, a pesar de que había accedi-do a ser el representante de los Tamerlaine. No podía ser testigo de los últimos momentos de su padre. Jack recordó cómo se había sentido al caer sobre la arena con cientos de miradas puestas sobre él. Esa sensación de indefensión y vulnerabilidad que había convertido su terror en plomo, dificultándole el movimiento.

Jack inhaló profundamente, le retumbaba el pulso en los oídos, podía notar un sudor frío recorriéndole la columna vertebral. Esperó a oír la espa-da de Moray atravesando carne, a oír el acero partiendo huesos y salpicando sangre. Esperó a oír cómo llegaba el final, pero solo oyó un siseo y un jadeo. Sonidos de sorpresa extendiéndose por la multitud.

Abrió los ojos de golpe justo a tiempo de ver a Niall rodando por la arena, esquivando el dramático ataque de Moray.

Deja que nuestros nombres sean la espada en tu mano.

Niall se levantó. Atacó a Moray, sus espadas se encontraron y se quedaron ahí. Parecían estar pegadas y Jack se preguntó si estarían hablándose a través de los yelmos. Fuera lo que fuere lo que se estuvieran diciendo, sería tenso. Niall empujó a Moray hacia atrás con un potente barrido de su hoja.

Deja que seamos tu escudo y tu armadura.

Moray se balanceó un instante. Recuperó el equilibro, pero apenas tuvo un segundo para respirar. Niall iba a por él como una tormenta, juntando viento y escombros. Ahora conocía todos los golpes y movimientos favoritos de Moray, los había visto todos al principio, cuando los había bloqueado uno tras otro. Cuando Jack había creído que su padre se rendiría sin luchar.

Lucha por nosotros *esta noche.*

Parecía peligroso tener la esperanza de que sus palabras habían logrado su objetivo, que Niall las había escuchado y estaba visualizando una vida más allá del estadio. Una vida en la que su culpa y su pasado se fueran perdiendo gradualmente, como la piel callosa. Una vida dulce y tranquila que construir con Mirin y con Frae. Con Jack.

Y aun así… ¿cómo sería posible una vida como esa cuando la línea del clan seguía separándolos?

Adaira le estrechó los dedos.

Jack focalizó su atención. Moray parecía enfadado y luchaba como un perro acorralado, pero Niall anticipaba cada movimiento. Era mayor, más fuerte. Indolente. De pronto, con un movimiento fluido, desarmó al heredero del Oeste.

Moray estaba visiblemente asombrado. Su pecho se agitaba bajo la armadura mientras levantaba las manos. Echó a correr hacia un lado, esperando recuperar la espada, pero Niall se interpuso entre él y la espada caída.

Le arrancó el yelmo a Moray y sostuvo la espada ante su cuello expuesto. Si la hundía se encontraría con alguna vena vital y el combate acabaría. Niall miró hacia el palco, donde Innes se había levantado para colocarse al lado de Adaira. Estaba esperando a que le diera permiso para matar a su hijo. Jack tuvo que apoyarse en la balaustrada, preocupado de repente por si la laird se retractaba.

Innes los miró. Miró las marcas en la arena. La espada que reflejaba las estrellas. Las mejillas sonrojadas de Moray y sus ojos enormemente abiertos y desesperados.

Innes suspiró, un sonido que contenía años de amarga tristeza. La derrota en sí misma. Pero, finalmente, asintió.

Moray se sobresaltó con el rostro crispado de miedo.

—¡*Madre!*

Fue su última palabra. Niall pasó la espada por la garganta de Moray, abriéndola. La sangre salió como una cascada, manchándole la armadura, goteando sobre la arena. Jadeó, cayó hacia adelante y murió en un charco de sangre.

El heredero del Oeste estaba muerto. El clan Breccan se quedó en silencio mientras Niall se quitaba el yelmo y se arrodillaba ante Innes.

—Has recuperado tu honor, Niall Breccan —anunció ella. Su voz llegó a todos los rincones del estadio, profunda y fuerte, como si no acabara de perder a su hijo—. La espada ha hablado por ti y quedas absuelto de tus crímenes. Puedes caminar libremente entre el clan de nuevo, los espíritus te han considerado digno para vivir.

Niall inclinó la cabeza, y su cabello lacio de color cobre le colgó sobre los ojos.

A su alrededor, la antorcha parpadeó cuando el viento empezó a soplar. Las sombras se volvieron más largas y estrechas sobre la arena. Las nubes volvieron a juntarse en el cielo, tragándose las estrellas y la luna. La bruma descendió acumulándose como rocío en cabellos, hombros y tartanes.

El clan comenzó a marcharse, despedido.

Jack no podía moverse. Miró fijamente a Niall mientras este se levantaba. Pensó que su padre miraría hacia él, pero Niall se desató la coraza y la dejó caer. Dejó su armadura y su espada en el suelo junto a Moray y se marchó por una de las puertas del estadio.

—Tengo que hablar con él —le murmuró Jack a Adaira.

Ella no dijo nada, pero tenía las mejillas ruborizadas y los ojos brillantes. Separó los dedos de los suyos mientras él se daba la vuelta. Innes ya se había marchado, alejándose sin un sonido. Jack corrió a través de los pasillos del castillo, con el corazón golpeándole con fuerza las costillas.

Tuvo que dar la vuelta dos veces y retroceder, pero finalmente encontró el camino hasta el patio. Estaba repleto de gente que volvía a casa y Jack se encontró atrapado en un río de personas mientras buscaba frenéticamente a Niall. No había señales de él. Finalmente, no le quedó más remedio que salir por un hueco que se hizo entre la multitud junto a una forja que estaba cerrada durante la noche.

Se quedó entre las sombras, mirando ausentemente a los Breccan mientras desfilaban por el patio.

—Si buscas a tu padre, no lo encontrarás aquí —dijo una voz.

Jack se sobresaltó y miró a su izquierda. Era David Breccan apoyado contra el muro de piedra a cuatro pasos de él.

—¿Lo has visto? —preguntó Jack.

—Yo no, pero los guardias de la puerta, sí —indicó David señalando las puertas levadizas abiertas—. Ha sido el primero en pasar por el puente.

Jack reflexionó sobre esas palabras hasta que le ardieron como sal sobre una herida. No sabía qué significaba que su padre no hubiera querido verlo o hablar con él. Tal vez Jack se hubiera equivocado al asumir que Niall querría construir una nueva vida con él. Tal vez solo quería que lo dejaran solo para vivir en paz.

Jack miró hacia la bruma.

En alguna parte, su padre estaba recorriendo las colinas en la oscuridad. Solo, pero libre.

Y solo había un sitio al que podría ir.

Su casa, su cabaña en el bosque.

CAPÍTULO 35

Torin fue a su casa.

No a la cabaña que había construido una vez con Donella y que luego había convertido en un refugio con Sidra. Atravesó las paredes de piedra vacías y ascendió las colinas cubiertas de brezo hasta la casa y las tierras de su padre. El minifundio en el que había crecido.

Se detuvo en el jardín. En otro tiempo, había visto el glamour cada vez que acudía, pero entonces tenía los ojos cerrados. No había visto más que abandono y negligencia en el jardín y en la cabaña de Graeme, y esa imagen había hecho enfadar a Torin. Pero ahora veía la vida que se ocultaba detrás de la magia, su generosidad incandescente. Todos los hilos que se unían, cada uno haciendo su parte para completar el conjunto.

Se arrodilló sobre la tierra.

Los espíritus del jardín eran jóvenes y tímidos, pero cuanto más tiempo permanecía entre ellos, más audaces se volvían. Vides, flores, maleza, capullos y piedras, todos parpadeando y con los ojos brillantes de curiosidad. Torin no estaba seguro de cuánto tiempo había pasado (no había modo alguno de medirlo en el reino de los espíritus), pero, finalmente, un niño hecho de vides se acercó a él. El espíritu alargó una pequeña mano entretejida y le tocó el antebrazo a Torin, un suave roce para romper su ensoñación. Intentó mostrarle una sonrisa al niño de vides, pero no había alegría en él que pudiera ofrecer.

—Inténtalo de nuevo —lo animó el niño.

Torin negó con la cabeza, demasiado cansado incluso para hablar.

—Inténtalo otra vez —insistió el niño con una voz dulce y esperanzada.

Torin no quería intentarlo. Todavía le dolían las ampollas de las manos y no se había sentido tan solo y asustado en toda su vida. Ni siquiera cuando había muerto Donella. Ni siquiera cuando su madre lo había abandonado décadas atrás. Torin solo tenía seis años por aquel entonces, pero recordaba lo mucho que le había costado comprender su repentina ausencia. Cómo esperaba siempre ante la puerta a que volviera.

El jardín estaba tranquilo y Torin pensó que se hundiría en la tierra de todas las aflicciones que llevaba. Pero pronto oyó a Graeme. Su padre estaba cantando en el interior de la cabaña. Su voz, fuerte y profunda, se escapó por la ventana abierta y animó a Torin a levantarse. Se acercó a la ventana y miró en el interior. Podía divisar débilmente a su padre a través de la persiana entreabierta, sentado en la mesa de la cocina y cantando mientras trabajaba en su nuevo barco en botella.

Era una balada antigua, pero Graeme y Torin la cantaban juntos cuando él era pequeño.

«Parece que el trabajo pasa mucho más rápido si cantas», había dicho su padre mientras reparaban la cabaña, labraban el jardín, preparaban la cena y remendaban los agujeros de su ropa. Era un trabajo que Graeme hacía como madre y como padre, manteniendo los días de la infancia de Torin estables y predecibles.

Torin observó a Graeme durante un rato, reconfortado. Cuando se volvió para mirar hacia el jardín, vio que había una roca plana sospechosa en su camino. Tenía una hendidura, como si la lluvia llevara años cayendo ahí, desgastando su centro. Un lugar perfecto para machacar hierbas.

—Gracias —murmuró Torin al jardín, arrodillándose de nuevo. Se metió la mano en el bolsillo, sacó las flores y las colocó formando un arco ante él. Parecía que tenía todo lo que necesitaba, pero aun así notaba una sensación de deficiencia. Empezó a tararear la canción con Graeme, dejando a las dos hermanas (Orenna y Whin) sobre la piedra. A continuación, la última flor blanca del Oeste y el euforbio de fuego del Este. Usó todas las flores, sin reservarse ninguna para más tarde por si fracasaba por tercera vez.

Tomó otra piedra más pequeña y empezó a machacar las plantas. Las ampollas de sus manos protestaron con tanta intensidad que Torin notó que le palpitaban las sienes. Pero siguió trabajando, tragándose el dolor. Una a una, las ampollas estallaron. Se le escapó un gemido entre los dientes. Pronto tuvo las palmas resbaladizas y no pudo reunir la fuerza suficiente para seguir tarareando la canción de su padre.

Quedándose en silencio, Torin se examinó las manos y vio que estaban sangrando. La sangre, brillante como un vino de verano, goteó entre sus dedos hacia el mejunje que estaba removiendo. Gota tras gota, hasta que la pulpa de la roca se volvió carmesí.

Pensó en Sidra y se afligió cuando se la imaginó esperando que él volviera mientras las estaciones seguían pasando y las constelaciones seguían circulando. Pronto, se cansaría de su fría espera. Tendría que seguir liderando el clan, mucho mejor de lo que él podría hacerlo, curando a aquellos que lo necesitaran y criando a sus hijos; tal vez incluso llegaría a amar a otra persona, hasta que por fin se convirtiera en polvo en la tierra.

Torin pensó en todos los días que había desperdiciado, en todos los momentos que había dejado pasar. Si encontrara un modo de volver a casa, nunca malgastaría otro día, otra hora ni otro minuto con sus seres queridos. No se quejaría por tener que liderar el clan, no se resistiría a visitar a su padre. De hecho, Torin llevaría a Sidra y a Maisie a casa de Graeme en cuanto pudiera y se sentarían en el jardín bañado por el sol, comerían tortitas de avena y reirían contando viejas historias…

Se echó a llorar.

Se inclinó sobre la piedra y dejó de machacar el remedio. Los sollozos se apoderaron de él, saliendo de esa caverna profunda y solitaria de su pecho. El lugar roto que llevaba años ocultando, temeroso de reconocer el daño que vivía en él. Pero estaba ahí y notó sus bordes escarpados.

Sus lágrimas se abrieron camino por su barba. Gotearon por su barbilla, aterrizaron en sus manos y en la piedra, siseando como lluvia mientras se mezclaban con su sangre y con las flores de la isla.

Torin apenas podía ver, pero continuó mezclándolo todo hasta que solo pudo ver sangre, la sal de sus heridas y sus muchos, muchos arrepentimientos. Finalmente, el dolor de sus manos se apoderó de él, eclipsando su tormento interior.

Dejó caer el mortero improvisado.

Torin cerró los ojos y se tumbó boca abajo en el jardín dejando que su agotamiento lo arrastrara a un mundo en el que no había nada más que oscuridad y estrellas.

Sidra cabalgó por el Camino del Norte, rumbo al Oeste. Se llevó a Blair y a otros tres guardias con ella, sus registros de curación y un cofre lleno de hierbas del Este y de los remedios que había creado, así como un regalo para sus enemigos: un saco de avena dorada, un tarro de miel y una botella de vino. Era todo incertidumbre y, aun así, cuando Sidra se había preparado esa mañana, nunca había estado más en paz.

Llevaba el uniforme de laird: una túnica bermellón, un jubón de cuero bordado con hilo plateado, brazaletes y botas altas de cuero que ocultaban la enfermedad que ya casi le había llegado hasta la rodilla. Se colocó el tartán verde que Torin había encargado para ella sobre el pecho en lugar de una armadura, sosteniendo el tejido en su sitio en el hombro con un broche de un ciervo saltando con un rubí en el ojo.

Se plantó ante el espejo, mirándose como si fuera una desconocida, pero alguien a quien admiraba profundamente. Se trenzó partes del largo cabello negro antes de colocarse una diadema de plata sobre la frente. Torin tenía el anillo de sello, pero cuando los Breccan la miraran sabrían quién y qué era. Por último, se ató una espada ancha a la cintura.

Sidra nunca había llevado una espada envainada a su lado. La única hoja que había llevado era la de su cuchillo de podar y, de vez en cuando, una daga. Pero que portara la espada había sido una de las condiciones de Yvaine. Podía pasar cinco días en el Oeste, ni uno más, y podía acarrear un pequeño paquete de provisiones. Podía quedarse con los Breccan bajo la protección de Adaira y podía compartir todo lo que había descubierto para ayudar al Oeste en la batalla contra la plaga. Podía hacer todas esas cosas siempre que sus guardias la acompañaran en todo momento y permaneciera siempre armada.

Sidra había aceptado.

Cuando estuvo preparada, se encargó del último preparativo, el más importante. Puso a Maisie en la silla de montar y salió para dejársela a Graeme.

El padre de Torin estaba parado en el jardín, observando a Sidra y Maisie que coronaban la colina a pie. Maisie gritó de emoción al ver a su abuelo y Sidra sonrió, a pesar de que notaba cierto dolor en el pecho. Dejó que la manita de su hija se separara de la suya.

Graeme se agachó para tomarla entre sus brazos.

—¿Quién es esta niñita? ¡No sé si la he visto alguna vez!

Maisie rio y le envolvió el cuello con los brazos.

—Soy yo, abuelo. *Maisie.*

—¡Ah, Maisie! Sí, una de las niñas más valientes de todo el Este. He oído historias sobre ti —comentó Graeme guiñándole el ojo antes de mirar a Sidra.

Sidra estaba en el jardín con el viento revolviéndole el pelo. Se fijó en el asombro en la expresión de Graeme mientras él la contemplaba, así como en una pizca de preocupación cuando se dio cuenta de que estaba vestida para la guerra.

—¿Recuerdas lo que te he dicho, Maisie? Estaré fuera cinco amaneceres y cinco atardeceres y luego volveré. Sé buena con tu abuelo.

Maisie asintió y Graeme la dejó sobre el camino de piedras.

—Tengo unas tortitas en la parrilla y hay que cepillar a Tabitha, ¿quieres entrar y echarme una mano, niña?

Maisie sonrió y se metió en la cabaña. Saber que Maisie se sentía segura y a salvo como para no preocuparse por la ausencia de su madre hizo que a Sidra se le aflojaran las rodillas. Era una consideración pequeña pero reconfortante, y Sidra seguía mirando la puerta abierta cuando Graeme se acercó a ella. Tropezó con una roca que había en mitad del camino y Sidra se acercó para ayudarlo.

—Es un sitio bastante extraño para poner una roca así, padre —reflexionó mirando la extraña piedra. Parecía tener el centro desgastado.

—Sí, no la había visto nunca hasta hoy —contestó Graeme rascándose la barba—. Los espíritus deben estar haciendo de las suyas. —Volvió su atención a Sidra, suspiró y susurró—: ¿Entonces te vas al Oeste?

—Sí —contestó ella—. Gracias por cuidar de Maisie. Debería volver pronto. —No dijo que, si algo le sucediera, Graeme tendría que criar a Maisie para que fuera la próxima laird. No dijo que tenía un nudo de dudas en el estómago sobre cruzar la línea del clan. Que, por primera vez en su vida, no tenía ni idea de lo que iba a suceder, de si la esperaba algo bueno u horrible.

Graeme vio las dudas en sus ojos. Con ternura, le tomó el rostro entre las manos.

—Que tengas fuerza y coraje —le dijo—. Que tus enemigos se arrodillen ante ti. Que encuentres las respuestas que buscas. Que salgas victoriosa y bendecida por los espíritus y que la paz te siga como tu sombra.

Sidra sabía que era una antigua bendición que se decía a los lairds cuando el conflicto era inminente. Esas palabras se aferraron a ella, calándole los huesos. Aun así, cuanto más pensaba en ellas, más firme se sentía. Unas semanas antes, no habría creído que estaría en un momento como ese y le habría echado la culpa a un cruel giro del destino. Pero ahora pensó que tal vez estuviera destinada a estar ahí. Todas esas horas dedicadas al jardín junto a su abuela, aprendiendo los secretos de las hierbas. Todas esas horas que había pasado sola en las colinas, contemplando las estrellas y pensando a dónde quería ir, en qué quería convertirse.

Siempre has estado destinada a estar aquí, susurró una voz en su mente.

Graeme le dio un beso en la frente y la soltó. Sidra se dio la vuelta antes de que él pudiera ver las lágrimas en sus ojos.

No miró atrás mientras descendía la colina y se acercaba a su caballo, que esperaba en el camino con los guardias. Hizo una mueca mientras montaba y el dolor del pie le cortó el aliento. Ahora su vientre era más pronunciado y había decidido finalmente confiar en Blair. El guardia guardaba el secreto como si fuera suyo, pero pronto su condición saldría a la luz. Solo esperaba que sucediera *después* de su visita al Oeste.

Mientras Sidra se acercaba a la línea del clan, dio vueltas a la bendición de Graeme aferrándose a la tranquilidad de esas antiguas palabras. Ya casi había llegado, a pesar de que su caballo había ralentizado del medio galope al trote y finalmente al paso. Tenía el corazón acelerado y le calentaba ansiosamente la sangre.

Vio la señal del norte, estropeada por el tiempo y las malas hierbas que florecían entre los árboles. Vio el camino curvarse y luego hundirse, como si se rindiera al Oeste. Sidra detuvo su caballo.

Había un grupo de Breccan esperando para recibirles, con tartanes azules en el pecho y expresiones neutrales en el rostro. Los reflejos del sol bailaban sobre sus cabellos rubios, castaños y morenos y los intricados tatuajes añiles danzaban sobre su piel. Pero Sidra solo vio a Adaira en el frente, esperándola.

Bajó del caballo, golpeó el suelo duro con sus pies, pero el dolor de la pierna fue un mero recuerdo cuando se acercó a Adaira. Hubo un momento en el que Sidra no supo si reír de alegría o llorar de alivio mientras sentía el corazón abrumado por las emociones.

Cruzó la línea del clan y entró en el Oeste sin temor, como si lo hubiera hecho cientos de veces. Se sumió en el fuerte abrazo de Adaira.

Las dos se saludaron jadeantes, como si no hubiera pasado el tiempo entre ellas, y rieron en el cabello de la otra.

Torin no supo qué lo despertó hasta que su nombre atravesó la oscuridad.

«Torin».

Abrió los ojos y lo recibió el barro. Tenía tierra en la boca y hierba en la barba. Gruñó y se levantó lentamente debido a sus rodillas doloridas.

—Torin.

Parpadeó para despejarse y reconoció la voz que lo había despertado. Hap estaba sentado cerca de él, con las piernas cruzadas y los ojos brillantes.

—Hap —saludó Torin sorprendido por lo ronca que tenía la voz—. Te he echado de menos.

Hap solo sonrió.

Entonces Torin se dio cuenta de que el jardín de Graeme estaba repleto de espíritus de la tierra. Se habían agrupado en el pequeño terreno, rebosantes de alegría y felicidad. Torin casi pudo saborear cuando respiró el aroma de la tierra después de una lluvia de verano, el néctar de las flores, el rocío del césped.

—¿Por qué habéis venido hasta mí? —preguntó, abrumado por su presencia.

—Mira detrás de ti —dijo Hap.

Torin se volvió y vio la piedra con el centro hundido. Al principio, no comprendió lo que estaba presenciando. Donde antes había habido sangre, flores y angustia, ahora había algo más. Algo suave, brillante y frío.

El remedio para la plaga brillaba en la roca con todos los rayos de la luna.

CUARTA PARTE

UNA CANCIÓN PARA LOS INCENDIOS

CAPÍTULO 36

Sidra estaba junto a David Breccan en su mesa de trabajo, estudiando su herbario encuadernado en cuero. Estaba impresionada por sus registros, que incluían partes de plantas que había presionado y atado a las páginas. Había algunas que reconocía muy bien, pero otras eran todo un misterio para ella.

—¿Puedo? —preguntó y, cuando él asintió, empezó a hojear cuidadosamente las páginas. Se detuvo cuando vio una pequeña flor blanca, brillando débilmente con color dorado, atada al pergamino. Sidra supo que era una flor encantada. Debajo, David había escrito su nombre: aethyn.

Sidra se detuvo buscando en las profundidades de su memoria. Le sonaba esa flor del Oeste. La primera y única vez que había oído su nombre había sido en las mazmorras del castillo de Sloane, hablando con Moray.

«No hay contraveneno, ningún antídoto contra el aethyn. Pero convierte en gemas la sangre derramada».

Esa era la flor venenosa que había matado a Skye. La hija pequeña de la laird.

—¿Conoces el aethyn? —preguntó David dándose cuenta de su pausa.

—No crece en el Este —contestó Sidra—. Pero sí, he oído hablar de él. —Sidra no reveló de dónde había sacado esa información. Adaira le había dicho que Moray estaba muerto, que lo habían matado la noche anterior durante el sacrificio. Sidra quería andarse con cuidado con lo que dijera y *no* dijera mientras estuviera en territorio del Oeste.

Pronunciar el nombre de Moray, o incluso el de Skye, podría abrir una herida que Sidra no sería capaz de cerrar.

Como si pudiera sentir el hilo de sus pensamientos, Blair se acercó a ella. Se había convertido en su sombra, a pesar de que no había pronunciado ni una sola palabra desde que habían cruzado al Oeste. Pero Sidra notaba lo tenso que estaba, al igual que los otros tres guardias. Eran los mejores guerreros que podía elegir el Este, seleccionados personalmente por Yvaine, y, aun así, nunca se habían encontrado en una situación como esa, caminando abiertamente por el Oeste y rozándose con los Breccan.

Era extraño incluso para Sidra. El instinto le decía que se preparara para una trampa, teniendo en cuenta el historial entre los Tamerlaine y los Breccan. A pesar de sus esperanzas, no había podido sacudirse esos pensamientos siniestros durante el camino.

¿El rebaño de ovejas con el que se habían cruzado habría sido robado al Este? ¿Los guardias que habían visto en las puertas de la ciudad habrían cruzado la línea del clan anteriormente en alguna incursión? ¿Las puertas levadizas (el único modo de entrar y salir del castillo) se bajarían dejando a Sidra y a sus guardias atrapados en el interior?

Sidra se sacudió internamente. No podía permitirse perderse en esos pensamientos, no si quería aprovechar al máximo su tiempo y colaborar con David.

Adaira tomó el bote de hierbas secas que había sobre la mesa. Ella también se había quedado cerca de Sidra y su presencia era lo único que animaba a Sidra a extender su confianza.

—¿Creéis que el remedio para la plaga podría resultar de combinar dos plantas? —preguntó Adaira—. ¿Algo que crece en el Oeste con algo que florece en el Este?

—Confieso que es una posibilidad que se me ha pasado por la cabeza varias veces —contestó Sidra. Miró a David, quien tenía la vista fija en la flor de aethyn que había en la página.

El laird consorte no era como se esperaba (era guapo de un modo tosco, casi descolorido, delgado y elegante, de voz suave y reservado), pero, de nuevo, su mente había asumido varias suposiciones sobre los Breccan, sus tierras y su territorio.

—¿Qué crece en el Este que no tengamos aquí?

Sidra pasó la página suavemente.

—Todavía no estoy segura, pero nuestro herbario arrojará algo de luz sobre esa cuestión.

E iba a llevarles bastante tiempo. Al cabo de un rato, David pidió té y galletas de cereza, y él, Adaira y Sidra se sentaron a la mesa mientras Sidra seguía hojeando las colecciones de David. Le había entregado sus remedios y todos los tónicos y ungüentos que había preparado para intentar curar la enfermedad y vio por el rabillo del ojo cómo David estudiaba sus registros con el ceño fruncido. Se había fijado en que llevaba guantes en las manos. Cuando lo había visto en la línea del clan, se había pensado que eran guantes para montar. Sin embargo, no se los había quitado cuando habían llegado al castillo y, aunque no era asunto suyo, sospechaba el motivo.

A ella le había costado menos ocultar las manchas de su pie y su pierna bajo botas, vestidos y medias. Pero si tuviera la enfermedad en las manos, tampoco le habría quedado más remedio que llevar guantes. Si el laird consorte también la había contraído, de repente cobraba más sentido que los Breccan estuvieran entusiasmados con su visita.

—¿Puedo preguntar cuánta gente hay enferma?

David titubeó un instante, como si no quisiera revelarle la cantidad. Pero debió llegar a la misma conclusión que ella: si iban a trabajar juntos realmente para resolver el problema, tendrían que ser sinceros el uno con el otro.

—Eran treinta y cuatro la última vez que los conté —respondió—. Aunque siempre podría haber más. Me he encontrado con gente a la que le da vergüenza admitirlo.

Sí, pensó Sidra. Parecía que algunos de los efectos secundarios de la enfermedad no se veían, sino que se sentían. Miedo, ansiedad, vergüenza. Negación y desesperación.

—¿Qué hay de tu clan? —preguntó David—. ¿Cuántos la han contraído en tu lado?

—Quince, que yo sepa —contestó Sidra. El número se le quedó pegado en la garganta. Era una locura lo rápido que se estaba infectando la gente, incluso estando al tanto de los riesgos y evitándolos lo mejor que podían.

Volvió a pensar en cómo se había contagiado ella. Había tenido mucho cuidado, pero aun así, había pisado una fruta podrida.

—Veo que has probado con espínlefel, prímula, ortigas y hierba doncella como ungüento para el dolor en el área infectada —contestó David señalando una de sus recetas—. Yo he probado justo lo mismo y he descubierto que añadir un poco de enebro a la mezcla ayuda tremendamente a aliviar la rigidez de las articulaciones.

Sidra se inclinó hacia adelante, intrigada. Estuvo a punto de flexionar el tobillo para sentir la resistencia de la enfermedad, como si los músculos se le fueran tensando día a día.

—No se me había ocurrido agregar enebro. Gracias por la sugerencia.

—Toma. —David se puso de pie y se acercó a una de sus estanterías. Su sala de trabajo era una estancia pequeña pero acogedora, repleta de hierbas secas y una ecléctica mezcla de tarros y botellas. A Sidra le habría gustado tener también una habitación para ella, en lugar de tener que trabajar en la cocina.

Él rebuscó por su colección y finalmente le llevó un recipiente de madera que abrió para revelar un ungüento. Solo por el fuerte y fresco olor, Sidra supo que era la receta de la que le acababa de hablar.

—Sí, tendré que probar con el enebro —insistió Sidra, pero David la sorprendió.

—Puedes quedarte este —le dijo.

Levantó la mirada para verle los ojos. Así que él lo sabía. Sabía que ella también estaba enferma. Había tenido mucho cuidado de esconder su cojera, pero tal vez para él fuera demasiado evidente.

—Gracias —murmuró aceptándolo.

Adaira estaba inusualmente callada, pero los observaba de cerca. Sintió que los dos curanderos tenían algo en común, aunque Sidra sabía que Adaira no estaba segura de los detalles. O tal vez Adaira simplemente había estado preparada para que su padre y Sidra se enfrentaran, discutieran o mantuvieran ocultos sus conocimientos, como dos dragones con su oro. Su cómodo compañerismo era algo sorprendente, aunque Sidra pensaba que los curanderos poseían su propio idioma que nadie más conocía.

Se quedaron en la sala de trabajo hasta que el día fue llegando a su fin. Se estaba gestando una tormenta y Sidra podía oír el viento susurrando a través de las grietas del mortero del castillo. Los cristales de las ventanas lloraban con la lluvia y, mientras Adaira guiaba a Sidra por una red de pasillos, la luz de la tarde desapareció de repente y el castillo quedó sumido en la oscuridad.

—Te enseñaré tu habitación para que puedas descansar un rato antes de la cena —dijo Adaira mientras llegaban a una larga y sinuosa escalera.

Sidra observó los interminables escalones, reacia a acercarse a ellos, hasta que apareció Blair a su lado ofreciéndole el brazo. Lo aceptó agradecida y se agarró al hueco de su codo. Dejó que él cargara el peso que le correspondería a su pie mientras seguían a Adaira escaleras arriba, pero Sidra no pudo evitar sentir una punzada de preocupación cuando Adaira la miró.

Se había fijado en cómo Sidra se apoyaba en su guardia. En lo atento que era Blair con ella.

Siguieron a Adaira por otro pasillo y por fin llegaron a la habitación de invitados. Era una sala espaciosa adornada con tapices, alfombras y una cama cubierta con piel de oveja y protegida por un dosel. Un fuego ardía en la chimenea y la repisa estaba llena de fragantes ramilletes de enebro. Había una silla y una mesa para lavarse, un guardarropa en una esquina y tenía vistas a las colinas brumosas.

—¿Puedo tener un momento a solas con Adaira? —preguntó Sidra a sus guardias, que la seguían de cerca.

Blair asintió y les indicó a los otros tres que salieran al pasillo. En cuanto la puerta se cerró, Sidra miró a Adaira, con tanto alivio como preocupación en su interior.

Era la primera vez que estaban a solas desde que se habían encontrado ese mismo día. Ambas podían bajar la guardia y refugiarse en los agradables lazos de su amistad. Aun así, habían sucedido tantas cosas el último mes que parecía que llevaran años separadas.

—Me alegro mucho de que estés aquí —dijo Adaira—. Pero debo preguntar si... va todo bien entre Torin y tú. No he podido evitar fijarme en tu guardia y, sinceramente, creía que Torin querría acompañarte al

Oeste. Jack también me ha dicho que Torin no le ha contestado a la carta. Tú sí.

Sidra soltó un profundo suspiro. Había llegado el momento de informar a Adaira, pero necesitaba sentarse para algo así.

—Todo va bien entre nosotros, no te preocupes. —Sidra se acercó a la silla y se sentó con un leve gemido—. Pero Torin no está aquí, Adi.

El semblante de Adaira se llenó de preocupación mientras tomaba un taburete y se sentaba frente a Sidra.

—¿Y entonces dónde está?

—Se lo han llevado los espíritus.

Adaira se puso tensa y pálida.

—¿Qué quieres decir con que «se lo han llevado»?

Sidra se lo explicó lo mejor que pudo, contándole a Adaira todo lo que había podido deducir. No obstante, al momento se arrepintió de haber dicho que Torin podría pasarse años fuera. Adaira parecía devastada. Se apoyó en las rodillas, se puso la mano sobre la boca y tenía un brillo de horror en los ojos.

—Sé que vas a preocuparte por él —dijo Sidra—, pero no quiero que lo hagas, y él tampoco querría. Hay una posibilidad de que vuelva a casa mucho antes de lo que pienso. Así que, por favor, Adi, no dejes que esto te afecte.

Adaira se quedó callada un largo momento. Apartó los dedos de los labios cuando murmuró:

—*Sid*. Lo siento muchísimo.

Sidra asintió intentando derretir la escarcha que se abría paso a través de ella. El frío que a menudo la mantenía despierta por las noches mirando la oscuridad y estremeciéndose mientras intentaba imaginarse el resto de su vida sin Torin. Si la enfermedad no la mataba, el corazón roto podía enviarla a la tumba demasiado pronto.

Pero no quería darles poder a esos pensamientos. Los echó a un lado y se centró en Adaira.

—Dime cómo te ha ido a ti por aquí —le pidió.

Adaira se recostó con un suspiro.

—Bueno, lo mínimo que puedo decir es que ha sido interesante.

Mientras Sidra escuchaba, Adaira le contó los detalles de su vida en el Oeste. Las sombras continuaron profundizándose mientras hablaban, aunque solo era media tarde. Finalmente, Adaira se levantó para encender velas por toda la habitación, mirando ansiosa hacia la ventana.

—Tengo que hablar de lo que puedes esperar esta noche, Sid —dijo volviendo a su taburete—. Innes ha invitado a los thanes y a sus herederos a cenar en el salón y le gustaría que tú también vinieras para poder presentarte y explicar por qué estás aquí.

De repente, Sidra sintió un frío pinchazo de asombro en el costado. Volvió a oír la voz de Moray en su memoria, como si estuviera persiguiéndola: «Cada mes, mis padres celebran un festín en el castillo para sus thanes y sus herederos. Es una noche impredecible y peligrosa porque siempre hay un thane o dos conspirando para apoderarse del gobierno».

Adaira estaba explicándole los peligros del aethyn y las dosis preventivas. Sidra estaba ignorándola por completo, pero se obligó a centrarse de nuevo y a escuchar con atención. Cuando Adaira extendió la palma de la mano entregándole un vial con ese líquido claro, Sidra tuvo que tragarse la bilis que empezaba a subirle por la garganta.

—¿Qué es esto, Adi?

—Es una dosis de aethyn —contestó Adaira—. Por los riesgos que conlleva la cena con la nobleza, tanto Innes como David querían que te pidiera que te lo tomaras.

Sidra miró el veneno. Finalmente, levantó la mirada para encontrarse con la de Adaira.

—¿Jack y tú os lo estáis tomando?

Adaira titubeó.

—Jack dice que no puede tomarlo. Yo sigo considerando si tomarme otra dosis o no. Pero también quiero advertirte que los efectos secundarios son horribles.

—¿Y cuáles son esos efectos?

Adaira empezó a describirlos. Sidra se dio cuenta de que Adaira los conocía porque los había experimentado ella misma, una idea que hizo que Sidra notara un dolor en el pecho al imaginarse a Adaira sola y dolorida, sintiendo que no tenía más opción que tomarse el veneno.

—No te culparé si te niegas —concluyó Adaira—. Pero ¿podrías considerarlo?

Sidra no dijo nada mientras se levantaba. Alargó el brazo para tomar el vial y lo sostuvo ante la luz del fuego—. Sinceramente, no tengo ninguna duda al respecto, Adi.

—¿Te lo tomarás?

—No. No puedo —contestó Sidra con el corazón acelerado—. Estoy embarazada.

Primero, Adaira se quedó helada, pero rápidamente se le dibujó una amplia sonrisa en el rostro.

—¡Sidra!

—No montes un escándalo, Adi.

Adaira la ignoró y la abrazó con tanta fuerza que le costó respirar. Pero de repente todas las emociones que había mantenido a raya se removieron en su pecho. Se aferró a Adaira parpadeando para evitar las lágrimas y el sonido de la risa de su amiga la atravesó como el amanecer.

Todo irá bien, se dijo a sí misma. *Voy a estar bien. El bebé estará bien.*

Sidra pensó que era extraño que estar cerca de Adaira la hiciera sentir de ese modo. Todas sus anteriores preocupaciones parecían pequeñas e insignificantes. Los días que tenía por delante se le antojaban más brillantes y cálidos, como un verano eterno.

—Estoy muy emocionada por ti —declaró Adaira apartándose—. No tienes ni idea de cuánto necesitaba oír buenas noticias.

—Pues Torin y yo estamos encantados de traértelas —contestó Sidra.

—Debe estar eufórico.

—Todavía no lo sabe.

La sonrisa de Adaira se desvaneció. Esa expresión de dolor volvió a su rostro.

—Pero se alegrará mucho cuando vuelva —se apresuró a agregar Sidra.

—Sí, sí que lo hará.

Un fuerte trueno las interrumpió. Sidra se sobresaltó, sintiendo el castillo rugir bajo sus pies. Adaira volvió a mirar hacia la ventana. Estaba preocupada y Sidra supuso que su tormento tendría algo que ver con Jack.

—Tengo que irme —dijo Adaira—. Pero pasaré a por ti cuando sea la hora de la cena.

Sidra asintió. Acompañó a Adaira a la puerta y la vio marcharse antes de pedirles a los guardias que entraran.

Blair y los demás (Mairead, Keiren y Sheena) se reunieron a su alrededor. Parecían tensos como las cuerdas de un arpa. Daba la sensación de que había demasiadas cosas fuera de su control: el tiempo, la plaga, los Breccan, la posibilidad de ser envenenados durante la cena.

—¿Qué sucede, laird? —preguntó Blair amablemente.

Sidra suspiró mientras abría el puño, dedo a dedo, para revelar el vial de aethyn. Lo observó con la mente plagada de pensamientos. No podía tomarse la dosis, ni tampoco sus guardias. Pero tampoco participaría en una cena que pudiera poner en peligro su vida o la de su bebé.

Pensó en toda la flora del Oeste que había visto en el herbario de David. Pensó en toda la flora que había traído con ella del Este. Mentalmente, repasó los años que había pasado trabajando con plantas, desde las más agresivas hasta las más dóciles, extrayendo su esencia para curar y arreglar.

No le daba miedo el veneno y no se inclinaría ante él.

Sidra miró a sus guardias con decisión.

—Tengo que pediros algo horrible.

Torin necesitaba un cuenco. Un recipiente en el que meter el remedio, puesto que no tenía la fuerza suficiente para mover la roca con el centro vacío. Frenético, corrió a atravesar la puerta de la cabaña de Graeme y se sorprendió al ver a su padre leyéndole un cuento a Maisie.

Torin se quedó paralizado, como si hubiera quedado atrapado por una red. Observó a Maisie sonriendo y escuchando a Graeme mientras él le leía. Su voz era profunda como los truenos, pero firme y reconfortante. La luz del fuego bañaba sus rostros y Torin se dio cuenta de que sería ya de noche en el reino mortal. Y si Maisie estaba ahí… ¿dónde estaba Sidra?

—¡Torin! —llamó Hap desde el jardín al otro lado de la puerta—. ¡No tenemos mucho tiempo!

Mareado, Torin se movió a la cocina y tomó uno de los cuencos de madera de Graeme. Pero quería quedarse en ese momento con su padre y con su hija. Quería hundir sus raíces y quedarse ahí, y necesitó todo su esfuerzo (cada respiración irregular, cada pensamiento y cada latido) para recordar lo que estaba en juego y lo que tenía que hacer.

Cuando volvió al jardín, se dio cuenta de que el cielo había cambiado. El ambiente estaba más oscuro y lleno de electricidad estática. Se habían reunido las nubes encima de él, ocultando las estrellas, el sol y la luna. Torin se estremeció, alarmado, mientras se arrodillaba.

—¿Qué está pasando? —preguntó.

Hap miró hacia el cielo mientras el viento empezaba a soplar, frío desde el norte. Su largo cabello le azotó el rostro.

—Lo sabe.

Torin se quedó paralizado de nuevo, pasando la mano sobre el remedio.

—¿Qué sabe?

—Que has resuelto el acertijo —contestó Hap.

Torin observó mientras los espíritus del jardín se retiraban, refugiándose del vendaval. Se pusieron a cubierto, pero Hap permaneció a su lado, firme, incluso cuando el viento le arrancó flores del pelo.

En cuanto Torin tocó el remedio, el mundo se quedó en silencio a su alrededor y se sintió como si estuviera soñando, sosteniendo luz de luna entre las manos. Nunca había sentido tanta paz y suspiró. Con cuidado, pasó el frío ungüento al cuenco, pero se miró la mano, luminosa en la tormenta que acechaba.

—Date prisa, amigo —lo urgió Hap—. Quítate los zapatos y corre a mi lado. Serás más rápido con los talones y los dedos sobre el barro y, si llegamos a tiempo, podremos curar los árboles antes de que *él* llegue.

Torin se desató rápidamente las botas. Recogió el cuenco y siguió a Hap a través de la puerta, no pudo resistirse a mirar por encima del hombro una última vez.

Vio cómo la lluvia empezaba a caer sobre la cabaña de Graeme y se sorprendió a sí mismo al rezar a las paredes de piedra, al techo de paja y a la puerta de madera. *Resistid ante la tormenta. Mantenedlos a salvo por mí.*

La casa en la que había crecido brillaba tenuemente, como si su plegaria le hubiera otorgado fuerzas.

Solo entonces Torin se dio la vuelta y corrió descalzo junto a Hap. Atravesaron las montañas mientras el viento implacable cobraba fuerza.

Corrieron juntos en perfecta sincronización hacia el huerto.

Jack había esperado hasta que el séquito que había recibido a Sidra había empezado a seguir el Camino del Norte hasta Kirstron. Había movido su caballo hasta el final del grupo, tal y como Adaira le había indicado. Cuando el camino había doblado hacia el sur, Adaira lo había mirado por encima del hombro y él se había separado del grupo, llevando su caballo hacia el Oeste, hacia los aledaños.

Tenía que volver a hablar con Kae y ese sería el mejor momento para hacerlo.

Adaira había accedido, a pesar de que al principio se había mostrado reacia solamente porque él tendría que cabalgar solo a través de las colinas. Pero la visita de Sidra era esencial y Adaira tenía que estar presente. Se había pinchado el dedo, había recogido su sangre en un pequeño vial y se lo había entregado para que pudiera abrir la puerta de la cabaña. También le había dado instrucciones. «Quédate por los senderos de los ciervos por los aledaños. Mantén las montañas a tu espalda para encontrar el lago. Sal con tiempo de sobra para volver a casa antes de que se haga de noche».

Dejando que su caballo siguiera un sinuoso sendero por el brezo, Jack se sintió tan vulnerable como libre por estar cabalgando él solo por los aledaños. Hizo una pausa en la subida de una cumbre y miró hacia atrás para asegurarse de que las montañas siguieran a su espalda. El corazón escarpado del Oeste, solo visible a través de la penumbra, lo hizo pensar en el Aithwood de nuevo. Jack había estado a punto de desviar su caballo hacia el sur después de haber recibido a Sidra y a sus guardias en el bosque.

Había estado tentado de abandonar sus planes para seguir los árboles hasta la cabaña de Niall.

No lo había hecho, por supuesto. Estaba demasiado nervioso porque Niall lo echara o tal vez incluso se negara a abrirle la puerta si él llamaba. Y Jack tenía que ver a Kae. Desde que había empezado a estudiar la música de Iagan, las preguntas le ardían como brasas en la mente.

Siguió hacia adelante.

Pronto, reconoció los árboles que rodeaban el lago Ivorra y después la cabaña que descansaba silenciosa en la pequeña isla del lago. Dejó al capón atado bajo los árboles y atravesó el estrecho puente, fijándose en lo tranquila que estaba el agua a ambos lados. Se preguntó cuál sería la profundidad del lago, qué espíritus vivirían en su cieno y se moverían por sus frías sombras.

Cuando llegó a la puerta, llamó para avisar a Kae que estaba a punto de entrar. Sacó el vial que le había entregado Adaira con su sangre manchando el cristal de carmesí y se puso una gota en el dedo.

Jack abrió la puerta y entró en la cabaña.

Kae estaba esperándolo a unos pasos de distancia. Parecía sana y bien descansada. Sus heridas se habían curado completamente, dejando cicatrices doradas sobre su piel azul pálido.

—Hola —saludó incómodamente Jack—. Adaira no ha venido conmigo, pero hay algo que me perturba y creo que tus recuerdos pueden contener la respuesta, si es que estás dispuesta a volver a compartirlos conmigo.

Kae asintió y se sentó a la mesa. Él ocupó la silla de enfrente.

—Necesito ver el momento en el que Iagan cantó la jerarquía y le dio vida —declaró Jack—. Cuando su música lanzó una red de control sobre los espíritus de la isla.

Kae no se mostró sorprendida, pero de repente su aura pareció más ansiosa, como si supiera que el recuerdo que Jack quería ver era uno complicado. Pero estiró la mano y él la tomó suavemente con la suya.

Juntos, se sumieron en un vívido torrente de recuerdos.

Kae estaba sobrevolando la isla cuando oyó la música. Notó que tiraba de sus costillas, que le debilitaba las alas. Tenía que responder a la llamada y se arriesgaba a ser desgarrada por la magia.

Encontró a Iagan tocando en el Aithwood junto a la línea del clan en el Oeste. El río estaba a su espalda. Estaba cantando para los espíritus del aire, para los vientos de sur, del oeste, del este y norte. Se materializaron y se reunieron en el bosque, algunos a regañadientes y otros con curiosidad. Kae esperó con ellos para ver qué quería el bardo, puesto que Iagan rara vez tocaba por el bien de la isla.

Su canción era preciosa al principio, los acogía. Pero empezó a cambiar y, cuando lo hizo, sintió que la música se apoderaba de ella. Notó un dolor agudo en las alas y en la garganta, como si se hubiera tragado un gancho. Quería marcharse, pero no podía hacerlo.

Cuando Iagan cantó suavemente para Hinder, uno de los espíritus más poderosos del viento del norte, Kae sintió una llamarada de consternación. Contempló cómo Hinder se veía obligado a obedecer a la balada. Se arrancó las alas del cuerpo y las dejó a los pies de Iagan junto a la línea del clan, donde brillaron, doradas y carmesíes, sangrando sobre la hierba.

Hinder se arrastró y lloró, tan débil que no podía ni levantarse.

Kae se quedó quieta. Le preocupaba que, si se movía, Iagan cantaría algo que fuera tan costoso para ella como la canción que había obligado a Hinder a obedecer. Así que observó, paralizada, cómo Iagan convocaba a continuación a la tierra, atrayendo a los espíritus de los árboles, la hierba y las rocas. Aparecieron a ambos lados de la línea del clan. Whin estaba en el Este, pálida y furiosa, con flores silvestres cayéndole de los dedos. Cuando Iagan cantó exigiendo una parte de su corona, no le quedó más remedio que arrodillarse y dársela. Dejó el tojo junto a las alas de Hinder.

Entonces Iagan cantó para los espíritus del agua, desde los lagos, a los ríos y a la espuma del océano. Ream y su corte viajaron una larga distancia desde la orilla. La señora del mar estaba pálida y demacrada cuando llegó. Kae siempre la había conocido fuerte y feroz y le dolió verla arrastrarse, arrancándose fragmentos de caracolas de la piel y dejándolos junto a las alas de Hinder y el tojo de Whin.

Kae sintió que la balada de Iagan no iba a acabar nunca. Podía ver que estaba atrayendo toda la magia del Oeste, que llegaba en venas a través del suelo y del aire desde forjas, telares y todos los lugares en los que los humanos podían empuñarla. La magia fluyó a través de él, acomodándose sobre su cuerpo como una capa llena de estrellas. Finalmente, cantó para Ash y los espíritus del fuego.

Ash llegó en una ráfaga de chispas, pero no tuvo oportunidad de resistirse. La música de Iagan era tan poderosa que lo redujo en un instante. La balada de Iagan conjuró una maldición que Ash no pudo contrarrestar. Entregó su cetro dejándolo junto a las alas, el tojo y las caracolas. La música lo había transformado casi por completo en brasas y se desvaneció ligeramente hasta ser translúcido, casi invisible. Se postró junto a Iagan, incapaz de moverse. Entonces todas las piezas que habían entregado los espíritus empezaron a elevarse.

Iagan resplandecía y su mortalidad se resquebrajó y se despegó de él como hielo. Las alas se cosieron a su espalda y el tojo y las caracolas se desvanecieron entre humo mientras se hundían en el cetro. Su sangre se volvió dorada y su música se transformó en estrellas entretejidas en su cabello. Solo entonces Iagan dejó de tocar y cantar. De repente, las notas se agriaron en el arpa, como si sus dedos ya no las conocieran.

El instrumento cayó al suelo. Iagan se agachó y tomó el cetro en su lugar, y este cambió para que su imagen reflejara su poder. Emitía rayos más brillantes que el mediodía.

Kae se arrodilló. No podía resistir sus órdenes, el modo en el que el poder de Iagan la atraía, aunque ya no fuera bardo. Era como si le arrancara el aire de los pulmones, y se le pusieron los ojos en blanco mientras sentía que los truenos y la bruma reclamaban la isla.

Su mente se hundió en la oscuridad a toda prisa.

Jack le soltó la mano.

Ambos estaban temblando por el recuerdo y Jack tuvo que cerrar los ojos hasta que el mundo dejó de darle vueltas. Cuando volvió a mirar a Kae, la verdad brillaba entre ellos.

Iagan no había muerto.

Había cantado hasta volverse inmortal, robando fragmentos del folk para hacerlo.

Se había convertido en Bane.

CAPÍTULO 37

—¿Cómo los curo? —preguntó Torin. Estaba jadeando ante el huerto enfermo, donde todos los árboles se habían contagiado ya de la plaga. Hap
estaba a su lado y, por una vez, el espíritu no tenía nada que decir. Sobre
ellos, el cielo seguía rugiendo. La lluvia cayó y resonaron truenos a lo lejos.
Torin podía sentir la tormenta en la tierra bajo sus pies desnudos. El temblor del suelo, la oleada de terror.

Respiró lenta y profundamente y volvió a centrarse en los árboles.

Desde que se había enterado por primera vez de la existencia de la
enfermedad en ese mismo sitio con Rodina, Torin había sabido que no
debía tocarla. Había mantenido la distancia con los puños cerrados y seguros a sus costados. Incluso en el reino de los espíritus se había andado con
cuidado.

Pero para curarlos tendría que acercar la mano.

Se aproximó a uno de los árboles. Había una joven doncella sentada
entre sus raíces con flores de manzano marchitas en su larga cabellera verde. Le había dado en el pecho y la savia violeta manchada de dorado manaba de su corazón.

Torin se arrodilló. Hundió los dedos en el remedio y los apoyó en la
herida. Sintió el poder pasando de él a ella, el efecto frío del ungüento
hundiéndose en la fiebre de la sangre del espíritu. Observó cómo la luz se
abría paso por ella, eliminando la maldición de Bane. Sangró y sangró
hasta que su sangre dejó de estar podrida y volvió a ser pura, brillando
como el oro, y la herida se le cerró.

Torin pasó al siguiente espíritu. Alargó la mano y colocó ungüento en
otra herida y luego en otra y el brillo del remedio ardió atravesando la

plaga, espíritu tras espíritu. Hap caminó a través del huerto. El viento estaba cobrando fuerza y las ramas crujían bajo el vendaval, amenazando con romperse y partirse. Llovían flores de manzano como si fuera nieve.

—¡Manteneos firmes! —gritó Hap. Su voz había cambiado elevándose desde la tierra, el césped y el barro. Torin sintió que las palabras resonaban a través de él mientras seguía curando el huerto—. No os dobleguéis ante él. No os rindáis. Manteneos en pie. Este es el fin.

Torin curó al último espíritu del huerto. Le dolía la cabeza y le daba vueltas. Pero cuando se encontró con la mirada de Hap, se levantó y esperó.

—Por aquí hay más que te necesitan.

Torin titubeó, dividido entre su deseo de volver a casa y su obligación con los espíritus. Pensó en Sidra y en Maisie. Pensó en Adaira y en Jack. Finalmente, tomó una decisión y dio un paso hacia Hap.

—Llévame con ellos.

Era casi de noche cuando Jack llegó finalmente al puente que conducía al castillo.

Cuando salió del lago Ivorra, llovía. Las temperaturas se habían desplomado, como si hubiera llegado el invierno antes de tiempo, y el granizo cubría los helechos. Jack encontró a su caballo bajo los árboles dando coces con las orejas plegadas. Lo que acechara desde el horizonte del norte prometía ser mortífero y Jack tembló con la respiración acelerada mientras se subía a la silla mojada.

Tan solo podía pensar en el recuerdo de Kae. Le azotaba la mente una y otra vez.

Mientras atravesaba los aledaños, las nubes habían empezado a oscurecerse, repletas de rayos. El viento había aullado y la luz se había desvanecido rápidamente. Jack se inclinó sobre el cuello de su caballo, animándolo para que fuera más rápido.

Finalmente entendía por qué Bane le había prohibido tocar, sobre todo en el Oeste. Por qué Bane se oponía con tanta insistencia a la música de Jack y se veía amenazado por ella.

Si Iagan se había convertido en rey de los espíritus gracias a la música, la música podría destronarlo.

Por un golpe de suerte, Jack encontró el camino que, incluso en la penumbra, no había cambiado ni lo había engañado. Él y su caballo lo recorrieron a toda prisa, salpicando barro. Llegaron a las puertas de la ciudad justo antes de que cerraran como medida de seguridad contra la tormenta. Jack recorrió las calles desiertas rumbo al castillo en la colina. Se fijó en que todas las puertas y persianas estaban cerradas a cal y canto. No había señales de vida en ninguna parte, puesto que todos los Breccan se ocultaban en sus casas, incluso mientras el viento rasgaba el liquen y la paja de sus tejados. De repente, se preguntó qué haría si las puertas levadizas estuvieran bajadas impidiéndole entrar al patio del castillo. ¿A dónde iría?

Cruzar el puente a lomos de un caballo durante una tormenta no era muy sensato, pero Jack se arriesgó.

El viento era tan poderoso que sintió que podía arrojarlos a él y al capón al foso en cualquier momento. Jack podía sentir el traqueteo de la muerte en los dientes al mostrarlos mientras instaba al caballo a seguir adelante, a no pararse. Pronto, pudo ver las puertas levadizas en la penumbra, como una sombra contra el anochecer. De pie bajo ellas (e impidiendo que las bajaran) estaba Adaira, iluminada por la luz de las antorchas.

Parecía furiosa.

Su expresión impulsó a Jack a pasar a medio galope junto a ella hacia la seguridad del patio, antes de desmontar de un salto, con las piernas fallándole. Un mozo se apresuró a tomar el caballo y, entre los golpes de los truenos, Jack oyó a Adaira gritar la orden de que cerraran las puertas. Las cadenas se movieron y la puerta empezó a bajar.

Jack se volvió y sintió las manos de Adaira sobre él, desesperada y enfadada, agarrándolo por la túnica. Adaira estaba empapada, la ropa se le pegaba al cuerpo y tenía el cabello enredado por la espalda. ¿Cuánto tiempo había estado esperándolo bajo la tormenta?

Lo empujó por el patio hasta que su espalda encontró una pared de piedra y allí se aferraron el uno al otro mientras la lluvia caía espesa y helada.

—Estaba a punto de salir a por ti —suspiró ella.

Jack se sintió aliviado de que no lo hubiera hecho. Le tomó el rostro entre las manos, admirado por su determinación y su confianza.

—Has sido sensata al no hacerlo —contestó—. Y menos con esta tormenta.

Ella lo besó con rudeza y él sintió los bordes de sus dientes, el dolor de su hambre y su miedo. Lo revolvió como brasas volviendo a las llamas y le respondió pasándole las manos por el pelo, aferrándola contra él.

Adaira rompió el beso mordiéndole la oreja con los labios y susurró:

—Tendré que castigarte después por haber hecho que me preocupase tanto.

Jack le acarició el cuello con los pulgares hasta que ella echó la cabeza hacia atrás.

—¿Y cuál será mi castigo, heredera?

Adaira no le respondió, aunque él se imaginó que podía verlo en sus ojos. Los rayos brillaban sobre sus cabezas, bañándolos con una luz plateada. Los truenos los sobresaltaron y Adaira le tomó la mano haciendo que entrara por una puerta lateral.

—¿Kae? —preguntó.

Que pronunciara su nombre podía tener un sinfín de implicaciones, y eso revivió a Iagan en la mente de Jack y el dolor del recuerdo de Kae.

Tendrían que hablar de ello más tarde, tras puertas cerradas.

—Está bien —dijo siguiendo a Adaira a su habitación.

—Llegaremos tarde a la cena —comentó ella con un suspiro de agotamiento mientras sus botas dejaban un rastro de agua sobre el suelo—. Y prepárate, han venido todos los thanes y sus herederos a conocer a Sidra. Como Innes ha ordenado que se cerrasen las puertas, se alojarán todos en el castillo esta noche.

Esa declaración hizo que Jack se detuviera de golpe. La idea de dormir bajo el mismo techo que Rab Pierce lo dejó helado, mucho más que la tormenta.

El salón de los Breccan no era como Sidra se había esperado. Se tomó un momento para admirar su impactante grandeza: las columnas intricadamente modeladas como serbales, las ventanas llenas de vidrieras, las cadenas de gemas rojas y las ramas verdes, la larga mesa repleta con la comida para el banquete. Se deleitó con esas vistas (la fragancia del enebro, el íntimo parpadeo de la luz de las velas, la piedra pulida bajo sus botas) porque no sabía qué esperar de esa noche. Y esa incertidumbre hacía que el corazón le latiera frenéticamente.

Había aprovechado al máximo las horas previas a la cena, pero todavía podían torcerse las cosas.

Sidra siguió a Jack y a Adaira a la mesa, con los guardias pegados a ella. Intentó contar a los nobles que había allí reunidos (todos armados con sus hojas envainadas), pero solo logró llegar hasta doce antes de tener que desviar la atención. Innes estaba de pie a la cabeza de la mesa, observando su llegada. Sidra se negó a mostrarse intimidada por la laird, pero no podía negar que Innes era alguien que inspiraba respeto incluso en sus enemigos.

Estaba tan preocupada preguntándose si Innes se ofendería cuando Sidra pusiera en marcha sus planes que no se dio cuenta de que todo el salón se había quedado en silencio. Todos los thanes y sus herederos estaban callados observando cómo se sentaba entre David y Jack.

Todavía le dolía el tobillo después de haber usado el ungüento que le había dado David, aunque le sorprendió lo mucho que había ayudado a aliviar la rigidez de su articulación, suavizándole la cojera. A pesar del pinchazo de dolor, Sidra mantuvo la barbilla bien alta y soportó las miradas. La diadema brillaba en su frente.

—Gracias por haber venido con tan poca antelación —dijo Innes dirigiéndose a la nobleza—. Sé que esta es una situación inesperada y sin precedentes, pero tenemos un nuevo quebradero de cabeza en el Oeste. La plaga sigue expandiéndose y no sabemos cómo lidiar con ella ni cómo curarnos. Algunos habéis acudido a mí y me habéis confesado los nombres de vuestros súbditos infectados, y sospecho que el número es mucho más alto de lo que creemos, teniendo en cuenta la vergüenza que conlleva esta enfermedad. Cuando mi hija me sugirió invitar a una curandera del Este para que viniera y colaborara con nosotros en busca de una cura, tuve dudas. No solo por el historial de nuestros clanes, sino porque no quería que el Este estuviera al tanto de nuestras dolencias. No obstante, puesto que la tormenta no hace más que cobrar fuerza, debo aceptar una verdad incómoda: ha llegado el momento de dejar nuestro orgullo a un lado antes de que nos arrastre a la tumba.

Hizo una pausa para mirar a Sidra. Levantó una mano y continuó:

—Quiero presentaros a Sidra Tamerlaine, señora del Este, consorte del laird y reconocida por sus conocimientos curativos. Ha venido por invitación de mi hija y encontrará refugio bajo mi techo. Pasará cinco días con nosotros ayudándonos a encontrar una cura para la enfermedad y ella y sus cuatro guardias están bajo mi protección. Si alguien intenta hacerle daño a ella o a los guardias, será castigado con una muerte inmediata.

Sidra no se esperaba un discurso así de parte de Innes y se pasó las manos con nerviosismo por los muslos, sintiendo el vial de aethyn escondido en el bolsillo de su falda y las pequeñas ampollas que le habían salido en el índice y el pulgar. Tuvo un momento de duda (¿debería abandonar sus planes?) pero entonces se encontró con la mirada decidida de Blair. Estaba de pie en la mesa frente a ella, justo detrás de la silla de Adaira. Le dirigió un ligero asentimiento para tranquilizarla.

Innes tomó un cáliz de vino entre las manos y lo levantó. David la imitó, al igual que el resto de los presentes sentados a la mesa, preparándose para un brindis. Sidra tenía la mano resbaladiza por el sudor mientras tomaba su cáliz. Observó el líquido rojo oscuro que reflejó su rostro en la superficie. Tal vez estuviera todo en su cabeza y estuviera siendo ridícula al preocuparse por una bebida envenenada. Pero cuando pensó en el bebé que crecía en su interior, supo que no podía arriesgarse. Y tampoco podía arriesgar a las personas a las que más quería de la mesa, a Jack y a Adaira, quienes también habían rechazado tomar sus dosis de aethyn. Ahora los tres eran vulnerables. Sidra se levantó.

Su movimiento tomó a Innes por sorpresa y la miró con una ceja arqueada.

Sidra le sonrió y declaró:

—Gracias por la cálida bienvenida, laird. Es un honor estar junto a ti y tu clan, recorrer el Oeste a tu lado, no como enemigas, sino como amigas. A pesar de que no puedo prometer que encontremos una cura, aprovecharé al máximo todo el tiempo que esté aquí para buscarla.

Innes asintió y levantó la copa para brindar.

Sidra se atrevió a agregar:

—Y, como precaución, me gustaría pedir que mis guardias puedan actuar como catadores para mí; para mi bardo, Jack Tamerlaine; y para tu hija, Adaira. Para mí sería imposible seguir adelante con mi colaboración si caigo presa del veneno y, puesto que Jack y Adaira son mis dos confidentes más cercanos, tampoco puedo permitir que ellos corran ese riesgo.

No se movió nadie. Las palabras de Sidra parecían haber lanzado un encantamiento sobre la mesa. Ni siquiera Jack y Adaira estaban al corriente de sus planes y Adaira fue la primera en moverse, como si quisiera protestar.

Sidra la miró y, lo que hubiera en sus ojos, hizo que Adaira cerrara la boca y asintiera, a pesar de que seguía pareciendo nerviosa.

Un instante después, Sidra comprendió el motivo.

—Por supuesto, señora Sidra —dijo Innes en tono cauteloso, pero Sidra pudo oír la irritación que contenía. Como esperaba, su petición había ofendido a Innes y aun así Sidra no podía permitirse preocuparse por ello, a pesar de que pudiera causarle problemas más adelante—. No obstante —añadió Innes—, me he tomado muchas molestias para asegurarme de que este vino no esté envenenado.

—Da lo mismo, laird —repuso Sidra—. Mis guardias están dispuestos a actuar como catadores y yo debo estar totalmente segura antes de tomar un solo sorbo.

—Que se acerquen, pues.

Blair caminó hasta Sidra y tomó la copa de sus manos.

Mairead tomó la de Adaira y Keiren la de Jack. Sheena, la única guardia que no iba a beber, se quedó junto a un pilar de serbal con el morral de curación de Sidra, preparada para moverse si tenía que hacerlo.

Sidra observó a Blair bebiendo de su copa sin vacilar. No había temor en él, aunque Sidra no sabía si su coraje provenía de todos los peligros a los que había tenido que enfrentarse en su vida o de su total confianza en Sidra para salvarlo si fuera necesario.

Mairead bebió de Adaira y Keiren de Jack.

El momento se hizo largo, cálido y tenso mientras todos los presentes en el salón esperaban. Sidra podía notar el calor en el rostro, el sudor brillando sobre su piel. La nobleza Breccan se había levantado, ansiosos por ver mejor mientras los tres guardias daban un paso atrás, preparados para cortarse y sangrar en el suelo.

Blair, Mairead y Keiren sacaron sus dagas y se cortaron las palmas al unísono. Su sangre manó y goteó desde sus dedos.

Sidra observó la sangre acumulándose en el suelo de piedra. Se le aceleró la respiración cuando la sangre de Blair se endureció y se convirtió en gemas azules. Lo mismo le sucedió a la de Keiren. La sangre de Mairead fluyó limpia y roja.

Alguien había envenenado la copa de Sidra y la de Jack.

Y ahora dos de los guardias iban a morir si Sidra había malinterpretado sus estudios anteriores.

Hubo un extraño minuto de calma, como si todo se hubiera ralentizado. Innes miró las gemas y lo mismo hicieron Adaira y Jack. Finalmente, el asombro se rompió cuando Innes miró a sus nobles y preguntó con voz fría y aguda:

—¿Quién es el responsable? ¿Quién ha envenenado sus copas?

Se elevó toda una serie de respuestas y acusaciones entrelazadas como humo. «¡Yo no, laird!» y «¡Han sido ellos!».

Sidra apenas podía pensar con claridad con todo el escándalo. Los thanes estaban protestando y discutiendo y la voz de Innes se alzó con furia. La muerte de dos Tamerlaine en suelo Breccan haría estallar una guerra, una guerra que ni el Este ni el Oeste podían permitirse. Sidra se estremeció mientras contemplaba el caos.

Quería dudar de sí misma, lamentar su decisión de haber dejado que Blair ingiriera el veneno por ella. Pero cuando tocó las pequeñas ampollas que tenía en el índice y en el pulgar, recordó quién era. Conocía el antídoto para el aethyn, solo tenía que confiar en sí misma y dejar que su conocimiento y sus años de entrenamiento fluyeran a través de ella.

Se volvió hacia David, que estaba a su lado solemne y aterrorizado.

—¿Puedes traerme una pequeña olla de hierro llena de agua que pueda hervir sobre el fuego, un cuchillo y una tabla de madera para cortar? —preguntó Sidra.

David asintió. Salió rápidamente por las puertas que daban a la cocina y Sidra empezó a acercar su silla a la chimenea.

—Permíteme, laird —le dijo Blair, pero su voz se había vuelto ronca e hizo una mueca mientras se aclaraba la garganta, como si le doliera hablar.

Sidra se fijó en su rostro. La dosis de aethyn que contenía la copa debía ser potente, puesto que Blair ya había palidecido. Un sudor helado se estaba formando sobre su piel.

—Necesito que te sientes, Blair —indicó Sidra.

Jack ya había llevado una segunda silla, anticipando que la necesitaría. Mostraba una expresión sombría con los ojos llenos de culpabilidad mientras Keiren también se sentaba ante el fuego.

—¿Qué puedo hacer? —preguntó Jack, desesperado—. Yo no quería…

Sidra le agarró el brazo.

—No pasa nada, ellos han accedido conociendo los riesgos. —Aun así, la cooperación de los guardias no volvía más fácil ser testigo de su malestar. Conocía la culpa de Jack porque ella también la sentía en el corazón como si fuera una piedra.

Contuvo la bilis apretando los dientes. Mirando a Blair y a Keiren, pensó: *No vais a morir. No bajo mi guardia.*

David volvió con tres sirvientes que llevaban lo que necesitaba. Entonces Sheena dio un paso hacia adelante y le tendió a Sidra su morral de suministros. Ahora tenía todo lo que necesitaba y, poniéndose de rodillas, preparó una estación de trabajo en el suelo.

Sin embargo, antes de empezar, se metió la mano en el bolsillo y sacó el vial. Lo sostuvo ante la luz estudiando cómo había cambiado su color. Antes era incoloro e inodoro. Pero tras añadir una pizca de euforbio de fuego, había tenido lugar una reacción: el líquido había adoptado un color rojo sangre y estaba caliente al tacto.

Se le había ocurrido lo del euforbio tras haber escuchado la explicación de Adaira sobre los efectos secundarios del aethyn, cómo la había hecho sentir frío, como si se le hubiera acumulado el hielo en las venas debilitándo-le el corazón. ¿Qué mejor modo para contrarrestar un veneno de hielo que un veneno de fuego? También había deducido, al no haber visto el euforbio en el herbario de David, que era una planta que solo crecía en el Este. Ahora tenía sentido que los Breccan no hubieran logrado encontrar el antídoto para un veneno que los azotaba tan a menudo.

Sidra abrió su morral. Sacó el euforbio mordiéndose el labio mientras le quemaba la mano con ampollas. Trabajó rápidamente, insegura de cuán-to tiempo tenía. Cortó el euforbio en tiras y las metió en la olla de agua hirviendo que colgaba sobre el fuego de la chimenea.

Solo entonces se dio cuenta del impactante silencio del salón. Los Brec-can la estaban observando boquiabiertos, como si no pudieran creer lo que estaba sucediendo. Sus acciones habían cortado sus protestas de inocencia como una espada. Incluso Innes y Adaira estaban absortas.

Sidra no comprendió la enormidad de lo que estaba haciendo hasta que sacó la olla del fuego y sirvió la esencia de euforbio de fuego en dos copas limpias. Agitó el vapor con la mano, que impregnó el aire del aroma a brezo quemado y hojas de mirto como una hoguera de verano. *Si tengo razón, habré cambiado el Oeste*, pensó.

No habría más dosis de aethyn. Adaira no tendría presión para tomár-selas ni se retorcería de dolor en el suelo de su habitación durante las horas posteriores. No habría más niñas como Skye muriendo por las ansias de poder de algún noble. No habría más guardias inocentes teniendo que arriesgar la vida como catadores lejos de sus casas.

Finalmente, la esencia se enfrió lo suficiente para poder beberla.

Sidra tomó una de las copas y se acercó a Blair. Podía ver cómo su fuer-za se desvanecía, cómo se le apagaba la vida. Pensó en cómo la había servi-do incansablemente acompañándola durante sus visitas a los pacientes, levantándola cuando era necesario, sosteniéndola cuando estaba agotada y soportando su peso cuando cojeaba. En cómo había renunciado a una vida de matrimonio e hijos para dedicarse por completo a la Guardia y al Este.

Parpadeó conteniendo las lágrimas y le puso la copa en los labios.

—Bebe, amigo mío —susurró y sus plegarias se convirtieron en un incendio quemándole la mente.

No puedo soportar ver a este hombre morir por mí. Por favor, dejad que viva.
Dejadme tener razón en esto.

Blair cerró los ojos y bebió débilmente.

Sidra lo instó a tomar tres tragos más antes de dejar la copa a un lado. Tomó su mano sangrante entre las suyas. Tenía gemas azules esparcidas sobre el regazo y a los pies. Sidra esperó para ver si podía sentir su sangre formando cristales fríos y afilados en su palma.

Esperó, pero solo salió sangre empapándole la mano.

Blair respiró hondo. El color estaba volviendo a su rostro, aunque continuó temblando de dolor. Pero, cuando la miró, Sidra vio que su vista estaba clara.

Sidra se apresuró a ocuparse de Keiren a continuación. El corazón le latía con fuerza cuando vio que el segundo guardia empezaba a recuperarse y suspiró. Sidra habría jurado que había sentido la presencia de su abuela a su lado, observándola con orgullo.

Entonces, el momento terminó. La nobleza se puso a discutir de nuevo y algunos comenzaron a marcharse hacia las puertas.

La voz de Innes los silenció a todos cuando declaró:

—Nadie va a salir de este salón.

CAPÍTULO 38

Con las puertas del salón cerradas y bloqueadas, Innes ordenó a los thanes y a sus herederos que volvieran a sus asientos. El banquete intacto se había enfriado y las velas habían empezado a derretirse, con la cera goteando como lágrimas. Adaira permaneció de pie con la atención dividida entre Innes, quien irradiaba ira, y Sidra, quien estaba atendiendo a sus guardias amablemente. Era como si dos mundos hubieran colisionado y Adaira no supiera cuál era su sitio, no sabía si colocarse al lado de Sidra o si quedarse a la sombra de Innes.

Jack también parecía atrapado entre ellas. Estaba de pie cerca de los guardias Tamerlaine, pero observaba a Innes con una expresión de desasosiego. Adaira se fijó un momento en él con la mente llena de pensamientos.

Si Sidra no hubiera sido lo bastante astuta para dejar que sus guardias bebieran primero, habría perdido a Jack y a Sidra de un solo golpe inesperado.

—¿Quién ha envenenado sus copas? —insistió Innes mirando a toda la mesa.

Los thanes se negaron a mirarla mientras pasaba la vista sobre ellos.

—Nos quedaremos aquí toda la noche, todo el día siguiente y también el siguiente. Así hasta que uno de vosotros confiese el crimen —agregó Innes.

—No puedes retenernos aquí —murmuró Rab.

Innes se detuvo.

—¿Qué ha sido eso? Habla y mira a la persona a la que te diriges.

Rab se atrevió a levantar la mirada, encontrándose con sus ojos fríos como el acero. Tenía el rostro ruborizado y una expresión taciturna.

—He dicho que no puedes retenernos aquí, laird. Solo ha sido un poco de veneno y no ha muerto nadie.

—Las puertas están bajadas y hay una tormenta —replicó Innes—. No tienes a dónde ir.

—Lo que quiere decir, laird —agregó rápidamente Griselda, su madre, con un gesto nervioso de su mano enjoyada—, que tal vez este horrible acto no lo haya cometido uno de *nosotros*. Tal vez ha sido uno de tus sirvientes. He oído que había chismes en las cocinas entre algunos de los cocineros.

Innes apretó la mandíbula, pero se volvió hacia David y dijo:

—¿Puedes traer a todos los sirvientes de la cocina?

David asintió y salió del salón por segunda vez esa noche. Los guardias que vigilaban las puertas de la cocina le permitieron salir y pasaron los minutos, silenciosos e incómodos.

Adaira sintió los ojos de Jack sobre ella. Lo miró y sus pensamientos fueron como espejos reflejando los del otro.

¿Qué piensa hacer Innes?

No lo sé.

Esa incertidumbre era como un pesado manto sobre Adaira.

Enseguida llegaron los sirvientes de la cocina. Se colocaron en una línea recta con las cejas arqueadas por la confusión mientras miraban la comida intacta, a los thanes sentados con sus posturas rígidas y a Innes de pie como una estatua.

—Esta noche han sido envenenadas las dos copas Tamerlaine —señaló—. ¿Alguno de vosotros puede arrojar luz sobre quién ha cometido este crimen?

Los sirvientes se quedaron en silencio, temerosos de hablar. Pero entonces, una sirvienta, una joven con el cabello pelirrojo trenzado y el delantal manchado de harina, levantó la mano.

—Me ordenaron hacerlo, laird —confesó—. Yo no quería, pero no tuve elección.

—¿Y quién te lo ordenó?

La mujer miró a la mesa, señaló y dijo:

—Rab Pierce.

Adaira no debería haberse sorprendido. Pero hubo un rugido en sus oídos, un tartamudeo en sus latidos al mirar a Rab. Se preguntó si se lo habría buscado ella, teniendo en cuenta la cicatriz arrugada que ahora le marcaba el rostro y cómo lo había perseguido como si fuera una presa. Cómo lo había obligado a beberse su dosis de aethyn.

Ahora se lo estaba devolviendo, amenazando a dos de las personas que más amaba.

Rab se levantó de un salto, pero estaba pálido.

—¡Mentirosa! —gritó a la mujer—. Yo a ti no te he visto nunca y jamás daría una orden así.

—No dijiste lo mismo anoche cuando estabas en mi cama hablando de lo mucho que odias a Cora —replicó la mujer con calma—. O cuando pusiste el veneno en mis manos. Cuando me dijiste todos los modos en los que me dañarías si no hacía lo que me habías ordenado y cerraba la boca.

Rab siguió protestando, pero cuanto más discutía, más culpable parecía. Su madre se levantó rápidamente intentando calmarlo y apaciguarlo.

—Estoy segura de que esto es solo una pelea de enamorados —farfulló Griselda con una sonrisa nerviosa—. Siéntate, Rab, no hace falta gritar.

Innes ya había visto suficiente. Tenía los labios apretados en una fina línea y los ojos llameantes de ira. Se volvió hacia uno de los guardias de la puerta.

—Traed el bloque de cortar. Atadle las manos y los tobillos.

Conmocionada, Griselda exclamó:

—¡Laird! ¿Creerías la palabra de esta sirvienta antes que la nuestra?

—La creería y la creo —replicó Innes—. Ahora, *arrodillaos*.

Hubo un forcejeo mientras los guardias se cerraban alrededor de Rab y de Griselda. Pero los superaron a ambos, les ataron las muñecas tras la espalda y los tobillos. Los arrastraron hasta Innes y los obligaron a ponerse de rodillas.

A continuación, trajeron el bloque de cortar. Adaira lo miró un momento antes de darse cuenta de que las manchas oscuras eran de sangre vieja y de que los cortes los habían hecho con espadas.

Innes estaba a punto de decapitar a Rab y a Griselda Pierce ahí mismo, en medio del salón.

A Adaira se le revolvió el estómago. Empezó a retroceder justo cuando Innes se volvió hacia ella.

—Esta es la *segunda* vez que los Pierce amenazan algo que es tuyo. Por ley, puedes arrebatarles la vida en consecuencia con mi bendición. —Innes desenvainó su espada. Era un filo radiante, lo que delataba su encantamiento. Al mirarlo, Adaira se preguntó qué tipo de magia habrían martilleado en su acero. El sudor le cubría las manos cuando Innes le tendió la espada—. Toma mi filo. Ejerce tu justicia.

Adaira se sentía lenta y entumecida, como si estuviera bajo el agua, pero aceptó la espada de Innes. Aferró su empuñadura fría y suave. Era una hoja pesada, la sostuvo con ambas manos y observó su reflejo en el acero pulido. Estaba pálida, plagada de dudas.

Innes llevó primero a Rab al bloque de cortar, obligándolo a apoyar la cabeza en la madera.

El salón estaba sumido en un silencio mortal mientras Adaira miraba fijamente a Rab. El chico jadeaba y tenía los labios llenos de babas. Cuando levantó los ojos para mirarla, vio lágrimas en ellos. Griselda se echó a llorar.

—Cora —susurró Rab—. *Cora*, por favor.

Ella sabía que era culpable en más de un sentido. Y una faceta suya, una oscura y hambrienta, deseaba ver su sangre derramada.

Levantó la espada.

Nunca había matado a nadie. Nunca había atravesado un cuello con una espada y era probable que provocara un desastre. Estaba enfadada y triste y le dolió todo el cuerpo cuando pensó en Jack en el estadio con un yelmo bloqueado en la cabeza. Cuando pensó en Torin, desaparecido entre los espíritus. Cuando se imaginó a Sidra muriendo en la mesa con el mismo veneno que se había llevado a Skye. Cuando pensó en el bebé de Sidra y de Torin, a quien Adaira ansiaba sostener en brazos y ver crecer.

¿Se puede lograr la paz derramando sangre?, se preguntó. Esa faceta voraz de repente se atenuó y se quedó con un extraño vacío en el centro, como si pudiera transformarse en cualquier cosa.

No es este el camino que quiero tomar.

Lentamente, bajó la espada. La dejó caer observándola aterrizar a sus pies.

Levantó los ojos para recibir las miradas de los Breccan.

—He invitado a Sidra Tamerlaine y a sus cuatro guardias al Oeste porque sabía que ella podía ayudarnos —empezó Adaira—. Estamos muriendo a causa de una enfermedad. Nos morimos de hambre a causa del viento. El Oeste no puede seguir así. Y cuando traigo a alguien que puede ayudarnos, envenenáis su copa. —Adaira miró fijamente a Rab, quien había cerrado los ojos, aliviado—. Ahora me planto aquí y me pregunto por qué. ¿Por qué queríais matar a los Tamerlaine que han confiado en nosotros tras siglos de conflictos? ¿Por qué, si no es por vuestro propio miedo e ignorancia? Miráis al pasado, donde no hay más que derramamientos de sangre. Trazáis vuestro presente con lo que ya se ha hecho y ha sucedido, como si nunca pudierais plantaros y apartaros de ello.

Adaira empezó a caminar alrededor de la mesa. El mismo camino que había recorrido Innes. Ahora ya no se dirigía solo a los Pierce, sino a toda la nobleza. El corazón le latía con rapidez, pero su voz era fuerte y espantaba las sombras del salón.

—Ahora os pido que miréis a lo que se avecina —indicó—. ¿Qué queréis para vuestros hijos e hijas? ¿Qué queréis para el Oeste? ¿Deberíamos seguir viviendo en una tierra enferma y silenciosa, malditos para ocultar nuestras heridas y enfermedades, bebiendo veneno y llenos de desconfianza? ¿O podemos establecer un nuevo curso para nuestro destino?

Miró a sus padres. Innes y David estaban juntos, observándola. David parecía asombrado, mientras que Innes se mostraba enfadada. Pero ambos estaban escuchándola, esperando a que continuara.

Adaira se detuvo de nuevo en el bloque de cortar. Rab se había incorporado sobre sus talones y también la miraba.

—Os pido que bajéis las espadas —prosiguió—. Os pido que dejéis a un lado vuestros prejuicios, vuestra ira y todo lo que se os ha enseñado en el pasado. Os pido que soñéis con una isla unida y próspera, pero primero… debemos confiar los unos en los otros.

Silencio.

Adaira podía sentir el peso de ese silencio y las dudas empezaron a apoderarse de ella una vez más. Las dudas, las preocupaciones y esa molesta sensación de ser inadecuada. Pero entonces oyó a alguien levantándose en la mesa. El ruido de una espada cayendo al suelo. Adaira se volvió hacia ese sonido. Una de las thanes había renunciado a su hoja. A continuación, lo hizo otro y otro más hasta que los doce thanes que quedaban y todos sus herederos se desarmaron y se arrodillaron ante ella.

La gravedad de lo que estaba sucediendo le golpeó un momento después, calando en ella como el vino.

Adaira se encontró con todas las espadas brillando a sus pies en el salón de los Breccan.

Sabía que Innes estaba disgustada con ella.

Después de que la nobleza saliera del salón para alojarse en el castillo para pasar la noche, Adaira había seguido a Innes a sus aposentos para mantener una conversación privada. Pensaba que la ira de Innes provenía del discurso que había dado, de las palabras que le habían salido con tanta naturalidad como el aliento. Palabras que habían estado ocultas en su interior, como una punta de flecha alojada en sus costillas. Un trozo de piedra que había llevado semana tras semana en el Oeste. Nunca se había sentido tan ligera y con menos cargas que en el momento en el que había soltado todas esas palabras junto con la espada.

Pero ahora, viendo a Innes paseándose ante la chimenea, Adaira se dio cuenta de que estaba enfadada por algo más.

—Estás enfadada conmigo —le dijo—. Explícame por qué.

Innes se detuvo de repente, pero se quedó mirando al fuego. La luz iluminó los bordes afilados de su silueta, su cabello plateado, la diadema de su frente. Parecía que los aposentos de la laird estaban inusualmente oscuros y Adaira se dio cuenta de que las llamas ardían bajas y tenues. Como si quisieran apagarse.

—No sé lo que siento, Adaira —contestó Innes.

El sonido de Innes pronunciando su nombre del Este hizo que le entraran ganas de llorar. Se sintió vista, reconocida. Tuvo que tomar la silla más cercana para apoyarse antes de que le fallaran las rodillas.

—No estoy enfadada —continuó Innes—. Es simplemente que no sé qué hacer contigo.

—¿Por lo que he dicho?

—Por lo que no has hecho.

Adaira frunció el ceño, confundida. Innes se volvió hacia ella y sus miradas se encontraron.

—Tendrías que haber decapitado a los Pierce —empezó Innes—. Si sus planes hubieran tenido éxito, habrían causado un conflicto eterno entre los clanes y estabas en todo tu derecho para acabar con su linaje. Sin embargo, puesto que no lo has hecho, te percibirán como una persona débil y volverán a atacar. La próxima vez te lo arrebatarán todo. ¿No lo entiendes? Este era tu momento para alzarte y mostrarle a la nobleza quién eres y lo que supone conspirar contra ti.

Adaira finalmente vio la velada desde el punto de vista de Innes.

—¿Alzarme para convertirme en qué?

Innes apretó la mandíbula.

—Si debes preguntarme algo así…

—Solo quiero escucharte decirlo.

Se miraron, ambas sin ceder terreno.

Finalmente, Adaira decidió retroceder diciendo:

—Quieres que sea tu heredera y aun así decides pasar por alto el hecho de que no me criaron como a ti. Mis sensibilidades son mucho más Tamerlaine que Breccan y, como tal, solo estoy destinada a decepcionarte a ti y a todo este clan.

—Eso no es cierto —espetó Innes.

Adaira dio un paso atrás, sorprendida por la sinceridad de la voz de su madre. Innes también parecía molesta por sus emociones crispadas. Apartó la mirada intentando recomponerse.

La incomodidad de Innes hizo que a Adaira le doliera el pecho por todo aquello que su madre había perdido y entregado para convertirse en quién y en qué era.

¿Valió la pena?

—Para vivir tu vida, te has forjado a ti misma tan fuerte como era posible —dijo Adaira—. Te has convertido en una hoja martilleada con fuego y enfriada con agua. Día tras día. Pero no hay debilidad en el hecho de ser más blanda, de ser amable.

Innes permaneció en silencio, mirando al suelo.

—No puedo cambiar lo que soy —susurró Adaira—. No más de lo que puedes tú, madre.

Innes se volteó para ocultar su rostro, pero no antes de que Adaira pudiera ver lágrimas en sus ojos.

—Déjame.

Fue una orden, una que heló a Adaira con su incertidumbre, pero se marchó, tal y como Innes quería. Atravesó los pasillos, de nuevo sorprendida por la naturalidad con la que le había salido esa palabra, como si llevara años anhelando decirla. Como si hubieran pasado años antes de que se diera cuenta de lo que Innes era para ella.

Madre.

CAPÍTULO 39

Jack podía ver su aliento.

Era tarde cuando se sentó en el escritorio de Adaira envuelto en un tartán azul para estudiar de nuevo la composición de Iagan. Todavía podía oír las notas mentalmente, como si el recuerdo de Kae se hubiera convertido en el suyo propio. Aún podía ver las alas arrancadas de Hinder, el tojo robado de la corona de Whin, las caracolas tomadas de Ream y el cetro que había arrebatado de las manos de Ash.

Si Jack tuviera tiempo, descompondría la balada de Iagan, nota a nota. Le robaría su música y la transformaría en algo nuevo y brillante. Una canción larga y trabajada que inspirara algo bueno para la isla y los espíritus. Acabaría brutalmente con la jerarquía de Iagan. Si tuviera el tiempo suficiente, Jack compondría una balada inteligente y bien estructurada para que fuera inmortalizada. Pero mientras la tormenta aullaba al otro lado de los muros y la temperatura caía a niveles bajos propios de pleno invierno, Jack supo que su momento casi había llegado.

Tendría que tocar espontáneamente. Tendría que cantar desde el corazón y no sabía qué esperar.

Odiaba las sorpresas y no estar preparado para una tarea. Aun así, escuchando la tormenta, supo que no le quedaba más remedio que intentarlo antes de que Bane acabara con cada árbol, cada roca y cada estructura de la isla. Jack se levantó del escritorio y fue a por su arpa. Se plantó ante la chimenea y empezó a ocuparse del instrumento. Pero tenía las manos frías y rígidas. Se arrodilló para alimentar el fuego, pero las llamas parecían tener problemas para arder, proyectando tan solo un pequeño anillo de luz y calor.

—¿Cuándo debería tocar? —le preguntó Jack al fuego.

No hubo respuesta por parte de Ash, aunque Jack podía sentir que el espíritu estaba cerca. Todavía estaba observando el fuego que ardía con llamas bajas y débiles cuando Adaira entró en la habitación. Había estado con Innes desentrañando la tumultuosa velada y luego visitando a Sidra.

Jack se levantó y la miró sin dejar de acunar el arpa.

Adaira parecía exhausta cuando se acercó a él, pero las líneas de su rostro se relajaron cuando se fijó en el arpa que sostenía. Era la de Lorna, la que Adaira había estado cuidando mientras esperaba a que Jack volviera a la isla. Mientras alargaba la mano para rozarla con los dedos, Jack supo que esa arpa debía estar repleta de recuerdos para ella.

—¿Cómo ha ido tu charla con Innes? —preguntó anhelando tocarla. Le acarició el rostro con los nudillos.

—Bien —respondió ella de un modo que le hizo pensar que había ido de todo menos «bien»—. Tienes la mano congelada, Jack.

—Tal vez tú puedas calentármela. —Estaba a punto de acercarla a la cama cuando ella sonrió.

—Puedo calentarte algo más que la mano —prometió, pero se apartó de sus caricias dirigiéndose a la puerta con un brillo travieso en los ojos—. Pero tendrás que seguirme, antigua amenaza.

Jack frunció el ceño.

—¿A qué te refieres?

—Deja el arpa. No quiero que se oxide —contestó ella abriendo la puerta—. Y toma tu tartán.

Intrigado, Jack dejó el instrumento y se envolvió todavía más con el tartán. No tenía ni idea de a dónde lo estaba llevando Adaira mientras la seguía por toda una serie de pasillos silenciosos y sinuosos. Era tarde, probablemente cerca de la medianoche, y el castillo estaba dormido. También estaba más oscuro de lo que Jack lo había visto nunca. Las antorchas que iluminaban los pasillos ardían tenuemente, al igual que el fuego de la chimenea. La imagen de sus corazones azules y medio apagados preocupó a Jack y rezó mentalmente: *Permitidme tener esta noche con ella y al amanecer seré todo vuestro para tocar con el fin que sea.*

Apostar con los espíritus era algo bastante insensato. Pero en ese frío y sombrío momento Jack se sentía extrañamente desesperado.

—¿Recuerdas tu primera noche en mi habitación? —preguntó Adaira cuando llegaron a una enorme puerta arqueada—. ¿Cómo te bañaste?

—¿Cómo iba a olvidarlo? —replicó él—. Apenas cabía en esa bañera.

—Eso es porque los Breccan no se bañan en sus aposentos —explicó Adaira—. O van a un lago o vienen aquí. —Abrió la puerta.

Jack la siguió por un pasillo húmedo. La temperatura era considerablemente más alta y las piedras bajo sus pies más resbaladizas. Adaira lo condujo atentamente por una escalera serpenteante a una cámara que se abría a un enorme manantial subterráneo con pilares de piedra sosteniendo el techo de la cueva. Las antorchas proyectaban luz tenue sobre una cisterna y Jack pudo ver que había diferentes caminos para llegar hasta ella, todos con escaleras que llevaban hasta el agua.

Adaira no era la única que había pensado en ese sitio esa noche tan larga en la que soplaba un viento helado y el fuego no tenía fuerzas para arder. Jack pudo ver a unos cuantos Breccan flotando por las aguas oscuras y sus suaves murmullos resonaban en la piedra. Jack siguió a Adaira hasta que llegaron a un área más privada.

Ella empezó a desnudarse sin decir ni una palabra, colocando cuidadosamente sus ropas y su tartán en una piedra seca. Jack todavía estaba intentando asimilarlo todo (no había estado nunca en un sitio así y le parecía que era el corazón secreto de la isla) y observó a Adaira metiéndose en la cisterna. El agua oscura se tragó las pálidas piernas de su esposa y el vapor la rodeó. Se hundió todavía más mojándose los hombros y su cabello blanco como la luna flotó tras ella.

Se dio la vuelta, sintiendo su mirada.

—¿Vas a entrar, mi antigua amenaza?

Él sonrió pensando que eso era lo más cerca del pasado que podrían estar. Recordó la noche que había cantado por primera vez para los espíritus del mar, cuando él y Adaira se habían quedado atrapados en Kelpie Rock. Tanto entonces como ahora lo había convencido de que la siguiera al agua, a pesar de que a él le aterrorizaba el océano.

Jack se desnudó y dejó su ropa al lado de la de Adaira. Dio cautelosamente un paso hacia el agua. Estaba más caliente de lo que se había imaginado y tuvo que reprimir un gemido mientras se hundía hasta los hombros.

Entonces se dio cuenta de que Adaira había desaparecido. Frunció el ceño mientras las buscaba con la mirada entre el agua, el siseo del vapor y los diamantes de la luz del fuego.

—¿Adaira? —la llamó y su voz resonó en el techo de piedra. Se sumergió más, a pesar de que se le formó un nudo en el estómago al apartarse de la seguridad de los escalones y del fuego—. ¡Adaira!

Algo le rozó las piernas. Reprimió una maldición y se sacudió tragándose una bocanada de agua. Adaira salió a la superficie ante él como una criatura mágica de las profundidades, con los ojos brillantes de alegría y el cabello reluciente como la luz de las estrellas.

Jack echaba chispas por los ojos, aunque ella le dedicó una sonrisa que él no había visto nunca. Una tan afilada como para cortarlo si se atrevía a besarla.

—¿No te preocupa nada mi bienestar? —inquirió Jack secamente.

—Ah, me importa, pero también te había prometido un castigo —contestó ella volviendo a las zonas más oscuras del agua.

—Debo confesar, Adaira, que pensaba que tu castigo sería de un estilo diferente —comentó Jack observándola alejarse de él.

—Y lo será, pero primero debo atraerte hacia aquí, bardo, para que los demás no puedan escucharnos.

Se atrevería a seguirla solo por esa razón, dejando atrás la tranquilidad de la piedra resbaladiza bajo sus pies, pero aun así vaciló, observando a Adaira apartarse cada vez más.

—Ven conmigo, Jack. —La oyó susurrar en el agua, en el vapor—. Ven a la oscuridad, ven conmigo a las profundidades.

Pensó que tal vez ella podría estar intentando matarlo y aun así la seguiría, deseando llegar hasta ella y tocarla. Adaira se echó a reír al verlo avanzar por el agua con la misma elegancia que una vaca. Pero pronto habían nadado lo bastante lejos como para que la luz de las antorchas ya no los iluminara. Allí Jack se detuvo en las aguas cálidas.

—No te veo, Adaira —murmuró.

Oyó un suave chapoteo y se sobresaltó cuando ella le tocó el brazo y entrelazó los dedos con los suyos.

—Solo un poco más lejos —dijo tirando de él—. Ya casi hemos llegado.

Pronto Jack vio a dónde lo llevaba. Había una grieta en un muro de piedra por la que se escapaba una luz animándolos a acercarse. Siguió a Adaira hasta esa pequeña cámara, aliviado de encontrar una antorcha ardiendo en la pared y una roca bajo sus pies. El agua, cálida y clara, les llegaba por la cintura y había dos salientes en la piedra formando bancos justo bajo la superficie.

Agradecido, Jack se sentó en uno de ellos y se recostó contra la pared de piedra.

Adaira se sentó justo enfrente de él.

—¿Cómo encontraste este sitio? —preguntó Jack—. ¿Y qué persona en su sano juicio nada con una antorcha hasta aquí?

—La antorcha no se apaga nunca —contestó ella observándola—. Al menos, siempre ha estado encendida desde la primera vez que vine. Descubrí este lugar por accidente. Un día, hace unas semanas, bajé a la cisterna para nadar. Siempre me quedo cerca de las escaleras y de la puerta, como mis padres quieren. Pero aquel día, decidí nadar tan lejos como me atreviera para ver si estas aguas me llevaban a otro sitio. —Hizo una pausa para observarse los dedos arrugados—. Entonces vi esta luz brillando en el agua y me atrajo, guiándome hasta este rincón secreto.

Jack volvió a estudiar la pequeña caverna. Ciertamente, era un lugar íntimo y sabía exactamente para qué se usaba.

Como si ella le hubiera leído la mente, Adaira comentó:

—Por supuesto, a menudo venía aquí y pensaba en ti.

Él agudizó la mirada. Adaira tenía la piel sonrojada por el calor y los ojos brillantes. Los mechones de cabello flotaban a su alrededor como telarañas sobre el agua.

—¿Y qué pensabas, exactamente?

Adaira sonrió.

—Pensaba que sería un milagro hacer que llegaras hasta aquí, que te agitarías, protestarías y estarías a punto de *ahogarte* para lograrlo.

Jack la salpicó en la cara y ella se rio limpiándose el agua de los ojos.

—Entonces tu imaginación acertó, pero solo hasta cierto punto —bromeó él.

—Sí —dijo Adaira mirándolo de nuevo a los ojos—. En realidad, pensaba en eso muchas veces cuando me sentaba aquí sola.

Su voz había cambiado. Ya no estaba burlándose de él y Jack notó el cambio de humor. Tenía algo en la mente que la hundía.

—¿En qué más pensabas? —preguntó Jack suavemente.

—Pensaba en mis miedos —contestó—. En cómo cada día que me despertaba en el Oeste lo hacía asustada. Creo que es porque a menudo me siento como una extraña. Como si estuviera perdiéndome a mí misma, olvidando quién soy. Así que venía aquí a nadar en la oscuridad, aunque me aterrorizaba y me decía que, si nadaba lo suficiente, si llegaba lo bastante lejos, acabaría encontrando el borde. Que encontraría el final.

Adaira hizo una pausa apretando los labios. El agua se reflejaba en su rostro brillando como pequeñas gemas.

—Pensaba que encontraría el final de mis miedos o que los reclamaría y los convertiría en algo más. Pero descubrí que podía nadar hasta el borde del reino mortal y aun así tener miedo.

—Dales un nombre a tus miedos —dijo Jack recordando que Adaira le había dicho eso mismo una vez a Torin—. Cuando les pones nombres, los entiendes y pierden poder sobre ti.

Adaira miró la abertura de la caverna, donde el mundo estaba silencioso y oscuro al otro lado.

—Me da miedo convertirme en la próxima laird del Oeste.

Jack exhaló. Llevaba días preguntándoselo, sobre todo tras haber sido testigo de los eventos que habían tenido lugar en el salón esa misma noche, desde la traición de Rab y las palabras que Adaira había dirigido a la nobleza que después había depositado sus espadas brillantes a sus pies.

Jack no pudo evitar imaginársela con una corona del Oeste.

—¿No quieres ser su heredera?

Ella le devolvió una mirada de ojos grandes y oscuros.

—No. No después de lo que sucedió con los Tamerlaine. No quiero liderar un clan, no quiero soportar esa carga.

—No te culpo por ello —la tranquilizó Jack—. Los Tamerlaine se comportaron de un modo vergonzoso cuando te marchaste al Oeste. Lamento que tuvieras que experimentarlo.

—No es culpa tuya, Jack —susurró ella—. Pero ahora me encuentro en una posición extraña y necesito decirles a mis padres que yo no lideraré tras ellos. Y quiero tener un plan en marcha, quiero hacer algo, pero todavía no sé qué.

Jack se quedó callado mientras consideraba qué responderle.

—Hace meses —empezó—, cuando todavía estaba dando clases en el continente, tuve un momento bastante parecido cuando estaba intentando establecer mi rumbo. Quería tener un plan y saber a dónde me dirigía. Quería saber exactamente cómo iba a desarrollarse mi vida y cuál sería mi propósito. Aun así, con los siguientes cinco años planeados ante mí, una noche entré en pánico al pensarlo en la cama.

»Recuerdo haber estado mirando la oscuridad y haber sentido que los muros de piedra se cerraban a mi alrededor, recuerdo que traté de visualizar mi vida y aquello en lo que quería convertirme y fui incapaz de imaginármelo. Pero tal vez esa sensación provenía de mi subconsciente, que sentía que mi tiempo en el continente estaba llegando a su fin y que pronto me apartaría de esa vida y de esos planes, aunque en ese momento me pareciera imposible y abrumador a la vez.

Adaira estaba escuchándolo con la mirada fija en él.

—Creo que no necesitas darles una respuesta a tus padres —continuó Jack—. Al menos, no de momento. Pero tampoco deberías descartarte a ti misma. Tal vez, en unos años, descubras que has cambiado de opinión.

Ella asintió, pero Jack todavía podía ver una chispa de duda en su expresión.

—¿Quieres acercarte un poco más? —preguntó él con voz ronca.

Adaira le sostuvo la mirada y él se esforzó por mantener su respiración calmada y regular. Pero las palabras que ella le había dicho antes lo perseguían encendiéndole la sangre. Quería cantárselas ahora: «Ven a la oscuridad. Ven conmigo a las profundidades». Quería encontrar el límite con ella, el límite del que Adaira había hablado, cuando una cosa se convierte en otra. Cuando lo superfluo se desvanece por fin dejando atrás solo sal, huesos, sangre y aliento, los únicos elementos importantes. El límite en el que la esencia de ambos se encontraba.

Adaira debió ver el deseo en su mirada. Se movió a través del agua y se acomodó en su regazo sentándose cara a cara, mirada con mirada, aliento con aliento con él. Jack tuvo que reprimir un gemido. Siempre lo tomaba por sorpresa lo mucho que se deleitaba al ser vulnerable con otra persona.

Lo maravillaba que su propio corazón pudiera existir fuera de su cuerpo.

—No sabes lo que me has hecho —le susurró—. Tú podrías deshacerme entero.

Adaira sacó la mano del agua para acariciarle las clavículas y la media moneda de oro que reflejaba la luz.

—Lo sé muy bien —le contestó—. Pero solo porque tú me has hecho lo mismo.

Ella lo besó acariciando suavemente sus labios con los suyos, así como los párpados cerrados de Jack. Él se preguntó si ella se habría imaginado eso mismo cuando se había sentado sola en ese lugar. Entonces sintió los dientes de Adaira cerca de su boca y bajándole por el cuello, reclamándolo como suyo, y él se dejó llevar salpicando agua al levantarla entre sus brazos.

Había sido muy astuto por parte de ella invitarlo a un lugar tan lejano en la cisterna, a una caverna solo con los muros de piedra, el agua y el fuego ardiendo eternamente en una antorcha. Un lugar que nunca tocaban la luna, las estrellas, el sol ni el viento. Había hecho bien al dirigirlo por las aguas oscuras a punto de ahogarse, aunque a Jack no le habría importado que alguien oyera los sonidos amortiguados que ella le arrancaba o los gemidos que él le provocaba.

La sostuvo contra la roca y ella le rodeó la cintura con las piernas. Jack estaba completamente perdido en ella, en lo que estaban haciendo juntos. Estaban alcanzando el borde, el lugar en el que ambos se fundían, y él supo que ella era la única persona a la que quería encontrar en la oscuridad. La única que quería que sostuviera su alma, incluso con sus espinas, sus sueños y sus heridas.

Confiaba en ella por completo. Y nunca había confiado en nadie de ese modo.

Vio el éxtasis en el rostro de Adaira y le cortó el aliento. Ella entrelazó los dedos en su cabello y tiró de él hasta que Jack no pudo diferenciar el dolor del placer. Se entregó por completo a ambos.

Finalmente, Adaira y él se relajaron, todavía entrelazados y con las extremidades pesadas. Se deslizaron para sentarse en el banco sumergido y Jack la mantuvo cerca de él, como si su corazón pudiera dejar de latir si se interponía demasiada distancia entre ellos. Adaira ocultó el rostro en el hueco de su cuello, su respiración se ralentizó y el rubor de su rostro se desvaneció.

Jack cerró los ojos memorizando la curva de su espalda con la yema de los dedos. *Podría vivir toda una eternidad fría y oscura y no olvidar nunca esta noche*, pensó.

Podía permanecer así. Podía quedarse apartado del mundo con ella; ella era su sustento y su acero, lo agudizaba y lo sostenía. Era todo lo que necesitaba y su música palidecía si la comparaba con ella. Elegiría a Adaira por encima de todo lo demás, por encima de su oficio.

El fuego de la antorcha parpadeó como si hubiera oído sus pensamientos.

Jack abrió los ojos de golpe. Observó la llama casi extinta y Adaira se tensó en su abrazo, como si estuviera pensando en lo aterrador que sería estar allí en total oscuridad.

—¿Jack? —susurró apartándose para mirar la antorcha.

Él miró fijamente el fuego hasta que pareció quemarle los ojos y lo instó a arder. *Esta noche soy suyo y debes seguir ardiendo. Arde hasta el amanecer, cuando podré cantar para ti.*

El fuego parpadeó, pero reanudó su danza, aunque la luz que proyectó fue más tenue que la de antes.

—Creo que es el momento de volver a nuestra habitación —comentó Jack entrelazando los dedos con los de Adaira.

Ella no respondió, pero lo guio rápidamente de vuelta a la cisterna mientras las profundidades le provocaban escalofríos. Cuando regresaron a la orilla rocosa, vio que solo quedaban ellos dos. Todos los demás se habían marchado e incluso las antorchas de las paredes ardían tenuemente. Jack apenas pudo distinguir la pila de ropa mientras salía del agua.

Adaira y él se secaron con los tartanes y se apresuraron a vestirse. El aire frío era como una bofetada para su piel y recorrieron los pasillos traspasando las sombras después de que algunas antorchas se hubieran apagado.

Pero el fuego de su chimenea seguía encendido, para alivio de Jack. Había quemado casi hasta las brasas, pero seguía así, al igual que el viento que aullaba al otro lado de las ventanas.

Se quitó la ropa por segunda vez esa noche y se metió en la cama junto a Adaira. En la luz suave, podía ver su aliento como pequeñas nubes.

—Estás temblando —observó Adaira. Le acarició el hombro, su pecho plano—. ¿Tienes frío?

—Tengo miedo —confesó él.

Ella se acercó hasta que su cuerpo absorbió sus temblores y su calor pasó a él.

—¿De qué tienes miedo?

—No sé qué pasará mañana —susurró—. No sé qué va a pasar cuando cante para Bane.

Ella se quedó callada unos instantes acariciándole el pelo, pero cuando habló, lo hizo en voz baja e intensa y Jack cerró los ojos.

—Yo estaré contigo, Jack. Sin importar lo que pase, estaré a tu lado cuando cantes.

Pensó en las otras veces que había tocado para los espíritus. Para el mar, para la tierra. Para el viento. Adaira había estado con él y había sido su ancla. Cantar para el folk le hacía olvidar quién era, pero su presencia le recordaba que era mortal y polvo.

Escuchó las profundas respiraciones de Adaira. Pronto, ella empezó a soñar, pero Jack permaneció despierto inhalando el frío aire de la noche.

Cuando el fuego se apagó por fin, Jack supo lo que Ash intentaba transmitirle. Tenía que tocar solo. Si Adaira estuviera con él, la elegiría a ella. Su corazón le pertenecía y el fuego necesitaba su atención completa.

Una luz grisácea empezó a brillar en las ventanas llenas de escarcha.

Era la hora y Jack se levantó cautelosamente de la cama. Mientras Adaira seguía durmiendo, él se vistió en silencio, poniéndose una túnica, su tartán y un par de botas robustas forradas. Metió el arpa en la funda y se la echó al hombro.

—No sé dónde tocar para ti —susurró mirando las cenizas de la chimenea.

Cuando no hubo respuesta, le preocupó que Ash ya se hubiera rendido a Bane y estuviera en un lugar en el que ni siquiera la música de Jack pudiera encontrarlo. Pero entonces Adaira suspiró y Jack se volvió para mirarla.

Había estirado el brazo hacia su lado de la cama, pero seguía dormida.

Recordó algo que le había dicho Moray el día en que sus vidas habían dado un drástico vuelco. Palabras inspiradas por la existencia de Adaira: «Designad a una persona de confianza para que deje a esta niña en un lugar donde el viento sople con suavidad, donde la tierra sea mullida, donde el fuego pueda prender en cualquier momento y donde el agua fluya con una canción reconfortante. Un lugar en el que se reúnan los antiguos espíritus».

Jack visualizó el Aithwood. Era el lugar en el que todo había terminado y también en el que todo había empezado. Las muertes de Joan y Fingal. La línea del clan. La libertad de los espíritus. La inmortalidad y el reinado de Iagan. El viaje de Adaira al Este. La morada del padre de Jack.

Ahora lo llamaba.

Escribió una nota para Adaira y la dejó boca arriba en su escritorio.

Mi amor,

Me he ido a tocar para los espíritus. Es mejor que lo haga solo, a pesar de que desearía tenerte a mi lado. Perdóname, pero no quería despertarte. Espero volver pronto.

Eternamente tuyo,

JACK

Notó un rastro de sabor a cenizas en la boca. Jack miró a Adaira una última vez antes de salir de la habitación.

CAPÍTULO 40

Adaira se despertó con un viento cortante en una cama fría. Se estremeció y parpadeó en la luz grisácea. Se dio cuenta de que no tenía ni idea de qué hora era y se sentó.

—¿Jack?

Rebuscó por la penumbra con la mirada. Se fijó en la marca de Jack en el colchón a su lado y pasó la mano por encima. No quedaba nada de calor, debía haberse ido hacía rato. Bajó de la cama y se estremeció cuando sus pies tocaron el suelo helado.

Las botas de Jack no estaban, ni tampoco su tartán y su arpa. Entonces encontró la nota en su escritorio y la leyó dos veces antes de arrugarla con la mano.

Adaira corrió a su guardarropa y se vistió rápidamente con la ropa más abrigada que pudo encontrar, pero no podía sacarse el temblor de las manos y las preocupaciones que se arremolinaban en su interior le entrecortaban la respiración.

¿Por qué no me ha despertado?

No se dio cuenta de que el castillo se había quedado completamente sin fuego hasta que llegó al salón. Estaba rebosante de gente y parecía que el tiempo se hubiera congelado en el crepúsculo. Adaira contempló la conmoción y se sorprendió cuando vio que Sidra ya estaba presente.

Adaira caminó en línea recta hacia ella, abriéndose camino entre la gente que se había reunido. Había mujeres con sus hijos envueltos en tartanes comiendo simples trozos de pan con queso y hombres sacando cajas y cajas de los almacenes.

—¿Sid? —preguntó Adaira cuando llegó finalmente hasta ella. Bajo la luz tenue, vio que Sidra tenía sus suministros de curación esparcidos en la mesa, cerca de donde había tenido lugar el envenenamiento la noche anterior. Estaba atendiendo a un niño que se había hecho un corte en la mano y Adaira observó mientras Sidra acababa de darle los puntos.

—Bien, estás despierta —comentó Sidra mirando a Adaira—. ¿Puedes pasarme ese rollo de vendas?

Adaira hizo lo que le había pedido, incapaz de sacarse el asombro de ver a Sidra ocupándose de un joven Breccan con tanta naturalidad, como si lo hubiera hecho muchas veces anteriormente. Entonces Adaira se fijó en la fila de Breccan que había esperando a ser tratados por ella.

—¿Todos están esperando a que los atiendas? —susurró Adaira.

Sidra terminó de vendarle la palma al niño y le ofreció una sonrisa. Sin decir ni una palabra, el muchacho saltó y se perdió entre la multitud.

—Lo cierto es que no —respondió Sidra limpiándose la sangre de las manos—. Tu madre ha abierto el salón como refugio. Algunas de las casas de la ciudad se han derrumbado por el temporal. Y me temo que solo irá a peor. Ahora mismo están hablando de tapiar todas las ventanas, pero eso nos robaría la única luz que nos queda.

Adaira se mordió el labio.

—¿Sabes qué hora es?

—No, pero he oído algo acerca de que se han desarmado las campanas —contestó Sidra rebuscando entre los tarros de hierbas que había traído—. Creo que eso también es culpa del viento.

—¡No puedo creer que no me hayas despertado antes, Sid!

—Bueno, sin fuego hacía bastante frío, así que he pensado que lo mejor sería ponerme manos a la obra.

—Lo siento —murmuró Adaira como si fuera culpa suya que el fuego se hubiera reducido a cenizas—. ¿Has visto a Jack?

Sidra finalmente dirigió toda su atención a Adaira.

—No, me temo que no.

Adaira hizo crujir sus nudillos. De nuevo, esa horrible sensación estaba apoderándose de ella, como una sombra de la que no podía separarse.

—¿Necesitas que te traiga algo para comer? —le preguntó a Sidra—. ¿Un poco de té?

Sidra arrugó la nariz.

—Me temo que no se puede preparar té sin fuego.

—Ah, claro —farfulló Adaira, pero notó que se tambaleaba y tuvo que apoyarse en la mesa para estabilizarse.

Por supuesto, Sidra se dio cuenta.

—¿Qué pasa, Adi?

—Nada. Necesito encontrar a Jack. Estoy segura de que está cerca. Solo… se ha levantado sin mí y no tengo ni idea de dónde puedo encontrarlo.

Sidra frunció el ceño. De repente, parecía pálida bajo la tenue luz, como si se hubiera acordado del día que había desaparecido Torin.

—Me pregunto si…

—¿Dónde está la curandera Tamerlaine?

Tanto Adaira como Sidra se voltearon para ver a dos hombres Breccan que sostenían a una mujer herida entre ambos. Estaba gimiendo y se sujetaba un tartán ensangrentado sobre la cabeza. Rápidamente, Sidra los llamó y despejó un espacio sobre la mesa.

Adaira estaba arremangándose cuando sintió que algo le tiraba del brazo y la apartaba.

—Necesito tu ayuda —dijo Innes—. Uno de los almacenes del patio se ha derrumbado y el viento está a punto de llevarse todas nuestras provisiones para el invierno.

Adaira miró a su madre y se asustó al ver que tenía la túnica manchada de sangre.

—Estás herida. Deja que te lleve con Sidra. Ella puede…

—No es mi sangre —contestó Innes, pero sonaba agotada—. Mucha gente ha sufrido heridas, sobre todo en la ciudad, donde los techos y las paredes ya no son estables. Tu padre ha ido a ayudar, pero pronto será demasiado peligroso para la gente atravesar el puente y tendré que ordenar que las puertas permanezcan cerradas hasta que pase la tormenta.

Adaira jadeó, pero no había tiempo de hacer más preguntas o de pensar en la incómoda conversación que habían mantenido la noche anterior.

Innes y ella salieron al patio, donde el viento era tan fuerte que casi las hizo perder el equilibrio.

Varios edificios habían perdido los tejados. El viento había arrancado la paja, y cuando Adaira avanzó con cautela por el patio, vio un montón de piedras y vigas de madera, como si un gigante hubiera pisoteado los edificios. Cajas y sacos de granos habían quedado aplastados bajo los escombros. Se había abierto un saco y salía la avena de su interior. Los cereales volaban por las alturas, perdidos en el viento. Entre caos y gritos de desesperación, los Breccan corrían intentando salvar todo lo que podían.

El viento hizo que a Adaira le escocieran los ojos cuando se apresuró a ayudar. Ya no estaba lloviendo y el vendaval del norte se había llevado toda la humedad, dejando un aire frío y dolorosamente seco. Ahora las nubes eran bajas y se arremolinaban en una rotación terrorífica.

El miedo se esparció en la sangre de Adaira. Necesitó un momento para encontrar la fuerza suficiente para dirigir sus manos y empezar a recoger los sacos de cereales. Se preguntó dónde estaría Jack, si ya habría tocado o estaría a punto de hacerlo. Si su música sería lo bastante fuerte para terminar con la tormenta o solo empeoraría el temporal.

Atravesó el patio varias veces trabajando codo con codo con Innes y los Breccan, llevando todo lo que podía ser salvado al castillo. Se sentía como si hubieran pasado horas y, aun así, Adaira había perdido la noción del tiempo. Finalmente, Innes la obligó a volver al salón.

—Bebe —le ordenó poniéndole una copa de vino en la mano.

Adaira no se dio cuenta de lo sedienta que estaba hasta que tomó un sorbo. Tenía astillas bajo la piel y ampollas en los talones. Aun así, apenas sentía dolor en el cuerpo. Su mente seguía centrada en Jack.

—¿Has dicho que padre estaba en la ciudad? —se atrevió a preguntar Adaira pasándole la copa vacía a Innes.

Su madre se quedó callada unos instantes mientras rellenaba la copa para sí misma.

—Sí.

—¿Hay algún lugar seguro allí al que yo pueda ir? Has dicho antes que estabas pensando en cerrar el puente.

—Quieres ir tras Jack —comprendió Innes.

—¿Lo has visto marcharse?

—Sí. He tenido que levantar las puertas para él, pero solo porque me ha prometido poner fin a la tormenta. —Innes vació la copa de vino y la dejó a un lado—. Ven, voy a asegurarme de que cruces el puente.

Adaira intentó ocultar su alivio mientras seguía a Innes de vuelta al patio. El viento soplaba todavía con más fuerza, se inclinaron contra él mientras se arrastraban sobre los adoquines hasta la puerta levadiza.

Había unos cuantos guardias posicionados y uno de ellos fue a recibir a Innes y a Adaira como si hubiera estado esperando a que la laird se acercara. Se refugiaron en un rincón, protegiéndose del viento.

—¿Debería cerrar la puerta, laird? —preguntó a gritos sobre el vendaval.

—No —respondió Innes con voz tranquila y profunda—. Mi hija desea cruzar.

El guardia miró a Adaira, pero no pareció sorprendido. Ella se imaginó a Jack en ese mismo sitio un rato antes, esperando para cruzar con su arpa.

De repente, supo exactamente dónde iba a tocar.

—Tengo mucha prisa —dijo.

Innes la miró bajo la luz sombría. Adaira volvió a ver el miedo en ella, brillante como la llama de una vela. Miedo a la separación, a la pérdida y a temporadas de soledad.

—Volveré tan pronto como pueda —agregó Adaira con la voz ronca—. Va a cantar para poner fin a la tormenta y tengo que estar con él.

Innes asintió, pero acarició la fría mejilla de Adaira con los nudillos. Fue un gesto de afecto fugaz, pero reavivó su coraje.

—¿Puedes asegurarte de que Sidra esté bien atendida mientras yo esté fuera? —preguntó.

—Está a salvo bajo mi guardia —contestó Innes volviendo a mirar al guardia—. Prepárala para cruzar.

El guardia la agarró por el brazo y la guio desde su rincón a la boca del puente. Vio una cuerda que iba de la puerta del castillo a la ciudad, algo a lo que aferrarse mientras cruzaba. Aunque la cuerda era gruesa, Adaira se imaginó que podría resbalarse y caer fácilmente, que el viento podría empujarla sobre el borde hacia las aguas oscuras del foso.

—Átate esto a la cintura —indicó el guardia entregándole una cuerda más corta.

Ella lo hizo con las manos temblándole por la adrenalina que la recorría. Vio al guardia atar la cuerda pequeña a la grande.

—No te sueltes —le advirtió.

Adaira dio un paso hacia el puente. Incluso en el refugio de las puertas, podía notar el tirón del viento, lo hambriento que estaba por llevársela.

—Adaira —dijo Innes gritando, aunque ella la oía muy distante—. Si ves a tu padre en la ciudad, dile que vuelva conmigo.

Adaira asintió.

El corazón le latía con fuerza cuando dio el primer paso en el puente.

Torin curó el último árbol del Este. Para su asombro, la cantidad de remedio no había disminuido. Podía hundir los dedos en su fría luz cientos de veces y no dejaría de rellenarse. Su alivio fue como un bálsamo hasta que pensó en Sidra y en el resto de los Tamerlaine infectados. Se dio cuenta de que no sabía si ese ungüento también los curaría a ellos.

—¿Hap? —preguntó Torin con la voz flaqueándole.

El espíritu de la colina estaba a su lado. El viento ahora soplaba implacable y la tierra gemía, se estremecía bajo la ira de Bane. Torin podía ver hilos dorados en el césped, en los árboles, en el brezo y en las rocas. Los espíritus se agarraban con fuerza, resistiendo ante su rey. Torin podía hasta sacar una pequeña parte de su fuerza a través de los pies descalzos para mantenerse firme incluso mientras el viento lo azotaba con fuerza. A pesar del terror del cielo, oscuro y ardiente de ira, Torin tenía fe. Tenía fe en que la tierra fuera lo bastante resiliente para resistir ante el viento.

—Ha llegado el momento —dijo Hap—. Tu reino necesita que regreses ya.

Empezó a latirle el corazón con fuerza contra las costillas.

—¿Puedes hacerme una puerta para cruzar a Sloane? Necesito llegar directamente a la ciudad. —Tenía que ir con Sidra lo antes posible. Llevaba sin verla lo que parecían años y la preocupación le corría por las venas. No sabía cuánto habría mermado su salud la enfermedad y lo rápido que se habría extendido por su cuerpo.

Le daba demasiado miedo preguntarle a Hap si lo sabía.

Torin lo siguió hasta una ladera. Algunas rocas se desmoronaban y caían en cascada colina abajo. La hierba se había vuelto flácida y las flores se habían marchitado. Aun así, los espíritus resistían con fuerza, renunciando a lo que no necesitaban para poder mantener aquello que no podían perder.

Hap tocó la chimenea y apareció una puerta en el lado. La misma puerta que había encandilado a Torin la otra vez. Se abrió volviendo a llamarlo con su luz encantada.

Con el cuenco con el remedio pegado a su lado, Torin dio un paso hacia adelante, pero se detuvo para mirar a Hap.

—¿Volveré a verte alguna vez? —preguntó Torin.

Hap le devolvió una sonrisa ladeada.

—Tal vez. En estos tiempos uno nunca sabe qué esperar. —Pero su humor se ensombreció y sus ojos se oscurecieron por la intensidad—. Nunca podré agradecerte, laird mortal, todo lo que has hecho por nosotros. Nunca podré recompensarte por tu generosidad. Que esta colina permanezca siempre como un testamento para ti.

Torin estaba profundamente conmovido. Tomó el antebrazo de Hap y se alegró cuando este le devolvió el gesto. La mano del espíritu era fría y suave. Le cayeron flores del pelo cuando por fin soltó a Torin.

—Ve, amigo mío —lo urgió Hap.

Torin se giró y atravesó el umbral. Oyó el chasquido de la puerta encerrándolo en el interior. Suspiró, saboreando la tierra en el aire, sintiendo la humedad bajo los pies. Allí había un silencio sepulcral y no se dio cuenta de lo mucho que le molestaban los oídos por el viento hasta que escapó de su rugido.

Recorrió el pasaje, las luces de las zarzas parpadearon cuando pasó ante ellas. El pasillo de barro se curvó, caminó en un círculo completo hasta llegar de nuevo a la puerta, donde vaciló. ¿Y si todo había sido un truco y volvía a salir al reino de los espíritus? Le había entregado al folk lo que deseaba y necesitaba y tal vez se estuvieran riendo a su costa.

Tonto y crédulo mortal.

Torin miró el cuenco que sostenía y vio que el remedio seguía brillando como la luna. Respiró profundamente mientras abría la puerta.

Primero le llamó la atención lo apagado que parecía el mundo. No había hilos dorados en la tierra ni rastro de los espíritus. El cielo estaba agitado como si estuviera a punto de tocar la isla y los relámpagos se sucedían entre las nubes. El viento aullaba tan frío que le cortó la respiración.

Aun así, solo podía centrarse en lo que veía ante él. La ciudad de Sloane estaba a oscuras, como si la hubieran abandonado. ¿Cuánto tiempo habría pasado? ¿Habría tenido lugar todo un siglo mientras él estaba con los espíritus?

Torin corrió, desafiando al viento, de camino a la ciudad. El sendero estaba vacío excepto por los escombros que el viento había arrastrado por las calles. No había guardias ni gente. No había señales de vida por ninguna parte. Torin estaba tan asombrado y aterrorizado que se detuvo. Montones de paja revoloteaban a su alrededor arrancados de un tejado. Un tartán ondeaba sobre los adoquines. Unos cuantos cubos rodaron hasta golpearse contra una pared. Había fragmentos de cristales esparcidos por las calles como estrellas.

Posó la mirada en el castillo que acechaba a la distancia, sombrío y lúgubre. Torin siguió adelante todo lo rápido que pudo por el camino traicionero. Pronto llegó a las puertas que estaban abiertas, acogiendo a cualquiera y a cualquier cosa que atravesara su hierro. Aunque tal vez tampoco debería sorprenderle que toda la ciudad y el castillo estuvieran vacíos, tal vez...

—¡Laird!

El sonido atravesó a Torin como una flecha. Se detuvo y se dio la vuelta mirando mientras unos de sus guardias salía por una puerta del muro exterior.

—¿Andrew? —preguntó Torin.

Andrew sonrió ampliamente dejando a un lado sus modales para abrazar a su laird. Torin tuvo que contener un sollozo mientras rodeaba al guardia con el brazo.

Podían verlo y oírlo. Podían tocarlo. Había vuelto a la vida y a ese marco temporal. Estuvo a punto de caer de rodillas.

—¡Mi laird, no te esperábamos! —exclamó Andrew retrocediendo, haciendo una mueca cuando el viento estuvo a punto de derribarlos a los dos—. Venga, entra.

Torin dejó que Andrew lo guiara por el patio. En cuanto llegaron al vestíbulo, Torin supo que algo andaba mal. Parpadeó en la espesa oscuridad y dijo:

—¿Dónde están todos? ¿Por qué no hay fuegos encendidos?

—El fuego se ha apagado esta mañana —explicó Andrew guiando a Torin entre las sombras—. En todas las chimeneas, incluso en los minifundios. La mayoría de la gente está refugiada en sus casas esperando a que pase la tormenta. Otros están aquí. Hemos dejado las puertas abiertas por si alguien necesitaba refugiarse en el castillo.

Llegaron al salón, donde una tenue luz grisácea entraba por las ventanas.

Torin se detuvo contemplando a la multitud reunida. Los Tamerlaine estaban sentados en las mesas, pegados los unos a los otros y envueltos en sus tartanes. Algunos intentaban matar el tiempo charlando o bebiendo cerveza o vino. Otros intentaban entretener a los niños nerviosos con juegos y cuentos. Había otros acurrucados en el suelo, durmiendo.

Pero todo se detuvo de golpe cuando el clan vio que su laird había regresado.

La gente se reunió a su alrededor con risas y sonrisas de alivio. Torin estaba casi agobiado, sentía demasiadas manos tocándolo. Se aferró a su cuenco con el remedio y escrutó entre todos los rostros en busca de Sidra, de su largo y liso cabello y sus ojos ambarinos. De su sonrisa amable y sus manos elegantes.

Le sorprendió no verla entre ellos, pero, antes de que pudiera preguntar por ella, Andrew lo llevó a una de las mesas.

—Siéntate, laird. Pareces agotado.

Torin se sentó.

—¿Quieres que te traiga algo para beber? ¿O para comer? —preguntó Andrew.

—¡Id a buscar unas botas para el laird! ¡Y una túnica nueva! —exclamó otra persona.

—Tienes hierba en el pelo, laird —agregó otra—. Y las manos llenas de tierra. ¿Quieres que te traiga un aguamanil y un cepillo o prefieres ir a tus aposentos?

Torin apretó los dientes. Se levantó de repente y agradeció que todas las voces se callaran. Volvió a buscar a Sidra y, como no la vio por ninguna parte, dijo:

—Traedme un vaso de agua. No necesito botas ni túnica. Traedme a todos los Tamerlaine afectados por la enfermedad. Y, *por favor*, que alguien le diga a mi esposa que estoy aquí.

Durante unos instantes, la multitud que lo rodeaba intercambió miradas inciertas. Él frunció el ceño intentando comprender qué estaba pasando, pero entonces la incomodidad pasó y el salón volvió a ser una colmena de actividad, conversaciones y asombro.

La mesa que había a su lado estaba despejada y dejó allí el cuenco con el remedio. Los Tamerlaine enfermos (el número había aumentado desde que se había marchado) se sentaron ante él. Torin pensó que sería mejor probar la cura primero con Sidra. A ella no le daría miedo intentarlo y pensó que incluso ella sabría mejor cómo aplicar el remedio. El salón se quedó en silencio mientras todos lo observaban, expectantes.

Torin miró a Edna, la chambelán, quien estaba a su lado con un vaso de agua.

—¿Podrías traerme a Sidra, por favor? —le preguntó.

De nuevo, notó esa extraña y terrible vacilación. Edna soltó un largo suspiro y dijo:

—No está aquí, laird.

A Torin se le encogió el estómago.

—¿Dónde está? —De repente, la imagen de una tumba se le pasó por la mente. Tierra recién removida, flores silvestres y una lápida con su nombre tallado. Pudo sentir la primera punzada de dolor en su espíritu.

—Está en el Oeste —añadió Edna—. Se marchó ayer con cuatro de los mejores guardias.

Torin se agarró al respaldo de la silla más cercana. Se estremeció de alivio durante solo un instante antes de preguntar:

—¿Por qué está en el Oeste?

—Se fue a ayudar a los Breccan —respondió Yvaine abriéndose paso hasta el frente de la multitud—. Adaira le escribió diciéndole que necesitaban sus dotes de curación.

Torin se quedó en silencio, pensativo. Recordó la conversación que había oído entre Innes y David cuando habían hablado con Adaira: «Deja que le escriba a Sidra». Por supuesto, a Torin no debería sorprenderle que Sidra hubiera acudido voluntariamente cuando se lo habían pedido.

—¿Y dónde está mi hija?

—Con tu padre, en su minifundio.

Torin asintió. En ese momento lo único que podía hacer era intentar curar a quienes había ante él. Pasó la mirada por todos sus rostros, reflexionando.

Sid, ¿tú qué harías? Guíame.

Entre todos los enfermos había dos de sus guardias, quienes estaban ahora sentados ante la mesa. Decidió probar la cura en primer lugar con uno de ellos, un hombre mayor llamado Ian que era un guerrero experimentado.

—Ven aquí, Ian —le indicó Torin.

Ian obedeció al instante. Se quitó la túnica con cautela, mostrando la parte de su cuerpo en la que lo había golpeado la plaga. Tenía el hombro derecho veteado con dorado y con manchas púrpuras. Torin le tocó la piel cuidadosamente, estaba suave y pensó en cómo había curado a los espíritus. Todos los árboles mostraban heridas abiertas, lugares por los que la savia infectada corría con libertad.

—Dame tu daga, Ian —ordenó.

Sin dudarlo, Ian desenvainó la daga que llevaba en el cinturón. Era una hoja corriente, justo lo que Torin quería. Con cuidado, le hizo un corte en el centro de la piel enferma. Ian hizo una mueca mientras su piel se rompía, pero no fue sangre lo que manó del corte. Fue la maldición dorada. Torin hundió rápidamente los dedos en el remedio y se lo aplicó en la herida abierta, esparciéndolo sobre la espesura dorada. Entonces esperó, sintiendo los latidos en las orejas.

No sabía qué iba a hacer si eso fracasaba. Tenía todas las esperanzas puestas en el remedio.

El dorado continuó manando de la herida de Ian, oliendo a fruta podrida y pergamino enmohecido. Le bajó por el brazo y le goteó por el codo, pero Torin no apartó la mano ni el ungüento. Observó mientras la luz echaba gradualmente lo que quedaba de enfermedad y, cuando la sangre de Ian se volvió roja, los vítores resonaron por todo el salón.

Torin estaba en el umbral mirando el patio del castillo. El viento seguía azotando y las nubes seguían mostrando su furia. El camino hasta el Oeste era largo, sobre todo bajo los estándares del reino mortal. Ya no tenía esas largas zancadas de los espíritus, pero tampoco podía esperar a que pasara la tormenta.

Había curado a los Tamerlaine enfermos. A todos menos a una que estaba a kilómetros de distancia.

—¿Laird?

Se volvió y vio a Edna tras él con el morral de cuero que le había pedido.

—Gracias —le dijo. Guardó el cuenco con el remedio en el interior antes de atárselo al pecho. Andrew estaba en el vestíbulo con la boca apretada en una fina línea, al igual que Yvaine.

—Laird —dijo Yvaine—, permítenos acompañarte.

Él negó con la cabeza.

—Quiero que os quedéis aquí. Que mantengáis la vigilancia y que ayudéis a cualquiera que lo necesite.

Yvaine frunció el ceño. Quería discutir con él, pero, tras años entrenando a su lado, sabía que no serviría de nada. Andrew, por otra parte, lo desconocía.

—¡No se puede cabalgar con este temporal, laird!

—Iré a pie —respondió Torin firmemente.

Andrew, Yvaine y Edna se fijaron en sus pies sucios y descalzos.

—¿Puedo traerte al menos unas botas? —preguntó Edna con un tono de exasperación.

—No —respondió él dando el primer paso hacia el patio azotado por el viento.

—¿Aceptarás como mínimo llevarte mi tartán? —gritó Andrew desatándose rápidamente el tejido de cuadros—. ¿Y mi espada? No puedes adentrarte en el Oeste desarmado.

Torin levantó las manos, rechazando sus ofrecimientos.

—Iré tal como soy. Y os escribiré cuando amaine la tormenta. Hasta entonces, fuerza para resistir.

Los dejó mirándolo boquiabierto, pero pronto olvidó sus expresiones incrédulas al recorrer los caminos de Sloane. La chimenea de una cabaña se había derrumbado, arrojando piedras en el medio del camino. El tejado había sido arrancado hasta quedar solo las vigas. Torin se detuvo para echar un vistazo a la casa y asegurarse de que no hubiera nadie herido en el interior. El lugar estaba desierto, así que siguió adelante.

Cuando los adoquines se convirtieron en tierra dura, se detuvo. Podía ver la colina que le había entregado Hap, una colina que nunca se movería ni cambiaría. Un recordatorio de que lo que había sucedido no había sido un sueño. El viento estuvo a punto de derrumbarlo y corrió hacia la colina, buscando refugio en su ladera sur.

No sabía cómo podría llegar corriendo al oeste, no con el viento soplando con tanta fuerza desde el norte con lo que parecía una intención de sacarlo volando de la isla y arrojarlo al mar.

Temblando acurrucado a la sombra de la colina, Torin finalmente decidió que no importaba cuánto fuera a tardar. Se arrastraría hasta la línea del clan si fuera necesario. Dio un paso sobre el césped y luego otro, inclinándose para mantener el equilibrio. Cuando el viento lo empujó haciéndolo caer de rodillas, Torin exclamó:

—¡Hap! ¡Necesito tu ayuda!

No esperaba que el espíritu de la colina respondiera tan rápido o que usara el poder que le quedaba para moldear las colinas, pero Torin observó cómo se abría un pequeño valle ante él y sus lados lo protegían de la peor parte de la ira de Bane.

Torin corrió por el valle cubierto de césped. Los kilómetros se plegaron y pronto llegó al borde del Aithwood. Pasó ante los árboles sintiendo el poder menguante de Bane bajo los pies. Cuando la línea del clan apareció ante él, Torin la cruzó sin un momento de duda y entró en el lado Oeste del bosque.

Se acordaba vívidamente del castillo de Kirstron, pero tuvo que recordarse a sí mismo que lo había visto desde el otro lado del velo. No estaba seguro de cuántos kilómetros tendría que recorrer antes de llegar a la fortaleza y la mitad oeste de la isla parecía estar a la merced del mismo vendaval que azotaba al Este. Tal vez incluso la tormenta fuera peor a ese lado de la línea del clan.

Pero entonces Torin se tambaleó hacia adelante, sintió que la tierra volvía a cambiar proporcionándole un atajo rápido. Si preguntó si esos espíritus estarían también al tanto de sus hazañas. O tal vez sintieran que llevaba la cura. Sin tiempo para preguntárselo, decidió confiar en ellos y echó a correr por los caminos protegidos hasta que pudo visualizar la ciudad.

Kirstron le recordó a Sloane, llena de sombras y con una sensación de vacío. Las puertas estaban atrancadas y las ventanas tapiadas. Había basura por las calles. Las cabañas del extremo más alejado de la ciudad ya no eran más que escombros.

Recordó que había un puente que conducía al castillo. Para cruzar el foso, se dirigió al extremo norte de la ciudad, donde finalmente vio algo de movimiento. Torin reconoció a David Breccan al instante. El laird consorte estaba corriendo por las calles con tres guardias Breccan en dirección al castillo.

Torin los siguió.

Pronto pudo captar un atisbo borroso de las puertas y el puente al otro lado. Era una imagen caótica, con gente atada a una cuerda y empujando hacia adelante. Las puertas estaban empezando a crujir y a moverse y Torin se dio cuenta enseguida de que las cerrarían en cuanto David pasara.

Avanzó a toda velocidad abriéndose paso entre la multitud. Nadie se fijó en él, nada de su apariencia delataba quién era, y cuando uno de los guardias le dijo que se aferrara a la cuerda para cruzar, Torin se limitó a asentir.

Cruzando directamente detrás de David Breccan, Torin mantuvo los ojos en el cabello marrón leonado del laird consorte. Un marcador en medio de la tormenta.

Fue un cruce lento y peligroso. Nadie había atado una cuerda a la cintura de Torin y tan solo la fuerza de sus manos y la determinación de su espíritu podían ayudarlo a cruzar con seguridad, paso a paso. El viento le revolvió la ropa e hizo que le escocieran los ojos. Pero no se detuvo, se frenó ni resbaló. Sus pies desnudos se aferraron a los tablones de madera que tenía debajo.

A pesar de todo, se le inundó el corazón de alivio cuando llegó a las puertas del castillo y pasó por debajo de la puerta levadiza. A continuación, sobrevino otro momento de confusión. Más guardias se aproximaron para cerrar las puertas que cortaron instantáneamente el viento que azotaba el patio. Solo entonces Torin suspiró antes de darse cuenta de que Innes Breccan estaba plantada como un pilar en medio de todo el caos, intentando agarrar el brazo de su marido.

Miró a David. Tenía sangre en la ropa y se lo veía extremadamente agotado, pero parecía estar ileso. Torin se quedó paralizado al ver la emoción en el rostro de Innes. Y ella notó su atención, puesto que desvió la mirada y lo fulminó con ella.

—¿Quién está a tu sombra? —le preguntó Innes a David en un tono cortante.

Torin sintió su pregunta como una bofetada. Le dolieron los hombros al enderezarse para recibir las miradas sospechosas de los Breccan. Sabía que debería hablar y ofrecer una explicación, pero estaba tan agotado que se le perdió la voz en el pecho.

—No sé quién es —dijo David tras haber estudiado a Torin.

Pero cuanto más le sostuvo la mirada a Innes, más se abrieron sus ojos. Emitió un sonido que fue medio resoplido medio risa. Como si no pudiera creer lo que el viento acababa de dejar en su patio.

—Por todos los espíritus. Es el laird del Este.

Sidra estaba machacando hierbas con la mano y el mortero cuando el salón de los Breccan se quedó extrañamente en silencio. Fue como el susurro de la primera nieve, frío, helado y extrañamente pacífico. Sintió que alguien la observaba, pero no levantó la mirada. La habían mirado incontables ojos desde la primera vez que había puesto el pie en la penumbra del salón. Los Breccan habían estado observándola, algunos con desconfianza y otros con curiosidad, y se había dicho a sí misma que podía soportarlo, al menos un poco más de tiempo. Hasta que la tormenta arrancara al castillo de sus cimientos o Jack la apaciguara.

—Sidra.

No fue su nombre pronunciado en medio del silencio lo que la sorprendió. Fue la voz, querida, profunda y cálida como un valle en verano. Una voz que había llegado a pensar que no volvería a escuchar nunca.

Levantó la cabeza. Sus ojos rebuscaron entre el crepúsculo, entre los muchos rostros que la rodeaban. Tal vez solo se lo hubiera imaginado, pero el corazón le latía con fuerza. La gente empezó a moverse, las botas se arrastraron por el suelo mientras le dejaban paso a otra persona.

Se abrió un espacio entre el grupo y finalmente lo vio.

Torin estaba a escasos pasos de ella, alto, delgado y lleno de suciedad. Llevaba los pies descalzos y la túnica hecha jirones. Tenía hierba en la barba y flores azules en su larga cabellera rubia. Parecía de otro mundo y aun así tenía los ojos fijos en ella y nada más que en ella, como si no hubiera nadie más en el salón. Nadie más en todo el reino aparte de ella.

Sidra dejó caer la mano.

Corrió hacia él con el tobillo dolorido, pero apenas lo sintió. Su movimiento rompió el hechizo que tenía preso a Torin. Corrió para recibirla y se unieron en el centro del salón de los Breccan, rodeados de desconocidos. Todo se desvaneció en el olvido en cuanto sintió las manos de Torin tocándola, en cuanto pudo respirarlo.

—Torin —jadeó aferrándose a él.

Torin la rodeó con el brazo, sólido y posesivo y enredó la mano entre su pelo, atrayendo la boca de Sidra a la suya. Nunca la había besado así, como si necesitara algo que solo se encontrara en su interior. Fue un beso hambriento, feroz y desesperado y Sidra pudo sentir que le recorría todo el cuerpo hasta los dedos de los pies. Pudo saborear el barro en él (una dulzura verde y silvestre) y se preguntó dónde habría estado. Se preguntó por todo lo que él habría visto, y por cómo habría encontrado el camino para llegar hasta ella.

Él despegó sus labios con el aliento entrecortado. Sus miradas se encontraron un instante antes de que él susurrara su nombre y le diera un beso en la frente y en la mandíbula, y Sidra tuvo que controlarse para permanecer erguida mientras la barba de Torin le rozaba la piel y le dolía el corazón, repleto de fuego.

—¿Cómo…? —intentó preguntar pasando las manos por su pecho—. ¿Cómo sabías que estaba aquí?

Torin levantó la cabeza y la miró a los ojos. No dejó de rodearla con el brazo ni apartó la mano de su pelo.

—Primero he ido a casa —le dijo—. Y luego he venido hasta ti.

—¿Tú solo? —Él asintió—. ¿Cómo has podido atravesar la tormenta? —musitó.

—He tenido algo de ayuda —contestó Torin y le sonrió. Sidra se dio cuenta de que tenía lágrimas en los ojos y le acarició la cara intentando tragarse el nudo que se le había formado en la garganta.

—No estaba segura de que fueras a volver —confesó.

—Lo sé y lo siento —repuso él—. Has sido muy valiente, Sidra. Has sido muy fuerte sin mí, manteniendo al clan y al Este unido. Ahora deja que te ayude, amor. Déjame compartir la carga de nuevo contigo.

Sus palabras la hicieron temblar. El peso de todo lo que había soportado empezó a aliviarse sobre sus hombros, como si tuviera una roca en la espalda y finalmente se estuviera deslizando. De repente, pudo respirar profundamente y enderezar la espalda.

—Deja que te cure, Sid —susurró Torin y su mundo se quedó callado de asombro.

No dijo nada mientras él la guiaba a una de las sillas. Pero se le aceleró el corazón y se le helaron las manos cuando Torin se arrodilló ante ella.

Entonces se acordó de los Breccan. Se habían acercado para observar. Vio a Innes y a David entre ellos.

Pero Torin siguió totalmente concentrado en Sidra mientras empezaba a desatarle la bota.

El pánico la atravesó.

—Torin, *espera* —pidió ella tomándole las manos.

Él hizo una pausa y volvió a susurrar:

—Deja que te cure.

No entendía cómo podía saber que estaba enferma, pero asintió incluso mientras una punzada de preocupación le atravesaba el corazón. Se recostó y dejó que Torin le desatara la bota. Los cordones y el cuero se deslizaron y él le desató suavemente la tobillera casera y le quitó la media, exponiendo su contagio a los Breccan.

Los murmullos se esparcieron entre la multitud. Sidra no pudo soportar levantar la mirada hasta que Torin tomó su daga de la mesa. La tensión impregnaba el aire, pero Innes levantó la mano indicando a todo su clan que se mantuvieran en silencio.

Torin abrió el morral de cuero y sacó un cuenco de madera lleno de una sustancia brillante. Sidra contuvo el aliento cuando se volvieron a mirar a los ojos.

—¿Confías en mí? —preguntó él.

—Sí.

—Solo te dolerá un momento.

—Lo sé, no pasa nada.

Aun así, el pareció titubear cuando acercó el borde de la daga a su pantorrilla. Finalmente, le hizo un corte superficial. Sidra se mordió el labio mientras observaba cómo manaba el líquido dorado y le goteaba por la pierna. Torin dejó a un lado el cuchillo y metió los dedos en el ungüento. Lo acercó a la herida y Sidra jadeó al notar lo helado que estaba.

Sangró y sangró hasta que el dorado manchó el antebrazo de Torin y formó un charco en el suelo debajo de ella. Pero entonces lo sintió, sintió el momento en el que el ungüento empezó a arder a través de la enfermedad. Observó con los ojos anegados en lágrimas cómo la enfermedad abandonaba su sangre y volvía a ser suya.

Torin le vendó la herida con ternura. Le sonrió y el pecho de Sidra se inundó de calor.

—¿Hay alguien más aquí que necesite la cura? —preguntó Torin levantándose—. Tengo el remedio para la plaga.

Su ofrecimiento fue recibido con rostros pétreos, silencios y una oscura desconfianza. Sidra sabía que había Breccan presentes enfermos y aun así mantenían la boca cerrada. Su alegría comenzó a desvanecerse al ver que se negaban a ceder.

Torin esperó, pero no se movió nadie, por lo que decidió guardar de nuevo la cura en el morral. Estaba mirando a Sidra otra vez, recorriendo cada línea y cada curva con la mirada, cuando finalmente una voz rompió el silencio.

—Yo necesito la cura.

Sidra se volvió y vio que David Breccan había dado un paso hacia adelante.

Se quitó los guantes y dejó que cayeran en el suelo a sus pies, revelando su mano enferma. La sostuvo ante la luz confiando plenamente en Torin.

Se oyeron susurros entre la multitud.

Torin limpió el cuchillo, tomó el remedio y se acercó a David.

Y Sidra observó maravillada mientras Torin curaba al Oeste con sus manos.

CAPÍTULO 41

Jack había atravesado el valle de Spindle sin muchos problemas, los espíritus de la tierra se habían alzado para ayudarlo a viajar rápido y seguro bajo la tormenta. Al salir del valle, supo que el Aithwood estaba cerca, acechando a la distancia. Casi podía ver su sombra cuando los relámpagos resplandecían sobre él, iluminando las nubes bajas y agitadas.

Un rayo golpeó a un árbol justo delante de él, a tan solo seis pasos, y Jack saltó, asustado. Observó con horror cómo el árbol se partía por la mitad y caía con un estruendo mientras el fuego se apoderaba de él. Mientras los rayos se preparaban para volver a golpear, Jack se dio cuenta de que Bane lo había visto. El rey sabía exactamente dónde estaba y, si no se movía y buscaba refugio, acabaría con su vida antes de que tuviera oportunidad de cantar.

Jack echó a correr frenéticamente.

Le dolieron las rodillas por el impacto y el aire le cortó los pulmones como un filo cuando los relámpagos volvieron a atacar. Estaba a punto de darle, podía sentirlo en el aire a su alrededor, en cómo hormigueaba y siseaba. Bane estaba a punto de matarlo y Jack sabía que no podía vencer al viento del norte. No a cielo abierto, atrapado entre las montañas y el bosque.

Justo antes de que pudiera caer otro rayo, el brezo se volvió más alto y espeso alrededor de Jack, desafiando al viento con sus flores moradas. Era como un escudo y Jack cayó de rodillas y se agachó debajo de él, protegido por sus sombras.

El rayo de Bane cayó a pocos metros de Jack. El brezo se estremeció, pero siguió creciendo grande y espeso, sacando la escasa magia que podía encontrar en la tierra. Mientras Jack se arrastraba, Bane seguía lanzando sus rayos, intentando darle en el matorral cada vez más grande.

Jadeando, Jack hizo una pausa. Había perdido la orientación, no sabía en qué dirección quedaba el bosque y el sudor le goteaba por la barbilla mientras se pegaba a la tierra.

Se preguntó en qué momento había considerado que era lo bastante fuerte o valiente para cantar contra Bane. Ahora le parecía todo un sueño tonto e inalcanzable y estaba pensando en darse la vuelta cuando vio un rostro entre el brezo. Era un espíritu, una mujer con las orejas puntiagudas, los dientes afilados, el cabello largo y embarrado, y ojos dorados gatunos. Parecía delicada, con líneas recorriendo su rostro etéreo, y Jack se dio cuenta de que estaba entregando todo lo que tenía para protegerlo, para volverse contra su rey.

—El bosque está ante ti, bardo —susurró—. Los árboles son más fuertes que yo y podrán ofrecerte un refugio mejor.

Jack titubeó.

Pero entonces ella hizo una mueca y le dijo:

—¡*Corre!*

Se levantó rápidamente y corrió justo cuando Bane golpeó al espíritu del brezo. Jack quiso parar y darse la vuelta, pero oyó su grito moribundo. Se había sacrificado por él y pudo oler el brezo quemado en el viento. Finalmente, la emoción lo golpeó cuando llegó a las sombras del Aithwood, donde las ramas altas y entrelazadas lo ocultaban de la vista de Bane.

Jack se detuvo y se apoyó en un árbol para estabilizarse. Jadeando, se dobló intentando recuperar la compostura. Tenía los ojos llenos de lágrimas y un nudo en la garganta. No sabía cómo podría cantar sintiéndose tan devastado y con nada más para guiarlo que su propio corazón.

El hilo de sus pensamientos se interrumpió cuando Bane volvió a golpear. El rayo cayó en un roble cerca de Jack y el impacto lo obligó a tragarse las lágrimas y a seguir hacia adelante. Tenía que encontrar refugio. Un lugar seguro en el que descansar un momento para recuperar el aliento. En el que poder sostener el arpa entre los brazos y colocar los dedos sobre las cuerdas.

Jack miró al bosque denso y oscuro.

Corrió a casa de su padre.

Le daba miedo llegar la puerta de Niall y llamar una y otra vez solo para ser ignorado. Jack no sabía de dónde provenía su miedo, solo que parecía tenerlo grabado en los huesos desde que era pequeño. Era raro que ahora que conocía el nombre de su padre y sabía dónde vivía sus preocupaciones solo habían aumentado, tanto que Jack se quedó paralizado en el jardín a mitad de camino de la puerta.

Miró la cabaña.

Las plantas se agitaron a su alrededor en el jardín, rompiéndose bajo la furia de la tormenta. Los árboles gimieron cuando el aroma de la madera quemada empezó a impregnar el viento. Jack sabía que estaba expuesto. Estaba de pie en el único claro de todo el Aithwood, ante el jardín de su padre. Bane estaba golpeando a pocos kilómetros, persiguiéndolo. Pero a Jack le daba demasiado miedo moverse hacia adelante.

La puerta se abrió.

Niall apareció en el umbral como si hubiera sentido la presencia de Jack. Se miraron, compartiendo un momento de asombro.

—¿Jack? —lo llamó finalmente Niall.

—Necesito... refugiarme en alguna parte —dijo Jack tropezando con sus propias palabras—. No sé a dónde más ir.

—Pues entra —le indicó Niall—. Antes de que la tormenta te arrastre consigo.

Jack se movió hacia adelante, aliviado. Entró en la cabaña sorprendido por lo diferente que parecía con el fuego apagado y con una tormenta sobre sus cabezas. Estaba a oscuras, pero la cabaña estaba cálida y parecía segura. Jack suspiró. Estaba quitándose el arpa de la espalda cuando vio a Elspeth acercándose a él en la penumbra.

—Estaba preocupada por ti, Jack —dijo su abuela juntando las manos—. Pero Niall me ha dicho lo que hiciste por él.

¿Lo que hice por él?, se preguntó Jack mirando a Niall, quien estaba cerca. Su padre estaba mirando a la pared con las manos en los bolsillos, visiblemente avergonzado.

—Yo… —empezó a decir Jack, pero su voz quedó ahogada por los truenos cercanos. El suelo se sacudió bajo sus botas. Los platos traquetearon en la mesa de la cocina. Un candelero cayó de la repisa. Las hierbas barrieron el polvo de las vigas.

Durante un momento, Jack no pudo respirar. El miedo se apoderó de su corazón de nuevo mientras pensaba en Bane atacando a todos los árboles del Aithwood, decidido a encontrarlo. Era probable que el rey recordara pronto la cabaña de Niall. Jack no podía soportar que les sucediera algo a su padre o a su abuela.

—Me alegro de verte de nuevo, Elspeth —saludó Jack—, pero me temo que el viento del norte me está persiguiendo y solo voy a traeros problemas.

Niall lo miró con las cejas arqueadas.

—¿Qué problemas?

Jack miró a su padre a los ojos.

—Tengo que cantar para los espíritus y Bane me quiere en silencio. De nuevo, lamento traer todo esto a vuestra puerta, pero…

—Dime qué puedo hacer —lo interrumpió Niall amablemente—. ¿Cómo puedo protegerte? ¿Qué necesitas?

Jack quedó tan sorprendido por el ofrecimiento de Niall que se quedó mirándolo boquiabierto. Pero entonces sus recuerdos se encendieron como una brasa despertándose entre las cenizas. Jack recordó las palabras que le había dicho a su padre tan solo unas noches antes.

«Deja que seamos tu escudo y tu armadura».

Jack empezó a recuperar la confianza. Le escocieron los dedos, ansiosos por sacar notas del arpa. Empezó a ver la balada que cantaría para deshacer la jerarquía de Iagan (para cantar al fuego, al agua, a la tierra y al viento) y sintió las palabras elevándose, llenándole los pulmones con el fresco aire del bosque.

—Me tranquilizaría que siguierais el curso del río y os quedaras con Mirin y con Frae durante lo peor de la tormenta —dijo Jack.

Una expresión de dolor cruzó el rostro de Niall provocada por la mención de Mirin y de Frae, o por décadas de añoranza. O tal vez estuviera dándose cuenta de que estaba a pocos momentos de reunirse con las personas a las que amaba en secreto.

—¿Estás seguro, Jack? —preguntó Niall—. Puedo quedarme a tu lado si lo necesitas.

Su ofrecimiento hizo que a Jack le entraran ganas de llorar, pero solo sonrió mientras su confianza seguía creciendo incluso mientras los truenos sonaban más fuertes y más cerca. Estaba preparado para cantar.

—Gracias, pero necesito tocar solo —respondió.

Niall asintió pasándose las manos por el pelo.

—De acuerdo, voy a empaquetar unas pocas cosas y nos iremos hacia el Este.

Jack dejó el arpa sobre la mesa mientras su padre y Elspeth se apresuraban a llenar dos morrales. Las paredes de la cabaña empezaron a crujir. Estaba arrancando la paja del tejado. Jack podía ver los relámpagos entre los huequecitos de las persianas y respiró profundamente sabiendo que la hora ya casi había llegado.

—Estamos preparados — dijo Niall. Abrió la puerta trasera y se colocó bajo un delgado rayo de luz.

Zarcillos de viento helado se colaron en el interior removiéndole el pelo mientras abrazaba a Elspeth.

—Canta para traernos la paz, Jack —dijo su abuela acariciándole la mejilla con su mano arrugada—. Si hay algo lo bastante fuerte para lograrlo, eres tú.

Dio un paso atrás para que Niall ocupara su lugar.

Jack estaba atormentado pensando qué decir, pero Niall habló primero.

—No entiendo bien lo que pretendes hacer o lo que te van a pedir. No te suplicaré que dejes a un lado tu deber para venir con nosotros porque veo la marca de un llamamiento más grande en ti. Una llama que siempre arderá, allá donde vayas.

Niall se quedó en silencio, pero sonrió. Y Jack finalmente pudo ver un reflejo de él en su padre. La sonrisa que le había robado a Niall.

—Pero no puedo dejarte sin decirte que me sentí orgulloso al reclamarte como mío —susurró Niall—, aunque los únicos testigos fueran tu madre y los espíritus. Y me siento orgulloso al reclamarte ahora.

Jack aspiró las palabras de su padre. Le calmaron el corazón y afirmaron su determinación. Cuando Niall le dio un beso en la frente, Jack cerró los ojos. Antes de que pudiera prepararse, el calor de la presencia de su padre se desvaneció. Niall acompañó a Elspeth al otro lado de la puerta trasera y Jack los siguió, como si estuviera atado a sus sombras. Se detuvo en el jardín y vio los árboles crujiendo y gimiendo alrededor del claro con las ramas desnudas de hojas.

Esto es el final, pensó Jack viendo a Niall y a Elspeth siguiendo el curso del río hasta que desaparecieron de la vista. *Un final y un principio.*

Jack volvió a la cabaña y cerró la puerta. Sacó el arpa de su funda y se pasó la correa por la cabeza. El instrumento se ciñó a su hombro y estaba pensando en las notas y en cómo empezar la balada cuando vio un brillo dorado colándose por las persianas.

Se dio cuenta de que los rayos ya no golpeaban. Los truenos se habían quedado en silencio. Aun así, algo brillante estaba devorando la oscuridad.

Jack corrió a la ventana delantera y abrió la persiana. Pudo sentir el calor como una quemadura en la piel al contemplar, entumecido, cómo se quemaba el bosque. Las llamas crepitaban cerca del jardín de Niall, dispuestas a consumirlo entero con Jack en el interior.

Adaira pensó que el viento iba a desgarrarla. Se arrastró por el valle, desesperada por encontrar algo a lo que agarrarse. A duras penas podía ver a un tiro de piedra, el mundo no era más que un borrón índigo y gris. Bane continuó soplando, pasándole los dedos por el pelo, sacándole el aliento de la boca, amenazando con tirarla al suelo.

Adaira apretó los dientes al notar que se resbalaba. El viento estaba a punto de levantarla y llevársela lejos. Desesperada, hundió los dedos en la tierra.

¡Ayudadme!, quería gritarle a la tierra. A la hierba, al brezo y a las colinas. *Ayudadme a encontrarlo.*

Se agarró con fuerza a una roca, incapaz de levantarse o de seguir hacia adelante. Aferrándose a ella, suspendida en el tiempo, le preocupó no poder llegar nunca hasta Jack. Morir sola. Presa del viento.

Pero entonces abrió los ojos, vio el sendero de ciervos entre los helechos y se dio cuenta de que ese lugar le sonaba. Adaira empezó a seguir el sinuoso camino que la llevó hasta una colina. Se le cortó la respiración al reconocerlo.

Era la madriguera que le había enseñado Innes una vez. Un lugar en el que refugiarse cuando lo necesitara. Adaira se tambaleó hacia adelante y encontró la roca en la ladera. El dintel cobró vida y apareció la puerta, escondida bajo matas de hierba. Adaira la abrió, ansiosa por escapar de la tormenta.

Se metió en el interior. Ni siquiera allí había fuego y no podía encenderlo con una daga encantada. Dejó la puerta abierta para tener un pequeño rastro de luz.

Se sentó en el suelo con las orejas y las mejillas ardiendo por las fuertes ráfagas de viento. Se llevó las rodillas al pecho intentando calmar sus temblores.

Finalmente, cerró los ojos, totalmente perdida en cuanto a qué hacer.

Adaira no sabía cuánto tiempo llevaba allí, congelada y desolada, cuando notó una sombra sobre ella. Había alguien justo debajo del dintel de la madriguera. Con los ojos todavía cerrados y el corazón latiéndole salvaje y frenéticamente, buscó la daga que llevaba en el cinturón preparándose para abrir los ojos y atacar cuando notó una mano en el antebrazo. Una mano de dedos largos y uñas afiladas.

Adaira se sobresaltó y miró hacia arriba. Era Kae. El espíritu tenía los ojos llenos de preocupación, pero su rostro expresaba determinación, y de repente Adaira se dio cuenta de que Kae podía resistir ante la tormenta. Las alas que le quedaban eran como un escudo dividiendo el viento con un siseo.

Ayudó a Adaira a levantarse. Juntas, avanzaron por el valle desolado en dirección al Este. Se sentían como si estuvieran atrapadas en un sueño,

Adaira refugiándose bajo las alas de Kae. Entonces vio algo luminoso y fascinante en la distancia. Al principio, no tenía ni idea de lo que era, pero entonces se detuvo de repente, cerca del costado de Kae.

—Kae —murmuró Adaira, afligida.

Kae se estremeció en respuesta.

El Aithwood se estaba quemando.

Jack sabía que Bane estaba usando el fuego en contra de su voluntad. Sabía que tenía a Ash cautivo y lo estaba obligando a arder salvajemente.

Jack abrió la puerta delantera.

Atravesó el jardín más allá de la puerta de su padre. No quería que ese lugar ardiera. Aun así, el fuego se estaba acercando cada vez más, destruyendo árbol tras árbol y a los espíritus que moraban en ellos.

Jack miró hacia las llamas. Le pareció ver a Ash con colores azules y dorados, arrastrándose por el suelo del bosque, llorando.

Empezó a tocar el arpa y a cantar para el fuego, tomando las notas que una vez había cantado Iagan y deshaciéndolas, pero pronto el calor de las llamas fue demasiado para él. Mientras Jack caminaba hacia el río, siguió tocando y cantando mientras el incendio seguía avanzando como si todavía estuviera bajo el control de Bane, pero no pasó por la cabaña y el jardín de Niall.

Los rápidos del río avanzaban fríos y claros. Jack se plantó en ellos y empezó a cantar para los espíritus del agua: los lagos, los arroyos, los ríos y el mar. De nuevo, desmontó la balada de Iagan y cantó por el bien del folk, recordando cómo había sido todo antaño. Mientras su voz y sus notas subían y bajaban, miró hacia abajo y vio el espíritu del río sanguinario que acechaba en la corriente. Tenía la piel azulada, los ojos lechosos y una mueca hecha con dientes como agujas. El agua estaba escuchando, fascinada por su música. Aun así, el fuego seguía ardiendo. Cruzó el lecho del río y pudo notar que la temperatura del agua aumentaba gradualmente.

—Sigue —siseó el espíritu del río justo antes que Jack se viera obligado a cruzar al otro lado porque el agua ardía.

Sigue, pensó, a pesar de que no estaba totalmente seguro de que su música estuviera consiguiendo algo. La jerarquía de Bane parecía continuar igual, intacta en su red, pero Jack persistió abriéndose paso entre los árboles hacia la línea del clan sin dejar de tocar y cantar. Caminó por el límite del territorio y contempló tanto el Este como el Oeste mientras cantaba para los espíritus de la tierra, los árboles y las colinas, el brezo y las rocas, las flores silvestres y la maleza, las montañas y los valles.

Jack empezó a notar el poder reuniéndose bajo sus pies. Las corrientes doradas, los riachuelos de magia. Su música estaba atrayéndola hacia su sangre al igual que un árbol absorbe agua por sus raíces. De repente, se sintió como si pudiera cantar cien días, cien años. Su voz fuerte y profunda atravesaba la tormenta y las notas eran como chispas saliendo de sus uñas mientras tocaba las cuerdas más y más rápido.

El incendio todavía lo seguía, vibrante con su intenso calor, pero Jack no le temía. Era como un manto que lo seguía y sabía que estaba a punto de romper el poder de Iagan. Ahora había llegado el momento de tocar para el viento.

Jack se atrevió a deshacer las ataduras del viento del sur. Del viento del este. Del viento del oeste. Mientras cantaba, los rayos caían erráticamente a su alrededor. Los relámpagos derrumbaron algunos árboles, partiendo sus corazones llenos de resina. Árboles tan antiguos que debían conocer todos los secretos de la isla. Sus espíritus jadearon y murieron entre el humo.

Jack siguió cantando incluso cuando el suelo se agitó y el viento rugió. Sabía que los espíritus estaban sacrificándose para protegerlo y él tenía que aguantar y llegar hasta el final. Siguió respirando la magia que le entregaba el Oeste hasta que sintió que todos sus huesos y sus venas estaban iluminados, como si se hubiera tragado un puñado de estrellas del cielo nocturno.

De repente ya no recordaba su nombre ni de dónde venía. Solo era consciente del fuego que crepitaba a su alrededor, expandiéndose tras él como una estela… Los árboles con sus rostros antiguos y sus historias a su alrededor como sus centinelas, absorbiendo la ira de Bane para protegerlo…

las flores abriéndose a sus pies como si quisieran acogerlo… la lluvia empezando a caer con el sabor del mar.

Pero en alguna parte entre las notas que tocaba y las palabras que cantaba había una mujer con los ojos azules como el cielo de verano y el cabello del color de la luna. Una mujer con una cicatriz en la mano igual que la suya, una mujer cuya sonrisa hacía que se le acelerara la sangre.

¿Quién es?, pensó distraído por las imágenes de la muchacha cuando cerraba los ojos. Quería perseguirla en la oscuridad, tocar su piel. De repente le dolieron las manos mientras seguía tocando nota tras nota. Ralentizó la música, distraído. Quería dejar que las cicatrices de sus manos se alinearan, como si pudieran desbloquear un secreto entre ellas…

Un rayo cayó justo delante de él. El calor blanco le dio en el rostro y se estremeció abriendo los ojos de repente. El arpa estaba extremadamente caliente. Pero a Jack solo le quedaba una estrofa por cantar.

Siguió adelante caminando por la línea del clan sobre flores y tierra chamuscada. Jack empezó a cantar para el viento del norte.

Se agitaron alas entre las ramas de los árboles mostrando sus colores. La temperatura cayó en picado y la luz se atenuó hasta que pareció que había llegado el anochecer.

Jack supo que Bane se había materializado. Pero esperó a ver los centelleantes ojos del rey en la oscuridad entre los árboles. Sostenía una lanza de rayos en la mano.

Jack esperó hasta que el rey dio un paso adelante para encontrarse cara a cara con él. Era tal y como Jack lo recordaba, forjado con una gran altura, la piel blanca y el cabello del color del oro claro, como una cerveza aguada. Sus alas carmesíes atrapaban la débil luz proyectando una tonalidad roja en su armadura plateada. Una cadena de estrellas lo coronaba.

Pero, a pesar de su inmortalidad, Jack pudo ver un rastro de Iagan. El hombre que había sido antaño, como si reinar una vez y no morir nunca no pudiera borrar esa sombra mortal.

—Deja el arpa —ordenó Bane, pero su voz era más débil—. Deja el arpa y te perdonaré la vida.

Solo entonces Jack se atrevió a ofrecerle al rey una sonrisa aguda. Reanudó su canción por todo lo que Iagan había robado una vez. Alas rasgadas y brillantes flores de tojo. Caracolas rotas e iridiscentes y un cetro de fuego.

Los espíritus se desataron. Se liberaron del peso de la cruel balada de Iagan y el mundo entero pareció más brillante, crudo y abrumador durante un caluroso momento.

Jack vio a Bane encorvado de dolor. Las alas de la espalda se le soltaron y cayeron. El rayo de su lanza se apagó convirtiéndose en cenizas, tojo y caracolas.

—Mi canción —masculló Bane con la voz marcada por la agonía. Dio un paso hacia Jack y luego otro más, con la tierra estremeciéndose bajo sus pisadas.

Jack soltó un suspiro de agotamiento saboreando el humo, el fuego y la cadencia de sus notas. Cantó hasta que Bane se cernió sobre él, mirándole las manos y el arpa.

Entonces Jack se quedó en silencio. Mirando al rey, se fijó en las grietas de la piel de Bane, como si estuviera hecho de hielo. Las estrellas de su cabello empezaron a volarse.

—Me has robado la canción —espetó Bane—. Has robado mi canción y la has rehecho y, así, me has robado mi corona.

Las estrellas que anteriormente le habían adornado el pelo ahora flotaban entre Jack y Bane, quien jadeó de repente y cayó de rodillas. Se le formaron más grietas en la piel, exponiendo las sombras de su interior. Azules, grises y frías como la medianoche del norte.

Una vez, la música le dio su poder. Ahora, la música se lo arrebataba.

Las estrellas se estaban acercando. Jack no se atrevió a respirar mientras empezaban a entrelazar su luz azul en su cabello. Sostuvo el arpa y miró a Bane mientras su rostro se fracturaba finalmente. El rey del norte se estremeció y se convirtió en polvo.

Jack observó cómo el viento del norte perecía por fin.

Adaira recorrió la línea del clan. Apenas podía ver a través de todo el humo, pero siguió la promesa del fuego, la luz que la llamaba a acercarse.

Los árboles que la rodeaban estaban quietos y callados. El aire era espeso y pesado y corrió estremeciéndose con aprehensión.

Kae la siguió de cerca hasta que jadeó.

Adaira se volvió, preparada para cualquier cosa. Pero no esperaba que las alas de Kae se desplegaran, totalmente reparadas ni ver sus ojos tan abiertos al mirar hacia el cielo. Las nubes estaban separándose y el sol empezaba a brillar.

Kae exhaló y se fundió con la luz.

Su desaparición enervó a Adaira. Sin saber si Kae simplemente había vuelto a su reino o había sido derrotada, siguió corriendo.

Pronto pudo oír el fuego quemando el bosque. Sintió una oleada de calor.

Entre los árboles, Adaira vio a Jack.

Estaba en la línea de clan con el arpa en las manos. El fuego ardía tras él peligrosamente cerca, como si le faltara un instante para estallar en llamas. Las estrellas coronaban su cabello castaño y estaba mirando al suelo ante él, como si pudiera ver algo invisible para los ojos de Adaira.

Ella se atrevió a acercarse con el corazón acelerado. Ya había cantado la balada sin ella a su lado y no sabía qué había pasado.

Una ramita se partió bajo su bota.

Jack levantó la cabeza. Tenía los ojos oscuros y extraños, como si estuviera mirando a través de ella. Adaira se detuvo de golpe, dándose cuenta de que no había señal de reconocimiento en su mirada. La veía, pero no la conocía. Ella le tendió la mano.

—Jack —susurró.

Él respiró profundamente. Adaira supo cuándo la reconoció porque su rostro se encogió tanto con alivio como con angustia, como si su voz lo hubiera despertado de un sueño.

—Adaira —dijo dando un paso hacia ella. El arpa se le cayó de las manos aterrizando en el suelo con un ruido metálico que hizo a Adaira estremecerse. Jack nunca había tratado su instrumento con tan poco cuidado.

Estaba acercándose a ella con el rostro marcado por la desesperación cuando surgió el fuego. Las llamas se interpusieron entre ellos con el corazón azulado y abrupto y Adaira no tuvo más remedio que retroceder para apartarse del calor abrasador. Era una luz tan cegadora que tuvo que cerrar los ojos y el sudor le perló la frente y le empapó la ropa.

Se arrodilló en la línea del clan hundiendo las manos en la tierra, esperando a que el fuego se calmara. Cuando el calor disminuyó, abrió los ojos. Las llamas se habían extinguido y el bosque estaba rodeado de humo.

—¿Jack? —preguntó Adaira levantándose. Tosió por la intensidad del aire y avanzó—. *¡Jack!*

Corrió hacia donde había estado él. Buscó entre el humo y entre las brasas que ardían como rubíes aplastados en el barro. De repente, el miedo fue como una garra hiriéndole y ahogó un sollozo mientras buscaba su cuerpo chamuscado en el suelo.

No había señales de él. Ni rastro de a dónde había ido. Solo cenizas y una línea chamuscada en el suelo, el límite que marcaba dónde había dejado de arder el fuego. Entonces vio algo brillante, algo entero e ileso entre el humo.

Adaira se quedó helada al verlo.

El arpa de Jack.

CAPÍTULO 42

Cuando empezó a soplar el viento del norte por primera vez, Frae se puso nerviosa. Ella y Mirin cerraron las persianas y cosecharon los últimos frutos del jardín, pero su madre mantuvo la calma preparando té y tejiendo en su telar como cualquier otro día.

—No tengas miedo —le dijo con una sonrisa.

Frae intentó encontrar el coraje que mostraba su madre, pero el viento comenzó a aullar. Las paredes temblaron y las puertas traquetearon como si hubiera alguien intentado entrar. El viento siseó entre las grietas, frío e implacable, y luego el fuego de la chimenea se apagó, al igual que las velas de junco, hasta que no quedó ninguna llama ardiendo contra las sombras de la casa.

Frae se sintió aterrorizada, pero Mirin siguió hablándole con calma.

—La tormenta pasará pronto, cariño. Ven, descansa en la cama conmigo y te contaré un cuento.

Frae se quitó las botas e hizo lo que Mirin le había sugerido, acomodándose contra la calidez de su madre en el oscuro dormitorio. Pero la voz de Mirin sonaba ronca y extraña, como si se estuviera desvaneciendo. Incapaz de terminar el cuento, dijo:

—Creo que necesito dormir un poco, Frae.

Frae escuchó las respiraciones de su madre profundizándose mientras se sumía en el sueño. Mientras Mirin dormía, Frae permaneció despierta mirando al techo con los ojos abiertos, esperando que el viento lo arrancara en cualquier momento.

—¿Mamá? —dijo Frae incapaz de seguir soportando ella sola las preocupaciones—. Mamá, despierta.

Mirin no respondió. Frae la llamó con más fuerza y sacudiéndola por los hombros. Pero Mirin estaba durmiendo profundamente y sus respiraciones eran lentas y costosas.

Necesitaba su tónico. El tónico la ayudaría.

Frae saltó de la cama antes de recordar… que no había ningún fuego. No podría hervir el tónico de su madre. Se había quedado de pie en la habitación helada, mirando hacia la chimenea apagada, hacia el telar de Mirin y hacia todo aquello que no podía ver.

Nunca había sentido tanto miedo y se quedó anclada al suelo. Sus respiraciones rápidas y superficiales eran casi como si no estuviera respirando, como si una mano de hierro se hubiera apoderado de su corazón. Frae deseó que Jack estuviera allí para ayudarla. Para decirle qué hacer para salvar a su madre.

Estaba temblando, paralizada por el terror, cuando de repente alguien llamó a su puerta.

Sobresaltada, tuvo un momento de pánico. ¿Quién iría a visitarlas a esas horas? ¿Durante la peor tormenta que Frae podía recordar?

Se acobardó, demasiado temerosa para responder. Pero entonces pensó: *¿Y si es Jack? ¿O Sidra? ¿Y si ha venido alguien a ayudarnos?* Frae corrió hacia la puerta, quitando el cerrojo con las manos congeladas.

Se sorprendió al ver a un hombre pelirrojo en el escalón con un tartán azul en el pecho. A su lado, había una mujer mayor entornando los ojos contra el viento. Frae parpadeó y retrocedió asustada, pero entonces se dio cuenta de que ya había visto a ese hombre. Lo había visto en su patio, protegiéndola de una incursión. Lo habían entrado a rastras en la casa como a un prisionero y había sollozado el nombre de su madre.

—¿Podemos refugiarnos contigo, Frae? —preguntó.

Ella asintió, sin saber cómo conocía su nombre ese Breccan. Y fue extraño el alivio que sintió en cuanto el hombre y la anciana entraron a la cabaña. Ya no estaba sola y, aunque llevaban tartanes azules, confiaba en ambos.

El hombre tuvo que ayudarla a cerrar la puerta contra las ráfagas de viento. Después de eso, Frae se quedó sin saber qué decir. No había fuego ni té y miró al hombre tratando de atisbar su rostro bajo la tenue luz.

—¿Tu madre está en casa, Frae? —preguntó y Frae supo que la estaba buscando.

—Está enferma —susurró Frae.

Oyó al hombre inhalar como si sus palabras lo hubieran herido como un cuchillo.

—¿Puedes llevarme con ella?

Frae lo guio hasta el dormitorio. Seguía estando a oscuras, pero podía oír las laboriosas respiraciones de Mirin y dirigió al hombre hasta ella. Frae observó mientras él se sentaba en el borde de la cama.

—¿Mirin? —preguntó con voz profunda y amable. No hubo respuesta. La volvió a llamar con más urgencia—. *Mirin*, abre los ojos. Vuelve con nosotros.

Frae esperaba que su voz la despertara, pero Mirin siguió durmiendo.

—Creo que necesita su tónico —murmuró Frae, alicaída—. Es la magia, la hace enfermar.

El hombre la miró.

—¿Podemos prepararlo sin fuego?

—No.

Se quedó callado durante un largo y horrible momento, pero entonces se volvió hacia su madre y solo pudo ver su cabello, brillando en el crepúsculo.

—Ven, pequeña —dijo la anciana tomando a Frae de la mano—. He traído una tarta de jengibre y tengo un libro que se muere de ganas de ser leído.

Frae se unió a la mujer en el diván. Se sentaron juntas en busca del calor y la anciana le ofreció a Frae una porción de tarta fragante y deliciosa que la niña aceptó. Probablemente, Mirin la regañaría por haber aceptado comida de una Breccan desconocida, pero Frae, encontrando consuelo en su dulzura, la devoró en unos pocos bocados.

Vio un libro abierto ante ella, uno que no había visto nunca, y pensó que debía pertenecer a la mujer.

—¿Cómo te llamas? —preguntó Frae.

—Me llamo Elspeth —respondió la mujer—. Mi casa no está muy lejos de la tuya.

—¿Vives río arriba?

—Sí.

Frae se imaginó el río conectándolas a Mirin y a ella con Elspeth. Miró el libro y preguntó:

—¿Puedo leerlo?

—Espero que lo leas, aunque aquí no hay mucha luz —contestó Elspeth—. No quiero que fuerces los ojos.

—No los forzaré. Mamá dice que tengo buena vista. —Frae se colocó el libro en el regazo y leyó en voz alta en la penumbra. Pronto, quedó encandilada por la historia y sus preocupaciones se desvanecieron: sus preocupaciones por Mirin, por qué era para ellas ese hombre pelirrojo, por la tormenta. Su preocupación por si Jack no volvía nunca.

Más tarde se preguntaría qué había sucedido antes, si el final de la tormenta o el regreso del fuego. No podía estar segura, tal vez hubiera sucedido de manera simultánea. Pero, de repente, las llamas ardieron en la chimenea con su crepitar y las velas de junco recuperaron sus llamas y ardieron con fuerza sobre la mesa. El viento amainó y la luz del sol empezó a entrar por las grietas de las persianas.

Frae jadeó. Estaba contemplado el fuego, maravillada, cuando oyó unos pasos tras ella.

—¿Frae? —preguntó el hombre—. ¿Puedes ayudarme a preparar el tónico de tu madre?

—¡Sí! —exclamó dejando alegremente el libro a un lado—. Ven, te enseñaré cómo se hace.

Él observó atentamente mientras Frae ponía una tetera a hervir y disponía las hierbas de Mirin en el colador. El fuego ardía con tanta fuerza que el agua hirvió en cuestión de momentos, para inmenso alivio de Frae, y enseguida metió las hojas en el interior.

—No sé cómo vamos a conseguir que se lo beba —comentó Frae tras servir el intenso brebaje en la taza favorita de Mirin.

El hombre tomó la taza y la llevó al dormitorio.

Mirin seguía dormida con el cabello oscuro desparramado a su alrededor, brillando con hilos plateados en sus sienes. Tenía manchas moradas bajo los ojos y el rostro ceniciento. Frae pensó que tenía aspecto de estar muy enferma, casi como si fuera a desvanecerse al llegar la noche. Se retorció las manos un momento antes de saltar sobre el colchón.

Se sentó a un lado de Mirin y el hombre al otro. Frae observó mientras él metía los dedos en el tónico y lo dejaba gotear entre los labios separados de Mirin. Al principio, a la niña le pareció extraño, pero vio lo persistente y cuidadoso que era. Pronto Mirin se había tragado una gran cantidad de gotas de sus dedos, el color empezó a volver a su rostro y el ritmo de sus respiraciones cambió.

Frae nunca olvidaría el momento en el que su madre abrió los ojos y vio al hombre que estaba sentado junto a ella. Nunca olvidaría el modo en el que Mirin sonrió, primero al hombre y después a Frae.

La niña siempre había querido saber cómo era la magia. A veces se imaginaba que la sostenía entre las manos, cuando recolectaba flores silvestres de los valles o bebía de alguna pequeña cascada. Cuando contemplaba las estrellas en las noches sin luna. Pero ahora lo sabía.

Sintió la magia dulce y suave cuando tomó la mano de Mirin y sonrió.

—¿Cómo lo sabías? —preguntó Sidra acariciándole el pelo a Torin—. ¿Cómo sabías que estaba enferma?

En la privacidad de su dormitorio, en las profundidades del castillo Breccan, yacían entrelazados en su cama. Habían pasado horas desde que la tormenta había terminado y había salido el sol iluminando el Oeste. Torin y Sidra habían ocupado esas horas trabajando incansablemente junto a David e Innes, curando a los heridos y afectados, moviendo los escombros, haciendo reparaciones. Habían trabajado hombro con hombro con los Breccan y nadie se había opuesto o le había parecido extraño. No, casi parecía que hubiera sido siempre de ese modo, un clan ayudando al otro.

Era humillante reconocer que lo que había hecho posible su colaboración habían sido la enfermedad y el viento.

Cuando el sol había empezado a calentar el aire de la tarde, Innes había enviado a Torin y a Sidra a su habitación para descansar antes de la cena de esa noche. Tenían que cenar con la laird y su consorte y con Adaira y Jack en cuanto volvieran. Sidra no sabía qué esperar de esa cena, pero deseaba que marcara el inicio de algo nuevo, que compartir esa comida forjara cierta comprensión, tal vez incluso una amistad.

Torin se acercó más a ella, calentando su piel con la suya. Los dos estaban sucios, tenían tierra bajo las uñas y mugre en el pelo, pero a Sidra no le había importado. Se había deshecho de su ropa y la había dejado caer, exhausta, hasta que Torin se había unido a ella bajo la manta.

La miró fijamente durante un momento. Los ojos de Torin eran azules como el aciano, con un anillo interno de color marrón. Los colores del cielo y de la tierra. Sidra se fijó en que todavía tenía algunas flores metidas en el pelo y pensó que le quedaban muy bien y no se las quitó.

—Tú no podías verme, pero estaba contigo, Sid —dijo él acariciándole el brazo—. Incluso desde el otro lado, podía verte vívidamente.

Ella reflexionó sobre sus palabras, preguntándose si habría sentido su presencia alguna vez. Se dio cuenta de que probablemente una o dos veces. Cuando sentía una corriente en el castillo.

—Estaba totalmente perdido, no sabía cómo resolver el enigma —continuó—. Un acertijo que me daría la respuesta a la plaga. Así que te observé preparando ungüentos y curando a tus pacientes, pensando que, si prestaba la suficiente atención, encontraría la respuesta en tus manos.

—¿Y lo hiciste? —susurró.

—Sí. —Torin sonrió entrelazando los dedos con los de ella—. Y Maisie también me ayudó.

Sidra escuchó mientras Torin se lo contaba todo. Estaba totalmente metida en la historia, en su apuro, en el enigma, en las flores que había reunido y en sus intentos fallidos. En un espíritu de las colinas llamado Hap que se había convertido en su amigo en la adversidad.

—En algunos momentos pensaba que no encontraría nunca la respuesta —confesó—. Creo que, si no me hubiera dado cuenta de que tú también habías contraído la enfermedad, todavía estaría en el reino de los espíritus, abandonado y a la deriva. —Se quedó callado unos instantes tocándole los enredos de cabello negro—. En algunos momentos me preguntaba por qué no me lo habías dicho y eso me dolía. Entonces comprendía que estabas haciendo todo lo posible por salvarnos y que yo debería haber estado más dispuesto a trabajar contigo para hallar la respuesta.

Sidra cerró los ojos brevemente, abrumada por sus suaves palabras.

—Si viste que me había contagiado —empezó mirándolo fijamente—, supongo que también verías…

No tuvo tiempo de terminar. La mano de Torin se movió bajo las mantas y descansó sobre su vientre.

—Sí —dijo con una sonrisa que le arrugó los ojos—. Otra razón por la que estaba tan desesperado por volver a casa contigo.

Sidra rio sin emitir sonido.

—Todavía sigo asombrada, Torin.

—Yo también —admitió él con la voz repleta de alegría—. Aunque no podría estar más feliz, Sid. Tener un bebé contigo. —Se movió para colocarse sobre ella, sujetando todo su peso con sus codos y sus rodillas, como si temiera aplastarla—. Espero que tenga tus ojos y tu sonrisa, tu risa y tu coraje. Tus habilidades, tu paciencia y tu amabilidad. —Le dio un beso en la garganta, justo encima de su pulso—. Espero que nuestro bebé herede todos tus rasgos y solo unos pocos de los míos.

—La mitad de mí y la mitad de ti —insistió Sidra—. Hasta que se convierta en su propia persona.

Torin la miró. Sidra creyó ver orgullo en él y tal vez una chispa de miedo. Añadió, preocupada:

—¿Crees que Maisie se alegrará con la noticia?

Torin rio.

—Sin duda, estará *entusiasmada*. Tú y yo tendremos las manos llenas, Sid. —Pero entonces su sonrisa se desvaneció y Sidra vio otra luz reflejada en sus ojos.

Alargó la mano para tocarlo y él encogió el rostro con lo que podía ser dolor o placer.

—No quiero hacerte daño —murmuró—. Ni al bebé.

—No vas a hacernos daño ni a mí ni a nuestro hijo o hija —contestó ella atrayéndolo hacia sí.

Jadearon mientras sus cuerpos se unían. Sabía que habían pasado tan solo unas semanas desde la última vez que lo había dejado entrar en ella, pero habían estado en reinos separados. Habían sido unas semanas en las que se había preguntado si volvería a verlo o a abrazarlo. Si volvería a sentir su aliento deslizándose sobre su piel, a saborear su boca con la suya o a escuchar su voz en la oscuridad.

Estaba en casa con Torin. Tal vez estuviera en el Oeste con el sol entrando a raudales por la ventana, pero estaba en casa entre sus brazos. Nunca se había sentido más segura o más reconocida y amada que cuando él pronunciaba su nombre.

Sidra observó las flores cayendo del pelo de Torin.

Adaira llevó el arpa de Jack a través de las colinas del Oeste. El cielo era de un azul brillante sobre ella mientras las nubes se disipaban en el sol. Los árboles habían perdido sus hojas durante la tormenta y sus ramas se plantaban desnudas bajo la luz de la tarde, proyectando sombras retorcidas sobre la hierba. El brezo había sido aplastado y las flores silvestres se habían roto. Aun así, con cada momento que pasaba, la tierra parecía volver a la vida disfrutando de la luz del sol.

Pasó por varios minifundios, pero no se paró a hablar con los Breccan que estaban reparando sus casas y limpiando los escombros. Se desvió del camino y recorrió un valle conocido junto a una arboleda y luego siguió adelante, hacia un lago.

La cabaña en la que Kae se había alojado estaba tal y como la había dejado Adaira unos días antes, intacta por la tormenta. Atravesó el puente de barro hasta la puerta principal que estaba abierta de par en par con su encantamiento roto.

Adaira se adentró en las sombras heladas. No sabía por qué había ido hasta allí, a un lago que había estado maldito. No sabía por qué se había sentido atraída hacia ese lugar y sintió que sus últimas esperanzas se desvanecían al mirar el esqueleto colgado de la pared.

Por supuesto, Jack no estaba ahí. Ya no estaba en su reino, el fuego lo había reclamado, y Adaira se sentó con el corazón lleno de dolor al borde del catre. Se quedó allí largo rato, observando la luz del sol intensificarse hasta adquirir un vigoroso tono dorado. Los pájaros cantaban en el jardín, sus dulces melodías se mezclaban con los trinos de los grillos y los chapoteos ocasionales de los peces saltando en el lago. Sopló una brisa inclinando la alta maleza y los cardos que había al otro lado de las paredes. Un zarcillo de ese viento se coló por la puerta abierta y acarició el rostro de Adaira como una mano cariñosa.

Se preguntó si sería Kae, vigilándola.

Adaira consideró dejar el arpa de Jack en la cabaña, pero luego pensó que no. Que se quedaría con ella, a pesar desde que había pasado mucho tiempo desde que Lorna Tamerlaine había intentado enseñarle cómo tocarla. Habían pasado años desde la última vez que se había sentado ante un arpa con los dedos colocados intentando dominar las notas. La música se le había resistido, pero tal vez fuera solo porque ella se resistía a la música.

Adaira acarició suavemente la estructura del arpa. Estaba empezando a anochecer, tenía que volver a casa antes de que sus padres se preocuparan por su ausencia. Aun así, esperó hasta que la primera estrella apareció en el cielo. Un fuego frío y distante que ardía con lealtad, como las estrellas que habían coronado a Jack.

Se atrevió a tocar una nota con su arpa.

CAPÍTULO 43

Adaira no sabía qué esperar de la cena de esa noche. Estuvo a punto de cancelarla (estaba agotada y angustiada y no tenía nada de hambre), pero cuando entró a los aposentos de Innes para cenar… se quedó pasmada al descubrir a Torin sentado a la mesa junto a Sidra. En cuanto sus ojos se encontraron, Adaira sintió el pasado fluyendo hacia adelante, como si se hubiera roto una presa. Le parecía que no había transcurrido nada de tiempo entre ella y su primo (¿no había pasado solo un día desde que Torin y ella habían corrido entre el brezo en el Este?). Ella rio y él se levantó y corrió a abrazarla.

—¿Cuándo has llegado? —exclamó Adaira apartándose para mirarlo.

Torin sonrió.

—No estoy seguro de qué hora era. Había una tormenta.

—Nos habremos cruzado por el camino —contestó—. Me alegro mucho de que estés aquí, Torin.

—Yo también, Adi. Ven, estábamos esperándote.

Adaira pensó que había algo diferente en él mientras se acercaron juntos a la mesa. Algo que no podía nombrar, pero que se sentía. No era nada malo, era más como si hubiera envejecido. Parecía más blando y delgado, como si algunas partes de él se hubieran marchitado. Supuso que su estancia en el reino de los espíritus lo habría dejado marcado y al instante volvió a sentir ese dolor en el pecho.

Adaira se sentó a la mesa y cerró los ojos durante un instante, recordando. Todavía podía ver a Jack vívidamente en su memoria siendo consumido por las llamas, con el pelo lleno de estrellas y esa extraña luz en sus ojos. Un rey entre los espíritus.

—¿Dónde está Jack? —preguntó Sidra.

Adaira miró la silla vacía que había a su lado, como si el sonido de su nombre pudiera hacer que se manifestara. Observó el sitio que le habían dejado y tomó su copa de vino. Bebió un largo sorbo antes de declarar:

—Se ha ido.

Sus palabras cayeron como escarcha sobre la mesa, pero sintió la atención de sus padres, inclinados hacia ella, preocupados y confundidos, la compasión de Sidra y la solemne comprensión de Torin.

—Ha cantado para acabar con la tormenta —explicó Adaira— y eso ha requerido su mortalidad. Los espíritus se lo han llevado. —Y, como no quería seguir hablando ni recibir muestras de compasión, empezó a llenarse el plato de comida.

Torin la imitó y luego Sidra, aunque se había puesto pálida.

Pero Innes, quien nunca evitaba mantener una conversación, le dijo:

—Lo lamento, Adaira.

Adaira apretó la mandíbula y estuvo a punto de perder la compostura, podía sentir las lágrimas acudiendo a sus ojos. No pudo evitar preguntarse qué habría sucedido si hubiera estado con Jack mientras cantaba. Si se hubiera quedado a su lado cuando el fuego había ardido.

Sabía que se habría quedado con ella. Habría permanecido atado a ella por su voto, por su elección y por amor, tres cuerdas que no se rompen fácilmente. Bane seguiría reinando al otro lado del velo del mundo y el Oeste seguiría entre las sombras. *No*, se dijo a sí misma sacudiendo sus emociones. *Estaba destinado a ser así*. Y tampoco podía culpar a Jack por haberlo sabido y haberla dejado durmiendo en la cama.

Ella había sido tanto su fuerza como su debilidad.

—No hay nada que lamentar —dijo mirando a su madre a los ojos—. Su destino siempre fue tocar para los espíritus, vencer al viento.

Por suerte, Innes lo dejó ahí y empezaron a cenar en medio de un silencio incómodo. Adaira se sintió agradecida con su padre por cambiar de tema e ir directamente el meollo del asunto.

—Nos gustaría mantener una relación con vosotros en el Este —dijo David a Torin y a Sidra—. Y creemos que el comercio sería un buen modo de construir puentes entre los clanes.

Torin miró a Sidra, pero ella miró a Adaira. Establecer un comercio entre el Este y el Oeste siempre había sido su sueño.

Adaira se quedó callada. Por supuesto, todavía quería que ese comercio tuviera lugar. Simplemente se sentía demasiado vacía para guiar la conversación que nunca había imaginado que sucedería sin Jack a su lado. Ese era uno de los motivos por los que habían hecho su atadura de manos tan rápidamente: iba a quedarse con ella para presenciar el primer intercambio y esperaba que también los futuros. Un compañero que la apoyara en ese empeño que parecía tan imposible.

Su mirada se desvió de nuevo al plato de Jack.

—A nosotros también nos gustaría —respondió Sidra sintiendo el dolor de Adaira. Volvió la atención hacia David—. ¿Habéis pensado cómo os gustaría proceder?

—Creemos que lo mejor sería hacerlo una vez al mes —empezó Innes—. Los Breccan no olvidarán nunca lo que habéis hecho por nosotros en tiempos de necesidad y la mayoría del clan se mostrará abierto y ansioso por intercambiar nuestros bienes con los vuestros. Simplemente tenemos que pensar una localización adecuada y sé que este es el punto crucial, con la línea del clan separándonos.

Adaira había recorrido la línea del clan hacía tan solo unas horas. Apenas había notado nada diferente en ella, pero tampoco había prestado mucha atención a la magia que abundaba en el suelo. Jack se había desvanecido en la línea. También había acabado con Bane allí. Ahora Adaira se preguntaba si la maldición que había mantenido a la isla dividida durante tanto tiempo habría sido levantada. Pensó en cómo las nubes se habían separado en cuanto Jack había tenido su corona. En cómo el sol había vuelto a bañar el Oeste.

A veces se imaginaba que la maldición se rompía y que la isla volvía a estar unida.

—¿Tú has notado algo, Torin? —le preguntó a su primo.

Él supo que se refería a la cicatriz encantada que tenía en la mano, la que había recibido cuando lo habían ascendido a capitán de la Guardia del Este.

Torin flexionó la mano contemplando el brillo de su cicatriz.

—Sinceramente, no he sentido nada desde que atravesé el portal.

Pero Adaira pensó que la isla también estaba en grave peligro cuando había vuelto. Tal vez la magia de la línea del clan siguiera en pie, pero habían estado todos demasiado preocupados para notarlo.

—Sidra y yo tenemos que volver mañana con nuestro clan —continuó Torin mirando a Innes—. De camino a casa, echaré un vistazo a la línea del clan para ver si todavía posee su poder. Y seguiremos deliberando sobre el comercio a nuestro lado. Creo que podremos encontrar un buen lugar para celebrar el mercado. —Hizo una pausa y levantó su cáliz de vino mirando a Adaira—. Sobre todo, mantengamos el contacto entre nosotros.

Adaira le dedicó una sonrisa cansada, pero chocó su copa con la suya mostrando su acuerdo. No se había dado cuenta de lo desesperada que estaba por ver a los cuatro líderes de la isla unidos, brindando entre ellos por el comercio, hasta que sucedió ante ella.

Sidra cabalgó con Torin y Adaira hacia el Este, con Blair y el resto de los guardias siguiéndoles. Estaba más que preparada para volver en casa, para dormir en su cama y abrazar a Maisie, y, aun así, estaba distraída pensando en el futuro de la isla, en cómo se llevaría a cambio el comercio y en los próximos pasos que tenían que dar.

No obstante, su mente se quedó en silencio cuando vio los restos chamuscados del Aithwood.

Seguía elevándose el humo formando lánguidos zarcillos. Se había quemado una gran franja del bosque, aunque todavía había secciones (la corona norte y la parte sur) que habían permanecido ilesas. Acercándose, Sidra pensó que el paisaje tenía un aspecto como si le hubieran extraído el corazón al bosque, dejando atrás solo ceniza y troncos chamuscados como costillas.

Avanzó lentamente con su yegua y desmontó cuando el pequeño grupo llegó al bosque. Los guardias se quedaron con los caballos mientras Torin, Sidra y Adaira pasaban entre los restos chamuscados. Sidra se imaginó a Jack de pie en ese mismo lugar, cantando, ardiendo y desvaneciéndose sin dejar rastro. Todavía le costaba asimilar que se hubiera ido por completo y que, a diferencia de Torin, él no volvería a su vida mortal.

—Aquí está. —La voz de Torin rompió el silencio.

Sidra ralentizó el paso mientras se acercaba a la línea del clan. Estaba manchada de negro por pasar demasiado cerca de los árboles quemados, al igual que Torin y Adaira. Como si fuera imposible avanzar por esa parte del bosque y no ser tocado por lo que había sucedido allí.

Se quedaron los tres ante la línea, contemplándola. Entonces, Torin tomó la mano de Sidra.

—¿Quieres cruzarla, Sid? Quiero ver si puedo notarlo en la cicatriz.

Asintiendo, ella pasó por encima de la línea y luego se volvió para mirar a Torin. Él se miraba la mano flexionando los dedos con el ceño fruncido.

—¿Has sentido algo? —preguntó Adaira.

—No —contestó él—. No siento nada. La maldición de la línea del clan se ha roto aquí.

—¿Deberíamos probar en otra parte del bosque? —sugirió Sidra—. ¿En algún lugar en el que no se hayan quemado los árboles?

—Sí. Ven, Sid. —La tomó de la mano y la ayudó a volver a atravesar la línea del clan.

Caminaron primero hacia el norte y llegaron finalmente al lugar en el que el fuego había dejado de arder. Era como pasar de un mundo a otro, de una aridez llena de cenizas a una frondosa abundancia. Sidra se estremeció al volver a cruzar la línea y esta vez vio que el pliegue del ceño de Torin se había profundizado.

—Esta vez he sentido tu paso —indicó él—. Aquí no se ha roto la maldición.

—Entonces lo más probable es que también siga en la parte sur del bosque —dijo Adaira, pero su voz sonaba fina y extraña, como si le costara respirar—. Deberíamos ir ahora hacia allí. —Se dio la vuelta y empezó a recorrer la zona quemada.

Sidra volvió al Oeste y pensó que debía haber sucedido en ese lugar. Ahí era donde Jack se había convertido en fuego.

Atravesaron la parte quemada del Aithwood y llegaron a una particular depresión en el suelo, un lecho amplio y poco profundo lleno de arena dorada y piedras suaves.

—Espíritus... —susurró Sidra dándose cuenta de repente de lo que era—. El río...

—Ha desaparecido —terminó Adaira mirándola de reojo.

Sidra le sostuvo la mirada un instante. Había un brillo febril en los ojos de Adaira y tenía la cara manchada de carbón. Sidra se sintió tentada de tocarle el brazo a su amiga para mantenerla firme, sabiendo que ese bosque suponía todo un despliegue de emociones para ella. Ahí era donde se había sellado su destino. La habían dejado en el musgo entre esos antiguos árboles, una ofrenda que nunca había sido reclamada. Así que ese río la había llevado al Este, a los brazos de los Tamerlaine.

Sidra vio a Adaira cruzando el lecho expuesto del río, dejando huellas con sus botas. Pero, en lugar de quedarse en la línea del clan para comprobar su teoría, Adaira siguió el río caminando hacia lo que habría sido a contracorriente si el agua todavía fluyera.

Desapareció en el bosque y Torin murmuró:

—Démosle un momento.

Sidra asintió.

Ella y Torin concluyeron que el sacrificio de Jack había roto una parte de la maldición, pero que seguía habiendo lugares a los que no había llegado su música. Caminaron de la mano río arriba, preguntándose lo que supondría esa revelación para la isla, y pronto llegaron a una casa en el bosque. Había un jardín todavía recuperándose de la tormenta y una cabaña hecha de piedra y paja. Adaira estaba abriendo las persianas desde el interior de la cabaña y Sidra se unió a ella tentativamente.

—¿Sabes quién vive aquí? —preguntó Sidra fijándose en la mesa de la cocina y en las hierbas que colgaban de las vigas.

—Niall Breccan —contestó Adaira—. El padre de Jack.

Sidra se quedó helada. No debería haberse sorprendido por eso, pero aun así lo sintió como un golpe.

—¿El padre de Jack es un Breccan?

—Sí —respondió Adaira abriendo una de las ventanas—. ¿Torin? Torin, entra. Quiero contaros una historia a Sid y a ti y no quiero tener que repetirla.

Un instante después, Torin apareció por el umbral, rodeado por la luz.

—Aquí es donde retuvieron a Maisie, ¿verdad? —inquirió—. Y a las otras niñas que secuestró Moray.

—Sí —admitió Adaira sentándose a la mesa.

Sidra también se sentó. De repente, se le habían aflojado las rodillas. Torin examinó primero la estancia principal, fijándose en los candeleros de la repisa, los bastones del rincón y el escritorio que había contra una pared. Finalmente, se unió a Adaira y a Sidra en la mesa. Se quedaron en silencio mientras Adaira les relataba toda la historia, empezando por cómo el padre de Jack la había llevado al Este con Mirin.

Cuando terminó, Torin tenía todavía más manchas negras en la barba por haberse pasado los dedos por ella. Suspiró apoyando los codos sobre la mesa.

—Así que esta es la casa de Niall Breccan —dijo—. ¿Y ahora dónde está?

—No lo sé —contestó Adaira—. Tal vez no haya vuelto a casa después de ser liberado.

—Yo creo que sí —declaró Torin—. Faltan cosas, como si las hubieran empaquetado a toda prisa.

Sidra se mordió el labio y buscó la mirada firme de Adaira. Las dos mujeres tenían preguntas, pero les parecían demasiado delicadas para hablar o incluso planteárselas en voz alta. El silencio se apoderó de la cabaña, endulzado por los cantos de los pájaros y una suave brisa. Finalmente, Adaira se levantó y dijo:

—Sé que os he hecho esperar demasiado. Supongo que estaréis ansiosos por volver a casa y ya es tarde.

Sidra y Torin la siguieron hasta la puerta trasera. Era un lugar extraño pero encantador, y Sidra luchó contra sus sentimientos encontrados. Una vez habían retenido allí a Maisie, pero el padre de Jack era un buen hombre que se había visto atrapado en una situación horrible. Sentía todas sus emociones enredadas y suspiró colocándose un mechón de pelo detrás de la oreja.

Adaira estaba de nuevo en la ribera, mirando río abajo. Mirando hacia el Este.

Sidra se paró ante ella y unas cuantas piedrecitas rodaron bajo sus pies.

—¿A ti qué te parece, Sid? —preguntó Adaira.

Sidra miró hacia adelante, insegura al principio. Pero entonces vio lo mismo que Adaira y el calor empezó a extenderse por su sangre.

—Parece un camino.

Frae estaba arrodillada en el jardín junto al hombre pelirrojo (su madre lo había llamado Niall) cuando finalmente reunió el coraje para pronunciar las palabras que anhelaba decir:

—¿Eres mi padre, Niall?

Niall se quedó helado con la mano tatuada de azul escondida en el jardín. Pero miró a Frae con dulzura:

—Sí, Frae.

—¿Y también eres el padre de Jack?

—Sí.

—Pero eres un Breccan.

—Lo soy. ¿Eso te asusta, Frae?

—No —respondió ella con sinceridad, mientras lo miraba—. Sé que eres bueno.

Él le sonrió y tosió antes de volver su atención al jardín. Frae pensó que tal vez estaría ocultando las lágrimas, pero entonces le dijo:

—Me alegra oír eso. Y me alegra ser tu padre. Lamento haber estado desaparecido hasta ahora.

—¿Ahora te quedarás con nosotras? ¿Con mamá y conmigo? —preguntó Frae—. ¿Y con Jack, cuando vuelva?

Niall hizo una pausa, como si se hubiera quedado perdido en la contemplación. Su silencio puso nerviosa a Frae y de repente el corazón empezó a latirle muy deprisa imaginando que se marchaba. No quería que se fuera. Aun así, era demasiado tímida para decirle cómo se sentía.

—Me gustaría mucho quedarme contigo y con tu madre. Y a Elspeth también, si se lo permitís.

—¡Sí, Elspeth! —exclamó Frae dándose una palmada en la frente. Se sintió culpable por no haber incluido a su nueva amiga—. Ella puede quedarse en mi habitación. Bueno, en la habitación de Jack. Primero fue suya y después mía.

—Eso es muy amable por tu parte, hija —dijo depositando su cosecha en la cesta de Frae. Le guiñó el ojo y ella sonrió, tan feliz que creía que podía estallarle el pecho—. ¿Deberíamos recolectar unas pocas zanahorias? Creo que a tu madre le gustaría.

Frae asintió y se movieron por las hileras en las que crecían las zanahorias. Ya era tarde y el viento estaba calmado, el cielo despejado y el sol brillante. Parecía un día perfecto y Frae estaba hablándole a su padre de sus tres vacas cuando se acercaron los jinetes.

Eran los guardianes del Aithwood. Los más fuertes de la Guardia del Este que patrullaban la línea del clan. Frae siempre los había mirado con admiración. Las mantenían a Mirin y a ella a salvo y siempre había confiado en ellos. Pero cuando los jinetes se detuvieron al otro lado del muro del jardín, colocaron flechas en sus arcos.

—Levántate, Breccan —ordenó uno de ellos—. Arriba las manos.

Frae los miró boquiabierta y atónita. Su padre no llevaba el tartán azul, pero no podía esconder sus tatuajes. Lentamente, Niall alzó las manos y se levantó.

—Ven con nosotros —dijo otro guardia—. *Ahora.* Apártate de la niña.

Cuando Niall empezó a moverse hacia adelante, Frae gritó y lo envolvió con los brazos.

—No. ¡*No!* Es mi papá.

Vio cómo sus palabras abrían las alas y golpeaban los rostros de los guardias Tamerlaine. Bajaron el ceño y apretaron los labios en líneas finas y duras. Finalmente, uno de ellos dijo:

—Vamos, Frae. Este hombre es peligroso y ha cruzado la línea. Suéltalo.

Ella solo se aferró a Niall con más fuerza, enterrando el rostro en su camisa. Quería llorar por la crueldad del mundo, por lo injusto que era que su padre *por fin* hubiera llegado para estar con ella y con Mirin solo para ver cómo se lo llevaban los guardias.

—No pasa nada, Frae —le susurró Niall al oído.

—¡Sí, sí que pasa! —chilló. Frae respiró profundamente echando la cabeza hacia atrás y sintió que se le encendía el rostro. También estaba furiosa, enfadada. Nunca le había gritado a un adulto, pero ahora alzó la voz—: ¡He estado toda mi vida esperándote! Diles que eres bueno, papá. ¡Díselo!

—Frae. —La voz de Mirin atravesó los rayos de sol. Pero no estaba regañando a su hija, estaba intentando calmarla y Frae miró a su madre.

—¿Estás alojando a este hombre voluntariamente, Mirin? —preguntó uno de los guardias. Seguían apuntando a Niall con sus flechas y, por lo tanto, también a Frae, ya que se negaba a soltarlo.

Mirin se detuvo junto a Niall. Miró a los guardias con ojos firmes y oscuros y con la barbilla bien alta.

—Sí, es nuestro invitado.

—Es un Breccan.

—Y es mío —replicó Mirin con frialdad—. Bajad las flechas antes de que disparéis a una persona inocente.

—¿Qué quieres decir con que es *tuyo*? ¿Estás atada a este hombre, Mirin?

Frae observó cómo su madre miraba a Niall.

—Sí. Pronunciamos nuestros votos en esta colina hace años, bajo la luz de la luna. Es mío, y si le hacéis daño, contraeréis una deuda conmigo que nunca seréis capaces de pagar.

El aire vibraba con la tensión. Nadie habló ni se movió, todos parecían estar atrapados en una red y Frae no estaba segura de lo que sucedería a continuación. ¿Cómo podrían Mirin y ella mantener a Niall y a Elspeth a salvo? Entonces oyó otra voz que la sorprendió y atrajo su mirada a la puerta del jardín.

—Bajad las flechas —ordenó Torin a los guardias—. Volved al cuartel en el castillo y quedaos allí hasta que recibáis más instrucciones.

Los guardias palidecieron, atónitos, pero obedecieron al laird al instante. Volvieron a guardarse las flechas en los carcajes que llevaban a la espalda y se marcharon levantando una nube de polvo.

Frae se estremeció de alivio y soltó a Niall. Miró a Torin sorprendida por las manchas negras en su rostro y en su ropa, parecía recién salido de una chimenea. Sidra estaba a su lado y también llevaba marcas de ceniza. La esperanza de Frae se animó hasta que Mirin habló.

—Laird, señora. Os pido por favor que permitáis a este hombre quedarse aquí conmigo a salvo, no supone ninguna amenaza para el clan.

—¿Entiendo que es Niall Breccan? —preguntó Torin pasando la mirada de Mirin a Niall—. ¿Podemos entrar y hablar con vosotros?

Frae se preguntó si eso sería buena o mala señal. ¿Torin y Sidra las escucharían? Dejó que Niall le tomara la mano y siguieron al laird y a la curandera a la cabaña.

Elspeth debió haber oído la conversación a través de la ventana. Había preparado un despliegue de té y refrigerios en la mesa de la cocina y todos se reunieron allí en un tenso silencio hasta que Sidra lo rompió.

—Justo venimos de tu cabaña en el Aithwood, Niall.

Frae miró a su padre. Él se pasó los dedos por el pelo y se mostró nervioso.

—¿Ha sobrevivido al incendio?

—Sí.

—Es un alivio saberlo.

Torin agregó:

—Queríamos saber si tenías pensado volver allí.

—¿A mi casa? —Niall hizo una pausa, pero miró a Mirin—. Esperaba poder quedarme aquí con Mirin y Frae y con mi madre, Elspeth.

Frae se mordió las uñas y notó el sabor de la tierra del jardín. Ahí estaba. Ese sería el momento en el que descubriría si le permitían o no quedarse a su padre.

—Claro que puedes quedarte aquí —dijo Torin levantando la mano—. Esta es tu familia y tu sitio está con ellas. Pero queríamos preguntarte si podíamos usar tu cabaña en el bosque.

—¿Usarla? —preguntó Niall—. ¿Para qué?

—Queremos establecer un mercado allí —contestó Sidra—. Un lugar en el que los Breccan y los Tamerlaine se reúnan y puedan intercambiar bienes y compartir comidas e historias. Un lugar en el que se forje la paz.

Niall permaneció en silencio unos instantes. Pero el color había vuelto a su rostro y se le formó una sonrisa en los labios.

—Eso me encantaría. Podéis usarla como consideréis.

—Gracias —dijo Torin tomando un sorbo del té que le había servido Elspeth. Frunció los labios y a Frae le preocupó que tal vez el té estuviera malo. Pero entonces, el laird añadió—: También tenemos que hablar de otra cosa.

Frae se inclinó hacia adelante, expectante. Como Torin siguió titubeando, Sidra se aclaró la garganta.

—Una parte de la línea del clan ha perdido la maldición —señaló—. El lugar en el que el Aithwood se quemó, donde cantó Jack.

—¿Jack? —exclamó Frae, esperanzada—. ¿Volverá a casa pronto?

Ahora fue Sidra la que vaciló. Mirin le agarró la mano a Frae y la sostuvo con fuerza. Frae pasó la mirada de su madre a la curandera mientras empezaba a latirle con fuerza el corazón.

—¿Dónde está mi hermano? —preguntó—. ¿Está con Adaira?

—Me temo que sucedió algo cuando tu hermano cantó para los espíritus, Frae —contestó Sidra—. Seguro que habéis visto que se ha quemado una parte del Aithwood.

Frae asintió. Claro que lo había visto. Era una de las primeras cosas que había notado al salir de la cabaña después de la tormenta. A veces todavía podía oler el humo cuando el viento soplaba del Oeste.

—¿Jack se ha hecho daño? —susurró.

—No —respondió Sidra—. Pero se ha ido con los espíritus.

—¿Qué quieres decir?

Los adultos se quedaron callados, pero todos parecían serios e incómodos. Frae pasó la mirada por todos sus rostros y el corazón empezó a latirle todavía más rápido haciendo que se le encogiera el estómago.

—¿Quieres decir que no va a volver? —inquirió.

—No, cariño —murmuró Mirin acariciándole el pelo a Frae—. Pero…

—Me lo *prometió* —siseó Frae. De nuevo, notó que la ira hervía en su interior. Ira y algo más. Sabía a sal y a sangre y se levantó de la mesa separando sus dedos de los de Mirin—. Me dijo que volvería pronto. ¡Me prometió que lo haría!

—Frae... —murmuró Mirin acercándose a ella.

Un sollozo le estalló en el pecho. Se dio la vuelta y echó a correr, avergonzada por llorar delante de Torin, Sidra, Niall y Elspeth. Salió por la puerta trasera y corrió por el jardín, deteniéndose en la valla. Apenas podía ver nada, las lágrimas lo emborronaban todo. Finalmente, trepó por el bajo muro de piedra y corrió hacia la colina, hacia donde había estado el río.

Se sentó en la ribera, donde Jack le había enseñado a lanzar con el tirachinas y a elegir las mejores piedras. Le costaba comprender lo que había dicho Sidra, ¿cómo podía haberse ido su hermano? Frae se levantó y se acercó a la orilla arenosa para recoger piedras.

Las lanzó una tras otra hasta que le dolió el brazo. Estaba sentada en el césped con las rodillas cerca del pecho cuando Mirin se sentó a su lado. El aire se había enfriado con el crepúsculo y Frae estaba temblando. Su furia se había desvanecido y ahora solo se sentía triste y apesadumbrada.

—No quiero que esté muerto —susurró.

—Jack no está muerto, Frae.

—¡Pero se ha *ido*!

—Sí, pero sigue vivo.

—¿Dónde?

—Mira arriba, Frae —le pidió Mirin con una voz suave llena de ternura. Frae no quería levantar la mirada, pero lo hizo, incapaz de resistirse—. Dime qué ves, cariño.

—Nubes —respondió ella obstinadamente.

—¿Y qué más?

—El cielo.

—¿Y hay algo más aparte de nubes y cielo?

Frae entornó los ojos. Solo podía discernir la primera constelación, interrumpiendo el atardecer de color lavanda.

—Veo estrellas. Y la luna.

Mirin se acercó y Frae se apoyó en los brazos de su madre. Ambas observaron cómo las estrellas comenzaban a arder, una a una, y Mirin susurró:

—Ahí está tu hermano. Él es el fuego y la luz de la isla. Mientras brillen las estrellas, siempre estará contigo.

Frae se quedó callada asimilando esa idea. Esta vez, cuando lloró, dejó que Mirin le limpiara las lágrimas.

CAPÍTULO 44

El primer mercado tuvo lugar en la cabaña de Niall Breccan, en el centro del Aithwood. Adaira y Sidra estuvieron trabajando las dos semanas previas limpiando la casa y ocupándose del jardín. Dispusieron mesas en el patio y construyeron una hoguera en la que preparar grandes cantidades de comida.

—¿Crees que vendrá alguien hoy? —preguntó Adaira.

Sidra estaba removiendo un gran caldero lleno de sopa sobre la hoguera exterior.

—Creo que te sorprenderás, Adi.

—¿En el buen o en el mal sentido?

Sidra se limitó a sonreír.

Adaira no se sorprendió al ver que Mirin fue la primera en llegar por el camino del río. Llevaba unos cuantos tejidos, así como una cesta con lana recién teñida. Entonces llegó Una Carlow y, aunque no traía nada para vender, aceptó alegremente el cuenco de sopa que Sidra le tendió. Otro Tamerlaine llegó con collares de caracolas y coloridas gemas de cristal.

Adaira resistió el impulso de pasearse mientras esperaba para ver si acudía alguno de los Breccan.

Al final, aparecieron siete. Dos comerciaron con Mirin y tres con el joyero Tamerlaine. Casi todos los Breccan y los Tamerlaine que habían ido se quedaron para tomarse la comida que había preparado Sidra. A pesar de que los miembros de los dos clanes se sentaran en mesas separadas, Adaira se sintió muy complacida.

—Es un buen comienzo —comentó Innes cuando llegó para supervisar el progreso del intercambio.

Decidieron celebrar el próximo mercado dos semanas después, en lugar de esperar todo un ciclo lunar. Acudieron más Tamerlaine y también más Breccan. Esta vez, se entremezclaron en las mesas tomándose la comida proporcionada e intercambiando bienes.

El ambiente seguía siendo cauteloso y tenso en algunos momentos, pero durante toda su vida Adaira no habría podido soñar que llegaría a ver ese día. Lo observó todo atentamente, maravillada y disfrutando de la alegría de la imagen hasta que se fijó en los árboles chamuscados que rodeaban la cabaña de Niall. El paisaje la hizo sentir pesada de nuevo, como si su dolor se hubiera convertido en hierro.

Algunos días paseaba por la parte quemada del bosque. Allí siempre se respiraba un aire solemne y funesto, como si realmente hubiera muerto una parte de la isla. Se preguntó si en algún momento otros espíritus reclamarían ese lugar o si la zona quemada se quedaría siempre así, como un testimonio de lo que había sucedido.

Los días se acortaron y las noches se alargaron mientras el verano daba paso al otoño y el invierno se acercaba.

Cayó la primera nieve y Adaira vio que los almacenes de los Breccan empezaban a estar peligrosamente escasos de reservas. Aunque la maldición de Bane se había roto, el Oeste necesitaría varias estaciones para recuperar todo lo que había perdido bajo las nubes. Algunas noches se iba a la cama con hambre, a pesar de que Innes siempre se aseguraba de que Adaira tuviera comida. Sin embargo, sospechaba que su madre no estaba comiendo para poder mantener a su hija alimentada.

Adaira les escribió a Torin y a Sidra.

Apareció más comida durante el mercado que ahora se celebraba una vez a la semana. La palabra seguía extendiéndose en el Oeste y cada vez acudían más Breccan para adquirir cereales, fruta preservada, ruedas de queso, tarros de nata o mantequilla, hierbas, carne o pescado seco y ganado. Llevaban sus mejores tejidos y armas, sus cestas y zapatos más elegantes, sus joyas y sus pieles, y los Tamerlaine aceptaban sus ofrecimientos, no sin un poco de regateo.

Una noche, Adaira se sentó con Innes en sus aposentos, ambas leyendo a la luz del fuego.

—Hoy he estado pensando en la línea del clan —comentó Innes de repente.

Adaira levantó la mirada de la página.

—¿En qué sentido, mamá?

—En que la maldición solo se rompió en una parte. —Innes cerró el libro y miró a Adaira—. ¿Por qué crees que fue así?

—No lo sé. Yo también me lo he preguntado y lo he discutido con Torin y con Sidra.

—Creo que es porque la maldición la crearon dos personas —contestó Innes—. Así que debe acabar con otra pareja.

Adaira permaneció en silencio, sopesando su respuesta. Pensó en el origen de la línea del clan, creada por Joan Tamerlaine y Fingal Breccan dos siglos atrás. Sus últimas palabras habían dado origen a la maldición mientras ambos morían entrelazados.

—No sé qué puedo hacer para ayudar a terminar con ella —contestó Adaira. Se sentía responsable de un modo extraño e incómodo. A veces la culpabilidad se colaba en sus sueños y se veía muriendo junto a Jack, ambos barridos por el fuego. Siempre se despertaba de esas pesadillas envuelta en un sudor frío y atravesada por la culpa.

—No creo que puedas hacer nada —dijo Innes—. Es solo que se me ha ocurrido.

Se hizo el silencio entre ellas. Adaira se negaba a mirar al fuego, intentando centrar su atención en su libro. Pero de repente le hervían los pensamientos, llenos de preguntas sobre la línea del clan. Cuando volvió a su habitación esa noche, tomó el diario roto de Joan entre las manos y hojeó sus páginas.

Adaira no había leído nunca la última página de la segunda mitad, pero ahora lo hizo. La última entrada de Joan la sorprendió.

Creía que podría cambiar el Oeste, pero fui una tonta por soñar tal cosa. Sus corazones son fríos y despiadados, son embusteros y arrogantes y he llegado a odiar al hombre al que me até. Mañana, iré a la frontera en el bosque y me cortaré la cicatriz de la mano, la que me marca como perteneciente a Fingal, y volveré a mi casa con

mi madre y mis hermanas, a la tierra en la que está la tumba de mi
padre. Volveré al Este y me prepararé para un conflicto contra el
Oeste porque no hay más esperanzas para la isla que no sea una
lucha.

Adaira leyó la entrada entera dos veces antes de dejar a un lado el diario de Joan. Contempló su propia cicatriz, la que se había infligido a sí misma al pronunciar el voto de sangre con Jack. Era un voto que no se podía romper fácilmente y Adaira se imaginó a Joan en las profundidades del Aithwood intentando cortarse la cicatriz. Vio a Fingal encontrándola allí, en las sombras entre los árboles. Joan estaría sangrando, enfadada y dispuesta a dejarlo.

Si la sangre y las palabras entre un Breccan y un Tamerlaine habían formado la línea del clan, también podrían deshacerla.

Adaira buscó pluma y pergamino. No sabía si lo que tenía en mente funcionaría, pero al menos quería intentarlo, así que escribió:

> *Torin,*
> *Reúnete conmigo en la señal del norte de la línea del clan*
> *mañana al amanecer.*
> —A.

Caía una suave nieve cuando Torin se reunió con Adaira en la línea del clan. La luz de la mañana era tenuemente azul y el aire estaba frío y helado. Al otro lado de los árboles, Adaira podía oír el rugido de la costa norte mientras la marea alta se estrellaba contra las rocas.

—¿Debo entender que tienes una idea? —supuso Torin quedándose en el Este. Entre sus botas, la línea del clan era un surco en el suelo. Ni siquiera la nieve la tocaba.

—Sí —respondió Adaira—. Gracias al diario de Joan. La segunda mitad que encontramos en el lago Ivorra. —Desenvainó la daga de la verdad de Jack de su cinturón—. Si dos personas, una de cada clan, crearon esta frontera con su sangre y sus maldiciones, creo que dos personas pueden deshacerla con su sangre y una bendición.

Torin observó a Adaira levantando la mano. No se cortaría la mano que contenía la cicatriz de su voto de sangre, sino la otra. Antes de hacerlo, explicó:

—Esta es la daga de la verdad de Jack. Si la usas para cortarte la mano y recorres este camino conmigo, las palabras que pronuncies serán sinceras y verdaderas. Tú pronunciarás la bendición para el Oeste y yo lo haré por el Este.

Torin no dijo nada, pero Adaira pudo leer el enfoque de sus pensamientos. Una vez había considerado enemigos a los Breccan. Había pasado toda su vida luchando contra ellos, a veces incluso matando a los que traspasaban la línea del clan. Pero Adaira esperaba que Torin pudiera hablar honestamente por el bien del Oeste.

—De acuerdo —aceptó él con voz solemne.

Adaira se cortó la palma de la mano. Notó un dolor agudo y se estremeció antes de tenderle la daga a Torin. Observó a su primo hacer lo mismo, eligiendo la palma en la que tenía su cicatriz encantada, la que lo convertía en capitán de la Guardia del Este.

—Dame la mano —le susurró Adaira.

Él lo hizo. Tenían los dedos resbaladizos, pero empezaron a andar mientras su sangre entremezclada goteaba sobre la nieve y sobre la línea del clan, dejando un rastro rojo como el de las flores de Orenna.

Adaira se dispuso a pronunciar la bendición para el Este. No estaba segura de qué iba a decir ni de cómo encararla, pero cuando comenzó a pronunciarla las palabras le salieron de manera natural. Habló de curación y de bendiciones para los Tamerlaine, sus cosechas, sus jardines, sus niños, sus espíritus y sus estaciones. Habló de bondad y vida en el Este. Cuando terminó, el corazón le latía con fuerza en el pecho.

Torin y ella siguieron recorriendo la línea del clan con las manos entrelazadas y la sangre fluyendo, aplastando la nieve bajo las botas. Cuando Torin se quedó en silencio, Adaira se preguntó si tendría problemas para pronunciar una bendición buena y sincera para el Oeste.

Pero entonces la sorprendió.

—Bendigo a los Breccan en el Oeste —dijo Torin y las palabras le salieron como el humo. Bendijo los jardines, lagos, arroyos y valles del Oeste.

Bendijo a los niños Breccan, así como su salud y sus espíritus. Los días venideros.

Cuando Torin terminó, siguieron caminando en silencio al lugar en el que se había quemado el bosque. Donde Jack se había desvanecido.

Adaira no sabía qué esperar. Jack había roto la maldición en esa parte de la línea del clan con fuego, truenos, música y sacrificio. Pero cuando Adaira se detuvo y miró hacia atrás, hacia donde acababan de pasar ella y Torin... vio que su sangre desaparecía en la nieve. La línea del clan estaba empezando a desvanecerse.

Era una reparación suave y silenciosa. Tan silenciosa que, si no hubiera estado esperando a que sucediera, la habría pasado por alto.

Adaira miró a Torin y lo vio sonriéndole con los ojos llenos de lágrimas.

No hizo falta mucho tiempo para que se expandiera la noticia. Adaira y Torin habían acabado con la maldición de las otras dos partes de la línea del clan y ahora había desaparecido. Ya no había una grieta mágica entre el Este y el Oeste. Lo que esto podría significar para el futuro de Cadence seguía siendo un misterio, solo habían conocido una isla dividida. Torin le había dicho simplemente a Adaira: «Lo iremos viendo día a día».

Ella suspiró, apoyándose en ese plan. Por primera vez en mucho tiempo, no necesitaba tener todas las respuestas.

Innes encontró a Adaira leyendo en la nueva biblioteca una tarde no mucho tiempo después. Ella levantó la mirada de su libro esperando que Innes le hiciera más preguntas acerca de cómo se había desvanecido la línea.

—¿Qué pasa, mamá?

—Hace mucho tiempo, deseé que mis hijas fueran como yo. Que fueran mi reflejo. —Innes hizo una pausa, perdida en sus recuerdos—. Ahora me siento aliviada de que no te parezcas en nada a mí. Eres tú misma y yo no he contribuido a darte forma ni a moldearte. Es irónico saber que mis enemigos te hicieron más grande de lo que yo podría haberte hecho.

Adaira parpadeó conteniendo las lágrimas sin saber qué decir, pero estaba profundamente conmovida por las palabras de Innes.

—Pronto debo nombrar a mi heredero para el clan —continuó Innes—. Eres mi primera y mi única opción. No me imagino bendiciendo a nadie que no seas tú. Pero si decides renunciar, lo entenderé y buscaré a alguien más.

Adaira había estado esperando ese momento. Que Innes reconociera su elección con su voz y sus palabras. Que Innes expresara que eso era lo que quería. Aun así, Adaira no estaba segura de lo que ella quería. Se preguntó si su visión se alinearía con la de Innes. Si sería lo bastante valiente para volver a desempeñar ese papel.

—No tienes que darme una respuesta ahora —agregó Innes leyendo las dudas en el rostro de Adaira—. Pero ¿querrías considerarlo?

Adaira echó un vistazo a las velas, ardiendo en el escritorio ante ella. Observó la danza del fuego y pensó en Jack. Pensó en lo mucho que había cambiado el rumbo de su vida y había acabado en un camino que nunca se habría imaginado. En ciertos sentidos, habían sido cambios buenos, pero en otros, se sentía rota, como si su vida se hubiera desmoronado en fragmentos.

—Es un honor que me lo pidas, mamá —dijo finalmente Adaira—. Lo consideraré.

Innes asintió y se marchó sin decir ni una palabra más. Pero Adaira se sentó y se quedó un buen rato mirando la misma página sin dejar de pensar.

Durante una semana después de esa conversación, Adaira estuvo soñando en convertirse en laird de los Breccan. No podía escapar de ello ni siquiera en sueños. Pronto estuvo en la cisterna quitándose la ropa. Se hundió en el agua y nadó hacia la cálida oscuridad.

Pensó en Jack, en lo asustado que estaba la noche que lo había llevado hasta allí, la última noche que habían compartido.

Él no sabía que a ella las profundidades la asustaban tanto como a él.

Adaira nadó hacia ellas ahora y su miedo hizo que se le encogiera el estómago y se le acelerara la mente. Se impulsó a seguir adelante hasta que pensó que iba a echarse a llorar y entonces vio la luz en la grieta. La antorcha que ardía eternamente.

Agotada, nadó hacia la caverna. Se acomodó en el borde en el que se había sentado una vez Jack y pensó durante largo rato en su vida y en la dirección que estaba tomando. En lo que quería hacer con sus días ahora que él ya no formaba parte de ellos.

Miró la antorcha y la observó arder.

—¿Jack? —susurró y al instante se regañó a sí misma. Acabaría perdiendo la cabeza si seguía conversando con el fuego pensando que era él. En cierto sentido, sabía que estaba muy lejos. Sabía que no estaba cerca de ella y se marchó de la caverna.

Cuando Adaira llegó a las escaleras y se vistió de nuevo, ya había tomado una decisión. La respuesta hervía en ella y acudió directamente a los aposentos de sus padres.

Innes y David estaban cenando juntos y ambos levantaron la cabeza para mirarla, sorprendidos por su cabello mojado y su piel sonrojada.

—¿Adaira? —preguntó su padre—. ¿Quieres cenar con nosotros?

—Ya tengo mi respuesta —respondió ella sin aliento. Desvió la mirada a Innes, quien se había levantado como si estuviera recibiendo a un oponente.

—¿Y cuál es? —inquirió Innes.

—Nómbrame tu heredera —declaró Adaira—. Quiero liderar el Oeste.

CAPÍTULO 45

Jack estaba en su salón del trono, un lugar hecho de sueños. Allí no había paredes ni techo. Los pilares que había a ambos lados de él se fundían con la noche, donde ardían miles de estrellas, algunas tan bajas que estaban lo bastante cerca como para tocarlas. Había braseros de hierro entre los pilares brillando con su fuego y, detrás de cada brasero, había una puerta hecha de nubes y luz. Bajo sus pies desnudos había un suelo de mármol claro y, más allá del suelo, una brillante puesta de sol.

Su ropa estaba hecha de cielo nocturno con constelaciones salpicadas sobre el tejido. Su corona de estrellas brillaba en el crepúsculo y el fuego bailaba en las yemas de sus dedos. A veces, descubría su reflejo cuando se adentraba en la fortaleza, un lugar hecho de bronce pulido y humo. No le gustaba mirarse demasiado porque sus ojos habían cambiado, ahora ardían como brasas. Desde ciertos ángulos, parecía translúcido, como si cualquier cosa pudiera atravesarlo. Su rostro era más afilado y estrecho, como si estuviera hecho de astillas.

Pero, a veces, veía rastros de quien había sido. A menudo se tocaba la cicatriz de la mano, el mechón plateado de su cabello.

Mientras esperaba en el salón del trono, observó a los espíritus reunirse.

Todos habían sentido el cambio cuando la línea del clan se había desvanecido por completo. Las sombras se habían vuelto más pequeñas y los colores más brillantes. Habían empezado a arder constelaciones sin nombre, como si se hubiera desplegado un nuevo mapa en el cielo.

Había sido una sensación agradable, como despertarse con el suave golpeteo de la lluvia. Y entonces Jack había sabido lo que tenía que hacer.

No llevaba mucho tiempo siendo rey y aun así los había convocado a todos: a cada ala del viento, a cada fruto de la tierra, a cada criatura de las profundidades del océano, a cada brasa de fuego. Se reunieron en grupos negándose a mezclarse mientras murmuraban y esperaban con los ceños fruncidos. En ese sentido, no se diferenciaban mucho de la humanidad y a Jack se le encendieron los recuerdos.

Vio a Adaira arrodillada ante él con la palma ensangrentada. La había oído susurrando su nombre, había sentido su aliento contra su piel. A veces, le parecía que la veía caminando entre los espíritus de la corte con su cabello reflejando las tonalidades de la puesta de sol.

La ropa de Jack era un escudo que ocultaba sus temblores y la angustia que sentía. Los espíritus no podían ver ni entender su dolor, la herida que suponía que le hubieran arrancado la mitad de sí mismo. Una herida que nunca dejaría de doler.

—Nos hemos reunido todos —dijo Ash—. ¿Por qué nos has convocado, mi rey?

Los recuerdos de Jack se desvanecieron dejándolo helado y vacío.

—Tengo una petición para vosotros, espíritus de la isla.

—Habla —dijo Ream del Mar, con sus ojos iridiscentes como valvas de ostras. Su larga melena verde goteaba agua en el suelo. Estaba impaciente, ansiosa por volver a las mareas.

—Os he hecho un favor destronando a vuestro rey y ahora os pido un favor a vosotros —empezó Jack—. Tomad mi corona y dádsela a uno de los vuestros, a alguien que sea digno. Os pido que me permitáis volver a mi vida mortal.

Se elevaron los susurros entre todos los reunidos. Jack los observó desde el estrado con el corazón acelerado.

A continuación, habló lady Whin de las Flores Silvestres, con su hermana Orenna al lado.

—Pero entre nosotros eres inmortal, rey. Si vuelves al reino de los humanos, volverás a tener los días contados. Te convertirás en polvo y te pudrirás en una tumba.

—No le temo al destino —replicó Jack—. A lo que le temo es a vivir toda una eternidad con una herida que nunca sanará.

El folk parecía incapaz de comprender esa noción. Un espíritu del viento del sur agregó:

—Pero, rey, tu reinado será alabado entre los mortales. Cantarán tus hazañas durante generaciones. Tus proezas no harán más que crecer, pero solo si te quedas entre nosotros.

—Yo no quiero que canten mis hazañas —repuso Jack—. Preferiría vivirlas.

Ash se mostró perturbado. Tenía los ojos inclinados y la boca apretada en una firme línea. Pero entonces, el laird del fuego dijo:

—Tu música es tu corona, majestad. Si nos las das a nosotros, quedarás despojado de tu habilidad cuando vuelvas abajo.

—Aquí ya no la tengo —contestó amablemente Jack—. Y preferiría vivir solo un puñado de días trabajando con mis manos, aunque ya no pueda tocar un arpa y vivir con aquellos a los que amo. Si me retenéis aquí, no haré más que debilitarme. No puedo ser el rey que esperáis, puesto que estoy incompleto en vuestro reino.

Los espíritus discutieron entre ellos, molestos por su confesión, y Jack se levantó y los observó debatir en silencio. Pronto, los espíritus del mar se mezclaron más entre la multitud, al igual que los espíritus de la tierra, hasta que el fuego se rozó los hombros con el agua y la tierra con el viento, pero ninguno pareció capaz de alcanzar una conclusión satisfactoria. Finalmente, un espíritu de las colinas llamado Hap habló sobre el escándalo.

—¿Mi rey? ¿A quién elegirías de entre nosotros para que llevara la corona? ¿Quién de nosotros es digno?

Eso silenció el ruido. Pronto, todos los ojos estuvieron puestos en Jack. Para él, la pregunta de Hap era fácil de responder. Había sabido a quién elegiría desde que la había visto entrar en el salón. Se había quedado detrás de la asamblea cerca de Whin, con las alas plegadas.

—¿Kae? —la llamó.

Kae abrió los ojos enormemente, pero cuando los espíritus se apartaron para ella, dio un paso adelante.

—¿Majestad? —preguntó con voz profunda y dulce. Era la primera vez que Jack la oía, aparte de en sus propios recuerdos, y sonrió al verla recuperada.

—Tu corazón es tan gentil como feroz —afirmó—. Conoces las muchas facetas de la isla, sus secretos y sus maravillas, y eres tan buena con los mortales como con los espíritus. Nos has ayudado en tiempos de necesidad y no te da miedo elegir el camino correcto, aunque sea difícil. Sin ti, nunca habría descubierto cómo derrotar a Bane. Si aceptas mi corona, te la entregaré libremente. Si aceptas mi ofrecimiento, llévame de vuelta al reino mortal para que pueda restaurar mi alma.

Kae vaciló. Ella respiró bruscamente y miró a Whin. La señora de las Flores Silvestres ya la estaba mirando con amabilidad. Los dos espíritus parecieron mantener una conversación mentalmente durante un rato. Entonces Kae volvió la atención a Jack.

Se arrodilló.

Jack bajó del estrado. En cuanto le tocó la cabeza, las estrellas de su corona empezaron a flotar. Se movieron por el espacio reuniéndose en el cabello índigo de Kae. Jack supo que había tomado la decisión correcta; debía gobernarlos uno de los suyos, no otro bardo.

Cuando Kae se levantó, los espíritus se inclinaron ante ella.

Jack se sintió débil de repente y le costó mantenerse en pie. No sabía si era porque acababa de entregar su poder o porque sabía que estaba a punto de volver al reino mortal.

Kae lo tomó de la mano. El viento empezó a formarse en el salón del trono. Le removió el pelo de kelpie a Ream, atrajo flores silvestres de los dedos de Whin. Hizo que el fuego de los braseros bailara y Jack miró a Ash una última vez.

El laird del fuego asintió con evidente pesar.

Kae llamó al viento.

Se llevó a Jack.

Era invierno.

Cuando Jack abrió los ojos, caía la nieve.

Estaba en la línea del clan en el lugar en el que el fuego lo había reclamado. El último lugar en el que había visto a Adaira. Por supuesto, Kae iba a llevarlo allí.

Ante él, el bosque estaba chamuscado y lleno de nieve. Jack (descalzo, helado y desnudo) empezó a andar hacia adelante a través de las ruinas que él mismo había inspirado una vez. No había espíritus y reinaba una sensación de vacío. Jack lamentó sus muertes acariciando los troncos quemados a su paso, manchándose los dedos de negro.

Se estremeció, pero también saboreó el frío del aire, su piel enrojecida por el frío, el recordatorio de que estaba vivo.

Pronto oyó voces resonando por el bosque. Alguien se reía y otra persona hablaba en voz muy alta. Jack supo que esas voces provenían de la casa de su padre y se acercó silenciosamente, deteniéndose cuando vio la cabaña entre las ruinas.

No sabía qué esperar, pero desde luego no un jardín lleno de mesas y gente con cestas repletas de bienes. Parecía un mercado. Jack permaneció oculto detrás de los árboles mientras los Tamerlaine y los Breccan se separaban, puesto que la nieve había hecho que el mercado terminara pronto.

Jack reconoció a Adaira metiendo una caja en la casa. Estuvo a punto de correr hacia ella, pero recordó que estaba desnudo y que había unos cuantos Breccan a su alrededor. Jack esperó, a pesar de que se le entumecieron los pies sobre la nieve.

Finalmente, Adaira volvió a salir al patio cubierta con una capa. Llevaba el pelo trenzado y vio un destello plateado en su frente.

—¿Quieres que traigamos tu caballo, heredera? —preguntó uno de los Breccan.

Adaira pareció dudar. Jack solo pudo preguntarse si habría sentido su presencia. Rezó porque así fuera, inseguro de qué haría si ella se marchaba con quienes parecían ser sus guardias.

—No —contestó—. Me gustaría acabar unas cosas aquí. Id y decidle a mi madre que llegaré a casa al anochecer.

Los Breccan se marcharon, uno a uno, dejando un rastro de botas sobre la nieve.

Jack observó a Adaira arrojando nieve sobre una hoguera y las llamas sisearon en respuesta. Por fin estaba sola. Empezó a moverse entre los árboles con el corazón latiéndole con fuerza.

Ella debió oírlo. Levantó la cabeza y entornó los ojos escaneando el Aithwood.

Jack se detuvo al borde del bosque esperando a que ella lo viera. La nieve le llegaba hasta los tobillos y respiraba lenta y profundamente. Se sintió atravesado por su mirada cuando los ojos de Adaira lo encontraron entre las sombras azuladas del invierno.

Adaira separó los labios. Su aliento se convirtió en nubes cuando exclamó:

—¿*Jack?*

—Adaira —murmuró él con la voz quebrada. Fue como si llevara años sin hablar.

Ella corrió a través del lecho del río desatándose la capa que llevaba al cuello. Se la puso a Jack alrededor de los hombros y él gimió por su calidez y por el calor de los brazos de Adaira cuando ella lo estrechó.

—Jack, ¿estoy soñando? —susurró entre su pelo.

Tenía las manos entumecidas, pero también la tocó. Fue como un despertar. Su sangre cantó por estar cerca de ella, por verla, por estar entre sus brazos. Se rio estrechándola con más fuerza.

—No —respondió él—. He vuelto contigo.

Adaira se apartó para estudiarle el rostro y luego bajó por sus costillas hasta sus pies enrojecidos.

—Desnudo —agregó ella con una chispa de incredulidad—. Por todos los espíritus, entra antes de que te congeles.

Lo guio sobre el lecho del río y a través del patio, hacia la casa. Él se sorprendió al ver lo mucho que esta había cambiado. Mientras Adaira corría a buscarle un conjunto de ropa seca de las mercancías de un comerciante, él se fijó en las mesas, muchas cubiertas de bienes.

—Este sitio está diferente —comentó.

—Sí, un poco. Tu padre ya no vive aquí, por si te lo estabas preguntando —explicó Adaira dándole una túnica y unas botas.

Jack dejó caer la capa mientras se vestía con las piernas tiesas.

—¿Y dónde está?

Adaira sacudió la nieve de la capa.

—Vivo con tu madre y con Frae. Y tu abuela también.

Jack miró hacia la chimenea. Ardía un fuego, bajo pero dorado. Se quedó un momento perdido en sus pensamientos recordando el tiempo que había pasado con los espíritus hasta que Adaira le tocó el brazo.

—¿Estás bien, Jack? —preguntó.

—Sí —contestó él—. ¿Puedes decirme cuánto tiempo he estado fuera?

—Sí que puedo, pero primero siéntate —le pidió Adaira llevándolo a una de las mesas—. Deja que prepare una tetera.

Se sentó en un banco observando cómo Adaira tomaba una lata de hierbas secas de la estantería.

—Llevas fuera ciento once días.

Él maldijo pasándose los dedos por el pelo. Cuando Adaira lo miró por encima del hombro, farfulló:

—Me alegro de que alguien los haya estado contando.

Ella sonrió y se dio la vuelta para poner la tetera sobre el fuego.

—Entiendo que tu tiempo con los espíritus no ha sido tan horrible.

—No —admitió—. Pero no era feliz entre ellos.

Ella se quedó callada y Jack la contempló mientras servía el té y se sentaba en la mesa ante él.

—Dime qué ha pasado mientras he estado fuera —le pidió—. Cómo es que este sitio se ha convertido en un lugar de comercio y cómo ha ido a parar esa diadema de plata a tu frente, *heredera*.

Adaira se cubrió la boca un momento como si no supiera por dónde empezar, pero entonces se puso a contárselo todo. Escuchándola, Jack pensó que adoraba la luz de sus ojos mientras ella le explicaba cómo el río se había convertido en un camino y la casa de su padre en un lugar de encuentro entre clanes. Lo bien que había salido todo y las amistades tan improbables que se habían forjado. Cómo Adaira había decidido aceptar el cargo de su madre como laird del Oeste.

Jack sonrió. Se le había enfriado el té por todo el tiempo que ella se había pasado hablando y aun así nunca había sentido tanto calor en su interior. Ni siquiera cuando había sido rey del fuego.

—Así que convertiste tu miedo en algo más —resumió él—. Llegaste a un lugar que nunca habías pensado encontrar y lo reclamaste como tuyo. Bien hecho, amor mío.

Adaira guardó silencio recordando su conversación en la caverna, pero entonces sonrió con el rostro sonrojado y Jack de repente no pudo soportar la distancia que los separaba, aunque solo fuera una mesa.

—¿Puedes acercarte a mí? —susurró.

Adaira se levantó y rodeó la mesa. Jack giró en el banco para quedarse de cara a ella y Adaira se sentó cerca de él, con las miradas alineadas y los corazones sincronizados.

—Te he echado de menos —dijo Jack—. Me sentía como si me hubieran arrancado la mitad de mi ser. Pronto me di cuenta de que había cometido un error dejándote atrás aquella mañana. Pensé que, si te quedabas a mi lado mientras tocaba, me sentiría dividido, que te elegiría a ti por encima de los espíritus. Pero ahora entiendo que debería haberte tenido a mi lado porque, cuando el fuego me reclamó, solo se llevaron a medio mortal. Se llevaron mi mortalidad y mi cuerpo, pero mi corazón se quedó contigo en el reino de los mortales.

Adaira exhaló cerrando los ojos cuando Jack le colocó un mechón suelto detrás de la oreja.

—Estaba muy preocupada —suspiró mirándolo una vez más—. Estaba muy preocupada por que te hubieras olvidado de mí y del tiempo que habíamos compartido en tu nuevo reino. Temía que, si alguna vez volvía a verte, no me reconocerías.

—Aunque viviera mil vidas en el fuego, nunca podría olvidarme de ti —declaró Jack—. No me permitiría hacerlo.

Una sonrisa se formó en los labios de Adaira.

—¿Es ese el inicio de una nueva balada, antigua amenaza?

Jack le devolvió la sonrisa, pero sintió la verdad atravesando los lugares vacíos de su ser que una vez había llenado la música. Pensar en esa pérdida le dolió un momento, pero entonces Adaira le acarició el dorso de la mano y se sintió de nuevo lleno de luz y esperanza.

—Por cierto, tu arpa sobrevivió —comentó ella—. Después de que el fuego te llevara, el arpa se quedó atrás. En perfectas condiciones, podía añadir. Está en mi habitación, esperándote.

—Me alegro mucho de que la hayas cuidado, pero ya no la necesito.

Adaira frunció el ceño.

—¿A qué te refieres, Jack?

—Mi música se convirtió en mi corona y renuncié a la corona para volver a mi vida mortal.

Adaira se quedó en silencio, pero se había puesto pálida. Lamentaba mucho su pérdida, puede que incluso más que él, y Jack quiso aliviar ese dolor.

—Puede que no sea capaz de tocar el arpa o de cantar para el clan nunca más —señaló—, pero he descubierto que *esta* es mi canción. *Esta* es mi música. —Sostuvo el rostro de Adaira entre las manos—. Hace meses, te dije que yo era un verso inspirado por tu estrofa. Pensaba que sabía qué significaban esas palabras, pero ahora por fin entiendo su profundidad y su envergadura. Quiero escribir una balada contigo, no con notas, sino con decisiones, con la simplicidad de la rutina de nuestra vida juntos. Despertándome a tu lado cada amanecer y durmiéndome entrelazado contigo cada noche. Arrodillándome junto a ti en el jardín, liderando un clan, supervisando un mercado y comiendo en las mesas de nuestros padres. Cometiendo errores, porque sé que los cometeré, y arreglándolos, porque soy mejor de lo que había esperado al estar contigo.

Adaira giró la cara para darle un beso en la palma de la mano, donde todavía brillaba la cicatriz de su voto de sangre. Cuando volvió a mirarlo, tenía los ojos llenos de lágrimas.

—¿Qué piensas, heredera? —susurró Jack porque, de repente, se sintió desesperado por conocer su opinión. Por saber lo que ella sentía.

Adaira se inclinó hacia adelante rozando los labios de Jack con los suyos.

—Creo que quiero hacer esa música contigo hasta mi último día, cuando la isla reclame mis huesos. Creo que tú eres la canción que anhelaba y esperaba. Y siempre estaré agradecida por que hayas vuelto a mí.

Jack la besó suavemente. Su sabor, su tacto, le parecieron familiares, queridos, y se permitió caer en la comodidad de Adaira enredando los dedos en su pelo, sacándole jadeos y sintiéndola aferrada a él. Nunca se había sentido tan vivo, ni siquiera cuando tocaba el arpa o cantaba para los espíritus. Nunca se había sentido tan maravillado y la emoción resonó por toda su alma como la última nota de una balada.

Pronto, Adaira se separó y se inclinó para sonreírle. Jack no era consciente de cuánto tiempo había pasado o de cómo se había reducido el fuego. La luz fría del otro lado de las ventanas era azulada y sintió que era casi de noche.

—¿Qué te parece si vamos a casa de Mirin a ver si puede hacernos un hueco en la mesa? —preguntó Adaira.

A Jack se le aceleró el corazón, entusiasmado.

—Me encantaría.

—Ven, antigua amenaza.

Dejó que Adaira lo ayudara a levantarse. Extinguieron el fuego de la chimenea y apagaron las velas, una a una.

Estaba nevando de manera lenta y espesa cuando salieron de la cabaña del mercado. Adaira entrelazó los dedos entre los suyos y lo guio por el camino del río, más allá de la línea del clan borrada. Ninguno de los dos se dio cuenta de que habían pasado al Este hasta que los árboles se separaron poco a poco y la luz brilló a través de la nieve.

Era la cabaña de Mirin. La luz del fuego ardía cortando la oscuridad y Jack se quedó contemplándola un momento. Se preguntó qué le depararía el mañana. Cómo serían sus días en ese nuevo mundo. Una isla unida. Su mano sobre la mano de Adaira, sus cicatrices alineadas.

Pero esa es una historia para otra noche ventosa a la luz del fuego.

AGRADECIMIENTOS

La comunidad y la familia han jugado un papel fundamental, tanto en *Un río encantado* como en *Un fuego eterno*. Y la verdad es... que no podía haber escrito, revisado y visto este libro publicado sin el apoyo y la experiencia de un maravilloso grupo de gente. Mi comunidad y mi familia, la gente que ha invertido su energía, amor, magia y tiempo en mí como persona y como autora y en las historias que cuento. Es un honor poder reconocérselo ahora que el viaje de Jack, Adaira, Torin, Sidra y Frae ha llegado a su fin.

Primero, el sustento y el acero de mi Padre celestial. Apoyo, citas espontáneas para cenar y largos paseos vespertinos con mi Ben, mi otra mitad. Mimos y recordatorios para salir de Sierra. Comidas con mi madre porque las fechas de entrega de este libro han sido intensas y a veces no me quedaban energías para preparar nada para comer. Llamadas de papá, que siempre me alegraba el día. Cualquier momento con mis hermanos, desde nuestras campañas de Dragones y Mazmorras hasta nuestros paseos por la carretera. Mis abuelos (Grandmommy, Pappy, Oma y Opa), quienes siguen siendo un ejemplo de amor y lealtad para mí.

Gracias a mi increíble equipo en New Leaf Literary, que han hecho de todo para ayudarme a preparar este libro para su publicación: Suzie Townsend (mi agente inimitable), Sophia Ramos (la mayor fan de Torin) y Kate Sullivan (una editora extraordinaria). *Fuego* no habría sido lo que es hoy sin vuestra experiencia, vuestra magia y todo el tiempo que habéis dedicado leyendo atentamente cada borrador. A Kendra Coet por ayudarme con todos los temas de publicación entre bastidores. A Veronica Grijalva y a Victoria Hendersen por seguir ayudando a que esta bilogía se publique en el extranjero.

Estoy más que agradecida a mis maravillosos equipos de William Marrow y Harper Voyager. A mis editoras: Vedika Khanna, que fue la primera que vio en qué podían convertirse los Elementos de Cadence y me guio desde el principio de este viaje; y a Julia Elliot, quien subió a bordo a mitad de 2022 y condujo este libro a la publicación. Os estoy inmensamente agradecida a ambas y a todo el tiempo, cariño y cuidado que habéis puesto en estos libros. A Emily Fisher, mi increíble publicista. A Deanna Bailey y al inmenso trabajo de marketing de esta bilogía. A Liate Stehlik, Jennifer Hart, Jennifer Brehl, David Pomerico, DJ DeSmyter, Pamela Barricklow, Elizabeth Blaise, Stephanie Vallejo, Paula Szafranski, Angie Boutin, Cynthia Buck y Chris Andrus. A Yeon KJim por crear dos portadas maravillosas para esta saga y a Nick Springer por dar vida al mapa de Cadence.

A mi increíble equipo de Harper Voyager UK: Natasha Bardon, Vicky Leech, Elizabeth Vaziri, Jack Renninson, Emma Pickard, Jaime Witcomb y Robyn Watts. A Ali Al Amine por ilustrar las preciosas portadas inglesas.

A mis compañeras autoras que han dedicado su tiempo a leer y a celebrar el camino conmigo: a Isabel Ibañez (quien leyó *Río* y *Fuego* durante muchos, muchos borradores desastrosos y me ayudó a encontrar el final perfecto), a Hannah Whitten, Shea Earnshaw, Genevieve Gornichec, Ava Reid, Sue Lynn Tann, A. G. Slatter, Danielle L. Jensen y Vania Stoyanova. A Kristin Dwyer por leer las escenas románticas conmigo a la una de la madrugada en el sofá de Isabel y darme su inestimable opinión (y tranquilidad).

El éxito de esta bilogía ha sido aleccionador y emocionante de ver y estoy profundamente agradecida a los negocios del mundo literario que han sido un apoyo increíble para mí: Book of the Month, Illumicrate, Fox & Wit, Emboss & Spine, BlueForest BlackMoon, Barnes & Noble, Little Shop of Stories, Parnassus Books, Joseph-Beth Booksellers, The Inside Story y Avid Bookshop.

Y a mis queridos lectores, no estaría aquí sin vosotros. Desearía sentarme con vosotros con una taza de té y hablar de nuestros libros y personajes favoritos, pero, por ahora, termino dándoos las gracias por vuestro amor y vuestro apoyo. Gracias por acompañarme en este maravilloso viaje de locura.